董其昌传

孙炜 著

广西师范大学出版社
GUANGXI NORMAL UNIVERSITY PRESS
·桂林·

自序

多年前，当我开始关注中国艺术与收藏时，突然间撞上了董其昌。这个人实在太分裂。有人夸他艺术大师，有人骂他流氓恶霸，而且，昨天电视上还有人讲，董其昌的艺术观点如圭臬，夜里刮了一阵风，早起又听见人们指责他罪大恶极。

某天看特种兵演习的电视新闻。百米外有个人形半身靶子，上阵的个个是神枪手。一扣扳机，命中前额，靶子倒下，过了一会儿，人形靶又竖立起来；再一枪，命中心脏，它又倒下……这样不停地被打倒，又不停地站立起来的事儿，很容易让人联想到董其昌。他生前身后命运多舛，也跟被人们击中的靶子一样耐人寻味。

这个距今近四百年的历史人物，本是一位连远足都须向人借钱的穷书生，却凭借自己的非凡天赋和不懈努力，依靠艺术经营而富甲一方，并成为晚明时期官居一品的大宗伯，德高望重的文坛领袖，其本身就是人生励志的传奇。更为重要的是，当代人无论是涉及中国书画史、收藏史还是如何鉴定中国书画，董其昌始终是一位绕不过去的门槛。

他被社会如此关注，如此撕裂，又像不倒翁似的倒了又起，就注定他是个极为重要又很复杂的人物。

可是，董其昌到底是个怎样的人？

经过多年学习、考证和分析之后，在我看来，须先从四个方面来认识他。

一、董其昌是一位划时代的艺术史论家

首先，董其昌对艺术最重要的理论贡献，无疑是“南北宗”论。他借用禅修“顿悟”与“渐修”的境界，划分了我国美术滥觞自唐代以来的两大传承系统，即“南画”与“北画”的关系，为后世搭建了中国美术史的路标，成为有志者艺海泛舟的不灭灯塔。

其次，他夯实了“文人画”的概念。至晚在北宋，苏东坡就提出了“文人画”（士人画）的概念，尚系一个模糊的初始阶段。而经董其昌的诠释与实践，“文人画”已成为“南画”的同义词。这种以尊崇“顿悟”的形式来抒写内心对外界认识的创作方式，引领了数百年间的中国画坛。

再次，他创造性地提出了“烟云供养”思想，指出书画不仅具有教化意义，还具有“却病延年”的养生功能和陶冶精神的作用，使得知识分子趋之若鹜，寄托情怀，从而极大地推动了书画创作与收藏的普及。因此，《明史》认为，他的贡献与米芾、赵孟頫比肩。

二、董其昌是一位集大成的艺术品鉴赏大家

他以实证主义的方法，为后世重构了中国书画发展史，成为中国历史上最受尊崇的书画鉴赏大家之一。

董其昌所采用的“目鉴”方法，是在总结前人智慧的基础上得以完善，而这种方法延续至今，仍然被赞誉为最可靠、最实用的方法。而且，正是由于董其昌劳心费神地进行存世书画的整理、鉴定，使得

当下的我们得以以游廊的形式，观赏中国历代绝伦美妙的书画，并引以为民族自信。试想一下，世界各地博物馆珍藏的中国古代书画中，若少了董其昌的梳理、题识和赏鉴，是多么苍白与遗憾。中国历代书画是中华文明极为辉煌的组成部分之一，其绚丽与多姿，犹如丽人颈前的珍珠链，光彩夺目，而编制“项链”的这项美丽工作，董其昌厥功至伟。

三、董其昌是一位影响深远的书画家

他提出“以蹊径之奇怪论，则画不如山水；以笔墨之精妙论，则山水决不如画”的“笔墨论”思想，是一种认识美学的新觉悟；他创建的“山水程式”画风，奠定了所谓“正统画派”的基础；他所创造的“秀逸一路”书法风格，成就卓越，开创了一代新风。

他因艺术成就而尽享殊荣，尤其入清以后，更是受到了康熙、乾隆等历代帝皇的崇敬和追捧，引领着有清一代的主流艺术观念，其影响力迄今未衰。

四、董其昌是一位治学严谨的史学家

他被人们敬称为“太史公”，奉修《神宗实录》并辑录《神庙留中奏疏汇要》，在当时就受到了皇帝嘉奖，晚年还印刷刊行了《容台集》。这些都已经成为重要的史料。这位擅写八股文的顶级高手，还以自己的亲身实践，提出了“行万里路，读万卷书”，成为后世学以致用的人生箴言。

我极为赞同李大钊先生的“史论”观点。他说，“纵以观之，则为历史；横以观之，则为社会”，而“经济的变动是思想变动的重要原因”。还说“历史学是起源于记录”“主要目的本在专取历史的事实而整理之，记述之”“他不是僵石，不是枯骨，不是故纸，不是陈编，乃是亘过去、现在、未来、永世生存的人类全生命”。

尊重历史，首先须对古人抱以实事求是的态度。董其昌到底是神是鬼还是凡人？还需要通过对史料的搜集与整理，结合他生活的时代和社会环境来观察分析，这样才能重新认识历史上的惊心动魄，而绝不仅仅是为满足后人之需，抛弃常识来撕裂历史人物。只有通过学习、了解和记忆，才能丰富我们的历史知识；只有向历史请益，才能认清我们自身的来龙去脉，才能提高、发展我们对世界的认知水平。

我对董其昌的兴趣，最先缘于对中国美术的热爱。经过数年的学习、考证和分析，自己对董其昌有了判断，所以在2015年年初，决定动手来写一本关于董其昌的传记。据我所知，此前并没有人写过《董其昌传》这样的书，有的仅仅是数百字的小传。而关乎董其昌的那些大量的、生动翔实的素材，像满天繁星，散落在浩瀚的史料之中，需要后人去钩沉、去汇集，然后似拼积木那样，努力去依照历史的本来面目，还原一位真实的董其昌！

这就是我写作《董其昌传》之目的，以期抛砖引玉。

2019年1月26日　北京龙潭湖畔梦蝶轩

目录

第一章　决定命运的科举考试

第二章　江山代有才人出

第五章　董氏书画船

第六章　五十至大成

第十一章　生命在艺术庇护下不朽

第一章

决定命运的科举考试

一、春游北京

这是明朝万历十六年（1588年）的春天。拂面春风刚刚掠过，北京皇城根下，柳树悄然吐露鲜嫩黄芽。这是一个好时节，万物安宁祥和。

此时的中国，是西方人梦寐神往的国家。据推算，明初时全球人口约有5亿[1]，中国在籍人口数于明初洪武二十六年（1393年）是6054万，到了万历时可能已超过1亿[2]。而农业社会最宝贵的耕地，在明初时有8亿5千万亩，经过不断开垦，到了明末已经接近10亿亩。大明帝国不仅拥有军事强权，也是世界上最发达的经济体。

这个帝国，不仅地域辽阔，气候宜人，物产丰富，子民们的生活物资也均可自产自销，自给自足。而且，中国人吃苦耐劳的性格，使他们从鸡鸣开始劳作直至披星戴月，从不知道抱怨，夜晚还能够开心入睡。在他们的辛勤劳作下，社会富足，国库充盈。同时，中国人还恪守着延续千百年的儒家礼仪传统，父亲子爱，中庸合度，与外人相见时总把双手隐藏在宽大的长袖内，作揖施礼，喜笑不露齿。当五花八门的传统节日来临之际，人们总爱穿着鲜亮美丽的衣装欢聚一堂，纵情歌舞，尽兴而归。所以外国人认为，这时的中国，是这个星球上

---

1 尤瓦尔·赫拉利《人类简史》，中信出版社2014年版，第239页。

2 韩大成《明代城市研究》，中华书局2009年版，第17页。

最适宜人类生活的地方。早期来华的传教士利玛窦说："中国这个没有上帝的地方，竟然治理得这么好。柏拉图的乌托邦，在中国是真实存在的。"

外国人对中国的政治兴趣远胜于国人。当时的洋教士震惊地看到：中国的政治体制非常先进且优越——看似这个国家的主人是皇帝，实行独裁统治，其实并非他一个人说了算，而是由一群博学多识的高级知识分子（进士）管理着这个巍然帝国。这种内阁制度，是世界上最成功的政治系统，社会上民主气氛空前自由与活跃。时人顾宪成曾撰对联曰："风声雨声读书声，声声入耳；家事国事天下事，事事关心。"

中国经济的繁荣，也令洋教士们瞠目结舌：大明帝国政府实行低税率政策，鼓励子民在农业、陶瓷、茶叶、纺织、印刷、运输等各行各业中各显其能，激发了中国人巨大的创造力。因欧亚贸易流入中国的白银占到了全球的三分之一（约 1 万吨白银），中国的 GDP 约占全球的四分之一。[1]

利玛窦是意大利人，他用自己的蓝眼睛观察到：中国人民生活的幸福指数很高，家境殷实，安居乐业。他写道："人们衣饰华美，风度翩翩，精神愉快，彬彬有礼，谈吐文雅。"而且，当时的物价也非常合理，据明代小说《金瓶梅》载，一个富人到酒店里去享受：一坛金华酒、两只烧鸭、两只鸡、一只猪蹄、一些鱼、一些点心，如此满满一整桌的美味，花费"一两五钱银子"。有人折合成今天的物价，约在人民币 500 元至 900 元之间。

这时的北京城，名曰"顺天府"，不仅有皇宫，还是中央六部、五军都督府、都察院和国子监所在地，是明王朝的政治与文化中心。它的城墙和城门，是按照"内九外七皇城四"的规制设计的，是当时

1　何国庆《万历驾到：多元、开放、创新的文化盛世》，远流出版社 2016 年版，第 19 页。

营造于元代的北京朝阳门旧景
此门于 1956 年 10 月被彻底拆除

极为壮美的历史名城之一，也是一座超级国际大都市。市内设施之完备，在全世界屈指可数。万历时人吕坤记载："今京师贫民，不减百万。"[1]可见总人口数已超过百万。

位于北京城正东面，有座著名的城门——朝阳门，是官民进出京城十分重要的城门之一，由一群威武的兵弁把守。

此刻，人流中有几个风尘仆仆的旅客，由远及近地向朝阳门走来。领头的是两位仪态不俗的青年。在其身后，驾车挑担的人显系随从。这两位青年一高一矮，一胖一瘦，体型特征十分明显。

兴冲冲地走在最前面的人，是个矮个子，身穿粗布长袍，头戴士人方巾，年龄稍长。细看他，原是方脸小眼，颧骨略高，抿嘴而笑，满脸憨厚的神色。甫进城门，他便东张西望，左顾右盼，似乎对京城里的一切都感到新奇有趣，显得格外兴奋。

这种感觉很正常，因为北京城确实蔚为壮观，气势撼人。以当时的建筑水平而论，三层楼的房屋已被惊为"摩天大楼"，而建成于明永乐十八年（1420 年）的紫禁城午门，通高 37.95 米，如果患有恐高症的人攀临此门，一定会被吓得双腿发软。而且，据传教士记载：北京城的街道，平坦而笔直，宽度可供十五匹马并行，所以街道尽管很长，也能一眼望到尽头。

---

1 吕坤《去伪斋集》卷一。

北京城里的细节也十分可人。街道两旁楼台林立，百姓宅院都非常漂亮。门前种植了整齐的树木，春风一吹，绿树成荫，姹紫嫣红。传教士描述到，每家每户似乎都拥有花园。这些院子根据各家的富裕程度不同而大小各异，即便是小门小户，人们也会在院内挖掘观赏鱼塘，或在假山间种上几棵竹子，使得生活充满了盎然情趣。市民的屋内十分干净，墙壁刷得白如奶汁。中国人一直自信地以为，首都北京就是全世界的中心。

这位矮胖者，就是本书的主人翁，来自南直隶松江府华亭的董其昌[1]。此时董其昌年方三十四岁，是第一次来北京。

此时的董其昌，虽只是诸生（秀才），却已海内闻名。明朝的南直隶，历来是中国经济、文化与教育的重镇。当朝的大小官员们，至少有一半来源于此。所以在京城的官场里，大家都知道这个初出茅庐的董其昌，把他视为冉冉升起、刚刚显露光芒的南直隶后起之秀。

未见其人，先闻其声——董其昌首次来京，为何已在京城有些名气了呢？

其一，人们历来相信“名师出高徒”，而董其昌师出名门，是原浙江布政使莫如忠、礼部尚书陆树声的得意门生，而莫如忠和陆树声都是当朝耆老，是声望甚高的大学者，为世人所景仰；其二，虽然他只是诸生，但他的文章已经妙绝天下，尤其是馆阁体文章，已被书肆广为翻印，行销各地。这类科举文章，本是董其昌为应付科举考试而自习所用，常为慕名者索去，成为类似我们今天的高考范文，各地应考的举子们常常把董其昌的馆阁体文章当作科举考试的参考资料。董

1 董其昌长什么样？当年遗存下来的几张他的画像：一是上海博物馆收藏的《尚友图》，二是台北故宫博物院收藏的《书辋川诗》册页内《礼部尚书谥文敏董公小像》，三是南京博物院收藏的董其昌《秋兴八景》册页上的画像。我们可从中端详个大概。这些画像的创作时代有先后，但描绘董其昌的长相基本一致，即其身材不高，窄肩短臂，体型微胖，方脸小眼，大鼻隆起，颧骨略高，看上去气质文雅，有所谓谦谦君子之貌——作者注。

其昌初来北京时，有人就拿着那些翻刻的文稿，来向他求教[1]。

与董其昌偕伴来京的高瘦者，同是来自南直隶的娄东王衡。此人年方二十七岁，白净的瓜子脸上剑眉如飞，一双多情的眼睛炯炯有神。他身穿丝质长袍，在领口和袖边处还绣着精致的花纹，走起路来昂首挺胸，气宇轩昂。只要远远地瞥上一眼，就能见其不同凡响的精神气质。

王衡是有名的青年才俊，比董其昌年少七岁，但以当时的名气论，比董其昌有过之而无不及。因为此时的王衡已是一位出色的青年戏曲家，擅长编剧。他自小喜爱昆曲，家中还养了戏台班子。他写的戏剧也常在各地上演，丝竹之声远飘万里，其无数拥趸分布在大江南北。更为重要的是，王衡还是当朝内阁大学士、辅臣王锡爵的独子。

内阁大学士是个什么官衔？在此处稍费笔墨介绍一下。明朝初年，开国皇帝朱元璋为加强中央集权，于洪武十三年（1380年）先后找借口杀了三位宰相，其中最著名者就是开国功臣、丞相胡惟庸，随后他趁机撤销中书省，废除丞相职位，独掌天下事务。至明成祖朱棣即位后，特派大臣解缙等人入值午门文渊阁，在皇帝眼皮底下处理军国大事，这就形成了内阁制度。

内阁成员都是大学士，他们拥有“票拟”大权。“票拟”也叫作“票旨”“条旨”，就是所有官员的章奏先由内阁大学士审阅，集体商议，然后在纸条上写明处理意见，再送进宫里由皇帝最终定夺。皇帝阅毕，用红笔在“票旨”上批示，叫作“批红”，亦称“朱批”，这就是正式的皇帝谕旨，具有绝对的权威性，然后朝廷官员再按照皇帝谕旨去执行。明代的内阁大学士，虽无宰相之名，实有宰相之权。内阁的班头叫“首辅”，其他人为“辅臣”。而明朝的内阁大学士一般只有三四位，最多时也不过五六位，使得权力更加集中。王衡的父

1 董其昌《容台文集》卷二《戏鸿堂稿自序·即复赵公益书》。

亲王锡爵，就是当时的辅臣、内阁大学士。

王衡这次入京，之所以引起人们的特别关注，还有一个政治背景——与当年内阁首辅张居正的“夺情”事件有关。这是一桩轰动朝野的著名历史事件。

万历五年（1577 年）九月二十六日，时任内阁首辅张居正的父亲张文明去世。因朝廷有明文规定，“内外大小官员丁忧者，不许保奏夺情起复”。丁忧的官员必须离任回乡，服丧三年（实际上是二十七个月），否则即是违背伦理的“忘亲”“夺情”。但此时，首辅张居正权倾朝野，正在辅佐皇帝开创“万历新政”，处在实施“一条鞭法”等重大改革措施的关键时刻，生怕自己一旦离职而大权旁落，因此不愿回家奔丧守孝。于是，张居正暗中勾结宫中职位最高的大宦官、司礼监秉笔太监冯保，由冯保传达皇帝的谕旨，命令吏部尚书张瀚奉诏挽留张居正。与此同时，张居正本人也一再要求张瀚出面挽留自己，企图牢牢掌权。

然而，张瀚是个绵里藏针、老谋深算的官场老江湖，有胆有识，即使万历皇帝已经下达谕旨，他依旧不肯出头挽留首辅张居正。事实上，万历皇帝当时还是一个年仅十四岁的孩子，唯老师张居正马首是瞻，并称其为“亚父”。

户部侍郎李幼孜是个望风使舵的马屁精，为了巴结张居正而“首倡夺情”之议，至此激起千层浪。内阁大臣吕调阳、张四维因屈服于张居正的权威，也引前朝事例，赞同张居正夺情视事。但翰林院编修吴中行[1]等人不畏权势，表示坚决反对，结果被万历皇帝下令夺职并廷杖。王锡爵当时官拜詹事府詹事兼侍读学士，对吴中行等人表示同情，曾为吴中行等人向皇帝与张居正求情宽恕，但都无效，最后只得

1 吴中行（1540—1594），常州人，生于官宦之家。张居正倒台后，吴中行官复原职，卒，赠礼部右侍郎。其常州家中“止园”为明代名园。他是当代戏剧家吴祖光的先祖。

参加了为吴中行等人的饯行，礼送他们去充军。第二年，张居正还是迫于压力，被迫回乡安葬父亲。不少官员为拍马屁，联名恳请张居正赶紧回朝，但王锡爵断然拒绝签名。

王锡爵由此得罪了张居正势力，受到官场排挤。青春年少的王衡给父亲王锡爵写了一首《归去来辞》，央求父亲赶紧辞官回家。王锡爵感叹道："吾不归，将无为孺子所笑！"[1]在对抗首辅张居正势力的朝廷官员眼里，王衡早已是少年英雄，备受赞誉。

万历十二年（1584年）张居正刚刚去世，万历皇帝立即掉转屁股开始起用反对派，对张居正的势力进行秋后算账。昔日国家之栋梁、如同皇帝慈父一般的恩师张居正，一夜之间成为千古罪人。在万历皇帝亲自主持下，其恩师张居正被抄家，长子张敬修被迫自杀，次子充军戍边，张家数十口人被饿死，张居正本人还险遭开棺鞭尸。而王锡爵则被朝廷重新召回，像凯旋一般，授之以礼部尚书衔兼文渊阁大学士，成为辅臣，入值内阁，可谓权倾朝野。

王衡此时来京，正是父亲王锡爵大权在握之际，也是张居正的政治对手们弹冠相庆之时。满朝官员对王衡当年的举动念念不忘，把他当成小英雄来欢迎。中国古代的官场历来如此，一班人掌权得势，立即云集另一帮拍马屁者，好话必须说尽。

王衡之所以与董其昌偕伴来京，是因为他们之间的关系非同一般。事实上，早在董其昌还是诸生时，董其昌和好友陈继儒就曾受邀到王锡爵家与王衡伴读，所以董其昌、陈继儒与王衡是同窗兄弟。

董其昌的社会地位和经济条件与王衡有着天壤之别，可用寒酸来形容。董其昌出身平民，早年丧母，一直到了三十岁才结婚，第二年生了儿子，不久父亲董汉儒又去世。在平时，董其昌的生活费用常常

---

1 针对这件事，钱谦益在《列朝诗集小传》中说王衡"年十四，作和归去来词，以讽江陵，馆阁中争相传写"。陈继儒也说，王衡"方十四，名动京师已"。

由他的好友、太学士范尔孚接济，连眼下这次北游的所有费用，也是仰仗了范尔孚捐资。[1]范尔孚仗义疏财，目的就是为支持董其昌坚定地去走科举道路。在中国一千多年科举选才的历史中，它所推行的教育与竞争机制，是公平可行的制度，即使在封建社会，依旧保持了底层子弟通过考试获得管理国家权力的晋升通道。

董其昌与王衡此次来京，目的有二：一是利用考前闲暇，游览京都风光，调整心情，以备战来年八月乡试；二是参观游览"北雍"，熟悉考场环境。

"北雍"一词，是明朝首都北迁后产生的。当时在北京、南京分设两个国子监。北京国子监被称为"北监"或"北雍"，而设在南京的国子监则被称为"南监"或"南雍"。按照规定，通过乡试而晋级的所有举人，都可参加次年二月由礼部在"北雍"举行的会试，考试合格者，才有资格参加在北京皇宫里举办的殿试——科举的最高一级考试。

他们坚信，明年二月，自己一定能够再来"北雍"参加会试，于是前来探路。年轻人的这种自信不是没有道理，因为在众多耆宿的心目中，他俩都是青年才俊，志在必得。然而事实上，董其昌此前已历经了两次乡试，都因运气不佳而名落孙山。

董其昌第一次参加乡试是在万历七年（1579年），与同乡唐文献、陈继儒等人结伴前往，结果铩羽而归。他们亦师亦友的乡贤莫是龙，曾忧愤交加地写下了《知唐元征、董玄宰俱下第志感》：

故人摇落青云路，无奈天涯春草芳。

壮志独怜陈仲举，高才空忆蔡中郎。

1 陈继儒《陈眉公先生全集·思白董公暨元配龚氏合葬行状》："食饩。有太学范尔孚者，捐资助公游北雍。"

书将误说投燕相，玉抱贞心泣楚王。

騄耳尚淹千里足，驽骀何意向康庄。[1]

莫是龙乃闻名遐迩的华亭才子，这首诗是替他俩抱不平，指出董其昌和唐文献的落选，系怀才不遇。

董其昌与唐文献等人第二次联袂参加乡试，是在万历十三年（1585 年），结果唐文献中举，接着在第二年殿试中，又获丙戌科一甲第一人，即状元及第，衣锦还乡，而董其昌仍然名落孙山。

唐文献（1549—1605），字元征，号抑所，华亭人，与莫是龙、董其昌、陈继儒等均是文社好友。他十五岁入乡学，读书十分刻苦，洁己好学，善属文。[2]

唐文献考中状元之事，显然给予董其昌极大的鼓舞。唐文献比董其昌年长六岁，似乎更加老成一点。一直在拜佛悟修的董其昌，在第二次参加金陵乡试后的返家路上，忽然像得了神授一般，如梦初醒。董其昌自述曰：

余始参“竹篦子话”，久未有契。一日，于舟中卧念香严击竹因缘，以手敲舟中张布帆竹，瞥然有省，自此不疑。从上老和尚舌头，千经万论，触眼穿透。是乙酉年（1585）五月，舟过武塘时也。其年秋，自金陵下第归，忽现一念三世境界，意识不行，凡两日半。而后乃知《大学》所云“心不在焉，视而不见，听而不闻”，正是悟境，不可作迷解也。[3]

---

1 莫是龙《石秀斋集》。

2 侯福兴《中国历代状元传略》，中国人事出版社 1998 年版，第 305 页。

3 董其昌《画禅室随笔》卷四。

这是说，董其昌在历经“两日半”的悟修之后，一下子打开了心灵“悟境”，掌握了应试的窍门！可见，董其昌此时已经认识到中国科举考试存在的一些弊病，也认识到，科举考试成功的偶然性与必然性之间的辩证关系。所以他坚信自己的实力，要求自己不必为应试而东张西望、削足适履，正如《大学》所云：“心不在焉，视而不见，听而不闻。”说到根本，董其昌此时树立了自信。

二、金陵的八月乡试

根据董其昌自述，明朝的科举考试：“国朝洪武四年，诏各省连试二年，自后三年一举，凡遇子、午、卯、酉年八月，则京畿、各省举乡试。”[1] 乡试是省一级的考试，得中者便有了举人功名。

万历十六年八月，董其昌如约来到南京，参加了自己的第三次乡试。

这些来自南直隶的秀才，每隔三年就像麻雀一样起飞，往应天府南京去赶考。有些考生，由青丝到白发，一辈子都没能考取举人。这一次，董其昌的挚友陈继儒没有去南京赶考，因为陈继儒对科举考试已经失去了耐心和兴趣，决心向“山中宰相”陶弘景学习，做一位真正的隐士。

董其昌来到南京后，稍事休息，立即赶去贡院考场查看“席舍图”。南京贡院，又称江南贡院、建康贡院，位于南京夫子庙学宫东侧，始建于宋乾道四年（1168年），经历代修缮扩建，在明朝时已经成为中国古代规模最大的科举考场。

所谓“席舍图”，即考试的座位表，也称“座位榜”“混榜”。试前一日，贡院始出告示。“国朝乡试为席舍图，用纸装二轴，图

1 董其昌《学科考略》。

东西坐行，以《千字文》编号，注各生姓名、乡贯、经义。会试亦同。”[1]找到了自己的名字，也就找到了自己的考场位置。

第二天早上，天刚蒙蒙亮，考生们如同潮水一样赶往考场。

董其昌和考生们来到贡院帘门外，最先可见一条宽约十余米的清水池，池上架有一座石桥，即著名的“飞虹桥”。这座桥宽六米，长约十五米，由巨石筑成。石桥两侧护栏板上，镌刻着高浮雕的纹饰，寓意“一路连科”“青云直上”。考生一旦进入考场，如同步入监狱。你会远远地看到，贡院高墙内外，兵丁林立，戒备森严。围墙的顶端，布满了带刺的荆棘，所以贡院又被称作“棘闱”。在整个乡试期间，贡院的气氛让人感到畏惧与压抑，使人透不过气来。

考生进入考场须经三道门岗，每道门前，兵丁面如凶神恶煞。他们要对每一位考生进行彻底的检查，包括考生所携带的衣服、笔墨纸砚、油灯等。为了应付漫长的考试，允许考生自备食物，一般都带大饼、月饼之类的糕点，主要是为了防止食物在夏天变质。兵丁在检查时，会用尖刀将糕点全部切成一寸见方的小块，以防止考生在食物中夹带作弊之物。最后的一道门，名曰“龙门”。如果在“龙门”检查时被查出违禁品，那么前面两道监门的兵丁，将要与作弊的考生一同问罪。

最后，考生们终于来到了考场。他们的“号舍”由砖石砌成，一长排一长排整齐划一，犹如猪舍一般。这样的号舍有成千上万间。[2]由于号舍多，场面大，整个考场看上去蔚为壮观。

在考官的指引下，董其昌这时方可进入自己的号舍。他的号舍长度与其他人的一样，只有四尺（约 1.33 米）见方，人若躺下去，双

1　严文儒、尹军《董其昌全集（叁）》，上海书画出版社 2013 年版，第 12 页。

2　江南贡院至明清时期已达到鼎盛。清同治年间，仅考试号舍就有 20644 间，加上附属建筑数百间，占地 30 余万平方米。其规模之大、占地之广，居中国各省贡院之冠，创中国古代科举考场之最。

腿无法伸直。考试时，上层木板代替桌案，下层木板为坐凳，供考生坐着答题；夜晚则需要取出上层木板并入下层，用来当床。号舍无门，考生可用自备的油布作为门帘，以挡风侵雨淋。

南京的考场中央，还建有一座三层高楼，四方形，下檐出甍，四面皆窗，名曰“明远楼”。“明远”二字取自《大学》中“慎终追远，民德归厚”之意。它建于明嘉靖十三年（1534 年），是考场的最高建筑，目的就是为了监考。主考官身居此楼，既可号令、指挥全场，也可监视考场。科考期间，监察官员昼夜登楼查望，“白天摇旗示警，夜间举灯求援”，以防骚乱、作弊、火灾等意外事件的发生。

董其昌在著作《学科考略》中介绍：“国朝乡试八月，会试二月，俱以初九日为第一场，四书义三道，五经义各四道；十二日为第二场，试论一道，诏、诰、表、内科一道，判语五条；十五日为第三场，试策五道。”“国朝乡试卷用各省布政司印。会试卷用礼部印。”

正式考试之前，考生面前允许摆放一个考篮，是考生进考场时带进来的。考生把自备的干粮和考试用具等装在里面，以供考官随时抽查。

考试开始，考生须先在考卷上写明自己的姓名、出生年月、籍贯以及自己三代的情况。考场内设有“弥封所”，考卷由专委的官员来弥封，糊住考生们的姓名等个人信息。这是为了防止考官在阅卷时舞弊。

在考试的九天六夜期间，所有考生必须生活在自己的号舍里。而在每排号舍的尽头，有一间粪号（厕所）。考生去自行方便时，相互不得言语，只能用牌子来示意。牌子的一面写着“入静”，另一面写着“出恭”。现在还有不少老年人以“出恭”指上厕所，就是由科举制度而来。

八月的南京，天气炎热，考生们吃住全在狭小的号舍里，因此，经常发生考生因中暑、生病、食物中毒而导致死亡的意外事件。更有甚者，史书上还记载过有考生被藏在号舍屋檐等处的毒蛇咬伤、咬死的奇闻。

尽管发生过种种骇人听闻的事件，但号舍依旧是一处神圣的地方，充分体现了科举考试的公平。考生不论高低贵贱，待遇一律平等。科考不仅考核学生们学习“四书五经”的成果，也考核考生的人品。即使像贵如当朝大学士之子的王衡，也与其他考生一样，不能得到任何关照。

乡试结束，用心考试的子弟们，还在为自己的答卷忧心忡忡。他们交头接耳，窃窃私语。而那些纨绔子弟，本是把科考当作应付父母或妻子的游戏，于是像获得了新生一样笑逐颜开。考场大门一开，他们便三五成群，忙着到青楼找相好的去了。三五天之后，他们玩累了，钱也花得差不多了，于是飞鸟归巢，各回各家。

董其昌参加的万历十六年的乡试，成为他一生命运的转折点。

待成绩张榜公布后，董其昌名列南京乡试第三名。而他的同窗学弟王衡，更是不负众望，在顺天府北京乡试中名列第一，成为新一届解元。

董其昌没有理由为自己取得的成绩沾沾自喜。因为在此前一届，同社好友唐文献已经高中状元；同一届乡试中，他的师弟王衡又名列第一，所以只能说董其昌是正常发挥了自己的应试水平，并无超常之举。

这年的中秋节，已经返回故乡华亭的董其昌内心平静，为好友陈继儒画了一幅《山居图卷》[1]。董其昌明白，考中举人，只是自己走上科举之路的关键一步，绝非是决胜的一步。他是一个胸怀凌云壮志的人，绝不会止步不前。

在等待来年进京会试的那段日子里，董其昌时常和文友们聚集一

1 李佐贤《书画鉴影》卷八。《山居图卷》，纸本，墨笔。

堂，讨论人生哲理问题。万历十六年的冬天，大和尚憨山大师[1]云游到松江的龙华寺，董其昌与好友唐文献、袁宗道、瞿汝稷、吴应宾、吴本如、萧玄圃等，结伴去龙华寺拜见憨山大师，并且就在这个傍晚，唐文献、袁宗道等人一起“初依法门”，正式皈依了佛教，成为居士。董其昌曰：

余于戊子冬，与唐元征、袁伯修、瞿洞观、吴观我、吴本如、萧玄圃，同会于龙华寺。憨山禅师夜谈，予征此义。瞿著语云：“没捞摸处捞摸。”余不肯其语，曰：“没捞摸处切忌捞摸。”又征鼓中无钟声，钟中无鼓响，钟鼓不交参。句句无前后偈。瞿曰：“不碍。”余亦不肯其语曰：“不借。”是夕唐、袁诸君子初依法门，未能了余此义。即憨山禅师亦两存之，不能商量究竟。余谓诸公曰：“请记取此语，异时必自有会。”及袁伯修见李卓吾后，自谓大彻。[2]

“捞摸”的本意是指向水中探物，亦可指人生进取。朱熹《与林择之书》曰：“未去之间，亦且试捞摸看。若幸指拨得一二人，亦是一方久远利害也。” 瞿汝稷说“没捞摸处捞摸”，大意是主张摸着石头过河。董其昌则说“没捞摸处切忌捞摸”，就是要有了明确的目标，才可以奋勇前进。由此可见董其昌的性格之依规、沉稳，不肯冒险。

憨山大师德行天下，系明代四大高僧之一。憨山十二岁出家，曾在南京报恩寺为僧，后云游各地。憨山大师与皇室有着特殊的关系：万历皇帝十六岁大婚，三年后仍然没能生育，他的母亲李太后非常着急，派人去五台山设立祈储道场，请憨山大师主持法会。第二年

1 憨山大师是安徽全椒人，俗姓蔡，名德清，字澄印，号憨山，民间因此常称呼他叫“憨山德清大师”。

2 董其昌《画禅室随笔》卷四《禅悦》。

（1582 年），万历皇帝果然生育了儿子，于是李太后认为这是憨山的功劳，赏赐给他很多钱财。憨山就利用李太后的赏赐，重建了气势恢宏的海印寺，该寺于万历十六年间建成。

学识渊博的憨山大师通晓史书，熟谙佛经，给董其昌等人开示了一个人生问题：人怎样才能“戒慎恐惧”[1]。此语出自《中庸》：“戒慎乎其所不睹，恐惧乎其所不闻。”

憨山讲法有个特点，就是通俗易懂。许多深奥禅理，由憨山来说，似信手拈来。尤其是他话藏禅机，常令信众醍醐灌顶，回味无穷，记忆深刻。憨山大师还有著名的“三要三不要”箴言，曰：“为学有三要，所谓不知《春秋》，不能涉世；不精老庄，不能忘世；不参禅，不能出世。此三者，经世、出世之学备矣，缺一则偏，缺二则隘，三者全无而称人者，则肖之而已。”[2] 这些话，无疑是学界诸君子的人生明灯。

这是董其昌第一次与憨山大师交往。董其昌一生对憨山大师恭敬有加，机缘就是由此而始。恐怕连董其昌做梦都不敢想的是：当年所谓因憨山大师在五台山主持祈储法会而诞生的皇长子朱常洛，居然在万历二十三年（1595 年）成了他的学生，而且朱常洛后来还成了泰昌皇帝。

憨山大师当初讲解“戒慎恐惧”，实际上是给予董其昌等诸君子以心灵指导：当你遭遇人生坎坷和挫折时，应该如何面对？这种开示，具有某种特殊的预见意义。我们虽然不知道憨山大师是如何开示“戒慎恐惧”的，但那个时代正流行王阳明的心学，王阳明说：“能戒慎恐惧者，是良知也。”良知是什么？就是天理，就是道，就是人心。归根结底，就是自然法则。人若能“戒慎恐惧”，则可行大道，

---

1 陈继儒《容台集·序》。

2 《憨山大师梦游全集》卷三十九《学要》。

穷尽真理。

万历十六年冬天的这次聚会，董其昌至晚年都念念不忘。针对董其昌与瞿汝稷关于人生该怎样“捞摸”问题，虽然憨山大师当时没有支持任何一方，但从憨山大师平时开示的语录可知，他显然是支持趋向保守的董其昌的观点。

董其昌一生不做糊涂事，会在事前深思熟虑而后行。这是董其昌为人处世的一个显著特点。

三、考场外的惊雷

平平安安过完己丑大年（1589 年）后，新晋举人们又开始忙着收拾行装，满怀期望地准备赶赴北京，去参加由礼部举办的二月会试。

憧憬总是美好的，然而现实并不遂人心愿。就在礼部将举行会试的前夕，平地起惊雷，出人意料的坏消息传来：王衡乡试第一的成绩被取消！

万历皇帝下令，让王衡再行复试！

前文已经说过，王衡参加的乡试，与董其昌不在一个考场。王衡是在顺天府贡院参加乡试，地点在北京，而这一年负责顺天府北京乡试的主考官，就是少詹事黄洪宪。

黄洪宪是槜李（今浙江嘉兴西南）人，资格颇老，系嘉靖三十二年（1553 年）癸丑科进士，出任过多届乡试的主考官，却又常常被人诟病，最著名的案子，是工部主事饶伸曾控诉他：“张居正三子连占高科，而辅臣子弟遂成故事。洪宪更谓一举不足重，居然置之选首。”所以官员们怀疑他主考的顺天府乡试存在不公。

这是怎么回事呢？

事情起因：顺天府北京乡试结束以后，礼部主事孔兼“怀疑”举

《王锡爵画像》

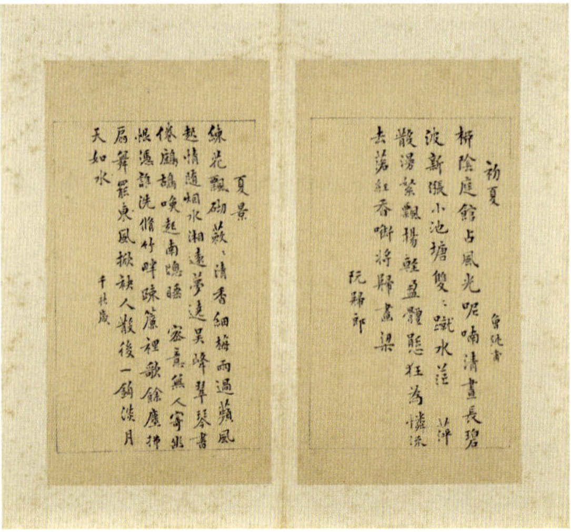

《王锡爵词翰》，现藏台北故宫博物院

人屠大壮与时任首辅申时行（1535—1614）的女婿李鸿有舞弊行为。此时，李鸿、屠大壮与王衡等人均已通过了乡试。时任礼部尚书朱赓和礼科都给事中苗朝阳闻知非议，不想把事情闹大，欲悄悄压制下去。而半路杀出的程咬金系礼部客司郎中高桂，他心里气不过，就直接上疏皇帝，列举八位考生有涉弊嫌疑，请求复试！高桂列举了怀疑作弊的考生，还影射了王衡。他在疏文中写道："今辅臣王锡爵之子，素号多才，岂其不能致身青云之上，而人之疑信相半，亦乞并将榜首王衡与茅一桂等一同覆试，庶大臣之心迹益明矣。"[1] 王衡就这样被拔萝卜时带了出来。

万历朝的纠察官员人数众多，有一百一十名监察御史和五十二名给事中[2]。站在不同的角度看问题，任何事都会有不同的看法，于是大家七嘴八舌，马蜂窝就此被捅开了。

万历皇帝无奈，就命令众考官对试卷进行复校。众考官一致认为，王衡才气逼人，名副其实，但鉴于皇帝事前已经发话，不可违

1 《明神宗显皇帝实录·卷二百七》。

2 黄仁宇《万历十五年》，中华书局 2006 年版，第 18 页。

抗，只得在春闱会试前让王衡再行复试，结果仍位列第一，获准参加礼部会试。可是，说闲话的官员再次发难，指责复考的考生水平太差，系有意做王衡的陪衬。

性格刚烈的辅臣王锡爵悲愤交加，连连上疏为自己申辩，而且言语十分激愤。事实上，王锡爵已经当了四年的内阁大学士，处理过不少有争议的朝廷政务，难免会得罪一些官员，所以事情变得越发复杂起来。随后，时任刑部云南司主事饶伸又搅和进来，以乡试案为由，上疏皇帝，要求罢斥首辅申时行和辅臣王锡爵。

明朝官场流行一种做法，官员一旦受到舆论攻击，都会立即辞官，以保持所谓的名节，非得要皇帝出面挽留，否则就会觉得自己很没面子，被斥为没骨气。首辅申时行和辅臣王锡爵亦如此，便托病罢朝，坚请辞官。另一位辅臣许国，跑到内阁办公所在地文渊阁，见空无一人，就把奏章送到申时行私第。不料申时行看都不看，把奏章原封不动退了回来。因这起舞弊案，政府内阁实际上已处于停摆状态。

万历皇帝闻讯后大惊，说："阁中竟无人耶？"于是，皇帝亲自下令，革除饶伸的功名并将他逮捕入狱，又将高桂连降两级，贬斥到边疆，算是替两位内阁大臣出了口恶气。

一波未平一波又起，御史毛在又上疏，指责礼部主事孔兼是幕后主使，说高桂的上疏就是他指使的。孔兼呼冤枉，再上疏为自己辩护，并乞求离职。皇上心烦意乱，于是下诏，令各部衙门严格约束部下，不得妄议朝廷。

中国人常常会因同情弱者而放弃原则，有些朝臣开始为饶伸和高桂鸣不平，说他们这样"胡闹"毕竟是为了考试公平，并无私心。御史乔璧星上疏，请求皇上戒谕王锡爵，希望身为辅臣的他务必要宽宏大量，做一个"休休有容"的名臣。王锡爵当然不服气，又上书为自己辩白。这样一来二往，闹得不得消停。而身居高位的王锡爵得理不让人的做法，的确带来了一些负面影响，使他的威望有所下降。

面对官场的钩心斗角，目睹父亲王锡爵遭遇的攻击，王衡心里很难过。他一面恳请父亲上疏拯救御史言官，一面表示自己不再应试，以免争端再起。王锡爵至此也发誓，说：只要自己在朝为官一天，儿子王衡就不再应试，免得有瓜田李下之嫌……于是，王衡自动放弃了礼部会试的资格。

万历十七年（1589 年）二月，董其昌参加了当年在北京贡院举办的礼部会试。

会试有多种别称，如“春试”“春闱”等，又因会试由礼部主持，所以又称“礼闱”。考试共计三场，每场三天，总计时间为九天，即农历二月九日至十一日为第一场，十二日至十四日为第二场，十五日至十七日为第三场。

明初的会试地点本在南京，至永乐年间才移至北京贡院。此地系元代礼部衙门旧址，坐北朝南，大门五楹。往里有二门五楹、龙门、明远楼、致公堂、内龙门、聚奎堂、会经堂、十八房等处。[1]

明天顺七年（1463 年），北京贡院会试考场发生大火，监察御史锁门不许出入，导致烧死举人九十余人、伤者无数的惨案。万历二年（1574 年），首辅张居正下令扩建贡院，并把木质考棚改为砖墙瓦顶的房屋，考棚达一万三千间。

王衡参加的万历十六年顺天府乡试，与董其昌参加的万历十七年礼部会试，地点在同一处，即北京贡院。此时的贡院依旧是张居正扩建后的模样。

---

1 明、清两代贡院位于今北京建国门内中国社会科学院一带。清政府于 1905 年废除科举后，拟在北京贡院旧址建造国会大厦，聘请德国建筑师做了一个仿德国柏林国会大厦的设计，因耗资过大而搁浅。1941 年，日伪政府在此空地上建造“神社”，供奉亡灵。新中国成立之后，中国人民解放军海军司令部曾设于此，1956 年迁出。贡院旧址则由学部（社科院前身）搬入。如今考场遗迹已荡然无存，仅留下了“贡院街”等地名。

虽说会试与乡试的考场纪律差不多，但执行的力度比乡试更严格。考生进入贡院后，形同囚犯一样，要经唱名、搜检、领卷等极为严格的手续，身边还有兵弁弹压。若检查出考生把考试答案或提纲隐藏在身上，即所谓“夹带”，则要立即扭送去刑部严办。考生们进入考棚后，咣当一声，贡院大门被锁上，因而这会试又被称为“锁院贡试”。又由于贡院四周，被荆棘封锁，所以又被称为“锁棘贡试”。

考生们按照《千字文》的排序，每人可分得一间考棚。又因为北京此时的天气还较为寒冷，日照时间短，所以每位考生还可分得一盆炭火、一支蜡烛。考卷发放以后，明远楼上便敲响了鼓声，应试的举子们开始苦思冥想做起八股文来。

有趣的是，北京贡院内的明远楼前，有一株茂盛而姿态奇特的槐树，称“文昌槐”。它的根部生在路东，主干弯曲向西，所以树冠也呈现在路西，如同卧龙一般。人们附会说它是文昌星现身，考生们进场，先须来到槐树下膜拜，以求文运降临，帮助自己登上龙门。

会试的意义不同寻常，因为只有通过会试，举人们才可以升级进入殿试。在名义上，殿试是由当时在位的皇上亲自主持。考生不仅能与天下最优秀的读书人同堂竞技，还能亲睹真命天子的龙颜，可谓三生有幸。如果能再幸运一点，晋升为进士的话，不光个人的命运将由此扶摇直上，还能够荣宗耀祖。说不定还能进入一甲前三名，即状元、榜眼和探花，那可就真的了不得了。

董其昌顺利通过了万历十七年的礼部会试。会试第一名叫会元，董其昌屈居第二名[1]，这也是非常骄人的好成绩。但董其昌对这一成绩很失望，他在致信岳父时说：“会试事已毕，恨又失一元耳，皆福薄之故也。”[2]

---

1 陈继儒《陈眉公先生全集·思白董公暨元配龚氏合葬行状》。

2 《董其昌家书卷》十三通之第七札。资料来源于 2018 年西泠拍卖拍品。

三月十四日，殿试在紫禁城的保和殿内举行。殿试只考一天，考试内容是策问，即以皇帝的口气询问经义、政事。考生则根据自己的认识来应答，这叫“对策”。这种八股文体有点儿像后世的论文答辩。

考生们自黎明时进入紫禁城，历经点名、散卷、赞拜、行礼等程序，再开始颁发策题，须在日暮前交卷。最后，考官们前来收卷。收卷的程序也非常严格，分为受卷、掌卷、弥封三个步骤，由不同的考官经手。

待到阅卷日，在主考官许国的带领下，八位考官依次坐下，每人一桌，轮流传阅和考评。考卷上考生的名字已被完全遮挡，所以考官们不知道他们评判的是谁的考卷。而打分用五种记号，由上至下分别为“○”“△”“\”“丨”“×”，得“○”最多者为优秀卷，再筛选出得○最多的十本，最后呈皇帝钦定。

皇帝收到这十本考卷后，按照他个人的喜好来评判，钦定御批一甲第一、二、三名，即为状元、榜眼、探花。此三人称为“进士及第”，又称“三鼎甲”；二甲若干人，占录取者的三分之一，称“进士出身”。二甲中的第一名，称“传胪”。三甲若干人，占录取者的三分之二。最后由填榜官填写发榜，这一届殿试就宣告结束。

万历十七年殿试一甲三名，即状元焦竑、榜眼吴道南、探花陶望龄，而全榜成绩的第四名即是传胪，称为二甲第一名，就是董其昌。[1]而且，同馆于陆树声家的同门师弟袁可立和陆彦章，也同时被取为进士，名列第三甲。

据估算，明朝参加科举考试者约有百万之众，犹如千军万马勇闯独木桥，能够通过层层考试而最终获得进士者，每三年仅仅两三百人而已，其考中进士的比例之低、难度之高，简直算是凤毛麟角。金榜

1 《明清进士题名碑录索引·万历十七年己丑科》：董其昌“是年，高中二甲一名进士，选庶常”。

题名，当然是值得庆贺的盛事。

按照明朝的规定，礼部要举行宴会，宴请新晋的进士，还将组织他们去国子监拜谒先师孔老夫子，[1]这算是国家对这些优秀读书人的褒奖。

喜报传到董其昌的家乡松江府华亭，当地官员和乡绅们喜形于色。他们认为松江府是钟灵毓秀之地，官府有重教于民之功，因此倍感自豪，于是在华亭七星桥北竖立起“进士坊”，以祝贺董其昌、殷廷枢、陆彦章、吴炯及上海籍的陈所蕴、李叔春、朱正色和李尚衮等七员进士[2]，表彰他们为家乡增光添彩。

与此同时，躺着也中枪的王衡，只得在江苏太仓家中“闭置一室”“谢客读书”，自叹倒霉。他当时写诗说自己“生长宰官家，心情春后花”。其中矛盾、郁闷、无奈的心情，由此可见一斑。

王衡后来曾借王维之名，将自己的科举遭遇写成了著名戏剧《郁轮袍》。在戏中，他悲苦地指出：科举考试是对人性的折磨，“捻断吟髭，咬疼食指书中死。汲汲孜孜，只为这一个功名字！”他还说：“传得到云生两翅，都不过三分钱、二分命、一分诗。只是那妖神索食，借一个孔子为尸。”意思是说，科举考试成功者，不过是依靠了三分财力、二分运气，却只需要那么一分的文才罢了。而且，在尊孔至圣的年代里，王衡敢于说出“只是那妖神索食，借一个孔子为尸”这句话，的确需要一股蔑视封建传统的勇气。

董其昌与王衡，都是那个时代里的文坛骄子，命运却如此相悖，两人人生轨迹犹如“X”字形。董其昌成为进士之后，他的仕途进入了急速上升的通道，命运就此为他大开幸运大门。这个来自江南的士人，从此晋阶大明王朝的庙堂之上，也变成一个极为复杂的人。而

1 董其昌《学科考略》：新晋进士者“国朝赐恩荣宴于礼部”“国子监谒先师”。

2 《重修华亭县志》卷二十一。

王衡从此滑落了下去……

但是，王衡的乡试遭遇，其实对董其昌内心的触动很深，影响到他今后对待政坛的态度，以及他的为人处世。康有为曾说："香光虽负盛名，然如休粮道士，神气寒俭。若遇大将整军厉武，壁垒摩天，旌旗变色者，必裹足不敢下山矣。"[1]这句话的确入木三分，说明生性懦弱的董其昌，十分畏惧政坛的恶斗。

1 康有为《广艺舟双楫》。

第二章

江山代有才人出

一、董其昌的出生

明嘉靖三十四年正月十九日，即1555年2月10日，春寒料峭，董其昌出生在上海县马桥[1]。中国人过去称这一年为乙卯年。

马桥是块风水宝地。早在五千年以前，先民们就在这里生活。他们主要以农耕稻作为主食，偶尔狩猎动物来补充蛋白质，因此体质健硕。他们用的器皿主要是陶器，但少量的青铜器已经出现。这种以新石器过渡时代为主要特征的古文化，被称之为“马桥文化”。[2]不过，董其昌一辈子闻所未闻。因为这是他辞世近四百年后，随着科学考古的发现，人们才认识到的历史新知。

董其昌出生时，他的曾祖母高孺人尚健在，可谓四世同堂。董其昌系独子，出生时家人欢天喜地，立即在家门前挂上一张弓，名曰“悬弧”。董其昌说：“正月十九日，为余悬弧辰也。”“悬弧”仪式非常古老，它延续了古人尚武的风俗。到了晚明时期这种风俗依旧盛行。家中若生男丁，需在大门的左上方悬挂一张弓，称为“悬弧”；若生女，则把一种叫“帨”的佩巾挂在门右。男左女右，尊卑立现。

1 今上海市闵行区马桥镇。台北故宫博物院李玉珉先生《董其昌的书画鉴藏》一文说，董其昌“上海人，生长以致老死于松江府治的茸城（今上海市松江区），因府治附郭县为华亭，故一作华亭人”。见台北故宫博物院2016年《妙合神离——董其昌书画特展》，第288页。他的这一观点来源于王世清之《董其昌的交游》一文。

2 参见1997年第2期《考古学报》载《上海市闵行区马桥遗址1993—1995年发掘报告》。

但是，对于整个国家来说，这一年并没有什么值得欢庆的理由。1月23日，陕西渭南、山西蒲州及河南等地发生了强烈地震，遇难百姓竟达八十三万多人，哀哭声响彻寰宇。这次地震是我国历史上有明确文字记载的最大震级。

倭寇开始大规模蔓延，深入我国沿海地区进行骚扰。这些倭寇奸诈多端，行踪飘忽不定，而且他们还工于心计，尤其善于打伏击战，结果常熟县令王铁在5月24日领兵围剿倭寇时反被其伏兵所杀。6月13日，江阴县令钱錞在与倭寇作战时也被其伏兵所杀。朝廷派去的工部右侍郎赵文华与浙江巡抚、右佥都御史胡宗宪联手抗倭，征调浙江、南直隶精兵四千余人，攻打倭寇据点松江陶宅港（今上海奉贤区东），结果大败，一千二百多名官兵被杀，“自是，倭势益张”。

最要命的是朝廷无能。当时的首辅是严嵩，在世宗皇帝朱厚熜的纵容下，他为非作歹，把朝廷上下搞得乌烟瘴气。兵部武选司员外郎杨继盛，历数严嵩“五奸十大罪”要弹劾他，结果在这一年的6月16日反被诛杀，由此可见，朝廷的争斗已经相当血腥。

而偏安一隅的董其昌故乡松江府属江南地区，是中国最富饶的地方之一。“上有天堂，下有苏杭”就包括了这一区域。这里四季分明，河流密布，物产丰富。不过董其昌家族并非这里的原住民，他的祖先由中原地区迁徙而来。

董其昌在自述中提到：“按谱，余家厥初为汴人，自扈宋南迁，更居华亭。上世有官一公始著，数传为思贤、思忠……”[1]就是说，董家本是河南开封人，在北宋末年随着败退的政府南迁到江南（两宋之间，曾发生过人口的大迁移），然后更居华亭。迁徙而来的董家始祖叫董官一，人们敬称他为“官一公”。北宋时，黄河流域是中国农耕文明的经济中心，自南宋以来，随着北方人口向南迁移，给长江流

1　董其昌《容台文集》卷六《浙川兄传》。

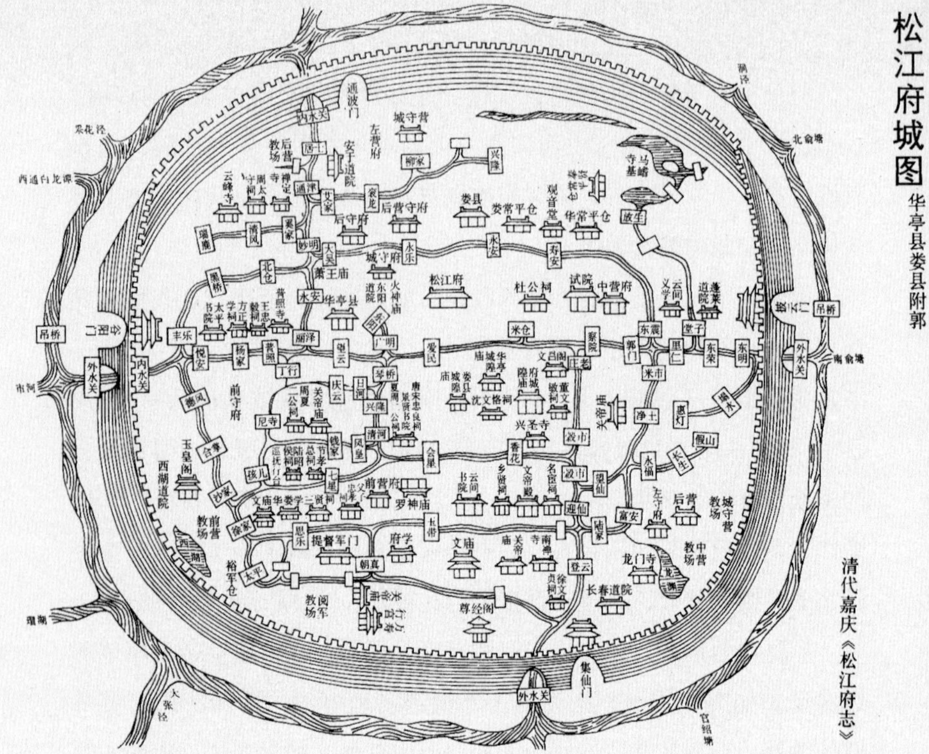

松江府城图

域带来了大量先进的农业生产工具及理念，使长江流域逐渐成为中国的经济中心。董其昌的祖先就是在这次人口大迁移中来到了华亭。[1]

“官一公”的第五代后人就是董华，也就是董其昌的曾祖父。董华夫人高氏，即高孺人，是元代刑部尚书高克恭的玄孙女。[2]高孺人是在董其昌襁褓时去世的，董其昌对她没有什么记忆，只听长辈说

1 张清吉说：“据《莱阳董氏族谱》，董其昌祖籍是山东莱阳，始祖为董三宾，明初‘从明太祖起兵。天下甫定，分屯苏州卫’，一支‘卜地’松江华亭。至董其昌，已八世。”（张清吉《金瓶梅奥秘探索》，中州古籍出版社 2000 年版，第 5 页）这一说法与董其昌的自述不符。

2 董其昌《画旨》：“元末避兵，子孙世居海上，余曾祖母则尚书之玄孙女也。”

过：曾祖母高孺人曾“摩顶悬记”之语。[1]高克恭是回鹘（今新疆维吾尔族的祖先）人，因此董其昌也具有维吾尔族人的血统。高克恭不仅是元代的高官，也是中国历史上杰出的书画家。

董华与高孺人所生的孩子名悌，就是董其昌的祖父。祖父董悌，字世雍，号吾溪，配俞氏，葬竹冈西原。竹冈西原这个地方，就是苏州吴县（今苏州市吴中区）的渔洋山，是董家的祖坟。

董悌一共生了两个儿子，长子为汉儒，次子为静轩。长子董汉儒，字子策，号白斋翁，配沈氏。这就是董其昌的父母亲。

父亲董汉儒为金山卫庠生，是一位秀才[2]，科举无望而去做了私塾先生谋生，似乎没有接受过多少高深教育，史书上称“白斋翁为里中儿师，熟诵《通鉴》数叶”[3]，学识毕竟有限，大概只能教育那些处在启蒙阶段的孩子。董汉儒在马桥的家，有薄田二十亩，日子紧紧巴巴，勉强度日。

董其昌在自撰的文章中从未提及自己的出生地马桥，只是说自己是“上海董家汇人”[4]“更居华亭”。这是因为其中隐藏着一段董家人的心酸往事——董其昌的父亲董汉儒与原籍马桥的恶吏曾发生过冲突，无奈之下逃籍去了华亭。

这是一桩有关董其昌生平的历史悬案。要说清楚这一过程，就必须介绍一下当时的历史背景。

明朝时有南、北两个直隶。华亭和马桥相距不远，都属于南直隶。南直隶管辖的区域位于今天的江苏南部及上海全境，这里属于长江下游平原，雨水充沛，万木向荣，是历史上著名的鱼米之乡，也是大明王朝的重要粮仓。

---

1 《董华亭书画录》之《仿十六家巨册》题跋。

2 现藏辽宁省博物馆董其昌楷书《自告身帖》云：“生员董汉儒。”

3 陈继儒《陈眉公先生全集·思白董公暨元配龚氏合葬行状》。

4 董其昌《画禅室随笔》卷一：“正月十九日，为余悬弧辰也……上海董家汇人。”

明朝本是农业大国，但国家收取的农业税赋并不繁重，以全国论，最重的税赋当数南直隶的苏州府，其税赋约占农业收入的20%，其他各县府大概都在10%以下，与苏州和上海相邻的溧阳（今属常州市），税收只在1%至5%之间。就比例而言，十七世纪末期的英国，人口才五百万，税收每年竟达七百万英镑，折合银子两千余万两，和人口是其三十倍的中国大致相当；而与同时期的日本大名政府相比，日本的税收占收入的50%。[1]按理说，明朝税赋很轻，人民的生活应该没有问题。

但是，董其昌家的遭遇事涉社会基层的腐败。古代的中国是一个道德国家，以儒家的伦理传统来统治国家的历史已逾两千多年。明朝管理人民的方法，采取的是“里甲制”或“保甲制”，即以一百一十户为一里，摊丁粮多者十户为长，余百户为十甲。甲凡十人。这种制度至今还在赢得西方学者的喝彩，他们的理由是：“从帝国的角度来看，这种里甲制度十分有利，帝国不需要自己养着成千上万的官员税吏，而是交给地方长者来监督各个家庭的情形。里长、甲首不但了解地方情形，常常也能让税务运作顺畅，而无须国家军队介入。”[2]可是他们忽略了这种里甲制存在的严重弊端：这些里长、甲首、户长，名义上是德高望重者，实际上都由当地官员指派，他们的主要任务就是征收赋税钱粮、派遣徭役。他们为了当上里长、甲首、户长以便“掌权”捞好处，就必须行贿官员，于是他们往往与官员勾结在一起，贪赃枉法，欺负老实人家，危害一方。在这里，我们就能看出明朝基层政权腐败的原因。

董其昌家在马桥的时候，遇到了恶吏，即“蠹胥”，要强迫他们家担负重役。然而，董家虽然有二十亩田地，却是薄田，而且父亲董

1　这一观点引自黄仁宇先生的《万历十五年》，中华书局2006年版，第2页。

2　尤瓦尔·赫拉利《人类简史》，中信出版社2014年版，第350页。

汉儒不过是个私塾教师，束脩有限，也挣不到什么钱财，生活确实很困难，无力与地头蛇抗争，无奈之下只能选择逃籍，也就是逃离了马桥“蠹胥”的管控，通过关系来到了华亭。

但逃籍是一种严重违法行为，在明初即被严令禁止：“为了避免户口登记过程中的逃匿隐避现象，朱元璋分派军队到各地去核实。发现有与户帖不相符的则严惩之。如果责任在民，要‘拿来做军’。如果责任在官，就予以处斩。”[1]明代的户籍、户帖管理十分严格，内容包括各户的乡贯、丁口、姓名、年岁、事产状况等。所以当董其昌一生的挚友陈继儒为此调侃他而叫他“董逃行”时，董其昌一直沉默不语。

有的史书上说，董家逃籍发生在董其昌已经成为诸生时期[2]，似乎不确。如今《董其昌全集》已经出版，洋洋数百万字，却见不到董其昌关于马桥往事的记载，可以推测，董家逃籍事系发生在董其昌小的时候。

董其昌的母亲沈氏，是华亭当地一个叫叶榭集镇上的人，家境要好于董家。董家迎娶新娘沈氏时就很清贫。沈氏小时读过书，能诗会画，人也很贤惠，不仅操持家务，还时常参与对孩子的教育。新编《叶榭志》说董其昌外婆家建有华丽的“叶家水榭”[3]，显然采自民间传说，不足信。而且，董其昌七岁的时候还没有到万历年，是嘉靖四十年（1561 年）。不过，董其昌七岁时的确去了华亭县的叶榭集

---

1 韩大成《明代城市研究》，中华书局 2009 年版，第 13 页。

2 李延昰《南吴旧话录》。“董思白为诸生时，瘠田仅二十亩，区人亦令朋役，至弃家远遁……”据钱锺书先生《谈艺录》提示，《南吴旧话录》的作者李延昰，是明末清初上海人。

3 据新编《叶榭志》称：“叶榭集镇是个有 2000 余年历史的古镇，公元前 174 年，吴王刘濞在叶榭塘东滩设立盐仓，集盐北运广陵（今扬州），遂成集镇雏形，三国时期已初具规模。相传有一叶姓猎人开酒店，煮售鹿肉，镇名由此初称为‘叶店’。五代十国时期，有叶姓、谢姓两大户居此经商，镇名以二姓得名‘叶谢’。明万历年间，董其昌助外婆家建华丽的‘叶家水榭’，四方乡民便以此为标志，易‘谢’为‘榭’，将镇名改为今日的‘叶榭’。”

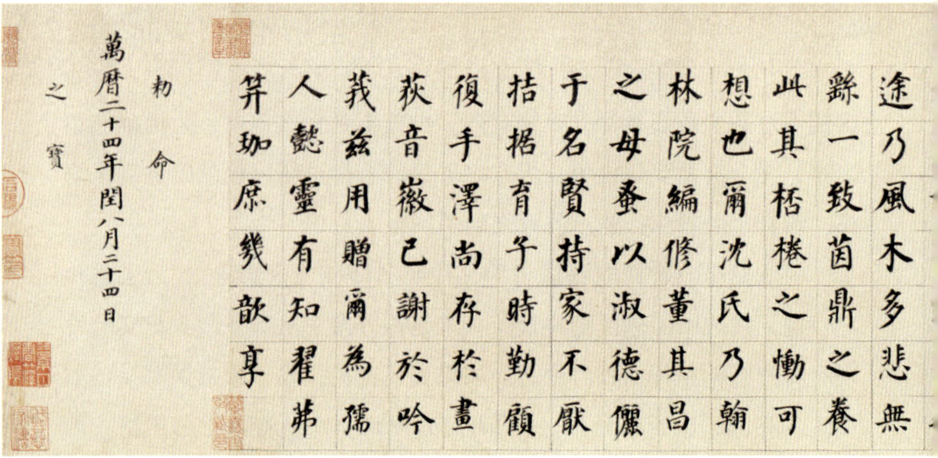

镇，在那里的水月庵读书，住在外祖家。[1] 在当时有位同窗好友叫金学文，董其昌与他一直保持着深厚的友谊。[2] 在董其昌抄写《金刚经》的万历二十年（1592 年），他的父母双亲均已去世。他后来又在《自书封敕稿本卷》中说：“尔沈氏，乃翰林院编修董其昌之母，蚤以淑德，俪于名贤，持家不厌拮据，育子时勤顾复。手泽尚存于画荻，音徽已谢于吟莪。”[3] 说明母亲沈氏并未长寿，此时早已谢世。

父亲董汉儒是个读书人，年轻时也胸怀抱负。他深知，在那样一个时代环境里，读书人唯一的出路就是考功名走仕途。时人赵用贤讲得很透彻：“今仕于邦国者，类以科闻发第为重，其次则文学岁献士，世所号为正途。下是，虽聪明才谞卓荦出群者，亦屈为杂流，悉处以卑冗。”世风如此，没有功名的人，无论你如何聪明能干，终究是“杂流”，不为社会所尊重。中国有句古话：“学得文武艺，货与帝王家。”说的也是这个道理。董其昌在《自书封敕稿本卷》中说父亲：“赋才孔硕，蓄学多闻。贞操不愧衾裯，雄抱雅堪鼎吕。惜哉，

1 嘉庆《松江府志》卷三十八。

2 《郯桥续志》，学林出版社 2007 年版，第 487 页。

3 《石渠宝笈续编》宁寿宫十四。

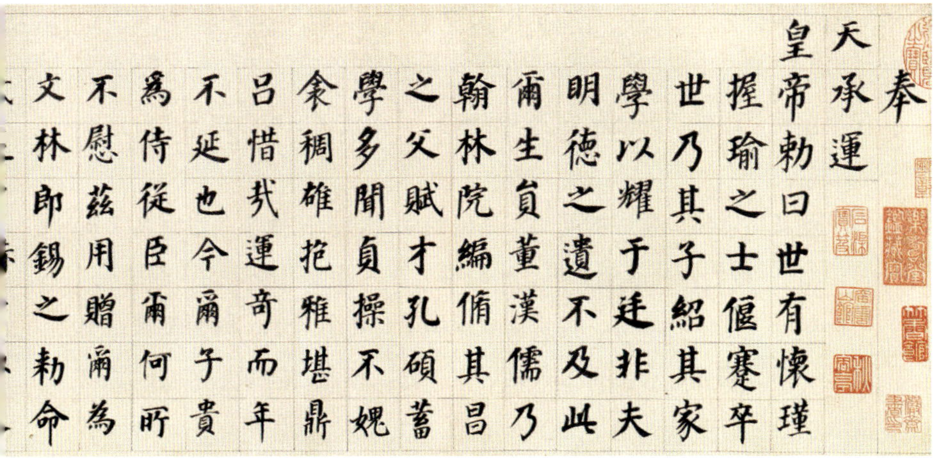

董其昌《自书封敕稿本卷》清宫散佚书画　纸本，纵 26.1 厘米，横 274.7 厘米，现藏辽宁省博物馆

运奇，而年不延也。”但中年之后他却成了一个落拓的塾师，“而君独以穷且老，犹抱其一经，负笈走东西数百里道，以坐人家塾中，一丈之席而不可必得”[1]，命运可悲。

董汉儒把他自己未能实现的人生期望，全部寄托在儿子董其昌身上，把儿子的学业抓得很紧。董其昌小的时候，父亲董汉儒每天晚上与他睡在一起，陪着他一起温习功课，口授知识[2]；他少年时，父亲就给他讲解一些君子书。董其昌后来回忆说：“臣自少时，臣父授以江西诸君子之书。”[3]这种父爱，既严厉又温暖。

董其昌读书有天分，成绩优异。他的族侄董羽宸在《董氏族谱》中称赞董其昌说：“公之过目成诵，出口成章，绪余所及，俱为世宝。”[4]计六奇在《明季北略》中也说，少年董其昌“髫年赋诗，语必惊人”。[5]

隆庆元年（1567 年），十三岁的董其昌考中了秀才，“见赏于郡

1　徐渭《徐渭集》，中华书局 1999 年版，第 517 页。

2　陈继儒《陈眉公先生全集·思白董公暨元配龚氏合葬行状》说：董汉儒“晚从枕上口授”。

3　董其昌《容台集》卷三《江西乡试录序》。

4　松江光训堂《董氏族谱》卷六《世传》之《八世传》。

5　计六奇《明季北略》卷十一《董其昌致仕》。

侯洪溪衷公、督学天台耿公，补郡庠”。[1]他成了庠生，庠生也就是秀才之意。

董其昌童年最要好的同学，是他的堂侄，只比他小一岁，名字叫董传绪[2]。他们俩同起童子科，平时整天在一起读书写字，一起游玩，形影相随，感情特别好，可是这叔侄俩又是竞争对手。因为董家在当地是一个大家族，有上百号人聚居在一起，相互之间都是亲戚，所以大人们总是打听彼此孩子的学习情况，相互攀比，无形之中就给孩子们增加了心理压力，于是叔侄俩互相之间也开始暗暗较劲。平时，论知书达理写文章，董其昌一马当先，成绩明显优于董传绪，几年下来，董其昌就形成了一种自我优越心理，总觉得董传绪不如自己，而且长辈们也都这样认为。

在州府县学里读书，其教材主要是“四书五经”。学生们不仅严禁阅读涉猎亵渎帝王圣贤内容的词曲、杂剧之类的文学作品，甚至也不得学习天文、历算等实学知识，“习历者遣戍，造历者诛死”。这种教育的目的只有一个，就是要“专取四子书及《易》《书》《诗》《春秋》《礼记》五经，命题取士”，以培养维护封建帝王家国统治的后备人才。

到了隆庆五年（1571年），董其昌和董传绪叔侄俩一起参加了松江府的会考。董其昌自以为胜券在握，结果却马失前蹄，栽了跟头。考试结果上墙公布：董传绪第一，董其昌第二。[3]这如同万马争先而不见了骅骝，平时拔尖者落了后。董其昌就有点儿脸上挂不住了，心理崩溃，好像无颜回家见爹娘。后来一打听才知道，因为他

1 陈继儒《陈眉公先生全集·思白董公暨元配龚氏合葬行状》。

2 董传绪（1556—1577），字原正，又字伯长，“二十一夭矣”。董其昌的父亲董汉儒与董传绪的爷爷董静轩是兄弟。董传绪的父亲董志学育两子，长子即董传绪，次子是陆宗伯的女婿董九皋。董传绪二十一岁时去世，那时已经成婚，生育了儿子福孙，惜福孙也早逝。

3 董其昌《容台集》卷四、《画禅室随笔》卷一：与伯长同试于郡，因“书拙，置第二”。

写的字不如董传绪写得好，所以时任松江知府衷贞吉大人[1]就把董传绪考评为第一。

今人读此，以为知府大人衷贞吉凭着个人的喜好擅权乱为，愤有不平。其实不然，知府大人判分是有理有据的。因为在明代，开国皇帝朱元璋早就立下规矩，读书诸生“每日习仿书一幅，二百余字，以羲（王羲之）、献（王献之）、智永、欧（欧阳询）、虞（虞世南）、颜（颜真卿）、柳（柳公权）等帖为法，各专一家，务必端楷”。[2]那么在诸生考试的时候，写字好坏自然要跟考分有直接的关系。不仅如此，甚至官员的书法好坏，跟自己的官运也密切相关。洪武十五年（1382 年），朱元璋对征试秀才的六科取士制度也有过明确的规定：“以经明行修为一科，工习文词为一科，通晓书义为一科，人品俊秀为一科，练达治理为一科，言有条理为一科。”[3]其中，在“通晓书义”这一科中，考评的就是文字书法的优劣。《明史·职官志》中还有明确记载，对书法特优者，常有额外的关照，如“楷书出身者，或加太常卿衔”。要特别说明的是，明朝的官样文体“台阁体”就是以沈度之法为楷模的，明成祖朱棣盛赞沈度是“我朝王羲之”，而沈度也是松江华亭人，属董其昌的前辈乡贤。

第一次马失前蹄的教训，让董其昌刻骨铭心。这使得他终于明白一个道理：在漫漫科举的道路上，文章写得锦绣固然很重要。出色的书法，也会给考试成绩加分添彩；而笨拙的书法，只会拖后腿。

这次意外事故，好像是上苍在冥冥之中故意为董其昌设计了一道

1 衷贞吉（？—1596），字洪溪，江西南昌新建人。嘉靖三十八年（1559 年）进士。衷贞吉曾于隆庆元年接替朱茹任松江府知府一职，隆庆五年由李向阳接任。万历四年（1576 年），督学副使衷贞吉奏留输帑三千金，大修太昊陵。万历十四年（1586 年）二月至万历十六年九月任河南巡抚。万历二十一年（1593 年），升任工部尚书。次年，改左都御史。万历二十四年（1596 年），死于任上。

2《明太祖实录》卷二百五十四。

3 夏燮《明通鉴》，上海古籍出版社 1990 年版，第 88 页。

门槛，就是为了让他在这里摔一个跟头，令他幡然醒悟。也就是在这一刻，董其昌开始发愤学习书法。

在他发愤临池之后，董其昌领悟到：书法在中国人的心里还有着比考试更为重要的内涵，即“书品如人品”。唐代书法家柳公权认为“心正则笔正”，意思是好人写好字，坏人写不好字，好人会因为书法成就得以名垂青史，这一著名观点好像早已深入人心。当然，坏人也能写出一笔好字，可是历史也会予以一笔抹杀。最著名的例子就是蔡京。北宋“四大书家”苏、黄、米、蔡中的蔡，本是指蔡京，可是这个人是奸臣，后世的人就用蔡襄顶替了他。果不其然，董其昌后来也成了这种观念的拥趸。他说：“颜清臣忠义大节，唐代冠冕，世人以其书传。蔡元长书法似米南宫，以其人掩书。两伤双美，在人自择耳。”[1]

董其昌深受传统思想的影响，当然想要做好人。他继而认识到，光当好人还不够，还要读好书、写好字、考好试，这就必须要求自己成为书法家。

至此，中国历史上又一位伟大的书法家，开始发愤临池，启程上路。

二、塾师莫如忠、莫是龙父子

董其昌一生受益于多位老师。如果把他的父亲董汉儒除外，从时间顺序上看，第一位就是塾师莫如忠先生[2]。隆庆六年（1572 年），十七岁的董其昌和他十六岁的堂侄董传绪拜师莫如忠。[3]是年，莫如

---

1 董其昌《容台别集》卷三。

2 莫如忠（1508—1588），字子良，号中江，华亭人。嘉靖十七年（1538 年）进士，明代著名官员和学者，师从唐顺之，累官浙江布政使，寻告归，杜门著书，刻有《崇兰馆帖》传世。

3 董其昌《容台集》卷二。

忠老先生已经六十四岁。

董其昌跟随莫如忠先生的读书处，就是今天上海市松江区的东明桥和莫家弄。东明桥现在的位置在松江区白云新村内。[1]

徐璋作《莫如忠像》

这一年，隆庆皇帝刚刚去世，十岁的朱翊钧即位，成为万历皇帝。一代能臣张居正扳倒了原任首辅高拱，自己出任首辅，开始大刀阔斧的改革，国家由此出现了新气象，史称“万历中兴”。

朝廷曾一度召唤莫如忠再度出山，而莫如忠早已厌恶了官场的恶斗，坚辞不出，一心在家著述，继续为董其昌等学生授课。

董其昌跟随莫如忠学习四年，到底学到了什么本领？

董其昌自述：“仆于举子业本无深解，徒以曩时读书于莫中江先生家塾。先生数举毗陵绪言指示同学，颇有省入，少年盛气，不耐专习，荏苒十五年，业亦屡变。”[2]可见，莫如忠教授弟子们的学业主要是举子业，针对的是科举考试。名重朝野的莫老先生此时年岁已高，对待学生的学业也比较宽松，而这些十七八岁的学子正处青春期，整天想入非非，不肯下苦功钻研，所以收获不大。

特别要指出的是，莫如忠先生“数举毗陵绪言”，这“毗陵绪言”究竟是什么内容？实际上指的是唐宋文学。

塾师莫如忠的老师便是董其昌的师爷，这个人就是毗陵（今江苏常州）唐顺之先生[3]。唐顺之，在文学史上的最大贡献就是确立了“唐

1 王永顺《董其昌遗迹考》，载《董其昌研究文集》，上海书画出版社 1998 年版，第 836 页。

2 董其昌《容台文集》卷二《戏鸿堂稿自序即复赵公益书》。

3 唐顺之（1507—1560），号荆川，以号名世，是明代的儒学大师、抗倭英雄，也是明中叶重要的散文家，与王慎中、茅坤、归有光等同属明代重要文学流派唐宋派之代表人物。

宋八大家”的历史地位。后世人所熟知的“唐宋八大家”（唐代韩愈、柳宗元和宋代欧阳修、苏洵、苏轼、苏辙、王安石、曾巩）这一合称的概念，就肇始于唐顺之先生。

不过，从董其昌晚年对先师莫如忠的怀念文章中观察，除了在态度上对先师的礼敬之外，他对莫如忠所教授的“举子业”并没有多少感激之语，反倒是一而再、再而三地大谈莫氏父子的书法，可见莫先生对他早年学书法的影响至深。

董其昌认为，家乡华亭最杰出的书法家有这么几位：第一位是陆深，第二位就是自己的塾师莫如忠；如果再要排下去的话，第三位就是塾师莫如忠之子莫是龙。前面说过的沈度、沈粲兄弟虽然也是乡贤，但他们死得太早，对董其昌而言太过遥远，所以可以忽略不计。

陆深（1477—1544），字子渊，号俨山，华亭人。弘治十八年（1505 年）进士，嘉靖时，官詹事府詹事，赠礼部右侍郎，谥文裕。书法出色，颉颃李邕，与赵孟頫齐名，是公认的一代名笔。但是，董其昌生得太晚，在陆深去世十一年后董其昌才呱呱坠地，所以董其昌与陆深未能谋面。

董其昌说：“吾乡先达书学最深者陆文裕俨山、莫方伯中江。陆摹赵吴兴逼真，人称其类赵，则抗声曰：‘吾与之同学李北海。’莫公以《圣教叙》为师，自二王之外，一步不窥，皆非文徵仲所能梦见者也……”[1] 董其昌的文笔果真厉害，寥寥几笔，陆深不服输的倔傲个性和莫如忠专心致志的神情便跃然纸上。

董其昌对莫如忠、莫是龙父子的书法做过深入研究，他分析说：

父子书家，自羲、献后有欧阳询、欧阳通，徐峤之、徐浩，本朝则吾郡莫方伯与其子廷韩耳。余师方伯而友廷韩，每论两家之书，吾

1 卞永誉《式古堂书画汇考》卷二十八。

师则应规入矩，骞翥回翔，似正反奇，超俗即雅；廷韩则风流跌宕，俊爽多姿，酝酿诸家，匠心独妙。廷韩如五陵豪侠，宝剑金丸，意气自喜；而吾师则以温伯雪子，正容对客，望之意消。廷韩游道既广，鉴赏之家无不遍历；吾师人地高华，知希自贵，晋人之外一步不窥。故当时知廷韩者，有大令过父之目。然吾师以骨，廷韩以态；吾师自能结构，廷韩结字多出前人名迹。[1]

东晋王羲之、王献之父子在中国书法史上具有里程碑意义，这是举世公认的事实，而在董其昌的眼里，莫氏父子的书法对明代的影响堪比“二王”。如此崇高的赞美，恐怕在当时未必能获得共鸣，不过，这正说明了莫氏父子书法对董其昌的深刻影响。

莫是龙是莫如忠的长子，字云卿，更字廷韩，号秋水。八岁启蒙读书，十岁能写文章，十四岁就补郡诸生有了秀才的身份，自小就有“神童”之誉。他性格豪爽，热情横溢，交四海朋友，名倾东南，却因不喜科举业，一生以贡生终。董其昌刚进莫家大门读书时，年方十七岁，莫是龙比董其昌年长十八岁，此时三十五岁。他俩关系处在师友之间，感情尤其深厚。

现代人通常认为，书法家就是能把汉字写得漂亮的人。其实不然，历史上真正的大书法家，都是一些博学之士，不仅拥有丰厚的学养，阅历也十分丰富。莫是龙就是这样的人。他喜读书，学识渊博。他的舅父杨仪是名扬一时的藏书家，斋号“七桧山房”，建藏书楼名曰“万卷楼”，其收藏典籍极丰富，宋、元精本尤多。杨仪去世后，所藏之书多归其外甥莫是龙，并藏于“城南精舍”中。黄丕烈作诗咏其事云“七桧山房万卷楼，杨家书籍莫家收”，说的正是此事。莫是龙还有一个特殊的嗜好，就是对艺术品收藏矢志不渝。他十分崇拜米

1 董其昌《容台文集》卷三《崇兰帖题词》。

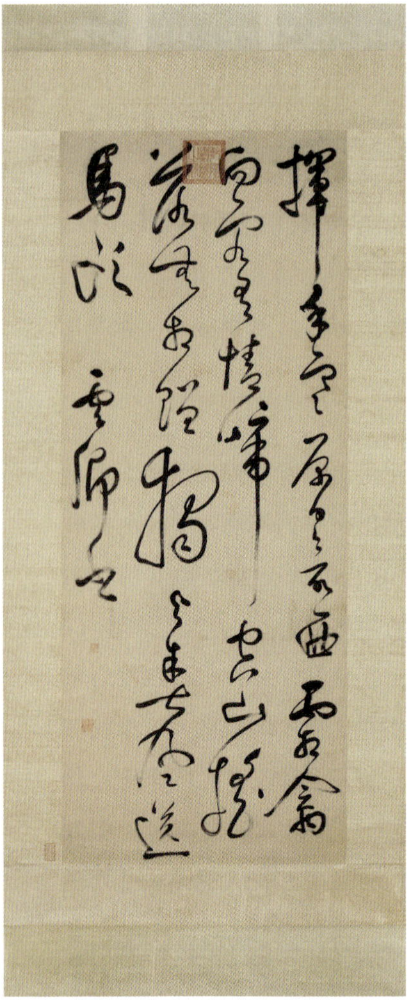

莫是龙草书，现藏台北故宫博物院

芾，曾经觅得米芾石刻“云卿”二字，便把自己的字改为云卿。

在当时，华亭文人成立了一个文社，“社中之白眉”即莫是龙，相当于社长的地位。社员何三畏，字士抑，万历壬午年（1582 年）的举人，也是莫是龙、董其昌、陈继儒、唐文献等人的同社好友。何三畏在莫是龙去世后写过《莫廷韩传》，介绍了莫是龙生前受人追捧的程度。据何三畏说：莫是龙诗名很盛，而且能书会画。书学米芾，画宗黄公望（1269—1354）。莫是龙作画时“必坐密室染就，不令左右宾友知之，及工甚，乃辄出以示人”。他画画时速度很慢，“所谓十日一山，五日一水者，每点染成幅，人争购之”。[1]

莫是龙作品留存至今者，为数不少。如日本东京国立博物馆收藏的《山居杂赋卷》、日本泉屋博物馆收藏的《五言绝句轴》都可视为其书法代表作。当年董其昌说莫是龙书法注重字“态”“结字多出前人名迹”“风流跌宕，俊爽多姿，酝酿诸家，匠心独妙”，今天我们通过鉴赏原作，可知董其昌话之中肯。

1　何三畏《芝园集》卷十六《莫廷韩传》。

莫是龙未能长寿，五十岁就去世了。董其昌对他一直念念不忘。他后来在郭熙《溪山秋霁图》[1]上题跋："余友莫廷韩嗜画，画亦逼黄子久，此卷盖其所藏，以为珍赏甲科。后归潘光禄，流传入余手。每一展之，不胜人琴之叹，万历己亥首夏三日，董其昌。是日前一宿梦廷韩，及晓起题。"万历己亥年，即万历二十七年（1599 年），距莫是龙下世已十二年，董其昌在夜里做梦依旧想到他，其中"不胜人琴之叹"之句，令人不觉悲从中来。

有心栽花花不开，无意插柳柳成荫。塾师莫如忠苦心教授"毗陵绪言"并没有把董其昌栽培成文学名家，而使他成了名扬千秋的书法大家。

董其昌在跟随莫如忠父子学习期间，正是他刻苦学习书法时期。董其昌自述："初师颜平原《多宝塔》，又改学虞永兴，以为唐书不如晋魏，遂仿《黄庭经》及钟元常《宣示表》《力命表》《还示帖》《丙舍帖》。"[2]由此可见，董其昌开始发愤练习书法，最初的临摹范本是唐代颜真卿的《多宝塔》。而且，指导他"初师颜平原《多宝塔》，又改学虞永兴"的人，应该就是莫如忠、莫是龙父子。

问题由此而生：中国书法史上的名碑宝帖多如繁花，他为什么要选择《多宝塔》作为自己习书的开端呢？我们不妨先来端详一番《多宝塔》碑。

颜真卿《多宝塔》，全称《大唐西京千福寺多宝塔感应碑》。此碑于唐天宝十一载（752 年）竖立在长安千福寺，宋时移到西安碑林，为颜真卿四十三岁时的成名之作，也是颜真卿现存于世的早期作品。由此碑可见，颜真卿书写时的态度真诚，其字体结构偏紧，重心偏上，运笔清晰，明显透出有学习虞世南、欧阳询、褚遂良、薛稷的痕

1　现藏美国弗利尔美术馆。

2　董其昌《画禅室随笔》。

迹，又与唐人写经有明显的相似之处。尤其值得关注的是，此碑的习气不重、笔力强健、结构严谨，点画圆整，端庄秀丽，撇捺有致，显得静中有动，飘然欲仙。历来学颜体书者，大多从此碑下手，揣摩出其中真谛。

从董其昌自述中可知，在研习了颜真卿的楷书之后，他又开始学习虞世南，而虞世南的书法继承了“二王”（王羲之、王献之）传统，外柔内刚，笔致圆融又不乏遒丽之气。而且，虞世南作书不择纸笔，却很注意坐立姿势和运腕方法。只要姿势正确，手腕轻虚，即使是粗纸、秃笔，信手拈来也能挥洒自如。虞世南传世书迹中，刻石楷书有《孔子庙堂碑》《破邪论》，行书有《汝南公主墓志铭》《摹兰亭序》等，俱为后世学习书法的范本。

临习了颜真卿和虞世南的书法之后，董其昌认识到“唐书不如晋魏”。为了提高书艺，他上溯历史，“遂仿《黄庭经》及钟元常《宣示表》《力命表》《还示帖》《丙舍帖》”，专习王羲之和钟元常的小楷。《黄庭经》又名《老子黄庭经》，本是道家经典，其引言由王羲之书写，小楷，一百行。原本为黄素绢本，在宋代曾摹刻上石，有拓本流传。此帖法度极严，气韵生动，有秀美开朗之意态。而钟元常即钟繇，系楷书（小楷）的创始人，被后世尊为“楷书鼻祖”。他的《宣示表》《力命表》《还示帖》《丙舍帖》等，均是我国历史上公认的楷书法帖。

董其昌在塾师莫如忠家学习期间，虽然书法进步很快，已小有名气，但其声名未能超出华亭。比董其昌年长二十多岁的詹景凤（1532—1602）写过《詹氏性理小辨》，其中历数了“自洪武至万历”年间的书家一百八十六人、画家一百一十七人，不见董其昌的名字，而均有莫是龙的大名，可知彼时董其昌与莫是龙相比，他只有拈纸研墨的份，还上不得台面。

三、“狂生”意气

年少时的董其昌，被公认为是一个非常有出息的才俊，赞誉之声绕耳不绝，这难免使他心浮气躁，坐井观天的董其昌开始翘尾巴，日常表现有些狂傲。达观禅师[1]（1543—1603）看在眼里，曾以非常特殊的方式予以规劝。

出生于一个虔诚的佛教徒家庭的董其昌，自小受佛教浸润，而他最早认识的名僧，就是这位被尊为明末佛教四大师之一的达观禅师。

董其昌自述：“达观禅师初至云间，余时为诸生，与会于积庆方丈。越三日，观师过访，稽首请余为思大禅师《大乘止观》序。”[2]“稽首”本意就是磕头，这也可以表示很隆重的礼仪。达观禅师比董其昌年长十二岁，如此待之，相当罕见。而所谓《大乘止观》，讲述的就是大乘圣法。达观禅师让董其昌去研读此经，用意是让他内心保持清净，以克服烦恼妄想。

这个事例可以说明，董其昌年轻时的心理是膨胀、浮躁的。

董其昌刻苦学习了三年的书法，自认为进步神速，能够把颜真卿和虞世南等书体写得惟妙惟肖，因此十分得意，甚至连明代著名书法家“吴中四才子”的文徵明、祝枝山等人都不放在眼里。

董其昌自言：“凡三年自谓逼古，不复以文徵仲、祝希哲置之眼角……”[3]实则，他当时还不明白中国书法艺术的博大精深。学习古人的书法，纵使临摹得与古人一模一样，也只是学到了皮毛，而非精髓，所以他后来反思说，当年自己的书法“乃于书家之神理，实未有入处，徒守格辙耳”。这里所说的“格辙”，就是依葫芦画瓢的意思。

---

1 达观禅师俗姓沈，本名真可，字达观，晚号紫柏大师，吴江（今属江苏）人。门人尊他为紫柏尊者，是明末佛教四大师之一。

2 董其昌《容台别集》卷一《禅悦》。

3 董其昌《画禅室随笔》卷一《评法书》。

到底应该怎样学习中国书法？前人已经进行了深入研究，可总结为三个阶段，即“初若印泥”“中若印水”和“终若印空”。此三种境界如同三道鬼门关，依次闯关，便可各得其所，最终卓然成家。

第一阶段的“初若印泥”，就是在临习古人的碑帖时，其笔画要模仿得惟妙惟肖，要求准确掌握汉字的结构和用笔的诀窍。按照董其昌的话说：“余少时学虞书，忽于临写时，得其用笔之诀，横斜曲直，无不合者。”[1]这里，董其昌所说“合者”之意，近似我们当代人所说的“复制”“拷贝”的意思，其一笔一画，与古人极为相近。董其昌以自己的学习心得总结说：“学书不从临古入，必堕恶道！”[2]

第二阶段的“中若印水”，就是要理解和掌握古人对书法审美的情趣，把第一阶段的被动临摹转化为主动理解与融汇，心手合一。董其昌常常用“悟入”“同参”“玩味”“叹赏”来描绘自己的学习状态和把握古人写作时的用心，其目的是领悟古人书写时的精神趣味。

第一阶段至第二阶段的学习非常艰苦，必须下很大的苦功。董其昌在自述中以“纸费几何？笔退几何”“纸成堆、墨成臼”“永日忘疲”来形容自己的学书过程。

第三阶段则是“终若印空”，就是在学习和掌握了晋、唐、宋、元诸大家的书法精华之后，融会贯通，创造性地形成自己的艺术风格（吾神），成为新一代艺术大家。这就是乾隆所评的“秀骨天成，空所依傍”的“印空”境界。

二十岁出头的董其昌，已然完成了第一阶段“初若印泥”的学习，开始进入“中若印水”的时期。此时，大家都认为他确实天赋甚高，“天机所到都成趣，人力非关别有神”。远近的朋友们脸上堆着笑，常常拿着纸张和扇面来请他写字，这虽然使他颇为忙碌，心里却

1 《石渠宝笈续编》第三十三册《董其昌临破邪论一册》。

2 董其昌《容台别集》卷二《书品》。

很得意。

特别值得一提的是，董其昌的恩师莫如忠先生洁修自好，笃志治学，其一生最重要的作品是《崇兰馆集》。莫如忠将自己毕生心血凝成的《崇兰馆集》完成后，全国各地名士如林，莫如忠偏偏选中其弟子董其昌来写序。这种请学生为自己作品集作序的方法，是对学生的最高褒奖，历史上并不多见。

关于此事，董其昌是这样回忆的："犹忆吾师《崇兰馆集》成，是时作者甚众，独以集序属，余时为诸生，逊不敢应，至今犹愧。延陵之剑，乃书翰小道，何足为师门知己效也。庚申八月七日之夜，梦吾师命余作草书。诘旦君全索弁语，漫以应之。"[1]可见青年董其昌的确才华横溢，不仅妙笔生花，文章出色，书法也自成高格，所以莫如忠先生十分器重他，而且乃师确实慧眼独具，料定董其昌日后必成大才。

董其昌醉心于书法，惹得父亲董汉儒很不高兴。他一心想让儿子求取科举功名，好好温习功课，不许他分心。董其昌因此与父亲抵牾，父亲董汉儒一气之下把客人送来的"笺扇"统统撕碎，[2]以示严重警告。

董汉儒实为一位性格温和的人，十分疼爱儿子董其昌，若非儿子做事太离谱，他不可能做出如此冲动的举动。这件事从另一个侧面告诉我们，年轻的董其昌对书法艺术的痴迷程度。

父亲的怒斥，达观禅师的规劝，只能给年轻又狂傲的董其昌的脑袋降下一点温度。真正让董其昌心悦诚服地埋头于书法学习的，应该是他从项子京家出来之后。原因是他看到了古人杰作的原迹，高山仰

1　董其昌《容台文集》卷三《崇兰帖题词》。

2　陈继儒《陈眉公先生全集·思白董公暨元配龚氏合葬行状》说："客以笺扇求者，白斋翁见辄擘碎之，使专精本业。自此试辄冠军，食饩。"

止，懂得了山外有山楼外有楼的道理。

四、拜访收藏大家项子京

董其昌跟随莫如忠、莫是龙学习期间，已经开始走出华亭，面向更广阔的天地。

陈继儒说：“公师事莫中江方伯，兄事廷韩与宗侄讳传绪者。规摩古帖楷书，已得纵观项子京家藏晋唐真迹，自此不向碑版上盘桓，直悟入用笔用墨三昧，且旁通绘事矣。”[1]又说：“比游嘉兴，得尽睹项子京家藏真迹，又见右军《官奴帖》于金陵，方悟从前妄自标评……然自此渐有小得。”[2]

万历二年，二十岁的董其昌第一次拜会了槜李[3]的项子京。董其昌在书画道路上的成长，与项子京的关系极大。

项子京家是嘉兴地区的名门望族。早在元初，项家祖先项冠就开始经商，富甲一方。到了明代天顺年间，项冠的后裔项忠当上了刑部尚书。由明至清初，项氏家族共有十一人中进士，十三人中举。[4]

项忠位极人臣，曾是太子太保，死后谥号襄毅。项忠的第六代孙是项铨，字秉直，号近溪先生，一生没有出仕。项铨年轻时务商，成为巨富，并且开始收藏书画。项铨有三个儿子，子京为其次子。

项子京即项元汴，字子京，号墨林，以字行世。他是一位做事勤勉的人，精打细算，善于经商，因此在分家之后，他的家业很富足。

秉承父志的项子京，把精力和热情全部付诸字画收藏。他还开了

1　陈继儒《陈眉公先生全集·思白董公暨元配龚氏合葬行状》。

2　《佩文斋书画谱·书家传》。

3　旧时也称嘉禾，即今浙江嘉兴。

4　台北故宫博物院2016年《妙合神离——董其昌书画特展》，第292页，李玉珉《董其昌的书画鉴藏》。

家远近闻名的当铺，专门质押、收买收藏品。万历皇帝一度闻其名，特赐玺书征他出来做官，项子京连忙缩起脑袋，坚不赴任。因为他对政治似乎有种天生的警戒，十分厌恶政客的伎俩与政坛的恶斗，因此远离权贵，一生在野不求仕途，反与和尚、山野之夫等来往密切，也与同时代的文人们如文徵明的儿子文彭、文嘉兄弟，陈钥，丰道生等保持着极为友善的交情。史籍载他“好古博雅，精于鉴赏。嗜古人法书如嗜饮食，每得奇书不复论价，故东南名迹多归之”。[1]“三吴珍秘，归之如流。”[2]

马图《项子京像》，现藏上海博物馆

项子京因此成为明代最有名的收藏大家，其收藏的书画艺术品堪与皇宫内府比肩，甚有过之。

不过，项子京的收藏成就，也得到了其兄项笃寿[3]的帮助。

子长讳笃寿，中嘉靖壬戌进士，入词林。性好藏书，见秘册，辄令小胥传抄，储之舍北万卷楼。其季弟子京以善治生产富，能鉴别古人书画金石文玩物，所居天籁阁，坐质库估价。海内珍异，十九多归之。顾啬于财，交易既退予价，或浮，辄悔。至忧形于色，罢饭不啖。子长侦诸小童。小童告以实。子长过而问曰：“弟近收书画，有铭心绝品可以霁心悦目者乎？”子京出其价浮者，子长赏击不已。如

1 汪砢玉《珊瑚网》书录卷一。

2 沈德符《万历野获编》卷二十六。

3 项笃寿（1521—1586），字子长，号少溪，嘉靖四十一年（1562年）进士，官至兵部郎中。张居正实行改革时，项笃寿因与张居正意见不合，由兵部郎中贬为广东参议，即称病辞官归里。他与弟项子京有同好，也喜收藏，尤爱收书，见秘册则令书童传抄，储于藏书楼中。而他的收藏品，大部分是其弟子京转售给他的。

子京所与值偿焉，取以归。其友爱若是。[1]

项子京爱财不算毛病，一旦自觉买贵了就耷拉着脑袋，显出寝食不安的样子，让亲人们看了堵心。他的哥哥项笃寿也确有父兄风范，总是出手帮他治愈“心病”，令人赞叹“其友爱若是！”这使项子京收藏字画时全无后顾之忧。

董其昌承认，正是自己走出了华亭小圈子，在看了项家珍藏的晋唐书画真迹后，眼界大开，触动颇深，才开始明白自己以前不过是井底之蛙，还没有找到真正打开书法奥秘之门的钥匙。从此以后，他的胸怀也随之开阔了起来，开始系统地研究中国书画的历史与传统，眼界与品位也陡然提升。

中国文人对书画的喜爱有着悠久的传统。唐代收藏家张彦远有则自述的故事，说自己整天陶醉在书画收藏事上，“妻子僮仆，切切嗤笑。或曰：‘终日为无益之事，竟何补哉！’既而叹曰：‘若复不为无益之事，则安能悦有涯之生？’”[2]张彦远此言，成为千百年来收藏家们的共同心声。

明朝中期之后，中国艺术收藏市场进入了高峰时期。有位与董其昌同时代的文学家沈德符[3]，写过一本很有名的书《万历野获编》。他在书中说：

嘉靖末年，海内晏安。士大夫富厚者，以治园亭，教歌舞之隙，间及古玩，如吴中吴文恪之孙、溧阳史尚宝之子，皆世藏珍秘，不假

1 黄惇《中国书法史·元明卷》，江苏教育出版社2009年版，第467页。

2 张彦远《历代名画记》卷二。

3 沈德符比董其昌小二十三岁。他的父亲沈自邠是万历五年进士，授翰林院检讨，改庶吉士，历修撰。董其昌进入翰林院之际，正巧赶上沈自邠去世。其实，沈自邠只比董其昌大一岁。

外索。延陵则嵇太史应科，云间则朱太史大韶，吾郡项太学、锡山安太学、华户部辈，不吝重赀收购，名播江南。南都则姚太守汝循、胡太史汝嘉亦称好事。若辇下则此风稍逊。惟分宜严相国父子、朱成公兄弟，并以将相当途，富贵盈溢，旁及雅道。于是严以势劫，朱以货取，所蓄几及天府。未几冰山既泮，金穴亦空。或没内帑，或售豪家，转眼已不守矣。今上初年，张江陵当国，亦有此嗜，但所入之途稍狭，而所收精好。盖人畏其焰，无敢欺之，亦不旋踵归大内，散人间。[1]

沈德符以上所说的收藏大户，非富即贵。比如无锡的“安太学、华户部”，指的是安国和华夏。安国是明代成化至嘉靖间人，富几敌国，喜收藏。华夏也是嘉靖年间人，与文徵明、祝枝山有性命交，家有“真赏斋”，收藏极富，而且据称眼力极好，有“江东巨眼”之称。“分宜严相国”指的是嘉靖年间的首辅严嵩、严世蕃父子。“朱成公兄弟”指的是永乐朝成国公朱能玄孙朱希忠、朱希孝兄弟。朱希忠袭爵成国公。朱希孝是朱希忠的弟弟，任锦衣卫都督。其中“吾郡项太学”，指的就是嘉兴人项子京。

中国历史上曾出现过三次收藏的高峰时期。其一是北宋末年，其二是明代中晚期，其三是清末至民国。沈德符所说的这些权贵，大多是明代中晚期，即嘉靖至万历年间的人物，他们是推动中国收藏市场进入第二次高潮的弄潮儿。

董其昌前往檇李拜访项子京的时候，上文中提及的收藏大家大多故去，或韶华已逝，垂垂老矣，而此时的董其昌才露尖尖角。项子京刚入半百之年，虚岁正好五十，长董其昌三十岁。此时的他已是海内收藏界的翘楚，收藏的字画精品之多，品级之高，令人叹为观止。

项子京与大多数官宦趣味有别，别人有了钱之后扩充田地，大兴

1 沈德符《万历野获编》卷二十六。

土木，扩建园林楼台，甚至把坟墓也建得富丽堂皇，而项子京却“不殖田产，购藏古迹”[1]。也就是说，他把所有的钱财都投入到收藏古画法书之中。

一般情况下，中国的收藏家大多很低调，讲究秘藏，即秘不示人，就是害怕宝物肇祸。项子京更是如此，即使在家里，他对待儿子们的态度也是有区别的。“士大夫拟以禁庭秘府，不轻示人。但择其铭心品，授之鉴台君。君六子中最爱子也。”[2]这位名叫鉴台者，就是项子京的第四子项德明。而二十岁的毛头小伙子董其昌，与大名鼎鼎的前辈大收藏家交往，见面不久就获得特殊优待，“得纵观项子京家藏晋唐真迹”。这说明董其昌与项子京的交往的确具有某种特殊性。其中，引路人的面子很重要。这位引路人难道是项德明？显然不是。项德明比董其昌小了十八岁，此时还穿着开裆裤。而董其昌真正的引路人，就是项子京的长子项德纯。

项子京有妻妾六人[3]，共生育六位公子，长子即项德纯，原名穆，或德枝，字贞玄子、无称子、兰台，早年跟随父亲研习学问，毕生倾力书法研究，著有《书法雅言》《贞玄子诗草》。据《御定佩文斋书画谱》证实：“项德纯，名穆，以字行，墨林子，官中秘。书法擅长，与少岳齐名。”[4]由此可见，项德纯当时也是青年俊彦，并非无名之辈。事实上，项德纯对董其昌亦多有教益。

项德纯的性格与其父项子京完全不同。他开朗，喜交往。李日华[5]笔下的项德纯是一位狂放而发噱的人。

---

1 《陈眉公全集》卷三十三。

2 同 1，《槜李太学鉴台项君墓志铭》。

3 上海图书馆藏清抄本《嘉禾项氏宗谱》。

4 《御定佩文斋书画谱》卷四十三。

5 李日华（1565—1635），字君实，号竹懒，浙江嘉兴人，是继项子京之后晚明一代集书画收藏与鉴赏才能于一身之俊杰。

忆余初第归里中，墨林长郎兰台君，方豪侈结客。一日，集余辈数人，以碧绡障伎妾，令递奏新声。每一伎终，项君辄掀髯曰：“此秦声、此赵、此楚、此凉州塞外。”以大白浮客，必令极醉。方樽罍未集，对设长案，出法书名画，恣客披阅。[1]

董其昌之所以在项子京处获得优待，除了项德纯的引荐之功，另一个重要原因是董其昌与项子京都是热衷禅悦之人。项子京是个虔诚的佛教徒，晚年意在禅悦。董其昌虽年少，已对禅悦有深悟，两人的交流十分顺畅，因此，项子京对这位晚辈高看一眼。这很难得。

董其昌获得项德纯的引荐之后，成了项家的常客。董其昌在《跋自书》中云：“予为诸生时，馆于嘉禾，与项元汴交善，屡得借临。”[2]有些学者因此认为，董其昌馆于嘉禾，就是在项元汴家做老师，教授其幼子。此言系一种猜想，应有不确。

项子京这位成就卓著的收藏家，是位全能型的鉴赏专家。他的收藏门类很多，包括古玩、彝鼎、典籍以及法书名画等，眼力非常精准，过眼即辨真赝。他早年曾收藏了一副铁琴，琴上刻有“天籁”二字，于是便把自己的藏书楼命名为“天籁阁”。在藏书方面，项子京生前的影响力似乎更是无人能敌。我们今天对他的藏书情况并不了解，只能从时人将他与另一位收藏名家王世贞的比较中得其梗概。王世贞的藏书楼名曰“小酉馆”，藏书三万余卷，尤其是“尔雅楼”所藏宋版书，更是名闻天下。时人却认为王世贞的收藏“不及墨林远矣”。从对后世的影响而论，项子京的声望主要集中在法书名画的收藏方面。

董其昌说自己到了项子京家，得以纵观“晋唐真迹”。这个“真

1 李日华《味水轩日记》卷四。

2 董其昌《容台集》卷二《跋自书》。

项元汴作品

现藏台北故宫博物院

项元汴《双树楼图轴》，嘉靖三十二年作

现藏上海博物馆

迹”的意思，与我们现在理解的含义并不完全相同。我们认为的“真迹”，就是作者亲笔亲为的原作，而明代人所说的“真迹”，是相对于“墨迹”而言，意指不是拓本，并不一定要确指它是作者的原作。

项子京的书画收藏，规模到底有多大？韩国郑银淑女士在其所著的《项元汴之书画收藏与艺术》[1]中认为，根据现存、传世的项氏收藏书画判断，项氏共收藏历代书画数量如下：计历代法书三百零三件（晋至明）；名画三百二十四件（晋、唐至明）；合卷与合册四十九件，其中法书（宋、元、明）二十六件、绘画（唐至明）二十三件；拓本（唐、宋）六件。共计六百八十二件。这是项氏书画收藏的基本情况。

董其昌在《仿倪云林山水》上题跋曰“四十年前，嘉禾项子京家藏名画，余尝索观殆尽……”[2]，其落款时间为癸亥子月十六日。癸亥年为天启三年（1623年），倒推四十年是1583年，即万历十一年，时年董其昌二十九岁，那时项子京仍健在。由此可见，董其昌在项子京生前就把他家的收藏全部索观了。

我们今天所见项子京旧藏之名品中，可看到董其昌题跋者有如下品目：索靖《出师颂》；王羲之《气力帖》《感怀》《修感帖》；王献之《中秋帖》《洛神十三行》；怀素《自叙帖》；王维《江山雪霁图》；李成《晴峦萧寺图》；李公麟《维摩说不二法图》；赵孟頫《苏文忠像》《鹊华秋色图》；黄公望《砂碛图》；倪瓒《狮子林图》等。

李玉珉先生在《董其昌的书画鉴藏》一文中说，“台北故宫博物院的收藏中，有些书画名迹上钤有多方项子京的收传印记，且有董其

1 台湾文史哲出版社1984年10月版。

2 张子宁《董其昌与〈唐宋元画册〉》，载《董其昌研究文集》，上海书画出版社1998年版，第584页。

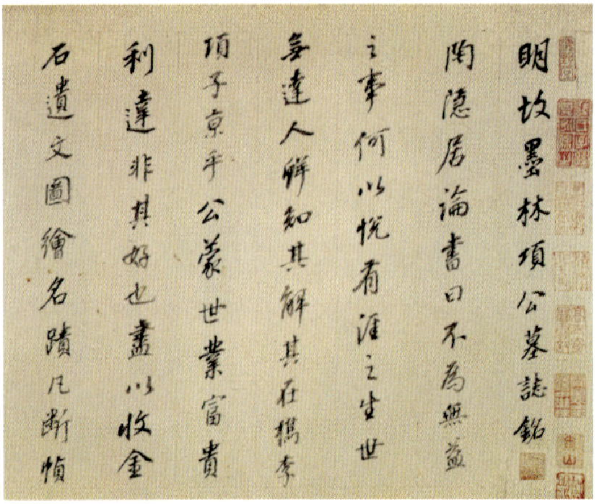

董其昌书《墨林项公墓志铭》（局部）
纸本行书，纵 27 厘米，横 543 厘米
现藏日本东京国立博物馆

昌的题跋，虽然董氏的题跋并未提及项子京，但推测这些作品很可能在项子京在世时，董氏便曾在天籁阁寓目，如苏轼《书前赤壁赋》（故书 000068）[1]、米芾《蜀素帖》《宋元宝翰册》第一幅宋高宗《书七言律诗》、赵孟頫《赵氏一门法书》（故书 000253）、钱选《兰亭观鹅图》（故画 001001）、颜真卿《刘中使帖》（故书 000858）等”。[2]

项子京的收藏印多达四十余方，因其喜好在古籍古字画上钤盖累累图章，曾受后人讥评说：“钤印累幅，犹如娉丽人却黥其面。”意为他在娶回家的美人脸上，再刺字涂墨，实为酷刑。在今人看来，这种钤印累幅的做法是对艺术品的一种破坏。

董其昌去拜会项子京，两人大有相见恨晚之意，遂引以“同味”，成了忘年知己。而项子京是董其昌的老师辈，他纵论千年，讲授书画方面的历史和知识，使得董其昌大受教益，对他极为佩服。董其昌后来说，自己一辈子热衷于法书名画的研习，无论每天多么忙碌，一见到字画就会乐此不疲，这全赖前辈项子京的教导之功。

1 “故书”为台北故宫博物院的藏品编号，下同。

2 台北故宫博物院 2016 年《妙合神离——董其昌书画特展》，第 296 页，李玉珉《董其昌的书画鉴藏》。

董其昌认为，无论是规模还是品质，项子京的收藏，均可与无锡人华夏抗衡“斗胜”。他说：

梁溪华学士收藏法书名画为江南冠。槜李项子京后起与之斗胜。元季四大家无所不有，惟倪迂画寥寥。画犹易致，画卷绝少。项所藏《狮子林图》，华则《鹤林图》耳。文太史父子尝欲两家合并为一，各不相下。[1]

项子京去世于万历十八年（1590年），数十年后，长子项德纯也过世了，项家要翻修项子京的墓地，于是次子项德成请求董其昌撰写墓志铭。董其昌在《墨林项公墓志铭》中说：“忆予为诸生时，游槜李，公之长君德纯，实为夙学，以是日习于公。公每称举先辈风流及书法绘品，上下千载，较若列眉。余永日忘疲，即公亦引为同味，谓相见晚也。公与配钱孺人，殁数十年，而次君德成，图公不朽，属余以金石之事。余受交公父子间，不可不谓知公者，何敢以不文辞！”[2]由此可见，董其昌与项氏父子两代人的关系极为友善。

董其昌对项子京的评价甚高，说他的收藏堪与北宋名家米芾“书画船”和李公麟“洗玉池”比肩；但在人品方面，米芾和李公麟都远不及项子京。

董其昌说，米芾在评价苏东坡的书法时不公，居心不良。因为米芾曾说苏东坡的书法不是在“写”，而是在“画书”。米芾与苏东坡同列北宋四大书家，而米芾却是以这种诋毁苏东坡的方式来抬高自己；李公麟是苏东坡的弟子，是苏东坡襄助他成了名，但苏东坡因“党事”之祸倒霉时，他却辜负了先生，明哲保身躲清闲去了。甚至

1 董其昌《容台集》卷四。

2 同1 卷八。

李公麟在街上遇见苏家人，竟然以扇遮面，因而受到人们的耻笑和鄙视。

而董其昌是个知恩图报之人，他对项子京的赞美，并不让人感到意外。

五、华亭雅集

万历四年，董其昌二十二岁，“始学画”[1]。他热衷学画，除了受项子京家历代名画影响之外，还与当时的时代背景有着紧密联系。

这一时期，晚明社会经济已相当发达，实际上已进入资本主义的萌芽时期。国家经济获得了高速发展，社会富足，富裕阶层随之产生，追求奢靡、享受生活也就成为整个社会的一种时尚。

这个富裕阶层，就是明代社会主流的士人阶层。该阶层主要由两种人构成：一是通过科举考试中举人、晋进士的人，他们加入朝廷官僚队伍之中，掌握了管理国家的权力。二是那些没有获得科举考试功名的精英转去经商，积累起可观的财富。所以说，国家的精英人才都是这些知识分子。在这两股力量的推动之下，明代的艺术收藏市场自董其昌出生以后就已趋向繁荣，到了万历年间，实际上已处于高峰时期。沈德符在《万历野获编》中载：“始于一二雅人，赏识摩挲。滥觞于江南好事缙绅，波靡于新安耳食。诸大估曰千曰万，动辄倾橐相酬……”“江南好事缙绅”就是指南方的士人群体，而“新安大估”则是活跃于一时的安徽书画古董商。

喜欢收藏，崇尚法书名画的癖好，并不是明代人所特有，但到了晚明之际确实已经在士人阶层中普遍流行起来。董其昌的好友袁宏道说：“今之人慕趣之名，求趣之似，于是有辨说书画、涉猎古董以

1　董其昌《容台诗集》卷四。

为清。”[1]他们甚至把是否喜欢字画与收藏，看作是雅俗区分的标准。“雅俗之分，在于古玩之有无。”[2]陈子野说得更直接：“人家壁上无墨，阶前无草者，不可与之往来。”[3]

实际上，士人阶层对法书名画的喜爱，早在明朝中期就已经蔚然成风。文震亨在《长物志》卷五中讲述了当时人们在一年四季里展示画轴的规矩：

岁朝，宜宋画福神及古名贤像。元宵前后宜看灯、傀儡。

正、二月宜春游、仕女、梅、杏、山茶、玉兰、桃、李之属。

三月三日，宜宋画真武像。清明前后宜牡丹、芍药。

四月八日，宜宋元人画佛及宋绣佛像；十四，宜宋画纯阳像。

端午，宜真人、玉符及宋元名笔端阳景、龙舟、艾虎、五毒之类。

六月，宜宋元大楼阁、大幅山水、蒙密树石、大幅云山、采莲、避暑等图。

七夕，宜穿针乞巧、天孙织女、楼阁、芭蕉、仕女等图。

八月，宜古桂，或天香、书屋等图。

九、十月宜菊花、芙蓉、秋江、秋山、枫林等图。

十一月，宜雪景、蜡梅、水仙、醉杨妃等图。

十二月，宜钟馗迎福、驱魅、嫁妹。

腊月廿五，宜玉帝、五色云车等图。

至如移家，则有葛仙移居等图。称寿，则有院画寿星、王母等图。

祈晴，则有东君。祈雨，则有古画风雨神龙、春雷起蛰等图。

立春，则有东皇太乙等图。皆随时悬挂，以见岁时节序。

1 《袁宏道集笺校》卷十。

2 吴其贞《书画记》卷二。

3 周晖《金陵琐事》卷四。

若大幅神图，及杏花燕子、纸帐梅、过墙梅、松柏、鹤鹿、寿星之类，一落俗套，断不宜悬。

至如宋元小景，枯木、竹石四幅大景，又不当以时序论也。

华亭的文人雅客为此成立了民间组织——“芰山诗社”，后世的人也称其为“华亭文社”。莫是龙就是这个诗社的组织者，被称为“白眉”。诗社的规模不可小觑，人数可达数十位，而华亭文人莫如忠、莫是龙父子，顾正谊、顾正心兄弟，孙克弘，梁辰鱼，徐孟孺，宋安等人，也都是诗社的重要人物。他们时常聚集在一起，非常热闹，也常常吸引着外乡人前来拜访。

这些文人系官宦人家，能书会画，家境殷实，所以大多数人都进行着艺术品的收藏活动。与此同时，江南职业画家的身份也十分吃香，他们生活自足，于是便开始云游，日复一日地奔赴各地雅聚。他们得到有钱人的资助，生活优渥。不能把这种现象简单地归结为文人喜爱书画的传统，本质上，还是源自经济力量的刺激和趋引。

在市场化气氛如此浓郁的环境里生长，董其昌很自然地培养起对绘画的兴趣。江浙地区向来是中国文化重镇，而松江府也和此地区一样，文人墨客层出不穷。董其昌身边有许多名扬一时的画家，而且与他素有交往。

董其昌也是华亭文社的活跃分子之一，时常应邀出席官宦世家的宴请。这种宴请，也就是文人雅集。大家聚首一起，喝酒品茗，吟诗作画，有时还拿出各自的收藏品，相互鉴赏，争奇斗艳，其乐融融。

董其昌对书画的兴趣，就是在这种环境氛围里培养出来的，特别是顾正谊、顾正心兄弟对他的影响和帮助，使之深得所惠。

顾家是当地的名门望族。华亭人顾中立是嘉靖丙戌年（1526年）进士，官至广西参议。其长子顾正谊，字仲方，号亭林，以父荫由太学生补中书舍人，所以人称其为“顾中舍”；次子顾正心，字仲脩，号清宇。万历十六年当地闹饥荒，他出粟二万石赈济灾民，被官方表彰，授光禄寺署丞，因此被称为“顾光禄”。

顾正谊比董其昌年长，他精于书画，擅画山水，宗法元四家，尤其慕学黄公望，与同乡莫是龙齐名。董其昌曾云：“吾郡画家，顾仲方中舍最著。其游长安，四方士大夫求者填委，几欲作铁门限以却之，得者如获拱璧。”[1] 说明顾中舍已经是非常有名的书画家了，登门求画者甚众。

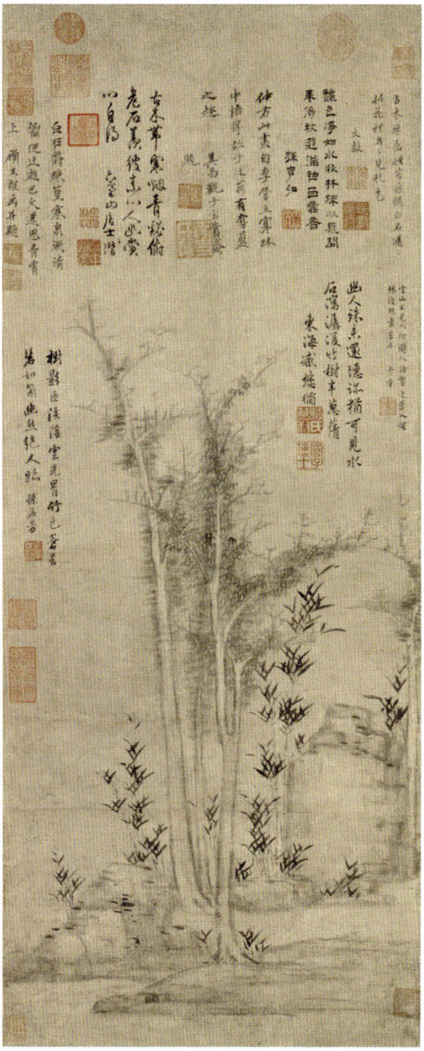

顾正谊《云林叔石图》

此幅上除董其昌之外，尚有唐文献、孙克弘、陆彦章、孙孟芳等华亭文人的题跋，反映了当地雅士的交游情况。现藏台北故宫博物院

顾氏兄弟还是当地有名的收藏家，董其昌最初接触到的一些名画真迹，就是在顾家，此应在他去槜李拜识项子京之前。从董其昌后来的自述中可知，他在二十岁左右时，只拜观到顾家收藏的一小部分。

董其昌入迷绘画之后，学习热情高涨。他常常一时兴起就要夜以继日地学画。那时候的人崇尚山水画。元人汤垕在《画鉴》中说：“世俗论画，必曰画有十三科，山水打头，界画打底。”到了

1 董其昌《容台别集》卷四。

明代，更是以黄公望为旗帜。董其昌说：“余以丁丑三月晦日之夕，燃烛试作山水画，自此，日复好之。时往顾中舍仲方家观古人画，若元季四大家，多所赏心。顾独师黄子久，凡数年而成，既解褐……”[1]丁丑年就是1577年，董其昌此时年已二十三岁。

最初指导董其昌绘画的人，显然是莫是龙和顾正谊兄弟。董其昌回忆说：“莫廷韩为宋光禄作此图，在己卯之秋，时余同观，咄咄称赏。”[2]说明董其昌在习画之初，对莫是龙和顾正谊兄弟的画艺已十分钦佩和仰慕。

董其昌在正式学习绘画之前，已具备了一定的基础，不同于其他初学者拜师学画所走的道路。董其昌最初学画的老师，就是莫是龙和顾正谊，从他的自述和顾正谊所说“思白从予指授，已自出蓝”[3]便可知。再者，明末清初人姜绍书在《无声诗史》中也说董其昌早年“于仲方画多所师资”[4]。从董其昌与顾正谊两人各自的题跋中，以及第三方姜绍书的记载里都可印证这一观点。

请注意，董其昌“思白”这个称谓，在他年轻时就已经出现。陈继儒说：“公讳其昌，学者称‘思白先生’。”[5]这说明，“思白”既不是董其昌的名，也不是号，而是人们对董其昌的尊称。

华亭当地名画家孙克弘，也是董其昌的师友。孙克弘的家就在松江城东门外果子弄，俞塘之北，其园林史称“孙家园”。孙家园内设“北俞堂”“秋林阁”“东郭草堂”“敦复堂”“青华馆”等名迹。其家富藏书，有数种宋版书，还建有藏书阁。孙克弘性格开朗，四海为友，经常招引朋友来自家豪饮。陈继儒谓其“好客之癖，闻于江

1 董其昌在董源《龙宿郊民图》诗塘题跋。

2 董其昌《画禅室随笔》卷二。

3 顾正谊作《山水轴》上的题识。此画现藏台北故宫博物院。编号故画000584。

4 姜绍书《无声诗史》卷四。

5 陈继儒《陈眉公先生全集·思白董公暨元配龚氏合葬行状》。

东；履綦如云，谈笑生风；坐上酒尊，老而不空”。董其昌与他毗邻而居，交往亦频繁。

还有一位非常重要的画家，对董其昌的帮助也不小，这个人就是明代著名画家宋旭[1]。宋旭本是浙江湖州人，是莫是龙的挚友，两人都是芟山社的社友，曾经合作为白雀寺绘壁画，时称妙绝，因此常来华亭雅聚。董其昌通过莫是龙得识宋旭时，[2]宋已年过半百，且名重海内。董其昌少年时信奉佛教，专研佛理，而且对禅悦有了相当的认识。宋旭更是虔诚的佛教徒，后出家为僧，法名祖玄，又号天池发僧、景西居士，因此董其昌在与他的交往中，气味相投，自然会被高看一眼。

宋旭门下的弟子有赵左、宋懋晋，俱是其高足。还有一位叫沈士充，先是师从宋懋晋，后来又兼师赵左，算是宋旭的徒孙辈。这些画家常年追随宋旭，因此也就与董其昌相熟。赵左和沈士充师徒俩在数十年后都依附于董其昌，成为他绘画的著名代笔人。

董其昌开始学画的第二年（万历五年），时年二十三岁的他还遇到了另一位书画名家丁云鹏。丁云鹏，字南羽，安徽休宁人，而立之年来到松江府，当时在顾正心家坐馆教书。他与董其昌很是说得来，大有相见恨晚之意。

丁云鹏的画，笔笔精心，其所绘佛像人物、山水、动物等，无不精妙绝尘，酷似宋代的李公麟。尤其是白描人物，意态生动至丝发之间，卓绝晚明一代，人称“非笔端有神通者不能也”。

董其昌比丁云鹏小八岁，对丁云鹏的画艺赞叹有加。这一年，丁云鹏曾在董其昌家里给他画了一幅拿手的罗汉画，即《大阿罗汉图》，

1 宋旭（1525—1606），字初穉，号石门，石门山人。《明画录》作字初旸，《式古堂书画汇考》作字初旸，号石门。传世作品有藏于故宫博物院的《五岳图》卷及上海博物馆藏《天香书屋图》轴等。

2 董其昌《画禅室随笔》卷二。1579 年“秋，同莫是龙观莫作《为宋旭作画卷》”。

宋旭《云峦秋瀑图》，冯大受题
现藏台北故宫博物院

丁云鹏《云山图轴》，万历三十五年（1607 年）作，董其昌题
现藏上海博物馆

而董其昌以印章“毫生馆”相赠。[1]两人至此订交，成为一生的好友。

丁云鹏后来成了宫廷画师，在内廷为皇家绘画达十余年。董其昌晚年曾题丁云鹏所绘《五像观音图卷》[2]云：“丁南羽写此时，在吾松为顾光禄正心所馆，年三十余，故极工妙。自后不复能事，多老年漫应。”他长期关注丁云鹏的画风，才有如此精准的鉴赏眼光。

万历六年（1578年），李日华来华亭游玩。临别之际，莫是龙、丁云鹏、梁辰鱼与董其昌，以及吴治、彭汝让、王伯稠、周顺卿等十余人举行雅集，隆重送别李日华归杭州。顾正谊当时画了一幅《秋林归棹图》[3]，作为欢聚的纪念。这十余位友人在此画上俱有题诗。董其昌题：“秋林昨夜见新霜，归去关河叶叶黄。摇落那堪乡思急，图中山水尚茫茫。其昌题赠别。” 钤印为“董生”。这一佳话被广泛传用。

据《李日华年谱》载，李日华出生于嘉靖四十四年（1565年），至万历六年时他才十四岁。莫是龙已是四十二岁，而董其昌虽在这些人中年龄偏小，也已经二十四岁。明朝人好礼，大家在题词中纷纷尊称这位连胡髭还没有长全的少年为“君实丈”“君实兄”，[4]实在是抬举。

万历七年，顾正心打造了一条游船，因仰慕李白而取名为“青莲舫”。这艘游船上大概还盖有船楼，雕梁画柱，颇为奢华。船头上站着一位窈窕美女，唱着“云想衣裳花想容”小曲。董其昌说：“顾光禄公清宇于前己卯岁造‘青莲舫’，余时与莫廷韩、徐孟孺、宋安之

1 《佩文斋书画谱》卷八十七。

2 现藏美国纳尔逊·阿特金斯艺术博物馆。

3 陆心源《穰梨馆过眼录》。此画现藏台北故宫博物院。

4 这里面还有一个问题：李日华家在嘉兴，与这因“乡思急”而想要回杭州的李日华不相符，所以，这位被赠诗送别的杭州“君实丈”与嘉兴小弟弟李日华，可能不是同一个人，只是他俩的字相同而已。待考。

辈，常为泛宅之游。”[1]从这些史料中，可知董其昌年轻时颇为活跃，与众人的友情不浅。

后人概述明代美术史的时候，常常以华亭这个地域为代表，笼统地称之为“华亭派”，或者“松江派”[2]。除宋旭之外，这些画家都是松江府人，而且他们作品的风格互有影响，相互渗透，有一种天然的血亲关系。但以知名度而言，经过数百年大浪淘沙，董其昌已经一枝独秀，而这个画派的真正鼻祖宋旭，早已屈居其下。

事实上，在这些书画家中，莫如忠、陆树声、宋旭、顾正谊兄弟、孙克弘都是董其昌的师长辈，而莫是龙、赵左、宋懋晋甚至包括沈士充，与他算是同辈人，但是他们大多数要比董其昌年长，在董其昌刚刚开始学画的时候，他们都已经是画家了。历史的嬗变证实了“青出于蓝而胜于蓝”“弟子未必不如师”的名言，这些话并非虚言。

董其昌热心于与画家交往的同时，也热心于与收藏家交往，这种拓宽视野、增益修养之举，为他走好学画之路，起到了迷途指津的作用。

前文已经说过，二十岁的董其昌在万历二年游嘉兴，“得尽睹项子京家藏真迹”，眼界大开，认识到自己以前不过是井底之蛙，这才真正懂得了“用笔用墨三昧”，于是其书法造诣有了很大的提高；与此同时还带来了另一益处，就是提高了他对绘画的鉴赏能力。陈继儒说董其昌“规摹古帖楷书，……且旁通绘事矣”。即为例证。中国的书法与绘画本是一体，古人早就说过，书画同宗。

有关董其昌与其他书画收藏家建立的深厚友情，还有一个典型的

1 董其昌《容台别集》卷一。

2 如果细分的话，以赵左为首的画家称为“苏松画派”；以沈士充为首的称为“云间画派”；以顾正谊及其子侄辈为首的称为“华亭画派”。其中“苏松画派”和“云间画派”都源于宋旭，而赵左与宋懋晋同师宋旭，沈士充又是宋懋晋的弟子，兼师赵左，故总称“松江派”。不过，由于董其昌后来居上，其书画为一时之宗，遂成为“松江派”的盟主。

例子，就是与润州（今镇江）“培风阁”主人张修羽[1]的交往。

据记载，张修羽家收藏的书画，最令董其昌感到惊艳的是元代黄公望的名作《秋山图》。这幅画是黄公望于元统癸酉年（1333年）十月为好友危太朴所作，被后人视若拱璧。董其昌后来对王时敏说：“生平所见黄一峰（公望）墨妙在人间者，惟润州修羽张氏所藏《秋山图》为第一，非《浮峦》《夏山》诸图堪为伯仲。君研精绘事，以痴老为宗，然不可不见《秋山图》也。”当然，张修羽家收藏的唐宋元明古画甚多，万历五年董其昌还于“三月，过镇江访张觐宸，观杨凝式《韭菜帖》真迹”。[2]董其昌与张修羽一生互为知己，往来频繁。他每次路过镇江必定要在“培风阁”借住，畅叙友情，遍览书画，同时也会为主人留下许多小幅的作品。[3]他曾经与赵洞（字希远，赵左的弟子）同访张修羽，见其所藏黄公望另一名作《浮峦暖翠》，十分喜爱。董其昌就请赵洞收缩小幅，临摹此画，张修羽特意提供了城南一处别墅供赵洞摹画。[4]现藏上海博物馆的明代沈周代表作《东庄图》册页，共二十一开，也是张修羽的收藏品。董其昌分别于丁巳年、辛酉年两次题跋，并礼赞张修羽“博雅好古”。

到了万历十年（1582年），国内的政坛发生了骤变。勇于变革和创新的内阁首辅张居正病故后，年仅十九岁的万历皇帝开始亲政。

此前张居正任首辅的十年中，实行了一系列改革措施。财政上清丈田地，推行“一条鞭法”，总括赋、役，皆以银缴，国库积蓄的银两大增至四百余万，仅仅太仓国库里的粟就可供应国内十年使用，这是明朝历史上从来没有过的富足现象。军事上他任用戚继光、李成梁

---

1 张觐宸，字仲钦，号修羽，是明末清初江南著名的大收藏家、鉴赏家、画家。

2 《佩文斋书画谱》卷九十四。

3 笪重光言：“文敏每过京口，必馆于张氏园亭，所作小幅戏墨最多。余时从友人则之借观……”

4 《画史会要》。

等名将镇守北边，用凌云翼、殷正茂等平定西南叛乱。吏治上实行综核名实，采取“考成法”考核各级官吏，“虽万里外，朝下而夕奉行”，政体为之肃然。但是，国家的富足并不一定能让朝廷上下人人笑逐颜开。张居正的改革触动了许多人的利益，于是后来的人们趁着张居正一命呜呼之际，对其政治势力进行清算。与此同时，万历皇帝放宽了对思想的钳制，使得整个社会出现了反对封建礼教，追求个性解放的新思潮。

万历十一年的秋天，以莫如忠、莫是龙父子为首的华亭文人组织了一次秋游，地点是在长泖，参加者有冯子潜、宋旭、蔡幼君、冯咸甫（大受）、沈侯璧以及董其昌等人。这些人不是书画家就是收藏爱好者，都对书画艺术抱有浓厚的兴趣。同行者中还有诸多学生、书童和仆人等，这支西游的队伍人数还是比较壮观。董其昌对这次秋游记忆深刻，念念不忘，后来曾多次写到。

董其昌与书画家和收藏家们的交往，获益最大处就是找到了适合自己学习绘画的方法。一般的画家拜师学画，通常是先跟着老师的画法，亦步亦趋，慢慢上路，而董其昌学习绘画，据董其昌自述：“余少学子久山水，中复去而为宋人画……”[1]

元代画家黄公望，本姓陆，早年因过继永嘉府（今浙江温州）平阳县黄氏为子，改姓黄，名公望，字子久，号一峰、大痴道人，后皈依全真教，在江浙一带卖卜为生。黄公望是一代山水画宗师，师法董源、巨然，兼修李成法，还曾得赵孟頫的指授。他所作的山水画笔力老到，简淡深厚，又因在水墨之上略施淡赭，世称“浅绛山水”。晚年以草籀笔意入画，气韵雄秀苍茫，与倪瓒、吴镇、王蒙合称“元四家”。

董其昌初学绘画，便师法黄公望，这对他以后的发展产生了深刻

1 董其昌《画禅室随笔》卷二《画源》。

的影响。纵向看，这犹如登临高山，一览众山小；横向看，又如人之初恋，印象最深，终生难忘。这使得他很快懂得了“用笔用墨三昧”，而中国山水画的最高境界，便是笔墨精神。

他的确是站在了名家的肩膀之上，开始了书画上下求索的漫漫之途。

六、尚书陆树声门下

万历五年，二十三岁的董其昌转投师门，从学陆树声。

陆树声也是南直隶松江府华亭人，于万历二年致仕回家。当时，董其昌和一些华亭的郡人曾出城相迎，赋诗记胜，热情欢迎陆树声荣归故里。[1]

时在万历五年四月朔日，董其昌去了陆树声家做塾师。[2] 陆树声的儿子陆彦章，是陆树声年逾五十后才生的，比董其昌小十一

《黄公望画像》

黄公望《富春大岭图》，庞莱臣旧藏

现藏南京博物院

1 董其昌《容台诗集》卷三。

2 《过云楼续书画记》卷三：“四月朔日，从学于陆树声。课余之闲，挥毫学画。”

岁，那时也才十二岁。董其昌一边跟随老师陆树声学习，一边教授老师之子陆彦章。陆树声家在华亭沙家桥西及华亭北门适园（今上海市消防器材厂内）。

陆树声看上去像个古板的学者，这与他严肃谨慎、一丝不苟的治学态度有关。他出生于一个世代务农的家庭，自小苦读，于嘉靖二十年（1541 年）会试第一，中进士，被选为庶吉士，授翰林院编修，官至太常卿，掌南京祭酒事。他主管国子监时，对监生们管理十分严格，甚至亲拟学规条教十二章，训励太学生。不过，陆树声严谨但不迂腐，推崇实学，呼吁要选拔有真才实学的人才。他说："近来一种讲学者，高谈玄论，究其归宿，茫无据依，大都臆度之路熟，实地之理疏，只于知崇上寻求，而不知从礼卑处体究，徒令人凌躐高远，长虚浮之习。是所谓履平地而说相轮，处井干而谈海若者也。"[1]在晚明那个时期，像他这样脚踏实地的人，确实少见，朝廷因此垂青他，欲重用他为吏部右侍郎，可陆树声对权力无兴趣，以病推辞。穆宗隆庆皇帝即位后，再次相召，仍不就任。

世事难料，陆树声越是淡泊名利，屡次辞官，他的名声反而愈来愈响亮，舆论更是拥戴他入朝任职。神宗万历嗣位后，曾派专使到陆树声家拜他为礼部尚书，以示礼遇。陆树声力辞不得，最后只好去赴任——你辞得过分了，就是不给皇帝面子，如果严肃追究的话，这等于藐视皇权，是杀头的罪。

陆树声刚直不阿，很容易得罪人。某年，兵部为安抚边境少数民族，要求增加岁币，皇上已拟照准，可陆树声却上疏劝止，力陈四方灾情严重，提出"循旧章、省奏牍、慎赏责、防壅蔽、纳谠言、崇俭德、揽魁柄、别忠邪"二十四字的方策，最终得到了皇帝的嘉许和采纳，但也因此得罪了司礼监秉笔太监冯保。权重一时的冯保，曾屡

1　陆树声《适园语录》。

次宣他至会极门接旨，当陆树声匆匆赶去时，却都是些芝麻小事。陆树声耻于被戏弄，上疏辞官，不愿与弄权的中官结党。此时，首辅张居正怜惜其才华，为挽留陆树声，特意对其弟陆树德透露说："朝廷行相平泉矣。"平泉是陆树声的号，意思是朝廷即将任命陆树声为内阁大学士，希望他能够留任。陆树声当然明白张居正与冯保是宫廷内外的"搭档"，两人里应外合把持朝政，于是说："我曾作为一介史官，远离朝廷二十年，难道还希求宰相之位吗？以这种虚假的礼遇笼络我，有何意义！"乃力辞而去。

《陆树声与北禅像》

此画像由明人叶时芳所绘，陆树声为居中者。现藏上海博物馆

陆树声辞官时，还奏呈时政十事，其中有："用内侍以给扫除，而防落之渐不可防；优外戚以示眷异，而非分无厌之求不可不节。"意思是重用太监要防止大权旁落，优待外戚尚须节制他们贪得无厌的要求。语多切中时弊，给不可一世的大宦官冯保还以脸色。

回到华亭的陆树声，安心治学。他很快就发现董其昌是位出色的人才，就于万历五年邀请他来自己的家里坐馆，教授他的儿子陆彦章。与此同时，睢阳人袁可立、公安人袁宗道也曾在陆家私塾寄读。这样一来，他们几人都师从陆树声，成了同门师兄弟。

董其昌一生把陆树声奉为恩师，也因这种关系，董其昌对陆彦章始终非常谦虚，只称其为弟友，从没有把自己视为他的老师。在董其昌看来，既然自己师从了陆树声——如果再把老师之子视为自己的弟子，那么按辈分这位弟子该称自己的父亲是师爷，岂非笑话！像董其昌这种处事谨慎的人，是万万做不出这种事的。

陆树声教授门人读书，涉猎广泛，尤其注重培养经典文学的修养。董其昌曾撰文介绍师兄廖同野的故事：廖同野是岭南人，科举多年仍没及第，于是千里迢迢来拜陆树声为师。陆树声就问他："你读过《西厢记》《伯喈》了吗？"廖同野是一心只读圣贤书的人，没有读过这些所谓的杂书，说"没有"。陆树声就叫他回去读这些书。过了一段时间，廖同野果然考取了举人。陆树声于是叹息说："惜也，落第二矣。蚤读之，可作会举首，今失之矣。"[1]可见陆树声是反对死记硬背圣贤书的人。

董其昌师从陆树声，受益之处，不光是博览群书，更在于学到了治学的本领，即严谨的治学精神和一丝不苟的考据方法，这为董其昌以后的治学，特别是使他成为一时德高望重的史学家，奠定了扎实的基础。

七、陶白斋文社

董其昌的母亲去世后，父亲董汉儒身体有恙，像个尽花钱治病的药罐子。家中虽有二十亩薄地，但收入有限，还要雇人耕种，虽然有像范尔孚这样的好友时常接济，也不过是逢年过节时馈赠一点食物，不能够解决根本问题，所以生活仍捉襟见肘。而董其昌本是读书人，自小不懂种地，没有收入来源，生活压力颇为沉重。

1 董其昌《容台文集》卷二《俞彦直文稿序》。

董其昌年少时，大家都夸赞他书法好，他也一度沾沾自喜，于是想用字去卖钱，以缓解家中的经济压力。他曾到市场上卖过自己的字。字写得虽好，却因没有名气，市场不接受，所以没有成交过。[1]

艺术市场从来如此，艺术家在社会上的名声远比真正的书法造诣更为重要。书画家没名时，再好的作品也没人要；成名后，只字片画也会被争相抢购。

面对困顿，董其昌唯一的挣钱办法，就是离家去坐馆教书。好在董其昌是青年才俊，闻名遐迩，深得乡邻耆老厚望，于是不少高门邀请他去坐馆教书。

离开陆树声家之后，董其昌于万历七年被邀请去了当湖坐馆。当湖又名柘湖，即浙江平湖的别称。去坐馆人家的主人是冯大参。[2]董其昌曾经在万历七年、万历十三年两次赴金陵参加乡试未中举人，而他去当湖冯大参家坐馆的时间，就是在万历七年八月第一次去南京乡试落榜之后。

书到用时方恨少，至此他更加发愤读书，甚至到了疯狂的地步。他的阅读兴趣广泛，凡事又爱追根寻源，都想探究个明白，所以他的阅读量很大。

我们现在虽不可知冯大参是怎样的一位乡绅，不过从史料的记载上似乎可以看到董其昌坐馆时那副落拓的文人模样：他身上穿的是那种明代士人常穿的白布单袍，与道袍十分相似，斜大襟，袍衣长至脚面。大袖子很长，一直超过了手的位置。民谣云“真可怪，两只衣袖像布袋”，即指此衣。他腰间系着布绦，整个身子好像被截成了两段。晚明富裕之家的士人，穿着讲究，一般是丝绸类面料，但董其昌穿的是单袍，其面料是白布，就是未加印染的粗布，是当时最便宜的

---

1 康熙《松江府志》。

2 李延昰《南吴旧话录》：“玄宰特好临摹，馆平湖冯大参家。”

布料。

他没有能力讲究衣着打扮，只是整天浸润于书画世界中自得其乐。在寓所里，他只要见到纸，便提笔挥毫，兴之所至在纸上濡染。即使在文稿结尾处小小的空余地方，他也要钤印上自己的“画禅”小印。[1]这样就难免会弄脏自己的衣服。有时，他突然激动起来，手边又找不到纸张，便索性脱下衣服，在自己的白布单袍上舞文弄墨，其结果会成什么样子？如此一来，他的床上、蚊帐之类的地方，也少不了被他的墨汁糟蹋。[2]董其昌对书画的喜爱，完全到了如痴如醉的地步。此间，为深入研究颜真卿晚年成熟时期的书法，他临写了《麻姑仙坛记》，还写了《普门品》等。[3]

董其昌在当湖坐馆时期，与一些青年士子结下了深厚的友谊。这些年轻人对现实不满，仰慕陶渊明与李白，成立了“陶白斋文社”，时常聚在一起，口出狂言，因此被守旧的人们蔑视为“狂生”。这些社友年龄相仿，志趣相投，其中包括董其昌、章公觐章子敬兄弟、冯咸甫等人。

早在明朝中叶，就涌现出一股摧枯拉朽的新思潮。时任正德年间兵部尚书的王阳明，扯起了“心学”大旗，并成为明代“心学”的精神领袖，鼓动海内，反对古人权威，鄙视以程朱理学为正统地位的封建礼教。这股思潮犹如强劲的春风，吹散了积郁已久的阴霾，使得明朝的社会思想显露出勃勃生机。

实际上，南宋的哲学家陆九渊就曾是反抗程朱理学的急先锋。陆九渊旗帜鲜明地反对盲目崇拜古人，反对把古人的语录奉为经典，提出了“宇宙便是吾心，吾心即是宇宙”的著名命题。然而陆九渊在南

1 李延昰《南吴旧话录》：“董玄宰特好临摹，馆平湖冯大参家，见纸无不濡染。即文稿尾略有余纸，亦必作小小木石，镌一印曰‘画禅’”。

2 《当湖外志》卷一。

3 《石渠宝笈续编》卷三：“写《普门品》，学《麻姑仙坛记》。”

宋时期身单力薄，未能撼动程朱理学，而到了明代中叶之后，王阳明的影响已经如日中天。王阳明说："今既不得于心，安可狃于旧闻，不求是当？……至其不得于心处，亦何尝苟从？"[1]他主张"心之本体"，认为对天下万事的认识，必须由自己的"心"去体认。王阳明的"心学"受到朝野各方的拥戴，很快就席卷大江南北，使得"心学"的研究走向纵深，派别林立。

明代"心学"的另一位导师陈献章说得更具激情："天地我立，万化我出，而宇宙在我矣。得此把柄入手，更有何事？往古来今，四方上下，一齐穿纽，一齐收拾。"那些热切期望出仕的青年士人，读了这样激越的文字，个个都豪情满怀。董其昌回忆自己当时的感受时说："若要做个出头人，直须放开此心。令之至虚，若天空，若海阔；又令之极乐，若曾点游春，若茂叔观莲。洒洒落落，一切过去相、现在相、未来相，绝不挂念。到大有入处，便是担当宇宙的人。何论雕虫末技？"[2]事实上，青少年时期的董其昌，面对自明朝中叶所逐渐形成的思想开放的现实，已对未来充满憧憬。

董其昌与"陶白斋文社"的这几位结社学子，几乎每夜聚集在一起，点亮篝火，学着兰亭流觞的模样，限韵赋诗，各披赏讫，然后晕晕乎乎地指着对方说："你不是杜甫吗？你不是李白吗？你不是王维吗？"那种狂浪不羁的神态，引得路人纷纷侧目，藐视地说："看，这一群无知无畏的狂生！"

他们互引为知己，不把旁人放在眼里，只是一味崇拜历史上的名人。其中，章公觐的年龄稍微大一点，算是这个社团的头儿，大家都以老兄称呼他。有一次，章公觐非常激动地撩起自己的长袍，愤懑地说："我怎么才能成为陶渊明？又怎么才能成为白居易？"他的弟弟

1 王守仁《王阳明全集》，上海古籍出版社 1992 年版，第 5 页、第 14 页。

2 董其昌《画禅室随笔》卷三。

章子敬安慰说："董其昌具备了杜甫的傲骨，冯咸甫具有李白的神韵，哥哥您身在他们俩中间，再怎么差的话，也要比孟浩然强！"[1]

这一时期，除了"陶白斋文社"社友，董其昌的青年挚友、同学还"有仲醇（陈继儒）同学，有方众甫学宪、唐元征宗伯、杨彦履宫谕、范长倩学佥。"[2] 他们都是华亭人，家庭背景各异，但思想感情相近，反对旧礼教，向往新生活，对自己的未来报以强烈的渴望。

这些年轻人毕竟阅历太少，口出狂言，甚至荒唐可笑，但他们的确是一群胸怀壮志的人。别说他们说些无知的话，就算做出一些荒唐的事也不是罪过，因为年轻人不怕输，永远对未来充满希望。但是，理想与现实总有差距，董其昌青年时期的许多好友，最终未能如愿。

比如冯大受（字咸甫），他于万历七年参加乡试，中举人，比董其昌还早了九年，可是在之后的三十年里却未能中进士，最后只做了庆元县知县。而冯咸甫的祖父冯恩[3]是有名的御史。嘉靖十一年（1532年），因冯恩上疏论张孚敬、方献夫、汪鋐奸状而得罪了皇帝，下狱论死。冯恩在朝审时面斥汪鋐，毫无惧色，时称口、膝、胆、骨皆为铁铸的"四铁御史"，后免死戍雷州，六年赦还，通过经商成为一代巨富。穆宗即位，冯恩于隆庆年间拜大理寺丞。

再者是董其昌少年好友何三畏，他很有才情，也是个大孝子。不幸的是其父亲病故，葬附近凤凰山后，何士抑悲伤过度，为大修墓地而花掉了家里一半财产，整天"呼号墓头不忍去"，[4] 以后何士抑就在凤凰山建山房，教书育人，绝迹于世，未见功名。

在当湖坐馆的日子，是董其昌一生思想最为激荡的时期。他一方面挥斥方遒，激烈地反对旧礼教；一方面又发愤读书，期待科举考试

---

1 董其昌《容台集》卷一《陶白斋稿序》。

2 同 1 卷二《寿陈徵君元配卫孺人六十叙》。

3 冯恩（约 1496—1576），字子仁，号南江，嘉靖五年（1526 年）进士，擢南京御史。

4 董其昌《容台文集》卷一《何士抑居庐集序》。

来改变自己的命运。

万历十五年（1587 年），董其昌准备去南京参加自己的第二次乡试时，为当湖冯季山作《尘隐居士像赞》[1]，留作辞别的纪念。

八、董其昌的婚姻

按照当时习俗，普通人家女孩须在十岁前接受妇道训练，比如缠足、穿耳、化妆、梳头等，更重要的是给她们灌输“三从四德”的礼教思想。据《明史·列女传》载，女孩子早则在十四岁就可以完婚，大多数女孩的结婚年龄在十七八岁，二十岁以后就算是晚婚，二十五岁以后多算是凑合过日子，不会让人羡慕。且男女的婚事，须要靠媒婆牵线说合。

董其昌到了二十好几依旧没有婚约，原因在于家境不佳——母亲早逝，父亲又疾病缠身，没人愿意与董家攀亲。而且，董其昌的样貌也太过平凡，大头小身，毫无英气可言。加之其年轻的时候比较狂傲，不太招人待见。谁会喜欢这样的女婿呢？

面对婚姻问题，董其昌无可奈何，只得相信“书中自有颜如玉，书中自有黄金屋”的老旧说法，依旧埋头读书，装着并不在乎此事。

命运的转机，有时需要耐心等待，耐心自有福报。董其昌与原配龚氏的婚姻，就是缘于华亭文人的一次“对偶”雅聚。

明代文人在一起雅聚，常常玩一种游戏，名曰“对偶”。有人出上联，某人对下联，配成对联，以此来互相取乐，评定甲乙，以增添聚会的雅兴。常见的佳联不少，如上联是：久旱逢甘霖；下联对：他乡遇故知。或者上联是：将遇良才；下联对：棋逢对手。如此而已。游戏一般在酒席上举行，如果客人对答不出下联，或者对出的下联水

1 董其昌《容台文集》卷七。

平不佳，有违惯例，则须罚酒。这种游戏不仅考验读书人的才学，也考验临场发挥的机智。除了饮酒助兴的功能之外，“对偶”也是前辈检验晚辈才学的一种手段。

华亭当时有两位耆宿，即龚情、龚恺兄弟俩，俱是名闻一时的官场人物。

龚情字善甫，号方川，是嘉靖癸丑年（1553年）的进士，官至南京工部郎中[1]；龚恺字次元，号全山，则是嘉靖丁未年（1547年）进士，官至湖广副使[2]。套用现在的吏制，他俩差不多算是厅局级官员。

龚情和龚恺兄弟俩回到故乡，听说董其昌才华过人，就在一起用“对偶”的形式来考查他，结果董其昌不负众望，对答如流，令在座者叹服不已，于是龚氏哥俩惊呼“此木天贵人！”陈继儒在《陈眉公先生全集·思白董公暨元配龚氏合葬行状》里是这样记录的：“公原配龚氏。始谏方川、侍御全山从里塾目属公试对偶，奇甚曰：‘此木天贵人’，遂欲以生女许为婿，强夫人，未决，竟以弟云涯公女聘。云涯即一品夫人生父也。”

龚情和龚恺兄弟俩都看中了董其昌，都想把自己的女儿嫁给他，结果“强夫人，未决”。明代人管理家庭的习俗是男主外女主内。丈夫在外做官，原配大多留在家中主持家务，抚养孩子，所以女主人对孩子们的婚姻大事也具有相当的话语权。当龚情和龚恺都选中董其昌

1 据《海藻》云：嘉靖癸丑进士。由行人擢礼科给事中。抗直有古人风。复封驳移取太仓银两以会勘伊庶人不法事忤旨，谪德清丞，寻迁南昌司理、南京工部郎中。少聘韩氏女，以病废，或劝改聘，不听，女亡始议婚。著有《撮残稿》。现莘庄公园朋寿峰附近有块明碑，是皇帝表彰龚情父母的。

2 据《云间人物志》：举嘉靖丁未进士。授慈溪令，以廉慎入为御史，会咸宁侯仇鸾倡马市，公抗疏争之，杖阙下，得不死。时西北备边，东南倭患，公条上六事，曰：严纪律、别功罪、抚远人、实军伍、选将、募兵。议皆采行。出为山东参议，属大蝗，下令民捕蝗者易粟倍，蝗不为灾。晋湖广副使。疾作，乞归。公性刚方，善面折人过，为时所惮。新编《上海县志》有《龚恺传》。

为心目中的金龟婿时，却遭到了夫人们的反对。对于大多数的中国丈母娘来说，她们择婿的标准，首先是家境状况，其次是女婿的长相，至于人品才华诸因素，大抵排不到前两位。董其昌确实家境贫寒，且长相太过粗糙。据存世的画像来分析，董其昌的模样只能以呆如木鸡来形容，实在与英俊无关。所以龚情和龚恺兄弟俩未能如愿。

最后，龚情和龚恺兄弟俩均无法说服自己的夫人，就去动员他们的弟弟龚云涯，鼓动龚云涯把女儿嫁给了才子董其昌。董其昌于是成了龚云涯的女婿，也就成为龚情和龚恺兄弟的侄女婿。

在华亭董氏家族中，董其昌不是最早出仕的人，董氏家族也并非显赫门庭，而且，董其昌的父亲只是一个私塾先生，一直生病；而我们对于龚云涯家族的情况虽然不甚了解，可是到此时，龚氏家族至少已经出了两位当朝进士，所以在当地应该算是门庭显耀。尽管如此，董其昌与原配龚氏的婚姻，依旧不能算是董其昌攀了高枝，原因在于龚云涯的女儿也是个“高龄”剩女。

董其昌与原配龚氏何时成的婚？时间不详。龚氏出生于嘉靖三十六年（1557 年）[1]，比董其昌小三岁。董其昌与龚氏的长子董祖和生于万历十四年二月十六日，按常理推测，他们结婚的时间大约是在 1585 年，也就是万历十三年，董其昌时年三十一岁，而龚氏也已二十八岁。在那个年代，董其昌与原配龚氏都属于大龄男女了。

原配龚氏，堪称是一位遵守传统道德的模范女性。陈继儒对龚氏很了解，龚氏在其笔下是被这样描绘的：“夫人端静纯悫，秉正义，曙大体，昼刺夜绩，上食白斋翁，屏处一小楼，静翳无言声。公以此无内顾，成大儒。”[2] 也就是说，董其昌原配龚氏是一位大家闺秀，知书达理，平时不爱说话，做事也很谨慎，从不无事生非，与董氏亲

1 《晚香堂小品》卷十六。

2 陈继儒《陈眉公先生全集·思白董公暨元配龚氏合葬行状》。

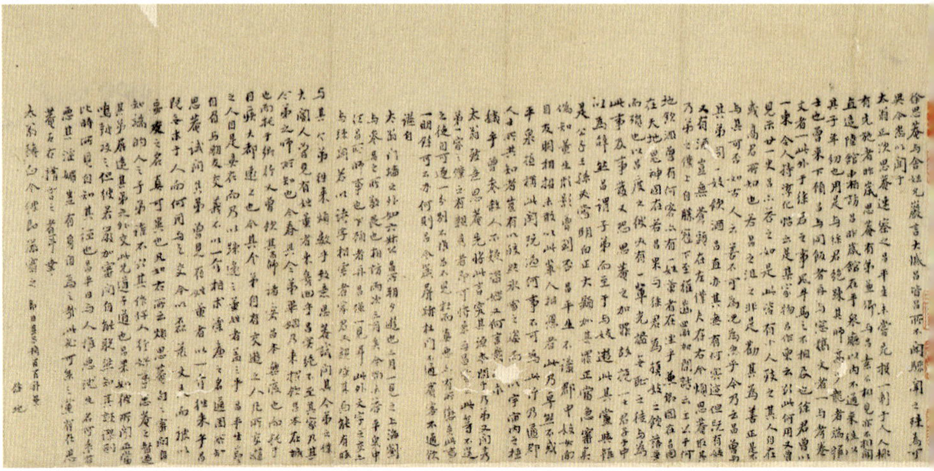

董其昌家书卷（局部）

戚的关系处理得很好。而且，她吃苦耐劳，勤俭持家，擅长刺绣，把家庭管理得有条不紊。董其昌从此不需要为家内事而分心。为支持丈夫董其昌的事业，她像一块煤炭一样燃烧了自己的一生。陈继儒所说“公以此无内顾，成大儒”，等于说功劳簿里董其昌与龚氏各占一半。

龚氏嫁进董家之时，公公董汉儒尚健在。体弱多病的董汉儒整天躺在床上，五十岁左右就追随其夫人沈氏去了，未能长寿。[1]

董其昌与龚氏的婚姻，并非人人祝福，仍然受到了“有一辈光棍无耻之徒”的嫉妒，领头者是沈生。董其昌写道：“昌平日与人惟恶沈生，名可系者，恶其淫媚。”[2]沈生等人在乡间造谣惑众，诋毁他的声誉，董其昌为此极为愤怒。

光棍沈生等造谣说，董其昌娶妻不久，家庭还十分窘困，就去与妓女喝花酒，过着糜烂的生活。董其昌愤懑莫名，为此给乡贤徐思庵

1　现藏辽宁省博物馆《董其昌楷书自告身》云：“尔生员董汉儒，乃翰林院编修其昌之父，赋才孔硕，蓄学多闻，贞操不愧衾稠，雄抱雅堪鼎吕，惜哉，运奇而年不延也。”

2　2018 年西泠秋季拍卖拍品《董其昌早年家书卷》十三通之第一札。

写了一封长信：

徐思庵与舍侄允岩言大憾昌，皆昌所不闻，骤闻之殊为可异。今悉以闻于太翁，正欲思庵速察之。昌平生未尝先投一刺于人，人辄有先施者。昨岁思庵有弟兼卿与昌素不相见，亦不相闻，直造陆馆中相访。昌昨岁馆在平泉厅以内，不通来往以其子年幼也。用是与徐君绝踈，其师高少龙者，端雅士也，曾来下顾。昌与同饭者再，与窗稿文者一，与考卷文者一，此外于徐君之事，风牛马之不相及也。徐君曾以一柬，令人持淳化帖，云是某家物。昌作柬云欲此何用。又曾见示廿一史。昌亦答之。如是此皆有小人致之，其人自在，或高君所知也。若昌之沮之，非是劝其为善，正是不与其可否，如古人云：善不可为，况为恶乎？今乃云昌曾与其弟同一妓饮酒。昌直办其无，有何实迹，但既有妓又有酒，岂无苍头在左，仆夫在右？今烦思庵取其乃弟之仆，上自胜冠，下至稚齿，严加问诘，云主公于何地饮酒，曾有何客，亦有一姓董者在座乎？兼卿固在，昌固在，天地鬼神固在。若昌果与徐君有携妓之饮，落笔而殒也。以昌度之，彼必有一辈光棍无耻之徒与为此事，及事发又恐思庵之加罪，故挽一士君子于中以为辞……思庵之督过其弟，屏远其弟之外交，此兄道子道也。昌果如彼所闻，正当鸣鼓攻之。但彼若严加审问，自能脱然，知其诬谬，则比时所见，自知其诬也。昌平日与人惟恶沈生，名可系者，恶其淫媚。岂有身自为之哉。此必可系之。当有在思庵左右构言之者耳。幸太翁转白，令彼即严审之。即日其昌顿首百拜具。余地。[1]

其实，至晚明之际，经济繁荣，社会开放，文人携妓现象已经非常普遍，并不是什么大逆不道之举，而董其昌却偏偏要为此事而发誓

1 2018 年西泠秋季拍卖拍品《董其昌早年家书卷》十三通之第一札。

说："若昌果与徐君有携妓之饮，落笔而殒也。"就是说，如果自己说了谎，宁可放下笔就去死。显然，他是在证明给岳父龚家人看的，以说明自己确系正人君子。

父亲董汉儒去世后，岳父龚云涯对董其昌家十分照顾，经常亲自来照拂。对于如何处理家事，董其昌非常倚重岳父。董其昌致信岳父曰："正二月已尽，一句书不曾读，今廿二日，决欲登舟便作长行，计不出廿四五去矣。糙米要留五石与租户，其余糙粮白银之外所存者，即日要卖，万万。又路上少吃米亦得二石，打白者包作四包。然则婿米可卖者亦不多矣。家中事要与岳父大人商之，必得一入城为妙。岳父大人膝下。愚婿其昌顿首百拜。左冲。"[1]

家庭经济状况没有好转，依然非常窘迫，董其昌再次外出教书。"董文敏未第时，客于海昌最久，与陈增城先生瓛为莫逆交，至其日用簿，亦有文敏为之登记者，然增城甚器之。文敏夫人尝至陈氏，钗荆裙布而已。陈氏素豪华，皆窃笑之。增城独曰：'勿轻视董夫人，他日富贵未可量也。'"[2]龚氏所受的这般委屈，不难感受一二。

陈增城即陈与郊之子陈瓛[3]。海宁陈与郊是著名戏曲家、收藏家，明万历二年进士，累官至太常寺少卿。陈瓛比董其昌小十岁，当时才二十岁出头，极仗义，给予董其昌许多生活上的帮助。

董其昌到了晚年，念念不忘原配龚氏对家庭的付出，时时感恩在心。他曾对好友陈继儒袒露心扉，称龚氏曰："糟糠妇，则夫人是吾良友也。"[4]这显然是真情告白。

---

1 2018年西泠秋季拍卖拍品《董其昌早年家书卷》十三通之第三札。

2 吴骞《尖阳丛笔十卷续笔一卷》。《续修四库全书》，上海古籍出版社2002年版，第1139卷，第464页。

3 陈瓛（1565—1626），初名祖夔，字元瑞，又字季常，号增城，明末诸生，曾任光禄寺丞，海宁盐官人。经过他镌刻传世的法帖有《玉烟堂集古法帖》二十四卷、《渤海藏真》十卷。陈瓛还集刻了董其昌的书法作品《玉烟堂法帖》《妙法莲花经》《观复堂帖》等。

4 陈继儒《陈眉公先生全集·思白董公暨元配龚氏合葬行状》。

九、屡败屡战的乡试

为了准备科考，董其昌苦心钻研“时艺”，也就是八股文。他自己撰写的“时艺”文章称雄一时，还整理出写八股文的八种方法，只教授他坐馆的学生，而不愿意拿出来刊行赚钱，害怕此举太过张扬。陈继儒的一番话，改变了他的主意：

董思白少工时艺，著八法授及门生，而不肯梓行。陈眉公从谀人曰：“兄有渡世津梁，何乃秘之帐中？”思白谢曰：“虽于此道似有苦心，而恐涉自炫，所以逡巡。”眉公曰：“兄作波斯胡弟，终日挈囊而坐，既失人望，宝亦何益。”思白即欣然名从之。吴门一时纸贵。[1]

董其昌的作文“八法”，后来汇编入《论文宗旨》[2]，总共一卷八篇，分“宾、转、反、斡、翻、脱、擒、离”八种写作技巧。他本人在序言中说，自己撰写此文的目的是为了要克服历来文章“鸳鸯绣出从君看，不把金针度与人”的毛病。比如“转”文，他开头就说：“文章之妙，全在转处，转则不穷，转则不板。如游名山，至山穷水尽处，以为观止矣，俄而悬崖穿径，忽又别出境界，则应接不暇。”文字简洁明了，清新直白，比喻生动有趣，让人过目难忘。实际上，董其昌这里所说的文章，颇似今日的政论文，不光要讲究论点、论据之间的逻辑性，更在于总结写作技巧。今所见董其昌《论文宗旨》的版本，为清康熙二十年（1681 年）的刻本，现藏上海图书馆。

万历七年，二十四岁的董其昌离开了陆树声家，去参加位于南京贡院的乡试。

1 李延昰《南吴旧话录》。

2 严文儒、尹军《董其昌全集（叁）》，上海书画出版社 2013 年版，第 21 页。

这是他第一次参加乡试，结果像绝大多数应试者一样，铩羽而归。他的好友中，只有冯咸甫考中了举人。这说明明代的科举考试并不是唯八股论。平心而言，每三年一次的乡试，应试者成千上万，而能够中举者毕竟是极少数，自可不必内疚。然而董其昌内心是一位自视甚高的人，考场失利对他的打击依旧是沉重的。他在《举业蓓蕾》中说："心要放得开。多少伶俐汉，只被那卑琐局曲情态耽搁一生。若要做个出头人，直须放开此心，若游九天，眼界大，局面大，一切厚我薄我，顺我逆我等状，尽行容纳，不著相色，是何等度量！"[1]这些话，是他多年以后开示给其他应试者看的，其实也是从他自己的教训中总结出来的。每一位应试者面对任何考试，都会产生心理压力，如何调整心理，保持最佳状态，殊为关键。

第一次乡试的失败，不等于董其昌的金陵之行全无收获。他在南京收藏家中意外地看到了王羲之手泽《官奴帖》，极为惊艳。《官奴帖》是王羲之著名的法帖，系王羲之关心孙女玉润病情的信函，书毕不久，可爱的玉润还是撒手人寰。董其昌说："又见右军《官奴帖》于金陵，方悟从前妄自标评，譬如香岩和尚，一经洞山问倒，愿一生做粥饭僧，余亦愿焚笔研矣。"[2]这是他对自己的书法观的又一次颠覆，也是一次重要的升华。这位金陵收藏家很看重他，还请他在《官奴帖》上题了跋。

六年之后的万历十三年，董其昌再赴南京贡院考场。这是他第二次参加乡试，结果依旧是落败而归。他的同乡好友唐文献不仅通过了南京乡试，还顺利通过了会试、殿试，一举成为状元。但董其昌不仅没有受此打击，反而增强了科举的信心。他说："举子业，妙在得窍。

1 严文儒、尹军《董其昌全集（叁）》，上海书画出版社 2013 年版，第 41 页。

2 董其昌《画禅室随笔》卷一。

得穷，则事半功倍；不得穷，徒日夜疲神，无补尺寸。”[1]这说明他已经摸索到了科举考试的窍门，虽然此次考试再度失利，但他自信离中举的目标似乎不远了。

也就在此际，含辛茹苦的父亲董汉儒去世了。据推算，董汉儒去世时约在五十岁[2]。他一辈子默默无闻，唯一的心愿就是冀望独子董其昌能够顺利走上仕途，走上他认为的人生幸福之路，光宗耀祖，声闻四海。可是，董汉儒临去世的那一天，他依旧没有看到儿子中举，按照命运的安排，他的生命之烛只能在无奈与渴望中渐渐熄灭。董汉儒后来被皇帝敕封为一品大官，那是父以子贵的结果，不知身在九泉之下的白斋翁先生获悉后内心是否可得一份慰藉。

许多士人历经多轮科举考试之后，仍然没能中举，心灰意懒却又不甘于寂寞，于是放弃坐冷板凳，并开始攀高枝，委身于当时的文化名人麾下以求借光，以此作为游走社会大江湖的资本。万历年间，苏州长洲人王穉登[3]是江南文坛的盟主，是光照一时的文学家、诗人和书法家，极受世人的敬仰，连远在福建、广东一带的不管是富甲一方的巨商还是穷小子，都以能够见到王穉登的尊容为荣。[4]另一位湖北京山的文人李维桢也是如此，名望极高，堪与王穉登比肩。

六年间两次科举考试均败北，董其昌眼见自己的胡子越长越多，孩子也呱呱坠地，而家境状况却没有得到一点改善。一些好心人为此发愁，就来规劝他不如早点委身到王穉登和李维桢麾下，混得一些虚

1 严文儒、尹军《董其昌全集（叁）》，上海书画出版社2013年版，第41页。

2 现藏辽宁省博物馆董其昌楷书《自告身帖》。

3 王穉登（1535—1612），字伯谷、百谷，号松坛道士，江阴人，移居苏州。明朝后期文学家、诗人、收藏家。王穉登十岁能诗，名满吴会。嘉靖年间，两度游学京师，客大学士袁炜家。万历二十二年，与陆弼、魏学礼等召修国史。擅长书法，吴门自文徵明之后，风雅之道遂归他领衔。万历四十年七十七岁卒。

4 钱谦益《列朝诗集》云：“穉登妙于书与篆、隶。闽、粤之人过吴门者，虽贾胡穷子，必踵门求一见，乞其片缣尺素然后去。”

名，以便游走江湖时得点实惠。董其昌却大不以为然，不愿意低三下四地仰俯他人。他仰起了脖子，非常自信地说：“神仙自能拔宅，何事傍人门户间！”[1]

陈继儒看得清楚，给予董其昌如下评价：

王长公主盟艺坛……董公方诸生，岳岳不肯下……“他人皆五金八石，而公之手，别具一刀圭……凡诗文家客气、市气、纵横气、草野气、锦衣玉食气，皆鉏治抖擞，不令微细流注于胸次……渐老渐熟……浮华刊落矣，姿态横生矣。”[2]

董其昌的脾性，并非是茅坑里的石头又臭又硬，而是有着自己的主张和判断。一方面，他经历两次乡试以后，积累了扎实经验，摸到了考试的窍门。此外，董其昌参修曹洞禅，批阅永明《宗镜录》一百卷，“悟文章宗趣”，大有奇悟，算是掌握了克敌制胜的法宝；另一方面，董其昌成年后性格大变，表面上看他待人谦恭和气，像个面瓜似的，其实是一身傲骨。他怎么愿意屈身在王稚登和李维桢门下呢！

离开了当湖之后，董其昌又去了娄东王氏相府家坐馆伴读。

娄东王氏相府，就是王锡爵家。王锡爵的祖父王涌因善于经营而成为太仓巨富。王锡爵本人在嘉靖四十一年会试名列第一（会元），廷试名列第二（榜眼）。万历二年升为侍讲学士，加四品服色。八月，王锡爵升为国子监祭酒。万历四年，王锡爵升为詹事府少詹事，充任世宗实录副总裁官。万历十一年，王锡爵在家守孝。万历十五年，王锡爵官晋一品，封太子太保，但王锡爵上书请辞，改封太子少保。后来王锡爵官至内阁首辅，兼太子太保、吏部尚书、建极殿大学士。

1　陈继儒《容台集·序》。

2　董其昌《容台集》（下），西泠印社出版社 2012 年版，第 725 ～ 726 页。

王锡爵的儿子王衡与陈继儒为知己好友。陈继儒二十七岁，曾馆于娄东王锡爵家。翌年，与王衡同赴应天乡试，结果均失利。王衡发现自己喜爱的戏剧文学、诗歌与科举的八股文不对路，为了科举考试，不辱家门，他不得不放下爱好，改攻八股文。而陈继儒十分服膺董其昌的文章，于是在陈继儒推荐下，比王衡年长六岁的董其昌来到太仓王氏相府坐馆，实际上，也就是伴读。吴伟业后来说："云间董宗伯玄宰、陈征君眉公，相国之高弟，而编修公执友也。"[1]相国指的是王锡爵，编修公指的就是王衡。

王锡爵有三个女儿。大女儿嫁太仓三家市中书舍人周秉中，小女儿嫁太仓吴太学嘉徵，还有一个女儿名王桂，生于明嘉靖三十七年（1558年），她十七岁时，时任浙江布政司参议的太仓直塘人徐廷祼，派人进京，为其子徐景韶向王家求婚。当时王锡爵任翰林侍讲学士，见是同乡好友之子，便一口应允了这门婚事。谁料不到一年，徐景韶就病故了。王桂便在娘家一边为徐景韶守节，一边学道，自称"未亡人"。到万历六年，王桂修道已深，号为"昙阳子"，门下名士众多。万历八年（1580年）九月初九重阳节，昙阳子"悟道羽化"升了天。

董其昌与王衡的感情，就是在董其昌前往娄东相府陪读坐馆期间建立起来的。他俩有许多相似之处：才情俱佳，天赋极高，笃信佛教，因此两人感情相洽，情同手足。

他俩的共同挚友陈继儒，是明代著名的文学家、书画家，才情横溢，有"吴派四大家"之一的美称。但因他二十九岁时旧疾复发，加上慈母病逝，心灰意冷，厌恶科举，矢志绝意仕途，开始了陶渊明那样的隐居生活，终生不仕。《明史》称"继儒通明高迈，年甫二十九，取儒衣冠焚弃之，隐居昆山之阳，构庙祀二陆，草堂数椽，

1 吴伟业《王奉常烟客七十序》。

焚香晏坐，意豁如也”[1]。从此他奋笔疾书，著有《陈眉公全集》《小窗幽记》《吴葛将军墓碑》《妮古录》等，在历史上影响深远。陈继儒的传记，被列入《明史·隐逸传》。

从以上情况看，董其昌坐馆之处俱非寻常人家，显然他能够得到不菲的坐馆束脩，以补贴家用。更为重要的是，这些非富即贵的人家，藏有大量的书籍可供他浏览学习之用。董其昌后来提出影响深远的名句“读万卷书，行万里路”，就是他自己的切身体会。在印刷术相对落后的时代，读书人有志于读万卷书亦非易事，需要有厚实的家境支撑。连书也买不起，如何去读？而当初家境贫窘的董其昌之所以能够“读万卷书”，实在是得益于坐馆之便。

董其昌在内心瞧不起为应付科举考试而作的八股文，所以他写完之后就随手乱扔，自己从不加以收集和整理。但是那些有志于科举致仕的士人，却在为他大声喝彩，纷纷传抄，以至于各地的书坊把这些文章汇编起来，木印成书，四海传售，其中有些文章是伪作，是别人借董其昌之名来牟利。

董其昌有位小同学，名字叫赵公益，当时只有二十岁，曾向他讨教如何写文章的奥妙。董其昌待他很真诚，给他回了封信，说：在万历十四年（农历丙戌年），三十一岁的自己因为认真研读了佛教典籍《曹洞语录》，“悟文章宗趣”，从此如有神助，文思泉涌，下笔如飞。董其昌的原文是这样说的：

至岁丙戌，读《曹洞语录》，偏正宾主互换伤触之旨，遂稍悟文章宗趣。因以师门议论，与先辈手笔印之，无不合者。乃知往时著撰，徒费年月，当是时第能多作百首，庶几成章。扰扰行役，惜未究竟，而旧稿亦从此敝帚视之，听其散轶，不复理矣。自余游长安，客

1 《明史卷二百九十八·列传第一百八十六》。

每持余刻稿相质，无弗赝者。而里中有订赝录，赝者不免焉。因用自愧，使吾文如钱、王诸大家，即暗中摸索，当可了了，何至难鉴定乃尔。不谓足下苦心，能涤除至尽，如此集者，自可不须序，序大都谀语耳。海内具眼者多，何必以谀语先之，愿足下并破此窠臼，异时足下《三都赋》，就亦视此榜样，终不借誉于玄晏也。[1]

赵公益读信后，也“大有悟入”，但他最终仍没能考取功名。原因是赵公益整天饮酒，不务科举正业。董其昌问他为何如此沉沦，赵公益抱怨说自己当时刚生了儿子，“有呱呱者，可以付先生衣钵耳！”赵公益被儿子吵得失去了科举信心，决定放弃自己的功名，专心培养儿子。三十年后，赵公益的儿子赵升之又走上了科举之路，赵公益把儿子的科举制义文章集结，准备刊印，还来请董其昌为儿子的文集作序。于是，董其昌写了《赵升之制义序》[2]，回忆了这段往事。

十、连中三元

董其昌在《即复赵公益书》中，说自己本是一位虔诚的佛教徒，平时很用功专研佛教经典，探究禅理。他一度沉醉在《内典》中，“参究宗乘，复得密藏激扬，稍有所契”。而且他对曹洞禅的名著《永明宗镜录》也很熟悉。陈继儒说他：“独好参曹洞禅，批阅《永明宗镜录》一百卷，大有奇悟。”[3]

《曹洞语录》到底是一部怎样的书？它又是如何启迪董其昌“悟文章宗趣”的呢？

1 《容台别集》卷二《戏鸿堂稿自序·即复赵公益书》，西泠印社出版社 2012 年版，第 192 ~ 193 页。

2 董其昌《容台文集》卷二。

3 陈继儒《容台集·序》。

所谓曹洞宗，为禅宗南宗五家之一，由良价禅师住持宜丰洞山时所创立。良价传本寂，因住抚州曹山，世称“曹山禅师”。

本寂和尚曾参见良价。良价问他叫什么名字，本寂答：“本寂。”良价说：“向上更道！”本寂说：“不道。”良价说：“为何不道？”本寂说：“不名本寂。”良价至此很器重他。本寂盘桓数年，欲辞去。良价问他何处去，本寂说：“不变异处去。”良价说：“不变异处岂有去耶？”本寂说：“去亦不变异。”后来有僧又问本寂：“于相何真？”本寂说：“即相即真。”又有僧问：“幻本何真？”本寂说：“幻本元真。”又问：“当幻何显？”本寂说：“即幻即显。”

以上所录大概是《曹洞语录》中最精彩的内容。和尚们的对答，充满了禅悦的智慧，只有那些具备慧根的人才能正确领悟其中的深义。

实际上，董其昌在《即复赵公益书》中重点谈了《曹洞语录》，是想借禅悦的智慧来说明，人们做任何事的前提必须全力以赴，精心研究，追究事物的本质。一旦了解和掌握了事物的发展规律，就须心无旁骛，恪守自信。陈继儒后来为董其昌《容台集》作序时指出，董其昌“独好参曹洞禅，批阅《永明宗镜录》一百卷，大有奇悟”，也正是为了突出这一点。这说明，董其昌所言确系肺腑之言。赵公益也因此醍醐灌顶，从中领悟“文章宗趣”。

且不管《曹洞语录》是如何让董其昌天眼独开“悟文章宗趣”的，反正董其昌对中国科举制度的历史等史实进行过深入研究，至少有三本传世的董其昌著作为证：其一,《学科考略》一卷，叙述了历代立学之制，兼叙孔庙封赠配享之始，兼及古时地方官府向帝王荐举人才的贡举诸事。这是考生们参加考试之前所必备的文史常识；其二,《论文宗旨》一卷八篇，主要介绍八股文的写作技巧，其中也包含了写文章方法。该书目前仅见上海图书馆古籍部所藏清康熙二十年刻本；其三,《举业蓓蕾》一卷，主要介绍参加科举考试的临场经验。

尤其是后两本书，堪称姐妹篇。《论文宗旨》侧重于科举考试的写作技巧，而《举业蓓蕾》则教示人们为应考而作的基础训练和临考心理指导。清朝的石成金将此文收录在《传家宝》一书中，可见明清士人们均把董其昌撰写的这类文章，奉为科举圭臬。

但是，董其昌的内心魂牵梦萦着的依旧是书画，那才是他的最爱。

万历十五年，年三十二岁的董其昌学习绘画已至第十个年头，可他仍然为自己作画时的拘谨而感到苦闷，有力不从心之叹。这年的八月二十二日，他在为陈继儒作纸本淡设色《山居图轴》时题词曰："余尝欲画一丘一壑，可置身其间者。往岁平湖作数十小帧，题之曰'意中象'，时捡之，欲弃去一景俱不可，乃知方内名胜其不能尽释，又不能尽得，自非分作千百身，竟为造物所限耳。"[1]

也就是在这一年，他的师友莫是龙辞世了[2]，留下了四岁的儿子莫后胤。董其昌很悲痛。莫是龙是位博学多能的文人，他俩互为知己，时常在一起谈古说今，特别是针对美术史源流及前代画家艺术风格的探讨，对董其昌以后提出著名的"南北宗"绘画理论起到了积极推进作用。

尽管经历了两次乡试的失败，董其昌并没有丧失科举的信心。果然，在第三次参加乡试的时候，即万历十六年八月，董其昌取得了南京乡试第三的好成绩，转年二月，他又到北京参加会试取得会试第二名的好成绩。接着又参加了殿试，董其昌最终取得了二甲第一名的殊荣。这些经历，已在此书开头部分说过了。

但是，正因为董其昌连中三元，即举人、会士和进士，他的笑脸刚刚绽露，苦恼又来了。

1 缪曰藻《寓意录》卷四。

2 冯梦祯《快雪堂集》卷四十七。

中举本是一件大喜事，按照惯例，主家须掏钱庆祝。首先，要给报子发赏钱。报子就是为朝廷送喜报的人，他们头上顶着红缨帽子，骑着马，敲着锣鼓，带着报条，说些吉利的话，将喜报张贴到中举人家的大门上，广而告之。其次，主家还需要在亲友邻居间请客，还须给官员们送喜钱，以示感谢。这些都需要花钱。

董其昌家本不富裕。他外出赶考的盘缠尚需外借，面对连中三元的喜事，显得难以招架，只能去请求岳父龚云涯大人帮忙。

董其昌于万历十六年十二月九日致信岳父：

报喜者毕竟何以处之？家中之费幸见示，毕竟几何又不知。府县及各上司常例俱不缺否？共有百四十余金，存得许多。报喜者人家十分与之三四分，不曾有如数者。我家不知若何。旅中眠食为此不稳，真令人可闷。王荆石中会元，只总赏一百两，闻我家写报喜银大惊大笑。乡试已过，惟会试乞岳父留心，倘若中得，幸不复为小人所弄。婿曾沾染人一文钱否……旧岁乡人欠米，万万如约一追，感感。岳父大人膝下。婿其昌顿首百拜。[1]

日子虽然穷困，好在苦日子快要熬到头了。毕竟，董其昌、袁可立、陆彦章三人同时中进士，他们都列名在陆树声门下，而一场考试能够同时录取陆氏门下三位进士，是极为罕见的现象，因此轰动一时，堪称陆树声家门的荣耀。正可谓：江山代有才人出，各领风骚在一时。

1　2018 年西泠秋季拍卖拍品《董其昌早年家书卷》十三通之第六札。

第三章

血战古人

一、翰林院

万历十七年三月，董其昌殿试高中进士，位列二甲第一名。这一年董其昌三十五岁。

这次殿试，共选拔出三百四十七名进士。一甲三名，即状元焦竑、榜眼吴道南、探花陶望龄，赐进士及第；二甲六十七名，同进士出身，其中第一名即传胪，就是董其昌；三甲二百七十七名，同进士出身。

高中进士者，按照惯例都要投门，就是要去找个名人拜师，声称自己是某某的学生。董其昌投门的老师是许国，就是万历十七年殿试主考官。许国是万历皇帝的师傅，官至礼部尚书兼东阁大学士，是权倾一时的辅臣。董其昌一直认为许国是提携自己的恩人。

中进士以后，还要进行新一轮考试，叫阁试。朝廷通过阁试从进士里优中选优，选拔人才进入翰林院，为国家储备治世之材。入选翰林院的进士就是庶吉士，亦称庶常。庶吉士的位置处于官与非官之间，相当于候补的翰林院官员。一甲三名，即状元、榜眼和探花，殿试后立即授职，状元授翰林院修撰，榜眼、探花授翰林院编修。他们三人也被自动录取为庶吉士，而二、三甲的进士们，则需要通过阁试方能录取。翰林院的学士们是社会地位最高的士人，为当时知识分子中的精英，其优越的社会地位令人仰慕。

录取完庶吉士之后，其他进士则按殿试、朝考名次，分别授以主事、中书、行人、评事、博士、推官、知州、知县等职，去各级衙门任职。

入选庶吉士不仅是一种荣誉，更暗示着他们具备了远大的政治前途。这是因为自明初废除丞相、实行内阁制度以来，由大学士组成的朝廷内阁权倾天下。内阁首辅的地位相当于丞相，而内阁权臣的人数不定，一般只设三四位，最多时也不过五六位。这些内阁成员均出自翰林院的庶吉士。

在翰林院里，庶吉士的主要任务就是负责为皇帝、近臣起草诏书，有时也为皇帝、太子讲解经籍等。他们在翰林院学习三年之后，再试，合格者留院，称留馆，其余的人一律外派为官。

这年选庶吉士的阁试，内容为“对策书”。考试之后，一共选拔了二十二位新晋进士进入翰林院，董其昌榜上有名。董其昌已像一位优秀的攀岩能手，从社会的最底层，通过层层考试，攀爬到了最顶层。

董其昌入选庶吉士，看似顺理成章，但与身为内阁辅臣、太子少保的王锡爵有着某种特殊的联系，似乎受到了王锡爵的格外重视。因为在阁试不久后的某天，阁试的成绩尚未对外公布之际，王锡爵就找到董其昌，有过一段对话。

王锡爵问董其昌：你写在阁试“对策书”试卷上的书法，骨媚多姿，是否是先学了欧阳询，然后又学了柳公权？[1]王锡爵是阁试的考官，而阁试内容属于国家机密，不能与外人道。显然，言者有心，听者会意。王锡爵的跑风漏气，显然是想通过谈论书法来表达对董其昌的垂爱。

董其昌十分聪明，后来他在撰写回忆文章中赞叹，王先生的眼力十分了得，特别精于唐代的碑帖！聪明人之间的对话，只说三分，俱

1 董其昌《容台别集》卷三。

是弦外余音，彼此早已默契。

当然，王锡爵的话一点不错，董其昌的书法的确十分出色。太仆寺少卿邢侗年长董其昌四岁，却是万历二年的进士，资格很老，也是一位大书法家。他对董其昌的书法甚为推崇：“仆生平见玄宰真迹几百种，此卷大有李邕徐浩风。虽小下晋人一等，总之名世业也。”[1]而且，董其昌的文章也写得好，早已引起朝廷上下的瞩目。

董其昌的才华得到了座师许国、辅臣王锡爵等权臣的青睐，自然会招惹一些人的嫉恨。此时，有“权门之鹰犬”[2]无端生事欺负他。平民出身的董其昌没有显赫家世做保护伞，势单力薄，而且胆子也小，岂敢在皇城里惹事，只得低头忍耐，“自比于不材之木”，想忍气吞声躲事。

这时候，有位同年进士看不过去，挺身打抱不平，痛打了那个欺负董其昌的“鹰犬”。这位侠士就是来自荆溪（宜兴）的吴正志[3]，算是替董其昌出了口恶气。吴正志出生于官宦之家，是正德年间的南京礼部尚书吴俨的嫡长孙。[4]

自此吴正志成为董其昌的好友。他家收藏丰富，祖传有《米元章、朱晦翁诗札合卷》，此间曾给董其昌鉴赏。董其昌看了之后很是羡慕，感叹：“真海内奇宝也！”[5]

董其昌顺利进入翰林院后，同另外二十一位新晋庶吉士一起学习：“天子命少宗伯田公为之师。”[6]田公，即田一儁，时官居礼部左

1 邢侗《来禽馆集》卷二十一《题董太史字卷》。

2 董其昌《容台集·祭吴澈如年丈文》。

3 吴正志（1562—1617），字之矩，号澈如。幼承家训，讲学东林，万历十七年进士，授刑部主事，官至光禄寺卿、刑部郎中。

4 董其昌跋《米元章、朱晦翁诗札合卷》：“民部乃吴文肃公之冢孙。”冢孙即嫡长孙。

5 同 4。

6 董其昌《容台集·冯少墟集序》。

侍郎，掌翰林院。

其实，当时负责培训、教习的翰林院老师主要有三位，除了田一儁之外，还有大名鼎鼎的沈一贯和韩世能[1]。沈一贯时任詹事府少詹事兼翰林院侍读学士，万历二十二年（1594 年）为南京礼部尚书，万历二十九年（1601 年）为当朝首辅。

韩世能时为礼部侍郎，负责教习庶吉士。《明史》说："……教习庶吉士。馆阁文字，是科为最盛。"[2]也就说，这科新晋庶吉士是被人们最看好的一群人才。他们师生虽然相处的时间不长，但董其昌与田一儁、韩世能这两位老师的感情处得特别深厚。礼部尚书被称为大宗伯，礼部侍郎则被称为少宗伯，或者小宗伯，而田一儁、韩世能均为少宗伯。

这二十二位庶吉士，是朝廷从全国选出的最优秀的士人。若以单个论，均是超凡脱俗之俊杰，但是将他们集中在一起生活、学习的时候，如同一把黄豆扔进了铁锅里，一加热，就噼里啪啦吵得不得安宁。

这些庶吉士大致分成四派，在思想上形成了鼎立之势，焦竑、冯从吾、袁宗道和陶望龄是这四个思想派别的领头人。他们兴趣有别，各有所好，而且谁也不服谁。

南京人焦竑是当年的状元，成为庶吉士那一年，已经四十九岁。他的思想并不保守，提倡中国儒教与外来的佛教合流，企图引佛入儒，整合两家思想。董其昌说他是"以理学耑门为领袖"[3]。焦竑在

1 韩世能，字存良，号敬堂，长洲（今江苏苏州）人。隆庆二年（1568 年）进士，选庶吉士。同馆三十人，韩世能担任类似"班长"的角色，后授编修。参与编修世宗、穆宗实录。充经筵日讲官，累官礼部左侍郎，此时负责翰林院事务。韩世能是当时著名的书画收藏家，家藏极富。

2 《明史》卷二百一十六。

3 董其昌《容台集·冯少墟集序》。

庶吉士中年纪最大，早在诸生时就享有盛名，只是科举不顺，才成为这一届庶吉士，而且他“性格亦疏直，事有不可，常大加评论”[1]，所以有点倚老卖老，喜欢指指点点，大家都有点畏惧他，只有陶望龄和冯从吾不买他的账，常常因观点不同而与之争执。

长安人冯从吾思想比较老派，倾向保守，喜好圣学，满口皆“之乎者也”。所谓圣学，即儒家的孔孟之道。冯从吾有着北方人的耿直个性，严峻而沉默，不畏强势。他平时一本正经，不苟言笑，也不愿意与人交往。董其昌说他：“冷面骨人也。尝端居晏坐，茹淡寡交，文字之饮，鲜所征逐。”[2]董其昌等私底下认为冯从吾食古不化，不懂得与时俱进，称之为“喜欢吃生猪肉的人”[3]。可是，冯从吾晚年因受魏忠贤阉党迫害而死，董其昌则称颂他说：“士固有百不为多，一不为少，吾己丑同馆得仲好，足称盛矣。”

袁宗道，字伯修，是明代文坛“公安派”的发起者和领袖之一。他与同馆王图、萧云举、吴用宾等，求道之心热切，皆有志于养生之学。[4]原因是袁宗道年轻的时候身体不好，几次差点死掉，所以他很注重养生之学。

相比之下，探花陶望龄在董其昌眼里是最可亲近的人。陶望龄，字周望，是绍兴人，高中探花时才二十七岁，比焦竑小了二十二岁，比董其昌也小了七岁。陶望龄年轻气盛，思想激进，是泰州学派李贽的拥趸，推崇天性，热衷禅学，而且为人随和，不摆架子。董其昌说他“吾党爱周望之简易”。[5]

这时候，王阳明所倡导的“心学”已经发展到了顶峰，人人都在

1 侯福兴《中国历代状元传略》，中国人事出版社 1998 年 12 月版，第 306 页。

2 董其昌《容台集·冯少墟集序》。

3 同 2 曰：“此食生豚肉者！”

4 袁中道《石浦先生传》《曾、登二侄圹记》。

5 同 2。

谈论“心学”，人人都在谈禅悦，而且派别林立。董其昌、袁宗道他们几位都接受了王阳明的“心学”理念，反对刻板教条的程朱理学，因此不太理睬焦竑，觉着他霸道得有些虚伪。而冯从吾这个人很各色，人很瘦，脸色冷冰冰的，整天饱食晏坐，像个正在沉思的思想者，令人不敢、也不愿与之接近。

董其昌与陶望龄、袁宗道等人的私交比较好，这不仅因为他们趣味相投，更在于志同道合。他们都醉心于“心学”，而“心学”与佛学、禅学珠联璧合，像并蒂莲那样相伴而生。明代中后期文人研习哲学，大都是从“心学”的思路出发，去解释和阐发佛学、禅学，反之，也可以从佛学、禅学的角度去阐发“心学”。

中国佛学与禅学均来源于印度，但经历了魏晋、隋唐，直至宋、元、明各个历史时期的消化和融合，已经摆脱了印度佛教的固有格局，成为具有中国独特精神气质和思想传统的宗教体系。在董其昌生活的年代，中国禅学已成为中国传统文化的重要组成部分，是中国的禅学发展最为兴盛的一个时期。而且，中国禅学与中国本土的道教和儒教也已经融合生长，形成了一种成熟的社会思潮。王阳明曾说：“夫禅之学与圣人之学，皆求尽其心也，亦相去毫厘耳。”[1] 陶望龄也说：“今之学佛者，皆因良知二字诱之也。”

董其昌、袁宗道与陶望龄等人都倾心于“禅悦之旨”，于是他们经常在一起交流心得，关系就越走越近，成了挚友。他们在一起谈话的内容，充满玄机，“如禅灯五家宗派，使人闻片语单词，可定其为何派儿孙”，而外人常常是听不懂的。

董其昌在翰林院期间，学习依旧很刻苦，撰写了大量文章，所写的“阁试”“馆课”，仅收录在《容台集》里的，就有《省耕图》（阁试）、《忧旱吟》（阁试）、《议国计疏》（馆课）、《勤政励学

1 《王阳明全集》之《重修山阴县学记》。

箴》（馆课）、《救荒弥盗议》（阁试）、《陈言时政疏》（阁试）、《征虏将军出塞歌》（馆课）、《夜气浩然之气》（馆课）、《读卫霍李广传》（馆课）、《荀杨大醇小疵》（馆课）、《读盐铁论题后》（馆课）、《读陆贾新语贾谊新书刘向新序评》（馆课）、《知命俟命立命说》（馆课）、《军兴议》（馆课）、《御虏大捷露布》（馆课）、《岁差考》（馆课）等，体现了董其昌为国效忠、为民效力的传统信念和基本思想。

可是，到了仕途大好之际，董其昌的心理却发生了突变。陈继儒敏锐地发现了这种变化。陈继儒说："己丑（1589 年）读中秘书，（董其昌）日与陶周望、袁伯修戏禅悦，视一切功名文字直黄鹄之笑壤虫而已。"[1] 董其昌这种思想的骤变，与师弟王衡的遭遇有关，使得他对官场险恶与混乱，产生了恐惧与厌恶；而在另一方面看，此时的董其昌已经难以遏制自己内心对书画创作与收藏的热爱！

二、馆师韩世能

翰林院，说得好听一点是培养国家栋梁之材的地方；说得世俗一点，是拉关系、找门路、攀权贵、混大官的摇篮。董其昌在这里遇到的馆师韩世能，使他的命运发生了转折。董其昌本来就兼善书画，算是业余爱好，但在韩世能的熏陶之下，他对书画的兴趣如内心喷涌之火，再难遏制。从此之后，他一方面积极探索书画理论，潜心专习书画艺术；另一方面，他开始钻研书画鉴定知识，倾囊收藏历代书画珍品。中国历史上又一位名贯古今的大收藏家、艺术理论家和书画艺术家至此来到了新的起跑线上。

馆师韩世能博学多闻，处事谨慎，平生别无嗜好，唯独对于艺术

---

1 陈继儒《容台集·序》。

收藏一往情深，精鉴赏，是那个时代顶尖的大收藏家之一，可与项元汴比肩。与董其昌同时代的张丑评论韩世能说：“俸薪所入，悉市宝章，晋唐宋元之奇，所收不下百本。多与名流韵士品定甲乙，物物连城。”[1]

韩世能的收藏，犹如一座个人美术馆，群星璀璨，名作罗列。据张丑撰写的《南阳名画表》一书记载，韩世能收藏的历代名品如下：

（魏）曹弗兴《兵符图》；

（晋）顾恺之《洛神图》，张僧繇《五星二十八宿图》（现藏日本大阪市立美术馆）；（隋）展子虔《游春图》（现藏故宫博物院）；

（唐）阎立本《萧翼赚兰亭图》（现藏故宫博物院），张萱《明皇夜游图》，李思训《行幸蜀山图》，周昉《对鉴仕女图》《挥扇仕女图》（现藏故宫博物院），吴道子《天王送子图》，韩干《照夜白马图》（现藏美国大都会美术馆）、《百马图》和《双骑图》；（五代）周文矩《倦绣图》《文会图》，王齐翰

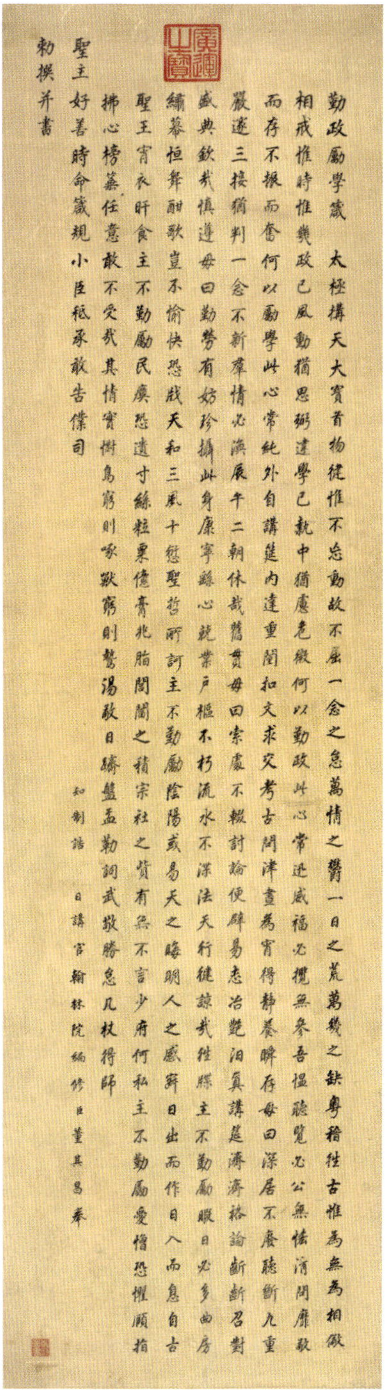

董其昌楷书《勤政励学箴》

纸本，纵 214.5 厘米，横 61.8 厘米

1 张丑《南阳名画表序》。

《勘书图》（现藏于南京大学），黄荃《杏花三猿图》等。

凡四十七人，计九十九幅图。

此外还有宋画，如宋徽宗《高士图》，李公麟《九歌图》，李成《古木寒泉图》，范宽《长江万里图》，米芾《云山远树图》，马和之《莲社图》，赵伯驹《三生图》，李唐《山阴图》，马远《踏歌图》，等等。

张丑还在《书画铭心表》中介绍了韩世能的另外一些书画收藏，如卢鸿《草堂十志图》、顾闳中《韩熙载夜宴图》（现藏故宫博物院）、董源《潇湘图》（现藏故宫博物院）、李成《茂林远岫图》、宋徽宗《雪江归棹图》（现藏故宫博物院）等。再如元人赵子昂、钱选、龚开、王振鹏、黄公望、王蒙、倪瓒、盛懋，俱为大家，都有上乘之作入藏其室。张丑还在《清河书画舫》中揭秘说："传闻严氏藏……展子虔《游春图》、阎立本《职贡图》、王维《辋川图》、李昭道《海天落照图》、《韩熙载夜宴图》、《清明上河图》、李公麟《便桥受降图》、马和之《唐风图》、赵子昂《重江叠嶂图》、王蒙《听雨楼图》……今大半归韩太史家。"[1]

所谓严氏，指的就是严嵩、严世蕃父子。严嵩于嘉靖二十一年（1542 年）加太子太保、礼部尚书兼武英殿大学士，后入阁掌权，至嘉靖四十一年倒台，权倾天下二十年。严氏父子除了对权力、金钱的贪婪之外，还有一个风雅之好，就是收藏历代法书名画。许多拍马屁者，为其四处搜罗。如中书舍人罗龙文花费白银千两从文徵明手里购得怀素《自叙帖》进献，浙江总督胡宗宪花费巨资从仁和丁氏处购得《越王宫殿图》，从钱塘洪氏处购得《文会图》进献。严世蕃对吴城汤氏收藏的李昭道《海天落照图》垂涎三尺，立即有官员自告奋勇

1 杨仁恺《中国书画》，上海古籍出版社 2001 年版，第 491 页。

去为他买了下来。[1]

擅权者必疯狂，疯狂之后必遭殃。首辅严嵩倒台后，儿子严世蕃于嘉靖四十四年被判斩首，严嵩本人则被没收家产，削官还乡。可严嵩已无家可归，只得寄食于墓舍，两年后病死，无棺木下葬，更没人去吊唁，凄凉至极。严氏父子被籍没时，共抄出墨刻法帖三百五十八轴（册），古今名画手卷册页三千二百零一轴（卷/册）。[2]朝廷后来把这些抄家物品折价释出，于是有权势的收藏家们利用这千载难逢的机会，大肆收购。

但是，朝廷折价出售严家抄家物品，并不是公开、透明地出售，因此韩世能被人诟病。沈德符在《万历野获编》中说："时韩太史世能在京，颇以廉直收之。"[3]说明韩世能花了很少的钱买来极好的字画，有违公平交易原则。可按照行内的说法，这叫捡漏，是卖家不识藏品的价值，而以低价卖给了对方。

沈德符显然冤枉了韩世能。关于严家抄家书画的下落，王世贞说：

分宜当国，而子世蕃挟以行黩，天下之金玉宝货无所不致，其最后乃始及法书名画，盖始以免俗且斗侈耳。而至其所欲得，往往假总督抚按之势以胁之，至有破家殒命者，而价亦骤长。分宜败，什九入天府。后复佚出，大半入朱忠僖家。朱好之甚，豪夺巧取，所蓄之富，几与分宜埒。后殁，而其最精者，十二归江陵。江陵受他馈遗，亦如之，然不能当分宜大半计，今籍矣……[4]

1 叶康宁《风雅之好：明代嘉万年间的书画消费》，商务印书馆2017年版，第65～66页。

2 同1，第66页。

3 沈德符《万历野获编》卷二十六。

4 王世贞《觚不觚录》。

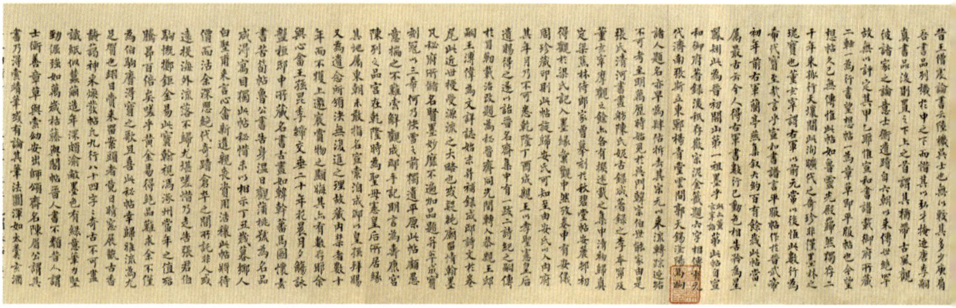

朱忠僖[1]的哥哥就是成国公朱希忠，“有田一千三百余顷”[2]。严氏父子被籍没后，数量庞大的财富收归国库。近水楼台的朱希孝“先得月”，把这些法书名画都作为俸银折价返还给了自己，连皇宫里也只留下了《海天落照图》《清明上河图》等少数几件字画。[3]朱希孝死于万历二年。韩世能的收藏应该是从朱家买来的，这已经属于民间交易，没挖国家的墙脚。廉值不廉值，只要买卖双方愿意，就合情合理合法。朱希孝还有一些精品字画，是被张居正搜罗去的。[4]而且，朱希孝旧藏的郭忠恕《越王宫殿图》，后来被董其昌购得，并非来源

1 朱忠僖即朱希孝，系京城锦衣卫都督，雅好书画。据从北京市朝阳区楼梓庄出土的朱希孝墓志可知，其下葬的时间是明万历二年五月。

2 韩大成《明代城市研究》，中华书局 2009 年版，第 219 页。

3 胡敬《西清札记》卷三，《续修四库全书》子部记载：首辅严嵩“既败，悉输尚方，仅留《海天落照》《清明上河图》等数种，余充武弁俸钱”。

4 汪珂玉《珊瑚网》画录卷三。

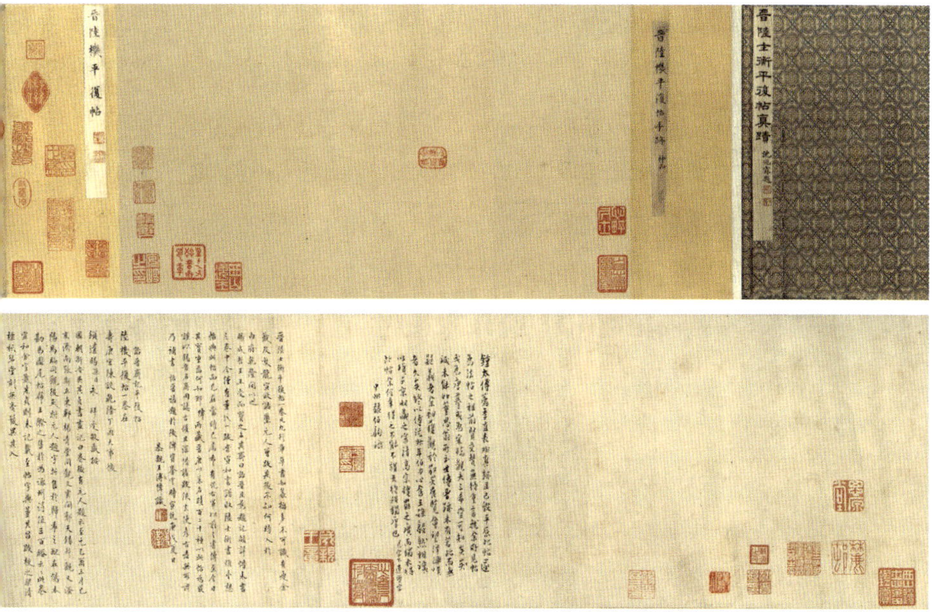

陆机《平复帖》，现藏故宫博物院

于韩世能。[1] 因此，韩世能的收藏方式不应受到指摘。

对于翰林院的这些庶常，韩世能心甚爱之，在课余闲暇之际，常常把他们召集在一处，无私地拿出自己的收藏，与大家一起分享。韩世能在李唐《文姬归汉图》[2] 上题跋道：

阎立本画，虞世南书，世藏天府，历代流传有绪也。……余每携至公署，教习督课之余，常披玩之。时同观者，门人陶望龄、焦竑、王肯堂、刘日宁。为余和墨作字者黄辉。焚香从事者董其昌，执笔者世能也。时万历辛卯十月十五日，礼卿学士韩世能书于翰林院之瀛洲亭。

1 董其昌《画禅室随笔》卷二载：“郭忠恕《越王宫殿》向为严分宜物，后籍没。朱节庵国公以折俸得之，流传至余处。”

2 现藏台北故宫博物院。

在翰林院，馆师韩世能时常与董其昌等庶吉士在一起雅会，观赏历代藏品，交流书画心得，然后一起讨论这些作品中哪些书画是精品，哪些还存有遗憾。其间，董其昌不仅开阔了视野，提高了鉴赏书画的能力，对他的书画创作，也是功莫大焉。

董其昌在韩世能收藏的晋代陆机书法作品《平复帖》上题跋说："右平原真迹，有徽宗缥字及宣、政小玺。盖右军以前、元常以后，唯存此数行，为希代宝。予所题签在辛卯春，时为庶吉士，韩宗伯方为馆师，故时时得观名迹，品第甲乙，以此为最。"这寥寥数句足证当时的情景，其细致入微的鉴赏神态，跃然纸上。

事实上，鉴赏法书名画时，书画家与鉴赏家在工作方法上会有所不同。一般来说，艺术家欣赏字画更多是在关注作品的艺术风格及其笔墨技法，期待从中汲取养分；而鉴定家在赏鉴作品时，则更加注重考证，以鉴别书画的真伪、年代等。董其昌此时看画，兼而有之。

韩世能是苏州人，到了这把年纪总想着隐退还乡，所以他的藏品分藏在北京和苏州两地，董其昌在翰林院所见的藏品毕竟有限。据董其昌题跋可知，这一时期他见过的韩世能藏品包括王献之《洛神十三行》、陆机《平复帖》、张僧繇《五星二十八宿神形图》、展子虔《游春图》《褚摹禊帖》、李唐《文姬归汉图》等。其中，有些堪称是国宝级别的书画名品，比如大名鼎鼎的《平复帖》，为晋代大都督陆机的法书名品，九行八十四字，是现存传世年代最早的名家法帖，也是历史上第一件流传有序的法帖墨迹，被尊为"法帖之祖"，现藏故宫博物院。[1]万历十九年（1591 年）的一次雅会上，韩世能邀请董

1 根据尾纸董其昌、溥伟、傅增湘、赵椿年题跋，可知《平复帖》历代递藏情况：宋代入宣和内府，明万历间归韩世能、韩逢禧父子，再归张丑。清初递经葛君常、王济、冯铨、梁清标、安岐等人之手归入乾隆内府，再赐给皇十一子成亲王永瑆。光绪年间为恭亲王奕䜣所有，并由其孙溥伟、溥儒继承。后溥儒为筹集亲丧费用，将此帖待价而沽，经傅增湘从中斡旋，最终由张伯驹以巨金购得。张氏夫妇于 1956 年将《平复帖》捐献国家。

其昌为《平复帖》题跋[1]。再如隋代展子虔的《游春图》（现藏故宫博物院），是现存最早的山水画真迹，也是韩世能旧藏。董其昌后来回忆说："展子虔笔，世所罕见，曾从馆师韩宗伯所一寓目。"[2]

特别要注意到一点：韩世能不仅认可董其昌的书法水平及鉴赏眼力，更为重要的是，韩世能还是在北京最先抬举和推崇董其昌的重要人物。证据就是韩世能主动邀请董其昌在极为珍贵的《平复帖》《定武禊帖》等名品上题跋。

往时，收藏家请人在藏品上题跋、钤印，必请德高望重者，或有鉴定名望的专家，这已是惯例。相反，如果邀请外行或者半瓶子醋的人来题跋，常常会被人耻笑为"佛头着粪"。吴正志曾让董其昌见识了《米元章、朱晦翁诗札合卷》，当时并未让他题跋；同馆好友唐效纯借给他米芾《千字文》，也未请他题跋。这或许是因为吴正志、唐效纯等当时并没有意识到董其昌在艺术收藏方面的杰出才华和潜力。

另有重要原因是，从中国收藏的传统上来观察，请名人在"画卷前后的累累印记，以及题字、题跋都会……凭附增值"[3]，这种观念至迟在唐代就已蔚然成风。大诗人李白曾致信韩愈说："躬吐握之事……一登龙门，则声价十倍。"北宋大画家王诜说："东坡学士天资敏慧，博雅好古，一经鉴赏，价高十倍。"[4]元代人李钰曾请大画家郭忠恕鉴赏王维的《辋川图》："名公相一见，赏识鉴定，价增十倍。"[5]

韩世能愿意请董其昌为之题跋，至少证明了董其昌在进入翰林院

---

1 《墨缘汇观》法书卷上"春，题韩世能《陆机平复帖》"。董其昌与《平复帖》两次相遇，即万历十九年辛卯和三十二年甲辰，第一次于韩世能处获观，第二次于卷尾写下题跋。

2 《墨缘汇观》法书卷上。

3 叶康宁《风雅之好：明代嘉万年间的书画消费》，商务印书馆 2017 年 4 月版，第 123 ~ 124 页。

4 方浚赜《梦园书画录》卷一。

5 郁逢庆《郁氏书画题跋记》续卷一。

之初，就已经在书画鉴赏方面具备了不俗的鉴赏眼力及声望。

喜爱艺术品的人，古人称之为“好事者”，他们一旦见到精彩的作品，顿时两眼大放光芒，会被艺术品展现的至美所折服，忘乎所以。而那些真正懂得收藏的鉴赏家，则会更留心于作品的细节，做一些必要的真伪、优劣鉴别。当然，董其昌也是如此，不过他的做法会比常人更细心、更全面、更专业，当然也会更权威。因为董其昌自小就开始舞文弄墨，十七岁就专门研究书法，二十二岁浸润于绘画创作，而且他还周游于国内顶尖级收藏家的圈子里，见识过很多真正的历代名作，所以他毫无疑问是一位真正的艺术鉴赏家。

美国的中国艺术史专家高居翰指出：“董其昌及其他精于此道的人，实际上就是他们那个时代的艺术史家。现今中国的老派艺术史家，在许多方面都是他们的继承者。他们最基本的做法，想必也是董其昌极其擅长的，就是站在一幅画前，以一种权威的神情宣布作品的真伪，并且附带指出其风格上的传承关系或这位画家所师法的前辈大师的风格等等。鉴赏在理想化的层面上体现了个人品位的运用，让审美家行使他们的识别力，让收藏家求得最高品质的收藏品。但是在较为实际的层面上，正像董其昌为见识较差者所做的，鉴赏是让买者确信物有所值的一种途径（这种保证，特别是当题写在作品之上，可以大大地提升作品的价值），或者是告诫他们下次要多加小心。”“我们得承认他的判断整体上讲是高明的，特别是考虑到在他那个时代没有图片或复制品可做类似今天这样精密的比较研究。”[1]

翰林院学习期间，除了馆师韩世能之外，能与董其昌一起谈书论画并品第甲乙者，还是大有人在。比如董其昌的座师许国，也是一位书画收藏家，还有同馆庶常王肯堂、焦竑、朱国桢、冯从吾、袁宗道

1 高居翰《画家生涯：传统中国画家的生活与工作》，生活·读书·新知三联书店 2012 年版，第 13 页。

等，他们后来均成了有名的收藏家。

董其昌的书画鉴赏活动，的确也给予他的书画创作以很大的帮助。

万历十七年四月，董其昌从同馆庶常唐效纯处借得米芾《千字文》，开始临摹学习。唐效纯是常州人，出身名门，一家三代进士。他的祖父就是抗倭名将唐顺之，嘉靖八年（1529 年）会元，殿试获传胪；他的父亲唐鹤征是隆庆五年的进士[1]。唐效纯家传有珍藏的米芾真迹《千字文》，董其昌十分喜爱。

从现藏于台北故宫博物院的董其昌临本《董其昌书千字文卷》中可以发现，此时董其昌的书法功底已经相当了得。名义上，董其昌是在临摹米芾的《千字文》，可是在用笔和结字上都体现了自家的风貌，形成了自己的书风。董其昌在题跋中说，米芾的书法“不使一实笔，所谓无往不收，盖曲尽其趣”。这是董其昌对米芾书风的评介，而他的这一观点，也成了董其昌自己以后评论书道的重要论点，影响深远。米芾这一虚实结合的用笔方法，也成为董其昌书法特点的重要表现形式。

十年之后，董其昌在此卷上又加一跋：“今又十年所矣，笔法似昔，未有增长，不知何年得入古人之室？展卷太息，不止书道。”这说明，董其昌在四十五岁时看待自己三十五岁的作品，心情纠结。一方面感到十年前自己的书法已经达到了很高的水平，颇有得意之色；另一方面，为自己此后十年的书法并没有多少长进而懊恼，所以“展卷太息”。

在顾正谊兄弟、项子京、韩世能等收藏前辈的影响和启迪之下，董其昌开始心旌飘摇，也准备下手收藏书画。

时人对艺术品的收藏已经分成等级。明代人顾起元说：“鉴赏家以古法书、名画真迹为第一；石刻次之；三代之鼎彝尊罍又次之；汉

1　常州图书馆藏《增续毗陵科第考》卷四。

赵伯驹《汉宫图》及董其昌题跋，现藏台北故宫博物院

玉杯玦之类又次之；宋之玉器又次之；窑之柴、汝、官、哥、定及明之宣窑、成化窑又次之；永乐窑、嘉靖窑又次之。”[1]董其昌所热衷的收藏，正是“第一等”的法书名画真迹。

不过，欲收藏法书名画真迹谈何容易！收藏是一种烧钱的游戏，需要不菲的资金，而董其昌家境清贫，只是进入了翰林院才有了俸银，但也不多。所幸的是，董其昌的书法和绘画的水平已经受人称道，人家求其作品，于是有了润格。俸银加上润格，这大概就是董其昌的全部收入。

万历十八年，董其昌在京城里看到了南宋赵伯驹的《设色桃园图卷》，很兴奋。赵伯驹与其弟赵伯骕，都是赵令穰之子，也是宋朝宗室赵氏的后裔，满门都是著名画家。他们生活的年代正好是北宋末年向南宋过渡的时期，父亲赵令穰是北宋画家，而他的儿子们成了南宋的画家。赵伯驹南渡后流寓杭州，因画扇面的技法高超而为宋高宗赵构所赏识，予以召见，官至浙东兵马钤辖。他是南宋画院里标志性的人物，其画远师唐代李思训父子的风格，笔法纤细，直如牛毛，整体画面有一种温和的风致。

董其昌心里痒痒的，想买下赵伯驹这幅《设色桃园图卷》，可是一打听价格，实在是囊中羞涩，只能摇摇头。这幅画后来被他的好友、古董书画商吴用卿买去了。[2]

三、古董书画商吴用卿的出现

古董书画商吴用卿，是安徽歙县溪南村人，谱名国廷，名廷，字用卿，号江村，以字行，斋号“余清斋”。吴家本是新安望族，可吴

1 顾起元《客座赘语》卷八。

2 董其昌《容台别集》卷六。

用卿的父亲吴尚钧是位死读圣贤书的学究，不懂经世理财，家道自此衰落。父亲去世后，吴用卿就跟着哥哥吴国逊来到北京经商，主要是经营书画古玩生意。这兄弟俩鉴赏字画的眼力过人，气魄又很大，特别是他们经营的书画几乎没有赝品，所以在行业内声名鹊起，很快就成了业界翘楚。

吴用卿的家族很大，如吴士锷、吴希元、吴养春、吴祯等人都是其亲戚，其中有些人是古董书画商，后来也都成了董其昌的朋友。徽商中的古董商人数很多，也很出名，他们非常勤奋，“携古玩出卖，皆寓能远家，故所得甚多，尽售于吴下”。[1]

年轻时的吴用卿很聪明，觉得能够收藏名贵书画的人非富即贵，为方便自己与他们打交道，便“以诸生入赀为太学生”[2]，“赀”意同“资”，实际上就是花钱买了一个读书人的身份。“太学生”就是指在京城太学（国子监）读书的生员，亦是最高级的秀才。董其昌就经常称呼吴用卿为“吴太学”。

吴用卿与董其昌的相识，正是董其昌进入翰林院的第二年，即万历十八年。董其昌的座师许国是吴用卿的同乡，他通过这一层关系结识了董其昌。吴用卿说他于万历十八年入都门，在太学读书，有机会认识董其昌并与他周旋往还，曾抓住了一个机会把准备好的素绫给他，乞求他赐一横幅画，可是苦苦等了一年多，董其昌依旧不肯画。[3]董其昌没有给吴用卿作画，有可能是要摆一点架子，但最关键的原因，应该是吴用卿没有给董其昌润例，因为董其昌初入都门时经济尚不宽裕。

董其昌后来体会到，吴用卿的出现对自己的帮助很大，这是因为

1 吴其贞《书画记》卷五。

2 颜晓军《董其昌杭州诸问题综考》，中国美术学院出版社 2012 年版，第 72 页。

3 《董华亭书画录》载：“余庚寅之春入都门，得与董玄宰太史周旋往还，乘闲以素绫作横卷乞画，因循阅岁，未能惠教。”

“吴氏丰富的书画收藏，特别是‘余清斋’殷实的法书宝库，在董其昌成为进士以后的艺术生涯中，长期而集中地向他提供珍贵的资料，使他不断地拓开艺术眼界，扩大临摹领域，丰富钻研内容，提高创作意境，从而必然会对他的艺术实践和思想的发展产生积极的作用”。[1]

董其昌的艺术创作实践与书画鉴赏活动相伴而行，两者互为帮助和推进。从他绘画实践的角度来观察，董其昌尊崇的是宋元画家，而评论的着眼点却是明代的江浙画家，即江苏的“吴门画派”和浙江的“浙派”。他在研究、评判这些艺术流派时，俱是带着批判的精神。而艺术之优劣，本属于人们主观的判断，从这个角度看，董其昌的艺术审美标准具有鲜明的个性倾向。

由于董其昌自觉与“吴门画派”所师承的对象系一脉相承，所以他对“吴门画派”的态度看似恭敬有加：“然古质今妍，各有独诣，未可抹杀前人草创之力。”但这不等于他赞成“吴门画派”的艺术主张。董其昌认为“吴门画派”的毛病在于“吴中纤媚之陋”[2]。他批评“吴门画派”的风格有“甜俗”习气，特别指出沈周的用笔，简直是“老笔纷披”。

对待“浙派”，董其昌则几乎采取了全面否定的态度。事实上，董其昌活跃于文坛的时候，“浙派”对社会的影响已经江河日下，呈强弩之末之势，进入了衰败时期。就整个画坛而言，正是“吴门画派”风头正劲的时期。

“浙派”画家中，戴进、吴伟和蓝瑛三人是公认的代表人物，尤其是戴进，是“浙派”的领袖，甚至董其昌也说过“国朝画史，以戴文进为大家”[3]。但是，董其昌批评“浙派”画家“大率摹拟李唐、

1 王世清《董其昌和余清斋》，载《朵云》1993 年第 3 期。

2 董其昌《跋宋开先画册》。

3 董其昌《跋戴进仿燕文贵山水图》。

马远居多”。也就是说，他认为，“浙派”画家沿袭的是南宗的传统，于是董其昌明确地指出：“若马夏及李唐……非吾曹所宜学也。”[1]

年轻的董其昌已经开始梳理中国画史，他以批判的态度对待“浙派”和“吴门画派”，目的就是要超越时代的局限，从历史的高度向古人学习。他心目中的标准十分清晰，始终是崇尚“宋元名画”，希望自己在洞察宋画成就的基础之上，立足元画，汲取营养。

“盖自弘治、正德之际，天下之士厌常喜新，风气之变已有所自来。”[2]虽然董其昌孜孜不倦地深入研究宋代画家，但他和那个时代的大多数人一样，兴趣也开始转变。他对元画的热情，无以复加，视为第一等。而且，董其昌显然对元代的倪瓒情有独钟，认为他的作品是“逸品”，是无上神品，体现了元画的最高境界。董其昌对倪瓒的高度赞誉，实际上体现了他本人对艺术的理想，就是那种“若淡若疏”“萧疏简贵”的艺术风格，这是他追求的最高境界。

怀抱着强烈的建功立业志向，董其昌想在画坛上开宗立派。或许在他看来，明代的“浙派”和“吴门画派”，是他自己在时间和空间上必须面对的最近的对手。对待“浙派”，他像是把自己关进了角斗场，直接把它当作对手，打翻在地，彻底否定。而对于“吴门画派”，则是把它当作垫脚石，他要站在前人的肩膀上大踏步地前行。

四、第一次壮游

万历十九年，是董其昌在翰林院当庶吉士的第三个年头。除夕日上午，他还高高兴兴地画了五开的《金笺山水册页》[3]，可是不久就

1 董其昌《画禅室随笔·画源》。

2 顾炎武《日知录》卷十八。

3 《庚子消夏记》卷三。

传来了噩耗：年仅五十一岁的馆师田一俊[1]患急病，向朝廷提出辞呈，请求致仕还家，可还没有等到成行，田一俊就病逝在京城。朝廷为表彰他鞠躬尽瘁的功绩，诏赠田一俊为礼部尚书，谥文洁先生。

大家纷纷赶往田一俊家吊唁，结果发现田家实在寒酸。这位当了二十多年朝廷官员的堂堂尚书，至入殓时，居然找不出一件体面的新衣服。

其实，明代官员的俸薪很少，为富者大都要动些脑筋才能捞好处赚钱，因此晚明的官员们受贿成风，心照不宣。比如，官位是可以公开卖价的，“某官银若干，某官银若干，至于升迁也亦然。某缺银若干，某缺银若干，群众相竞，则价值转增”[2]。更有甚者，“吏部一主事，有至万金者！”在地方官中，知府一级的官位也要价二千二百金。万历皇帝当然也明白这一点，所以他惩罚大臣们的措施常常是罚俸。皇帝默认这一点有个好处，那就是他一旦要用某人的头颅来祭奠法制、树立朝廷反腐威望时，“贪污腐败”这一罪名绝对是杀头的好证据。百姓们永远都会为此拍手叫好，赞颂圣明。实际上，晚明的腐败，实则是集权制度上的缺陷。

更令人拍案惊奇的是，万历皇帝自己也在利用官员的腐败来赚钱。他的“大伴”冯保被抓后，他采纳了千户赵承勋的建议，没收了冯保的八处店房，改为皇店自己赚钱；又强夺成国公朱鼎臣、锦衣卫指挥钱世龙家的盐店，改为皇家店，强迫这两家交出从万历十七年至二十五年间所得租银七千二百两，并将朱鼎臣、钱世龙下狱问罪。[3]

---

1 田一俊（1540—1591），字德万，福建大田梅岭人。他二十二岁获乡试第一名，隆庆二年（1568 年）得会试会元（第一名），殿试中进士，授翰林院庶吉士。在张居正当政之际，田一俊与张居正有过坚决的斗争。万历十七年任礼部右侍郎兼侍读学士，后转任左侍郎，担任庶吉士的教席，掌翰林院。

2 《明经世文编》卷三二九，邹应龙奏稿。

3 韩大成《明代城市研究》，中华书局 2009 年版，第 422 页。

但是，田一俊性格刚烈，心直口快，为人处世不随俗。史书上讲他“格不入”，就是说他不理会官场上的这些潜规则。这样的评语，看似在赞扬他洁身自好，实则是说他很不会圆融处世，因此，至死他家里仍然无余钱。大家看得心酸，怎么办呢？于是，董其昌就自告奋勇，主动向朝廷告假休学，要去“走数千里，护其丧归葬”[1]。

馆师田一俊灵柩启程的前三天，即三月八日，董其昌住进了京都旅舍。是日，来看望他的人很多。大家纷纷携带酒肉来慰问他。[2]大书法家邢侗也特意来看望董其昌，为其“壮而赋诗”。

邢侗写下《松江董吉士玄宰以座师田宗伯丧南归，慨然移疾护行，都不问解馆期，壮而赋之》：

射策人传董仲舒，玉堂标格复谁如。
环堤御柳青眠几，近苑宫桃绛笑初。
乡梦数过黄歇水，生刍先傍马融居。
多君古谊兼高尚，硕谢铜龙缓佩鱼。

诗中，邢侗把董其昌“古谊兼高尚”的情怀与汉代大儒董仲舒、马融，以及战国四君子之一的黄歇等并举，这是极高的评价。

至此，邢侗与董其昌成为好朋友。董其昌说：“子愿太仆曾为近体一章推余，意气论交，自此始已。”[3]

馆师韩世能也来看望董其昌，还给他拿来了两件东西：

其一，赠予他朝鲜笺纸。[4]韩世能此前曾出使朝鲜，带回了这种名贵的朝鲜笺。这是董其昌第一次接触到朝鲜笺。朝鲜笺又称朝鲜

1 《明史·董其昌传》。

2 董其昌《画禅室随笔》卷一《跋自书》。

3 董其昌《容台文集》卷一《邢子愿法帖序》。

4 《石渠宝笈续编》。

贡笺，顾名思义就是朝鲜生产的贡纸，又叫宣德高丽纸，“以绵茧造成……坚韧如帛，用以书写，发墨可爱，此中国所无，亦奇品也”。[1] 它的特点是比较厚实，纹路紧密，不太容易渗墨，书写起来非常顺滑。尤其是墨干之后，运笔的转折以及笔锋均清晰可见。董其昌非常喜欢这种纸笺，以后常用这种朝鲜笺书写，但这种纸的价格比较昂贵。

其二，韩世能把自己收藏的东晋王献之的小楷代表作《洛神赋十三行》“真迹”，借给董其昌临学。董其昌一生都非常珍视这件王献之作品，称其为小楷“法书第一”。可是他对自己在旅舍里临写的《洛神赋十三行》不满意，说：“既成，具得其肉，所乏神采，亦不足异也。”[2]

万历十九年三月十一日，田一俊的灵柩启程离京。

董其昌陪伴着馆师的灵柩登上了水路，沿着大运河向南前进。当代研究家傅申说董其昌“1591 年最早一次旅行，是他的老师过世，所以要从北京把棺木运到福建。一路上经过山东、江苏，然后经过太湖流域，再经浙江到福建”。[3] 他们最后来到了田一俊的家乡福建大田县，然后把馆师安葬于城东门外的杨树林。

这次护送馆师田一俊归葬，是董其昌的第一次壮游，途经的地方包括今日江苏的徐州、镇江，浙江的杭州、桐庐、衢州，以及福建的大田、武彝等地。

在常人眼里，“走数千里”[4] 确是一件十分艰苦的事，其实在辛苦之外，董其昌自有别人难以体会的收获。他的尊师之举，不仅收获了朝堂口碑，还兼收到旅行赐给他的眼界。沿途中，他饱览了各地的风

---

1 文震亨《长物志》卷七《纸》。

2 董其昌《画禅室随笔》卷一《跋自书》。

3 傅申《书画船——中国文人的“流动画室”》，原载 2014 年 12 月《艺术品》。

4 陈继儒《陈眉公先生全集·思白董公暨元配龚氏合葬行状》。

景名胜。

董其昌在《画禅室随笔》中写道：“大田县有七岩，临水，山下皆平田。秋气未深，树凋叶落，衰柳依依。”大田位于福建省中部，历史悠久，风景优美。在与大田北部相邻的沙县，董其昌写道：“洞天岩在沙县之西十里，其山壁立，多松樟。上有长耳佛像，水旱祷，著灵迹。其岩广可容三几二榻，高三仞余，滴水不绝，闽人未之赏也。余创而深索之，得宋人题字石刻十余处，皆南渡以后名手诗歌五章。岩中有流觞曲水，徐令与余饮竟日，颇尽此山幽致。”[1]

董其昌在沙县还写了一首《咏洞天岩》诗，最后四句很值得玩味：“怪石昼悬苍树迴，飞泉晴带白云流。斜阳未尽登临兴，更欲乘风到上头。”大致可以看出他积极向上的精神风貌，并对自己的前途满怀信心。

董其昌返京后，继续回到翰林院做事，并开始与北京的收藏、鉴赏家们周旋。

北京的收藏市场早已形成，上至达官贵人下至黎民百姓，都乐在其中。位于刑部衙门西边的城隍庙、东华门以东的灯市、阅市，都是明代北京著名的古董集散地。仅在城隍庙市，“消费者涵盖了三教九流，甚至还有腰缠百万的‘碧眼胡商，漂洋番客’。当然，主要的消费者还是云集于京师的大小官吏。”[2]庙市上的商品不光有字画，还有“珊瑚树、走盘珠、祖母绿、猫儿眼，盈架悬陈，盈箱叠贮。紫金脂玉、犀角伽南、商彝周鼎、秦镜汉匜、晋书唐画、宋元以下物不足贵。又外国珍奇、内府秘藏、扇墨笺香、幢盆钊剑、柴汝官哥……宫妆禁绣，世不常有，目不易见诸物件，应接不暇”，[3]简直琳琅满目，

1 董其昌《画禅室随笔》卷三。

2 叶康宁《风雅之好：明代嘉万年间的书画消费研究》，商务印书馆 2017 年版，第 82 ～ 83 页。

3 花村看行侍者《花村谈往》补遗卷一。

应有尽有。但是，这些商品良莠不齐，鱼目混珠，“以至书画骨董真伪错陈。”[1]

董其昌似乎不太爱去这种地方。这些地方像是今日的潘家园，真假错杂，珍贵的字画真迹并不多见。他喜欢与收藏名家交往，因为他们的收藏比较靠谱。

他回忆说：

又长安官邸收藏鉴赏之家不时集聚。复于项氏所见之外，日有增益。如韩馆师之《内景黄庭》，杨义和书；殷司空之《西升经》，褚登善书；杨侍御之《绝交书》，王右军书；王奉常之《汝南公主志》，虞永兴书；王司寇之《太宗哀册》，褚河南书；米元章之《西园雅集》小楷，杨凝式之《韭花帖》。正书更仆不数，皆得盘旋玩味，稍有悟入。[2]

明代人所说的长安，并非指西安，而是指北京[3]。此时，董其昌已下定决心要搞收藏——两年前的他遇到赵伯驹的《设色桃园图卷》时，只是因为价高而作罢，这说明，他当时对收藏的态度还不够坚定。如果当时决心要收藏《设色桃园图卷》的话，董其昌不难筹借到钱。但到了两年之后的万历二十年，他的态度发生了转变，即已不再犹豫。

这一年，他收购到一件最得意作品，就是五代郭忠恕的《溪山行

---

1 沈德符《万历野获编》卷二十四。

2 董其昌《容台集》卷五《墨禅轩说》。

3 董其昌著述中经常提及长安，未见后人注解。其实，晚明时期的长安并非指今日之西安，而是指北京。以董其昌编撰的《神庙留中奏疏会要》（上海书画出版社，《董其昌全集》）为例：“长安乍闻张差寇宫，不胜骇愕。”（《董其昌全集》第859页）；再如，“今者驸马冉兴让之被殴，含羞挂靴长安门外而长往，其流极也”。（《董其昌全集》第864页）。其长安者，均指北京。

董其昌《仿郭恕先山水图》

立轴，纸本墨笔，纵 134.7 厘米，横 46.6 厘米

现藏南京博物院

旅图》。他立即拿着画去找馆师韩世能，请其品鉴。韩世能看了这幅画，顿时眼放光芒，啧啧不已，称赞《溪山行旅图》是绝世佳作。这无疑给了董其昌巨大的鼓舞。董其昌后来撰文回忆说："郭忠恕《溪山行旅图》，余得之长安。馆师韩宗伯见而奇之，谓：'此图如沧海沉珠，荆山韫玉，卞和一出，真足绝凡。'余每叹服斯言。"[1]

庶吉士的学期一般是三年，三年后还有一轮考试，成绩优良者分别授以编修、检讨等职务，这才正式成为翰林。到了万历二十年，董其昌已学满三年，并通过了这一轮考试，他被留馆授以翰林院编修。

到了秋天，董其昌学习、研究、收藏书画的热情更是喷涌而出，无法阻挡，于是托病请告南归，回到自己的故乡华亭去了。

邢侗对董其昌的举动很惊讶，也很佩服，视之为不染俗尘的"仙人"之举。当他得知董其昌这次离京途中将路经古镇德平[2]时，便疾驰百里之路，来与董其昌相会。德平镇的张太学是邢侗的朋友，所以邢侗在张太学家里宴请了董其昌。董其昌自述："余出春明，过德平。子愿驰百里，觞余张太学之第。"[3]席间，邢侗赞叹说："此地不乏官舫，今日乃仙人过耳！"

席间，邢侗还介绍了当时国内的书法名家李本宁、王百谷、冯元成与董其昌相识，并倡议成立"五君咏"文社。董其昌表面应付着，实际上他很清高，人家写诗给他也不回，并说："余愧不能当，未有和歌。"

前面所说的安徽新安古董商吴用卿，确是个有心人，一心要得到董其昌的墨宝，于是他也雇了船，尾随其后，终于追上了董其昌的船。董其昌邀请他上了自己的船，一起过了数天。闲暇时，两人谈艺

1 董其昌《容台别集》卷四。

2 德平今位于山东德州临邑县境内。

3 春明即指北京。董其昌《容台文集》卷一《邢子愿法帖序》。

论道，话甚投机。董其昌发现吴用卿果然是爱画懂画之人，于是就为他画了一幅高一尺一分，长一丈六尺的绫本《潇湘白云图画卷》。他俩的友谊至此开始密切起来。

吴用卿比董其昌小十岁，生活在明万历至崇祯年间。吴用卿喜爱米家山水，董其昌就跟他谈论了自己对米芾、米友仁父子的看法，以及自己临摹创作的一些体会。

董其昌说："画家之妙，全在烟云变灭中。米虎儿谓王维画见之最多，皆如刻画，不足学也，惟以云山为墨戏。此语虽似过正，然山水中，当着意烟云，不可用粉染。当以墨渍出，令如气蒸，冉冉欲堕，乃可称生动之韵。"[1]

董其昌在《潇湘白云图画卷》题跋曰："世传《云山图》为米氏父子所作，殊未识本于王洽开山。此潇湘白云，米实临洽笔也。余复摹之，一传而三矣。辛卯秋日，泊舟黄河，成此并识。玄宰。"吴用卿在这幅画的边跋是："余庚寅之春入都门，得与董玄宰太史周旋往还，乘闲以素绫作横卷乞画，因循阅岁，未能惠教。辛卯秋，以庶常请告南归，余得尾其舟。船窗多暇，始得命管，至黄河，乃竟《白云潇湘图》，笔随神运，真不减元章旧作也。喜极携归，急用装潢，并记于后。新安吴廷用卿氏记。"[2]

万历二十年春，身在家乡的董其昌，忽然想起自己十八岁那年登临过的无锡惠山。[3]惠山离华亭不算太远，因为董其昌早年家贫，又好学，极少出远门，所以他对隆庆六年的惠山之旅记忆深刻，至老不忘。

无锡是西晋顾恺之、元代倪瓒等大画家的故乡，而惠山位于无锡

1 董其昌《容台别集》卷四。

2《董华亭书画录》。

3 董其昌《容台集》卷五。

的西郊，相传舜帝曾躬耕于此。现在惠山上最负盛名的是“天下第二泉”，迄今可见影壁上的大字石刻，是元代赵孟頫所写。

董其昌当年从华亭坐船，沿着京杭大运河的支流就能抵达惠山脚下的古镇，由此攀缘而上，可一直爬到惠山顶峰。此时临风畅怀，放眼远眺，浩瀚的三万六千顷太湖尽收眼底！说来有趣，其实惠山的最高峰为三茅峰，其海拔也只有 328.98 米。这与董其昌以后所见识的名山大川相比，实在是矮得可怜。

董其昌邀约好友范尔孚、戴振之、范尔正以及家侄董原道等，一起重游了惠山。[1]

为什么在此要详细介绍董其昌的二次惠山游春？目的是要着重说明董其昌是个喜爱亲近自然山川的人，这对于董其昌的艺术实践活动起到了启迪作用。董其昌一贯主张，人生要“读万卷书，行万里路”，这是他的人生体验。在“行万里路”中，不仅能够拓宽视野，增加人生阅历，使得自己胸襟开阔，思想自可再上一层高楼，尤其对于山水画家而言，山川游览对书画创作的帮助是不可小觑的。

后世的艺术评论家都认为董其昌是个坚定的复古主义者，甚至清代四僧之一的画家石涛，也曾猛烈地批判他，把清初的绘画复古之风完全归咎于董其昌，这是不公正的。事实上，董其昌的所谓复古，是指在绘画技法上向古人学习，这是一个过程，最终的目的还是要面对大千世界。董其昌在阐述自己的书画创作理念时说：

画家以古人为师，已自上乘，进此当以天地为师。每朝起看云气变幻，绝近画中山。山行时见奇树，须四面取之。树有左看不入画，而右看入画者，前后亦尔。看得熟，自然传神。传神者必以形，形与

1 董其昌《容台集》卷五。

乾隆为《金刚经》题词

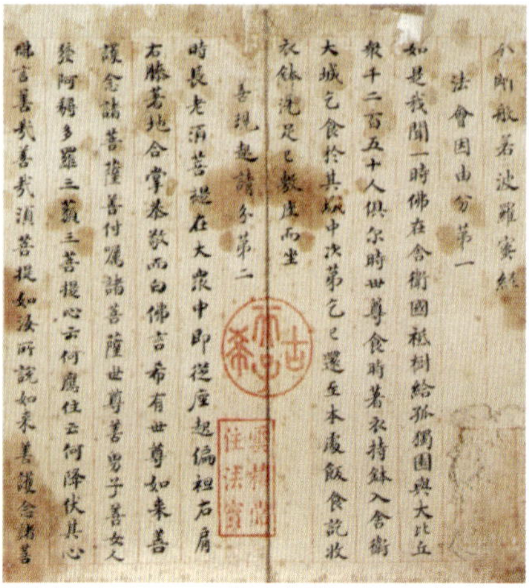
金剛般若波羅蜜經
法會因由分第一
如是我聞一時佛在舍衛國祇樹給孤獨園與大比丘
衆千二百五十人俱爾時世尊食時著衣持鉢入舍衛
大城乞食於其城中次第乞已還至本處飯食訖收
衣鉢洗足已敷座而坐
善現起請分第二
時長老須菩提在大衆中即從座起偏袒右肩
右膝著地合掌恭敬而白佛言希有世尊如來善
護念諸菩薩善付囑諸菩薩世尊善男子善女人
發阿耨多羅三藐三菩提心云何應住云何降伏其心
佛言善哉善哉須菩提如汝所說如來善護念諸菩

《金刚经》，万历二十年董其昌为莲池和尚抄写的

心手相凑而相忘，神之所托也。[1]

他还说“画家初以古人为师，后以造化为师”[2]“天闲万马，皆吾师也”。[3]天闲的“闲”字，古人通“间”，即指天地间。

仅此一点，我们就需要重新认识董其昌。

五、大搜“元四家”

董其昌回到华亭期间，为杭州云栖寺的莲池大和尚抄写了一篇《金刚经》。莲池大和尚是杭州仁和人，俗姓沈，名袾宏，字佛慧，别号莲池，生于望族世家。他本是一位读书人，十七岁补诸生，二十七岁后的四年中，他的父母、妻儿均先后去世，受此打击，作《七笔勾》，然后出家，在五云山结庐建云栖寺，成为与紫柏真可、

1　董其昌《画禅室随笔·画诀》。

2　董其昌《容台别集》卷五。

3　董其昌《画禅室随笔》卷四。

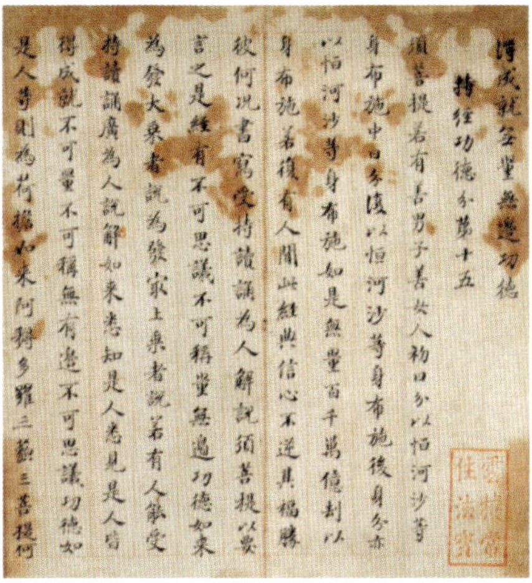

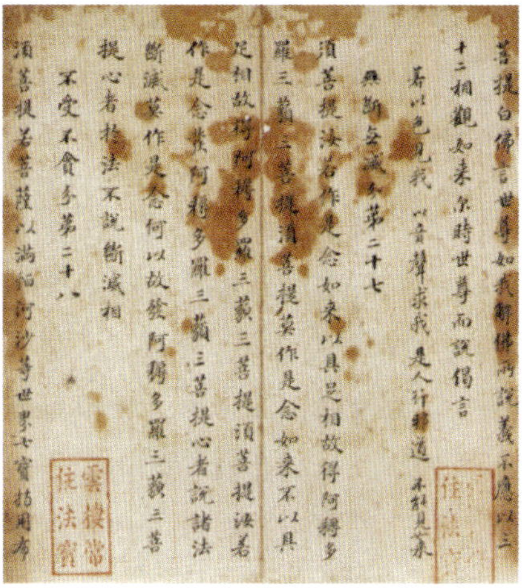

《金刚经》，万历二十年董其昌为莲池和尚抄写的

憨山德清、藕益智旭并称为“明代四大高僧”，还被后世尊为中国净土宗第八代祖师。董其昌皈依佛门，他的导师就是莲池大和尚。莲池大和尚比董其昌整整大了二十岁。

董其昌为莲池大和尚抄写《金刚经》时，是年三十八岁。董其昌在经文《金刚经》末尾题跋曰：“大明万历二十年，岁在壬辰初八日，奉佛弟子、翰林院庶吉士董其昌手书此经，奉施于导师莲池和尚转诵，荐导先考白斋居士、先母沈氏离一切相，早证菩提。伏惟三宝证知。其昌谨题。”莲池大师的佛家弟子中，如陶望龄、冯梦祯、高濂等都是董其昌的好友。

《金刚经》是董其昌早期书法的代表作，也是研究董其昌早期书法的范例。董其昌在十七岁以后，自述其“初师颜平原《多宝塔》，又改学虞永兴，以为唐书不如晋魏，遂仿《黄庭经》及钟元常《宣示表》《力命表》《还示帖》《丙舍帖》”。对照传承至今的《金刚经》原作，可知其自述内容不虚。据《云栖志》收录清代罗椝《龙兴寺董书金刚经》跋文载：

文敏此书规摹众家。第一分至第五分仿钟元常《力命表》；六分至九分具体“二王”；十分至十三分则与欧阳率更为近；十四分以下至二十分又全法元常，间参以鲁公笔势，奇宕如神龙夭矫，不可方物；若夫刚健袅娜，师法河南清远绝尘，如藐姑仙子者则廿一分至廿六分也；自廿七分以下又浑厚精整与《黄庭》为近。文敏所书此经，椝见真迹凡五六本，皆各具面目，无一相肖。然兼擅众美，具三十二相者，则惟此经为最宜。[1]

今人颜晓军先生认为：“细检《金刚经》墨迹，虽然形容并不完全符合罗椝对龙兴寺刻石的描述，但仍能看出系由钟、王、欧、褚、颜诸风格写成。”“《金刚经》书法之精，正如作品后冯大淑游云栖寺时题跋所说，令他‘不忍释手’。这则跋文题于崇祯己卯年（1639年），距董其昌去世仅三年。”[2]

珍藏在杭州云栖寺的《金刚经》，在董其昌生前就已经刻石立碑，而原作一直作为云栖寺的镇寺之宝传承至二十世纪六十年代后，归灵隐寺收藏。[3]据《云栖志》记载：董其昌所书的《金刚经》，备受后人珍视，仅在杭州就有四个拓本。[4]

万历二十年，董其昌舟泊徐州黄河岸，题《颖上禊帖》[5]。在这次旅途中，因风雨所阻，他整天在船上晏坐无事，就凭借着自己的记

1 项士元（1887—1959）《云栖志》，现藏浙江图书馆古籍部。

2 颜晓军《董其昌杭州诸问题综考》，中国美术学院出版社2012年版，第11～12页。

3 现藏灵隐寺的董其昌纸本《金刚经》，高26.8厘米，宽25.7厘米，作于万历二十年。董其昌对此件作品一直萦记于心，崇祯七年（1634年）已经八十岁的董其昌还在此作品的刻石拓片上题跋，回忆当年书写此经的缘起，感叹岁月沧桑。入清后，乾隆皇帝南巡时曾于乾隆十六年（1751年）御驾云栖寺，得见此经，于是题签曰“金刚般若波罗蜜经，董其昌真迹”，还于经之面页上大书如拳大小的“香光法宝，永镇云栖”八字。

4 一为明崇祯十年（1637年）崇圣禅院石刻；二为明汪道焜拓本；三为清乾隆四十五年（1780年）盐道陈淮刻石；四为光绪四年（1878年）云南布政使升泰刻石。

5 董其昌《容台别集》卷五。

忆和速写画稿，创作了他早期著名的山水作品《董其昌纪游画册》[1]。

《董其昌纪游画册》凡三十五开，描绘了董其昌于远游旅途中所见山水名胜。这些地方包括了徐州、镇江、无锡、杭州、桐庐、衢州、福建大田等地。这是董其昌早年山水画的代表作品。[2]

董其昌此时创作的山水画，已经显示出董氏程式风格的基本面貌。他不仅对董源、米家山水、黄公望、倪瓒、王蒙等历代名家的风格与技法了然于胸，还能熟练地掌握他们的技法并运用到自己的作品之中，形成了自己的艺术风格。尤其值得关注的是，董其昌此时的创作，十分关注画面的细节，可谓笔笔不苟，但与他后期所创作的作品相比，就显得过于琐碎而繁复。这是董其昌山水画风格嬗变的一个显著特征。同时，《董其昌纪游画册》上存有大量董其昌的小楷题跋。可见董其昌早年撰写的小楷字，笔笔锋芒毕现，灵动清澈，是其早期书风的重要特征。

这些早年的山水画作品，画面均不大，尺寸也相对统一，显系依据当年的写生画稿所作。一旦遇老友赠别或是收藏家求索，董其昌便将其装裱成册页，使其成为蔚为壮观的皇皇巨册。得之者，心花怒放，奉为至宝。

董其昌回到华亭后，忙着做两件事。其一，他开始着手搬家。他的新家位于郡城娄县坐化庵附近[3]。坐化庵可能后来改为龙门寺，所以之后的史志称董氏"宅在龙门寺西"[4]，董其昌的家中开始建玄赏斋、戏鸿堂、画禅室等。

---

1 现藏台北故宫博物院，编号故画 003171。

2 《董其昌纪游画册》为"双胞胎"，即台北故宫博物院的藏品与安徽博物院收藏的《董其昌山水册》存在明显的复制情况。台北故宫博物院收藏的《董其昌纪游画册》为 35 开，而安徽博物院的收藏仅为 16 开，两者比较，其中有 15 幅图从构图、题款几乎完全相同。而安徽博物院《董其昌山水册》的来源，是董其昌同学袁枢次子袁赋堪，似流传有序。

3 《华亭县志》卷二。

4 《上海县志》卷十三。

其二，他开始大肆收购字画艺术品，尤其是元四家的作品。董其昌自述：“辛卯请告退里，乃大搜吾乡四家泼墨之作。”[1]吴大澂在为《王时敏小像》题跋时也说：“董文敏为庶常时，乞假归乡里，广求戚友处所藏名迹。”“四大家”就是指在元代中晚期最具有影响的画家黄公望、倪瓒、吴镇和王蒙，他们生前都活跃于江浙一带。

曾鲸作《王时敏小像》

收藏字画艺术品，价格是一个敏感而十分重要的问题。按道理说，字画既不能穿又不能吃，不是生活必需品，对许多不喜欢收藏的人来说是无用赘物；即使对于喜欢收藏字画的人来说，不同画家作品的价格也常常是天壤之别。米芾曾经说：“书画不可论价。”[2]大意就是如此。但是，当字画艺术品成为商品之后，它的稀缺性和美誉度就成了撬动市场的杠杆，按照价高者获胜的市场原则，收藏就成为烧钱的游戏，只有筹集大笔资金的人才能收藏到更好更多的藏品，小打小闹则不能成事。

日本京都国立博物馆收藏了董其昌一纸信札，是他当年开出的收购书画价格表：

1 吴升《大观录》卷十二《题董源龙宿郊民图》。

2 米芾《画史》。

叔其昌顿首。黄大痴《江山万里图》，二十金可当；王叔明写意画，即青宇处借来，兄云我类类者，十二金；倪云林绢画，顾青宇者，十五金；顾亭林、沈石田大幅，十二两或十四两。[1]

明代人计价时所说的“金”，是指白银，一金即指一两白银。

以上董其昌所开出的书画收购价格，可能是早期的，还比较便宜。王世贞对当时市场行情的波动，则有更为生动的记录：“画当重宋，而三十年来忽重元人，乃至倪元镇以逮明沈周，价骤增十倍。窑器当重哥、汝，而十五年来忽重宣德，以至永乐、成化，价亦骤增十倍。大抵吴人滥觞，而徽人导之，俱可怪也！”[2]艺术市场的急速发展，显然得益于徽商们的大力推动。吴其贞在《书画记》中说：“不惜重值，争而收入，时四方货玩者闻风奔至，行商于外者，搜寻而归，因此得之甚多。”而在万历年后，以正三品的官员为例，年薪即“一岁俸”，大约是米420石。每石米合银0.6两，共合银252两。所以一幅普通的宋元画，市场的价格相当于三品官员的半年工资。

投资收藏的钱从哪里来呢？董其昌搬家之后，就把自己家的老房子和那二十亩薄田给卖了。当时可能没有全部卖掉，只卖了一半。[3]董其昌就是这般个性，做事前反复斟酌，一旦决定，驷马难追，倾尽所有，跟着了魔一般。除此之外，董其昌经济收入的另一个来源，就是鬻书卖画。

董其昌玩收藏，其意义与一般的收藏家不同。其他收藏家的目的有三种：一是出于个人对艺术的喜爱，养心怡情而已，这种人常常讲

---

1 2017年日本东京国立博物馆、日本台东区立书道博物馆藏《董其昌和他的时代》，第27页。

2 王世贞《觚不觚录》卷一。

3 陈继儒《陈眉公先生全集·思白董公暨元配龚氏合葬行状》。

究秘藏；二是显摆心态，或斗富，或争胜，要的就是一个面子；三是为了增值赚钱。或是这三种心态兼而有之。我们虽然不能确定董其昌是否沾染了这三种心态或者居其一，但从实际的发展来看，董其昌搞收藏的目的确是为了提升自己的书画水平。同为收藏大家的清代吴大澂显然看到了这一点，所以他说："董文敏……乞假归乡里，广求戚友处所藏名迹，锐意临摹，与宋元诸名家血战。"[1]

"与宋元诸名家血战"，至此已经不再是董其昌夜里做梦时的梦想，而是已经上升到实际奋斗的层面了。

董其昌的书画成功之路，不是在传统的道路之外另辟蹊径，另起炉灶，而是沿着中国传统书画本已灿烂辉煌的旧路，继续攀升，去追求难以企及的高峰。他希望从收藏到的那些名垂千秋的前辈作品中，汲取技法营养和精神力量，使自己如同站在巨人的肩膀之上，努力向上，摘取艺术大树顶端的金苹果。无数事实已经证明，初始学习中国传统的绘画技法，莫过于临摹古画，而临摹的最佳方法就是对临名画原作，其次是对临下真迹一等的复制佳作，否则的话，极有可能陷入误区，反为临摹所困。

搞收藏有时要靠运气，不是你想收藏了，准备好了钱财，名画就会自动纷至沓来。你首先必须到处打听，四处探访，找到自己心仪的作品，才可以跟人家谈价钱，然后请进家门。万历十九年的十月十五日，董其昌找到了李唐《文姬归汉图》十八帧[2]，心潮澎湃，可惜却没能买下。因为主人家不愿意出让的话，你有钱也无处使。万历二十年二月，他看到了颜真卿《书朱巨川告身卷》[3]，心甚慕之。九月，他和陈继儒一起访嘉禾，又见到了《褚摹兰亭》帖等[4]，但遗憾的是，

1 吴大澂为《王时敏小像》题跋。

2 《石渠宝笈三编》延春阁十三。

3 《郁氏书画题跋记》卷三。

4 《书画史》。

董其昌都没能将这些名作收藏到手。

如果能够收藏到名画，固然是好，把它挂在书房里，朝夕相伴，反复琢磨，当然能提高自己的画艺修养，但收藏不到名画的话也不是死路一条，还有他法，就是去向别人借画来临摹。于是董其昌去找了华亭好友顾正谊、顾正心兄弟以及画家宋旭等人，向他们借画回家来临仿。[1]

顾正谊、顾正心兄弟收藏的名品十分可观。"顾氏兄弟家境富有，家中书画名迹收藏颇丰。根据明清书画著录，董其昌曾在顾正谊处见《曹霸画马、宋米元章书天马赋合卷》、顾恺之《女史箴》、李公麟《蜀江图》《九歌图》《潇湘图》、米元晖《云山墨戏图》、黄公望《阳明洞天图》《陡壑飞泉》等；在顾正心处见丁云鹏《五相观音图》、王蒙《林泉清集》等。此外，文献仅言在'海上顾氏'处，还包括了倪瓒《山水轴》《泉州帖》、米襄阳《真迹》等。"[2]

顾氏收藏的大部分书画，此时已被董其昌鉴赏过，有些还被他临摹过。在董其昌看来，顾氏最精彩的收藏品有四件，遐迩闻名。董其昌说："海上顾中舍所藏名画有四，谓顾恺之《女史箴》、李伯时（李公麟）《蜀江图》《九歌图》及此《潇湘图》耳。"[3]董其昌鉴定过这些名画，认为全都是"真迹"。后来顾正谊家里出了一些问题，经济拮据，这些名作又全部流散了出去。

其中，李公麟的《九歌图》被董其昌收藏、《潇湘图》被陈子有参政家收藏、《蜀江图》被信阳的王思延将军家收藏，顾恺之《女史箴》被项元汴家买走了。针对顾氏收藏的黄公望作品，董其昌后来又说："此幅，余为庶常时见之长安邸中，已归云间，复见之顾中舍仲

1 董其昌《容台别集》卷四。

2 台北故宫博物院2016年《妙合神离——董其昌书画特展》，第291～292页，李玉珉《董其昌的书画鉴藏》。

3 《石渠宝笈》。

方所。仲方诸所藏大痴画，尽归于余，独存此耳。”[1]由此可见，这些作品于数年之后，又全部转让给了董其昌。

董其昌曾与陈继儒一起去了嘉兴拜访收藏名家王世贞。当时，董其昌正在潜心研习小楷，得见一批书法名作，引为快事，其中包括徐浩《少林诗》、颜真卿《祭濠州伯父文稿》、赵孟頫小楷《道德经》、褚遂良摹《兰亭序》和虞世南的《汝南公主墓志》[2]。董其昌说：“王元美家有虞永兴《汝南公主墓志》，客亦有谓米（米芾）临者。元美自题曰：‘果尔，则买王得羊，于愿足矣’。”[3]王元美就是王世贞，虞永兴《汝南公主墓志》当时收藏在王世贞家里。可是王世贞已于前年的万历十八年去世，因此接待他俩的是王世贞之子王士骏。[4]王士骏是陈继儒的好朋友，后来把《汝南公主墓志》借给了陈继儒，这样董其昌就有机会对着《汝南公主墓志》临摹一遍，十分高兴。

董其昌自述：“壬辰、癸巳为庶常请告，家居多暇。”壬辰是万历二十年，癸巳是万历二十一年，看起来他在华亭的家里已待了两年。其实，董其昌是在万历十九年的秋天告假请归，然后于万历二十一年的年初销假，再返京城，前后加起来有近两年的时间。这是他入朝为官后的第一次告归。

不过，他在“请告”期间，并非一直待在华亭。至少在第二年的春天，他来过北京，因为朝廷要派他去楚藩当使节。

1 董其昌题《小中现大》册页，现藏台北故宫博物院。

2 现藏于上海博物馆。

3 董其昌《画禅室随笔》卷一《评古帖》。

4 王士骏为王世贞的第三子。据民国七年的《太仓州志》载：王士骏，字逸季，不长寿，年仅二十九岁就去世了。

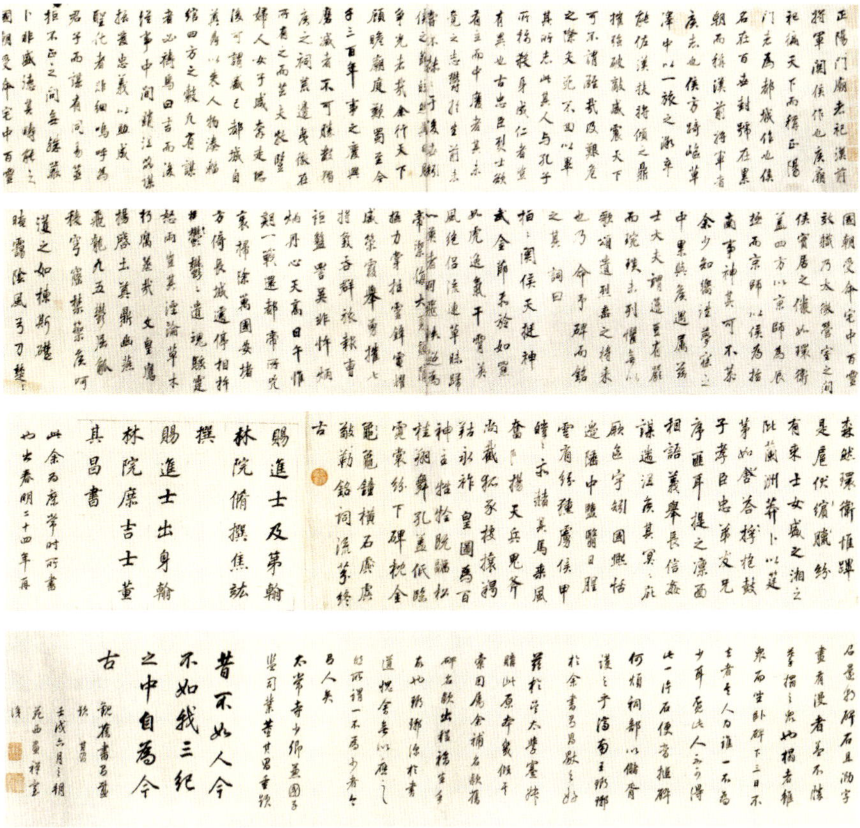

董其昌行书《正阳门关侯庙碑》（局部），现藏故宫博物院

六、第二次壮游

北京皇宫正门外是著名的正阳门，朝廷在此门的瓮城内建立了一座关帝庙，以期风调雨顺，经济繁荣，国泰民安。中国人一直认为立碑是一件很重要、很严肃的事，所以无论是在挑选撰写碑文的作家还是书写碑文的书法家，都会认真思量，甄选出最恰当的人选。《正阳门关侯庙碑》的撰文者，就是当朝科举状元焦竑，他已在万历十九年冬日完成了写作任务，而碑文的书写者，就是董其昌。董其昌完成这篇碑文的书写时，已到了第二年，即万历二十年的春天。

关帝庙的石碑树立起来之后，轰动了京城。大家认为董其昌的书法写得太出彩了，而且刻工也一流，于是许多人排着队来摹拓。有的人索性拿着铺盖卷吃住在石碑下，居然等上三天还排不到自己。由于摹拓的人数太多，而摹拓本身对石碑也是一种伤害，所以庙宇的管理部门祠部不得不派人把石碑保护起来，不再允许人们捶拓。董其昌后来回忆说："此余为庶常时所书也。出春明二十四年，再召还朝，碑石且泐，字画有漫者，盖不胜摹拓之众也。拓者虽众，而坐卧碑下三日不去者，其人为谁？不为少耳。觅此人不可得，此一片石便当搥碎，何烦祠部以储胥护之乎。"[1]

在完成《正阳门关侯庙碑》书写任务后，万历二十年四月，董其昌持节往楚藩，即开国皇帝朱元璋后代的封地，位于今天的湖北省武汉市附近。这是董其昌的第二次壮游。

明代的皇子制度规定，皇帝之嫡长子立为皇太子，以备储君之位，众子封为亲王；亲王嫡长子立为亲王世子，其余众子封为郡王，并按照这种制度世袭罔替。早在洪武三年（1370 年），明太祖朱元璋封第六子朱桢为楚王，藩府驻武昌。到了明朝中晚期的隆庆、万历之际，全国自洪武以来被封亲王共有二十五位，楚藩是其一。

董其昌此次奉命出行，是去册封新一代楚王朱华奎。所谓奉命册封，也就是董其昌作为皇帝特使，拿着等于是皇室任命文书——皇宫内务府制造的封册实物[2]，去颁发给新一代楚王。

楚定王朱华奎（1568—1643），明朝第九代楚王，楚恭王的儿子，百姓称其为朱胡子。朱华奎在位六十三年，过着极为奢侈的生活。这位楚王是个贪财如命的人，尽管王府内钱财堆积如山，他依旧

1 董其昌《正阳门关侯庙碑》题跋。

2 封册实物一般分为金册、银册两种。2001 年在湖北省钟祥市梁庄王墓出土的亲王妃封册实物，长 23 厘米，宽 9.1 厘米，厚 0.4 厘米，重 1839.8 克，材质是镀金的银封册。2017 年在四川彭山江口水下考古，发掘出水下三万余件文物。"江口沉银"是明末农民军张献忠劫夺的财物，其中就有"缴获"荣庄王等人的金册、银册。

贪得无厌，甚至到了须舍财保命的时刻，他仍然在装穷哭穷。崇祯十六年（1643年），农民起义军张献忠进攻武昌，危急关头，湖广地方大员齐聚楚王府，跪求朱华奎捐资助饷，以抗击农民军。岂料朱华奎指着洪武朝所赐之裹金交椅，说道："此可佐军需，他无有！"令楚中大员失望至极。武昌被攻陷后，农民军尽取王府金银各百万，"辇载数百车不尽"。张献忠嘲笑说："有如此赀财而不设守，朱胡子真庸儿！"下令把这位要钱不要命的朱华奎掷入长江溺死。接着，张献忠驱赶武昌城内的朱姓宗室全部至江边，令其投水。一时长江岸边哭声震天，浮尸顺流而下。[1]

董其昌去楚藩，往来数千里，无论翻山越岭，还是行舟长江，身边总是携带着笔墨，用于写生或背临眼见的大千世界。这些画纸，尺寸不大，便于携带。这为他以后的创作提供了稿本。

四月四日，在前往武昌的途中，董其昌行经吕梁时画了一幅扇面。[2]这幅画模仿倪瓒的笔法和风格，以折带皴画嶙峋山石，前景为倪瓒标志性的孤傲杂树，掩映寂寥空亭，然而董其昌改变了倪瓒那种一河两岸的稳定构图，将前景的空亭、山石与画面的主山连成了一体，既保留了倪瓒空灵寂寥的风格，又体现了自己的趣味。

完成了持节往楚藩的任务后，董其昌又回到故乡华亭，并于万历二十一年暮春，再回北京。

到达北京的第三天，古董商吴用卿来访。董其昌忽然想起了一件事：就在不久前，董其昌在家乡华亭与顾正谊一起吃饭时，谈到自己一直苦心搜寻董源作品而不得的苦恼，不料顾正谊说："公入长安，从张乐山金吾购之，此有真迹，乃从吾郡马耆卿清往者。"[3]顾正谊

1 吴伟业《绥寇纪略》卷一。

2 现藏台北故宫博物院。编号故画003175-1。

3 高士奇《江村销夏录》。

董其昌《山水扇面》

作于万历二十年四月四日。这时他正在前往武昌册封楚王的途中。现藏台北故宫博物院

董其昌《山水扇面》，现藏台北故宫博物院

所指的这幅画，就是董源《溪山行旅图》，早年系华亭马卿清的收藏，后来由马卿清转让给了张金吾。马卿清是家乡长辈，董其昌年轻时还曾经去他家观赏过老先生的收藏品，但未见此画。

吴用卿来访，身上还背着一堆画。董其昌一见到吴用卿，顾不得自己长途跋涉的疲劳，迎面便问："你认识一位名叫张金吾的收藏家吗？"

吴用卿显得十分吃惊，说："张金吾刚刚去世，您为什么提到他呢？"

董其昌说，他收藏的我家董源那幅《溪山行旅图》[1]，还没有流失吧？董其昌与董源同姓，所以董其昌向来称董源是自家人，如同王世贞说王维是"吾家的"一样，只是一种附会的说法，确实没有血缘传承的关系。

董源是五代南唐的画家，活跃于946—960年之间，是一位既模糊又充满魅力的历史人物。后世人并不了解他的背景，甚至连他到底叫"董源"还是"董元"也搞不太清楚。但在美术史上，他确实是一位至关重要的画家，董其昌极其敬佩他，却从未见到他的真迹。

吴用卿一听这话，得意地笑了，立即打开了肩上背来的画轴，展示给他看，说，张金吾收藏的《溪山行旅图》，远在天边，近在眼前！

董其昌连忙凑近看，喜不自禁；再看，如逢旧友。这样他连看了三遍，简直不能相信自己的眼睛……这是董其昌第一次收藏到董源真迹，时在万历二十一年年初。这幅《溪山行旅图》原本是沈周的旧藏，沈周本人也极喜欢，还曾经临摹过，用隶书题款，系真正的妙品。可惜，这幅画并不完整，只有半张。到了万历二十九年，董其昌把这次奇特的收藏经历题跋在这幅画上。

从这件事上也能看出，吴用卿是一位精明能干而且非常勤快的古

1 现藏日本京都小川处。

董商。收藏家张金吾刚一去世，他就把人家这个老窝子给端掉了。

万历二十一年五月，明王朝做出战略决策，派兵驰援朝鲜，抗击日本丰臣秀吉统率的侵略军，并与朝鲜建立起密切的同盟关系。朝鲜来华使者一下子多了起来，同时也开展了对华的民间贸易。董其昌从朝鲜使臣手里购得《兰亭帖》珍本："《兰亭帖》，宋元人纷呶聚讼，此'定武'石刻一种耳。此本从高丽使人购得，乃'怀仁集字本'，的系唐椠。余幸获之，装为小册，秘诸枕中，虽千金不与人一看也。万历二十一年，岁在癸巳五月，董其昌题。"[1]"虽千金不与人一看"，可见董其昌对《兰亭帖》珍本喜爱和珍视的程度。

他又说，"使臣所藏《褉帖》共二本，却系'怀仁集字'镌石。一本高三米许，惜裱工割裂破碎，不见完璧。幸摹拓精好，字形宛然耳。……东诸侯为本朝荒服，职贡最谨，临轩策遣，郑重以之。而使臣亦贤而有礼，可为能专对者矣。使臣李姓，彼国中鼎元，今官侍郎云"。《褉帖》，指的就是王羲之《兰亭序》。董其昌说："赵文敏一生学《兰亭》，此种笔意惜未梦见。余每至褉日写《兰亭》，先将此帖展看，所得不少。若吴兴日日临摹，不脱本家笔意，此不可解。"[2]我们从中可以再次看到，董其昌的收藏，一方面能够提高其鉴赏眼力，另一方面也促进了自己书法艺术水平的提高。

董其昌醉心书画收藏的时候，其实国家已经很不太平。

早在万历十七年，董其昌刚刚进入翰林院，万历皇帝因在立储皇长子朱常洛还是皇三子朱常洵为皇太子的问题上，与满朝官员发生激烈对抗，闹出了"国本之争"。皇帝发现队伍不好带，于是一气之下开始不视朝，治理国家的大权实际上已经落在内阁手中。

可是，朝臣们连皇帝的威严都不放在眼里，内阁的权威更要大打

---

1 《壮陶阁书画录》。

2 董其昌《画禅室随笔》。

折扣，所以内阁首辅在这几年里像走马灯似的不停地更换。起先的内阁首辅是申时行，到万历十九年换为王家屏；第二年（万历二十年）三月，再换为赵志皋，到了万历二十一年又换为王锡爵。

更为严重的是，在万历二十年这一年里，国家还要面对两场重大的战争。

首先是宁夏哱拜的叛乱。哱拜原是蒙古鞑靼部人，世居宁夏，降明以后任副总兵。万历十九年，火落赤等部蛮族来犯洮河，哱拜自请率所部三千人前往救援。到了金城之后，敌军见而避之，而哱拜又看见明军的其他各镇救援之兵都没有什么战斗力，所以更加骄横。这时，明朝的巡抚党馨发现哱拜有夸大战果、冒领饷银等行为，就想着要制裁他，于是哱拜就纠合其子哱承恩、义子哱云和土文秀等人，唆使军锋刘东旸叛乱，杀了巡抚党馨及副使石继芳，纵火烧了公署。随后，明朝调动各路大军前来围剿，至九月，叛军内部发生火并，九月十六日，刘东旸杀土文秀，哱承恩杀许朝，后周国柱又杀刘东旸，叛军人心离散。明军大将李如松攻破大城后又围哱拜家，哱拜全家自尽，哱承恩等被擒，至此，哱拜之乱全部平息。

其次是出兵朝鲜抗日。日本贫苦农民家庭出身的丰臣秀吉，在统一了日本国内之后，因战功卓著，治理有方，使得日本出现了蓬勃向上的大好局面，而此时丰臣秀吉也开始野心膨胀，企图建立一个比日本更为广阔的亚洲大帝国。他决心先征服朝鲜，再来征服中国，最后征服印度。丰臣秀吉于万历二十年率兵大举征伐朝鲜，其中步兵二十万，水军九千人，战舰七百余艘。四月，丰臣秀吉跨过朝鲜海峡，在釜山、庆州一线登陆，正式拉开侵略朝鲜的序幕。

面对日本的野心，万历皇帝派遣辽东总兵李如松为提督，兵部右侍郎宋应昌为经略，统率精兵四万余人于当年十二月二十六日跨过鸭绿江，进入朝鲜抗击日军。在次年展开的“平壤之战”中，终获大胜。李如松率军入朝参战仅仅一个多月，便收复失地五百余里。李如

万历青花白瓷香炉

炉壁鼓腹上，云彩缭绕，高士侧卧，似在禅思，表现了万历年间的士林时尚。天津博物馆藏

松大军继续向南开进，兵锋直指汉城。有心无力的丰臣秀吉至此被迫与明朝和谈。

平定宁夏哱拜的叛乱、出兵朝鲜抗日，再加上万历二十七年发生的讨伐播州杨应龙叛乱，这就是所谓“万历三大征”，是万历皇帝的主要功绩。可是我们观察到，战争的本质是烧钱，是国家财政最大的消费，比如在平壤之战中，李如松曾下令：“先登城者赏银五千两，临阵怯战者杀无赦！”仅仅是在经历了前面两次战争之后，由张居正开创的十年“万历新政”所积累的巨额国家财富就已经消耗大半，国家的元气也因此遭受重创。

此时，董其昌还在翰林院。而翰林院是国家培养栋梁之材的地方，董其昌又是其中的佼佼者，然而国家发生如此重大事件，官员们却表现得漠不关心。他们仍然醉心书画。由此可见，在董其昌为官之初，晚明整个社会已由上至下发生了系统性的思想混乱。

追求个人幸福的欲望与国家面临的危困局面，已经扭曲了整个社会的意志，朝廷与官员之间出现了貌合神离、离心离德的窘境。

七、皇长子的师傅

万历二十二年初，年届不惑的董其昌还在翰林院里继续任编修。此时国家形势依然吃紧，为了阻止丰臣秀吉征服亚洲的野心，中国出兵朝鲜的枪林弹雨仍在继续。

但在国内，没有人会关心在朝鲜的抗战，因为各阶层的人士都在忙着自己的事。当时士人阶层中仍然盛行禅悦之风，以及陆九渊、王阳明倡导的心学。“士夫几乎无不谈禅，僧人也无不欲与士夫接纳。”[1]

京城里有个“禅悦之会”，董其昌与翰林院的同事诸如袁宗道、陶望龄、肖玄圃、王图等都是其中成员。他们经常见面，讨论心学和禅学的诸多问题，畅谈各自的心得和喜悦。

袁宗道三兄弟是这个社团的骨干。除此之外，董其昌与“三袁”兄弟还曾在北京共同发起组织“蒲桃社”，吟诗撰文，抨击以李梦阳为核心的明代中期文学复古思潮。这个复古文学群体以李梦阳、何景明、王九思、边贡、康海、徐祯卿、王廷相为代表，史称“前七子”。这时的袁宗道，刚刚拜见过李贽，深为代表着新潮流的李贽的“童心说”所折服。

袁宗道自述自己是在见了李贽之后即“大彻”，所以到处宣扬他所谓的“性灵说”，号召作家们在创作时，须要勇于表现个性，抒发自己的真情实感。这一观点接近于李贽的“童心说”。

大家雅聚论道时，董其昌虽言语不多，但有的放矢，击中要害。袁宗道对董其昌发表的观点十分推崇，赞赏有加，认为董其昌与李贽的思想暗合。这让董其昌感到惊讶，因为董其昌当时还不认识“泰州学派”的一代宗师李贽。由此可见，董其昌的观点与李贽、袁宗道的“泰州学派”思想有一脉相通之处。董其昌后来回忆说：“袁伯修见李卓吾后自谓大彻。甲午入都，与余复为禅悦之会。时袁氏兄弟、萧玄圃、王衷白、陶周望数相过从。余重举前义，伯修竟犹溟涬余语也。”[2]

1 颜晓军《董其昌杭州诸问题综考》，中国美术学院出版社 2012 年版，第 122 页。

2 董其昌《画禅室随笔》卷四。

其实，董其昌的思想与李贽、袁宗道还是有所不同。李贽和袁宗道属于激进主义者，主张采用极端的方式来改造中国的传统文化。李贽还以儒学的“异端”自居，痛批封建的男尊女卑、假道学、社会腐败等问题，主张“绝假还真”“革故鼎新”，反对思想禁锢。袁宗道三兄弟则是“公安派”的文学领袖，主张创新，“独抒性灵，不拘格套”，基本上沿袭了李贽精神。而董其昌的“革命性”显然不如李贽、袁宗道那样彻底，主张对文化传统的扬弃，而非是一味地否定。特别是在内心，董其昌主张通过内省来提高自己的觉悟：

偶书老子，以禅旨为疏解一二。大都天命之性，原无三教。修道之教乃有孔、老、释耳。识得此者，触着磕着。[1]

很明显，董其昌主张“修道之教乃有孔、老、释耳”，就是必须面对和承认儒、释、道等传统文化，而所谓“触着、磕着”的态度，就是对传统文化的扬弃精神。

董其昌的处世之道，不喜欢轰轰烈烈，这是由其性格决定的。“性格决定命运”这句话放在董其昌身上很妥帖。赞扬他的人，都极为欣赏他的才华和悟性，反对他的人也没有以“置之死地而后快”的态度待之。严格意义上讲，董其昌没有思想上的真正敌人，只有因羡慕而导致愤怒的一群小人。这与李贽、袁氏三兄弟等激进主义者有着完全的不同。

那时，董其昌的身份非常特殊。他的投门老师、内阁辅臣许国刚刚于万历十九年去职。他名义上的老师、师弟王衡的父亲王锡爵已经官至太子太保、吏部尚书、建极殿大学士，并且于1593年正月接替了赵志皋成为内阁首辅，至此已经一年了。

1 董其昌《禅悦》。

恰巧这一年，神宗万历皇帝朱翊钧的长子朱常洛时年十二岁，开始出阁就读。董其昌非常荣幸，他被首辅王锡爵挑选为皇长子的讲官。[1]王锡爵的关照，均发生在董其昌生平最紧要的关头。前一次是在阁试时，使他顺利入选庶常。这一次，他又当上了皇长子的老师。

明初太祖朱元璋时期，皇子都是由内侍太监上课，或曰伴读。内阁成立后，太子由皇帝直接挑选的老师来上课，称为太子侍读或太子太傅，后来皇子的老师由部曹或进士改授翰林官充任，而母后则负责教习皇子们如何做人。皇子们的学习内容主要是诗、书、礼、乐、经，以及有关治国方面的教材，他们读书的课堂就在皇极门的右厢。

按惯例，皇长子即是国家的储君，所以皇长子朱常洛出阁就读，是明代重大的政治事件，在此有必要进行一些解读。

万历皇帝九岁登基，于万历六年举行大婚，时年十四岁。十三岁的皇后王氏本是平民出身，皇上对她没什么兴趣，她也没能及时为皇帝生下儿子。直到万历九年（1581 年）十月的某一天，皇上偶然间看上了自己母亲慈圣太后李氏身边的一位王姓宫女，王姓宫女吉星高照，很快就怀了孕，而且于万历十年八月生下了皇子，母因子贵的王氏升为恭妃。这个皇子就是朱常洛，于是成了万历皇帝的长子。皇长子朱常洛之前，万历已经有了两个女儿，即荣昌公主朱轩媖与云和公主朱轩姝。

万历皇上根本没把王氏恭妃当回事，甚至当王氏怀孕时他都不敢告诉自己的母亲。就在王氏已经有孕在身的万历十年三月，皇上为了增加子嗣，还在一天之内娶了九个女人，她们被称为“九嫔”。这九嫔之内，也并没有皇长子朱常洛的母亲王氏。可是，万历皇帝的母亲慈圣太后李氏，本来也是侍女出身，十五岁时进入裕王府侍奉裕王朱载垕，于嘉靖四十二年（1563 年）生下儿子朱翊钧。隆庆元年朱载

---

1 《明史》卷二十：二月，皇长子朱常洛出阁就读，（董其昌）任讲官。

垕即位后，才被封为贵妃。所以皇长子朱常洛出生后，在其祖母慈圣太后的支持和授意下，才诏告全国减税免刑，还派特使通知了友邦朝鲜，使得皇宫一片喜气洋洋，全国人民同声祝贺。尽管如此，万历依旧瞧不上王氏恭妃，顺带也对她所生的皇长子朱常洛没有好感。

万历皇上真正喜爱的女人，是九嫔之一的郑贵妃（北直隶大兴人），对她甚至到了情有独钟的地步，一心想让郑贵妃所生的皇三子朱常洵当皇太子。

按照中国的伦理传统，皇长子是理所当然的皇太子。为了维护正统的法理，朝廷的大臣们纷纷上书，强烈要求皇帝尽快设立皇储，敕封朱常洛为皇太子。这样万历皇帝与整个朝廷顶了牛，相互对立，形成了严重的政治危机。特别是到了万历十四年，大臣们态度更加激烈地要求万历皇帝敕封朱常洛，而皇上对此充耳不闻，朝廷上下甚至到了对抗的程度。万历皇帝以身体不适为由，拒绝上朝。这就演绎成晚明著名的“国本之争”事件。

太子的身份一直没能够得到敕封，于是大臣们就想出一个权宜之计，让皇长子朱常洛出阁就读，这个任务就落在了时任首辅申时行的肩上。万历十八年二月五日，申时行与万历面对面，他们的对话如下：

时行等奏：“皇长子春秋渐长，正当读书进学。”

上曰：“已令内侍授书诵读矣。”

时行云：“皇上正位东宫时年方九岁，既已读书。皇长子读书已晚矣。”

上曰：“朕五岁即能读书。”复指皇三子：“是儿亦五岁尚不能离乳母，且数病。”时行等稍前熟视皇长子。上手引皇长子，向明正立。

时行等注视良久，因奏云：“皇上有此美玉，何不早加琢磨，使

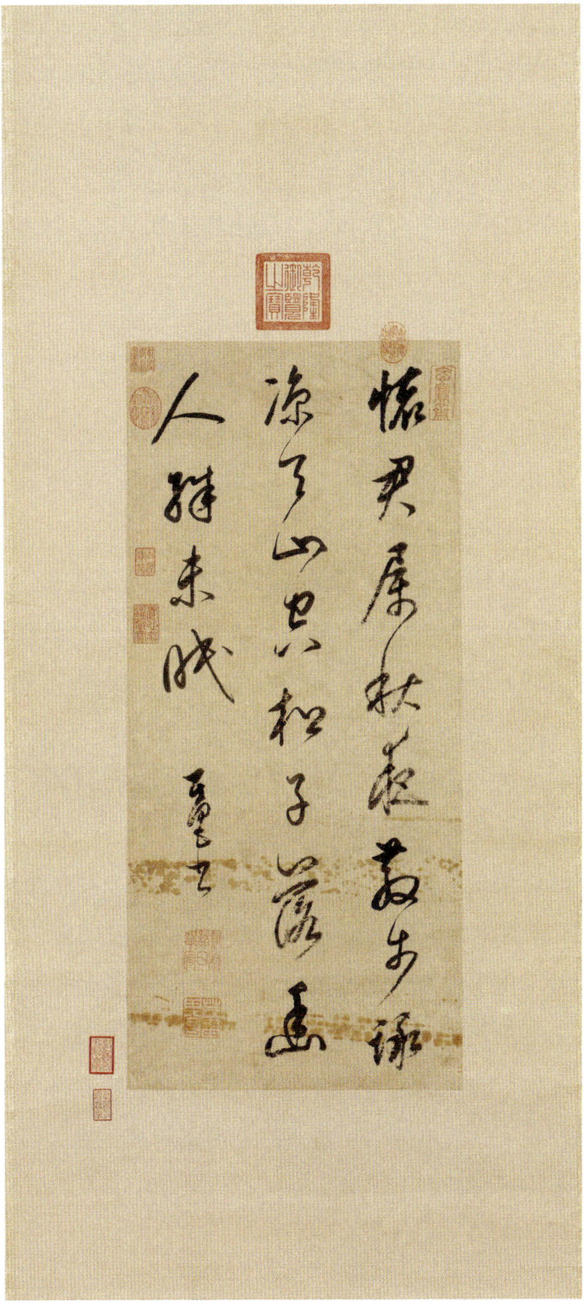

董其昌书法《五言绝句诗》

从其“知制诰日讲官”印，可知写于任皇长子讲官之后。他的书法结体安稳，用笔严谨，呈现古典的传统书味。现藏台北故宫博物院之成器？愿皇上早定大计，宗社幸甚！”乃叩头出，随具疏谢。[1]

可见，万历皇帝一直在指责皇长子愚笨且多病，真实目的是想把皇三子朱常洵立储，所以总拖着此事不办。

首辅已经换了两任，最终在第三任首辅王锡爵的努力之下，皇长子朱常洛终于能够出阁就读了，此时他年已十二岁，而他的老师之一就是翰林院侍讲董其昌。除他之外，还有唐文献、焦竑等状元，也是皇长子朱常洛的侍讲[2]。侍讲，是翰林院的官职，官衔为正六品。这样的官职只是翰林院内中等级的文官。

董其昌给皇长子朱常洛讲课的内容，大抵还是儒家“四书”，让他感到惊喜的是，小小年纪的朱常洛已有怀民之心。董其昌在给他讲解孔子《论语·里仁》中的“事父母几谏，见志不从，又敬不违，劳而不怨”时，问他：“劳而不怨是何意思？”

皇长子应声回答说：“就是不要把老百姓压榨过甚，不要让他们有怨言。”

董其昌听罢此言，极为激动，回到翰林院，兴冲冲地告知了同僚，于是大家就将此事传出去了。大家认为皇长子果然“仁圣聪明”，夸张地认为历史上的古代皇帝都没法跟他比！[3]这种消息，事实上是对坚持要立皇长子朱常洛为太子的朝臣们的一种鼓舞，更加激励他们在“国本之争”的问题上与当今皇上对抗，我们现在常常把这种方式称为“宣传战”“舆论战”。董其昌把自己的政治抱负与理想，都寄托在这位皇长子的身上了。

---

1 《神宗实录》卷二一九。

2 《中国历代状元传略》，中国人事出版社 1998 年版，第 305 ～ 306 页。

3 陈继儒《陈眉公先生全集·思白董公暨元配龚氏合葬行状》：“光考出阁，公备员讲读官，讲及‘劳而不怨’章，指问曰：‘于义云何？’光考应声曰：‘此不竭民力耳！’一时传诵。皇长子仁圣聪明，古帝王莫及。”

有利于皇长子的舆论，重新传回到朱常洛的耳朵里，所以他对师傅董其昌颇有好感，以后再上课时，皇长子与师傅董其昌的关系十分融洽。[1]这是董其昌一生官运亨通的鼎盛时期。他看似官位不高，但已是声名显赫，最关键的是，这还预示着他未来潜力巨大，前程似锦。

一个读书人，能够当未来天子的老师，这是何等的荣耀！对于想升官荣迁的人来说，简直是千载难逢的良机。可是，皇长子老师的这个官位历来十分蹊跷，就像自己脚上穿着的鞋子，舒服不舒服只有本人知道。在当时，众人十分眼红董其昌，因羡慕、嫉妒而生出了恨意。朝廷本质是文人集团，而文人最大的弱点就是心胸小，瞧不得别人好，于是开始造谣生事。世上没有不透风的墙，而且董其昌在翰林院也不乏知心好友，他对此当然了然于心。董其昌做出了明智的反应，就是采取“三不主义”，不闻不问不说，不予理睬，没有因此而反击那些小人，参与钩心斗角之争。他依旧不激不随，我行我素。[2]

事情并非如此简单，根本原因在于万历皇帝本人对皇长子朱常洛并不称心，所以听到董其昌与皇长子师生感情过于友善的传闻，皇上便皱起了眉头表示不满，不久后便将董其昌调离了“讲官”这一非常荣耀的工作岗位。

转年到了万历二十三年，董其昌奉诏为南宫同考官[3]。

董其昌溜得快，以后也不见他再为皇长子立储之事而鼓噪。而其他人则没有这么幸运。如刑部主事谢廷赞，工部都给事王德完，礼部右给事杨天民、王士昌，锦衣卫百户王日乾等，后来都因立储之事而受到处罚，轻者贬官，重者入狱致死，甚至连皇长子的讲官、礼部代

1 二十六年后，朱常洛在万历四十八年（1620年）八月即皇帝位，他念念不忘当年的董师傅，很快就把已经隐匿在乡间多年的董其昌召回了朝廷。

2 康熙年《松江府志》。

3 董其昌《容台集》卷二：“余奉诏为南宫同考官。”

理尚书郭正域也因此系狱，险些送命。幸亏皇长子朱常洛在东宫里哭喊："你们为何要杀我的好讲官！"加上状元唐文献等为之奔走，才救了郭正域一命。

离开皇长子以后，董其昌沉默寡言，把所有的热情都倾注到书画收藏里。万历二十三年，他又收藏了赵令穰《临右丞湖庄清闲图》、郭忠恕《辋川图》。也是在这一年，董其昌在北京又看到了李公麟的《西园雅集团扇米芾书序》，不觉怦然心动。

六年前的万历十七年四月，那时他刚刚考中进士，进入翰林院，曾邂逅过此扇。他见这把团扇上有米芾所书的蝇头小楷，书法极精，非常喜爱。他回忆说："余游京师，曾得鉴李伯时《西园雅集图》，有米南宫蝇头题后，甚似《兰亭》笔法。"[1]此时，他正在集中精力研究古人书法的结构与章法，尤其推崇王羲之的《兰亭序》，而米芾在这把团扇上所写的书序，正与王羲之一脉相承。他由衷地赞叹道："余见米痴小楷作《西园雅集图》序，是纨扇。其直如弦，此必非有界道，乃平日留意章法耳。"[2]

既是相遇，便是缘分。董其昌不再犹豫，花了大价钱把《西园雅集团扇米芾书序》买下，收入自己的囊中。随后，他给陈继儒去信，大叹苦衷："为此，橐装涩矣！"[3]不巧的是，他在同一年里，偏偏又遇到了米芾《阳关诗》真迹，虽然也非常喜欢，可再也没有能力去购买了，"意欲购之，空橐为窘"[4]，他心情极为失落，但也只能叹了一口气，转身离去。

1 董其昌《画禅室随笔》卷一。

2 同 1 。

3 陈继儒《妮古录》卷一，收录于卢辅圣主编《中国书画全书》第三册，第 1039 页。橐装，指囊中所装裹之物，这里指钱财。

4 董其昌《容台别集》卷四《书品》。

八、考场惊魂

万历二十三年二月，董其昌担任南宫同考官。南宫是指礼部会试的地方，南宫同考官，就是礼部会试的考官，协同主考官或总裁阅卷、考评。其间，发生了一件令他心惊肉跳的事，更使他对官场的险恶深深恐惧，避之不及。

这年的会试主考官是文渊阁大学士张位。张位字明成，号洪阳，是江西南昌新建人，所以也称他为张新建。

董其昌按照规定的时间“入棘”。所谓“入棘”，就是进入考场后与外界隔离，因为考场设置严密，有警卫，如同进入荆棘丛一般，故名。

起初，按年龄长幼次序，董其昌被排定的岗位是在阅卷注书二房。可到了第二天，主考官张位忽然找他谈话，说，邹宫允提出阅批“春秋”卷的考官太少，你是否愿意去？其实，阅批“春秋”卷的人手太少，工作太累，而且是会试批阅的最后环节，责任重大，容易惹纰漏，所以大家都畏难不愿意去。但董其昌这是第一次担任会试考官，算是嫩青头，便爽快地答应了，于是他搬去了“春秋”考官第一房。看起来权力似乎大了一点，但他不知道这是邹宫允在耍滑头。董其昌就这样糊里糊涂地被推到浪尖上。

我们不知道万历二十三年会试的试题是什么，不过，历年来会试与殿试的内容大同小异，而在山东青州博物馆收藏了一份国家一级文物，就是此后一届、万历二十六年（1598 年）一甲第一名赵秉忠[1]的

1 赵秉忠（1573—1626），字季卿，青州府益都县（今山东省青州市）人。父亲赵僖官至礼部右侍郎。赵秉忠十五岁补府学生。万历二十六年一甲第一名进士（状元），授翰林院修撰。历任侍读学士、礼部侍郎，官至礼部尚书。天启二年（1622 年）被黄尊素弹劾去职。天启六年（1626 年）去世。崇祯三年（1630 年）追复原官，赠太子太保，赐祭葬。赵秉忠的这份殿试试卷，由其后人于 1983 年捐献国家。

试卷，其殿试题目为《问帝王之政和帝王之心》。这是目前发现的明代殿试状元卷唯一真迹，而台北故宫博物院馆藏宫廷档案中的几份状元卷，则均属清代。这件保存良好的明代殿试状元卷为十九折册页，横长共268厘米，每折通高47.6厘米，宽14.1厘米。封面、封底均为全绫装裱。卷首顶天朱书“第一甲第一名”六字，为当时的万历皇帝朱翊钧御书，下钤“弥封关防”长印，占一折。试卷上还依例附有考生赵秉忠以上三代的简历。后三折列着少保兼太子太保吏部尚书武英殿大学士张位等九位读卷官和一位印卷官的职衔与姓名。可知，万历二十三年、二十六年的殿试主考官都是张位。

在揭榜的前一天晚上，董其昌拿到一份试卷，他一看考生的名字就傻眼了：南直隶松江府董叔彂。这个人就是他的堂侄！

这可不是喜讯。在晚明那个时期，大家把考场视为“惧府”，特别害怕，原因就是朝廷鼓励检举揭发他人，上下官员也都把眼睛死死盯着考官，不管你是否真的舞弊，只要获选的考生与官场有一点联系，立即会被人无端攻击，而且后果严重。当年，王衡参加会试，就曾起过轩然大波——京城上下，本来都知道王衡是个才华横溢的人，他的入选也不是意料之外的事，可当王衡一旦真的入选，立即谣言四起，备受攻击，原因就是他的父亲王锡爵时任辅臣；还有当时首辅申时行的女婿李鸿，也是董其昌、王衡己丑科同届的考生，其命运与王衡一样，结果只得被迫退出了殿试；回首往事，再往前追溯到张居正当朝的时候，情况也是如此。张居正的两个儿子也因为中了进士而闹得满城风雨，等到张居正死后，秋后算账，他的三个儿子均被剥夺官职，长子张敬修被严刑拷打后被迫上吊，他的弟弟和另外两个儿子被发配去了边疆。[1]

此时此刻，董其昌没了主张，立即把试卷藏进了自己宽大的衣

1　黄仁宇《万历十五年（增订纪念本）》，中华书局2006年版，第30～31页。

袖，被吓得瘫坐在椅子里，不敢出声。

同为考官的陶望龄、袁宗道知道了此事，就来看望董其昌。

袁宗道安慰和鼓励他说，你又没做亏心事，何必害怕鬼敲门！意思是让董其昌把卷子提交上去，使董叔弢晋级。陶望龄也用激将法说，“董年兄不及吴年兄矣”。吴年兄指的是吴道南，号曙谷，江西崇仁人，与董其昌、陶望龄等都是万历十七年的同年进士，系榜眼，也是翰林院的庶吉士，关系友善。此前董叔弢在乡试时获得第三名，乡试的主考官就是吴道南。可是，董其昌还是畏手畏脚，一时难下决断。

恰巧此时，另一位考官傅新德[1]也和董其昌一样，神情紧张得要命，浑身哆嗦着，把一份试卷也塞在衣袖之中。傅新德也是万历十七年的同年进士，选庶吉士。因当年傅新德丁忧回家，所以到了万历二十年才重新来到翰林院。他们过去追问，才知道傅新德藏在衣袖里的正是申时行女婿李鸿的试卷。李鸿是在岳父申时行去国致仕回家后，再一次来京参加会试。

他们俩还是拿不定主意，就去向主考官张位请示。

张位也有些担心，因为他曾经与首辅张居正意见不合，被贬为徐州同知。张居正死后第二年，才升为南京尚宝丞，进而任国子监祭酒，后因病辞归，数年后才进礼部任尚书、文渊阁大学士，所以他深知官场的凶险。张位思考了半天，最后说，这样吧，要废的话他俩就一起废了罢。张位的话耐人寻味，表面上看似乎是退避，不肯承担责任，实际上他说的是反话：既然前任首辅申时行已经去国致仕，言官们也就没有理由再攻击他女婿李鸿的科举成绩，那么李鸿的入选殿试便没有问题；但是如果要取李鸿的话，当然也可以录取董叔弢。主考官张位的意见是颗定心丸，于是董其昌和考官们磋商之后，方才下定

1 傅新德（1569—1611），字元明，又字明甫，号商盘。

决心，让李鸿和董叔弢同时过关，同时录取。

这段考场经历，一直深藏在董其昌的心底，不敢张扬，因为当时的“纪检官员”都很厉害，一旦被他们抓住了把柄，再起风波，实在不是闹着玩的事。直到三十多年之后，董叔弢已经去世，而董叔弢的弟弟董遐周为了给嫂子也就是董叔弢夫人李孺人祝贺五十大寿，恳请董其昌撰写寿文时，他才把这一桩往事写了下来。[1]

1 董其昌《寿节妇董母李孺人五十序》。

第四章 坐失执政意

一、寻访王维《江山雪霁图》

董其昌的同时代人中，涌现出一大批风华绝代的才子。我们如果以董其昌为圆心的话，可以发现这些人与他都保持着深厚的友谊。如莫是龙、王衡、陈继儒、唐文献、瞿汝稷、袁氏三兄弟、冯梦祯、焦竑、陶望周、袁可立，还有戏曲家汤显祖、高濂、梁辰鱼等。

万历二十三年二月，汤显祖致信董其昌等人，从诗稿中不仅可以看出他们之间称兄道弟的感情，还可以感受到一种忧郁情绪在蔓延。

汤显祖在《乙未计逡，二月六日同吴令袁中郎出关，怀王衷白、石浦、董思白》中写道：

四愁无路向中郎，江楚秦吴在帝乡。
不信关南有千里，君看流涕若为长。[1]

汤显祖还多次给董其昌写信，其中有一封《寄董思白》，信中说："芳讯时通，惟益深隆养，以重苍生。"可见他们之间不仅感情深厚，互相钦慕，而且通信还十分频繁。

董其昌的兴趣广泛，不光热衷书画收藏，还对文学手稿、书籍满怀收藏热情，此事可从袁宏道写给董其昌的信札中窥见：

---

1 《汤显祖诗文全集》，北京古籍出版社 1999 年版，第 459 页。

《金瓶梅》从何得来？伏枕略观，云霞满纸，胜于枚生《七发》多矣。后段在何处？抄竟当于何处倒换？幸一的示。[1]

《金瓶梅》作者署名兰陵笑笑生，可他到底是谁？这是历史公案。可以肯定的是，这个人是董其昌同时代人。后世猜测兰陵笑笑生可能是王世贞，或是屠隆、王稚登、汤显祖、贾三近、沈德符、冯梦龙、李贽等中的某一位。不管怎么说，兰陵笑笑生应该距离董其昌不远，极可能就是他的某位朋友。

《金瓶梅》内容多有情色描写，为卫道夫们所不容。李日华称其“市诨之极秽者”[2]。因此《金瓶梅》版本在当时极为稀缺，连专事创作的文学家袁宏道都是从董其昌手里借观的，可见董其昌对《金瓶梅》版本的喜爱。何惠鉴先生称：“董其昌是一位鲜为人知的元剧、散曲及明代白话小说的收藏家。”“他的早年好友中有几位是俗文学的领袖人物，其中包括汤显祖和梁辰鱼。董其昌之一度曾拥有迄今所知最为重要、收集最广的元代戏曲集，由赵琦美结集。今在北京图书馆的所谓《也是园古今杂剧》，加上他向晚明知识界如‘公安三袁’介绍小说《金瓶梅》所起的文化媒介作用，单是这些贡献已足以使他在中国文学史上占有荣耀的一席之地。”[3]这种观点是值得我们尊重的。

董其昌内心最大的快乐，其实还是体现在书画的创作和收藏上。他把自己的画室命名为“画禅室”。画禅概念，与人们的修行有关，大致是指“以画为禅定”的创作状态。韦宾先生认为“画禅要素包括：凝神静想，因势取形；调息与心随笔运；神通与直觉”。[4]董其昌时在翰林院里，眼观耳闻的俱是官场内流言蜚语，尔虞我诈，心情

1 《袁宏道集笺校》（上），上海古籍出版社2008年版，第289页。

2 李日华《味水轩日记》万历四十三年（1615年）十一月五日。

3 何惠鉴、何晓嘉《董其昌对历史和艺术的超越》，载《美术研究》，1993年第1期，第17页。

4 韦宾《“画禅”正解》，载《美术研究》2017年第6期，第68～73页。

便抑郁，觉着自己很不快活，却又无法逃离京城，只能通过“以画为禅定”的方法，来躲避官场喧闹，陶醉在自己的笔墨世界里。

万历二十三年，董其昌得知自己向往已久的王维名作《江山雪霁图》[1]，已经被钱塘冯梦祯[2]购藏后，既高兴又心急如焚，恨不得立即拜见冯梦祯。他连忙给冯梦祯写去几封信，谈妥了商借事宜后，立即派友人前去杭州借取。董其昌自述曰：“今年秋，闻金陵有王维《江山雪霁》一卷，为冯宫庶所收，亟令人走武林索观。宫庶珍之，自谓如头目脑髓，以余有右丞画癖，勉应余请。清斋三日，始展阅一过，宛然吴兴小帧笔意也。余用是自喜。且右丞自云‘宿世谬词客，前身应画师’，余未尝得睹其迹，但以想心取之，果得与真肖合？岂前身曾入右丞之室，而亲揽其盘礴之致。”[3]王维的诗才名贯古今，可他自认为前生是画师，这种对绘画的热爱与董其昌一拍即合。董其昌恨不得将他引为知己，穿越时空与王维欢聚在画室里。

冯梦祯是董其昌老友，比他年长七岁。俩人相识在少年时代。陈继儒代董其昌撰写的《绳武何公暨配季孺人墓志铭》中记载说，当年松江诸子结社时，有位名叫冯开之的青年，经常驾一叶小舟前来相会，兴致盎然，“流连文酒，数日夜乃去”[4]。这个当年的冯开之，就是后来的南京祭酒冯梦祯，而且，冯梦祯和董其昌都是杭州云栖寺莲池大和尚的俗家弟子。

绅士冯梦祯总是一副清流做派。他强调“书画金石以清其玩”[5]，耻于言利，讥讽“俗甚”“贾竖”“富家翁”，“手执卷轴，口论贵

---

1 《南宗北斗：董其昌书画学术研讨会论文集》，故宫出版社 2015 年版，第 209 页。

2 冯梦祯（1548—1605），字开之，号具区，别号真实居士，浙江秀水（今嘉兴）人。明万历五年进士，官编修。曾因得罪首辅张居正，被外谪广德州判，复又累迁南京国子监祭酒，三年后被劾罢官，从此厌恶官场，发誓永不做官。

3 董其昌《容台别集》卷四。

4 《陈眉公先生文集》卷三十五。

5 冯梦龙《古今谭概》卷九。

贱，真恶道也！”[1]董其昌向来尊重冯梦祯，不仅因为冯梦祯年长，资历老，而且当年的冯梦祯也是著名文人，近似他的师辈。董其昌早年撰写《学科考略》，就是参考和借鉴了冯梦祯所写的《历代贡举志》，其中许多内容疑似抄袭、割裂冯梦祯的《历代贡举志》而成。[2]

据目前史料看，至晚在万历十九年间，他俩的这种友谊开始变得更加紧密。冯梦祯这个人有一个特点，就是喜欢记日记，身后留下了《真如居士集》若干卷，其中《快雪堂日记》为我们了解当时的情形提供了可靠的资料。

从《快雪堂日记》中收录的万历二十年冯梦祯致董其昌的信札，可知他俩友情深厚，相谈最契，思念最深。冯梦祯写道：

> 自辛卯迄今，与足下会晤最数。足下玄谈超诣，友朋中所希。即十日不见，便欲千里命驾。况经年离索，想念当何如？仆壬午授职，亦在盛夏，今足下同之。颇忆当时应酬之状，真如昨日。相隔十年，意仪注酒席，或有益损。周南留滞，不能称瀛洲亭主人，可叹也。明岁京考仍旧，高望足下定借大藩。[3]

冯梦祯是虔诚的佛教徒，最佩服董其昌“玄谈超诣”。所谓“玄谈”，应该是指董其昌对禅的见解和心得。这说明董其昌不仅悟性很高，而且口才也好，思路缜密。

冯梦祯收藏的这幅王维的《江山雪霁图》，是他刚从南京收藏家胡汝嘉[4]手里购得的，时人均认为此系一幅赫赫名画。

---

1 文震亨《长物志》卷五。

2 马镛点校《学科考略》，收录在《董其昌全集》卷三，上海书画出版社 2013 年版，第 18 页。

3 冯梦祯《快雪堂集》卷四十尺牍《与董玄宰太史》。

4 胡汝嘉，字懋礼，号秋宇，江宁（今南京）人。嘉靖三十二年进士，官编修。沈德符称他为胡秋宇太史。

关于王维《江山雪霁图》的来历，最早是太监们在北京大内后宰门的丹漆巨梃之内发现的，时在成化年间。太监立即报告了成化皇帝朱见深，而皇帝就把这件作品赏赐给了司礼太监。弘治十五年，沈周、王鏊在此画上作了题跋，此时的藏家应是孙以岩。到了万历年间，这件作品又被南京的收藏家胡汝嘉收入囊中。大约在万历二十二年间，才归了冯梦祯收藏。能够收藏到此画，冯梦祯非常得意。他在万历二十三年二月十四日那天的日记中写道："与客同披王维《江山雪霁图卷》。"七天后，他又写："周书宗来，寓斋中，午后同观王维《雪霁图》。"冯梦祯确实把此图珍如"头目脑髓"，比自己的命还重要。

万历二十三年七月十三日，尚未出任南京祭酒的冯梦祯收到了董其昌的来信：

自春首伫俟台旌入都，至今未闻扬舲息耗。不惟仆一人仰企之私，凡在绅裾，弥不愿接末光。为正人标帜。想亦非久。遵途日颇闻南雍国师之推，已有成言。果而，则今岁尚未得《瞻近》，凝想为劳耳。

朱雪焦来，为言门下新得王右丞《雪山图》一卷，大佳……今欲亟得门下卷一观。仆精心此道，若一见古迹，必能顿长，是门下实成之。倘遂得左相（诗中画）诗，亦千载佳话也。必不敢污损名迹，俟门下一念之即，即应声奉纳。千里悬悬，不胜恳切。别具在雪焦柬中，专取进止。本不当以游戏小道干冒尊者，亦恃门下超然旷远，不以常调相看后学，故而破格请之耳。[1]

信之第一段内容，是告知冯梦祯将出任南京国子监祭酒一职，已

1 古原宏申《董其昌の书画》，东京二玄社 1981 年版。现藏日本京都小川家族。

经大致确定。第二段则表达欲借观王维《江山雪霁图》的理由和“千里悬悬”的迫切心情。从信中可见，董其昌对待冯梦祯的态度彬彬有礼，还称其为尊者。

冯梦祯在日记中写道：“得董玄宰书，借王维卷阅，亦高兴。”

万历二十三年十月，冯梦祯还在广德州判任上，尚未出任南京祭酒。王维《江山雪霁图》果真被董其昌借来北京。

冯梦祯知道董其昌对王维作品已痴迷成癖，答应借给他“清斋三日”，即欣赏、研究三天。“三天”的概念在这里只是一个虚数，表示出借的时间不能太久。董其昌收到此画后，展卷一看，果然名不虚传，很是激动。

王时敏《仿王维江山雪霁图》
现藏台北故宫博物院

万历二十四年二月初十，冯梦祯再次收到董其昌的来信。这时冯梦祯已经来到南京，出任了国子监祭酒之职。董其昌一边感谢冯梦祯出借此画，一边又提出要求，请宽延还画的时间，理由是他“恨古意难复，时流易趋，未能得右丞笔法”。换句话说，董其昌此时还没把《江山雪霁图》的绘画技法以及它在绘画史上的意义琢磨透。董其昌信曰：

恭惟阁下光膺新命，秉铎南雍。海内山斗之仰，皆已怡慰。矧其昌辱忘年之知者乎？伫俟还朝，得时亲音旨，以日为岁耳。秋间得远寄《雪图》，快心洞目，深感阁下割爱相成。所恨古意难复，时流易趋，未能得右丞笔法。须稍宽之，或稍具优孟衣冠，以不负雅意，更当作一帧，都门面请教也。

长安物态无复可人者，不独排击疏议。今下纸出宫中，百官横谴，大是差事。乃不闻有一人捋虎须，士风可知矣。竹几蒲团，参赵州，一归何处话，则是道人本色。聊以绅裾之流为海鸥鸟可也。阁下以为如何？远承厚贶，容专候起居。人还附谢，献岁发祥。惟为国为道珍重。不一。名具正幅，左冲。[1]

从董其昌的信中可知，他对朝廷现状很是厌烦：政令一出，“百官横谴”，而且在这乱纷纷的谴责声中，并没人能够切中时弊，显示出中央政权的无序和混乱。面对官场的无序，董其昌自己也没有勇气抗拒，只在一旁叹息“士风可知矣”之后，默默在参禅。

冯梦祯在《快雪堂集》中还收录了另一札《与董玄宰太史》。此信未必是针对董其昌上一封信的回复，但距此信的时间一定很近。冯梦祯在信中说：

三楚抡才，想得士为多。归途经秣陵而不得物色一晤。真人紫气，故不易识也。忆昔追随湖山浪迹，倏忽五六年，仆愧如昔。于足下玄诣，当倍倍增进。恨滞留此中，不能从扁舟想邀于吴阊道中，一探秘密藏耳。荣名富贵，转眼成空。足下超朗，仆所膺服。彼此俱未离障染，须猛著精彩。异时相见，互为偪拶，共作透网金鳞，岂不快甚。同馆及他弁绅中，遇有骨气人，惟曲垂接引，必得栽根，终受切磋之益，非小缘也……尝冀得足下佳画一小帧，充书室秘玩，足下亦

1　古原宏申《董其昌の书画》，东京二玄社 1981 年版。现藏日本京都小川家族。

尝见许，敢为申请，希不忘。[1]

其中的“足下超朗，仆所膺服。彼此俱未离障染，须猛著精彩。异时相见，互为偪拶，共作透网金鳞，岂不快甚”，这话中有话。或许董其昌在之前的通信中，谈到了他准备以王维《江山雪霁图》为基础，来创建“南北宗”理论的设想，所以冯梦祯就鼓励他“须猛著精彩”，也未可知。

关于王维绘画风格，苏东坡从欣赏者的角度，早就有过一段极为精彩的评论。他在《书摩诘〈蓝田烟雨图〉》中说：“味摩诘之诗，诗中有画；观摩诘之画，画中有诗。”[2]这说明王摩诘的画极有意境，可以让人产生诗画互换的美学通感。王维的《蓝田烟雨图》虽然早已失传，但苏东坡的评论却天下尽知。

董其昌对王维的研究，与苏东坡走的完全不是一条道路。他是以一个书画鉴赏家、画家的角度，在深入研究王维《江山雪霁图》有年之后，获得重要心得，然后一口气题写了千余言长跋。在这段著名题跋中，董其昌虽然没有直接说明此图卷就是王维传世的唯一“真迹”，但他的意思已经表达得很清楚：这不仅是王维最重要的传世作品，其在美术史上也具有十分重大的意义。

董其昌题王维《江山雪霁图》长跋，系十分重要的历史文献，我们可以从中了解到董其昌内心的真实想法。董其昌跋曰：

画家右丞（王维）如书家右军，世不多见。余昔年于嘉兴项太学元汴所，见《雪江图》，都不皴擦，但有轮廓耳。及世所传摹本，若王叔明《剑阁图》，笔法大类李中舍，疑非右丞画格。又余至长安，

1 冯梦祯《快雪堂集》卷三十二尺牍《与董玄宰太史》。

2 《东坡题跋》卷五。

得赵大年临右丞《湖庄清夏图》，亦不细皴，稍似项氏所藏《雪江卷》，而窃意其未尽右丞之致。盖大家神品，必于皴法有奇。大年虽俊爽，不耐多皴，遂为无笔，此得右丞一体者也。最后复得郭忠恕《辋川》粉本，乃极细皴。相传真本在武林。既称摹写，当不甚远。然余所见者庸史本，故不足以定其画法矣。惟京师杨高邮州将处，有赵吴兴《雪图》小幅，颇用金粉，间远清润，迥异常作，余一见定为学王维。或曰："何以知是学维？"余应之曰："凡诸家皴法，自唐及宋，皆有门庭，如禅灯五家宗派，使人闻片语单词，可定其为何派儿孙。今文敏此图行笔，非僧繇、非思训、非洪谷、非关仝，乃知董、巨、李、范，皆所不摄，非学维而何！"今年秋，闻金陵有王维《江山雪霁》一卷，为冯宫庶所收，亟令友人走武林索观。宫庶珍之，自谓"如头目脑髓"，以余有右丞画癖，勉应余请清斋三日。始展阅一过，宛然吴兴小幅笔意也。余用是自喜，且右丞自云："宿世谬词客，前身应画师。"余未尝得睹其迹，但以想心取之，果得与真肖合，岂前身曾入右丞之室，而亲览其磐礴之致，故结习不昧乃尔耶。庶子书云："此卷是京师后宰门拆古屋，于折竿中得之，凡有三卷，皆唐宋书画也。"余又妄想彼二卷者，安知非右军迹，或虞褚诸名公临晋帖耶？倘得合剑还珠，足办吾两事。岂造物妒完，聊畀余于此卷中消受清福耶？老子云"同于道者道亦乐得之"，余且珍之以俟。[1]

仔细研读此文，我们能够得到如下的认识：

其一，董其昌写下这段长跋，时在万历二十三年，此时四十一岁的董其昌已经对中国古代美术发展史有了非常全面的了解和认识。他认为，唐代王维对中国绘画史的推动具有里程碑意义，如同王献之对书法的贡献一样，可惜，他坦陈自己未曾亲见过王维真迹。在他亲见

---

1 董其昌《容台别集》卷四，董其昌题《王右丞江山雪霁卷》。

这幅《江山雪霁图》之前，董其昌对王维画风的认识，主要来源于前人临摹王维之作，从中寻找出王维艺术特点的蛛丝马迹。这些临摹王维风格的历代作品包括：项元汴收藏的王维款《雪江图》，元代王蒙临摹王维的《剑阁图》，董其昌自己收藏的北宋赵大年《临右丞湖庄清夏图》，五代末至宋初画家郭忠恕《辋川粉本图》（该图是王维晚年隐居辋川时所绘的著名作品，早已失传），赵孟頫临摹王维的《雪图》小幅。

通过推理和论证，董其昌至此才确认冯梦祯收藏的这幅《江山雪霁图》，与自己的判断相吻合，所以他感觉自己仿佛穿越了时空，亲眼看到王维作画一般。我们注意到，身在明代的董其昌，在当时极为原始的复制技术条件下，且藏品四散各地、欲见原作一眼十分艰难的前提下，已具备了如此广博的知识和阅历，可见他在书画艺事上所花费的心血之多，用力之勤，实在是难能可贵。这也证实，董其昌成为跨越时代的艺术大师，绝非浪得虚名。

其二，董其昌对“披麻皴”在绘画史上的认识，具有特别重大的意义。方闻先生认为“王维《江山雪霁图》（传）的发现，使董其昌得以重新建构南宗画理论，依据董氏的说法，此一传统始于王维，传为董源和元四家”。“董其昌由王维《江山雪霁图》（传）而悟入披麻皴之由来，并将它视为南宗画的标志。”[1]这是切中要害的观点。

其三，从思维方向上看，董其昌对书画的鉴定使用的是“勾连法”和“排除法”。所谓“勾连法”，就是把已经寻找到的王维绘画的特点作为标准，以此标准来寻找作品；而“排除法”则相反，就是把那些不具备王维艺术元素的作品排除出去。这两种鉴定方法如同筛子选金，步步为营，终至淘得真金。而他对笔法技术的鉴定，主要看皴法。这种技术鉴定的方法，常常为具备了绘画功底的鉴定家所继

1　方闻《董其昌和艺术的复兴》，载《美术研究》1993年第1期，第21～28页。

承，当代鉴定家王季迁先生也是如此。可以看出，董其昌在四十岁以后，已经是一位目光敏锐、老练成熟的鉴定家，成为那个时代绘画鉴定的法眼。

其四，从这段长跋可以推定，此时董其昌尚没有完成他那著名的“南北宗”山水画理论构建。但是，他对王维的绘画如此推崇，说明已抵达这一思想的萌芽状态，换句话说，此时已经到了董其昌“南北宗”理论诞生的前夜。

其五，董其昌对王维《江山雪霁图》的研究与发现，成为他建构“南北宗”理论极为重要的抓手，并为重新建构“南宗”文人画理论奠定了基础。依据董氏的说法，此一传统始于唐代的王维，并被董源和元四家继承和发扬光大。

关于王维《江山雪霁图》，还有另外一个名称，叫《江干雪意卷》。它后来之所以名闻江南，被好事者奉为至宝，正是源于董其昌的赏识。沈德符在《万历野获编》里讲述了缘由：

金陵胡秋宇太史家，旧藏《江干雪意卷》，虽无款识，然非宋画苑及南渡李、刘、马、夏辈所办也。冯开之为祭酒，以贱值得之。董玄宰太史一见惊叹，定以为王右丞得意笔，谓必非五代人所能望见，李营邱以下所不论也，作跋几千言，赞誉不容口，以此著名东南。[1]

可见董其昌在收藏界的影响力之大，只要他一惊叹，便可名闻东南！

万历二十六年，冯梦祯在南京祭酒任上被弹劾。他从州判升为祭酒到罢官，前后不到三年时间，随后去了杭州定居，筑室于孤山之麓，发誓永不再出仕。冯梦祯因家藏王羲之《快雪时晴帖》，甚是自

1　沈德符《万历野获编》卷二十六《旧画款识》。

豪，就将自己的堂号命名为“快雪堂”，自此过着逍遥的隐居生活。

此后，董其昌迟迟没有归还《江山雪霁图》，但每次去杭州，必去冯梦祯处与之会晤，并将其视为人生乐事。

二、长安“墨禅室”

万历二十四年三月，董其昌在长安“墨禅室”中，为翰林院同乡好友、史官杨继礼[1]绘制了著名的《燕吴八景图册》[2]，绢本，共八开。杨继礼当时正准备回故乡华亭去，董其昌以此册页为送别之礼，显示出款款深情。

杨继礼于万历二十年中进士，比董其昌晚一届，也被选为翰林院庶常，并于万历二十二年九月授编修，同月二十六日入正史馆，任纂修官，承担并完成了本朝后妃传记的撰写任务，即《皇明后纪妃嫔传》。在翰林院时，杨继礼与董其昌过从甚密。

《燕吴八景图册》系董其昌早年极为重要的绘画作品。流传至今的董其昌作品甚多，但大多是其晚年和未署时间的作品，现存早期的作品中，此为代表作。

《燕吴八景图册》分别绘制了八个景致，其中《西山暮霭》《西湖莲社》《西山秋色》《西山雪霁》四幅，描绘的俱是北京西郊的四季景色，是当年董其昌与杨继礼生活和游览的景点。另一名为《舫斋候月》的画作，则记录了董其昌在“墨禅室”与京城友人交谊的情景。

董其昌当年在北京的家，名曰“墨禅室”或“苑西画禅室”，具体位置我们可据《燕吴八景图册》做出大致的判断。

---

1 杨继礼（？—1604），字彦履，华亭人，是董其昌的同乡，为华亭文社之社友。

2 现藏上海博物馆。

董其昌《画禅室小景图》册页四开 纸本墨笔，纵 24.1 厘米，横 13.6 厘米，现藏上海博物馆

第一，董其昌的“墨禅室”，在《燕吴八景图册》中被称为“舫斋”，这就是董其昌当年在北京临时的家。据“舫斋候月”画上题跋曰：“余馆长安有小垒似舫子，唐文献题为‘舫斋’。时同彦履过垒中，望西山朝暮之色也。复对酒赋诗，夜阑更烛，目图以记之。”可见，董其昌北京“墨禅室”的面积不大，看似“小垒”，其建筑形式“似舫子”，而且，他的好友唐元征还为此屋题写了牌匾“舫斋”。董其昌在北京时，经常与状元郎唐元征、杨继礼等同乡好友在此欢聚，把酒对歌。

第二，董其昌家“舫斋”挨着京西的西湖。这个西湖即为京西的

“西堤”，属于内陆湖泊。《帝京景物略》记载：“西堤者，城西堤也。”董其昌在“西湖莲社”题跋中说得更清楚：“西湖在西山道中，绝类武林苏公堤。”因此可以判断出董其昌“墨禅室”的位置，大约是在今天北京阜成门至四环路的定慧桥附近。[1]

董其昌在《燕吴八景图册》中描绘的“城南旧社”“九峰招隐”等画幅，俱是描绘家乡松江的景致，是其记忆中旧友的居所。身居京

1 此处是古时通往西山的主要道路，可以看到西山的暮霭、秋色和雪霁等，俱与《燕吴八景图册》描绘的景致相符。只是今天京西西湖已荡然无存，早为工厂和民居所覆盖。

董其昌《燕吴八景图册》 绢本设色，纵26.1厘米，横24.8厘米，现藏上海博物馆

城的董其昌，每每忆及，便勾起对千里之遥的家乡的思念之情。

“城南旧社”题记曰：“彦履所居龙门园，与冯咸甫三径，只隔一水。”彦履就是杨继礼，冯咸甫即冯大受，他们都是董其昌少年好友。杨继礼与冯大受的家，相距很近，只隔了一条平缓的河流。

“九峰招隐”题记曰：“陈道醇居九峰深处，续三高之胜韵。彦履归当访之。此图所以志也。”这说明杨继礼与陈继儒俩人虽然同是华亭文社社友，但往来不多，至少杨继礼还没有拜访过陈继儒位于九峰山上的别墅。所谓的九峰山，是指松江境内十几座小山丘的总称，它们位于松江北部，由西向东蜿蜒数里。九峰包括佘山、天马山、横山、小昆山、凤凰山、厍公山、辰山、薛山和机山九座山峰，实际上还有钟贾山、北竿山、卢山等。远远望去，山峰连成一线，犹如一条绿色长龙。陈继儒隐居的别墅“东佘山居”，又名“白石山房”，即在此处。

董其昌作《燕吴八景图册》，深具寓意。他是希望杨继礼将此册页带回故乡，请家乡的好友们共同观赏。一则表达了他思念故乡的情怀，二则也是希望好友们凭几观赏册页，来了解自己在北京的生活情况，聊慰相思之苦。

《燕吴八景图册》是董其昌的仿古之作，其中所使用的多种绘画技法均源自宋元名家，如仿宋代米家山水、元代高克恭的画法，甚至还有仿南朝梁人张僧繇的画风。这些技法大多是他自己的想象，体现了他在绘画上的探索之意。另外，还有仿唐代金碧山水及南宋刘松年画法，足见董其昌是个视野开阔、思想包容的人，而非思想僵硬的守旧者，正如他自己所说的“余少学子久山水，中复去而为宋人画”。

董其昌在《燕吴八景图册》跋中还说：“予尝论书家有二关：最始当以古人为师；后当以造物为师。王维、二李、荆、关、董、巨、营丘、龙眠皆具此二美，遂为千古绝调。若临池不辍，工力无余限，而造物不完，但如奴书，何足传远？夫师古者，非过古人之言也；不

及古人言也。见与师齐，减师半德。见过于师，方堪传授。惟以造物为师，方能过古人，谓之真师古不虚耳。”他极为经典地指出：学习中国传统绘画最先要“以古人为师”，通过临习古人技法来掌握先贤的笔墨；而若要超过古人，“惟以造物为师”，就是从大自然中汲取灵感和营养。

杨继礼与董其昌的关系特殊，其特殊之处还在于杨继礼之弟杨继鹏是董其昌的崇拜者，后来一直追随董其昌，成为其入室弟子，而且是董其昌主要的代笔人之一。

万历二十四年秋天，朝廷又给董其昌派了一项外出的使命，就是奉旨持节前往长沙，册封吉藩长沙王朱翊

董其昌《烟树茆堂图》

作于天启元年（1621年）三月。董其昌一生多次住宿在西湖昭庆寺僧舍，此作便是绘制于僧舍。作品融合了“南宗”诸家笔墨。现藏台北故宫博物院

銮。[1]朱翊銮的头衔是吉宣王，是端王朱载均的长子，明朝第五代吉王。

前往长沙途中，董其昌顺路回到家乡探亲，然后取道嘉兴，拜访了故旧项元汴家。项元汴此时已经去世，而项家长子、董其昌的好友项德纯（穆）接待了他。当时，项德纯的母亲徐氏还健在，家境依然很殷实。[2]董其昌在项家欣赏了北宋驸马爷王诜的《瀛山图》。

七月二十八日之前，董其昌来到了时称武林的杭州。因为要等待钱塘江潮水涨起来方能渡江，所以他就住在冯梦祯的家里，耽搁了几天。

杭州是当时最为繁华的大都市之一，也是董其昌一生最主要的几个活动地方之一，他对杭州城当然非常熟悉。这时的杭州城，已是一座充满活力的城市。在明成化年间，杭州共有人口户九万，总人口约二十万[3]，到了万历年间，“城有四十里之围，居有数百万之众。”[4]人口“数百万”是个虚数，但此时，杭州的总人口数超过一百万，则是定论。

自从考入翰林院以后，董其昌来往杭州的次数相当频繁，这里有他众多的朋友和艺术拥趸，也是他作品销售的主要市场之一。

他先是在冯梦祯家临摹了赵令穰的《江乡清夏图卷》[5]，然后又与书画收藏和鉴赏界的朋友们欢聚一堂。

董其昌每次到访杭州，有一个地方不能不去，这就是西湖边上的

---

1 《石渠宝笈初编》卷十四。

2 1975年春，项元汴家的“项坟”被挖。原有左、中、右三室，中和右二室已被破坏，仅存左室，系项元汴的三房妻的墓室。其中，项穆的母亲徐氏去世最早，陪葬物最多，其他两妾的陪葬很少，显示出项家在项元汴去世后逐渐衰败的过程，可与史料相印证。

3 韩大成《明代城市研究》，中华书局2009年版，第57页。

4 万历《杭州府志》卷三十三。

5 “三十日，渡钱塘，次冯氏楼待潮多暇，临写赵令穰《江乡清夏图卷》。”此图现藏美国波士顿美术馆。

昭庆寺。这里的风景极美。董其昌的好友袁宏道写过一篇小文《昭庆寺小记》，介绍了当时昭庆寺周围的别样景致：

从武林门而西，望保叔塔突兀层崖中，则已心飞湖上也。午刻入昭庆，茶毕，即棹小舟入湖。山色如娥，花光如颊，温风如酒，波纹如绫，才一举头，已不觉目酣神醉。此时欲下一语描写不得，大约如东阿王梦中初遇洛神时也。余游西湖始此……由断桥至苏堤一带，绿烟红雾，弥漫二十余里。歌吹为风，粉汗为雨，罗纨之盛，多于堤畔之草，艳冶极矣。

昭庆寺不仅风景好，地理位置也绝佳，还是佛家净土——律宗的第一大寺。寺内还有旅馆，可为来此拜佛、敬香的游客提供歇脚便利。杭州举办乡试时，诸生大多以昭庆寺为栖身之所。士人也可在此短时借住，也可长期寄住读书。当年李日华带领儿子李肇亨参加乡试时，就曾寄住于此处。

董其昌去昭庆寺，不光为了敬香、赏美景，还有个目的就是“阅市”。阅市也叫“阅肆”，就是逛市场。

昭庆寺门外有个很大的古玩集市，与苏州虎丘的古玩集市一样名闻遐迩，都是文人墨客们淘宝的好去处。李日华说：“前是督理织造内臣孙隆于昭庆寺两廊置店肆百余，容僧作市，鬻僧帽、鞋履、蒲团、琉璃、数珠之属。而四方异贾亦集，以珍奇玩物悬列待价，谓之摆摊。余每饭罢，东西游行，厌而后舍去。今日张霄函以扇乞书，戏占一绝应之。蹋鞁僧廊百步余，六陵碑碣九蛮珠。无钱袖手还归去，佛腹琉璃映读书。”[1] 孙隆为万历初年司礼监，曾两度出任苏杭织造提督，后又出任苏、杭、常、镇四府的税监。董其昌来到杭州时，正

1 李日华《味水轩日记》卷四。

是昭庆寺市场最热闹的时期。李日华曾经在这里买到了郭熙的《扶桑晓日图》和沈周《仿董源山水》阔幅。[1]

在昭庆寺，董其昌还曾写过四个擘窠大字：万寿戒坛。每个字有多大？想必有窗户那么大。何以见得？因为董其昌当初为写这四个字，使用的笔似一把大扫帚，笔杆有碗口粗，双手紧握，纵横走，如关公舞大刀一般，所以他写的字一定大得惊人。我们知道，相对于董其昌所擅长的小楷字，写大字则更难控制，尤其是手握着大扫帚写字更不易。这是董其昌一生中写过的最大的字。他写得怎么样？史书上评介是“整洁妍秀”[2]，说明写得很好。可惜后来昭庆寺发生了火灾，屋倒字毁，董其昌这四个大字也灰飞烟灭了。

董其昌在杭州的日子里，还和冯梦祯一起去拜访了杭州的收藏家，幸运的是，他自己还收购到赵孟頫《挟弹走马图》等佳作。[3]

杭州诸友中，有一个人须重点介绍，这个人就是高濂[4]。

博学多才的高濂，是明代著名戏曲家，有《玉簪记》《节孝记》传世，也是历史上有名的养生专家，提倡节欲，其养生名作《遵生八笺》是中国古代养生学的集大成之作。他还喜欢侍弄花草，有《牡丹花谱》《兰谱》传世。但高濂的人生观不被正统的儒教所接纳，因此《四库全书总目》以轻蔑的口气评价他的名作《遵生八笺》时说：“遂为陈继儒、李渔等滥觞。”

董其昌与高濂的交往，主要原因是高濂为收藏家，而且与冯梦祯的引荐有关。冯梦祯是高濂的好友，《快雪堂日记》中记录了他俩的

1 叶康宁《风雅之好：明代嘉万年间的书画消费》，商务印书馆 2017 年版，第 87 页。

2 《罪惟录》：“玄宰两手握碗，大帚纵横走，为西湖昭庆寺作‘万寿戒坛’四字，整洁妍秀。未几，寺灾，四字亦不复存。他存无大此者，尤特为鬼神所忌如此。”

3 《珊瑚网》名画题跋卷八。

4 高濂，字深甫，号瑞南道人，又号湖上桃花渔，钱塘人。他的生卒年不详，大约生于嘉靖初年，比董其昌的年纪大了不少，因此他主要活动在万历时期，曾在北京鸿胪寺为官，回乡后隐居西湖，是杭州社会上有名的耆宿。

很多交往轶事。董其昌以前大致听说过这个人，或许也曾偶尔见过一面。万历二十三年董其昌致冯梦祯信中曰：“杭州高萃南家有《辋川图》，甚细谨。总之绢素鲜洁，尚是宋摹本。”他把高濂的号“瑞南”写成了“萃南”，虽然在江浙人的口音中这两字语音相近，但也足见他俩并非熟人。

董其昌就是在这次路经杭州时，于七月二十八日这一天来到高濂家，鉴赏了那幅著名的《郭忠恕摹辋川图卷》，然后董其昌写下长篇题跋，曰：“万历丙申秋，奉旨持节封吉藩，道出武陵，获观高深甫所藏郭忠恕摹右丞《辋川图》。其画法，尚沿晋、宋风规，有勾染而无皴笔。所谓云峰石迹，迥绝天机，笔意纵横，参乎造化。古人评维画，无一字虚设矣。予家有右丞《江山雪霁图》及恕先《越王宫殿图》，与此卷别一法。然以见古人遇方为主，因圆成璧之妙耳。七月廿有八日，史官董其昌书。”[1]

从这篇题跋中可知，董其昌从冯梦祯那里借来的那幅王维《江山雪霁图》，本来说好借期“三日”，结果借了快一年，非但没还，而且白纸黑字地写道：“予家有右丞《江山雪霁图》”——这看起来他是在开玩笑，因为高濂是冯梦祯的好友，不可能不知道王维《江山雪霁图》的本主不是董其昌，而是冯梦祯。而且，董其昌题跋时，冯梦祯应该就在现场。

聪明人做幽默事，并不使人厌烦。冯梦祯大概笑而不答，高濂却在高声朗笑，因为大家坚信董其昌的人品，君子不夺人所爱。

董其昌迟迟没有归还《江山雪霁图》，原因是明确的，那就是董其昌还在重点研究王维。我们今天对照董其昌在这一年前后的史料，就可以得出较为清晰的判断：董其昌于万历二十四年间已经确定，绘画技法之“披麻皴”乃唐代王维的创造，是南宗画的标志性笔法，并

1　董其昌《容台集》卷二。

将王维视为南宗画的创始人。

快要临近钱塘江大潮来临之际，董其昌决定去一饱眼福。钱塘江大潮与印度恒河潮、南美洲亚马孙河潮并列为世界三大涌潮。钱塘江大潮是由于天体引力和地球自转的离心作用，加上杭州湾喇叭口的特殊地形所造成的特大涌潮，成为大自然赐予人类的奇观。每年除农历八月十八日前后三天观潮外，农历每月初与月中皆有大潮可观，并可作一潮三看“追潮游”。届时八方看客蜂拥而至，争睹钱塘江潮的奇观，好不热闹。

看罢钱塘江潮，董其昌随后去了湖南，拜见长沙王朱翊銮，宣读了圣旨，算是办完公差，然后他感到身轻如燕，乘兴去游览了武陵源。

说起武陵源，总叫人想起陶渊明。陶渊明不仅是董其昌的精神偶像，也是众多内心向往自由者的精神领袖。陶渊明的《桃花源记》本是虚构的故事，后人把武陵源附会成了陶渊明所描绘的世外桃源。不过，武陵源山势耸立，鬼斧神工，其自然风光的确与陶渊明所描写的人间仙境神似。作为山水画大师的董其昌，不能不去。

游罢武陵源，董其昌沿着长江顺流而下[1]，去了庐山，参拜了东林寺。那时东林寺的白莲花已经盛开[2]，满眼雪白，叫人流连忘返。八月到了安徽[3]，再沿着长江直抵下游的杭州，那里离他的家乡就不远了。

这次“奉使三湘”的途中，董其昌与黄公望名作《富春山居图》结缘了，铸就了一段不朽的因缘。

在取道泾里的时候，董其昌去看望一位名叫华中翰的朋友，在华中翰的帮助下，与一位收藏家见面，并收购了这幅名垂千古的名作。

---

1 董其昌《画禅室随笔》卷一。

2 同 1 卷三。

3 《盛京故宫书画录》第六册。

在此之前，董其昌并没有听说过黄公望这幅《富春山居图》，恰是这次相逢，一眼望去，仿佛真迹自己能够说话，让其顿时两眼放光，激动无比。他觉得《富春山居图》与王维的《江山雪霁图》一样重要，“一邱五岳”，可与日月同辉。他不禁心潮澎湃，手舞足蹈，连声高呼：“吾师乎！吾师乎！”[1]

能够收藏《富春山居图》，在董其昌的收藏事业里是一次巨大成功，因此他欣喜不已。在他的脑海中，如同蒙太奇一般，顿时闪现出自己曾经鉴赏过的那些黄公望作品。他说：“大痴画卷，予所见若槜李项氏家藏《沙碛图》，长不及三尺，娄江王氏《江山万里图》，可盈丈，笔意颓然，不似真迹。唯此卷规摹董、巨，天真烂漫，复极精能，展之得三丈许，应接不暇。是子久生平最得意笔。忆在长安，每朝参之隙，征逐周台幕，请此卷一观，如诣宝所，虚往实归。自谓一日清福，心脾俱畅。”[2]他欢天喜地，心情畅快至极。如遇好友到访，就拿出来请人共赏，显得极为自豪。

这年的农历十月，已是深秋时节，董其昌回到了家乡。十月七日，他按捺不住激动的心情，再一次展开了自己刚刚到手的黄公望《富春山居图》，又作了一次题跋。[3]

董其昌由衷珍爱此画，认为是黄公望的杰作。他的学生王时敏回忆说：“昔董文敏公尝为余言，子久画首冠元四家，得其断楮残缣，不啻吉光片羽，而生平所最合作，尤莫如《富春山卷》。”[4]所以他认为这画是镇宅之宝，期望世世代代子子孙孙能够永宝之。

可是，人间无常，越是珍贵的东西越是很难留住。后来，董其昌家里急需用钱，就将《富春山居图》质押给了宜兴好友吴正志，最终

---

1 《西清札记》。

2 卞永誉《式古堂书画汇考》卷四十八。

3 董其昌《画旨》。

4 王时敏《跋石谷临富春山卷》。

未能赎回，这幅画就一直在宜兴吴家传承。到了清代顺治年间，还演绎出一幕传奇故事：吴正志的孙子吴洪裕也是一位嗜画如命的人，活着看不够，死了也想带走，所以在他临终之际，要求吴家后人将《富春山居图》和《千字文》烧掉，“焚以为殉”。吴洪裕刚死，家人先烧了《千字文》，次日又烧《富春山居图》。这时，吴洪裕的侄子吴静庵突然窜出来，“疾趋焚所，起红炉而出之”，愣是把《富春山居图》抢救了出来。此时画中间已被烧出几个连珠洞，断为一大一小两段，只得重新装裱。前半段较小，称为《剩山图》，后归吴湖帆家收藏，最后收藏于浙江省博物馆。后半卷《无用师卷》，一直收藏在清宫，现藏于台北故宫博物院。这是后话。

万历二十四年的冬天不算寒冷，天空中不见飘飘白雪，而是细雨霏霏。这样的天气不宜出行，董其昌在家乡与亲人度过了一个团圆年。

松江有一处风景胜地叫“小赤壁”，大小与苏东坡吟诵“大江东去，浪淘尽，千古风流人物”的黄州赤壁很相近。当时有一位叫沈征士的画家，正在画一幅描绘松江“小赤壁”的山水画。

松江的一些文人，十分热爱家乡。他们都觉得，既然黄州赤壁与松江小赤壁大小一般，为何要让松江赤壁的前面加个“小”字呢？这如同受到侮辱一样。此时张子渊刚从徽州齐云山过来，带了些黄山松萝茶，于是大家在陆君策家欢聚。

恰巧，董其昌雨中路过陆君策家，也被邀请加入。陆君策打算在自家的别墅“赤壁山房”前塑立苏东坡像，还准备请董其昌书写苏东坡的“大江东去”词，镌刻在山石上。陆君策是举人，明朝人把举人雅称为孝廉，所以他的家也有“陆孝廉畸墅”之称。

董其昌当时状态不佳，不想写字，而陆君策非让他写不可，碍

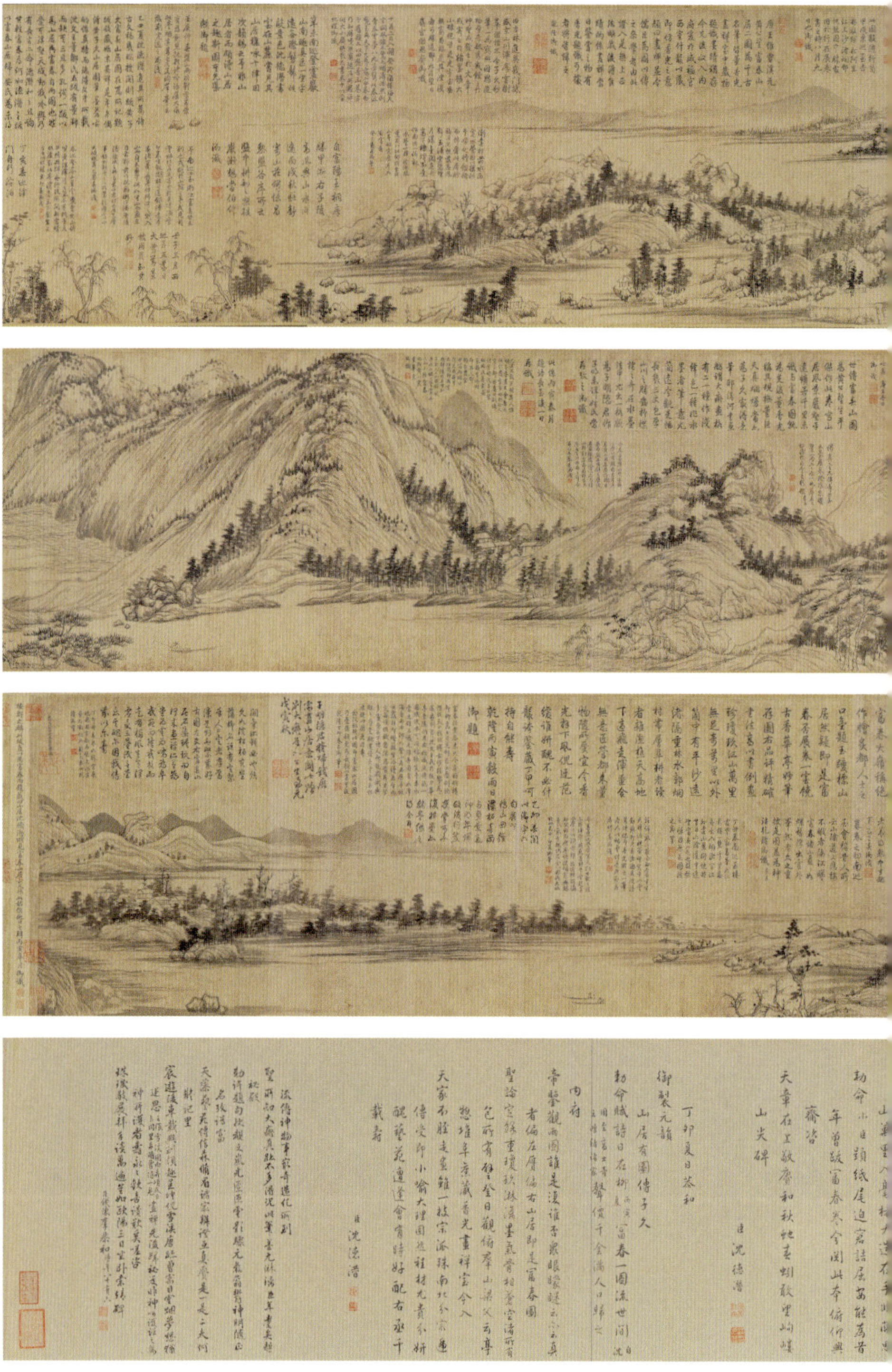

黄公望《富春山居图》（子明卷） 纸本，纵 25 厘米，横 624 厘米，现藏台北故宫博物院

黄公望《富春山居图》（剩山卷），现藏浙江博物馆

于面子，董其昌只得硬着头皮写了《小赤壁诗》[1]。在这首诗的末句，他写道："然铸东坡，何必赤壁？"诗外有诗，话外有话，其隐藏的意思是：你不过是想借着苏东坡公的声望，与内史我董其昌的书法来抬高你陆家畸墅的知名度罢了。如是被逼迫而写，他确实不高兴，而且耿耿于怀，所以他又在《题画小赤壁图》中写道："将无山岳灵，端受里俗嬲"。[2]

此时，董其昌的书画声名已盛，求字索画者甚多，已经应付不过来。况且，虽然当时的政坛党祸争斗得十分厉害，但城市经济发展迅猛，书画市场也异常繁荣，而陆君策此举类似于凭借老面孔来夺人家钱财，董其昌当然是高兴不起来的。

董其昌就是这样的性格，遇到不甘心的事，嘴上不说，心里不平。以后若是再遇到陆君策这样的人，他一定会躲得远远的。

这年的冬天，董其昌去苏州，邂逅好友陶望龄。陶望龄当时正在请假回乡的途中，两人便在苏州的船上相聚。[3]陶望龄仍在翰林院当编修，参与编纂国史。

1 董其昌《画禅室随笔》卷二：冬，暂返江南，游松江小赤壁，作《小赤壁诗》。

2 嬲：纠缠、戏弄。

3 董其昌《容台别集》卷一："陶周望以甲辰冬请告归，余遇之金阊舟中。询其近时所得，曰：'亦寻家耳。'余曰：'兄学道有年，家岂待寻？第如今日次吴，岂不知家在越？所谓到家罢问程，则未耳。'"

陶望龄是很有声望的人，他不仅是万历十七年的会元，也是殿试探花，最高的官衔是国子监祭酒，可是他从中进士到去世的二十一年时间里，只有六七年时间为官，十五年的时间都在告假乡居。

董其昌问陶望龄："仁兄，您最近忙啥？"

陶望龄两眼迷茫，若有所思地回答："在寻找回家的路呢。"

董其昌笑："仁兄学道多年，还不知道家在哪里吗？岂非笑话。如今您身在吴地，家在越，正所谓到家别问程罢。"

董其昌的语气，是宽慰，也是劝解。他们的对话，充满禅悦意味，外人听起来是一头雾水，其实另有玄机。这要从当时的历史背景来理解。

中国历史与文化舞台的主角，千百年来一直由士大夫们担任。他们怀抱的治国理念就是孔子所倡导的儒家学说。这种治国安邦平天下的理想难免有公式化、概念化的倾向。到了晚明社会，文人士大夫们深受党争之祸，权力旁落，被迫退出政治舞台的中心，所以他们感到没有出路，苦闷彷徨，其心态正如陶望龄所言"亦寻家耳"。

与此同时，晚明社会思潮翻涌。董其昌、陶望龄的好友，公安派领袖三袁兄弟认为文章应该与时代发生密切关系，以"性灵说"反对唐顺之、归有光摹拟唐宋古文的主张。而激进的李贽则提倡以童心存真，主张恢复到质朴原初的状态，即去除童心之障而使真心"完全呈露"。李贽还认为，历史循环无法避免，乃是命运的安排，几乎带有神秘的力量，所以也不必再白费心力去寻找任何新的解决方案。

这就是董其昌劝慰陶望龄时所说的"到家别问程"，"以不变应万变"的思想。

陶望龄也是性情中人。来见董其昌之前，陶望龄去苏州府下辖的吴县（今吴中区）拜见了袁宏道，两人长谈三日，引为知交。袁宏道就是三袁兄弟中的老二，当时任吴县县令。袁宏道为万历二十年的进士，与董其昌等都是好友。董其昌之所以能够在苏州邂逅陶望龄，应该就是袁宏道告知的。

此间另有一典故，即第二年（1597年），袁宏道辞官去绍兴拜访陶望龄，在其书架上看到徐渭《阙编》诗一卷，版本甚劣，且乌涂不堪。袁宏道刚读几首，就跳起来问，这作者是谁？是古人还是今人？陶说，这是我的同乡徐渭先生写的。于是两人在灯下并肩诵读，喝彩声不断，已经入睡的童仆都被他俩吵醒了。

在袁宏道的鼓励下，陶望龄花了很大力气，将著名画家徐渭散佚的作品搜集整理，编成了长达三十卷的《徐文长集》。此后，徐渭在文坛的名气日盛，与袁宏道和陶望龄的推波助澜有很大的关系。

万历二十五年（1597年），董其昌又添两件董源的重要藏品《潇湘图》[1]和《龙宿郊民图》。

六月，董其昌在北京彭孔目家得《潇湘图》。他在董源《潇湘图》卷首的题跋为："此卷余以丁酉六月得于长安，卷有文寿承题，董北苑字失其半，不知何图也。既展之，即定为《潇湘图》，盖《宣和画谱》所载，而以选诗为境，所谓'洞庭张乐地、潇湘帝子游'耳。忆余丙申持节长沙，行潇湘道中，蒹葭渔网，汀洲丛木，茅庵樵径，晴峦远堤，一一如此图，令人不动步而重作湘江之客。昔人乃有以画为假山水，而以山水为真画者，何颠倒见也。董源画世如星凤，此卷尤奇古荒率。僧巨然于此还丹，梅道人尝其一峦者，余何幸得卧游其间耶。"可知这幅董源的《潇湘图》本无作者款印，系董其昌本人所加。

---

1 董源《潇湘图》是中国山水画史上代表性作品，现藏故宫博物院。明末继董其昌之后递入袁枢（袁可立子）收藏。崇祯十五年（1642年），袁枢的家乡河南睢州城先后遭受李自成的兵火和河决水灾，袁可立尚书府第藏书楼毁于一旦，仅此数帧卷轴往返千里，为袁枢辗转至江苏浒墅钞关寓所珍藏，免遭兵火之灾。入清后经卞永誉、安岐收藏，其后入藏于内府。溥仪出宫时带到长春，抗日战争后流散于民间。1952年经张大千自香港捐卖给中国政府，1959年文化部文物局拨故宫博物院收藏至今。

董其昌在卷尾的跋是："余以丙申持节吉藩，行潇湘道中，越明年，得此北苑《潇湘图》，乃为重游湘江矣，今年复以校士湖南，秋日乘风，积雨初霁，因出此图，印以真境，因知古人名不虚得，余为三游湘江矣。忽忽已是十年事，良可兴感。"

董其昌又在《画禅室随笔》中说："余藏北苑一卷。谛审之，有二姝及鼓瑟吹笙者；有渔人布网漉鱼者，乃《潇湘图》也。盖取'洞庭张乐地，潇湘帝子游'，二语为境耳。余亦尝游潇湘道上，山川奇秀，大都如此图。而是时方见李伯时（李公麟）《潇湘卷》，曾效之作一小幅。今见北苑，乃知伯时虽名宗，所乏苍莽之气耳。"[1] 其中"洞庭张乐地，潇湘帝子游"句，出自南朝诗人谢朓在送别友人范云时创作的一首五言诗《新亭渚别范零陵云》，诗云："洞庭张乐地，潇湘帝子游。云去苍梧野，水还江汉流。停骖我怅望，辍棹子夷犹。广平听方籍，茂陵将见求。心事俱已矣，江上徒离忧。"

关于《龙宿郊民图》[2]，本是上海收藏家潘光禄的旧藏。潘光禄就是潘允端[3]。他是潘恩之子、莫是龙的女婿。潘家是晚明松江府显族，时人称之为"同怀兄弟四轩冕，一家父子三进士"。潘家后人潘光禄将董源《龙宿郊民图》、郭熙《溪山秋霁图》和李成《寒林晚归图轴》三幅藏品一起转手给了董其昌。相对而言，董其昌本人最欣赏的就是这幅董源的《龙宿郊民图》。

董其昌后来于天启四年（1624 年）九月三十日在《龙宿郊民图》的诗塘中写道：

1 董其昌《画禅室随笔》卷二。

2 现藏台北故宫博物院。

3 潘允端（1526—1601），字充庵，上海人，其父潘恩，字子仁，号笠江，官至都察院左都御史和刑部尚书。潘允端为明嘉靖四十一年进士，曾任刑部主事、四川右布政使等职。潘允端给世人最大的贡献就是修建了上海豫园。

董北苑《龙宿郊民图》真迹，董其昌鉴定。《龙宿郊民图》，不知所取何义，大都箪壶迎师之意，盖宋艺祖下江南时所进御者，名虽谄，而画甚奇。余以丁丑年三月晦日之夕，燃烛试作山水画，自此日复好之，时往顾中舍仲芳家观古人画。若元季四大家多所赏心，顾独师黄子久，凡数年而成。既解褐，于长安好事家借画临仿，惟宋人真迹马、夏、李唐最多，元画寥寥也。辛卯请告还里，乃大搜吾乡四家泼墨之作，久之，谓当溯其源委。一以北苑为师，而北苑画益不可多得。得《溪山行旅图》，是沈启南平生所藏且曾临一再流传江南者。而考之画史，北源设色青绿山水，绝类李师训。以所学《行旅图》，未尽北苑法。丁酉，典试江右归，复得《龙宿郊民图》于上海潘光禄，自此稍称满志。已山居二十许年，北宋之迹渐收一二十种，惟少李成、燕文贵。今入长安，又见一卷一帧。而箧中先有沈司马家黄子久二十幅，自此观止矣。如君平之卜肆，下帘之后，止勿复卜矣。天启甲子九月晦日。思翁识。[1]

董其昌说："吾家有董源《龙宿郊民图》。不知所取何义？大都箪壶迎师之意，盖宋艺祖下江南时所进御者。画甚奇，名则谄矣。"[2]说明董其昌对于《龙宿郊民图》这个画名，百思之后并不理解。

《龙宿郊民图》的内容究竟是什么意思？后人根据画题的含义做过多种解释，而普遍被人接受的观点是："龙宿"就是皇帝居住的地方，"郊民"就是京城郊区附近的居民。大意是指京郊居民在某个节

1 《龙宿郊民图》上有康熙年工部尚书、明史馆任《明史》总裁王鸿绪（1645—1723）的题跋："董文敏《画禅（室）笔记》载：董北苑《龙宿郊民图》《蜀江图》《潇湘图》，皆在吾家，笔法如出二手。又所藏北苑画数帧，无复同者，可称画中龙。夫书法以右军为龙，而画推北苑为龙，其称许者至矣。此画入本朝，归前辈庄澹庵宫庶，复归余座主昆山大司寇徐公。今为余有，子孙其世宝之。康熙丙戌八月望日，王鸿绪识。"从中可知明崇祯九年（1636 年）董其昌故世后，此画先后由明末清初文人庄冏生、徐乾学以及王鸿绪本人递藏。

2 《画禅室随笔》卷二。

董源 《龙宿郊民图》，现藏台北故宫博物院

日里所举行的庆祝活动。画面构图近似反 C 形，右侧尽是山峦相叠，当视线往左移动时，空间豁然开朗，沿着河水低平的流域，将视野带往既广且深的境界。细看画面的左下方，可远眺民众的活动，河岸左边有两艘小船，船上的人以手臂相连，旁边则有人击鼓导引。古时有一种风俗歌舞，参与者在唱歌时以臂相连，并以脚踏地作为节奏，人称“踏歌”。

从《龙宿郊民图》中可见，董源以披麻皴和水墨渲染为主，画山形时先勾出轮廓，再用长披麻皴手法，以中锋自上而下左右披拂，线条大致平列，但也交叠会合。山上的矾头则作空心点皴，呈现草木之茂盛。在皴染之上，再给山石敷以重绛色，又将山头染为青绿。显然，董源已将李思训的精于设色和王维的擅用水墨巧妙地结合起来了。

名副其实的收藏大家董其昌在《龙宿郊民图》题跋中还得意扬扬地说："已山居二十许年。北宋之迹，渐收一二十种，惟少李成、燕文贵。今入长安，又见一卷一帧。而箧中先有沈司马家黄子久贰十幅，自此观止矣。如君平之卜肆，下帘之后，止勿复卜矣。"看似知足，实则感叹收藏不易。

这一时期，翰林院里清谈气氛浓厚，派别林立，无事生非。当时北京的收藏家经常来找董其昌，请他鉴赏字画，而且十分看重他的题跋。有些人因此非常嫉妒董其昌，于是翰林院里有人说了不少闲言碎语。[1]董其昌听到这些闲话，心里很不高兴，却又不愿与之理论，只能闷在肚里。

董其昌这次回北京还有件公务要办——这年秋天，他将奉命去江西主持乡试。借此机会，董其昌在领受了任务之后，又顺道跑回家乡华亭，去躲清静。家乡对于每一位游子都具有无穷大的吸引力。

董其昌这次回华亭，在家里待的时间超过了半年。

万历二十五年三月，他和陈继儒来到苏州，专门拜访了他在翰林院的馆师韩世能。这时的韩世能，已经告病致仕回家。

韩世能小时候曾在苏州桃花坞庄房读书，"韩衙庄"这个地名延续至今。明万历年间，韩世能长兄韩世贤一支，从祖居的陆墓镇迁往苏州城里玄妙观前宫巷，买地造屋，建"存诚斋"和"竹石居"。韩世能辞官后回苏州，与其兄韩世贤同居于"存诚斋"。韩世贤号苏台，早年体弱多病，弃儒习医，医名动京师，曾被荐为太医院医士，将补御医，辞不就。

---

1 陈继儒《陈眉公先生全集·思白董公暨元配龚氏合葬行状》："时同馆焦弱侯、冯仲好谈东鲁之学；黄昭素、陶周望，谈西竺之书；公介季孟间，超超玄著，辇毂收藏家又时时愿得公赏鉴，一品题为重，而侧目者妒之。"

董其昌自述道："丁酉三月十五日，余与仲醇在吴门韩宗伯家。其子逢禧，携示余《颜书自身告》，徐季海书《朱巨川告》，即《海岳书史》所载，皆是双璧。又赵千里《三生图》，周文矩《文会图》、李龙眠《白莲社图》，惟顾恺之作《右军家园景》，直酒肆壁上物耳。"[1]

馆师韩世能当时已近古稀，身体大不好，就由其长子韩逢禧[2]出面接待。韩逢禧与董其昌的年龄相差不大，关系不错。董其昌以书画鉴定家的眼光审视了韩家所藏的顾恺之《右军家园景》、周文矩《文会图》、颜真卿《颜书自身告》、徐季海《朱巨川告》等。他指出：颜真卿的《颜书自身告》和徐季海书《朱巨川告》，已被米芾鉴定过并被收录在《海岳书史》之中，这两件书法作品极佳，堪称双璧，而赵千里《三生图》、周文矩《文会图》、李公麟《白莲社图》也都是真迹，只有那幅名头为顾恺之作的《右军家园景》图，实在太差，像酒店墙上挂的装饰画一般。

第二年七月二十七日，韩世能去世。

三、主考江西乡试

万历二十五年的八月，董其昌出任江西乡试主考官。这届乡试很顺利，没有发生任何波澜。九月乡试结束后，董其昌归途经过杭州，再次受到了士绅们的欢迎。

这一次，董其昌没有投宿在老友冯梦祯家，而是住高濂家。高濂家有佳处，是待客之所，名曰"鱼磬轩"，董其昌就住在那里。董其昌绝不是结识新朋友、忘记老朋友的那种人，而是因为高濂家确实有

---

1 董其昌《容台别集》卷四。

2 韩逢禧（约 1578—1653），字朝延，号古洲，是韩世能的长子，比董其昌小二十来岁。

宝贝在“勾引”着他，即高濂收藏的字画。

在董其昌看来，高濂最重要的字画收藏，主要有两件：

其一，前面已经说过，就是郭忠恕摹王维《辋川图》。董其昌已于上一年七月二十八日题跋过了，这一次又予题跋。董其昌曰：“万历丁酉秋，奉旨校士江右归，访高深甫，宿‘鱼磬轩’重阅，十月晦日也。董其昌。”

其二，是高濂收藏的隋代开皇刻王羲之《兰亭序》手卷。董其昌喜欢得不得了，于是又欣然作了长跋：“《禊帖》虽出于文皇之世，乃隋开皇时，已自刻石。此本实萧翼之间谍智果辨才之仇也。尤延之、王顺伯诸公见此，必不聚讼于《定武》。赵子固见此，必不舍命于昇山；子昂见此，必不盘旋于《独孤》《东屏》之二本，而十三、十七题跋不置。顾余何人？遘此奇宝，后举者胜，岂非生平之快哉。高鸿胪博雅好古，多藏名人真迹。余从江右试士归，宿其斋中，信宿得尽发而品题之，以此本与郭忠恕《辋川图》为第一。余以报命严程，恨不能临写《兰亭》一过，如庆喜见阿閦佛耳。万历丁酉九月董其昌。”[1]

董其昌说的“报命严程”，归期已到，不得不赶紧上路。他去哪里？显然不是返回北京，而是去了浙江的兰溪，那里距离杭州还有一百多公里。董其昌已应诺了朋友，答应自己将于九月二十一日赶到兰溪。

来到兰溪，舟泊水上。董其昌在船上鉴赏了几幅名作。时在九月二十一日、二十二日。

一幅是夏圭《钱塘观潮图轴》。董其昌跋曰：“此幅画钱塘观潮，乍见之即定为阎次平，及谛视，始得细款于树梢，则夏圭也。又复展

1 《石渠宝笈续编》养心殿十四。高濂旧藏隋开皇刻王羲之《兰亭序》手卷，原为清宫旧物，现藏辽宁省博物馆。

之，于石角中，亦注夏圭名，意禹玉自爱，不欲以姓名借客者与？然次平之去夏圭，乃不盈咫尺矣。丁酉秋九月二十一日。龙游舟中书。玄宰。”[1]阎次平是南宋的宫廷画家。

另外一幅，是南宋画家江参的《千里江山图卷》。董其昌跋曰：“丁酉秋九月廿二日，还自江右，于兰溪舟中展观，因记之。时奉命校士毕，船窗晴霁，各手卷都勘阅一过，至乐也。其昌又跋。”[2]

这位朋友召唤董其昌去兰溪的目的，就是为卖画变现。董其昌在江参《千里江山图卷》题跋曰“各手卷都勘阅一过”，说明当时人家送他过目的手卷还真不少，但董其昌最终买下的就是夏圭《钱塘观潮图轴》和江参《千里江山图卷》这两件。他能买下这两件画很高兴，于是说出心里话：“至乐也！”

船上还携带着从莫是龙女婿潘光禄家购得的李成《寒林归晚图轴》，刚装裱完成不久，于是他拿出来观赏，跋曰：“自米海岳时，已欲作无李论，营丘真迹之难得久矣。此帧乃潘光禄家藏，前后有名人题跋，本作一卷。自余获之，遂割去题跋，装为册页，以冠诸画。丁酉秋九月廿一日，典试江右，归次兰溪舟中题，玄宰。”[3]

仔细琢磨董其昌在李成《寒林归晚图轴》上的题跋，其实大有讲究，由此可以看出董其昌做书画生意的秘诀：他为什么要“割去题跋”？原因是原题跋中有不利于董其昌观点的内容；“装为册页”，当然是为了美观，以博取下一位买家的喜欢；“以冠诸画”，是为了表明这幅李成《寒林归晚图轴》的价值，给别人“洗脑”！

如是看来，董其昌诚实得实在可爱，由这段题跋可见，他的这些做法其实与古玩商的买卖套路，并无二致。

1 《佩文斋书画谱》卷九十四。

2 《石渠宝笈初编》卷四十二。

3 《墨缘汇观》名画卷下《李成寒林归晚图轴》。

他买到这两件名作之后，便乘兴回到了家乡华亭。

万历二十四年，董其昌四十二岁，他的人生旅途已经过半。无论其山水程式画还是书法，都已经标新立异，自成一家。

为了更好地鉴别董其昌一生的艺术发展，一般而言，我们把董其昌四十二岁以前的作品称为他早期作品。而其中对书法的鉴定，是整个字画鉴定中至为重要的一环，若能够判定他的书法年代，等于打开了探索董其昌艺术发展之路的大门，所以寻找董其昌早期书法的真迹，便成为这项工作的关键。今天我们能看到的董其昌早期书法作品的原迹，主要有如下：

万历十七年

《董其昌书千字文》行楷（现藏台北故宫博物院）

《山居图扇面》行草（现藏上海博物馆）

万历十九年

《正阳门关侯庙碑》行楷（现藏故宫博物院）

《临各家书册》行草（现藏山西博物馆）

万历二十年

《金刚经》（现藏杭州灵隐寺）

《论书帖》行草（现藏故宫博物院）

《纪游册页》三十五开（现藏台北故宫博物院）

《纪游图册页》十六开行楷（现藏安徽博物院，系赝品）

“壬辰年”山水扇面行书题款（现藏台北故宫博物院）

1589—1592 年“乙丑进士”印鉴书轴、行草题款（现藏小狮子馆）

万历二十一年

“癸巳”山水扇面、行书题款（现藏天津市博物馆）

万历二十三年

《致冯开之》书札、小楷（现藏日本京都小川家族）

王维《江山雪霁图》题跋（现藏日本京都小川家族）

1590—1595 年《临柳公权书兰亭诗卷》（现藏故宫博物院）

万历二十四年

小楷题跋赵令穰《江乡清夏图卷》（现藏美国波士顿美术馆）

小楷题跋黄公望《富春山居图》（现藏台北故宫博物院）

《燕吴八景图册》（现藏上海博物馆）

由这一时期的董其昌书法可以看出其在专心研习米芾的书体。董其昌喜欢侧锋用笔，轻灵妙巧，有种跳跃感。结字上紧下松，重心偏高，字形有向右倾侧的趋势，尤其是落款的“董”字，明显是米芾的写法。

四、九峰山下的“婉娈草堂”

万历二十五年十月，董其昌辞别兰溪重返家乡华亭。

回故乡，有一个人不得不见，这个人当然是董其昌的契友陈继儒。而陈继儒当时正与徐益孙结伴在家乡九峰之一的佘山隐居读书，于是董其昌就去攀登佘山。[1]

松江府的九峰在历史上很有名，历代名人的遗踪故迹甚多。旧府志、县志均载，九峰有“八景”“十景”等名胜，均与著名历史人物陆机、陆云、陶宗仪、杨维帧等典故相关，这为九峰增添了光彩。诸祖潜在《明斋小识》中写道：“九峰为云间胜地，春秋佳日，足供眺赏，而三峰七峰独擅其胜。佘山自二月初八至四月初八止，游人不绝，四八两期，喧闹尤甚，画船箫鼓，填溢中流，绣帷细叉，纷纷满

1 《墨缘汇观》名画卷上：“十月，访陈继儒于昆山，绘《婉娈草堂图》赠别。”

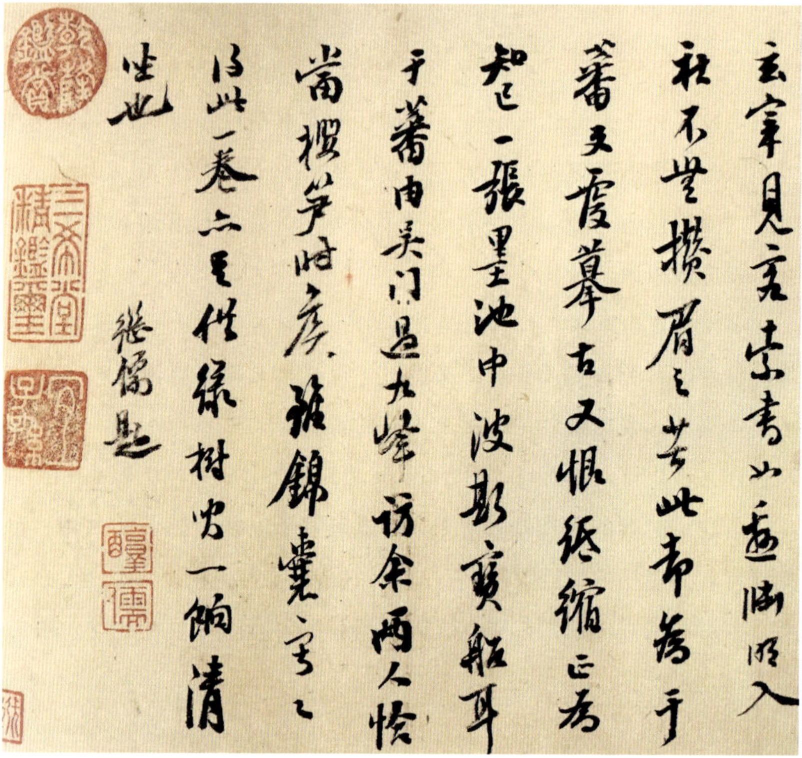

陈继儒为董其昌《临钟王册》题跋，现藏台北故宫博物院

道……”

其实这些山峰说不上雄伟壮观，但确实玲珑秀丽。群峰的高度均在海拔 100 米以下，天马山最高，为 98.2 米；库公山最低，仅约 10 米。从山的形态看，大多是脊状山形，山脊一般比较浑圆，多数山麓坡度不对称，一侧坡陡，另侧坡缓。

东佘山上陈继儒的隐居之所名曰“东佘山居”，又名“神清之室”。清澈的白驹山泉在房前淙淙流淌，秋风忽来，飘落的花瓣随流而去。抬眼望，是处奇石峙立，林壑优美。东佘山海拔 72.4 米，景致很多，曾有“白云晴麓”“香溪石径”“庵黛田园”“洗心灵泉”“标霞峻阁”“昭庆幽居”等十景。而位于东佘山东南坡还有一石突兀溪边，被称之为“眉公钓鱼矶”。相传陈继儒常坐石上钓鱼，故得名。

在母亲去世后，陈继儒旧疾复发，看透生死，也看淡了仕途。万历十五年，二十九岁的他就过上了栖隐生活。他先在小昆山隐居，后移居东佘山，构筑了“东佘草堂”及纪念二陆的祠堂。陈继儒在《书山居》中详细描绘了自己营造的清凉界：“余山居有顽仙庐，有含誉堂，有邁庵，此在南山之麓者也；有高斋，有清微亭，此在山之中央者也；有点易亭，有水边林下，有磊砢轩，此在山之西隅者也；有喜庵，道经山之上下，必取道焉，此依山近岸者也。山有松有杉，有梧有柏，有樟有梓，有椿有柳，有桃有李，有石楠，有修竹；其下有梅有杏，有紫薇，有丛桂，有枫叶，大率皆有之。更多西府玉兰、石榴大柿、异种芙蓉、高柄大红藕花。” 他还在“东佘草堂”前建了一个花园，命名为“乞花场”，将自己从四处求来的花卉遍植其间。春风一吹，百花争艳，煞是好看。

登上佘山之巅，极目远眺，可见西南方向的辰山、天马山、横山、小昆山等一字排开。若向南望去，松江城中宋代方塔和城市建筑尽收眼底；再向更远处望去，氤氲迷蒙中一川如带，那就是黄浦江。

董其昌到东佘山看望陈继儒，总有滔滔不绝的话题。此时董其昌刚收藏到李成的青绿山水《烟峦萧寺图》及郭熙《溪山秋霁卷》，于是携进山来，与陈继儒一起品茗赏画，“互相咄咄，叹赏永日”[1]，好不快乐！

十年之前，陈继儒刚到小昆山隐居时，董其昌还是诸生，曾绘制一幅《山居图》以赠，随后他自己去了平湖冯大参家坐馆；十年之后，他已是翰林院的编修，又来到东佘山“东佘草堂”，居住数日。董其昌极喜欢这个地方，曾写道：“会心处不在远，翳然林水，便自有濠濮间想也，觉鸟兽禽鱼自来亲人。余过仲醇岁寒斋中，大不容斗，而花竹娟秀，鱼鸟近人，焚香啜茗，有象外之致，此非所为会心

1 《石渠宝笈三编》。

董其昌《婉娈草堂图》 立轴，纸本墨色，纵 111.3 厘米，横 36.8 厘米，现藏台湾私人处

不在远者耶！”[1]可知“东佘草堂”的空间很小，“大不容斗”，确是“象外之致”的会心之所。

临别前，他再次精心绘制了一幅《婉娈草堂图》[2]，以此赠别。而这幅《婉娈草堂图》是董其昌一生中极为重要的作品，在美术史中占据着十分突出的地位，被誉为自赵孟頫以来最有创意的作品，实为中国山水画开一新阶段。

《婉娈草堂图》的画面，呈凹字形构图，左右山峰对峙，前端下方以仿倪瓒笔意的古树为前景。右侧山崖下的古屋，半藏于树木丛中，这便是陈继儒的“婉娈草堂”吧。

这幅画之所以引起艺术鉴赏家们的高度关注，主要就在于他的书法性笔墨程式。著名艺术史论家方闻先生对《婉娈草堂图》有深入研究，发表了《董其昌和艺术的复兴》一文，在此引述其研究成果：

方闻首先从董其昌发现了王维《江山雪霁图》所使用的“披麻皴是贯穿南宗画传统的主要技法线索”开始，并依据董氏的说法，此一传统始于唐代的王维，传为董源和元四家。方闻说：“董其昌由王维《江山雪霁图》（传）而悟入披麻皴之由来，并将它视为南宗画的标志。经自家运用，董其昌乃将披麻皴精简为书法性的笔墨程式。”这对董其昌来说，绝去“描摹蹊径”的方法，即是直以书法为画法。

其次，董其昌“不满于明画之平板，和古人相比，时人忽视表现自然中的凹凸之形，故‘无八面玲珑之巧’。再者，‘今人从碎处积为大山’，而不若古人‘只三四大分合，所以成章。虽其中细碎处多，要之取势为主’。在他自己的作品中，董其昌欲以新的书法性原则所构成的风格，回归艺术之真质。其同代人徒借古人之‘皮毛’，

1 董其昌《容台集》之《画旨》。

2 董其昌代表作《婉娈草堂图》，1989 年由纽约佳士得以 165 万美元的价格拍出，现为台湾收藏家私人收藏。

而他却取法于古画之根本——‘骨’。”因此，董其昌的《婉娈草堂图》，是融董源《龙宿郊民图》、王维《江山雪霁图》（传）而成，从中转化出自己的艺术风格，并且发展了王维的树、石构成样式。

方闻还说：“在《婉娈草堂图》中，平行直皴构成凹凸的山形，它和由特殊笔法描绘的诸种树木，在画面上起伏交错。董其昌把树法和书法相提并论。他强调说，‘如写字之于转笔用力，更不可往而不收’。即使是枝叶亦应使之能见‘四面’。董其昌根据新的构成观，将此一书法程式，作为抽象空间的形式因素，熟练地运用于绘画创作。他从书法理论中借鉴了‘势’的观念，把山水画构成视为具有‘虚实’安排和‘起伏’‘开合’运动的抽象安排。《婉娈草堂图》之全新结构，为山水画引入新的构成可能性。由直皴构成的抽象山石，置于平展的空白中，暗示出一种新的体量和实感。‘虚实’‘起伏’‘开合’之运用，意在加强画面横向的动感，造成前景与背景之相互作用与融合，进而引导观众留意于笔墨的潜在表现力，借画面构成之‘势’，董其昌给山水画带来一种新的综合。”“此图系董其昌现存最早、署有年款的作品之一，也是自赵孟頫以来最有创意的作品，实为中国画开一新阶段。”[1]

董其昌对绘画的贡献，在于创造了一种全新的山水画程式。这种创造，是他向古人先贤学习的成果。他自述道：“画平远师赵大年，重山叠嶂师江贯道，皴法用董源麻皮皴及《潇湘图》点子皴，树用北苑、子昂二家法。石法用大李将军《秋江待渡图》及郭忠恕雪景。李成画法，有小帧水墨及着色青绿，俱宜宗之。集其大成，自出机轴，再四五年，文、沈二君不能独步吾吴矣。”[2]他的这种山水画程式，可谓集前辈之大成而独出机杼，别有一番新天地。也正是因为精研了

1 方闻《董其昌和艺术的复兴》。

2 董其昌《画禅室随笔·画诀》。

前人的艺术精髓，他才拥有了艺术创作的自信。

“婉娈草堂”在何处？应该就在东佘山“神清之室”之内。清代诸生吴景延[1]写过一首《婉娈草堂怀古》的诗：

一径入昆麓，烟树郁苍苍。
黄耳冢已没，白驹泉亦荒。
仿佛碧云深，当年读书堂。
知几惜不早，贾祸在文章。
徒令婉娈影，高台变凄凉。
荒丘莽丛樾，古屋剩枯篁。
俯仰余太息，一声鹤唳长。

从吴景延的这首诗中可以看出，早在清朝时，陈继儒建在东佘山的“东佘山居”已经荒芜，杂草丛生，一片凄凉。“东佘山居”旁的白驹泉也早已干涸。

董其昌辞别陈继儒后即由华亭返回北京，途中，顺路游览了安徽的九华山。九华山乃中国四大佛教名山之一，是地藏菩萨道场。董其昌应寺庙之请，题写了榜书“九华山”，可惜“有题额三大字，寺弗戒于火”。[2]

五、坐失执政意

万历二十六年，董其昌还在翰林院编修的任上，他的人生发生了重大转折。

1 吴景延，字让卿，江苏华亭（今属上海市）人。诸生。

2 董其昌《容台集》卷七。

《明史》上说董其昌“坐失执政意”[1]，决计逃离官场。关于董其昌内心的所谓执政理念，他自己写过这样一段话：“夫国家之法，以简为功，以繁为病，以纷更为扰。”[2]简单地说，他的执政理念就是提倡君臣要团结一致，勤勤恳恳地去为国家做事，不要钩心斗角，更不要拉帮结派搞党争。

董其昌的这种从政理念，显然是书生意气。政治的核心就是权力，而权力斗争历来血雨腥风。董卓是虎，吕布似狼，而他们的手下则是一群鬣狗。今天东风压倒了西风，明天便是西风压倒东风。一旦自己掌了权，便要索取对手的性命，斩草除根，以绝后患。在明朝历史上，这般血腥争斗从来没有禁绝过。一场血雨腥风过后又周而复始。

董其昌为什么会在这一年做出“逃离官场”的人生决策？与他在这一年里经历的三件大事有直接关系。

其一，年初，董其昌与思想家李贽的谈天，触动了他的人生观。

万历二十六年农历“春初一”，董其昌在北京城外的一座庙里见到了李贽。这是他俩唯一的一次相见。李贽当时剃了光头，身穿袈裟，盘膝而坐，俨然一位僧人的模样。其实，李贽一直过着官僚学者的生活，不算是真正的出家和尚，也没有正式剃度。他为自己做了定性：“夫卓吾子之落发也有故，故虽落发为僧，而实儒也。”[3]

董其昌回忆：

> 李卓吾与余，以戊戌春初一，见于都门外兰若中。略披数语，即许莫逆。以为眼前诸子，惟君具正知见，某某皆不尔也。[4]

---

1 《明史》卷二百八十八。

2 董其昌《容台文集》卷一《江西乡试录序》。

3 李贽《初潭集·自序》。

4 董其昌《容台别集》卷三。

所谓“兰若”，本是梵语，佛教中意指“寂远处”，泛指一般的佛教寺庙。这里指的是北京西郊崇国寺，是董其昌与袁宏道等文人小社团“蒲桃社”经常活动之所。这一次见面，还没有说几句话时，李贽就把比自己小了近三十岁的董其昌许为莫逆知己，这让董其昌颇感惊诧。当时座中还有几位，而且有的人比董其昌更为著名，而李贽说他们都不如董其昌具有真知灼见。由于李贽在董其昌心目中享有崇高的地位，所以他在多年以后仍在“至今愧其意”。

李贽是位思想家，是那个时代士大夫们的心灵导师。他提倡“童心说”，反对思想禁锢，主张“革故鼎新”，最痛恨封建礼教的假道学，指责其满口仁义道德，实则男盗女娼，所以他无情揭露道学家的丑恶面目，骂他们都是伪君子，“名为山人，而心同商贾，口谈道德，而志在穿窬”。[1]

针对晚明王朝的腐败政治，李贽提出了“至道无为、至治无声、至教无言”的政治理想。他认为人类社会之所以常常发生动乱，是统治者对社会生活干涉的结果。他理想中的“至人之治”，则是“因乎人者也”，顺乎自然，顺乎世俗民情，即“因其政不易其俗，顺其性不拂其能”，对人类的社会生活不干涉或少干涉是最为明智的。而且，李贽是个开明人士，他在社会价值导向方面，批判重农抑商，肯定商业功绩，倡导功利价值，符合明中后期资本商业萌芽的发展要求。

李贽的这些思想，迎合了苦于寻找政治出路的晚明士大夫们的精神需要，因此成为人们追捧的思想旗帜和精神领袖。那些最优秀的文人，都以能够结识李贽为荣，董其昌也不例外。

思想激进的李贽，是现实社会的有力批判者，却受到朝野上下众多文官的拥戴，这说明这个社会已经被撕裂，政治对立，民怨沸腾，

1 李贽《焚书·续焚书·夏焦弱侯》。

现实变得越来越严峻。同时，李贽又是一位受政治迫害者，有些官员把他恨得咬牙切齿。李贽见董其昌时已是七十一岁的老人，五年之后，他在监狱中自杀。他选择这种绝望的方式，告别了这个很难等到正义伸张的人间。而董其昌与三袁兄弟等好友共同组织的“蒲桃社”，其社团成员的思想大体一致，对现实感到失望，亲近李贽。

其二，董其昌得罪了高官，被人上疏弹劾。

这一年，有权贵向他索画，董其昌不肯给，于是埋下祸端。董其昌得罪的这位大官，就是参与在朝鲜打败了日本丰臣秀吉的蓟辽总督兼任经略顾养谦[1]。

顾养谦以武才称雄于蓟辽，是当时的抗日名将，打了胜仗，名震朝野，人人敬畏他。他为人豪迈，性格耿直，当他受到晚辈董其昌的冷落之后，气冲脑门，随即上疏弹劾董其昌，指责他“雅善盘礴”，玩物丧志，整天只知沉醉在书画创作和鉴赏的游戏之中，不思进取，而且“致尘天听”。顾总督告状一直告到了皇帝那里。

次年春，即万历二十七年的春天，悲愤满腔的董其昌把这件事的原委题写在巨制《仿李营丘寒山图》上。他题诗道：

拈笔经营辋口居，心知余习未全除。
莫将枕漱闲家具，又入中山箧里书。

此诗有序，曰：

余自弱冠，好写元人山水，金门多暇，梦想家山，益习之。忆顾益卿开府辽阳，以两箑（扇面）求画，一为益卿，一为山人王承

1 顾养谦（1537—1604），字益卿，号冲庵，南直隶通州（今江苏南通城区）人。嘉靖四十四年进士。万历十四年任辽东巡抚，后擢任蓟辽总督、兵部尚书。有战功。万历三十二年（1604年）正月十二日卒，年六十八。

父[1]。余画承父而返益卿扇……盖簪裾马上君子未尝得余一笔。而余结念泉石，薄于宦情，则得画道之助。……今年春，有朝贵疏余雅善盘礴，致尘天听。余闻之，亟令侍者剪吴绡纵广丈许秉烛写李成《寒山图》，经宿而就，遂题此诗以洗本朝士大夫俗。夫韩滉、燕肃、宋复古、苏子瞻皆善画，朝贵腹中无古今，固应不知，第以为罪案，但可曰“不能遣余习，偶被时人知”，如摩诘语耳。视此曹求田问舍、杀人媚人、一生作恶业者，何啻枭凤而妄下语乃尔耶！世必有能知者，余亦何以为意！[2]

正是因为受此打击，董其昌产生了“金门多暇，梦想家山”“结念泉石，薄于宦情”的想法，准备逃离官场。

其三，更严重的是，董其昌与万历皇帝本人发生抵触。

董其昌时任翰林院编修，充任皇长子的讲师。群臣们看到万历皇帝迟迟未立皇储，于是纷纷“请立东宫”，就是请皇帝颁诏册立皇长子朱常洛为皇储，然而万历皇帝看中的是郑贵妃所生的皇三子朱常洵，于是群臣们发生了与皇帝本人的对抗，咒骂郑贵妃祸国，弄得皇帝十分恼火。

万历二十六年五月，刑部侍郎吕坤上《天下安危疏》，请皇帝节省费用，停止横征暴敛，以安定天下民心。董其昌的同年进士、吏科给事中戴士衡也上疏，要求弹劾吕坤，并指责吕坤以前撰《闺范图说》、今又上《天下安危疏》，是“包藏祸心”，结纳宫廷，逢迎郑贵妃，目的是为了立郑贵妃之子朱常洵为皇太子。

这件事闹得满城风雨，郑贵妃也觉得委屈，为此泣诉不已。万历皇帝大怒，下令逮捕樊玉衡、戴士衡等主张立皇长子朱常洛为皇太

1 王承父为顾养谦的幕僚，有文名。

2 董其昌《容台集》。

子的官员，经严刑拷掠，分别谪戍广东雷州和廉州。这就是著名的“‘妖书’之狱”事件。

董其昌虽不是“‘妖书’之狱”事件的当事人，但他是皇长子朱常洛的师傅，两人的关系很好，他自然也要站在皇长子朱常洛的一方，率先倡议立朱常洛为太子。万历皇帝极为生气，下诏问责！董其昌自述：“戊戌春，首倡伏阙之议，请立东宫。天子虽下诏切责，以此知中外心率奉，宸断成羽翼功。”[1]

惹皇帝愤怒，后果当然很严重！董其昌熟读史书，早已将明朝历史了然于胸，也知道万历皇帝翻脸不认人的厉害。面对万历皇帝的严厉追责，董其昌心里所承受的巨大压力是可以想象的。他当然明白这样一个道理：无论你在官场上多么努力，即使能够做到位极人臣的首辅，其结果仍然危机四伏，到处隐藏着杀身之祸。所以天生胆小的董其昌觉得，出仕一途并非是一种好的人生选择。特别是他知道自己的个性并不适合官场，便心生恐惧感和深入骨髓的厌恶感，由此直接影响到他对官场的态度和其人生走向。人不一定要飞得多高，应该想办法让生命更长久一点。他决定想方设法摆脱险境。

三年之后的万历三十年（1602 年），董其昌为家乡好友写了一首长诗《小楷赤壁诗轴》，其中四句“恰如黄池会，吴楚争可了。将无山岳灵，耻比童儿狡”[2]，正是他对当时官场争斗与混乱的认识。武将不再如山岳那般威武，而文官居然像无赖小子那般狡黠，可见他内心对时政的失望。

但是，董其昌虽然已下了摆脱官场的决心，但他的行动却并不果决。

历史上，许多官员遇到类似董其昌的境遇时，也许会表现得非常

1 董其昌《容台文集》卷一《青藜馆诗集序》。

2 《吴越所见书画录》卷五。

决然：撂下挑子，怒目以对，然后扭头扬长而去，表现出不甘同流合污的凛然气派。董其昌的表现却十分谨慎。他没有摆出决绝架势，而是向上峰诉苦，说自己的身体实在太糟，只能请假回家去养病。请假养病，并不是决然脱离朝廷，这为董其昌以后的复出，还埋下了伏笔。当然，这种相互矛盾的举止，也显示出董其昌小心谨慎、患得患失的性格特征。董其昌的这些矛盾性格，表现在诸多方面，一直伴随到他生命的终点。

翰林院的官位像鸡肋，食之实在没什么味道。事实上，董其昌所敬重、相好的许多同僚和朋友，此时都已身处江湖之中了。

这是因为到了万历朝后期，政治腐败已是有目共睹的现象。表面上看，明朝是一个廉洁的政府，政府征收的税赋较为低廉，各级官员的收入更是少得可怜。这种廉洁制度的设立最早在明朝初年就已经确定，彼时国库尚不丰盈。洪武、永乐两朝的名臣解缙虽官至内阁首辅，却也很穷。他在家书中写道："每月关米七石，其余每石折钞共七千贯，……稻草亦甚贵。时时虽有赏赐，随得随用，又做些人情，又置些书，尽皆是虚花用了。衣服、靴帽、饮食之类，所费不赀。"[1]可是到了万历中兴之后，国家富强了，官员们的收入并没有得到明显改善。整个社会的消费水平却已经大幅提高，官员们要想过上较为优渥的生活，常常得利用手中的权力进行受贿、索贿，这已经是公开的秘密。

在庙堂之上，政治恶斗则越演越烈。西方传教士看到中国官员们勇于提意见，敢于批评朝政，看上去很民主，其实那只是民主的表象。政治恶斗的实质是官员们对权力的追逐，一旦他们中的一方掌握了权力，就对另一方施以无情的打击，然后自己再开始大肆贪污受贿。这是中国封建集权统治的恶习。历史学家黄仁宇认为，早在董其

1 张萱《西园闻见录》卷十四。

昌进入翰林院的前二年，即万历十五年，这个看似没有政治风波的年份，其政治已经进入衰败的倒计时了。

但是，王朝的政治没落似乎只停留在庙堂之上。当时的社会经济、文化艺术却依旧在向上发展。这一时期的农业、手工业市场向好，国内市场进一步扩大，海外贸易也借此兴盛，大量的白银输入进来，社会生活呈现多元化。一方面，拜金、纵欲现象已经世俗化，小说《金瓶梅》描写就是的那一时期的社会世俗故事；另一方面，社会各处出现了追求个性、活泼开朗、自由清新的时代气象，诞生了《西游记》《徐霞客游记》《三言二拍》等名著，基督教也开始在国内流行。而此时艺术品市场日益繁荣，社会对书画艺术的喜爱与需求，已经彻底市场化，形成了中国艺术市场的繁荣期。一个著名书画家的润笔收入，足以使自己过上富足甚至奢侈的生活。

有了这样的认识，当朝廷宣布董其昌出任湖广按察副使的时候[1]，董其昌却实在高兴不起来。他直接称病辞官，以这样最恰当的理由躲避做官。好在想当官的大有人在，所以也没有人逼着他去做官。

董其昌认识到“丹青不知老将至，富贵于我如浮云”[2]，“病恹恹”的他此时大概长舒了一口气，然后与翰林院的同事们一一作揖告别，说了些无关痛痒的话，悄悄扭头离开红墙，出了翰林院的大门。以董其昌的性格，他是不会显露出“仰天大笑出门去”的狂喜神态，但在心里，一定如是。

董其昌“奉旨以编修养病”。他到底得了什么病？史书上并没有明确的记载。我们可根据董其昌当年的表现，确信他此时应已患有明显的抑郁症！

在古代，尽管人们还不知道“抑郁症”这个名称，其实，这种心

1 《明史》卷二百八十八载：董其昌此时“坐失执政意，出为湖广副使，移疾归”。

2 陆心源《穰梨馆过眼录》卷二十六。

理疾病早已存在。从现代医学的角度看，抑郁症是一种常见的心理障碍，可由各种外在的原因诱发，以显著而持久的情绪低落成为主要临床特征，大约有百分之十六的严重患者，可能出现自杀念头和行为。多数病例有反复发作的倾向，每次发作大多可以缓解，部分可有残留症状或转为慢性。

从董其昌个人的经历中可以看出，他的痛苦主要来源于自己的志向无法实现。这种志向越大，所承担的心理压力也越大。表面上看，从万历十七年到万历二十二年的五年间，董其昌顺风顺水，不仅顺利考中进士，还被选为庶常，更荣幸的是出任皇长子的日讲官，成为南宫同考官……与他的同年相比，他是幸运者之一，走上了天下读书人梦寐以求的仕途之道。可是，当我们仔细观察董其昌前进的每一步时，却发现步步惊心，沿途布满了荆棘。董其昌出身寒微，接受的是正统儒家教育，对官场黑暗和残酷性的认识完全不足，也全无防备，再加上他是一个天生胆小的人，由此而生出的恐惧感就像骆驼背负的稻草，开始一根接一根不停地累积。他越是顽强地在官场前行，内心所承担的心理压力也就越加沉重，对官场也越加反感和畏惧。

像董其昌这种患有抑郁症的官员不在少数，但是，轻度的抑郁症是可以自愈的，所以大多数人把这种病状看作对自己的磨砺，将此视作进入官场所必须经历的另一场隐形考试，而羞于敞开心扉。对董其昌而言，他害怕自己没有这么幸运，担心总有一天会被心理上累积的稻草压垮。而抑郁症患者还有个特殊的表现，就是善于掩饰自己的病状。他们在与亲友们接触的时候，完全能够掩饰自己内心的痛苦，使外人无法察觉。

现代心理医生指出，抑郁症患者中的许多人，都是各行各业中的精英人士。而精英人士所背负的压力也超乎常人。在抑郁症发作的前期，他们大多数已经患上了强迫症。董其昌的经历，也完全符合临床医生的描述。

董其昌在辞官的时候，朝廷宣布任命他为湖广按察副使，但是他以生病为由拒绝赴任，表明了他“勇退”的决心。从他个人的实际情况看，没有什么比治疗抑郁症更重要了。后世众人也都极为赞赏董其昌急流勇退的决心，赞其具有敏锐的政治观察力。可是换一个角度看，晚明的官员们大都与董其昌的心态一样，已经与朝廷离心离德，这个国家的倾覆也只是时间问题。

我们注意到，董其昌这次辞官，朝廷对他还是很温柔的，并没有把他除名。董其昌晚年在《引年乞休疏》中自述道：“臣年三十五岁，中己丑进士，改翰林院编修。又六年，升湖广副使，奉旨以编修养病。”[1]他依旧是朝廷在编的官员。

董其昌“奉旨以编修养病”之后，并没有即刻离京，而是在北京待了一阵子。转年到了万历二十七年的正月，董其昌已经四十五岁。在正月十九日生日的那一天，董其昌在北京苑西画禅室里，把屋子里的火炕烧得暖暖的，舔笔濡墨，开始创作纸本《溪山秋霁图卷》。[2]

显然，在没有外力压迫的情况下，董其昌的“病情”便好了许多。

1 严文儒、尹军《董其昌全集（壹）》，上海书画出版社 2013 年版，第 181 页。

2 《选学斋书画寓目记续编》卷上。

第五章

董氏书画船

一、悠然南归

万历二十七年的春天，董其昌告假养病，离京还乡。

董其昌一生行走天下，主要是坐船。在中国交通没有进入现代化之前，马车和船是最重要的两种长途旅行工具。董其昌的船，他常常自谓“画舫”，而我们可称之为董氏书画船。

书画船的形制早已出现，东晋顾恺之在《洛神赋图》[1]中画了一条船，船前方挂着一幅小画，它的作用主要是为了装饰。而书画船的称谓，在北宋时期就已滥觞。黄庭坚有《戏赠米元章》诗：“万里风帆水着天，麝煤鼠尾过年年。沧江静夜虹贯月，定是米家书画船。”米芾也说“满船书画同明月”[2]，这是他将自己舟行天下的生活诗意化了。在北宋，米芾的书画船被称为“米家书画船”，与李公麟的“洗玉池”都很出名，常为历代书画好事者们津津乐道。

董其昌乘坐的明代书画船，显然要比宋代的更讲究、更奢侈。明初重臣黄淮在《书画船记》中介绍了自家制造的书画船，说其船体“颇宽广，板上覆以蔽风雨，牖两傍以便观览，与客同泛，可布十余席，中设小榻独坐，可以备燕息。后辟行厨，可以供茗饮”。董其昌的好友们也热衷书画船的制造和使用。高濂的描述非常细致，他说：

1 顾恺之《洛神赋图》（摹本）现藏故宫博物院。

2 米芾《虹县旧题二首》其一。

“……形如划船，长可二丈有余，头阔四尺，内容宾主六人，僮仆四人。中仓四柱结顶，幔以篷簟，更用布幕走檐罩之。两旁朱栏，栏内以布绢作帐，用蔽东西日色，无日则悬钩高卷。中置桌凳。后仓以蓝布作一长幔，两边走檐，前缚中仓柱头，后缚船尾钉两圈处，以蔽僮仆风日，更着茶炉，烟起恍若图画中一孤航也，舟惟底平，用二画桨，更佳。”[1]陈继儒介绍说，书画船上要“朱栏碧幄，明棂短帆。舟中杂置图史鼎彝，酒浆荈脯”。袁中道则要在船上“裹一年粮，载书画数笥”[2]。这说明明代文人的书画船上，不光有精美的装饰以及大米等生活必需品，还有茶、酒、肉干之类的消费品，而且还要摆设书画、图书和鼎彝等古董，这便脸上有光彩，才可以出门远游。

董其昌也大致如是。他的书画船，文雅而华丽，洁净又实用。书画船不仅是他流动的书房，也是他流动的家。他生命中的许多时光是在船上度过的，而且许多重要书画作品均是在书画船上构思、创作和完成的。

董其昌这次离京，是他人生的第二次转折。之前，他为追求仕途理想，像一只飞旋的陀螺，混迹官场已十年，如今终于停摆下来。他似乎看透了官场的混乱与险恶，想要得到自己向往的生活。

离京之前，董其昌的挚友袁宗道、袁宏道兄弟来告别。他们之间有过一段精彩的对白。袁宏道回忆道：

往与伯修过董玄宰。伯修曰：“近代画苑诸名家，如文徵仲、唐伯虎、沈石田辈，颇有古人笔意不？”玄宰曰：“近代高手，无一笔不肖古人者。夫无不肖，即无肖也，谓之无画可也。”余闻之悚然，曰：“是见道语也！”故善画者，师物不师人；善学者，师心不师道；

---

1 高濂《遵生八笺·轻舟》。

2 袁中道《游居柿录》卷一。

善为诗者，师森罗万象，不师先辈。法李唐者，岂谓其机格与字句哉？法其不为汉，不为魏，不为六朝之心而已，是真法者也。是故减灶、背水之法，迹而败，未若反而胜也。夫反所以迹也。……[1]

董其昌此番高论吓了袁宏道一跳：人们历来认为董其昌是复古派巨擘，只因他反复号召世人要师法前人，可他怎么会说出“夫无不肖，即无肖也，谓之无画可也”这样的话呢？这句话翻译过来就是：你若画得跟前人一模一样，就不需要再去创作了！

实际上，很少有人会去反问：董其昌提倡“师古”的真实目的是什么？食古不化地继承传统，谁都明白只有死路一条，而像董其昌这种聪明绝顶的脑袋会不明白吗？所以袁宏道在这里揭示了董其昌的真实内心：为继承而继承必失败，为创新而继承才是出路！

其实，董其昌在这一刻已经明白了自己的使命。他如此深入地学习古人传统，其真实目的就是为了“反”传统，是在继承传统的基础之上进行创新。反过来说，创新的前提必须要了解传统，学习传统，继承传统，而后才可以去“反”传统，去创新。这两者是辩证关系。

老友黄邻初[2]也来访苑西画禅室，为其道别。

黄邻初和董其昌是老交情，两人是“同年、同座、主友也”，即他俩是同年考中进士、同时拜许国为师，关系很不错。两人还曾是同事。万历二十五年董其昌前往江西担任主考官，黄邻初也是考官。黄邻初家藏的《米芾临王羲之疗疾帖卷》系名帖，董其昌早有耳闻，但一直无缘得见。而黄邻初这个人口才极好，说起话来便滔滔不绝。他

1　袁宏道《袁中郎全集》卷三《叙竹林集》。

2　黄邻初就是晚明官员祝似华。据《同治苏州府志·名宦·吴江县》载：祝似华，本姓黄，字邻初，四川内江人。万历十七年三甲 114 名进士，授天长知县。万历十九年，调任吴江任官三年，有政声。万历二十三年升任台州同知。万历二十五年为江西考官。历任云南按察使，仕终布政使。

曾告诉董其昌，说自家此帖是如何之绝妙，说得董其昌满眼放光，恨不得立即鉴赏。

这次，黄邻初终于带来了《米芾临王羲之疗疾帖卷》，不仅请求董其昌鉴赏，还须题跋。黄邻初此时已任“台州二守”的官职[1]，因在吴江任上有政声，已是朝野相闻的人物了。

董其昌如今得见这一珍贵手卷，当然兴趣极浓，两眼放光，立即清理好自己的书案，展卷拜观。

只是看了一眼，董其昌的眼神便暗淡了下来。被黄邻初吹得天花乱坠的米芾临王羲之手卷其实是个复制品，并非真迹。不过，董其昌也给黄邻初留足了面子，安慰说：虽说是复制件，但临摹的水平很高，堪称“下真迹一等”，仅次于真迹的水平。但是，按照董其昌的规矩，非名贵“真迹”，他是不会题跋的。

大凡书画好事者，心里都会有一种赋予情结，总认为自家的藏品世间最佳，所以黄邻初听了这番鉴定意见，不光一头雾水，而且很不开心。董其昌便耐下心来，手把长卷，仔细为他讲解一番鉴定字画的知识。

黄邻初家藏的这幅《米芾临王羲之疗疾帖卷》，并非是北宋米芾所临，而是时间更早的唐代物，系“唐人双钩填廓者也”。

所谓“双钩填廓”，也称“双钩廓填法”，是中国古代临摹、复制书画之方法。早在东晋时期已为行家所熟练运用，至唐代技术已是登峰造极。其具体的做法是：先把半透明的纸张覆盖在原作之上，然后用墨线依照原作字迹的内、外边沿，勾勒出轮廓，这叫“双钩”；接着再在“双钩”字迹空间里依照原作的笔势添墨，这叫“廓填”。[2]

1 《石渠宝笈续编》宁寿宫《米芾临王羲之疗疾帖卷》。

2 由唐人冯承素利用“双钩廓填法”复制的王羲之名作《兰亭序》，现存故宫博物院，是公认遗存至今的最优者。

这是古人向前辈学习书画技艺的主要方法之一，也是最忠实于古人原作精神的一种手段，在当时被称为最高级的复制技术。

谜底揭开，彼此坦然。两人是相识十年的老同事，了解彼此的脾气。董其昌说：“余为黄道破，不复做跋。”[1]黄邻初也释然。随后，董其昌就离开了北京。

董其昌行色从容，依旧是坐着他舒适的书画船，沿着京杭大运河悠悠南下。来到了山东汶上，船靠码头歇脚。

有人上船请他看画，董其昌赶紧出舱相迎。来者就是于慎行[2]，是好友邢侗的老师。董其昌于十年前考中进士时，于慎行已是礼部尚书。

于慎行是山东东阿（今属平阴）人，隆庆二年进士，选庶吉士，又是首辅张居正的门生。他为官多年，资格很老，但性格耿直，得罪过座师张居正。时在万历六年，张居正因“夺情”而举朝大哗时，于慎行带头反对，强烈要求张居正回家丁忧。张居正极怨愤，对他说，你是我最赏识的学生，平时待你不薄，岂能这样待我！于慎行凛然道，正是因为您是我的老师，我才不得不这样做！

于慎行有个性，重原则，讲感情，有口碑。张居正死后，讨伐张居正的势力卷土重来。“忘恩负义”的万历皇帝下令查抄了张居正的家。在这种高压形势下，于慎行仍不避嫌怨，写信给查办此事的刑部左侍郎丘橓，恳请他照顾张居正七八十岁的老母和未成年的幼子，丘橓后来给张家保留了住宅和足够的土地。万历十七年七月，于慎行升任礼部尚书，万历十九年九月归隐故乡。

董其昌对待这样有名望的人，总是恭敬有加，而于慎行请董其昌鉴赏的作品，是女画家李道坤的《山水花卉册》。在当时，名叫“道

---

1 《石渠宝笈续编》宁寿宫《米芾临王羲之疗疾帖卷》。

2 董其昌《容台别集》卷四。

坤”的女画家有两位。一位叫范道坤，是浙江山阴人，擅长书法[1]。另一位叫李道坤，即是于慎行的这位同乡，随夫姓，善作山水竹石花卉，画风清婉绝尘。

董其昌所见的就是山东李道坤的《山水花卉册》。他端详看画，认为画功不俗，便啧啧称赞，随即在画上题跋曰："北方画学，自李夫人创发，亦书家之有李、卫，奇矣！奇矣！"[2]董其昌对李道坤的作品念念不忘，后来他结识了杭州青楼女画家林雪、王友云，称赞她们三位是那个时代女画家中的佼佼者。据徐沁在《明画录》中评论，李道坤的画风是"浣尽脂粉之习"[3]，可略知其风格属于豪放类，不沾胭脂气。

这两件事，相距的时间不长。此时董其昌正处抑郁症的自愈恢复期，可见其处世谨慎，待人甚恭。鉴赏书画时，他能实事求是，以理服人。在人事关系上，无论是对待老上级还是老部下、在位的或是"下岗"的，都能以诚相待，给对方留足了面子。这也体现了董其昌混迹朝野的一个总原则，就是在保持原则的条件下，真诚待人，谁也不得罪。

二、放浪与奢靡

回到南方家乡，董其昌开始了全新的生活。这是怎样的一种生活呢？简言之，就是放浪与奢靡。

这与晚明的历史背景紧密相关。

万历年间，由于商品经济的快速发展，极大地刺激了全社会的消

1 徐沁《明画录》卷五。

2 董其昌《容台别集》卷四。

3 同 1 。

费观念，出现了历史学家所说的资本主义的萌芽状态。早在正德年间，做生意的商户（又名“铺名”），就已经多达一百零四种。[1]到了晚明的万历年间，第三产业更有了突飞猛进的发展，甚至到了畸形发展的地步。除了专业演出，包办礼仪活动的“乐户”，出卖伎乐和色相的“妓户”，更为惊奇的是，还有行乞的“丐户”，卖卜算命的“阴阳户”，以及专门替人家哭丧的“号丧户”。这些人皆属于“贱民”，也需要向政府缴税。

大发其财的商人中，以徽商和晋商为最。时任南京刑部主事谢肇淛说：“富室之称雄者，江南则推新安，江北则推山右。新安大贾，鱼盐为业，藏镪有至百万者，其他二三十万，则中贾耳。山右或盐，或丝，或转贩，或窖粟，其富甚于新安。新安奢而山右俭也。然新安人衣食甚菲啬，薄糜盐齑，欣然一饱矣。惟娶妾、宿妓、争讼，则挥金如土。”[2]归有光分析说：“今新安多大族，而其在山谷之间，无平原旷野可为耕田。故虽士大夫之家，皆以畜贾游于四方。倚顿之盐……珠玑、犀象、玳瑁、果布之珍，下至卖浆、贩脂之业。天下都会所在，连屋列肆，乘坚策肥，被绮縠，拥赵女……多新安人也。”[3]谢肇淛时在南京，据此推知江南富饶地区的大户人家，其奢靡之风也应该相差不大。

民间商人富足了，他们就有了对权力的需求，而官员们正好可以利用手中的权力去寻租，于是官商勾结大行其道，晚明政府也就越加腐败。张居正在万历初年主导的“万历新政”所积累的财富，在经过“万历三大征”之后，国库财富逐渐销蚀，而民间商人与各级官员却各个肥得流油。

1 明正德《江宁县志》。转自蔡石山《明代的女人》，中华书局 2011 版，第 110 页。

2 谢肇淛《五杂俎》。

3 归有光《震川先生集》卷十三《白庵程翁八十寿序》。

为了深入了解董其昌所处的时代背景，我们还可以更加仔细地观察那个社会，看看社会贫富分化的悬殊程度。

先来看看富人有多富。如谢肇淛前面所说，当时徽商大富者的资产拥有百万两白银，中等者则二三十万。他们到底有多么富裕呢？明代正统时，皇帝把江南的税赋折合成银两，称为“金花银”，白银至此逐渐成为市场中最主要的流通货币。而战争是最为烧钱的机器，费用巨大。万历朝有三场著名的战争，费资合起来也不过一千三百多万两白银。[1]这样一想还真可怕，只要几个新安徽商的资产加起来，就能够打一场国家级别的战争！

嘉靖二十六年（1547 年）进士汪道昆说：“新安多大贾，其居盐荚者最豪，入则击钟，出则连骑，暇则招客高会，侍越女，拥吴姬，四座尽欢，夜以继日，世所谓纷华盛丽非不足也。”[2]他所说的越女、吴姬，就是自古多美女的江浙丽妓。汪道昆是董其昌同时代人，也是新安徽商之后，是个富二代。他年轻时游学浙江，拜浙江余姚人邵世德为师，还曾在浙江为官。

贵为一朝天子的收入是多少？依例，他每年的收入是一百万两白银。到了万历六年，“百万年薪”的神宗皇帝哭穷，强令加进二十万两白银。皇帝的内宫要养多少人呢？“各个厂库、寺庙、坊舍均由专任的宦官（太监）掌握，共有二十四个机构，习称二十四监。到万历初年，宦官的总数已逾两万，而且还在不断膨胀。最高级的宦官，地位可与最高级的文武官员相埒。宫女的数字，至少也在三千以上。为这些人的死亡所准备的棺木，一次即达两千口之多。”[3]两者对比，一方面可知新安徽商的富有程度，一方面就理解了身为天之骄子的皇

1 北京市昌平区十三陵特区办事处、首都博物馆编著《回望大明：走近万历朝》，北京美术摄影出版社 2011 年版，第壹章第 35 页。

2 汪道昆《太函集》卷二《汪长君论最序》。

3 黄仁宇《万历十五年》，中华书局 2006 年版。

万历二十七年"都水司正银"一百两银锭

此为"江口沉银"出土物，系晚明农民起义军张献忠劫掠的财物

帝，为什么还要心生嫉妒地喊穷的原因。

普通人的收入又怎样呢？按照《明会典》的记载推算：万历通宝（背矿银）一钱值铜钱八十文。"万历年间，北京的一个普通劳动者，如果从事的是非技术性工作，日薪约为 0.03～0.04 两白银，某些劳动强度较高的工种可达 0.05 两白银；具有专门技术的工匠，日薪稍高，约为 0.05～0.07 两白银。万历五年白米每石 0.8 两白银，万历二十年粳米每石 1.4 两白银（明代一石约等于 188.8 斤）。由此可略知万历朝的物价及普通人家之收入情况。"[1] 由于战争和皇帝造陵支出甚巨，此时通货膨胀得最厉害。万历三十九年（1611 年），铜钱六百文兑换白银一两。到了万历四十六年（1618 年），则需要一千文兑换一两白银。[2]

这是一个拜金主义盛行的时代。当个富商可能比当皇上过的日子还要惬意。皇上为了争夺皇位弑父杀子的现象历史上比比皆是，年薪

1 北京市昌平区十三陵特区办事处、首都博物馆编著《回望大明：走近万历朝》，北京美术摄影出版社 2011 年版，第贰章第 55 页。

2 同 1。

也不过百万白银而已，而当个徽商，富得流油，既不必争权篡位，又可锦衣玉食，岂不美哉。

董其昌辞官回家之际，面临的就是这种社会现实。

按理说，董其昌回家，须重新回到读书人队伍中去。所谓读书人队伍，就是“士人”阶层，他们并不富裕，过着清淡日子。当时的读书人这样记录自己的生活状况：“士风俭薄，民风奢侈。”[1]但是，清贫出身的董其昌厌恶了穷苦日子，又见过大世面，特别是他醉心收藏的书画，都是富人玩物，这就注定他要加入富人的圈子。

董其昌回乡后最向往去的城市就是杭州。杭州是一座繁华的江南大都市，地位仅次于南、北二京，却比两京更加开放自由。董其昌回到华亭之后，撂下行李，就拉着陈继儒急匆匆直奔杭州城。

杭州城流光溢彩，好玩的实在太多。三月初三，本是北极佑圣真君的生辰，杭州佑圣观中热闹异常。“是日，观中有雀竿之戏，其法树长竿于庭，高可三丈，一人攀缘而上，舞蹈其颠，盘旋上下，有鹞子翻身、金鸡独立、钟馗抹额、玉兔捣药之类，变态多方，观者目瞪神惊，汗流浃背。”[2]还有精彩的说书弹唱：“杭州男女瞽者，多学琵琶，唱古今小说、平话。”[3]当然还有很多戏剧表演。他俩的许多好友就是戏剧家。

两人不是去观赏这些娱乐表演的，而是去找好友汪然明，而且不是去一次两次就罢休，而是“常作汪宅之游”[4]。

董其昌和陈继儒去汪宅干什么？寡人有疾也！这个“疾”就是孔夫子说的“食色性也”。去汪宅之游实际上就是去寻花问柳，登青楼找妓女。

1 万历《榆次县志》卷一《风俗》。

2 田汝成《西湖游览志余》卷二十《熙朝乐事》。

3 同2。

4 董其昌《容台别集》卷四：“归故里，与陈继儒常作汪宅之游。”

杭州当时的青楼业，已经非常繁荣。因为到了明朝中期以后，随着城市商业化的急遽发展，青楼娼门已经成为一种产业。谢肇淛在《五杂俎》中写道："今时娼妓布满天下，其大都会之地动以千百计，其他穷州僻邑，在在有之。终日倚门献笑，卖淫为活。"甚至坊间还刊印了天下奇书《嫖经》，为人们嫖娼指南。"杭州的上抱剑营、下抱剑营、漆器墙、沙皮巷、清河坊、清乐茶坊、八仙茶坊、合坊、太平坊、巾子巷、珠子茶坊、潘家茶坊、后市街、新街、金波桥、连三茶坊、连二茶坊、荐桥、两河、瓦市、狮子巷，这几处都是群妓聚集之地。此外，各大酒楼各分小阁十余处，'每处各有私名妓数十人。'"[1]这些地方，他们都不去，单单要去寻汪然明先生。

董其昌嫖娼、宿妓的对象，不是现代作家老舍笔下龙须沟的娼门流莺，而是高级妓女，或者也可以称为艺妓。娼门流莺所处的妓院，俗称为"窑子"，档次较低，纯粹做皮肉生意，基本上是为了满足客人的生理需求。老鸨的伙计"大茶壶"扯着嘶哑嗓子高喊"贵客到"，来者其实不过是些贩夫走卒，随后妓女便鱼贯而出、鱼贯而入，不需要废话连篇，也无法产生缠绵而肉麻的诗篇。名士们则绝不会仅仅为满足生理需求而徜徉青楼——他们家中虽比不得皇宫后院那般妻妾成群，几个还是有的。比如前文所言，董其昌的老师项元汴共有妻妾六人，甚至连被誉为包青天式的海瑞大人，性格刚烈正直，家境寒酸，也有妻妾三人。

在这些雕栏玉砌的高级青楼里，名妓们高标"卖艺不卖身"，只接待达官贵人和风流才子。这当然是骗人的鬼话。名山不可以无幽泉，花艳自会招惹蜂蝶。有身份的嫖客对艺妓的要求更高一些，不仅要有姿色，还须能诗善舞会唱昆曲，最好还能画出几笔兰草。

此时的董其昌，家中不仅有原配龚氏，还有其他的妾，但这依然

1 韩大成《明代城市研究》，中华书局 2009 年版，第 283 页。

不能阻挡他去青楼。董其昌曾写过一首《清源狄将军席上观女乐》，足见他对美色的垂爱：

急管繁弦写竹枝，听来不作异乡悲。
六千君子旧名将，两队美人新教师。
遂许羁心抛绿醑，可无佳句比红儿。
若论湖海鸥盟在，再入花源未可知。[1]

董其昌急于去寻找的这位汪然明，何许人也？汪然明，名汝谦，字然明，以字行，是安徽歙县人，其生卒年不详，应该比董其昌小了一二十岁。安徽歙县古时属于新安府管辖，也称新安。董其昌的投门座师许国就是歙县人，因此他与许多新安人成为好朋友，比如书画商吴用卿，还有这位汪然明。汪然明本来也是个读书人，中了秀才，是新安徽商的富二代，后来弃学从商当了大富翁。

汪然明富裕到什么程度？根据当时人的记载：江南首屈一指的富商就是新安徽商，新安徽商中最富者是盐商，而汪然明正是徽商中的盐商。

在杭州，汪然明是个响当当的人物。他是新安商人中的巨富，风流倜傥，性格仗义近侠，是身在杭州的那些名妓的生活襄助者，也是高级青楼的老板，有“黄衫豪客”美称。而且他雅好诗文，喜欢吟诗作画，颇有儒商风范。

在西湖之上，汪然明也有一条画舫，是青楼美女嬉戏的地方。柳如是也是一代名妓，与汪然明熟稔。汪然明曾经为她刊印了《柳如是尺牍》，还邀请另一名妓林天素作《柳如是尺牍・小引》。林天素在《小引》中一开头就回忆道：“余昔寄迹西湖，每见然明拾翠芳堤，

1 董其昌《容台文集》卷一。

偎红画舫，徉徜山水间，俨黄衫豪客。时唱和有女史纤郎，人多艳之。”汪然明这个人的素描形象，由此跃然而出。

汪然明在杭州城里养了一大群美女，就是高级妓女，他自己号称“主盟风雅”。董其昌、陈继儒与汪然明都是腻友，关系极为要好，董其昌甚至不惜把肉麻当有趣，大肆吹捧汪然明，还为他写下了《汪然明绮集引》：

汪然明为西湖寓公，主盟风雅。郑庄之驿不虚，太丘之道甚广。胜流韵士之外，间有鱼玄机、薛洪度一二辈，亦入游籍，故称诗以“绮”名。客有评者曰：“陶元亮闲情一赋，昭明惜之；王介甫轩轾李杜，谓李诗强半酒色。然明非有童心，本无惑溺，而若自见其瑕者，何也？”余曰：“此西湖故事也。不闻苏子瞻之守杭乎？夫其深入禅悦，得无碍慧，忠义直节，铁心石肠，而周韶龙靓手录其诗，时多艳曲，公岂不能为庄语耶？海纳细流，量也；磁石吸铁，类也；淤泥之中能取莲花，鉴也；当门之兰，护如头目，激也。且夫冕而椎，孰与鬌而慧？我为匿瑕，而使人匿彩，忍人也，怜才者之所不敢出也。知此者，可与言然明之绮矣。”吾惧读诗者以绮知然明，而以香奁比红之绮同类而并称之也，故为之解嘲如此。[1]

读罢此文，难免要叫人掩面而笑。汪然明不过是会写几首绮情艳曲而已，董其昌却非要把他描绘成一位如陶渊明、苏轼、王安石、李白、杜甫般的历史名人，还说什么“然明非有童心，本无惑溺，而若自见其瑕者”，像个圣人一般，简直就是睁着眼睛说瞎话。固然，苏、王、李、杜这些大诗人大多写过艳曲，可他们不是因为写艳曲而青史留名，而董其昌非要拿人家的短板来证明汪然明的长处之可贵，

1 董其昌《容台文集》卷四。

这的确是董其昌的狡狯。但此引不过是他的游戏之作，也不必认真。

董其昌还为汪然明写过《汪子归新安送别》的五言律诗：

结侣向林丘，披襟事事幽。
清尊文字饮，高枕画图游。
寂寞玄亭路，苍茫钓客舟。
何当送归夜，风雨满西楼。[1]

董其昌的文化修养显然要高出汪然明许多。他的这首诗，粗看是一片青山绿水，波澜不惊，但联系到其中的关键词诸如“结侣”“事幽”“高枕”“寂寞”“归夜”“西楼”，也就不难联想到汪然明与某位名媛的狎昵之事。只是董其昌这个人假斯文，事可以这么做，诗却不可以写得直白，不如汪然明爽直痛快。汪然明写诗，风格虽然缠绵，但内容不加掩饰，俱是男欢女爱，玉人吹箫，纤手弄巧。

关于董其昌与青楼名妓的轶事，本书将在第八章讲述。

三、董氏书画船

度过了一段浪漫而刺激的青楼生活之后，像吃腻了肥肉的肠胃，董其昌的心灵也需要恢复平静。

他回到华亭，整天和陈继儒结伴闲荡，乘不系之舟，随风东西，与云朝暮，手展翰墨，壶觞对饮。白天游目赏流云，晚上秉烛数星星。[2]这日子过得相当惬意，换成陈继儒的说法叫作“消永日，汰俗情”。

董其昌心里时刻惦念画道，念念不忘张彦远的话：“若复不为无

1 董其昌《容台诗集》卷二。

2 董其昌《画禅室随笔》卷三。

益之事，则安能悦有涯之生！”[1]他非常赞叹这个观点，说：“余结念泉石，薄于宦情，则得画道之助。陶隐居云：‘若不为无益之事，何以悦有涯之生！’千古同情，惟予独信，非可向俗人道也。”[2]此话到底是谁说的，陶渊明还是张彦远？已不重要。最早提出这一思想的是距今两千三百多年的庄子：“吾生也有涯，而知也无涯”[3]。

对书画收藏，陈继儒也情有独钟，并把这种兴趣称之为极乐国。他自谓：“予寡嗜，顾性独嗜法书名画，及三代秦汉彝器、瑗璧之属，以为极乐国在是。然得之于目而贮之于心，每或废寝食不去思，则又翻成清净苦海矣。”[4]他对古帖尤其上心，还总结了五大益处：“裒访古帖，置之几上，其益有五：消永日，汰俗情，一益也；分别六书宗派，二益也；多识古文奇字，三益也；先贤风流韵态，如在笔端，且可以搜其遗行逸籍，交游宅墓，四益也；不必钩拓，日与聚首，如薰修法，自然得解，五益也。”[5]

在旁人看来，董其昌过着这般散淡又悠然的生活，定是逍遥自在。其实，他过得并不安宁，因为许多仰慕董其昌和陈继儒声名的人，常常不请自来，也加入了他们的游乐队伍。如时任松江府知府的许维新[6]，是董其昌同年进士，本是旧识，如今董其昌告假回乡，自然要前来问候，而从董其昌的角度看，人家来自己家乡当官，自己总需要前往请安，因为不知道什么时候还要麻烦他，所以也须来往。

还有，华亭当地的文风炽盛，民间文社一直十分活跃。这个文社当年的主要负责人，被称之为“白眉”，就是莫是龙。董其昌曾经也

1 张彦远《历代名画记》。

2 董其昌《容台诗集》卷四《仿李营丘寒山图序》。

3 《庄子·养生主》。

4 陈继儒《妮古录·序》。

5 陈继儒《岩栖幽事》。

6 许维新，字周翰，号绳斋，山东堂邑人。万历十七年进士，任松江府知府。

是文社中的活跃分子。

董其昌回到故里，重新参与文社活动。当时叶翼轸、孙克弘等均在故里，董其昌少不了要与他们周旋。再如陆万言、陆万里兄弟[1]、唐之屏[2]等人，都很崇敬董其昌，经常追随着董其昌，邀请其在文社的聚会上谈诗论画，把酒言欢。

文社中有位小兄弟朱敬韬[3]，比董其昌小十五岁，当时还没中进士，是董其昌的拥趸，对董其昌佩服得五体投地，整天追着他要画。董其昌对待朱敬韬，好比当年莫是龙待他自己，关系属于亦师亦友之间。董其昌与朱敬韬的家庭背景十分相似。他们的祖先都是汴人，在北宋末年迁移来到江南华亭，而且，他俩都出身平民，家境清贫。少年朱敬韬读书非常刻苦，让人感动。[4]

此外，还有华亭人陈钜昌（1537—1620），字懿卜，工篆刻。万历三十二年陈钜昌摹辑《古印选》刊印时，董其昌还亲自为他写了序。陈钜昌与董其昌的关系非常要好，后来陈钜昌刻了《延清堂帖》，收录的全是董其昌中年时期的小楷精品书法，凡三十六种。

因此，董其昌的家里，也不是安静之所，还不如出门去游走。

董其昌登上自家的书画船，穿梭在家乡的太湖流域。这里河道纵横，水网密布，所以他在船上可以安心读书，纵情作画，也能在船上饮茶安眠。船，就是他流动的家。

董其昌决定乘坐书画船去游历江南。其目的无非有三：一是去江南访亲探友，相聚言欢；二是遍访名画，进行收藏和学术研究；三是进行艺术品交易。董其昌买卖书画，不仅是买卖古画，主要还是出售

1 陆万言，字君策，华亭人。万历举人，与其兄陆万里均擅字画。

2 唐之屏，字君公，松江人。壬辰连第，授常山令。

3 朱国盛（1570—1646），字敬韬，又字叔，号云来，后以字敬韬行世，华亭人。万历三十八年（1610 年）进士，官太常卿。山水画宗米芾。

4 据清代邹漪《启祯野乘二集》中《朱太常传》载：朱敬韬“少时贫，读书功苦”。

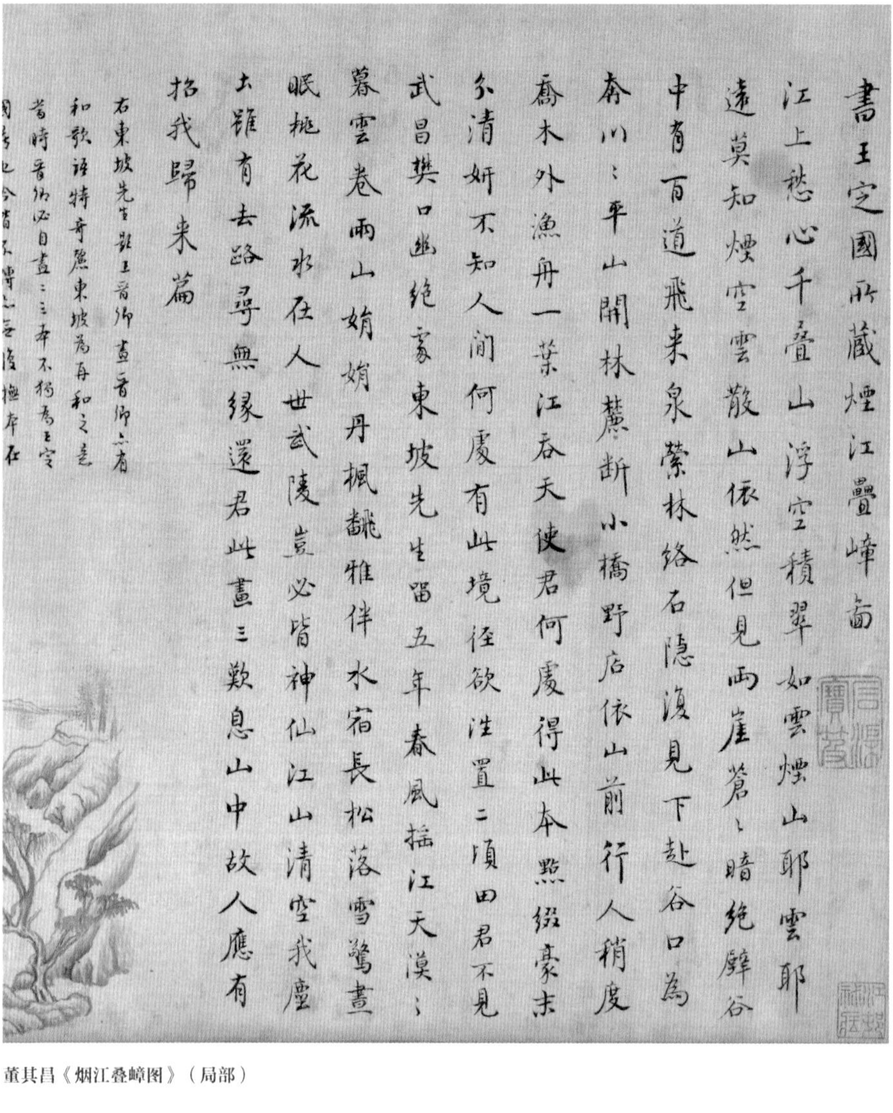
書王定國所藏煙江疊嶂圖
江上愁心千疊山浮空積翠如雲煙山耶雲耶
遠莫知煙空雲散山依然但見兩崖蒼蒼暗絕谷
中有百道飛來泉縈林絡石隱復見下赴谷口為
奔川川平山開林麓斷小橋野店依山前行人稍度
喬木外漁舟一葉江吞天使君何處得此本點綴毫末
分清妍不知人間何處有此境徑欲往買二頃田君不見
武昌樊口幽絕處東坡先生留五年春風搖江天漠漠
暮雲卷雨山娟娟丹楓翻鴉伴水宿長松落雪驚晝
眠桃花流水在人世武陵豈必皆神仙江山清空我塵
土雖有去路尋無緣還君此畫三歎息山中故人應有
招我歸來篇
右東坡先生題王晉卿畫晉卿亦有
和歌語特奇麗東坡為再和之是
當時晉卿必自畫二本不獨為王定
國也今皆不傳亦無復摹本在
董其昌《烟江叠嶂图》（局部）

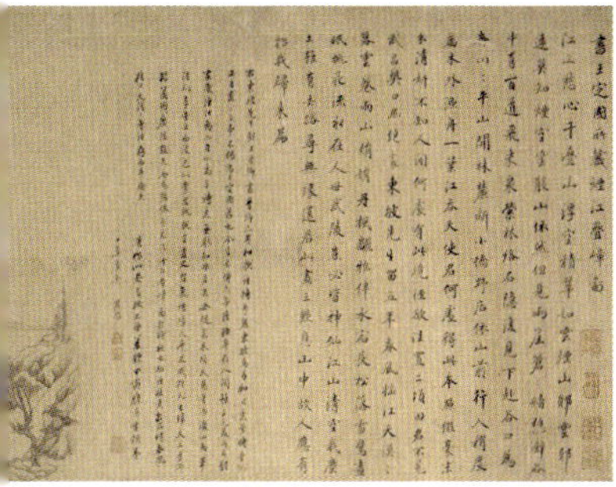

董其昌《烟江叠嶂图》

作于万历三十二年，时年五十岁。董其昌因感叹不见王诜所绘《烟江叠嶂图》，便据苏东坡的诗句加以想象而成，为其“平生最得意之作”。此图存世有两本，藏于上海博物馆和台北故宫博物院，画面完全一致，有如“双胞胎”

自己的作品。

董其昌一生不农不工，却逐渐成为华亭首屈一指的大富户，其财富主要来源于艺术品的交易。他退隐江湖之后，生活开支急剧增加，除了养家之外，自己的收藏以及玩乐、社交等费用亦不菲，这一切资金全部源自自己能够绘画写字的双手和鉴赏之双眼。好在那个时代的社会经济已经蓬勃发展，收藏市场繁荣昌盛，为他铺就了一条以收养藏、以藏养学、以藏发家的生财之道。

董其昌作品的市场销售情况非常好，所以他须不停地创作书画作品，以满足市场的需求，换取钱财。他临写了五卷《阁帖》，结果仅剩下一卷：“一为余门人魏澹明工部所请去，其一卷为东昌许周翰太守藏之，今止存一卷。又一卷不甚全，亦为友人分割，渐散无尽矣。”[1]人家“请”去自己的作品，自然都是要花钱买的，可见他的作品之紧俏。

但是，仅仅依靠销售自己的作品来获利，还不能满足董其昌的期望。毕竟，艺术市场对古代法书名画的需求量很大，而董其昌自己的作品比起历代名家名作而言，其价格的差距依然是很明显的。他需要动动脑筋，做些历代书画的交易，这才是暴利。

沈德符也观察到古代书画市场交易之活跃，是极为赚钱的买卖。他指出：

1 董其昌《容台别集》卷四。

古名画不重款识，然今人耳食者多，未免以无款贬价。予顷在京贯城市中，同老古董徐季恒步阅，见一破碎手卷，纸质坚莹，似高丽旧笺，纯画人物，长几及尺，女郎十余曹，皆倚醉偃仰，老媪旁掖之，或背负以趋，予急贸得归寓。徐怪诘所以，予曰："昔阎立本作醉僧图，后因有醉道士、醉学究图，此必醉仕女也，衣摺简逸，笔法生动，有吴带当风遗意，是马和之笔无疑。"徐大喜，正窘迫，从予哀乞，因为贻之，售于朱户部朱陵，得重价。又一友世裔而为古董大估。一日，携一大挂幅来，重楼复殿，岩泉映带中，有美嫔袒露半身，而群女拥持之。苦无题识，问予当作何名。予曰："此杨妃华清赐浴图，可竟署李思训。"此友亦喜甚。聊城朱蓼水太史一见叹赏，以百金买去，其元值一金耳。[1]

沈德符是董其昌的晚辈，其书画鉴定的学识、对市场的影响力以及人脉资源等，都要远逊于董其昌。就历代书画的交易而言，董其昌明显处于绝对的优势地位，他在古画交易中赚得钵满盆满，也是水到渠成之事。

从董其昌的生平行迹中可以看出，他自四十五岁告别翰林院，直到五十多岁的数年间，即万历二十七年至万历三十二年，一直在不停地游历江南。如果以家乡华亭为圆心，半径大概不超过二三百公里。频繁往复，乐此不疲。他去过最多的地方，往东是杭州、嘉兴，往西是苏州、常熟、常州、宜兴、镇江等地。

学识渊博的董其昌不仅是书画大家，也是鉴赏界一代法眼名家，更重要的是，他还是当今皇长子朱常洛的老师，人们都以能够结识他为荣，故其朋友遍布江南各地。更令董其昌欣喜的是，万历二十九年十月，皇帝终于册立皇长子朱常洛为皇太子，郑贵妃所生的皇三子朱

1　沈德符《万历野获编》卷二十六。

常洵为福王，“国本之争”事件最终落下帷幕。

我们现在梳理一下，董其昌在这几年间大抵去过哪些地方，接触过什么人，又收藏了哪些重要的艺术品。

（一）上海

上海本是松江府辖地，离他的家乡华亭很近，只要登上佘山，就能看到黄浦江，这里是董其昌收藏字画的重地。

上海的潘家是望族，莫是龙的长女就嫁给了潘家的潘允端。莫是龙死后，其独子莫后胤在十四岁时去投奔长姐，也定居在上海，所以把莫是龙生前的收藏也带往了上海。董其昌常说的上海潘光禄，就是潘允端。潘家和莫家都是收藏世家，老货很多。董其昌经常去拜访潘家人，其目的除了看望莫家后人之外，就是去收购莫氏和潘家收藏的历代名作。董其昌从潘家收购到最有名的历代作品有三幅，其一是李成《寒林归晚图轴》，其二是董源《龙宿郊民图》，其三是范宽的《山水轴》。

董其昌在购得这些名作之后做了些什么？前文已说过，董其昌自己也已经说得很坦率：割去了前人的题跋，改装为册页，目的不仅是“以冠诸画”，而且是为了装裱得更漂亮。他的潜台词就是：为了卖个更好的价钱！

关于董源《龙宿郊民图》，董其昌题跋曰：“复得《龙宿郊民图》于海上潘光禄。”[1]“复得”二字其实已经说得很清楚，就是他早年卖出的藏品现在自己又收购回来了，原因是什么？当初价格没有卖到位，还应该有赚钱的空间。董其昌的这些做法，其实与书画商的套路是完全一样的。书画的价格，会依照时间的推移而溢价。

董其昌又是怎样向人家买画的呢？

1　吴升《大观录》卷十二。

董其昌收购书画，有时须请陈继儒出面做交易的中间人，拉线斡旋。现存日本的一封董其昌致陈继儒信札，应是与槜李项家人谈书画转让事。董其昌写道：

兄以何时归？章生欲至淞，今搭之一来如何？青绿画，兄鉴定不谬，即非董源亦甚娟秀。项兄如肯见让，即以原数朱提，偿之为妥，不然携来一看，足矣。幸留神徐于室，故欲致书审决者何人？兄写一书问之。半月附一语闻，有欲问鼎者矣。弟其昌顿首。仲醇老兄，左冲。[1]

这封信内容丰富，很值得玩味，可见他对书画鉴定的严谨以及估价的态度。

董其昌对书画市场的行情了然于心，对名家书画的价格评估有话语权，因此拿捏得非常到位，开出的收购价格也毫不拖泥带水。

董其昌说当时的画价非常高："宋元名画，一幅百金。"[2]一些尺幅大、质量精、名气响的名作，价格更高。比如张择端《清明上河图》，价格是一千二百两白银，相当于三品官员四五年的全部薪俸。

（二）杭州

董其昌去过最多的地方就是杭州，这里有他的很多朋友，比如冯梦祯、汪然明、高濂等，是官、商、士阶层中的代表人物。书内还将讲到杭州情况，此处不再赘述。

（三）嘉兴

从家乡华亭去杭州，来回途中都要经过嘉兴，所以董其昌到访嘉

1 2017年日本东京国立博物馆、日本台东区立书道博物馆《董其昌和他的时代》，第40页。
2 叶康宁《风雅之好：明代嘉万年间的书画消费》，商务印书馆2017年版，第34页。

兴的次数也很多。

董其昌此时来嘉兴，与项子京家族接触频繁。项子京虽然已经去世，但是他的后人已经成长起来。项子京的六个儿子继承了父亲“天籁阁”的收藏，而这六个儿子又繁衍出一个庞大的项氏家族，均与董其昌有深交。

据黄履常[1]撰写的《墨林项公暨孺人墓表》说，项子京的原配钱孺人没有生育，“颜太孺人在堂，意急含饴抱孙，孺人即广聘名家，充贰室”[2]，此后项子京连续找了五个妾，共育六子。1975年春，考古工作者在嘉兴市西南“项坟”挖掘出以砖隔成三室的墓葬，其考古报告称“可能是项元汴的三个妻室”，墓内拓片载“万历二十七年七月中元东海项穆”。[3]项穆就是项元汴的长子项德纯。

长子项德纯系徐氏所生。他最先与董其昌交好，也是最早引领董其昌进入项家大门的人，可惜项德纯死于万历二十七年。[4]他有两个儿子，长子项皋谟也是一位有名的画家，与董其昌的关系密切。

项元汴次子项德成系陈氏所生，字上甫、少林，因捐资而被授文华殿中书。他的大哥项德纯去世后，作为次子的项德成乃成项家的代表，曾邀请董其昌为父亲项子京撰写墓志铭，即《墨林项公墓志铭》。

三子项德新系陆氏所生，字复初，号又新，授业于董其昌的好友冯梦祯，工画山水。董其昌与项德新来往频繁，并在他家看到了颜真卿的《争座位帖》前段。万历四十七年（1619年），项德新邀请董其昌、陈继儒来到家里，就在他的书房“读易堂”内与自己的好友汪珂玉等一起鉴赏书画。董其昌在项子京的《花鸟长春册》上题跋，对

1 黄承玄，字履常，号宇参，嘉兴人。万历十四年进士，官至副都御使，福建巡抚。

2 扬之水《定名与相知》，广西师范大学出版社2018年版，第291页。

3 陆耀华《浙江嘉兴明项氏墓》，载《文物》1982年第8期。

4 项德纯与其母徐氏应该去世于同一年，即万历二十七年。此后，项家就逐渐走向衰败。

项子京赞叹不已。在“读易堂”，董其昌又题跋：“项又新家，赵千里四大帧，‘千里’二字金书。余与仲醇谛审之，乃颜秋月笔也。”[1]

现猜测，1975 年在嘉兴“项坟”挖掘的项氏墓，极可能是项元汴的二房徐氏、三房陈氏和四房陆氏的合葬墓。不管如何组合，其中肯定有项德纯的母亲、项氏二房徐氏在内。项元汴和原配钱孺人的合葬墓应该距此不远。

四子项德明系盛氏所生，字晦甫，也作晦夫，号鉴台。项德明小时候聪明伶俐，最得父亲项子京的喜爱，因此在继承遗产时，得到项子京收藏的精品最多。而项德明对书画收藏的狂爱不亚于父亲，董其昌亲切地称呼他为“项晦伯”。董其昌是项德明的重要买家，“天籁阁”旧藏的名画如米友仁的《潇湘白云图》、赵孟頫的《鹊华秋色图》均是历史名作，都是董其昌从项德明手中购得。董其昌在项德明家还观赏到名作如杨凝式的《韭花帖》[2]、谢太傅的《六十五字》、王羲之的《奉橘帖》《期小女修载》、倪瓒的《狮子林》等书画精品。

陈继儒与项德明的关系也很不一般，曾经从他的手中收藏过“天籁阁”的旧藏。项德明去世后，陈继儒为之撰写了《檇李太学鉴台项君墓志铭》。[3]

五子项德弘，字玄度、裕甫，号泰宇，精鉴赏，富收藏，也是盛氏所生。他继承父亲的主要收藏有张旭草书《古诗四帖卷》[4]，被董其昌刻入《戏鸿堂帖》。项德弘还收藏有黄公望《浮峦暖翠图》，于万历三十二年借给董其昌玩赏长达半年之久，可见两人已具非常信任的关系。

六子项德达系黎氏所生，字秦望。有关他的资料非常罕见，只知

---

1 董其昌《画禅室随笔》卷二。

2 汪珂玉《珊瑚网》法书题跋卷二。

3 《陈眉公全集》卷三十三。

4 现藏辽宁省博物馆。

他生育有四个儿子，即圣谟、嘉谟、声表、徽谟。其中，长子圣谟与四子徽谟，都是一时之丹青妙手，兄弟俩在画坛齐名。尤其是项圣谟与晚年的董其昌交谊尤深，为董其昌所倚重。董在项圣谟的画作上题跋曰："项子京有此文孙，不负好古鉴赏，百年食报之胜事矣。"[1]

项子京的同宗中有位孙辈，名叫项利侯，是董其昌的忠实粉丝。为收藏董其昌的书画，项利侯倾尽自家的财力，弄得生活捉襟见肘，令董其昌十分感动。董其昌内心其实并不喜欢和自己的粉丝纠缠，但对项利侯是个例外，曾为他不厌其烦地临写钟繇、王羲之、王献之等人的书法作品，甚至因纸张太短无法临写《兰亭序》而懊恼。这一故事可见台北故宫博物院所藏《董其昌临钟王帖》[2]上的题跋。

嘉兴还有一位收藏家叫黄履常，是董其昌前一届的进士，也是项子京次子项德成的儿女亲家，雅好书画收藏，与董其昌也有交往。项子京与原配的《墨林项公暨孺人墓表》，就是出自黄履常之手。[3]董其昌曾经在黄履常家观赏过米芾《天马赋》，为严嵩旧藏。他在《画禅室随笔》中说："襄阳书《天马赋》，余所见已四本。一为擘窠大字，后题云'为平海大师书'，后园水丘公观，特为雄杰，在嘉禾黄履常参政家。"[4]还有苏轼书《后赤壁赋卷》等名迹，也是黄履常的珍藏。

在嘉兴除了项家之外，董其昌与嘉兴汪家的关系也非同一般。嘉兴汪家是指汪继美、汪砢玉父子，他们是晚明嘉兴地区重要的书画收藏家和鉴赏家，收藏颇丰。董其昌与他们父子走得很近，尤其与儿子汪砢玉关系更加密切。汪砢玉，初名国润，字源昆，号玉水，因为撰写并于崇祯癸未年（1643年）刊印了《珊瑚网》书录而名垂古今。

1　汪砢玉《珊瑚网》名画题跋卷二十二。

2　台北故宫博物院故书000200。

3　扬之水《定名与相知》，广西师范大学出版社2018年版，第291页。

4　董其昌《画禅室随笔·跋自书》。

汪珂玉的儿子汪成渊娶了李日华的孙女。

汪珂玉与项子京的三子项德新，以及项子京孙子项圣谟俱是好朋友，董其昌来嘉兴时，时常与他们一起雅会。万历四十七年，董其昌坐船来嘉兴，邀请汪珂玉来自己的书画船上鉴赏《唐宋元宝绘》，同观者中就有项德新、项圣谟叔侄俩。[1]

嘉兴还有他的一位老友张公甫[2]，也是收藏名家。张公甫是华亭人，系董其昌的同乡，也是他在北京时的老同事，年龄应该比董其昌大一点，此时移居在嘉兴南湖，收藏颇丰。

（四）苏州

董其昌家的祖坟在苏州吴县渔洋山的灵岩村，所以他在年届不惑之后，往来苏州十分频繁。当然，除了祭祖之外，他还游玩、访友、赏画、创作和进行书画交易。

他每次来苏州，有一个地方不能不去，那就是苏州的阊门集市。阊门集市以夜市最为有名，早在明代中期就已经非常红火。唐伯虎曾描写胜景："世间乐土是吴中，中有阊门又擅雄。翠袖三千楼上下，黄金百万水西东。五更市买何曾绝，四远方言总不同。若使画师描作画，画师应道画难工。"[3]

苏州是董其昌座师韩世能的家，还有他的同年好友王文考，也是苏州望族。

早在万历二十五年以前，座师韩世能的长子韩逢禧就认识了董其昌。二十岁上下的韩逢禧很尊重董其昌，拿出家里珍藏的画给董其昌欣赏，其中包括《颜书自身告》、徐季海《朱巨川告》、赵千里《三

1 汪珂玉《珊瑚网》名画题跋卷十九。

2 张正明，字公甫，号浙江，华亭人。他是嘉靖四十四年的进士，授礼部主事，转文选郎，后来去云南做了副使。

3 唐寅《唐伯虎集》卷二《阊门即事》。

《王鏊像》，现藏南京博物院

生图》、周文矩《文会图》、李龙眠《白莲社图》、王羲之《行穰帖》、杨义《黄素黄庭经》、梁武帝《异趣帖》、张旭《宛陵帖》、吴道子《二十八宿与真武像》、马和之《画陈风图卷》（现藏大英博物馆）、郭忠恕《溪山行旅图》、苏东坡《书黄州寒食诗》、李唐《江山小景》等，只有顾恺之作《右军家园景》不是真迹，“直酒肆壁上物耳”。

韩世能在世的时候，董其昌还不太好意思向座师开口购画，而韩世能在万历二十六年去世之后，董其昌从韩逢禧的手中陆续购藏了一批座师的旧藏，其中包括王羲之《行穰帖》[1]、郭忠恕《溪山行旅图》、李唐《江山小景》等。由此可见，苏州韩家也是董其昌珍藏古迹的重要来源之一。

苏州城里的王禹声，字文考，是太子太傅、武英殿大学士王鏊的曾孙，也是董其昌的同年进士，选庶常，曾任湖北承天府的知府。王文考家也是收藏大户，宋代张择端的《清明上河图》就是其曾祖父王鏊的藏品。当年严嵩看上了此画，御都史王忬想讨好严相，就派人去求购。可是王鏊“其家巨万，难以阿堵动”，就是没把钱当回事，不肯卖。王忬心急之下请高手造了卷逼真的假画，结果被严嵩察觉，心生恨意。嘉靖三十九年（1560 年），严嵩找了个理由把王忬杀了。

---

1 现藏美国普林斯顿大学艺术博物馆。

王忬的长子就是后来官至南京刑部尚书的王世贞。董其昌曾经在王文考家鉴赏过倪瓒的山水画。[1]

万历二十八年（1600年）七月初七这天，董其昌舣舟苏州码头，然后就去了太师王府做客。王文考家有个很大的花园，假山叠石，曲水环绕，是苏州私家花园的典型特色，其间有个亭子，曰“余园亭”。董其昌就和王文考一起在余园亭里喝酒赏月，或许还有其他人和丝竹音乐助兴，这真是一个美好的夜晚。董其昌随后以这一夜晚的经历为主题，创作了《溪山仙馆图轴》（现藏日本东京国立博物馆），其题跋曰：“庚子秋七夕，余舣棹姑苏。同年王文考乃文恪之孙，觞余园亭……玄宰。”[2]

仍然是在苏州，董其昌邂逅了《万历野获编》的作者沈德符和诗人韩古洲。韩古洲、沈德符都喜好收藏，于是董其昌与他俩摆起了龙门阵，各自吹嘘自己的收藏品：

董太史玄宰，初以外转，予告归至吴门，移其书画船至虎丘，与韩胄君古洲，各出所携相角。时正盛夏，惟余与董、韩及董所昵一吴姬四人，披阅竟日，真不减武库。最后出颜清臣《书朱巨川告身》一卷，方叹诧以为神物，且云：“此吾友陈眉公所藏，实异宝也。”予心不谓然，周视细楷中一行云：中书侍郎开播。韩指谓予曰：“此吾郡开氏鼻祖耶？”余应曰：“唐世不闻有姓开，自南宋赵开显于蜀，因以名氏，自析为两姓。况中书侍郎，乃执政大臣，何不见之《唐书》？此必卢杞所荐关播，临摹人不通史册，偶讹笔为开字耳。鲁公与卢关正同时，此误何待言。”董急应曰：“子言得之矣。然为眉公所秘爱，姑勿广言。”亟卷而箧之。后闻此卷已入新安富家，其开字之曾

1　台北故宫博物院2016年《妙合神离——董其昌书画特展》，第104页。

2　《中国绘画总合图录》第三册，第127页。

董其昌《仿倪瓒笔意图》

董其昌在同年好友王文考家鉴赏过倪瓒作品，此幅即是临仿之作。现藏台北故宫博物院改与否，则不得而知矣。顷韩宦滁阳，偶谈颜卷，予深悔当年妄发。[1]

董其昌拿出的颜真卿《朱巨川告身》，是陈继儒的藏品，结果被沈德符点破为临仿之作。董请沈“姑勿广言”，并很快将这幅赝品转售“新安富家”。可见，他和古董商没有什么差别，假的字画也敢卖给人家。而且，董其昌随船携带的“吴姬”，就是青楼女子。董其昌在王文考家过“七夕”，可能身边就带着这位“吴姬”。

除了拜访以上苏州籍人士之外，董其昌还在苏州与古玩商吴用卿、程季白以及陶望龄、范允临、丁云鹏、陈继儒等从游。

（五）宜兴

在宜兴，董其昌有好几位同年进士，如吴正志、张纳陛、潘守正、储昌祚和高攀龙。高攀龙后来成为东林党的领袖，但在当年进士榜上的成绩并不怎么理想，只排在三甲的第二百六十八名。

在这些同年进士中，董其昌与吴正志的感情最好。董其昌于万历二十八年专程来拜访吴正志。吴正志出生于宜兴城内吴氏望族，世代为官，祖父是尚书吴俨，但他的仕途也不太顺利，三起三落。1617年吴正志去世后，董其昌写过一篇《祭吴澈如年丈文》，其中介绍了他们早年的交往：

忆在壮岁，同举南官宏词之试，角力争雄。余以自比于不材之木，而公独抗论，谓不当以山苗而压涧松。既为金而为石，亦愿云而愿龙。公所击者，权门之鹰犬，即余所仇者。[2]

1　沈德符《万历野获编》卷二十六。

2　董其昌《容台集》。

这事发生在他们中了进士后不久，前文已述。董其昌当时有些自卑，因为他周围许多人都是官宦子弟，背景很硬，而吴正志总是在激励和安慰他，说“不当以山苗而压涧松”，这令董其昌感动不已。

董其昌知道吴正志非常喜欢王维的诗，而且他的诗风也极似王维，于是为他写了《书辋川诗》[1]。董其昌题跋曰：“过荆溪访吴澈如年丈，出楮素属余书右丞辋川绝句。澈如爱右丞诗，且学之欲逼人，愧余书不能学右丞也。董其昌。庚子暮春。”[2]语句非常真诚，可见两人感情深厚。此时董其昌四十五岁，吴正志比董其昌小七岁，年三十八岁。题跋中所言“楮素”，是指用楮树皮所造之纸。“右丞辋川绝句”，指的是唐代王维和裴迪等在辋川的唱和诗，颇具禅意。

吴正志喜好收藏，这是他们吴家的传统。郎瑛在《七修类稿》

《董其昌画像》 万历二十八年，董其昌为吴正志书写了《书辋川诗》，装裱成册。此图现藏台北故宫博物院

1 现藏台北故宫博物院，编号故书 000209。

2 《石渠宝笈初编》卷十《辋川诗册》。

中讲到吴正志先辈以收藏字画来“免俗”的轶事。

宜兴吴尚书俨，家巨富，至尚书益甚。其子沧州，酷好书画，购藏名笔颇多。一友家有宋宫所藏唐人《十八学士》袖轴一卷，每欲得之，其家非千金不售。吴之弟富亦匹兄，惟粟帛是积，清士常鄙之。其弟一日语画主曰：“《十八学士》果欲千金耶？”主曰：“然。”遂如数易之。而后置酒宴兄与其素鄙己者，酒半，特谈画，众复嗤焉，然后出所易以玩。其兄惊且叹曰：“今日方可与素之鄙俗扯平。”[1]

大凡吴正志家遇到了喜事，董其昌都会前去贺喜，赠送的贺礼必是书画作品，如万历三十九年，吴正志在家完成了“云起楼”的建造后，邀请董其昌来游。董其昌为其作《奇峰白云图》[2]，以为贺喜之用。万历四十一年（1613年），董其昌和吴正志再次被朝廷起用，董其昌又作了《荆溪招隐图》，归吴正志收藏。

（六）金坛

对于董其昌来说，有一位金坛人，他从来不敢小觑，这就是他的同年好友王肯堂。

王肯堂（1549—1613），字宇泰，一字损仲，号损庵，自号念西居士。他出身于官宦之家，祖父王皋，父王樵，均是进士。他本人于万历十七年中进士，与董其昌一起被选为庶常。王肯堂的父亲王樵，曾任刑部侍郎。

王肯堂不仅是一位著名的医学家，也是一位著名的收藏家。当年在翰林院，他同董其昌一样，是馆师韩世能所器重的弟子。王肯堂收

1 郎瑛《七修类稿》卷四十四，上海书店2009年版，第462页。

2 现藏台北故宫博物院，编号故画000620。

藏极富，重点是历代的法书名帖，因家中书斋名叫“郁冈斋”，曾刻《郁冈斋墨妙》行世，可知他收藏的墨迹法书均是赫赫有名物。《郁冈斋墨妙》所刊内容如下：

卷一为钟繇《戎路表》《荐季直表》，王羲之《乐毅论》二种；

卷二为杨羲《黄帝内景经》；

卷三为王羲之《兰亭序》褚摹本、冯承素本、唐摹本三种；

卷四为王羲之《钟繇千字文》；

卷五为王羲之《十七帖》；

卷六为王羲之《思想帖》《袁生帖》《大道帖》《念长风帖》《贤室帖》《四纸飞白帖》《胡母帖》《羊参军帖》《雨晴帖》《清和庆慰帖》《四月三日帖》《谓有理帖》《敬和帖》《想佳帖》《何当帖》《时听故散意帖》《此事帖》《二谢帖》《官奴帖》，王献之《地黄汤帖》《敬祖帖》《卫军帖》等二十余帖；

卷七为晋索靖《月仪帖》，唐无名《月仪帖》；

卷八为唐无名《嵇康绝交书》；

卷九为王方庆《万岁通天帖》，虞世南《大唐故汝南公主墓志铭》《积时帖》，褚遂良《倪宽赞》《司马迁妾随清娱墓志铭》，颜真卿《祭伯文稿》；

卷十为苏东坡《宋玉九辩》，米元章《天马赋》。[1]

此外，王肯堂还刊有《郁冈斋帖》丛帖。明代前辈收藏家华夏，曾于嘉靖元年（1522年）将他“真赏斋”中收藏的魏晋法帖，请挚友文徵明、文彭父子勾摹，并由名刻手章简甫刻石，刊行《真赏斋

1 台北故宫博物院2016年《妙合神离——董其昌书画特展》，第360页，日本安田女子大学尾川命穗文章《董其昌的书论》。

帖》。原刻石后被火焚烧，又重刻了一次，遂有“火前本”“火后本”之分。“火后本”原石被王肯堂购得后，他将“火后本”内容编入了自己的《郁冈斋帖》丛帖。

万历二十年，王肯堂因上书直言抗倭，被诬以“浮躁”降职，遂称病辞归，自己僻居读书，专心习医，长达十四年之久，其间与传教士利玛窦有往来。万历三十四年（1606年），其父王樵生前旧知、吏部侍郎杨时乔荐补赋闲的王肯堂为南京行人司副，这才重新出山，掌管传旨、册封等事务。万历四十年（1612年），六十三岁的王肯堂才被调任福建，任布政使右参政，可是他早已无心做官，匆匆向朝廷乞休还乡。

董其昌每次前往金坛，自然会去拜访王肯堂。他俩有着太多的话题可以交流。

万历三十一年，董其昌曾被任命为南京乡试的主考官。他带着儿子前往南京赴任的途中，先去游览道教祖庭的茅山。茅山位于金沙（现金坛区）与句容的交界处，于是董其昌顺道拜访了同年好友王肯堂。那时王肯堂还没有起官。在“郁冈斋”，董其昌看见了王家收藏的黄公望名作《天池石壁图轴》[1]，叹服不已。

但在私底下，董其昌与王肯堂两人一直为各自收藏的法书优劣而暗暗较劲。董其昌当然认为自己收藏的法书是一流的，可是，性格耿直的王肯堂不肯服气，因为他那“郁冈斋”里收藏的许多法书名作，董其昌没有，所以非常得意。而董其昌则强调自藏的法帖是“宋拓”，以此来突出二者间的等级差别，以实现“打击”王肯堂的所谓嚣张气焰。不过，两人这种“斗富”伎俩，并不影响老友间的真正友情。

董其昌去金坛，除了访友鉴古之外，还有一个很隐秘的动机，那就是去笼络各方势力，以期使自己在阉党与东林党的较量之中，能够

1　现藏故宫博物院。

保持平衡，两边都不得罪。

万历三十年四月，董其昌再去金坛，拜访了于玉立[1]。表面上看，这纯粹是一次访古活动。董其昌在《临月仪帖卷》[2]上题跋说："壬寅四月，余访于比部中甫于金沙。中甫出诸古帖相质，有唐人《月仪帖》。生平仅见，因手临之，欲刻入鸿堂，忭帖成，遂遗此。书虽余所临仿，实与真帖颇肖似，第不知唐名贤为谁？殆元和以后手也。"

问题在于，于玉立这个人背景很复杂。万历三十年之际，东林党的势力已经形成，而于玉立是东林党的重要成员，无论在官场还是学界都具有很高的影响力，董其昌此时主动来拜访他，就是向东林党人示好。

总之，董其昌拜访的这些人家，绝大多数是收藏大户。

董其昌在江南寻访书画古迹，并非事事如意。

万历三十一年，他来到留都。南京的收藏市场非常红火，收藏名家也很多。南京本地人顾起元记载此时留都"有金静虚润，王尚文徽，黄美之琳，罗子文凤，严子寅宾，胡懋礼汝嘉，顾清甫源，姚元白淛，司马西虹泰，朱正伯衣，盛仲交时泰，姚叙卿汝循，何仲雅淳之，或赏鉴，或好事，皆负隽声。黄与胡多书画；罗藏法书、名画、金石遗刻至数千种；何之文王鼎、子父鼎最为名器；它数公亦多所藏。近正伯子宗伯元介出而珍秘盈笥，尽掩前辈。伯时、元章之余风，至是大为一煽矣"。[3]这些收藏家并不是每个人都会给董其昌面子。

董其昌在南京某藏家处，看见褚遂良的《西升经》，极喜欢。他

1 于玉立（？—1620），字中甫，金坛人，于孔兼侄儿，东林党重要成员。万历十一年进士，授刑部主事，后调任员外郎。他为人刚直不阿，敢于直言。《明史·列传第一百三十三》。

2 现藏台北故宫博物院，编号故书 000124。

3 顾起元《客座赘语》卷八。

在自己意临的《西升经》[1]上题跋曰：

今年游白下，见褚遂良《西升经》，结构遒劲，于《黄庭》《像赞》外，别有笔思。以顾虎头《洛神图》易之。主人迫欲朱提，力不能有，遂落贾人手。如美人为沙叱利拥去矣。更偿之二百金，竟靳固不出。登舟作数日恶，忆念不置。然笔法尚可摹拟，遂书此论，亦十得二三耳。使《西升经》便落予手，未必追想若此也。[2]

这个轶事很有趣，揭示了书画购藏中某些规律性的特征：

董其昌见到褚遂良《西升经》之后，当即决定要购买。他首先提出的交易方式是易货，即用顾恺之的《洛神图》与之交换。人家不允，非得现金购买不可。董其昌确实没有那么多现金，正在犹豫间，褚遂良《西升经》已被古董商下手买走了。董其昌不甘心，再与古董商洽谈，条件是除了顾恺之《洛神图》之外再加“二百金”作为补偿。古董商笑了。为什么笑？因为商人看重的是利益最大化，而董其昌志在必得的心思已经暴露，所以这个出价就不能让古董商称心如意了，想逼迫董其昌大出血。古董商的行话是“三年不开张，开张吃三年”。董其昌实在出不起再高的价格，悻悻然只得放弃。

董其昌对此耿耿于怀，“登舟作数日恶，忆念不置”。不过，董其昌是书画买卖的老手，懂得怎样安慰自己，于是他根据自己的记忆，意临了这件作品，并说“然笔法尚可摹拟，遂书此论，亦十得二三耳。使《西升经》便落予手，未必追想若此也”。人生不如意者常八九，不能死磕自己办不成的事。董其昌明白这个世理。

更有甚者，有人知道董其昌是收藏与鉴赏大家，奈何他们的宝贝

1 现藏苏州博物馆。

2 董其昌《画禅室随笔》卷三。

就是不让董其昌看，你奈何？梁溪华氏收藏的巨然《山寺图卷》就是如此。董其昌在巨然《山寺图卷》题跋曰：

此卷在梁溪华氏，余求之数载，不得一观。今为公甫所有，得展玩竟日。其墨法笔法似右丞、范宽，与巨然平日淡墨轻烟少异，盖唐宋人画派如出一家，不可以格数辄较量也。甲辰六月三日，过南湖观因题。[1]

所幸的是，藏家梁溪华氏终于熬不住了，最后把巨然《山寺图卷》卖给了董其昌的同乡好友张公甫老兄。董其昌在万历三十二年六月三日，终于见到了这幅巨然《山寺图卷》。

张公甫不仅欣然让董其昌观赏，还主动求他在画作上题跋，当然是明智之举。褚遂良的《西升经》原作与巨然《山寺图卷》一样，都没有留存至今，但是因为有了董其昌的记录，我们知道它们曾经在历史上出现过。

对收藏家，董其昌有自己的看法。他认为，在喜爱收藏的人中，有不少是俗人。他们趋炎附势，追赶时髦，而且还不懂装懂，很少有正人君子的气节。他在《苏黄题跋序》中举例说："当宣和时，党禁苏黄，及其翰墨，凡书画有两公题跋者，以为不祥之物，裁割都尽，乃以进御。盖论世者兴嗟焉。岂知五百年后，小玑片玉，尽享连城，如侍御杨公，裒成此集也邪！山谷尝为子弟言：'士生于世，可百不为，惟不可俗，俗便不可医也。'临大节而不可夺者，不俗也；宋人之以为不祥也，俗也；侍御公之结集也，医俗也。世有不俗者，定不作书画观矣。"[2]这就是说，因为苏轼和黄庭坚位列北宋的四大书法

1 《壮陶阁书画录》卷二《巨然山寺图卷》。

2 董其昌《容台文集》卷一。

家，也是有名的书画鉴赏家，当初谁家藏有名品，都哭着喊着要此二公题跋，而一旦他俩受到了政治迫害，这些收藏家立即把他们的题跋裁掉，认为是不祥之物。岂不知五百年之后，苏轼和黄庭坚的片纸只言都要价值连城。不过，董其昌认为这些人还不算是死不改悔的人，无非是俗人，还是可以医治的，属于立场不坚定的墙头草而已。俗人，这是董其昌的第一个断语。

董其昌对自己的作品，十分珍惜，也就是说手很紧，不肯轻易送人。他最讨厌的是以势欺人、以权豪夺的“马上君子”官员，并斥之为强盗，这些人很难得到他的作品。如当年威震一时的名将顾养谦，曾经为国立功，官高至兵部尚书，向他索求一纸扇面而不得。“朝贵腹中无古今，固应不知，第以为罪案。”《仿李营丘寒山图》序文[1]还说：“视此曹求田问舍，杀人媚人，一生作恶业者，何啻枭凤而妄下语乃尔耶！世必有能知者，余亦何以为意！”

当然，能够得到董其昌的字画作品，在当时也已算很荣耀的事。万历三十二年，著名收藏家李日华在西湖收藏到董其昌《宝鼎斋帖》，就把自己藏书房的斋号命名为“宝鼎斋”[2]，可见他对董其昌的崇敬之情。这也反映出当时董其昌在文坛的影响力和在收藏市场里受追捧的程度。因此，董其昌出售了自己大部分作品，前面我们谈到了槜李的项利侯，为了购买董其昌的作品，已把自家的经济弄得捉襟见肘，从侧面也可看出董其昌自己的书画生意收入应该十分可观。但不收钱的馈赠作品数量也不少。要区别哪些作品是出售或是馈赠，需细心甄别，也可见端倪。最显见的是董其昌作品上的题跋，大致就能够分辨出哪些字画是赠送人家的，没有收钱，哪些又是收了钱的。

总体上，能够得到董其昌馈赠作品的人，大体上有三种：

---

1 董其昌《容台文集》卷四。

2 李日华《味水轩日记》卷二。

第一种人是他的亲戚，以及身边为他服务的人。如儿子、门人或亲家。董其昌的亲家有几位，给亲家的作品大都是赠送的。万历三十年作《便面册页》，是为“复阳老亲家”。万历四十八年绘《风亭秋影图》是赠徐肇惠，也题为亲家。徐肇惠，字莡夫，是徐阶第三子徐瑛的长子，蒙祖父官荫仕至尚宝丞，是董其昌第三子董祖源的岳父。[1]

第二种是旧友，就是那些有交情的同年或同事。例如他的同年进士吴正志、顾际明[2]、孙文龙[3]等，都曾经得到过他的赠画，而且这些画均是精品。赠送吴正志的是《奇峰白云图》，这幅山水画以米家山水的技法，画出了“石分三面”的视觉效果；赠送顾际明的是《葑泾访古图》；赠送孙文龙的是《楚天清晓图》，披麻皴为其显著特点，展现了山水苍茫的景色。以上三幅画，均收藏在台北故宫博物院。

第三种是官员。董其昌很长时间行走江湖，少不了要得到官员们的照顾。如万历二十九年创作的《鹤林春社图轴》，题跋上写明是“赠唐君公”。

最初几年，他的精力主要用在寻访名画上。如，万历二十八年七月二十七日，题倪瓒《渔庄秋霁图轴》[4]、题莫是龙《画卷》[5]、题宋旭《松窗读易图轴》[6]；万历二十八年仲春晦日，题赵孟頫《过秦论》[7]。四月望，在戏鸿堂题倪瓒《林石小景图轴》[8]、谷雨日在三山

1 颜晓军《董其昌诸子及董氏第宅》，载《故宫博物院院刊》2016年第6期，第114页。

2 顾际明（1563—1638），字良甫，枫泾南镇人，系顾野王的后裔，宋代迁枫始祖顾演才的第十三代孙。万历十七年进士，授庶吉士，入选翰林院，官至太仆寺卿，其为官清廉，学识渊博，工书善画，手书字帖被后人编入《明代名人手札赏评》。

3 孙文龙为董其昌同年进士，曾在湖广承天府任知府。在任期间，孙文龙于万历三十年纂修《承天府志》二十卷，现日本尊经阁文库藏原刻本。

4 现藏上海博物馆。

5 董其昌《画禅室随笔》卷二。

6《享金簿》。

7《辛丑销夏录》卷三。

8《石渠宝笈初编》卷八。

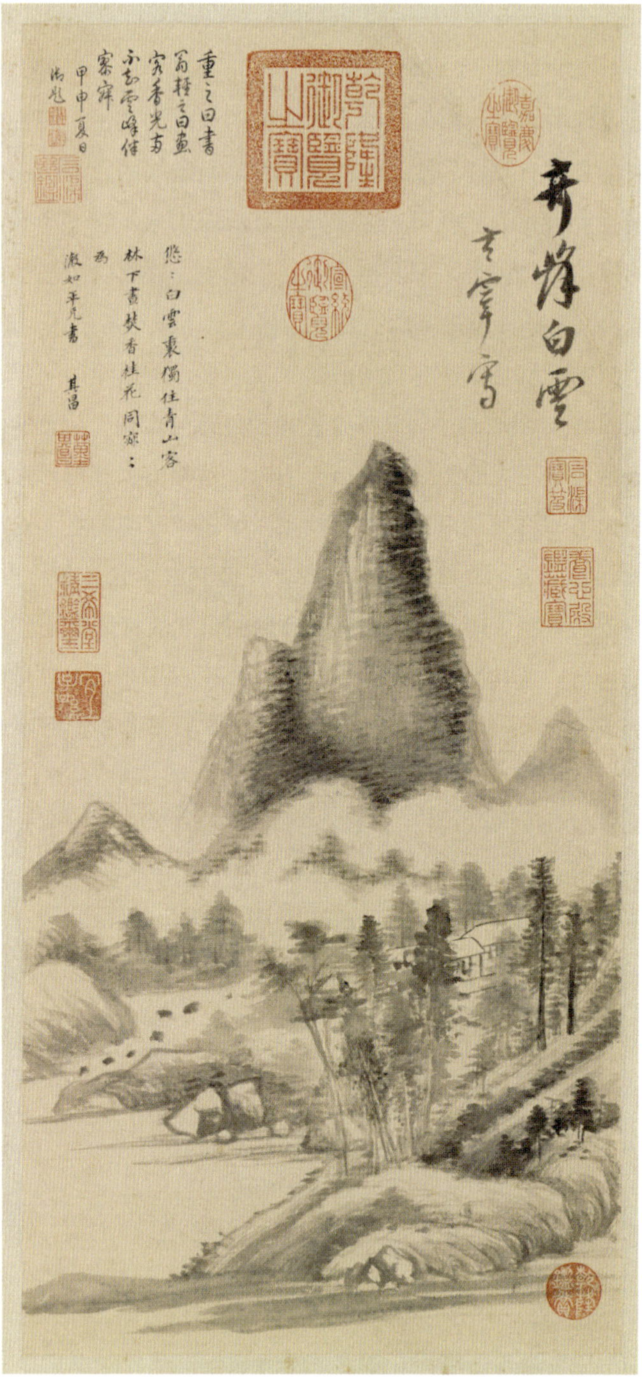

董其昌《奇峰白云图》 立轴 万历三十九年，宜兴吴正志家盖起了“云起楼”。董其昌绘制此图，前往祝贺

董其昌《葑泾访古图》 立轴 万历三十年正月，董其昌与同年顾际明由槜李返回的路上避雨，住宿在葑泾，完成了这幅作品

董其昌《楚天清晓图》

作于万历四十年八月。董其昌同年孙文龙曾任承天府知府，将自己修撰的《承天府志》赠予董其昌。董氏即以米芾《楚天清晓图》的掌故，创作了此图，赠予孙文龙。此图后来被王时敏收藏。承天府位于湖北，米芾即湖北襄阳人。现藏台北故宫博物院道中题韩愈《送李愿归盘谷序》[1]；万历三十年除夕，题赵孟頫《鹊华秋色图卷》[2]……

他也可以随心随欲地作画，而他的用心之作，基本上是赠送给亲朋挚爱的。万历二十八年的七夕，当时正舣舟姑苏的他，作《溪山仙馆图轴》[3]；万历二十九年的春天，在虎丘山居作金笺本设色《仿黄公望山水卷》[4]以及与孙克弘合作《书画册》[5]；万历三十年元日作《楷书盂兰盆经卷》[6]、《葑溪图轴》[7]，长至日作《行书谢许使君刻戏鸿堂诗卷》[8]……

万历二十八年，发生了一件震惊全国的抗税大案。董其昌为此非常牵挂。

时任南康[9]太守吴宝秀，为了替老百姓说话，奋起抗税，结果被捕，槛车入京下狱。他的妻子陈氏哀愤上吊自尽。当时的社会民众普遍为吴宝秀喊冤。达观大师闻讯后，慈悲为怀，为营救吴宝秀而亲自赴京。董其昌深知官场的黑暗，担心达观大师的处境，于是立即致书，力劝达观大师赶紧返回南方，不要与那些没有佛性的官员纠缠。但是，达观大师不顾自身安危，依然前去救人。

果不其然，达观大师因此触怒了阉党权贵。随后，他被诬造作“妖书”（谎传神宗改立太子）下狱，于万历三十一年卒于狱中。

---

1 董其昌《画禅室随笔》卷四。

2 《石渠宝笈初编》卷三十三。

3 现藏日本东京国立博物馆。

4 《石渠宝笈三编》延春阁二十六。

5 《复初斋文集》卷三十四。

6 《秘殿珠林》卷六。

7 又名《葑汀访古图》。《石渠宝笈续编》宁寿宫十四。

8 董其昌《容台诗集》卷一。

9 今属江西庐山市、永修县等地。

钱复作《达观大师像》
现藏南京博物院

董其昌后来满怀深情地写道：“后观师留长安，余以书招之，曰：马上君子无佛性，不如云水东南，接引初机利根，绍隆大法。自是不复相闻。癸卯冬，大狱波及观师，搜其书，此书不知何在。余谓此足以报观师矣。昔人以三转语报法乳恩，有以也。”[1]

董其昌在此语中透露了一个重要细节，就是他给达观大师的信札中，称“马上君子无佛性”，可能还有其他骂朝廷官员的话。董其昌对于晚明官场的斗争了然于心，这些官员常常依赖皇上支持，打着为“生民计”“天下安”的旗号，残酷打压不同政见者。官场上还有一种情况，就是官员们通过无情打击不同政见者，来证明自己对主子的忠心，实为自保。达观大师认为这封信可能会给董其昌带来祸端，于是在他自己下狱前销毁掉，所以阉党权贵没有找到把柄，实际上这是达观大师保护董其昌的举动。

万历三十年元月一日，董其昌率领全家人前往苏州屿洋山，为其父亲董汉儒、母亲沈氏扫墓，替朝廷宣读皇上的赠诰。

1　董其昌《容台别集》卷一。

苏州屿洋山旧称竹冈西原，就是今天苏州的渔洋山，系董家的祖坟。屿洋山与华亭相距不远，水路当天即可返回华亭。是夜，董其昌作《楷书盂兰盆经卷》，跋曰：“壬寅元日，自太史屿洋墓襄事归。”[1]

四、《戏鸿堂帖》刊行

万历二十九年，董其昌终于听到了一则喜讯：师兄弟王衡再次走进殿试科场，以一甲第二名（榜眼）及第，授翰林院编修。这已经是王衡父亲、首辅王锡爵致仕后的第七个年头。

这一次，即使那些看不得别人好又喜欢嚼舌头的御史也不得不闭上嘴巴，无可非议。不仅如此，整个舆论也来了个一百八十度的大转弯，朝野都热衷以王府“父子榜眼”的故事传为美谈——王锡爵于嘉靖四十一年会试名列第一，廷试名列第二。正可谓风水轮流转，褒贬不一般。社会舆论常常像一只没头的苍蝇，没有理智，却很疯狂，到处乱撞，让许多无辜者的身心备受伤害。

万历三十一年，按照南方人讲虚岁的习惯，四十九周岁的董其昌即将迎来五十大寿，这年的“人日”，即正月初七，距离他的生日还有整整十天，他给自己送上一份大礼：《戏鸿堂帖》刻稿完成了！[2]这是董其昌十多年来苦心寻访前人法书名作的成果，也是他收藏活动的心血结晶。在《戏鸿堂帖》扉页，他用隶书一行书写“戏鸿堂法书一”等，然后是首开，撰写：“翰林院国史编修制诰讲读官董其昌审定”，尾款署“万历三十一年岁在癸卯人日华亭董氏勒成”二行。[3]这对于董其昌而言，实在是完成了一项人生大事，凝聚了他大半生的

---

1 《秘殿珠林》卷六。

2 《戏鸿堂帖》尾款署“万历三十一年岁在癸卯人日华亭董氏勒成”。

3 《戏鸿堂帖》的原版为木刻，其后版损又重刻石版。由于董其昌极负盛名，此帖风行一时。石版于二十世纪四十年代初期遭日本飞机轰炸而损坏，现存石 133 块，藏于安徽博物院。

心血结出了硕果。

董其昌集刻《戏鸿堂帖》，耗资不小，得到了同年好友、松江知府许周翰的资助。董其昌感怀在心，于万历三十年作行书《自书谢许使君刻戏鸿堂诗卷》[1]，答谢了许周翰。

董其昌自述曰："余在京师得古画二十余册，中有李伯时《西园雅集图》、米元章书序。余刻之《鸿堂帖》行于世。"[2]这说明他在北京网罗的"古画二十余册"是《戏鸿堂帖》的重要组成部分，但也只是其中的一部分。

事实上，《戏鸿堂帖》共十六卷，所收的底本是董其昌陆续搜罗借摹而来的，不仅不是他的收藏品，也未必都是真品。而且《戏鸿堂帖》中"董其昌手摹者仅为《汝南公主墓志》，余均为沈宏所摹并刻"[3]。当然，这样做的确很难保证其完美的质量。

沈德符在《万历野获编》记录了这样一个故事：

董玄宰刻《戏鸿堂帖》今日盛行，但急于告成，不甚精工。若以真迹对校，不啻河汉。其中小楷，有韩宗伯（韩世能）家《黄庭内景》数行，近来宇内法书，当推此为第一。而《戏鸿》所刻，几并形似失之。予后晤韩胄君诘其故。韩曰："董来借摹，予惧其不归也，信手对临百余字以应之，并未曾双钩及过朱，不意其遽入石也。"因相与抚掌不已。[4]

后人点校《戏鸿堂帖》后，也发现了很多错误。启功先生还专门写过一篇考证文章，指出其谬误之处。但是，董其昌搜罗《戏鸿堂

1 董其昌行书《自书谢许使君刻戏鸿堂诗卷》，现藏上海博物馆。

2 董其昌《容台别集》卷三。

3 杨震方《碑帖叙录》。

4 沈德符《万历野获编》卷二十六《小楷墨刻》条。

帖》，是以一己之力完成的，而且似乎也只有像他这样有能力的人，才能得以完成如此艰难的任务。《戏鸿堂帖》对学术界、书法界和收藏界的影响，具有无法比拟的深远功德。

手捧着散发翰墨香气的《戏鸿堂帖》，董其昌一定心潮起伏，感慨良多，抚今追昔，心头百般滋味。于是他邀请自己最要好的朋友王衡、陈继儒等，进入自家的书画船，开怀畅饮，又一起游览了家乡的名胜畸墅。所谓畸墅，当地人称陆君策畸墅，位置在九峰三泖的卢山之阳，是董其昌好友陆万言的别业。这里山明水秀，风景旖旎，距离县城十公里。

这次欢聚，王衡有诗纪念："得得山情近，深深客意便。高延九峰翠，半借竹楼烟。种树书无恙，看花榻尚悬。沧州吾欲共，未许白鸥专。"[1]其中"高延九峰翠，半借竹楼烟。种树书无恙，看花榻尚悬"四句，描写的就是陆君策畸墅的情景，而"深深客意便"，以说明董其昌与王衡的深谊。

《戏鸿堂帖》刻成之后，市场销售火爆，一时洛阳纸贵，董家人赚了不少钱。"《戏鸿堂帖》乃董太史家所刻，初时纸墨拓工各极其妙，四方争赏，以高价购之，而不易得也。"[2]后来受"民抄董宦"事件牵连，《戏鸿堂帖》的部分木质刻板被火焚毁。董家及其雇佣的那些人为敛取更多的财富，重新用石翻刻了《戏鸿堂帖》，但偷工减料、粗制滥造，导致《戏鸿堂帖》的声誉一度大损，价格也大跌，以至最终无利可图。万历三十五年，董家把《戏鸿堂帖》石刻转卖给了同乡的刻书人施叔灏。

施叔灏就是《戏鸿堂帖》"用大斋本"的主人。他说："迨董太史督学楚中，董治者不得其人，徒取速就射利而已，一时价也顿减。

1 《缑山先生集》卷五。

2 容庚《丛帖目》第一册。

今其刻归于余，余诚不知书，但耳食董太史之声价，不敢轻堕坏之，务令纸墨拓工悉还其书，识者勿复冀以贱值得之也……丁未季秋，用大斋主人识。”[1]

施叔灏招徕一批能工巧匠，“拓致精，虑工人装失次第，增加目录，其目有红印墨印两种，其红印世尤贵之。”[2]《戏鸿堂帖》的市场声誉这才重新树立起来。

万历三十年正月，董其昌和陈继儒去了檇李，与董其昌的同年、翰林院同事顾际明相聚，然后准备一起顺道返回。半道上刚走到葑泾，突遇一场春雨。早春的江南雨连绵不绝，却寒冷刺骨。恰巧顾际明是葑泾本地人，于是他连忙把董其昌和陈继儒请进自家住下，生火取暖，热情招待。

葑泾古镇，即今日上海市金山区枫泾镇，位于上海市西南，与沪浙五区县交界，是上海通往西南各省的最重要门户。

董其昌在葑泾住了几日，心情很好。他们聚首赏画，评判甲乙，其乐融融。然后，董其昌静心画了一幅《葑泾访古图》[3]。在这幅作品中，董其昌依照自己对古人先贤的理解，采用了董源、巨然、黄公望、倪瓒以及王维的遗风余韵作画，这些笔墨，已然成了他自己的艺术元素。

画毕，董其昌依例首先题款：“壬寅首春，董玄宰写。时同顾侍御自檇李归，阻雨葑泾，检古人名迹，兴至辄为此图。”脸上显然露出了得意之色。

稍等片刻，纸上的墨迹已干。陈继儒挥笔趋前，兴致勃勃地题道：“此北苑兼带右丞。玄宰开岁便弄笔墨，此壬寅第一功课也。叹

1 容庚《丛帖目》第一册。

2 王芑孙题沈氏《戏鸿堂帖》。

3 现藏台北故宫博物院。

羡叹羡！继儒。”

按照董其昌的性格，这幅《葑泾访古图》赠予顾际明，以作为报答对方的盛情款待。顾际明非常喜爱这幅作品，不肯着墨，怕画蛇添足，“犹如聘丽人却黥其面”也！

朝廷并没有忘记躲在乡间过着逍遥日子的董其昌，万历三十一年九月初，再度将他叫去了南京，让他出任南京乡试的主考官。

十三年前，就是在留都南京的这个贡院，参加乡试的董其昌中举，然后去北京参加会试、殿试。弹指一挥间，如今的董其昌翻身做了主人，前来担任主考官。

监考很顺利，主考官大人的心情也非常痛快，于是董其昌畅游南京栖霞寺，邂逅了著名画家吴彬。吴彬也久仰董其昌的才学，董其昌作《栖霞寺五百阿罗汉画记》以为助喜[1]。

吴彬是福建莆田人，有奇才，万历年间成为宫廷画家。他没有经过科举而被任命为工部主事，这在当时极为少见。吴彬擅长画佛教人物，与董其昌好友、另一位以擅画佛教人物而扬名的丁云鹏相颉颃。

五、为王时敏点灯

在董其昌的眼里，王衡是个什么样的人呢？董其昌说：“辰玉虽不沾沾论书，乃眼白一世，鲜所许可。”[2]由此可见，新科榜眼王衡是高傲之人，不喜与俗人交往。王衡也是一位书法家，董其昌评论说：“其天骨既尔秀绝，而盘旋唐晋间，工力兼至。或以为学苏子瞻，子瞻实不能尽辰玉也。右军灵和，大令俊轶，于吴光启此刻见之，而

1 《摄山志》卷四。

2 董其昌《容台别集》卷三。

董其昌《栖霞寺诗意图》

立轴，纸本墨笔

纵 133.1 厘米，横 52.5 厘米

现藏上海博物馆

传以学宪之遗迹，王方庆《宝章录》千秋竞爽矣。”[1]

王衡家在娄东，属于苏州府管辖，而苏州画家与松江画家在绘画理念上是有区别的。“苏州画论理，松江画论笔。理之所在，如高下大小适宜，向背安放不失，此法家准绳也。笔之所在，如风神秀逸，韵致清婉，此士大夫气味也。”[2]然而，自视甚高的王衡却十分服膺董其昌，也完全赞成他的书画理论，所以他们从来没有争执。

《戏鸿堂帖》刻成时，王衡来拜访董其昌。酒逢知己千杯少，可酒入王衡的愁肠，此时已痛苦不堪，原因是王衡痛失爱子。

王衡膝下本有三子，即长子鸣虞、次子赓虞和最小的儿子赞虞。因为其本家叔公王学宪无后，于是把最小的儿子过继给他当嗣孙。不料在万历二十四年，次子赓虞罹患痘疮病而死，后来长子鸣虞又病逝，所以叔公王学宪心有不忍，又将他家最小的儿子赞虞送还回来，以继烟火。王锡爵亲自将这个孙子的名字改为王时敏。[3]

就是这次，董其昌第一次见到了时年十二岁的王时敏，王衡来拜访董其昌的时候，王时敏也跟着来了。

董其昌与王时敏的这次见面，看似两代人不经意间的偶然相逢，在历史上却具有不同寻常的深意。董其昌当时已经是画坛领袖，名望盖世，追随者众多，想要得到他作品的人络绎不绝，差不多要造个铁门来阻挡他们。

董其昌第一次看到王时敏，见那眉清目秀的神情就喜爱不已，尤其是王时敏对董其昌、陈继儒等长辈们恭敬如父的犹子礼，显示出其大户门第的深厚教养。董其昌还听说，王时敏对书画一门的喜爱超乎同龄孩子：每当王时敏得到一幅佳作，都会默默地仔细端详半天，然

1 董其昌《容台别集》卷三 。

2 唐志契《绘事微言》。

3 王时敏《王时敏自述》：“余先太史第三子也，初名赞虞，出继叔祖学宪公为嗣孙。余四岁顷，次兄赓虞患痘疮殇。十二岁时，长兄鸣虞亦夭。余为归家，改名曰时敏。”

董其昌《小中现大》册页

此册为缩本，原作均收藏于台北故宫博物院

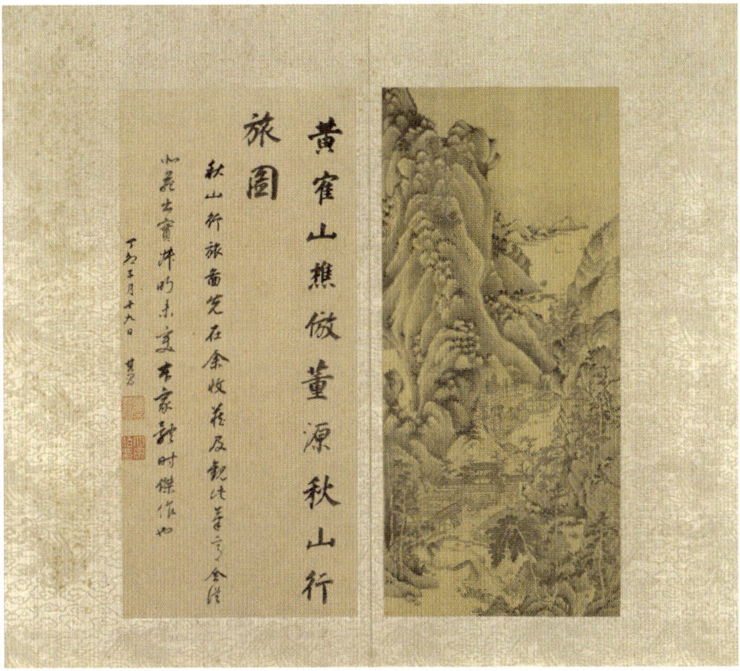
黄雀山樵倣董源秋山行旅圖

后闭目凝思，思考着画技；而一旦得到了自己喜欢的作品，他就要“绕床狂叫，拊掌跳跃”[1]，极为兴奋。

而正是这次见面，确立了董其昌与王时敏之间的师徒关系。若干年之后，王时敏茁壮成长，不负董其昌栽培，成为新一代的画坛领袖，并开创了所谓的中国“正统画派”，成为清初“四王吴恽”的开山鼻祖。

董其昌对少年王时敏的喜爱和关怀，主要体现在对他画事的培养上，不仅口传心授，还亲自动手示范，教授画技。董其昌画过一些树石的课徒画稿，其中有仿王维、荆浩、董源、范宽、李成的笔法，后来还把自己临摹宋元大家的缩摹本均赠予了王时敏。如此教授，给予王时敏在绘画上的启发很大。恽寿平在《南田画跋》中说，“娄东王奉常烟客（王时敏），自髫时便游娱绘事。乃祖文肃公属董文敏随意作树石，以为临摹粉本。凡辋川、洪谷、北苑、南宫、华原、营邱，树法石骨，皴擦勾染，皆有一二语拈提根极理要”。至此，董其昌与王时敏一直保持着亲密联系。

董其昌如何教导王时敏学习书画？其内容大体上都写在了《容台集》里。董其昌说：为人处世与练字学画的道理正好相反。学做人要兼明，就是要学习众人的长处，只以某一个人为榜样就会受到局限，但学艺要专，开始练字学画时不能贪多求广，否则贪多嚼不烂，一事无成。按其原话就是：“用人欲兼收，一门则局；行法欲画一，多门则乱。”[2]

学画该从哪里入手呢？董其昌总结了自己的经验，提倡始从元四家中的黄公望入手。黄公望是元四家之首，造诣深厚，具备了许多大

1 吴伟业《王奉常烟客七十序》：“当其搜罗鉴别，得一秘轴，闭阁凝思，瞪目不语，遇有赏会，则绕床狂叫，拊掌跳跃。”

2 董其昌《容台别集》卷一。

家的技法，一旦精通了黄公望，就能够一览众山小，这就是为什么人们要把黄公望遗存的残纸破画当作宝贝的原因。

王时敏后来回忆说："昔董文敏公尝为余言，子久（黄公望）画首冠元四家，得其断楮残缣，不啻吉光片羽，而生平所最合作，尤莫如《富春山卷》。盖以神韵超轶，体备众法，又能脱化浑融，不落笔墨畦径，故非人可企及，此诚艺林飞仙，迥出尘埃之外者也。"[1]

董其昌还说：能够临摹好古人的书画，从中学习其技法之外，更重要的是拜大自然为老师，要善于观察自然万物的变化，从中学习绘画的技法，寻找艺术的灵感。即"画家以古人为师，已自上乘，进此，当以天地为师。每朝起看云气变幻，绝近画中山。山行时见奇树，须四面取之。树有左看不入画，而右看入画者，前后亦尔。看得熟，自然传神。传神者必以形。形与心手相凑而相忘，神之所托也"。[2]

张庚在《国朝画征录》说王时敏，"少时即为董宗伯、陈征君所深赏。于时宗伯综揽古今、阐发幽奥，一归于正，方之禅室，可备传灯一宗，真源嫡派，烟客实亲得之"。也就是说，在董其昌活着的时候，就倾心竭力培养王时敏，把他视为自己事业的接班人，"可备传灯一宗，真源嫡派"。

六、与吴用卿的西湖之约

万历三十二年，对董其昌而言是一个重要的年份。这一年董其昌虚岁五十岁，年届半百，到了知天命的年纪。他的感情很复杂，有点儿悲喜交集。喜的是，他不仅当上了爷爷，而且还收藏到了心仪已久的米芾《蜀素帖》；悲的是，他的至交好友们开始凋零，纷纷辞世

1 王时敏《跋石谷临富春山卷》。

2 董其昌《画禅室随笔·画诀》。

而去。

他决定去杭州走一趟，以应莲池大师和吴用卿之约。他如此热爱这座美丽的城市，然而这是他一生中最后几次去杭州。最后一次，是在九年后的崇祯二年（1629年）。

上元日，董其昌在华亭家里的戏鸿堂为《陈钜昌古印选》作引文。陈钜昌是他的儿女亲家。万历三十二年六月初，他开船启程。六月三日，途经嘉兴南湖，靠岸停船，他去拜会了老友张公甫，鉴赏了张公甫刚刚收藏到手的巨然《山寺图卷》。

在嘉兴，有人请他为《济舟和尚语录》题写《礼观音文》。这可能是受到同年进士、翰林院同事唐效纯之请。董其昌跋曰："嘉兴有济舟和尚，早岁不曾识字，因口授《礼观音文》经三岁，忽发智慧，于内外典豁然通晓，腹为箧笥，辩若悬河。晋陵唐应德时就访之，与谈濂、洛、关、闽之学，尤似夙悟。大士冥加显被之力，不可诬也。济有《语录》行于世，因书此文志之。万历甲辰五月朔旦书。董其昌。"[1]董其昌对于弘法之事，总是显得十分热情，认为这是功德。

辞别嘉兴，董其昌随后来到了杭州。以前，董其昌每次来杭州，差不多都是住在好友冯梦祯或者高濂家里，但是这次不同。原因是冯梦祯家正在建设孤山的新居，董其昌自然不便去忙中添乱，于是他住到昭庆寺西湖僧舍去了。

董其昌这次来杭州，目的是要办几件重要的事。

其一，董其昌应云栖禅院莲池大和尚之邀，为重建云栖禅院[2]撰文。董其昌是莲池和尚的俗家弟子。离开家乡之前，董其昌请了当年已九十六岁的恩师、太子太保陆树声为《重建云栖禅院碑记》题写了

---

1 《吴越所见书画录》卷二。

2 云栖禅院就是云栖寺，又称云栖山寺，地处西湖西南五云山麓，相传五云山飘来的彩云常在此栖留，故名云栖。它始建于北宋乾德五年，吴越王为伏虎志逢禅师兴建的三座寺院之一，也是佛教法眼宗的历史名寺，与灵隐、净慈、虎跑、昭庆诸刹，齐称杭州五大丛林名刹之一。

碑额。[1]

其二，古董商老友吴用卿新近收购了一批极为重要的书画，所以他们相约来杭州，要在一起赏鉴、切磋和交易。董其昌随身没带多少现金，而是带了一些自己收藏的名画，一来可以与吴用卿等一齐观赏，二来可与吴用卿做易画交易。

在杭州相见时，吴用卿带来了王献之《中秋帖》、米芾《蜀素帖》、宋高宗行书《杜甫七言律诗》、苏轼行书《后赤壁赋》和赵孟頫《临王大令四帖卷》等，俱是国宝级藏品，欲请董其昌鉴赏，并为以上历代名作题跋。

在董其昌看来，吴用卿庋藏的这几件名作中，以王献之《中秋帖》、米芾《蜀素帖》和苏轼《后赤壁赋》这三卷作品最为重要。

（一）王献之《中秋帖》

米芾认为东晋王献之《中秋帖》是“天下第一”的好书法。而董其昌第一次看到这件《中秋帖》，就是这次吴用卿请他鉴赏的，时在西湖僧舍，也就是昭庆寺的客房里。董其昌仔细鉴赏之后，跋曰：

> 大令此帖，米老以为天下第一。子敬书，又名为一笔书。前有“十二月割”等语，今失之。又“庆等大军”以下皆阙，余以《阁帖》补之，为千古快事。米老尝云：“人得大令书，割剪一二字，售诸好事者。”以此古帖，每不可读，后人强为牵合，深可笑也。甲辰六月观于西湖僧舍，董其昌题。[2]

董其昌在自己的题跋中，只是指出米芾声称《中秋帖》是“天下

1 《名山胜概志》卷十五。

2 《石渠宝笈续编》卷二十九。《中秋帖》现藏故宫博物院。

第一”，并没附会米芾的观点，而是指出：王献之的法书原作到了宋代已是凤毛麟角，商人为了暴利，就把他的作品割剪开来，一个字一个字地卖。比如眼下这件王献之《中秋帖》，前面本来还有“十二月割”等语，现在都没了；再比如这里“庆等大军”四字，因为是“一笔书”，没法分开来，所以保持了原样。历来的古董商有眼力，但未必有知识。对董其昌这番如数家珍的宏论，鲜有不五体投地者！

请注意，董其昌的这段题跋极为重要，重要之处就在于他揭示了《中秋帖》与《十二月帖》的内在关系，即《中秋帖》内容来源于《十二月帖》。而据米芾《书史》记载，王献之《十二月帖》墨迹曾为米芾收藏，为黄麻纸本，是米芾以书画宝玩向苏激换来的。所以，董其昌的这段题跋，虽然没有明确指出《中秋帖》是伪作，系米芾本人所临写，实际上为后学的鉴定结论，提供了突破口。

现在学界已有公论，这件《中秋帖》就是米芾的临本，并非是王献之的原作！

（二）米芾《蜀素帖》[1]

董其昌对米芾《蜀素帖》向往已久，认为它是米芾写得最好的代表作。之前已被他刻入《戏鸿堂帖》。董其昌跋曰：

> 米元章此卷如狮子捉象，以全力赴之，当为生平合作。余先得摹本，刻之《鸿堂帖》。甲辰五月，新都吴太学携真迹至西湖，遂以诸名迹易之。时徐茂吴方诣吴观书画，知余得此卷，叹曰：“已探骊龙珠，余皆长物矣。吴太学书画船为之减色。”然后自宽曰：“米家书得所归。”太学名廷，尚有右军《官奴帖》真本。董其昌题。

1 《蜀素帖》现藏台北故宫博物院。

董其昌鉴赏《蜀素帖》后，并收下了米芾的这件名帖。交易《蜀素帖》的方式是易货，古董行内也称这种方式为“换货”，至今沿用，即吴用卿同意董其昌将自己收藏的其他几件古迹来交换。两人是老朋友，有信用，不碍事。

董其昌在米芾《蜀素帖》上的题跋，是在交易完成后才写上去的。他在题跋中说：当时有一位名叫徐茂吴的书画老行家，就是替有钱人掌眼买货的经理人。徐茂吴闻知《蜀素帖》在吴用卿手中，连忙追到他，却发现此帖已被董其昌所得。徐茂吴吃不到葡萄说葡萄酸，对吴用卿抱怨说：“你把《蜀素帖》卖给了董其昌，你的藏品会因此而逊色！”然而，他又见到了董其昌，再巴结地讨好说：“只有您老才配得上收藏《蜀素帖》啊！”人前说人话，人后说鬼话，商人徐茂吴的油滑嘴脸被董其昌记录了下来。

董其昌一生十分珍爱这本《蜀素帖》，曾为它做过三次题跋。董其昌家后来发生了“民抄董宦”灾难，家产损失惨重，不得已才出售了《蜀素帖》。董其昌最后一次题跋是在七十九岁那年，他又与《蜀素帖》重逢，心情极为沉痛地写道：“一似米老重观研山，第无玉蟾蜍泪滴之恨！”

董其昌在《蜀素帖》的初次题跋中还说：“太学名廷，尚有右军《官奴帖》真本。”那也是董其昌梦寐以求的佳作，曾经多次临写。

董其昌一生见过两本《官奴帖》，一本是在项子京家，另一本是他早在万历七年前往南京乡试时，曾在王世贞处见过的。王世贞后来把这本《官奴帖》送给了董其昌的座师许国。许国去世后，他的儿子把它借给了一位武官，而这位武官私下转售给了别的收藏家。此时，王世贞旧藏的《官奴帖》已经被吴用卿购得。

（三）苏轼《后赤壁赋卷》

董其昌在观赏了苏轼《后赤壁赋》之后，跋曰：

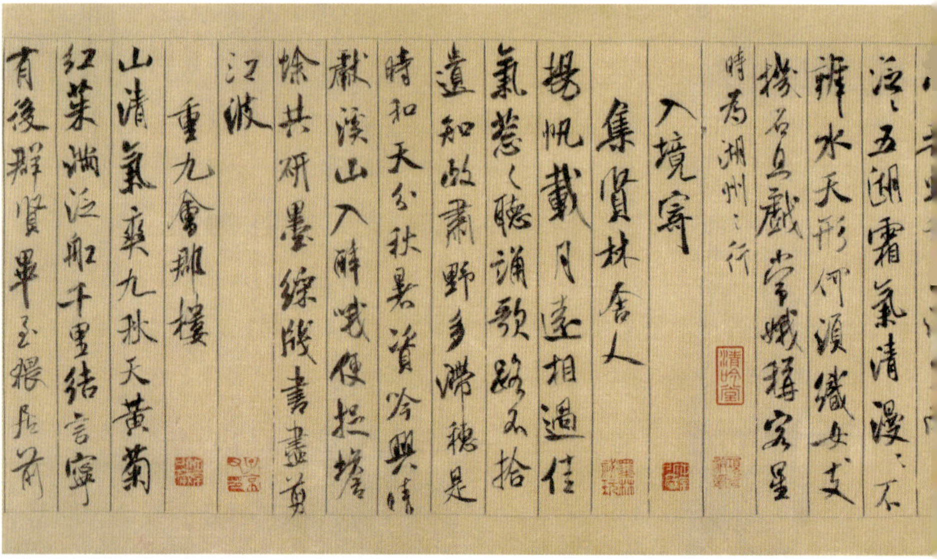

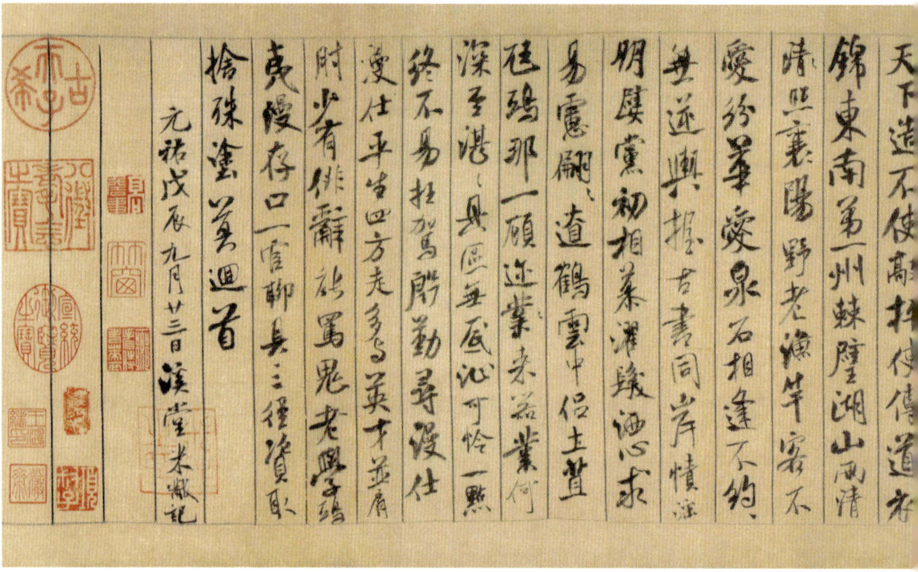

米芾《蜀素帖》，现藏台北故宫博物院

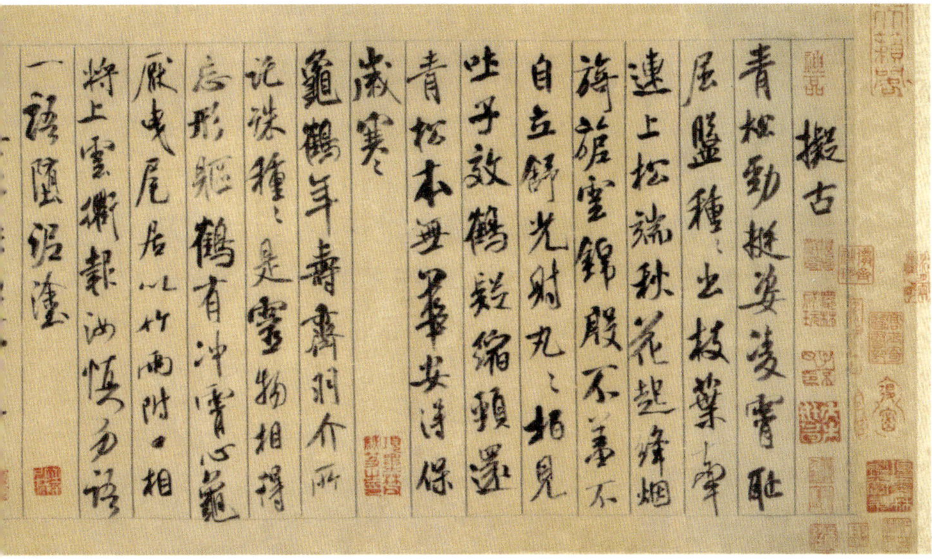

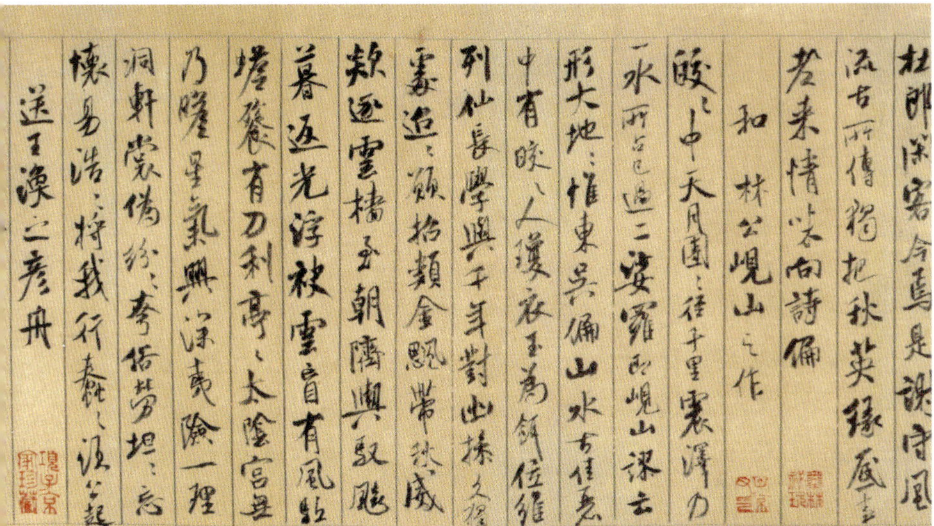

东坡《赤壁》，余所见凡三本，与此而四矣。一在嘉禾黄参政又玄家；一在江西庐陵杨少师家；一在楚中何鸿胪仁仲家，皆东坡本色书。此卷又类黄鲁直，或谓苏公不当学黄书，非也。苏黄同学杨景度，故令人难识别耳。文德承又谓此卷前有王晋卿画。若得合并，不为延津之剑耶！用卿且藏此以俟。甲辰六月观于西湖上因题。董其昌书。[1]

（四）宋高宗行书《杜甫七言律诗》

宋高宗行书《杜甫七言律诗》是在《宋元宝翰册》内，董其昌在西湖画舫中对其做了鉴定，跋曰：

思陵书杜少陵诗，赵吴兴补图，乃称二绝。赵画学王摩诘，笔法秀古，使在宋时应诏，当压驹、骕辈，为宗室白眉矣。甲辰六月，观于西湖画舫，董其昌题。[2]

从董其昌的落款来看，他和吴用卿一起鉴赏书画的地点，不全是在昭庆寺的西湖僧舍内。

在当时，最风雅的聚会，莫过于在西湖画舫里请客。主客们喜形于色，一边行乐一边鉴赏。吴用卿还引领着一群各地的收藏家、书画商来拜访董其昌，请董其昌鉴赏他们压箱底的货色。此时西湖微澜，天上高悬明月一轮，涟漪如碎影连天。倩影穿梭，耳畔还有丝竹声萦绕。许多人都仰慕董其昌，能与文坛盟主一起喝酒赏月，鉴赏书画，陶醉其间，实为幸运事。

1 《江村销夏录》卷二。

2 《石渠宝笈续编》卷二十一。

八月初，董其昌乐极生悲，突发疟疾，无法前行，只得继续住在杭州昭庆寺西湖僧舍，闭门养病。

疟疾是一种常见的传染病，董其昌不再方便去登门拜访冯梦祯，于是写了《三致冯开之书》[1]，向冯梦祯借医书并提到了《江山雪霁图》。其札云："《雪江图》如武陵渔父怅望桃源，阁下亦念之乎。"另一封信写于"快雪堂"落成的万历三十二年八月十五日。五天之后，冯梦祯在《快雪堂日记》万历三十二年八月二十日条记："雨。送王右丞《雪霁卷》《瑞应图》《小米山水》三卷与董玄宰，病中看玩。"冯派人给董氏送去了王维《江山雪霁图》《瑞应图》和《小米山水》三幅，其中还有米芾《楚山秋霁图卷》。董其昌观赏过后又写了一大段题跋，言语中念念不忘此图。这是他第二次看《江山雪霁图》，第一次是在九年前的万历二十三年。

八月二十日，杭州下起了雨。董其昌在昭庆寺题跋曰：

甲辰八月廿日，过武林，观于西湖之昭庆禅寺。如渔父再入桃花源，阿閦一见更见也。董其昌重题。[2]

同一天，董其昌在《楚山秋霁图卷》上题跋曰："万历甲辰八月廿日，观于西湖之昭庆禅房。董其昌。此米侍郎在临安时作，山色空濛，当亦西湖之助。吾家所藏《潇湘白云》差足当之。是日书于雨窗。"[3]

同在这年的八月，养病期间的董其昌接到华亭的好消息，他的长子董祖和生了一个儿子，就是他的长孙董庭。[4]董其昌至此升格当上

1 现藏日本私人处。

2 卞永誉《式古堂书画汇考》画卷之九。

3 庞元济《虚斋名画录》卷一。

4 《四印堂诗稿》题《千字文》。

了爷爷。

董其昌来到西湖后，就住在西湖僧舍内，一直住到十月。在杭州，董其昌除了为云栖禅院撰文并书写《重建云栖禅院碑记》之外，别无他事，于是安心调理身体，每日去湖边散步，放眼观景，怡情养性，因此乐在其间。

十月间，董其昌的身体见好，便在西湖僧舍接待了徐道寅居士。

董其昌与他坐而论道，谈起了佛经：

真如不变，千佛即一。不变随缘，一佛而千古佛。所以有云：佛之一字，吾不喜闻也。虽然，地藏经云：人命终时，闻一佛名号，一辟支佛名号，皆得免苦。当四大分散，神识分飞。一佛名号俱不能记忆，自非平生串习，安能于尔时得力？所谓一句染神，历劫不易。徐居士道寅所以书写受持，念诵此千佛名经也。唐以曲江题名为千佛名经。宋人以元祐党碑为千佛名经，道寅以千佛名经，为千佛名经。是同是别。[1]

徐道寅是杭州人，也是个好学之士，极有修养，不仅潜心精修佛学，还擅书画。董其昌和他讨论了元代书画大家的艺术情况，特别谈到了自己的先祖高克恭先生。谈得十分开心，也十分尽兴。

徐道寅家里有容安草堂，系藏画之所。待董其昌身体恢复后，快要离开杭州之前，就邀请董其昌去了他家休息，予以热情款待，还拿出精良的宣纸请其赐画。董其昌爽快地为他画了一幅《容安草堂图》。[2]董其昌在《容安草堂图》上跋曰：

1 董其昌《画禅室随笔》卷一《题徐道寅手书诸经后》。

2 现藏上海博物馆。

董其昌《仿梅道人山水图》

立轴，绢本墨色

纵 97.35 厘米，横 38 厘米

现藏浙江省博物馆

余尝见胜国时，推房山、鸥波居四家之右。而吴兴每遇房山画，辄题品作胜语。若让伏不置者，顾近代赏鉴家或不谓然，此由未见高尚书真迹耳。今年六月，在吴门得其巨轴，烟云变灭神气生动，果非子久、山樵所能梦见。因与道寅为别，访之容安草堂，出精素求画，画成此图，即高家法也。观者可意想房山风规于百一乎。甲辰十月，董玄宰识。[1]

七、与徐霞客的交往

万历三十二年十月，董其昌病愈，回到了华亭。

他什么时候回到华亭家里的？至晚不会晚于十月二十三日，因为在这一天他在家中“戏鸿堂”为王羲之《行穰帖》作跋。

王羲之《行穰帖》原迹已失传。此为初唐时期的双钩填墨摹本，硬黄纸本，传为米芾再临本，尺寸为 24.4 厘米 ×8.9 厘米。二行，十五字，由北宋徽宗金泥题签和印记，也是吴用卿所藏，董其昌有多处题跋。[2] 董其昌跋曰：

东坡所谓“君家两行十三字，气压邺侯三万签”者，此帖是耶？董其昌审定并题。

又跋：

宣和时收右军真迹，百四十有三，《行穰帖》其一也。以《淳化官帖》不能备载右军佳书，而王著不具玄览，仅凭仿书锓版，故多于

1　董其昌《容台集》卷四。

2　王羲之《行穰帖》后入清宫，乾隆有题跋题诗及鉴赏印。现藏美国普林斯顿大学。

真迹中挂漏，如《柏卿帖》，米海岳以为王书第一，犹在《官帖》之外，余可知已，然人间所藏，不尽归御府，即归御府，或时代有先后，有淳化时未出，而宣和时始出者，亦不可尽以王著为口实也。此《行穰帖》在草书谱中诸刻未载，有宋徽宗金标正书，与《西升经》《圣教序》一类，又有“宣和”“政和”小印，其为内殿秘藏无疑。然观其行笔苍劲，兼籀篆之奇踪，唐以后虞、褚诸名家视之远愧，真希代之宝也，何必《宣和谱印》传流有据，方为左券耶？万历甲辰冬十月廿三日，华亭董其昌跋于戏鸿堂。”

董其昌这里说的《淳化官帖》也就是《淳化阁帖》，它是中国最早的一部汇集各家书法墨迹的法帖。宋淳化三年（992 年），宋太宗赵炅令出内府所藏历代墨迹——《淳化官帖》，王著编次，先刻木板，然后在他去世后摹勒上石于禁内。《淳化阁帖》共十卷，收录了中国先秦至隋唐一千多年的书法墨迹，包括帝王、臣子和著名书法家等一百零三人的四百二十篇作品，被后世誉为中国法帖之冠和“丛帖始祖”，奉为灯塔。

《淳化阁帖》的总编修官是王著，字成象，是后汉乾佑年间的进士，历仕后汉、后周、北宋三朝，官至翰林学士，曾两次担任科举考试的主考官。卒于宋太祖开宝二年（969 年）冬天，年仅四十二岁。王著虽有学问，但不懂收藏，更不知鉴定书法真伪，所以他编次的《淳化阁帖》出现了许多谬误。

董其昌指出，《淳化阁帖》的问题出在“王著不具玄览”，没有鉴赏家的视野和眼力。其一，王著无力选优。当时宫中收藏有王羲之墨迹一百四十三件，他居然没有把米芾认为王羲之最好的草书作品《柏卿帖》选入。其二，选帖的面不广，那些藏于当时朝野的历代优秀作品也未被选入。这是《淳化阁帖》的主要瑕疵。当然，王著还在《淳化阁帖》中选入了一些赝品，只是董其昌在此没有提及。

这一时期，董其昌在鉴定书画时，尤其关注宋徽宗内府所用的印章，除了以上《行穰帖》题跋中讲述了“宣和”“政和”小印之外，在同年腊月为陆机《平复帖》题跋时，再次论及。可见其鉴定时观察之细微。

董其昌为陆机《平复帖》跋曰：

右平原真迹，有徽宗标字及“宣”“政”小玺。盖右军以前、元常以后，唯存此数行为希代宝。余所题籤在辛卯春，时为庶吉士，韩宗伯方为馆师，故时时得观名迹，品第甲乙，以此为最。惜世无善摹者，予刻《戏鸿堂帖》，不复能收之耳。甲辰嘉平月朔，董其昌题。[1]

总的来说，董其昌是那个时代里在古代书画鉴定方法和技术方面的集大成者。首先，他以专业书画家的眼光来判断作品“气韵是否生动”，这是传统“目鉴”方法最核心的问题。其次，他以太史公的博学，用史料来考证作品的真伪。对于古代的作品，古人比今人更具说服力，因为他们更接近古人的时代。再次，他对古人使用的诸如纸张、印章、墨色等极为关注，把它们作为书画鉴定的辅助工具。时至今日，董其昌鉴定书画的方法，依然是最主要、也是最有效的手段。

病愈之后，董其昌回到华亭，即将自家的书房命名为“宝鼎斋”。

缘由是在杭州昭庆寺西湖僧舍居住期间，董其昌时常去昭庆寺门外的古玩市场溜达，曾经买过一个汉代的宝鼎。宝鼎的阴面刻有“癸鼎”二字，他因此断定宝鼎是“元鼎”年间制造的器物[2]“元鼎年”（前 116 年—前 111 年）是汉武帝的第五个年号。元鼎这个年号使用了六年。董其昌非常喜欢这个汉代宝鼎，所以回到家里，他索性把自己的书房命名为“宝鼎斋”。

---

1 吴升《大观录》卷一。

2 李日华《味水轩日记》卷二。

董其昌《青绿山水图》

立轴，绢本墨色

纵 117 厘米，横 46 厘米

现藏故宫博物院

这时，澄江（今江苏江阴市）望族徐有勉去世，他的第二个儿子徐弘祖“匍匐五百里”来到华亭，恳请太史董其昌撰写其父徐有勉与母亲王孺人的合葬墓志铭。董其昌“不忍辞”，于是写下了《徐豫庵隐君暨配王孺人合葬墓志铭》[1]。

董其昌与徐有勉不熟，他之所以写这篇墓志铭，是因为受到其子“匍匐五百里”的孝道精神所感动，而这位“匍匐五百里”来华亭的孝子，就是后来明朝最伟大的旅行家、文学家徐霞客。

徐霞客之所以来华亭谒见董其昌，请其为父亲撰写墓志铭，以借助金石而不朽，固然是因仰慕董其昌的盛名。但是，死人的事每天都在发生，董其昌怎么可能逢人便有求必应呢？所以居中的介绍人十分重要。这位介绍人就是董其昌的好友杨继礼之子、门人杨继鹏的侄子杨汝成。

董其昌是看着杨汝成长大的，知道他是个聪明能干的后生，善于察言观色，很会讨人喜欢。而杨汝成是徐霞客的好友，曾给徐霞客赠诗曰：“徐君骨相烟霞侣，域内名山游八九。仙洞常寻五色芝，归来为母流霞酒。”后来杨汝成也成为进士，官居礼部侍郎。

据董其昌《徐豫庵隐君暨配王孺人合葬墓志铭》载：在明朝初年，徐霞客的祖先徐本中奉高皇帝朱元璋之命出使蜀地，后来辞官归里，成为江阴的望族。徐霞客的父亲徐有勉，字思安，号豫庵，一生不愿为官，也不愿同权势交往，喜欢到处游览欣赏山水景观。董其昌说徐有勉“盖公性喜萧散，而益厌冠盖征逐之交”。就是说徐有勉讨厌与达官贵人打交道。陈继儒则说得更详细：当时梁溪（今无锡）有两个声名显赫的官僚秦中丞、侯司谏曾慕名多次前来拜访，徐有勉只要听说他们来了，就躲进丛竹之中，然后扁舟入太湖，飘然遁矣。他匿而不见，也不往报谢，并且对人说：“吾宁为薄，不能为通；与其

1 董其昌《容台文集》卷八。

为通，不如使二公有不报之客。”[1]徐有勉“中年伤足，不良于行”，六十岁去世，时在万历三十二年。

徐霞客，名弘祖，字振之，号霞客，南直隶江阴人。他最著名的作品就是《徐霞客游记》，记录了各地名胜古迹、风土人情等。《徐霞客游记》首篇开篇之日（5 月 19 日）现在已被定为中国旅游日。

董其昌在《徐豫庵隐君暨配王孺人合葬墓志铭》中记录了许多徐霞客的生平，成为后世研究徐霞客的珍贵史料。董其昌曰：“公有三子，伯仲皆王孺人出，常与仲子弘祖居。仲子好远游，所至必探幽穷胜，倾其独行嵚崎之士。然每结束行装，则有恋恋趑趄之色。孺人察其意，慰之曰：‘吾幸健，善饭足恃耳。男子生而射四方，远游得异书，见异人，正复不恶，无以我为念。’故仲子足迹几所谓‘州有九游其八’者，孺人成之也！”这说明，徐霞客之所以能够壮游天下，是受到他的母亲王孺人的鼓励。[2]

1 陈继儒《王孺人传》。

2 董其昌《徐豫庵隐君暨配王孺人合葬墓志铭》载，“弘祖之母王孺人八十余违养”，而徐霞客父亲比董其昌年长十岁，可知此文写于董其昌七十岁前后。因原文无纪年，且将此事附会于此。

第六章

五十至大成

一、艺坛翘楚

万历二十七年，四十五岁的董其昌“坐失执政意”，然后告病还家休养。他大部分时间都“隐居”在江南，游走江湖，东走西晃，卖书鬻画，可谓名利双收。那些日子过得的确其乐融融。

北宋名臣范仲淹也有过与董其昌相似的经历，可是两人的想法差别很大，完全不是一路人，因此建树各有不同。范仲淹是政治家，整天忧心忡忡，“居庙堂之高则忧其民，处江湖之远则忧其君。是进亦忧，退亦忧”。他是为国家和人民的事而操心。

董其昌是位艺术家，正好与范仲淹相反：居庙堂之高则忧心如焚，处江湖之远则陶醉其间。在野的时候，董其昌过得实在是痛快又潇洒。他的朋友可谓遍布大江南北，人们都愿意竭尽所能地招待他、帮助他，使他心花怒放，而他也乐在其中。他与朋友们欢聚时，狂饮烂醉，放浪不羁，简直到了乐不思蜀的地步。

袁宏道在《冬夜同黄平倩兄弟、董玄宰、家伯修小修集顾升伯斋中剧谈偶成》中写道：“瓶火激焦声，釭焰吐红腻。吴酒贮杨妃，幽香泻荷芰。格外发狂谭，一呼醒群睡。凉飔入檀林，败叶皆香气。人间尘土事，了不关肠胃……”[1]其中“吴酒贮杨妃，幽香泻荷芰”之类的情景描写，近似做爱白描。可见，董其昌与朋友们一起狂饮行乐

1 袁宏道《袁宏道集笺校》，上海古籍出版社 2008 年 2 版，第 620 页。

时，确实放浪形骸。

万历三十三年（1605年），袁宏道写信给董其昌，对董其昌的书画成就给予了极高的赞誉：

> 不佞尝叹世无兼才，而足下殆奄有之。性命骚雅，书苑画林，古之兼斯道者，唯王右丞、苏玉局。而摩诘无临池之誉，坡公染翰仅能为枯竹巉石。不佞将班足下于王、苏之间，世当以为知言也！[1]

袁宏道与董其昌的关系算得上至交。两人从青年诸生时交往，又是同年进士、同朝为官，知己相交数十年矣，自是不必客套。袁宏道评价说，董其昌的书画水平已在王维和苏轼之间，董其昌是兼才，而王维的书法不如他，苏轼的绘画也不如他。

袁宏道的如上评价，代表了当时整个社会的看法。市场是社会生活的晴雨表，董其昌的书画作品受时人青睐。顾复说，在明中期时，祝允明"当日声名迈三宋而上接鸥波，洵不虚矣。不百年而董宗伯挺出云间，希哲声价减其五六"[2]。说明董其昌出名之后，严重削弱了祝允明的艺术声望，导致其作品在收藏市场上的行情狂跌，其价格跌到了打对折的程度。

袁宏道的话，还清清楚楚地表明，在董其昌五十岁之际，已经在书画界执牛耳矣，人皆服膺。不过，从后世的眼光来看，袁宏道的话还是不够全面，事实上，此时的董其昌在书画收藏以及鉴定方面，也已是全国翘楚，系不二法眼。

晚明万历年间，中国的收藏呈现"W"的行状。董其昌成名之前，嘉兴项元汴与他的馆师、韩世能在收藏界首屈一指，在他们的影

1 袁宏道《袁宏道集笺校》，上海古籍出版社2008年2版，第1266页。

2 顾复《平生壮观》卷五。

响之下，吴越一带的民间收藏家也热衷于此，收藏成风。太仓人王世贞与王世懋兄弟紧随其后，也在尽心竭力收藏历代书画，且著述颇丰。到董其昌成名时，他精准的鉴赏眼力、所收藏珍品的等级和数量，尤其是广泛的社会影响力，都已超越了前辈，成为书画收藏鉴定界的北斗一星，无人匹敌。

万历三十四年《万历野获编》已经刊行，作者沈德符在书中写道："时韩太史世能在京，颇以廉直收之。吾郡项氏，以高价钩之，间及王弇州兄弟，而吴越间浮慕者，皆起而称大赏鉴矣。近年董太史其昌最后起，名亦最重，人以法眼归之，篋笥之藏，为时所艳。"[1]换句话说，董其昌此时的声望，已经超过了项子京、韩世能、王世贞、王世懋兄弟等前辈大家，成为收藏界的盟主。

由此可见，董其昌的事业至此已经进入顶峰阶段，他的影响甚至已经走出国门，在邻国产生了影响。除了朝鲜使者对他仰慕不已之外，琉球国的使者也把他的书画当作至宝。

万历三十四年十一月初三日，明朝使者夏子阳回到北京，入朝复命。"夏子阳黄门使琉球归，追请公（董其昌）书，以应琉球使者，曰：'彼国中所宝，如白香山故事云'。"[2]

二、出任湖广学政

万历三十二年年末，朝廷并没有忘记年过半百的董其昌，任命他为湖广学政。《明史》说他"擢为督湖广学政"[3]，说明这一次的任命是提拔。

1 沈德符《万历野获编》卷二十六。

2 姜绍书《无声诗史》。

3 《明史》卷二百八十八。

自从董其昌于万历十七年考取进士以来，一直是大明王朝的官员，虽然数次出任主考官、使节，但都是临时性质的角色，并没有掌握过地方政府实权。万历二十六年，他曾被任命为湖广按察副使，却因为“坐失执政意”而拒绝赴任。又过了三年，万历三十年“起补福建副使，在任仅四十五日”便甩袖而去。[1]时光荏苒，弹指一挥十五年过去了。

接到新任命，是年初的事。那时新年刚过，而正月十九日是董其昌的五十岁生日。他待在华亭的家里，静心练习书法，临写晋人和颜真卿、虞世南和杨凝式等人的碑帖，以这种形式为自己庆生。他在自书《古诗卷》上题跋曰：“今日临古诗数首，俱不入晋人室。唯颜平原、虞永兴、杨少师（凝式）三家差不愧耳。时乙巳正月十九日，为余悬弧辰也。”[2]

董其昌患有严重的强迫症，对自己的要求十分严格。尽管他已名满天下，书写的每一片纸，对于收藏好事者来说都是珍贵的艺术品。可是他总认为自己的书法还写得不够好，没有达到挥洒自如的境界，即“入晋人室”，唯独在临写颜真卿、虞世南、杨凝式三人的法书时“差不愧耳”，算是达到了自己的要求。

对于自己被提拔为湖广学政，董其昌内心有点纠结。他后来回忆说：“忆余为此书是甲辰冬，时余初有楚中之命，偃蹇不欲出。”[3]甲辰年即为万历三十二年。他还写诗道：“征书虽到门，猿鹤幸相恕。缘知湘楚游，故是离忧处。”董其昌最终还是接受了任命。

他或许考虑到：年届五十岁，如果再不出仕的话，这辈子可能就再也没有机会掌权执政了。这一次，董其昌尽管内心彷徨，最后还是

1 陈继儒《陈眉公先生全集·思白董公暨元配龚氏合葬行状》。

2 董其昌《画禅室随笔》卷一。

3 董其昌《容台别集》。

接受了任命，在前往湖广赴任之前的冬天，董其昌在苏州见过了老友陶望龄。

在出发前的万历三十三年一月，也是在苏州，董其昌还去拜访了老前辈、收藏名家王稚登。王稚登已知董其昌出任湖广学政的消息，并出示自己收藏的宋拓《绛帖》，请董其昌鉴赏。此《绛帖》一说是由北宋驸马潘师旦摹刻[1]，称“潘驸马帖”；一说是张斛于南宋绍兴十一年（1141年）刻成的。宋拓《绛帖》上面有“武陵”二字。

围绕《绛帖》有一个公案，就是当时人们还不能确定这个宋拓《绛帖》到底是不是真的，因为有人认为它是《鼎帖》，当初董其昌疑其为《澧州帖》。王稚登本人则坚持认为自己收藏的就是宋拓《绛帖》。

董其昌拿不定主意，也不敢轻下断语。但是，此《绛帖》内至少包括了颜真卿的《蔡明远帖》《寒食帖》《马病帖》《邹游帖》和《乞米帖》等五件书法作品[2]。而董其昌又对颜真卿的人格和书品佩服得五体投地，感叹他的“忠义大节”，又想厘清其中的问题，所以他就从王稚登的手中买下了这本宋拓《绛帖》，准备带往武陵去，好好做一番研究。

万历三十三年的春天，董其昌收拾好行装，带上书童，按时去武陵赴任了。

他先取道嘉兴，在风景名胜南湖岸边住了一个月，为长途跋涉赴楚任职做准备。晴朗之日，微风徐来，轻烟拂渚，泛舟湖上。他对嘉兴再熟悉不过，年轻时曾在这里坐馆，与许多名门望族结交朋友，迎来送往，谈笑风生，过得很开心。

1 宋代曾宏父认为《绛帖》是驸马潘正夫所摹刻。

2 台北故宫博物院2016年《妙合神离——董其昌书画特展》，第355页，日本安田女子大学尾川命穗文章《董其昌的书论》。

嘉兴是个钟灵毓秀之地，文风很盛，而太史公董玄宰已是当时独步天下的书画大师，因此向他“求书者盈座”[1]，其书画生意极为兴隆。据《景船斋杂记》所载，当时在他身边的门人有两位，即李和仲与陈仲因，整天像跟屁虫似的“日夕侍侧”。门人一边忙着招呼拥趸们，注意排队候书的秩序；一边忙着称银子，记账簿，以提防小人们偷奸耍滑，以少充多，场面十分发噱。

董其昌则表现得颇有士大夫气概，至少在表面上如此。针对自己的艺术作品，他有时狂妄，称“恨古人不见吾”；有时则谦卑得叫旁人心里发虚，说自己十年都未见一笔长进。对待自己的润笔收入，董其昌不会太计较，甚至对成筐成堆的白花花的银子视而不见，至少白天当着客人的面是如此。

时任嘉兴知府是车大任，字子仁，湖南邵阳人，在嘉兴勤政为民，颇有声誉。他比董其昌年长十一岁，是万历八年进士，当然是董其昌的仁兄，但官职却比董其昌小一级，而且很佩服董其昌的学识和才华，表现得毕恭毕敬。

车知府撰文曰：“今年春正月，玄宰董太史公往吾楚督学，取道槜李，则谓余曰：‘此中鸳湖较范蠡湖为广，游人往来观感者最众，踵而行之，功德更无量也。’遂椽笔大书‘鱼乐国’三字。”[2]

车知府所言鸳湖，即嘉兴今日之南湖，与马场湖的东湖相对应，也与南京玄武湖和杭州西湖并称为江南三大名湖。

董其昌为嘉兴南湖所书“鱼乐国”三字，出自庄子“鯈鱼出游从容，是鱼之乐也”之句，意思是赞誉嘉兴人活在这块宝地上自在逍遥，如鱼之乐，也婉转地表扬了嘉兴地方官车知府的为政之功。

如此评语，官民都乐见，做成大大的匾额悬挂在鸳湖最显眼处，

---

1 《景船斋杂记》卷上。

2 《平湖县志》卷二十七。

谁也不会有意见。这是董其昌的性格使然。他待人处世谨慎小心，只说好话，不给人家添堵。

三、失败的官员

万历三十三年四月中旬，董其昌离开了嘉兴，前往湖北任所。

按照明朝的吏制，每个省衙门有三位最高首长，即三台：布政使（藩台）、按察使（臬台）、学政（学台）。学政，全称是提督学政，主管一省的教育及科举事宜，与布政使、按察使属同级别。学政一般由翰林院或进士出身的官员担任，由朝廷委派到各省主持院试，并督察各地的学官。尽管品级相同，但布政使位列第一，是一省中除巡抚外级别最高的长官，相当于管理地方事务的一把手。

明代“湖广行省”或“湖广省”，辖地为今湖北、湖南全境，下辖十六府二直隶州十四散州一百零八个县，即武昌府、汉阳府、黄州府、承天府、辰州府、德安府、岳州府、荆州府、襄阳府、宝庆府、郧阳府、长沙府、常德府、衡州府、永州府、黎平府，虽不包括广东、广西区域，辖地依旧十分辽阔。湖广境内有江汉平原和洞庭湖流域等地，是大明帝国的主要产粮区，也是富裕之乡。

五月，董其昌来到武陵官署任职。湖广省的衙门驻地武昌府，位于现今湖北武汉市的武昌区。

他到任后不久，便以校士的名目去了鼎州视察。鼎州是古称，就是常德府，即今日之湖南常德，当时是一个府郡。五月十九日，当舟行洞庭湖时，他看到八百里洞庭美景，再也按捺不住内心的激动，于是从行囊中取出了董源《潇湘图》和米友仁《潇湘奇观图卷》两幅杰作，一幅幅打开来，与实景对照，喜不胜收。他在《潇湘奇观图卷》上题跋曰：

《潇湘图》与此卷，今皆为余有，携以自随。今日舟行洞庭湖中，正是潇湘奇境，辄出展观，觉情景俱胜也。乙巳五月十九日，董其昌。不知倪云林所临安在？定当佳。[1]

这次鼎州之行，通过实地勘察，董其昌解开了王稚登转让给自己的所谓宋拓《绛帖》之谜。

他想把考证宋拓《绛帖》的过程写下来，但从鼎州返回武昌府的途中，即由荆州至巴陵的路段上，遇到了雷雨天气，一时狂风大作，雷电交加。水道波涛汹涌，水花四溅，董其昌感觉自己所乘坐的船“若有龙欲挟舟而去”，惊恐不已，就把这事搁置了下来。

随后，董其昌抽空去游览了当地的德山，画了一幅山水画，名曰《楚山清霁图》，落款的时间是“万历乙巳五月”。

到了六月七日，风住雨歇，舟次城陵矶。董其昌终于在宋拓《绛帖》上写了一篇长跋，就《绛帖》与《鼎帖》的关系，做出考证：

今年春正，吴阊得王百谷所藏宋拓《绛帖》，顷携以自随，疑为《澧州帖》，观其每数十行，辄有“武陵”二字，又疑为《鼎帖》。及入常（德）、武（陵）署中，翻阅第一卷，以宋太宗为弁，跋曰“太宗皇帝御笔”，在绛州摹为诸帖之首。后有款名曰“鼎州提举”，曰“沅州判事”。常（德）为鼎州，而武陵其附城邑也，乃为《鼎帖》，特为“绛州”二字所误，而世人只知有《绛帖》，遂误名为《绛帖》耳。《绛帖》《鼎帖》《星凤楼》《群玉》《黔江》《淳熙秘阁续帖》，世皆无传，至有对面不识者。余乏具眼，犹知床头捉刀，为真魏武耶。志此，俟他日语百谷（王稚登），了一公案也。乙

1 吴升《大观录》卷十二。

巳六月七日，舟次城陵矶，时自常荆校士还武昌书。[1]

所谓的宋拓《绛帖》，经过董其昌的考证，最终被确认为是世人误以为已经失传了的《鼎帖》。

在城陵矶休息的时候，董其昌安静了下来。根据自己的创作实践，又结合了对历代美术史的观察和研究，董其昌提出了影响中国美术数百年的新理论：

画家以天地为师，其次山川为师，其次以古人为师。故有“不读万卷书，不行千里路，不可为画”之语；又云“天闲万马，吾师也”。然非闲静无他萦好者不足语此。噫！是在我辈勉之，无望庸史矣。乙巳六月，舟次城陵矶，因临吴真人书。其昌。[2]

到了七月十四日，原翰林院侍读学士瞿景淳的长子瞿汝稷，当时是辰州府（今湖南省怀化市）的知府，与董其昌的同年进士司辛理一起来武陵公署，看望董其昌。瞿汝稷和董其昌是老相识，他乡遇故知，大为欣喜。大家在欢聚时，董其昌取出自己随身携带的大小米作品，即大米的《蜀素帖》、小米的《潇湘白云卷》请他们观赏。看着他们啧啧赏叹，董其昌自然很开心，于是又取出不久前绘制的《楚山清霁图》，请他们再赏鉴。[3]

此后，或因武昌公廨里的事务比较多，从当年七月至第二年春天的大半年时间里，董其昌一直待在武昌，未见他出来活动筋骨。可是，武昌的天气多雨，空气湿润，对于书画保存是一种挑战，必须经

1 董其昌《容台别集》卷五。

2 汪砢玉《珊瑚网·名画题跋》卷十八。

3 董其昌《容台文集》卷二。

常扒出书画卷轴来晒晒太阳，这叫“晒画”。太阳一露脸，董其昌就闲不住了。

董其昌经常把自己随身带去的古迹名画，拿出来翻晒，但他写到的只这一件名画，就是赵孟頫的《鹊华秋色图》。晒完之后，董其昌玩味再三，悟出绘画与书法创作的同一个道理，那就是要变体，要创新。他在《鹊华秋色图》上题跋曰：“吴兴此图，兼右丞、北苑二家画法。有唐人之致，去其纤；有北宋之雄，去其犷。故曰：师法舍短，不如书家，以肖似古人不能变体为书奴也。万历三十三年，晒画武昌公廨题，其昌。”

万历三十四年六月初，董其昌来蕲州公署[1]避暑，并主持当年的乡试。

八月，他与那位古董商老朋友吴用卿在龙江关见了面，还创作了一幅《仿米山水轴》（现藏澳门贾梅士博物馆），赠予客人。而他在八月二十六日为此画题跋时，已经流露出辞官去意。他的题跋为：“舟泊龙江关，适吴太学视余米老画，咄咄称神。风便挂帆，不能久留客玩。在磨墨沈泼成此幅，并记之。丙午秋八月廿六日，玄宰。”这段题跋，语带双关，既是指画，也是指人，均不能再久留当玩客了。他好像一边在磨墨作画，一边抬头在思考：该是自己“风便挂帆”的时候了！

如果把这段题跋，勾连到有关董其昌其他的史料之中，我们就会明白，董其昌为何这样焦虑与纠结。的确，此时董其昌摊上事了！

《明史》上有明确的记载，董其昌“督湖广学政，不徇请嘱，为势家所怨，嗾生儒数百人鼓噪，毁其公署。其昌即拜疏求去。帝不许，而令所司按治。其昌卒谢事归”。[2]此事就发生在万历三十四年，

1 今湖北省蕲春县的蕲州古城。

2 《明史》卷二百八十八。

即他在所主持的这届乡试中，闹出了乱子。

作为农业大国，土地的多寡决定了人们的富裕程度，而随着经年累月的开垦，湖广许多地主已经拥有大片的土地，这在当地自然形成了一股不可小觑的社会势力。这些新兴的地主阶层历来与官府相勾结，已经渗透乃至控制了当地的政坛。

在此之前，董其昌没有过当地方官员的经历，不大适应地方官场的潜规则，而他依旧是不留情面地按章办事，不会学作五个手指头同时弹琴，所以很快就得罪了当地的士绅。

当然，董其昌本人也不是没有让人诟病之处。他是学台大人，主持考试是他分内最重要的工作之一，而他考学生的方法确实有些古怪，很是自以为是，几乎令所有参加考试的生员都不能适应：

予先伯昔游楚，适公（董其昌）督学，生童同试。平旦，悉坐号房。公起，步出封门，众皆立，公谕曰："童生坐，生员皆坐。"公还位。

久之，生童请题。公曰："题出久矣。"众始悟。

又试一邑。前夕，朱书粘署前云："明日不考文。"次日，诸生俟久，题竟寂然。请之，公曰："本道昨日已出题于外矣。"众始爽然而退。[1]

可熟悉董其昌的人，就觉得不奇怪：因为他讲究玄学禅悦，喜欢别出心裁，这符合热衷修禅的做派。

除此之外，根据《明史》的记载，不难窥见董其昌当时遇到的麻烦事：有些有钱有势的人来走后门，无非是希望通过学台大人的关照，能够使应考者顺利拿到举人的头衔，或者使学官得到快速提升。

1 计六奇《明季北略》卷十一。

《沈一贯像》，现藏南京博物院

然而，董其昌“不徇请嘱”，也就是不识时务，不给人家面子，令他们怀恨在心。于是他们教唆当地的士人们寻机攻击董其昌，甚至还捣毁了学政衙门的公署。

捣毁学政衙门是很严重的事件，是对朝廷的蔑视。而从考察官员的角度来看，也可以说是学政大人的能力不行，处事不力，这当然是他政绩不光彩的记录。董其昌肯定为此写了奏折向皇帝报告情况，并且提出自己要“谢罪”辞官。

董其昌在湖广学政任上与他的同僚也未必和谐。当时有位官员叫杨时乔，董其昌在《引年乞休疏》中提到了他。杨时乔是嘉靖四十四年进士，万历年间累官至吏部左侍郎。董其昌的座师沈一贯于万历二十九年十一月当上首辅后，手段强势，对杨时乔非常不友好，所以把他外派来此为官。

董其昌与杨时乔关系一般，彼此心存芥蒂。除了座师沈一贯与杨时乔的矛盾以外，杨时乔对待佛教的态度是否定的，这与董其昌的思想格格不入。杨时乔最不喜王守仁之学，曾斥曰：“佛氏之学，初不溷于儒。乃汝芳假圣贤仁义心性之言，倡为见性成佛之教，谓吾学直捷，不假修为。于是以传注为支离，以经书为糟粕，以躬行实践为迂腐，以纲纪法度为桎梏。逾闲荡检，反道乱德，莫此为甚。望敕所司明禁，用彰风教。”依董其昌的个性，或许表面上他会对杨时乔客客气气，默不作声，但心底里绝不会喜欢他，甚至会鄙视他。

做官犹如穿鞋，舒不舒服只有他自己知道。董其昌去意坚决，仍然在恳请致仕。好在董其昌平时处事谨慎，为人不错，没有得罪过什么重要官员，而且朝中有人也在暗中帮忙，所以他很快就被皇帝允许致仕。按照明朝的规定，外派的官员不能像翰林院的官员，可以保留官位，告病休养，只能辞官。

就在此时，董其昌收到了汤显祖的来信：

卓、达二老，乃至难中解去。开之、长卿、石浦、子声，转眼而尽。董先生阅此，能不伤心？莽莽楚风，难当云间只眼。披裂唐突，亦何与于董先生哉？[1]

汤显祖所说的“卓、达二老”，是指李贽和达观紫柏大师。1602年李贽自杀于狱中，而达观在1603年也死于狱中。此外，董其昌与汤显祖的共同好友如冯梦祯、屠隆、袁宗道和王一鸣，也分别于1605年、1605年、1600年和1596年去世。此外，董其昌的馆师韩世能在1598年去世，挚友杨继礼在1604年去世。

董其昌读罢汤显祖的来信，一定会联想到曹操的《短歌行》：“对酒当歌，人生几何！譬如朝露，去日苦多。”他的心情怎么“能不伤心？”这年秋天某日，归心似箭的董其昌，在焦虑地等待皇帝允许致仕的命令时，画了一幅《晴岚萧寺图轴》，题跋曰：“余丙午秋，在武昌思归甚，因画此图。”[2]“归甚”二字，就是他的焦虑心迹。

万历皇帝起先的御批是“不许”他辞官，而且还要求追究闹事者的责任，予以查办，这说明皇帝对他的信任和支持。随后不久，皇帝又批准了他致仕。

约在万历三十四年年底，董其昌一溜烟似的跑回了松江。董其昌离任后，留任的就是杨时乔。

回到家里，董其昌郁闷的心情得以纾解，兴致转好，于是喜滋滋地画了一套《山水册》，题跋曰：“此册画于丙午以后自楚归，时居

---

1 汤显祖《汤显祖诗文集》卷四十七《寄董思白》。

2 吴升《大观录》卷十九。

郡西龙潭‘抱珠楼’。神怡务闲，孙虔礼谓之一合，亦是山中人本色。”[1]他觉得，不当官的人可以活出人的本色来。

董其昌向往“神怡务闲”的生活，自比“山中人本色”的孙虔礼。孙虔礼即唐代大书法家、书学理论家孙过庭。他当初辞官归家后，潜心研究书法，撰写出名垂千古的《书谱》，为后世树一丰碑。这说明董其昌辞官的目的，就是要立志从事书画的创作与研究，到他擅长的书画领域里建功立业。

董玄宰三楚督学归，怡情赴宴。一旧族子骤富，仿名公家营构精舍，中藏书画鼎彝琴棋玩好之物，充牣无序，又与算格法马帐簿等交互错置。因邀玄宰、眉公与张侗初辈花会谈叙，饭后引入清谈。主人各为夸指某物矜所自来，某为的系真迹，某件价值多少。玄宰闭目摇首曰：“太多，太多秽杂矣。”……“吾兄亦去之可耳！”[2]

董其昌辞官归来，非但没有因为被人“毁其公署”而生气，反而神清气闲，逍遥自得，常与友人在一起玩赏古董，谈书论画。他的生活过得怎样呢？“先治幽轩邃室，虽在城市，有山林之致，于风月晴和之际，扫地焚香，烹泉速客，与达人端士谈艺论道，于花月竹柏间盘桓久之，饭余晏坐，别设净几，铺以丹罽，袭以文锦，次第出其所藏，列而玩之。若与古人相接欣赏，可以舒郁结之气，可以敛放纵之习。故玩骨董有助于却病延年也。”[3]由此可见其日子过得十分惬意，他的内心是真真切切不愿意做官。

万历四十年，董其昌与江南文人范允临、朱君采、董斯张等好友

1 《玉雨堂书画记》卷三《书画册》。

2 花村看行侍者《花村谈往》卷二。

3 严文儒、尹军《董其昌全集（叁）》，上海书画出版社 2013 年版，第 195 页。

泛舟西湖之上。董其昌为此写了一首五言诗,《壬子九月八日同范长倩、朱君采、董遐周西湖泛舟,次遐周韵》:

花源神界敞,香海沃焦浮。得似钟期赏,相将范蠡舟。卷帘延远岫,催榜度飞楼。有客恒冠鹖,诸君颇下鸥。节逢青女候,人尽墨卿流。梅屿宁回驾,渔庄可借筹。调刁闻爽籁,款乃间清讴。繁露频摇笔,行云逐啭喉。醁醽中圣趣,篱落野夫谋。钟寂莲花土,灯疏杜若洲。亦知秋凛在,多为夕佳留。欲续龙山会,唯须秉烛游 。[1]

董其昌写过很多诗,可以说他是位诗人,遗憾的是,他的诗很少为后人所称颂。但是,诗以言志,我们可以从他的诗中看出董其昌与范允临、朱君采、董斯张等人志同道合。他们有一个共同的志向,就是无意功名,喜欢笑傲江湖。

范允临(1558—1641),字长倩,本是松江人,系北宋名臣范仲淹的十七世孙,其父范惟丕是嘉靖三十八年进士,官光禄寺少卿,可是在儿子范允临很小的时候就过世了,家道因此中落,于是范允临入赘到吴门(苏州)徐家,娶了徐媛为妻。徐媛是当时有名的才女,能书会画,还有诗名。举一例她的《春游》:"绿淡红稠日正妍,桃花渡口没渔船。一群娇鸟衔春色,万户氤氲起夕烟。"[2] 可见其品位的雅致。

范允临于万历二十三年中进士,授工部主事,不久改云南推学佥事。万历三十二年迁福建参议。他和董其昌当年一样,未到任就辞官了,时年四十六岁。从此在苏州天平山筑室,流连文学,常与文友遨游于山水之间。

朱君采这个人,我们对他不太了解,但是董其昌为他写过一首诗

1 董其昌《容台诗集》卷一。

2 蔡石山《明代的女人》,中华书局 2011 年版,第 89 页。

《题朱君采侍御选阁》[1]，可见他也是进士出身，而且还被选入翰林院。显然，朱君采也无意仕途，不久就浪迹江湖了。

董斯张（1587—1628），原名嗣章，字然明，号遐周，又号借庵，湖州文人。他的父亲是万历十一年进士董道醇。董斯张本人是国子监的太学生，因体弱多病，也无意于科举，而是热心读书，手抄书达百部。他与明代的通俗小说因缘很深。章回小说《西游补》的作者董说就是他的儿子。白话短篇小说“三言”“二拍”的编撰者冯梦龙、凌蒙初均为其友。

董其昌与这些文人在一起，自视甚高，自称犹如“得似钟期赏，相将范蠡舟”。当然，董其昌是当时文坛的盟主，人家都极为仰慕他，对他的艺术成就推崇备至。范允临在为沈子居的《山水卷》题跋时，写了一段非常重要的话：“吾松有一董玄宰先生，笔笔从古法中来，此亦吾松画家之开山斧也……乃苏人曾不见古人面目，而但见玄宰先生之画，遂以为松江之派，真可叹可哀耳！”[2]

范允临的题跋，佐证了董其昌在五十岁以后就已经拥有了崇高的文坛地位。其一，晚明时期，画坛就已经兴起了复古的现象，讲究“笔笔从古法中来”，而这种风气的倡导者就是董其昌。其二，以董其昌作为“开山斧”的松江画派亦已创立，而且得到了社会的承认，名播一时。

四、春游黄山

万历三十七年（1609年）春节，吴用卿来到华亭，专程拜见董其昌，邀请他同游黄山。其实，董其昌早在万历三十五年已经去过安

1 《容台诗集》卷一。

2 《吴越所见书画录》卷五《明沈子居山水卷》。

徽，游览了休宁、婺源、祁门、白岳山。但没去黄山，也未尽兴。

董其昌一直声称自己要向司马迁学习，去安徽远游，登临黄山。黄山位于安徽境内，而董其昌的很多朋友都是徽州人，特别是与新安吴氏家族的吴用卿等人交情深厚。这些人的家就在黄山脚下。多年以来，吴氏诸人一直热情邀请他去登临黄山。

吴用卿这次来访的目的，一是共商去黄山春游的具体事宜；二是将唐代褚遂良《临兰亭序》[1]及“绀青尺玉雕两方”等古董字画出售给董其昌。吴用卿是大古玩商，不光倒卖名贵字画，也出售古董杂项。

春节过后的第四天，吴用卿刚刚离去，董其昌在家中瑞环楼临写了褚遂良《临兰亭序》，题跋曰：“除夕所购，绀青尺玉雕两方，圭中为双月，以环连之，寻不可绝，以为书镇。”

针对这两方成一组的玉圭，董其昌在另一篇文章《宝鼎斋法帖·序》中有更详细的描写：“绀碧玉珪，广一寸，长倍之，小篆雕文云：‘洛修贡兮江献珍，散金景兮敲浮云；宝鼎现兮色蕤蕤，焕其炳兮被龙文。’即班孟坚《宝鼎歌》而微有异……而刻玉以纪瑞者。”[2]

这组玉圭是什么材质的呢？大约是一种较为特殊的碧玉，因为绀是指黑中带红的颜色，并不多见，常人也就物以稀为贵。

董其昌的收藏向来集中在字画上，其他领域的记录则极少。其实，董其昌像大多数文人一样，对文玩杂件，亦有种难以割舍的癖好。

董其昌写过一本非常有名的书《骨董十三说》，被后世者奉为圭臬，可见他对“骨董”杂项喜爱和研究之深。在《骨董十三说》中，董其昌开篇就对“骨董”进行释义，所以自成缘起。他说：“杂古器物不类者为类，名‘骨董’。向有人以食品杂烹之，名‘骨董羹’；

1 《石渠宝笈初编》卷三《临兰亭序册》。

2 李日华《味水轩日记》卷二。

杂埋饭中蒸之，名‘骨董饭’。《易》曰：‘杂物撰德’。”[1]他先引平凡俗事谈“骨董”，然后抛出“杂物撰德”的概念，一下子将收藏事提升到精神层面，可谓醍醐灌顶，直击人心。

此前，有人认为《骨董十三说》是董其昌托名之作，系从张应文的《清秘藏》中辑出的。[2]《董其昌全集》的点校者勘校了这两本书，发现情况并非如此。而是清朝人从《丛帖》中辑录出董其昌的“骨董十四则”，蒙自人杨文斌于清光绪二十三年（1897年）汇编刊印，并在刊印时将书名改为“十三说”。

董其昌在《骨董十三说》中还提出：“今之骨董，古人用物也。其制作精工，非今人可及，故历代宝惜爱护之，什袭而藏，不轻示人，非收藏赏鉴家不能知也。世俗所贵重者，但知有黄金而已。可使一磁盘、一铜饼几倍黄金之价，非世俗所知也。”[3]特别是他还提到：“玩骨董有却病延年之助。”这种思想，与董其昌一向提倡的“烟云供养”的思想是一脉相通的。

不过，他对骨董杂项的收藏品位要求显然很高。能够被董其昌看上眼的只是那些“寻不可绝”的珍品，“务极精工，不使有毫发欠缺”[4]。以这组“绀碧玉珪”为例，董其昌买下后，极为喜欢，随即请治玉的工匠刻上了东汉班固的《宝鼎歌》，内容稍微做了改变。由此可见，董其昌一旦遇到自己喜欢的东西，会不惜重金予以购买。

董其昌对骨董杂项，涉猎广泛，当然不会只限制在玉器类，其对名贵瓷器也是情之所钟。

娄东有一白定炉，乡村老媪佛前供养，不知几世年矣。下足微

---

1 严文儒、尹军《董其昌全集（叁）》，上海书画出版社2013年版，第191页。

2 王永顺《董其昌史料》，华东师范大学出版社1991年版，第369页。

3 同1，第192～193页。

4 同1，第194页。

损，偶有觅古者一金易之，媪过喜，以为送终之资。觅古者则为拂拭，碾去损处，锦袭以藏，售云间大收藏家顾亭林，满愿得四十金。其人更喜，以为终生娱老之资。亭林又售董玄宰，货物相值，价已翔至一百二十金。玄宰不甚喜玩，视岁余，售檇李项氏墨林，实银二百五十两。玄宰以百金赏与事之人，其人一室为之小康。新安大侠程季白闻之，自负赏鉴，先请瞻视。项氏几为涓吉，设幔铺锦，优酌广筵，费将百金。季白神往焉，后输八百现镪，延推日月，犹以为情。[1]

董其昌将这件白瓷定窑炉把玩“岁余”之后，“不甚喜玩”了，通过中介人又把它卖给了项子京的后人。他从顾亭林的手中购买时花了 120 两银子，卖给项氏是 250 两银子，却赏给中介人 100 两银子，实际上他只赚了 30 两银子。

万历三十七年正月十二日这天，董其昌和陈继儒正在一起闲聊，有一位俗称“菜和尚”的僧人云游到华亭，慕名来访。“菜和尚”本名如满，是玉台山的僧人。他恭恭敬敬拿出一个空白册页，请求董其昌、陈继儒题字。

董其昌和陈继儒是文坛宿将，人人都欲请他俩题字作画，尤其对董其昌来说是不可能完成的任务，所以在绝大多数情况之下，他们都会婉拒，但是这一次董其昌还是欣然为“菜和尚”作了一篇长跋。为什么？是因为董其昌被“菜和尚”为众僧奉献的精神所感动。[2]

僧人如满所在的寺庙，山上常年积雪，山势险峻，是一处安静修行的好地方，有五六十个僧人在这里结茅修行。僧人们都专心念经，

---

1 汪珂玉《珊瑚网》画录卷七。引据《花村谈往》卷二。作者注：此文前有“万历年末”，不确。万历年末项子京已故去。此处“檇李项氏墨林”当指其后人。

2 李日华《味水轩日记》卷一。

生活清苦，没有饭吃，一个个饿得皮包骨头。于是如满便为众僧出山募米。可是玉台山附近地薄人稀，百姓们的生活也殊为不易，所以拿不出余粮去施舍和尚。如满完不成任务，心有不甘，于是就“誓不以粒米沾唇”，从早到晚只吃蔬菜，这样他就得到了“菜和尚”的雅号。

听了这样的故事之后，董其昌和陈继儒十分感动，分别为“菜和尚”题了字。

到了春天，董其昌游黄山的计划终于成行。黄山在明朝时就非常出名，旅行家徐霞客赞叹曰：“薄海内外，无如徽之黄山。登黄山，天下无山，观止矣！”董其昌的黄山之行是与吴用卿结伴同行，还是吴用卿在某地等着与董其昌会合？我们今天不得而知，但可以明确推断，董其昌的这次黄山之行确是吴用卿牵线安排的。

农历二月，董其昌登临了黄山，然后居住在徽州吴翼明家。他为这里的山色美景所陶醉，一住就是两个月。

徽州自古重教育，诵读之风盛行，“虽十家村落，亦有讽诵之声”。为了教育子弟，他们“延名师购书籍不惜重金”“自井邑田野，以至远山深谷，民居之处，莫不有学有师”，[1]大文人董其昌因此受到了热情的欢迎。

吴翼明家位于今徽州西溪南村。这个村镇聚集了一批富有的徽商，大多是吴姓宗亲，而且都以收藏为乐事。比如吴用卿的族兄吴希元[2]，也是西溪南村人，是董其昌的好友，以收藏王献之的《鸭头丸帖》而为后世铭记。董其昌曾为吴希元绘制并赠送了山水扇面。在董其昌到来之际，西溪南村已是古董书画收藏最鼎盛的时期，有十几家

1 清道光《休宁县志》。

2 吴希元，字汝明，号新宇，安徽西溪南村人。家富有，曾献万金，授中书舍人。万历三十一年，董其昌作《赠新宇山水扇面》，现藏上海博物馆。

大户收藏了诸多历代名作。[1]吴翼明仰慕董其昌大名，借着这次机会就把家中珍藏的名画悉数给董其昌鉴赏。董其昌叹曰：“新安吴君翼明，家世好古，收藏唐、宋以来名绘甚富！”

吴翼明家当时收藏了一批小尺幅的画作，创作年代涉及宋、元、明各时期，其质量也良莠不齐，显得很凌乱，不便观赏。董其昌就以自己的所好，按照尺幅的大小，遴选出精品，然后让吴翼明去装裱成一本册页，命名为《宋元明集绘》。等到册页装裱完成后，这些作品已焕然一新，十分可爱，董其昌便在册页上挥毫作了题跋，赞曰：“使人惝恍如游十洲三岛间，洵卧游之巨观也哉！”[2]

董其昌在徽州旅游期间留下了许多墨宝，还曾为吴用卿的“余清斋”和吴祯的“清鉴堂”题写了匾额。在离西溪南村不远的古村呈坎，有一条石板所铺的官街叫“钟英街”，是繁华之地。门楣上“钟英”二字，迄今犹存，也是董其昌当年所书。

黄山归来，董其昌念念不忘从吴用卿手中购买的褚遂良《临兰亭序》，便开始进行深一步研究。他对这卷法书特别重视，每到重要的日子都会拿出来观赏，而且亲自临写了多遍。董其昌在《临兰亭序册》跋中说：

唐相褚河南临《禊帖》，白麻墨迹一卷，曾入元文宗御府，有“天历之宝”及“宣政绍兴”诸小玺。宋景濂小楷题跋。吾乡张东海

1 在董其昌过世之后的第七年，即明崇祯十六年，吴其贞也来到西溪南村看画。他在《书画记》中写道：“余至溪南借观吴氏玩物十有二日，应接不暇，如走马看花，抑何多也。据三益曰：吴氏藏物十散有六矣。忆昔我徽之盛，莫如休歙二县，而雅俗之分在于古玩之有无。故不惜重值，争而收入。时四方货玩者，闻风奔至；行商于外者，搜寻而归，因此所得甚多。其风始于汪司马兄弟，行于溪南吴氏，丛睦坊汪氏，继之余乡商山吴氏，休邑朱氏、居安黄氏、榆村程氏，所得皆为海内名器，至今日渐次散去，计其得失不满百年。可见物有聚散，理所必然。时己卯四月十四日。”可见西溪南村在明晚期的收藏之富。

2 《石渠宝笈续编》御书房四《宋元明集绘一册》。

先生观于曹泾杨氏之“衍泽楼”，盖云间世家所藏也。笔法飞舞，神采奕奕，可想见右军真本风流，实为希代之宝。余得之吴太学，每以胜日展玩，辄为心开。至于手临，不一二卷止矣，苦其难合也。昔章子厚日临《兰亭》一卷，东坡闻之，以为从门入者不是家珍，东坡学书宗旨如此。赵文敏临《禊帖》最多，犹不至如宋人纷纷聚讼，直以笔胜口耳。所谓善易者不谈易，信然。己酉中秋重题。[1]

五、第一本法帖《宝鼎斋法帖》问世

万历三十七年九月，董其昌再次接到新的任命：起补福建副使。他犹豫再三，最终还是决定赴任。九月底，他离开华亭来到杭州，安坐在西湖书画船上观赏了《米南宫九帖真迹》[2]和赵孟頫《幼舆丘壑图卷》[3]，然后去福建上任。

此时市场上，董其昌的书法已经红得发紫，作品非常抢手，已经到了一字难求的地步，来董府求字的人快要踏破了门槛。董其昌的一双手无法满足社会的需要，于是他的长子董祖和鉴于《戏鸿堂帖》刊行大获成功的经验，想出了个妙招：刊印董其昌法帖！这就是董其昌个人的第一本法帖《宝鼎斋法帖》。

《宝鼎斋法帖》就是《宝鼎斋帖》。董其昌自述曰：“甲辰秋……儿子刻余真、行各种书，稍称合作者，为《宝鼎斋帖》。有征余书者，以此塞请，足以简应酬之烦，壹似永师作铁门限也。因书宝鼎名斋之意以系之。”[4]这说明董其昌既无力也无心应酬社会的求字，于是他想起了智永和尚“铁门槛”的办法，摹刻了《宝鼎斋法帖》，

1 《石渠宝笈初编》卷三《临兰亭序册》。

2 《郁氏书画题跋记》卷四。

3 《珊瑚网·名画题跋》卷八。

4 李日华《味水轩日记》卷二。

《李日华像》，现藏南京博物院

“以此塞请”，搪塞求书者。

“铁门槛”的典故，源自王羲之七世孙、隋代高僧智永和尚。智永和尚在云门寺练书三十年，书写真、草《千字文》八百余本，分送浙东诸寺。因求书者众多，住处门槛几被踏穿，遂包以铁皮，人称“铁门槛”。董其昌此举不仅可让社会求字者饱眼福，也为习字者提供了楷模，同时还使得自家赚得钵满盆满，可谓君子爱财取之有道。

《宝鼎斋法帖》刊行于万历三十七年十月，由吴之骥摹勒，内容凡六卷，包括董其昌行书《严君平传卷》、楷书《书陆处士传卷》、行楷书《书潘安仁秋兴赋卷》、大行书《花开携酒诗》、行书《曹公生祠碑册》、楷书《书宴桃李园序》等共三十七种。

就在董其昌去福建上任的途中，《宝鼎斋法帖》已经刊印完成。董祖和随即组织了一个营销团队，雇人发行、推销。李日华在当年十月二十四日的日记中写道：“许叔重导松客以董氏《宝鼎斋法帖》来售，凡六卷，皆思白临古帖也。”[1]许叔重介绍给李日华的这位“松客”，意指松江府来客，就是《宝鼎斋法帖》的推销人员。

《宝鼎斋法帖》的刊行，为刊刻董其昌法书开了先河，从此之后，董其昌法帖的刊刻成了一种推广董其昌艺术的重要手段。早期参与刊刻董书法帖者有董氏家人和族人，如董其昌的儿子、孙子、堂侄、侄孙等人。其中，侄孙董镐很受业内人士的关注，他于万历四十二年（1614年）刊刻了《书种堂帖》正集，然后于万历四十五年（1617年）又刊刻了《书种堂帖》续集，还于天启二年摹刻董书《来仲楼帖》十二卷，董其昌都亲自为其题跋。

1 李日华《味水轩日记》卷二。

就在董镐刊刻出版《书种堂帖》正集与续集之间的万历四十三年，董其昌的海宁弟子陈瓛也摹刻了《玉烟堂董帖》十一卷。陈瓛是海宁盐官人，董其昌在诸生时曾馆于陈家时间很久，陈瓛给予他很多帮助，后来陈瓛收藏了很多董其昌墨迹。董其昌对陈瓛的评价很高："虽网罗千载，而鉴裁特精""此帖出，而临池之家有所总萃矣"。陈瓛还集刻了董其昌的其他作品，如《妙法莲花经》《观复堂帖》等。

但是，陈瓛在刻《渤海藏真》丛帖的时候，与董家产生了一些经济上的矛盾。

《渤海藏真》丛帖内有《灵飞经》，是一卷唐代开元年间精写的道教经书本。它的字迹风格和砖塔铭一派非常相近，极为优美，堪称是小楷第一，直到晚明时期才为外界发现，被董其昌收藏。董其昌把它鉴定为是唐代钟绍京[1]的真迹，这是他想当然的判断，并没有什么鉴定依据可考。

董家因为资金上出现了困难，就把《灵飞经》以 800 两银子抵押给了陈瓛。"文敏贵后，尝以钟绍京《灵飞经》真迹质金八百，已而赎还，既复以质，则不再赎矣。"[2]启功先生说《灵飞经》"当时流入董其昌手，有他的题跋。海宁陈氏刻《渤海藏真》丛帖，由董家借到，摹刻入石，两家似有抵押手续。后来董氏又赎归转卖，闹了许多往返纠纷。《渤海》摹刻全卷时，脱落了十二行，董氏赎回时，陈氏扣留了四十三行。从这种抽页扣留的情况看，脱刻十二行也可能是初次抵押时被董氏扣留的，后来又合又分，现在只存陈氏所抽扣的

1 钟绍京（695—746），字可大，唐代虔州（今江西赣州）兴国县清德乡人，系三国魏国太傅、著名书法家钟繇的第 17 代世孙，史称钟太傅为"大钟"，称钟绍京为"小钟"。

2 陈其元《庸闲斋笔记》卷一，同治十三年（1874 年）刻本。

四十三行，其余部分已不知存佚了”。[1]事情做到了这种程度，师生间再谈什么深情厚谊就是睁着眼睛说瞎话了。所以说，好友之间最好别有什么经济上的往来，古今同例。

到了董其昌晚年的天启、崇祯年间，刊刻董氏法书的生意更加兴盛，参与者大都是董其昌的亲友和门人。有亲家陈钜昌于天启四年刻《延清堂帖》、弟子杨继鹏刻《铜龙馆帖》六卷、弟子冒襄于崇祯八年（1635 年）刻《寒碧楼帖》，以及《世春堂帖》六卷、《汲古堂帖》六卷、《研庐帖》《宗鉴堂法帖》《清晖阁藏帖》十卷等。这些董其昌法帖的刊刻，不仅满足了社会的需要，更对董其昌书法艺术的流布，起到了推动作用。

至晚在万历三十七年十二月十九日之前，董其昌已经到任福建，开始在延津公署办公。延津公署位于明代福建十邑之一的延平府[2]。这里本是古代的一个渡口，叫延津，而这个地名的来源与成语典故“延津剑合”有关。

董其昌在《引年乞休疏》中自述说：

臣年三十五岁，中己丑进士，改翰林院编修。又六年，升湖广副使，奉旨以编修养病。又六年，起湖广提学副使，在任一年六个月，岁科俱遍。外官无告病之例，致其仕归，科臣拾遗、吏部侍郎杨时乔奉旨留用。又三年，起补福建副使，在任四十五日。[3]

可知，董其昌只在延津公署上班四十五天，就辞官了。

这时已经到了万历三十八年的春天。舟行湘江，风雨徐来，“望

---

1 上海书画出版社 2000 年版《灵飞经小楷墨迹》的序文《记〈灵飞经〉四十三行本》。被陈氏抽扣的《灵飞经》四十三行，后来为清末翁同龢收藏。

2 今南平市延平区。

3 严文儒、尹军《董其昌全集（壹）》，上海书画出版社 2013 年版，第 181 页。

峰峦如泼墨画”，董其昌有了好兴致，于是在船上画了一卷《烟云图卷》。[1]他显得格外得意，认为自己的画法兼具董源和巨然的笔法，并曰：“不复米氏父子可伎俩”。这里说的“伎俩”，不是贬义词“狡诈”之意，而是指自己没有使用米芾父子的“米点”技法。

从福建回来的路上，他又来到了杭州。杭州美景依旧，故友却大多凋零。杭州的老友如冯梦祯、高濂等已经作古，所以他住到了德清吴礼部的杭州家里。这位吴礼部的家里有座“来青楼”，就是董其昌下榻之所。春日的杭州多雨，外出不便，好在“来青楼”位于西子湖畔，凭栏尽收西湖美景。

在“来青楼”，董其昌还为米万钟的《奇石图》作了题跋：“余自闽中归，阻雨湖上，日望两峰如浓墨画。”[2]陈继儒也赶来杭州与他相会。

古人把春天的三月初三称为修禊日。董其昌每次辞官，总是心情大好，于是他与陈继儒、朱大辉等人结伴，搞了一次春游活动，到杭州北郊古镇塘栖乘船游玩。塘栖为仁和县的名镇，是水陆交通枢纽，商业繁荣。

庚戌修禊之候，玄宰董太史、眉公陈征君两先生舣舟栖水。仲昌偕余以《笠泽游记》为贽。太史笑曰：“余乡有吴子作洞庭游，不信，宿而返，以洞庭胜在消夏湾，亦犹然入境，何论云它。”眉公则属仲昌得王安道、李于鳞《太华记》，汇成一编，更快甚。田太史言，觉同源为烦；由眉公言，当登岳斯始。[3]

1 《四印堂诗稿·题〈烟云图卷〉后》。

2 董其昌《容台别集》卷六。

3 《栖里景物略》卷一《塘栖记事》。

董其昌一行回到华亭，闻知文社成员朱敬韬中了进士，大家都非常高兴。朱敬韬中进士后未能被选为庶常，而是被派到工部任职，负责水务管理方面的工作。董其昌写了《送朱敬韬水部》诗一首：

高歌骊御向秋旻，直北天门诛荡分。
帝为遗羹怜考叔，身当叱驭答明君。
积来风力鹏初起，再入云司雁后群。
留取薜萝修竹径，容吾时注紫虚文。[1]

至此，董其昌与朱敬韬的关系越加密切起来。

董其昌这次辞官回到了家乡华亭后，心情显得平静了许多，自述说："今年归自闽，悬车扫径，颇有余闲，因检旧图点缀。"[2]平日居家多暇，赏画扫径，然后看看自己收藏的旧画，日子过得也很安静。这里所说的"因检旧图点缀"，不光是说将自己以前未完成的旧作进行加彩或修补，也包括对收藏的古旧老画进行修补或重裱。

五月，他开始给门人们讲课。讲课的内容之一是《帝京篇》。《帝京篇》是唐代诗人骆宾王的名作，富于现实主义精神，其中"古来荣利若浮云，人生倚伏信难分！"系千古名句，是对朝廷内部争权夺利的感叹和无奈，董其昌选《帝京篇》作为"馆课之一"，再次表达了他对官场的厌恶之情。

此时，友人"梅谷馆丈"来向他求书，他就把《帝京篇》书写一遍给了他，而且在题跋中注明这是"馆课之一"。[3]

他给学生们上课时，还讲到了绘画。他在《文徵明墨竹卷》上的

1 董其昌《容台诗集》卷三。

2 吴升《大观录》卷十九《晴岚萧寺图轴》。

3 《剑花楼书画录》卷上《帝京篇册》。

题跋，其内容和口气，完全像他授课的讲义。他在跋中说：

写竹之法，唐吴道子已得其秘。风梢露箨，全用浓墨为之。坡公、与可（文同）奉为祖述。坡公论画竹法，以墨深为面，淡为背，自根至梢，有寻丈之势，随意挥洒，靡不如志。此得竹谱三昧者也。衡山先生画师梅庵，神其技矣。庚戌夏五月，董其昌。[1]

半年之后，万历三十八年九月，董氏书画船再次启程，又开始了他的舟行万里之游。

九月七日，董其昌来到了新安江，与他的老友吴用卿相聚。新安江又称徽港，是指钱塘江水系干流的上游段，发源于安徽徽州（今黄山市）休宁县境内，东入浙江省西部，经淳安至建德与兰江汇合后为钱塘江干流桐江段、富春江段，东北流入钱塘江。

吴用卿新收了一件董其昌早年的《论书卷》，见到董其昌后就拿了出来，请他过目，以鉴真伪。

董其昌一看，立即大为惊愕——这分明是自己二十多年前的旧作！内容是自己论书画法的心得。而且，《论书卷》所使用的纸，还是座师韩世能于万历十九年赠送给他的朝鲜黄笺。

董其昌还记得，当时因是信手拈来，随意书写的，于是写完之后就锁进了箱子里，时间一久给忘了。《论书卷》本是单幅，吴用卿收购时已被装裱成横幅手卷。

董其昌将《论书卷》捧在手上，自然浮想联翩，感慨良多，于是他当着吴用卿的面骂道："不知奴子辈，何从复拆作横卷，流传人间且二十载矣！"[2]

---

1 《壮陶阁书画录》卷九《文衡山墨竹卷》。

2 《石渠宝笈续编》乾清宫。

这件事实在不同一般。因为董其昌很爱面子，他的众多文章中极少谈及自己的孩子及身边的仆人，尤其是家里的丑事。所以这段资料很重要，说明董其昌平日里整天出门在外，疏于对家人的管束，而他的“奴子辈”，也不是省油的灯。或许当着董其昌的面，一个个恭敬有加，而背对董其昌的时候，不知道又会干出多少令人不堪的事。这也为以后董家发生“民抄董宦”的灾难，埋下了伏笔。

这时候，董其昌听说有位年轻有为的书法家方季康，“深得晋、唐笔意”，于是在“岩之期麓”造访了他。据推测，方季康的年龄应该比董其昌小一二十岁，属于晚辈。

方季康是扬州人，与程嘉燧的关系友善。现藏安徽博物院的程嘉燧作品中至少有两幅与方季康有关。即程嘉燧于万历四十六年作《为方季康写山水图轴》，还有与方季康道别相赠的《古木空亭图》。

方季康幸会董其昌，态度恭敬，拿出了自己临写的《圣教序》，请董其昌指教。董其昌游历江湖多年，深谙世间人心。于是他“咄咄叹赏”，并赞曰：“喜海内书苑中更增一人！”[1]

更让人吃惊的是，董其昌“因以所书古诗十九首贻之”。就是说，董其昌居然一下子书写了古诗十九首赠予这位年轻人方季康！董其昌如此大方之举，只对自己的发小、门前清客陈继儒这般慷慨，除此之外，从未闻见任何史料证实。可见董其昌对待方季康的态度之隆重，似乎令人感到不可思议。

董其昌在《访各家书古诗十九首册》上解释了原因，其跋说“季康犹嗜昌独不已”，还说“且请忌其离合，尤愿季康以《圣教序》书法写十九首为报，勿走亡羊路，如予也！”是处所言“亡羊路”，就是歧路的意思。

董其昌题跋的意思是：方季康特别崇拜董其昌，写得一手令董其

1 郑威《董其昌年谱》，上海书画出版社 1989 年版，第 77 页。

昌自己都十分害怕的“董其昌书体”，所以董其昌主动赠送自书古诗十九首，并请方季康也书写十九首作为回报。而且董其昌还明确告诫方季康：你应该避讳我的书体，去认真临写王羲之的《圣教序》。学我的书体是亡羊歧途！

从董其昌这段题跋中我们看到，到了董其昌五十岁以后，社会上模仿董其昌书体的现象已经十分普遍，而这种模仿的目的不是单纯为了学习董氏书法，而是为了牟利，廉价的赝品开始冲击董其昌本人的书法市场。其中，方季康是模仿得最逼真者之一，也是因暴露了身份而被逮住的造假者，所以董其昌不惜屈身下问，主动以怀柔的态度赠送自书古诗十九首作品来“拉拢”对方，并且严肃警告对方，不要再作董氏赝品。这是董其昌恩威并举的手段。

面对董氏赝品泛滥，董其昌本人虽然内心窝火，却无计可施。在这次会见方季康的两年之前，即万历三十六年（1608 年）六月，董其昌为好友玄荫作《嘉树垂荫图轴》时，题跋曰：“虽不得工，乃出己手，玄荫持此以称量真赝何如？”[1]面对书画造假，董其昌也束手无策。

六、“终老桃花源”的打算

从福建辞官归来，董其昌再次证明自己不适宜从政，这使得他陷入沉思之中。

尽管政坛风云激荡但董其昌从来不愿评论时政，人们也搞不清楚他的政治观点。董其昌在湖广学政任上辞官后，直到六十七岁复出，前后十三年，如果加上前面任翰林院编修时期的来来回回，也就有了超过二十年的在野生活。陈继儒说他：“家食二十余年。中原

1 董其昌作《嘉树垂荫图轴》，现藏上海博物馆。

士大夫气节理学，分门立帜，公不喜附丽为名高，亦绝不露纤毫抵牾之迹。”[1]

这二十多年间，正是董其昌一生精力最旺盛的时期。他的同榜进士们有的已经升为大官，有的著书立说，俨然一代大师。他依旧保持了很好的心态，既不争名夺利，也不趋炎附势，而是我行我素，潜心艺术，闷声发大财，自得其乐，这是因为董其昌在考虑更深层次的哲学问题——人的生死问题。

在他年过半百之际，董其昌的内心产生了生命孤寂之感。这是因为他的诸多好朋友已经谢世。除了汤显祖来信告之的冯梦祯、屠隆、袁宗道、王一鸣去世之外，这几年之间，韩世能（1598 年卒）、杨继礼（1604 年卒）、陆树声（1605 年卒）、唐文献（1605 年卒）、安绍芳（1605 年卒）、吴希元（1605 年卒）、王衡（1609 年卒）、陶望龄（1609 年卒）也都已经驾鹤西去。

令董其昌最伤心的是与他亲如手足的王衡，也于 1609 年 3 月 4 日去世。王锡爵系白发人送黑发人，悲伤之余，写下了《祭天男衡文》。万历三十八年，即儿子王衡去世的第二年，王锡爵也去世了。

董其昌主动辞去了福建副使，他在为《宋元名家画册》题跋时说：“二十年结集之勤，亦博得闲中赏玩。人间清旷之乐，消受已多。东坡云‘我薄富贵而厚于画’，岂人情哉！”[2]

他借用了苏东坡的名言“我薄富贵而厚于画”来表明自己的心声。然而事实并非如此，纵观董其昌一生，他对金钱和美色却始终萦怀在心，不忍放手。

万历四十年，董其昌依旧在江南游历，舟行四方。此行的目的与以往没有不同，即访友、赏画、题跋，顺带着还要做些书画买卖的

1 陈继儒《陈眉公先生全集·思白董公暨元配龚氏合葬行状》。

2 《珊瑚网·名画题跋》卷十九。

生意。

从董其昌的行踪来看，这年九月底他还在杭州。九月二十三日，他在杭州与维扬（扬州）高仲举、华亭张仲文、青浦雷宸甫、家侄孙彦京等一起观赏了米芾的《天马赋》[1]。

自从老友冯梦祯去世以后，董其昌再往杭州时，已不再与冯家的后人联系了。原因可能与冯的长子直接参与书画造假的勾当有直接关系。沈德符在《万历野获编》中记录得非常详细："祭酒身后，其长君以售徽州富人吴心宇，评价八百金。吴喜慰过望，置酒高会者匝月。今真迹仍在冯长君。盖初鬻时，觅得旧绢，倩嘉禾朱生号肖海者临摹逼肖，又割董跋装褫于后以欺之耳，今之赏鉴与收藏两家，大抵如此。"[2]冯家长子造假的这幅作品，正是董其昌最为看重的王维《江山雪霁图》，而且冯长君还把董其昌的题跋当幌子，欺骗不明真相者，令他声誉受损，董其昌当然很生气。

十月六日，董其昌在昆山道中与自己的红颜知己王微相会[3]，然后去了无锡、泖湖、苏州和宜兴等地。他的好友陈继儒有时会出现一下，有时又突然消失得无影无踪。不过，门人夏之时似乎一直在追随着他，侍奉着他。

十月二十二日，董其昌和陈继儒来到了无锡，住进了官舍。这个官舍也就是驿站，是朝廷为传递公文中途休息换马的地方，和外派官员的落脚之地，常把一些空闲的客房对外开放，所以驿站名曰官舍，也是旅店。董其昌在《仿赵集贤水村图》跋曰："余为此《水村图》，乃欲兼高克明、赵集贤笔意。高克明《雪渔卷》，天雄张平仲水部携至官舍，余与陈仲醇赏叹永日。"[4]

1 文物出版社 1987 年版《中国古代书画目录》第三册。

2 沈德符《万历野获编》卷二十六《旧画款识》。

3 郑威《董其昌年谱》，上海书画出版社 1989 年版，第 85 页。

4 《好古堂藏书画记》卷下。

两天之后，即十月二十四日，他的华亭小兄弟朱国盛也追随而去，董其昌作《仿大痴画赠朱国盛》，跋曰："诗在大痴画前，画在大痴诗后，恰好百四十年，翻身出世作怪。此沈启南自题，余谬书之，必有见而大笑之者。壬子十月廿四日。"[1]

这年的中秋，董其昌与宜兴同年吴正志相约见面。俩人促膝长谈，对各自的前途做了商量。吴正志凡事以兄长待之。

刚巧在这一年的年初，朝廷几乎同时征召董其昌和吴正志出山，但是均被他俩拒绝。《明史》说董其昌"起山东副使、登莱兵备、河南参政，并不赴"。[2]

董其昌拒绝官场，认为从政是一种苦役。在拒绝了河南参政之后，他写道："余近以中州之役不果，肆情山水间。秋杪登南徐甘露寺，见西江茫然万顷，远望诸山，明灭隐见于云涛杳霭间，可喜可愕！"[3]

董其昌为此拜访宜兴，住在吴正志家的"云起楼"，还把自己收藏的赵孟頫代表作《鹊华秋色图》转让给了吴正志收藏。从董其昌的自述中判断，朝廷征召他的事在前，他拜访吴正志在后，所以吴正志坚持退隐的想法和决定，显然受到了董其昌的影响。

董其昌十分珍爱赵孟頫的《鹊华秋色图》，并引以为荣，以致以后一直念念不忘。万历四十年二月，董其昌曾在绢本上临摹了这幅画，跋说："余家有赵荣禄《鹊华秋色图》，为同年吴光禄易去，追想笔意写此。"[4]可是，在出售《鹊华秋色图》之际，董其昌的家庭并没有出现什么大灾大难，为什么要出售心爱之物？只有一种合理的解释，那就是在吴正志的再三恳求之下，董其昌磨不开面子，只得拱

1　董其昌《画禅室随笔》卷二。

2　《明史》卷二百八十八。

3　《古芬阁书画记》卷十六。

4　吴升《大观录》卷十九。

手转让。除此之外，大约万历四十二年后，董其昌又将自己另一件重要的收藏品——黄公望《富春山居图》也转让给吴正志收藏。原因大致相同。董其昌对吴正志的评价很高，把他视为像苏东坡那样的高士："余同年吴澈如光禄，虽名满天下，而拜官未及三百日，又曾谪官湖州，计其出处，大都与坡公相类。"[1]把吴正志与苏东坡相提并论，说明董其昌对吴的人品心悦诚服。

这年中秋过后的第三日，董其昌还为吴正志画了一幅《荆溪招隐图卷》，跋曰："予既已誓墓不出，而澈如亦意在鸿冥。余举赠友人诗题此卷曰：'我如还山云，君如朝日暾。出处各有宜，何处鹤与猿？惟容避世者，终老桃花源。'澈如携此游江门，时以展之，知余不作孔稚圭举止也。"[2]由此跋中可见，董其昌此时已经坚定了"终老桃花源"的思想，并把赠友人诗《还山歌》再书写一遍，然后赠予了吴正志。

吴正志后来出游江门，时时展卷欣赏此画。他既是赏叹董其昌的书法艺术，更是从中汲取了退隐的精神力量。

七、六十初度

转眼到了第二年（万历四十一年），董其昌已经五十九岁。江南人的习俗，要按虚岁过大寿，所以这一年董其昌已经算是花甲之年，他的生命步入了老年人的队伍。

万历四十二年，董其昌敬仰的佛家师傅云栖莲池大师迎来了八十岁生日。为了祝贺莲池大师八十初度，更是为了"以广弘愿"，于是在正月初八这天，董其昌书写了《阿弥陀佛经》以贺，期盼"刻

1 《石渠宝笈续编》乾清宫七。

2 董其昌《荆溪招隐图卷》，现藏美国大都会艺术博物馆。

石流布”。[1]

董其昌在《阿弥陀佛经》上跋曰：

云栖莲池大师，甲寅正月八十初度。余以师纯提净土，扫彼狂慧，行在梵网，志在观经。僧腊最高，居然古佛，乃书此经，刻石流布，以广弘愿，亦祈大年。自愧笔法弱劣，不能如赵文敏之为中峰书《净土》一百八诗足传耳。[2]

当时有位年轻的画家黄存吾，画了一幅《青林高会图》，所绘的内容记录了董其昌与莲池大师的友谊。云栖寺旧藏一卷《青林高会图》，系苏州吴郁生捐赠，绘者为明代画家黄存吾，卷首有娄坚题书“青林高会图”五字。吴郁生所记图中人物为：

1 董其昌《容台别集》卷五。

2 同 1 卷三。

赵孟頫《鹊华秋色图》（画心）

……籍草而坐者黄汝亨贞父，钱塘人；染毫题壁者娄坚子柔，太仓人；立而执卷者王稚登百谷；执拂者张凤翼伯起，皆长洲人；笠屐盘陀者陈继儒仲醇；坐而握管者董其昌元宰，皆华亭人；抚琴者严澂天池，常熟人；跏趺而坐者莲池大师；旁坐者赵宧光凡夫，长洲人；长髯独立者不知何许人也。

虞山王东溆在《柳南随笔·续笔》中，有“青林高会图”一条，云：

图为黄存吾手笔。会者七人，为张伯起、王伯谷、赵凡夫、董思白、陈眉公、严天池、莲池大师。盖存吾仰慕七人，乃合绘其像于一卷，而即请思翁题署者也。七人各有诗，皆手书，惟莲公独缺……今图藏天池后人，而诸公手书已失，仅存临本矣。

所记人物虽不确切，但画中都有董其昌与莲池大师，可见二人交谊之笃，在当时已是众人皆知的事情。

在董其昌生日的同一天，老友陈继儒作《寿思翁董公六十序》。[1]

年届花甲的董其昌并不服老，他依旧下定决心“读万卷书，行万里路”，要去游历名山大川。这一年，他和赵左一起，再访洞庭湖后，又畅游了湘江。这是他平生第三次游览湘江。赵左为纪念这次远行，创作了《洞庭湖景卷》（现藏张碧寒先生处）[2]。董其昌想起了王阳明的话：“你未看此花时，此花与汝心同归于寂；你来看此花时，则此花颜色一时明白起来，便知此花不在你的心外。”他感悟到“花与汝心同在”的道理。尽管世界万物瞬间多变，其实与每个人是没有关系的，因为世界与你的内心是隔膜的。只有你关心了这个世界，它才会变得绚丽多彩。

进入晚年之后，董其昌有两位非常重要的门人。一是张圣清[3]，随侍左右。董其昌平日里说过的一些重要的话，张圣清会立即记录下来，“文敏裁鉴通明，凡批驳真伪，悬笔立就，无不点胸铭心。门人张圣清掌录成编，名《来仲楼随笔》”。[4]

另外一位门人就是叶有声[5]。叶有声拜师董其昌，是在万历四十三年，由其塾师推荐，他回忆说：“余生也晚，从塾师授公制艺。乙卯谬领贤书，闱中牍出，公谓可教。余适迟廷对，从杖履，而公方

---

1 陈继儒《陈眉公先生全集》卷十五。

2 王永顺《董其昌史料》，华东师范大学出版社 1991 年版，第 30 页。

3 张圣清为张所望次子。张所望（1556—1635），字叔翘，号七泽，松江府上海县（今龙华乡）人。万历二十九年进士，历官衢州知府、广西副使、左江参政，擢广东按察使，不赴。崇祯八年正月，卒于家，终年八十岁。张圣清，讳积源，补诸生，好收藏，因患肺病早逝。陈继儒为他写《张圣清传》。

4 李延昰《南吴旧话录》。

5 叶有声（1583—1661），字君实，号震隐，松江府（今上海）人。叶有声后来中进士，由候官令擢礼科给事中。时魏忠贤用事，攘边功，窃封爵，有声疏论云：疆场赤白其羽，幕府卫霍其功。阉党宣言，欲进忠贤王爵，有声廷叱之，坐是削籍。崇祯初，召授浙江副使，累迁河南按察使，平反谳决无留狱。后迁江西右布政使，有政声，拜大理寺卿，都察院左副都御使。召对，陈兵食利敝甚悉，为忌者所中，免官。后复召拜兵部侍郎，不就，屏居村市，卒年七十九岁。

董其昌《仿赵孟頫鹊华秋色图》 立轴

董其昌《仿杨升没骨山水图》，作于万历四十三年，
美国纳尔逊·阿特金斯美术馆藏

枘凿时趣，罕齿朝事，横经问奇外，罔叩公也。嗣余俸次就征，公以陪京纂修报命，衮衣元老当事者，为虚少宰及北詹席，皆不就，以南宗伯行。旋复疏辞，而寓书于余，若不终日者，余心服公之高而未有以测公也。”[1]

叶有声随后参加了顺天乡试，获第一，第二年即万历四十四年（1616年），叶有声因故没有去北京参加殿试，回到家乡后，一直跟随着董其昌“从杖履”。据叶有声的观察，董其昌“枘凿时趣，罕齿朝事，横经问奇外，罔叩公也”，说明董其昌对政治、官场仍然毫无兴趣。

可是这一年却发生了一件大事。努尔哈赤建立大金国，史称“后金”。后金是努尔哈赤在中国东北地区建立的政权，努尔哈赤与明朝有着不共戴天的仇恨。他的祖父、父亲都是被明朝大军所杀，所以雄心勃勃的努尔哈赤统一了女真各部落之后，对天宣誓，以“七大恨”为由起兵反明，由此正式拉开了对明朝数十年军事战争的大幕。政治没有对错，双方开始了实力的较量。

董其昌已经乡居多年，由于消息闭塞，且他对政治漠不关心，加之各级官员为拍当权者的马屁而只说好话，不讲真话，所以他完全不了解、也不能理解国家和民族面临的深刻危机。他仍然醉心于艺术。

万历四十三年四月五日，董其昌为侄孙董舜甫作《临诸体书册》时题跋曰：“东坡先生云：‘诗至于杜子美，书至于鲁颜公，尽矣。’而子美之论书，主于瘦硬，东坡以为未公。盖东坡之书出于徐浩，因不以为病。昔明皇（李隆基）嘲（杨）玉环为更飞不去。玉环曰：‘霓裳一曲，足掩前古。’余深服此论，谓可通于书，但笔下有神，何论肥瘦哉！故东坡有曰：‘短长肥瘦各有度，玉环飞燕谁相猜？’

1 叶有声《容台集序》。

因书杜诗及之。”[1]可见，他依旧还在大谈才子佳人的往事，对艺事研究深且透，却没有意识到国家危亡、民族悲剧早已萌发并已渐渐临近。

事实上，明朝政府倡导和掌控着主流舆论，只许歌功颂德，不许妄议抨击。朝廷的各级官员是一些马屁精，为迎合上级的喜好而抹杀现实的阴暗面，导致整个社会虚夸成风，不再具备忧患意识。久而久之，人们真就以为大明王朝是天佑的江山，一定会万岁万岁万万岁！

董其昌也不能免俗。他至死都不能、不敢、不愿相信，这个辽阔而富强的大明帝国，居然也会有呜呼哀哉的那一天！

八、朱敬韬“夺”画

还是在万历四十三年三月，朱敬韬的父亲朱泗病故，他回家奔丧，并恳请董其昌为其父朱泗撰写墓志铭。董其昌在《朱泗墓志铭》[2]卷首写道：“明故菊泉朱公暨盛孺人赵孺人墓志铭。”此件书法，笔道圆浑，使转灵动，体势兼取李邕、徐浩之长，雄健紧凑，精力弥满，是他创作高峰时期小楷的代表作品。

董其昌不仅为朱敬韬家人写下这篇著名的墓志铭，此前还为他的母亲写过《寿朱敬韬太夫人》的诗作。

朱泗去世的时间非常巧合。此前，他的儿子朱敬韬于万历三十八年考中进士后，即奉敕治理河漕。因其功绩卓著，升任大司空，掌管全国水利工作。朝廷为表彰朱敬韬治河功绩，将其祖父朱镗、其父朱泗，以及他本人，皆封赠二品，即祖孙三代皆官至二品，故名“三世

1　吴升《大观录》卷九。

2　《朱泗墓志铭》纸本，楷书，纵 37.3 厘米，横 331.1 厘米，故宫博物院藏。

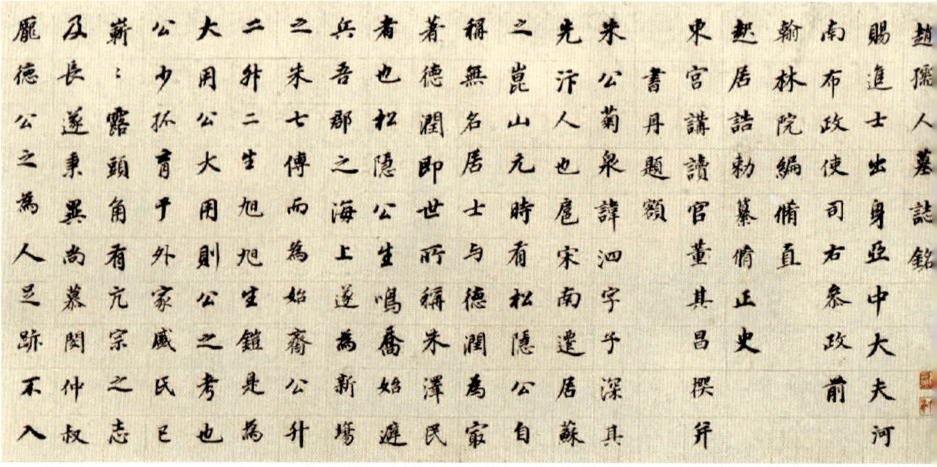
趙孺人墓誌銘
賜進士出身亞中大夫河
南布政使司右叅政前
翰林院編脩直
起居誥勅纂脩正史
東宫講讀官董其昌撰并
書丹題額
朱公菊泉諱泗字子深其
先汴人也扈宋南遷居蘇
之崑山元時有松隱公自
稱無名居士与德潤爲家
著德潤即世所稱朱澤民
者也松隱公生鳴喬始避
兵吾郡之海上遂爲新塲
之朱七傳而爲始裔公升
二升二生旭旭生鎧是爲
大用公大用則公之考也
公少孤育于外家戚氏已
薪薪露頭角有亢宗之志
及長遂秉異尚慕閔仲叔
龐德公之爲人足跡不入

董其昌《朱泗墓志铭》，现藏故宫博物院

二品”[1]。恰在此时，朝廷又任命朱敬韬为山东左伯，即山东布政使。但因朱敬韬必须守孝，不能赴任。这样，朱泗的葬礼可以隆重举办，并在其墓前树立二品神道碑。所以董其昌在卷尾写道：“敬韬奉敕治河漕，以历功荐叙。蒙恩俞为大司空右总宪开府中丞。虽皆牢让不拜，而山东左伯诰命已给，当如二品树神道碑于先茔。”

朱敬韬官至太常卿。到了这年的秋天，董其昌与朱敬韬在镇江的南徐[2]再次相聚。

朱敬韬也是当时有名的画家，工山水，宗法小米（米友仁），其画风可能是米家山水一路，烟雨蒙蒙，雾气弥漫。但是，他此时对惠崇的风格感兴趣，于是向董其昌求教。董其昌很是耐心，在这五道题跋中分别从画史观、作画技法的角度，叙述了自己对惠崇的研究心得。

董其昌在《仿惠崇册》上的题跋，前后分了三次。第一次题跋，

---

1 建于明万历年间的额题为“九列名卿”的大牌楼，就是朱敬韬所建。它是上海新场镇十三牌楼中最为著名者，横跨于中市大街，有“江南第一牌楼”之称。在 1975 年的“文革”中被拆毁。为恢复景观，2006 年复建。

2 南徐，即今江苏省镇江市。东晋侨置徐州于京口城，南朝宋改称南徐。

大约是在朱敬韬刚刚从董其昌手中抢得之际，时在癸丑、甲寅九月之间，也就是董其昌五十九至六十岁之际。董其昌跋曰："敬韬兄画山水，士气作家俱备，翩翩突过吴兴前矣，犹复好余画不置。昔子昂与鲜于伯机善，每伯机书一纸，则自书三纸易之，此乃假之羽翅。有谓子昂欲损其真论，恐压吾名。子昂何有于伯机哉？吾想敬韬不复疑也。董其昌题。"此跋有调侃之意，把自己与朱敬韬的关系，比作元代的赵孟頫与鲜于伯机。鲜于伯机的名气当然比不得赵孟頫，而赵孟頫与他交换作品，却故意要三张换一张，其用意是在帮助鲜于伯机提振羽翅，扩大其名声，因为赵孟頫无求于鲜于伯机，只为兄弟友情。有人因此猜测赵孟頫此举是害怕鲜于伯机压住他自己的盛名，这是不确切的。董其昌在最后说："吾想敬韬不复疑也。"

第二次题跋，时在乙卯立秋日，即万历四十三年。董其昌题跋曰："癸丑中秋，舟泊南徐。新安黄中舍以惠崇《春江图》见示，余亦携王叔明《青弁图》，乃山樵绝笔。中翰瞠目叫好，因共易一观。余为临分作七帧未就，适朱敬韬亦至，夺予所临。今年又补一帧已失，真卷遂不复能似矣。乙卯立秋日，董其昌识。"说明《仿惠崇册》最初只画了七幅，到了万历四十三年，又补画了一幅，才凑成了八景。董其昌指出，《仿惠崇册》是据惠崇真迹《春江图》而临仿的，通过此番学习"真卷遂不复能似矣"，表明自己已经掌握了惠崇笔法技术了。而且还说明，朱敬韬抢夺董其昌刚画好《仿惠崇册》的地点，就在京口。

董其昌为《仿惠崇册》第三次题跋：

其一为："癸丑、甲寅九月画，壬戌二月题，玄宰。"

其二道："忆在癸丑、甲寅秋，余至京口送别武陵杨侍卿，居张氏园中，适黄中舍宾王携惠崇卷易余黄鹤山樵《青弁图》题跋，数日乃返之。于临分八景，略得惠法。今又十余士矣。射阳湖重览于敬韬公署，壬戌二月，其昌。"

其三是："惠崇、巨然皆僧中之画禅也。惠崇如神秀，巨然如惠能，南能北秀，二宗各有意趣。壬戌二月重观甲寅临本题。"

其四曰："玄宰写惠崇笔意。此惠崇学毕宏所谓'卷云皴'者，赵大年专师之。玄宰题。癸丑、甲寅九月画，壬戌二月题于水都官厅，玄宰。"

其五曰："惠崇《江南春卷》，不甚皴擦，似水墨、青绿一笔染成。他人为之便无骨力，此僧中龙象，亦诗家右丞画与李昭道父子传衣钵者。壬戌二月题，玄宰。"

董其昌十分喜爱朱敬韬，凡事都呵护他，让着他，对他几乎有求必应，而朱敬韬亦然。这老哥俩做了一世的好朋友。

九、在历史的坐标上为自己安身

（一）置身在历史画卷之中

若以对后世的广泛影响而论，董其昌对中国艺术史的主要贡献，集中在三个方面。首先是在美术史论方面，尤其是"南北宗"的理论，从它诞生之日起直至当下，依旧具有顽强的生命力，可谓影响深远；其次是他的书法成就。他的行书与小楷，风格卓绝，具有鲜明的董氏风范，为清初康熙至乾隆帝所推崇，风靡数百年，已经成为后世的楷模；再次则是他的绘画，虽然就其绘画水平而言，常常为后人所诟病，但其山水画的程式风格，确实树立了一种标准，成为中国传统山水画的象征性元素。

中国美术史的构建与推动，有三位厥功至伟的人物。

第一位是唐代的张彦远。他出生于钟鸣鼎食的三代相门之家，极富收藏，几可与皇室的收藏媲美。关键还在于张彦远对收藏的热爱深入骨髓，使他在书画理论和书画史上取得了很高的成就。张彦远提出的“若复不为无益之事，则安能悦有涯之生”[1]的观念，奠定了艺术在中国社会与个体人生中的不可或缺性。

第二位是我们非常熟悉的米芾。他说：“然则才子鉴士，宝钿瑞锦，缫袭数十以为珍玩。回视五王之炜炜，皆糠秕埃壒，奚足道哉！虽孺子知其不逮少保远甚明白。”[2]则强调了艺术的宝贵性，从对历史影响的角度来看，其价值远远高于政治、经济与功名。

第三位就是董其昌。他说：“画之道，所谓宇宙在乎手者，眼前无非生机，故其人往往多寿。”还说：“黄大痴九十而貌如童颜，米友仁八十余神明不衰，盖画中烟云供养也。”[3]这是他提出的又一个伟大观念：烟云供养！

董其昌不仅提出了书画能“烟云供养”“却病延年之助”[4]的主张，还旗帜鲜明地说书画能医治俗气！他在撰写《苏黄题跋序》中从正反两个方面论证道：“当宣和时，党禁苏黄及其翰墨。凡书画有两公题跋者，以为不祥之物，裁割都尽，乃以进御……岂知五百年后，小玑片玉，尽享连城。”并借黄庭坚的嘴说：“士生于世，可百不为，惟不可俗。俗便不可医也！临大节而不可夺者，不俗也！”[5]这些都是崭新的书画理念，令人耳目一新。

这三个理念的提出，不仅体现了对政治、权力的蔑视，更是极大地提高了艺术在人类生活中的地位，推动了中国美术史的发展。

董其昌对美术史的研究，走的是一条实证路线。他是一位倡导“读万卷书”的学富五车的史学家，但他并非是死抱着古人教条的迂腐学究，而是以一个书画家的视角，实事求是地以原作为临摹对象，

---

1 张彦远《历代名画记》卷二十五。

2 米芾《画史》。

3 董其昌《画禅室随笔》。

4 严文儒、尹军《董其昌全集（叁）》，上海书画出版社 2013 年版，第 195 页。

5 同 4，第 23 页。

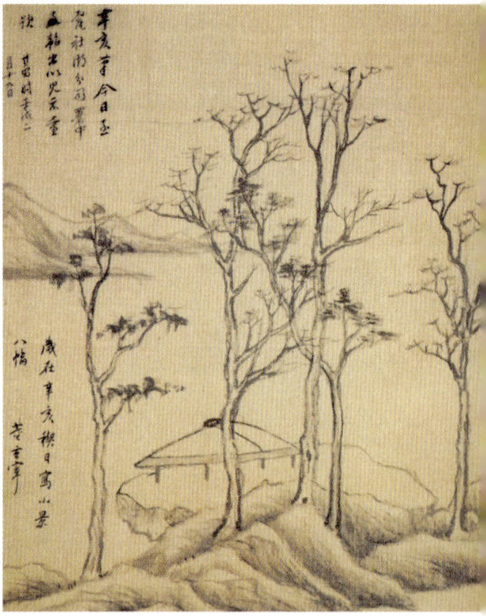

董其昌《山水图》册页七开

绢本墨色，纵 30.7 厘米，横 28.3 厘米

现藏故宫博物院

开始了重新认识和构建中国美术史的艰难工作。进行着重新认识和构建中国美术史的艰难工作。

对于书法史的研究和梳理，董其昌讨论的内容，都须有原作对比为基础，让人有视觉上的直观认识。而非像古书里的玄谈，让人在意会中去猜测。他谈到书法的奇与正的辩证关系时指出："古人作书，必不作正局，盖以奇为正，此赵吴兴所以不入晋、唐门室也。《兰亭》非不正，其纵宕用笔处，无迹可寻。若形模相似，转去转远。柳公权云：'笔正'，须善学柳下惠者参之。余学书三十九年，见此意耳。"[1]此言强调了中国书法发展的必由之路。

他研究的书法史，可分为几个主要阶段，如晋唐、宋元以及明朝，都以代表人物为典型，讲述各个时代的典范之作和重要特点。

对于早期的晋唐书法，他以王羲之、王献之父子为典型案例加以分析。他说："昔右军诸帖，半出于问病吊唁，从哀戚中结法，所谓泪渍老笔者，其书独垂至今。"[2]"晋人书取韵，唐人书取法，元人书取意。或曰：意不胜于法乎？不然。宋人自以其意为书耳，非能有古人之意也。然赵子昂则矫宋之弊，虽已意亦不用矣。此必宋人所诃，盖为法所缚也。"[3]"晋书无门，唐书无态。学唐乃能入晋。"[4]他能够以准确、深刻、洗练的文字，来讨论如此高深的学术问题，揭示了书法发展的本质特征。

他还从书法实践的角度，用数十年的"积想"来反复研究书法的特点。"此帖（《官奴帖》）在《淳熙秘阁续刻》，米元章所谓绝似《兰亭序》。昔年见之南都，曾记其笔法于米帖，曰：'字字骞翥，势奇而反正，藏锋裹铁，遒劲萧远，庶几为之传神。'……今为吴太

1 董其昌《画禅室随笔》。

2 同1。

3 李日华《味水轩日记》。

4 同1。

学用卿所藏。顷于吴门出示余，快余二十余年积想，遂临此本云。抑余二十余年，时书此帖。兹对真迹，豁然有会。盖渐修顿证，非一朝夕。假令当时力能致之，不经苦心悬念，未必契真。怀素有言：‘豁焉心胸，顿释凝滞。’今日之谓也。时戊申十月十有三日，舟行朱泾道中，日书《兰亭》及此帖一过，以《官奴》笔意书《禊帖》，尤为得门而入。”[1]指出了中国书法的精深与博大，需要人们锲而不舍地进行研究，才能终有所获，识得魅力，修得正果。

唐代是中国书法名家辈出的时期，董其昌说：“唐人书皆回腕，宛转藏锋，能留得笔住。不直率流滑，此是书家相传秘诀。微但书法，即画家用笔，亦当得此意。”还说：“余尝谓右军父子之书，至齐、梁而风流顿尽。自唐初虞、褚辈，变其法，乃不合而合，右军父子殆似复生。此言大可意会，盖临摹最易，神气难传故也。”[2]说明中国书法的延续与发展，贵在传神。

董其昌格外仰慕、推崇的历史名家首推两位，一是唐代的颜真卿，二是宋代的苏东坡。他对颜真卿的评论甚多，如“鲁公碑书如其人，所谓骨气刚劲，如端人正士，凛不可犯也。然世所重惟其行书，如《争座位》《祭侄蔡明远刘太冲》《马病》《鹿脯》《乞米》诸帖，最为烜赫有名，直接二王，出唐人之上”。[3]又说：“颜鲁公《乞米帖》，‘拙于生事，举家食粥，来已数月。今又罄竭，只益忧煎，辄恃深情。故令投告，惠及少米，实济艰勤。仍恕干烦也。真卿状’。《乞米帖》见鲁公忠义大节，从固穷得之，非特书法可传，亦千古雅语也。”[4]“颜鲁公受笔法于张长史，尝有‘锥画沙’‘印印泥’之喻，又谓之‘屋漏痕’。然其碑帖严整，蚕头鼠尾，即不无锥沙、印

1 董其昌《画禅室随笔》。

2 同1。

3 董其昌《容台集·书品》。

4 李日华《味水轩日记》卷四。

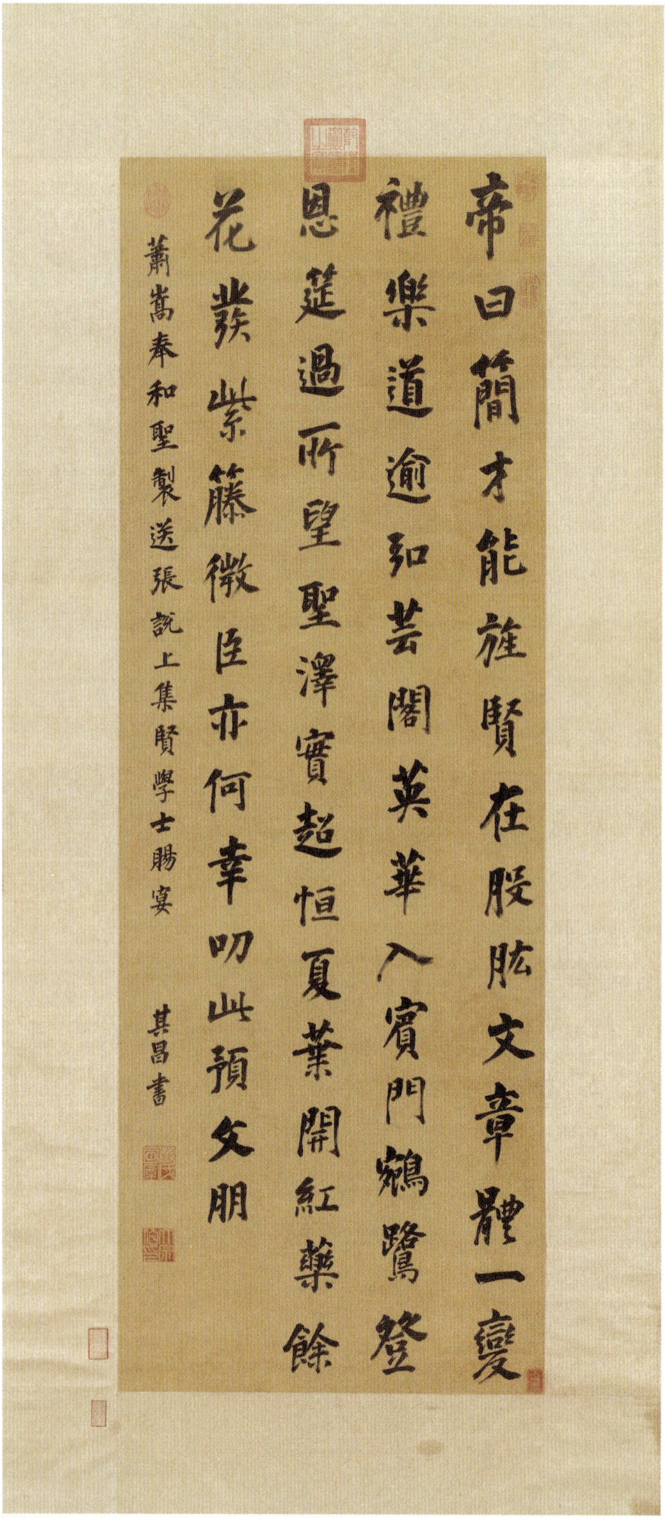

董其昌《仿颜真卿书》，现藏台北故宫博物院

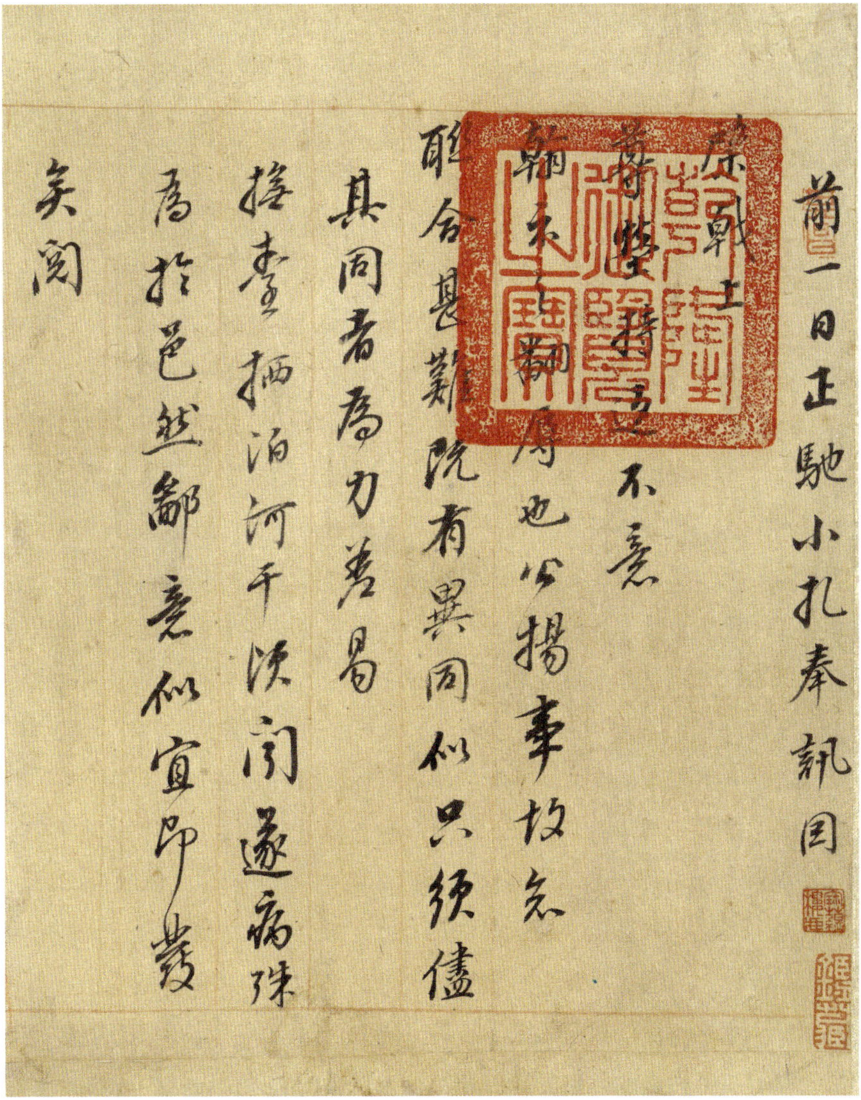

董其昌尺牍卷（局部），现藏台北故宫博物院

泥、屋漏痕。未之见也。独此碑落笔与放笔处，和缓挺劲兼之。余临写之，次恍若有悟。鲁公曰：自钟、王至虞、陆，皆口诀手授，以至张长史。信矣。”[1]“《争座位帖》，宋苏、黄、米、蔡四家书皆仿之。唐时欧、虞、褚、薛诸家，虽刻画二王，不无拘于法度。惟鲁公天真烂漫，姿态横出，深得右军灵和之致，故为宋一代渊源。”[2]“书法虽贵藏锋，然不得以模糊为藏锋，须有用笔如太阿剸截之意，盖以劲利取势，以虚和取韵。颜鲁公所谓‘以印印泥、如锥画沙’是也。细参《玉润帖》，思过半也。”[3]他对颜真卿的崇拜，从人品、学识到书法，均五体投地。这些都是董其昌研习后的心得体会，体现了中国传统的儒家精神，亦为后学圭臬。

董其昌对苏东坡的佩服，由心而发，能够实事求是地对其书法特点加以甄别。作为北宋四大书家之首的苏东坡，历来有被诟病之处，董其昌仔细研究了苏体，说：“东坡先生书，世谓其学徐浩。以余观之，乃出于王僧虔耳。但坡公用其结体，而中有偃笔，又杂以颜常山法，故世人不知其所自来，即米海岳书自率更得之。晚年一变，遂有冰寒于水之奇。书家未有学古而不变者也。”[4]所以，董其昌的评论真实客观，具有独立的精神气质，远比米芾的说法打动人心，这是他不唯古人的治学写照。

董其昌是以画家的眼光来研究画史，对于历代名画的关注点主要集中在历代画家各自的特点和长处，以破网解索的方法，来说明他们在画史中的地位与影响。总体而言，他把历代画家归列为南、北两路。一路是“精工之极”，就是画风比较写实而又细致。他常常称之为“妍”，如李思训、李昭道父子及其衣钵传承者，是北派；另一路

1 董其昌《画禅室随笔》。

2 同 1。

3 同 1。

4 同 1。

是“平淡天真”者，是以董源、巨然为代表的画风，他称之为“纵”，夸赞其“纵而有法”，为南派。

董其昌对惠崇的研究，是独特而深刻的，是显著的个例。惠崇是北宋著名画僧。苏东坡名句“竹外桃花三两枝，春江水暖鸭先知。蒌蒿满地芦芽短，正是河豚欲上时。”就是因题在惠崇《春江晚景》作品上而流传千古。董其昌对惠崇的笔法进行了深入的研究。他说：“惠崇《江南春卷》，不甚皴擦，似水墨、青绿一笔染成。他人为之便无骨力，此僧中龙象，亦诗家右丞画与李昭道父子传衣钵者。”“惠崇、巨然皆僧中之画禅。惠崇如神秀，巨然如惠能，南能北秀，二宗各有意趣。”“此惠崇学毕宏所谓‘卷云皴’者，赵大年专师之。”随后，他又以自己画家的笔墨加以实践，说：“忆在癸丑、甲寅秋，余至京口送别武陵杨侍御，居张氏园中，适黄中舍宾王携惠崇卷，易余黄鹤山樵《青弁图》题跋，数日乃返之。余分为八景，略得惠法。”他以实证的方法，细致而鲜明地揭示了惠崇的艺术特色，为后世提供了解读名家名作的方式。

元代是中国一个非常特殊的历史时期，“元季四大家”对后世的影响极为深远。董其昌学画初期，主要是跟随乡贤学习“元季四大家”之首黄公望的笔法，但随着时间的推移，他对倪瓒画风的推崇到了如痴如狂的地步。

倪瓒的作品，从构图形式上看，主要有两种，其一是一河两岸三段式，其二为枯木竹石图。董其昌在赏鉴倪瓒作品的时候，总是以全方位的角度加以研究。如他在四十五岁时评论倪瓒说：“倪迂早年书胜于画，晚年书法颓然自放，不类欧、柳，而画学特深诣，一变董、巨，自立门庭，真所谓逸品，在神妙之上者。此《渔庄秋霁图》，尤其晚年合作者也，仲醇宝之，亦气韵相似耳。”[1]他后来又把自己的

1 倪瓒《渔庄秋霁图》，现藏上海博物馆。

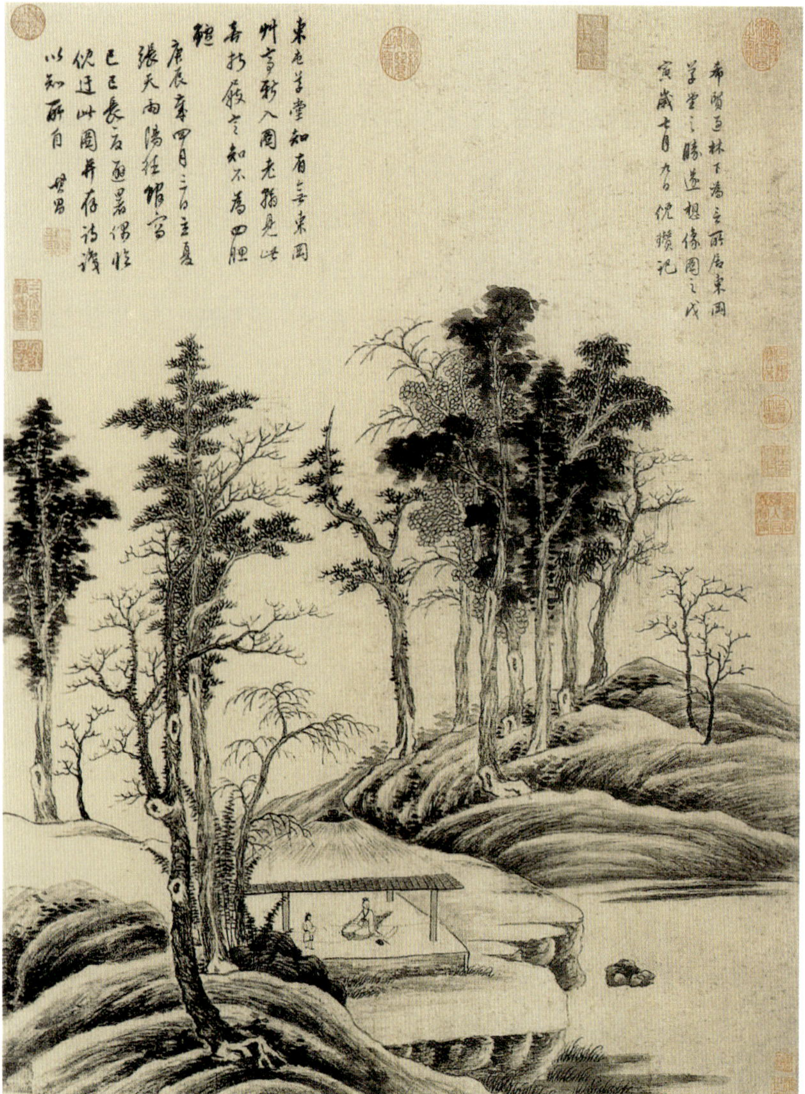

董其昌《临倪瓒东冈草堂图》

作于崇祯二年。

其用笔与董其昌风格有异，疑是模仿所致。

现藏台北故宫博物院

董其昌《仿倪瓒山阴丘壑图》

董其昌原本是想仿倪瓒《山阴丘壑图》，后来改学了巨然的《关山雪霁图》。陈继儒在题跋中指出，此图融合了董源、巨然以及倪瓒的风格。现藏台北故宫博物院所有注意力，都集中在对倪瓒笔墨元素的研究之上。他总结说："此仿倪高士笔也。云林画法，大都树木似营丘，寒林山石宗关仝，皴似北苑，而各有变局。学古人不能变，便是篱堵间物，去之转远，乃由绝似耳。"[1]尤其是最后的那句话，像是以倪瓒为典型，告诫后人如何来认识艺术逸品。

董其昌认为倪瓒品格超绝。他说："元季四大家，独倪云林品格尤超。早年学董源，晚乃自成一家，以简淡为之。余尝见其自题《狮子林图》，曰：'此卷深得荆关遗意，非王蒙诸人所梦见也。'其高自标许如此。岂意三百年后，有余旦暮遇之乎？"[2]又说："云林画，以荆蛮民为第一，前人品题有据。盖学董北苑唯见于此，他幅无印款，此尤异云。"[3]"迂翁画师吾家北苑，晚年一变，遂有关家小景古宕之致。尝自谓合作处，非王蒙辈所能梦见。"董其昌赞叹前人的评语，曰："云林所谓'五百年来无此君'，不虚也！"[4]

王蒙是赵孟頫的外甥。董其昌并不因为自己和赵孟頫"抬杠"而故意贬低王蒙，他说："余见山樵画多矣，无不规摹古人者……然诸格中以仿巨然为最。此幅仿巨然，又叔明平生第一得意笔。得此诸叔明画可尽废矣。"又说："画家以皴法为第一义，皴法中破网解索为难。惟赵吴兴得董、巨正传，每用此皴法，脱尽画院庸史习气。叔明是承旨甥，故独似舅。"[5]

董其昌学习和研究历史带有鲜明的目的性，那就是为我所用。在明代二百七十六年的历史中，画派林立，名作迭出，雁过留声的书画家难以计数，然而真正能入董其昌法眼者，唯有浙派和吴门这两

1 《古缘萃录》卷五。

2 董其昌《画禅室随笔》卷二。

3 《石渠宝笈续编》卷八《倪瓒林石小景图轴》。

4 《别下斋书画录》卷三《王蒙山水轴》。

5 同4。

支。艺术之优劣，本属于个人的主观判断，从这个角度看，董其昌的艺术审美标准具有鲜明的个性倾向。我们可以清晰地看到，他在仔细地辨别书画历史的发展走向，然后把落脚点放在他自己生活的明代这一空间。

董其昌所关注的浙派画家中，最重要的有戴进、吴伟和蓝瑛，此三人是浙派画家的领军人物，尤其是戴进，说他是“国朝画史，以戴文进为大家”。但是，董其昌对他们却持着否定的批判态度。原因就在于浙派画家“大率模拟李唐、马远居多”。也就是说，董其昌认为浙派继承、沿袭了北宗的传统，而董其昌明确地提出“若马、夏及李唐……非吾曹所宜学也”。事实上，董其昌活跃于文坛的时候，浙派对社会的影响力已经江河日下，呈现强弩之末之态势，而吴门画派风头正盛，董其昌对其恭敬有加，称“然古质今妍，各有独诣，未可抹杀前人草创之力”。

他还针对明朝的书法家评判说：“本朝学素书者鲜得宗趣。徐武功、祝京兆、张南安、莫方伯各有所入，丰考功亦得一斑，然狂怪怒张，失其本矣。余谓张旭之有怀素，犹董元之有巨然，衣钵相承，无复余恨，皆以平淡天真为旨，人目之为狂，乃不狂也。”[1]

董其昌到了五十岁以后，非常自信。他把自己融入历史之中。他说自己：“今间一仿子久，亦差近之。日临树一二株，石山土坡，随意皴染。五十后大成，犹未能作人物舟车屋宇，以为一恨。喜有元镇在前，为我护短。”[2]针对自己的家乡，董其昌又说：“吾松书自陆机、陆云，创于右军之前，以后遂不复继响。二沈及张南安、陆文裕、莫方伯稍振之，都不甚传世，为吴中文、祝二家所掩耳。文、祝二家，一时之标，然欲突过二沈，未能也。以空疏无实际。故余书则并去诸

1 董其昌《画禅室随笔》卷一。

2 同1卷二。

董其昌《仿古山水图》 册页六开，天启三年作。绢本设色，纵 38.8 厘米，横 27.9 厘米
现藏故宫博物院

君子而自快，不欲争也，以待知书者品之。”[1]

针对自己所取得的书法成就，董其昌不卑不亢，实事求是地评论道：“吾于书似可直接赵文敏，第少生耳。而子昂之熟，又不如吾有秀润之气。惟不能多书，以此让吴兴一筹。画则具体而微，要亦三百年来一具眼人也。”[2]又说：“盖余行笔无定迹，故而如此。若赵文敏则千行一辙，余故不能也。然萧散错落之致，较之文敏又不无少优耳！”[3]

《明史》对董其昌的书法有个评价：“其昌天才俊逸，少负重名。初华亭自沈度沈粲以后……皆以善书称，其昌后出超越诸家。”[4]这个评价与董其昌的自我评价是一致的。

（二）董其昌最爱与之抬杠的两个人

无论在现实生活中还是在官场上，董其昌似乎没有真正的敌人。

1 董其昌《画禅室随笔》卷一。

2 同 1。

3 《秘殿珠林》卷三《书金刚经册》题跋。

4 《明史》卷二百八十八。

他是那种事不关己、夭夭逃之的好好先生，凡事知白守黑明哲保身。而面对古人，尤其是在他整天浸润的书画学术领域，便换了一副面孔，指点江山，变得老大不客气。他最爱抬杠的两个人，一个是北宋的米芾，好像是专给自己树立的榜样；一个是元代的赵孟頫，成为他整天骂骂咧咧的对手。

五十七岁那年，董其昌给自己的艺术生涯做过一次总结：

余十七岁学书，二十二岁学画，今年五十七人矣。有谬称许者，余自较勘，颇不似米颠作欺人语。大都画与文太史较，各有短长，文之精工具体，吾所不如。至于古雅秀润，更进一筹矣。与赵文敏较，各有短长。行间茂密，千字一同，吾不如赵。若临仿历代，赵得其十一，吾得其十七；又赵书因“熟”得俗态，吾书因“生”得秀色；赵书无弗作意，吾书往往率意；当吾作意，赵书亦输一筹，第作意者少耳。古人云，右军临池，池水尽黑。假令耽之若是，故当胜余，于赵亦然。米老（芾）云：“吾书无一点右军俗气，吾画无一点李成关全俗气。”然世终莫之许也。政恐余所自评，犹类怜儿不觉丑耳。[1]

董其昌对米芾、米友仁父子俩又爱又恨。米氏父子也称大、小米，合称“二米”。董其昌这种爱恨交集的情感实则为崇敬之情。他从内心里极为推崇米芾，认识到米芾师古的修养极其深厚，却又不迷信古人，所以米芾能够独出机杼，创造出自己全新的风格。董其昌赞叹大、小米在历史上所取得的成就，反复引用苏东坡的话：“诗至少陵，书至鲁公，画至二米，古今之变，天下之能事毕矣。”“书家未有学古而不变者也！”这说明董其昌已经深刻认识到事物发展的规律是“求变”：为艺之道，为继承而继承者必死而已，而为创新而继承者，必有所获。

董其昌分析了米芾的“求变”路径：

昔钱穆父斥米芾书皆类刻画，劝其当以势胜。元章顿悟，尽去前时所学而成自家书体。比如悟道禅道，剔肉还母，折骨还父，呵其佛，叱其祖，尽变前时面目也。[2]

钱勰，字穆父，杭州人。吴越武肃王六世孙，积官至朝议大夫，乃北宋著名的书法家，曾经对米芾提出过批评，使米芾顿悟而后卓然成家。

从书法角度看，董其昌很佩服大米：“元章小楷皆可大写成帖。南宫曰：‘大字也类小字也。’凡字当以势胜也。”董其昌从中显然受到了启发。董其昌也擅长写小字，而且董其昌的小字不仅纤细灵动，还充满了力量和气势。这大多要归功于米芾的教诲与董其昌自己

1 董其昌《容台别集》卷二。

2 董其昌《容台集》卷二。

的悟性。

董其昌对米芾的书法赞誉很多，如“然自唐以后，未有能过元章书者”[1]“吾尝评米书，以为宋朝第一，毕竟出东坡之上，山谷直以品胜，然非专门名家也”“山谷评米书如仲繇未见孔子时气象，则米老未必心服。盖米于前代书法，盘旋甚深，非苏、黄所及也”“米元章书，沉着痛快，直夺晋人之神。少壮未能立家，一一规模古帖，及钱穆父诃其刻画太甚，当以势为主，乃大悟，脱尽本家笔，自出机轴，如禅家悟后，拆肉还母，拆骨还父，呵佛骂祖，面目非故。虽苏、黄相见，不无气慑。晚年自言无一点右军俗气，良有以也……”[2]他在《蜀素帖》上跋曰：“米元章此卷，如狮子捉象，以全力赴之，当为生平合作。”从其语气上看，就十分赞叹。

董其昌很早就开始学米芾，把米芾当作榜样，虽然在他面前有时也抱怨，但毕竟还须扭扭捏捏，“政恐余所自评，犹类伶儿，不觉丑耳”，终究不太敢放肆，尤其是在书法上。

董其昌总结出书法的最高境界是“妙在能合，神在能离”，且自己一生矢志不渝地在追求这一境界，而且米芾即是这一境界的体现者。他说：“大慧禅师论参禅云：‘譬如有人具百万资，吾皆籍没尽，更兴索债。’此语殊类书家关捩子。米元章云：‘如撑急水滩船，用尽气力，不离其处。’盖书家妙在能合，神在能离，所以离者，非欧、虞、褚、薛名家伎俩，直要脱去右军老子习气，所以难耳。哪吒拆骨还父，拆肉还母，若别无骨肉，说甚虚空粉碎，始露全身，晋、唐以后，惟杨凝式解此窍耳，赵吴兴未梦见在。”[3]

董其昌十分喜好米家山水，而且身体力行，把其作为自己绘画的

1 董其昌《画禅室随笔》卷一。

2 董其昌《容台别集》卷二。

3 董其昌《画禅室随笔》。

董其昌《仿米家山水图》

立轴，绢本设色，纵 124 厘米，横 55 厘米

现藏无锡市博物馆

董其昌《山川出云图》，现藏台北故宫博物院

主要借鉴技法之一。他把小米虎儿（米友仁）视为自己的竞技对手，誓欲与之血战。曰：“因观项氏小米《潇湘白云图》，遂忆吾家所藏高彦敬《云林秋霁》大幅，尽力与虎儿作敌。”[1]

然而，董其昌对赵孟頫却是又恨又气，这种心理说到底就是打心眼里不服输，看不起。他说：“赵子昂则通身入此玄中，觉有朝市气味。《内景经》曰：‘淡然无味天人粮’，此言可想。”还说：“书家以险绝为奇，此窍惟鲁公、杨少师得之，赵吴兴弗能解也。今人眼目为吴兴所遮障。予得杨公《游仙诗》，日益习之。”[2]

他的好友、大书法家邢侗是赵孟頫的拥趸，董其昌予以批驳说：“邢子愿侍御尝与予言：右军之后，即以赵文敏为法嫡，唐宋人皆旁出耳。此非笃论。文敏之书，病在无势。所学右军，犹在形骸之外。右军雄秀之气，文敏无得焉，何能接武山阴也。虽然，其可传者，在自成一家，望而可知为赵法。非此，则鲜于、康里得并驱于墨苑矣。”[3]还说：“右皆赵文敏闲窗信笔所书。锡山安氏刻于家。余素不学赵书，以其结构微有习气，至于用笔、用墨，文敏所谓‘千古不易’者。不如是何以名喧宇宙也！前人正自未可轻议。”[4]

概括起来说，董其昌认为赵孟頫书法的毛病在于“文敏之书，病在无势”“其结构微有习气”，是守旧无变化的“千古不易”。骂完赵孟頫的书法之后，董其昌还要摸摸自己的良心，说点实话。他认为赵孟頫《书过秦论》为真书第一，赞叹其“去俗入雅”。

董其昌对于赵孟頫的绘画，却是不敢信口品评，总是恭敬有加。最典型的一个例子是他收藏了赵孟頫《鹊华秋色图》，认为是赵画中第一，“一生得意笔”，后来转售给了吴正志，二十年里一直挂念于心。

---

1 董其昌《山水扇面》，现藏上海博物馆。

2 董其昌《画禅室随笔》卷一。

3 李日华《味水轩日记》卷四。

4 董其昌《容台别集》卷三。

董其昌不知的是，无论他褒扬二米还是贬抑赵孟頫，后世都把他们三位列入同一类人。《明史》评介董其昌说："始以宋米芾为宗，后自成一家。""人拟之米芾、赵孟頫云。"[1]他可以让自己的嘴巴痛快一阵子，却不能改变历史对自己的评价。

（三）董其昌的艺术理念

董其昌的文艺修养和理论观点，鹤立鸡群，在整个明代无人能够与之比肩。陈继儒说："家食二十余年。中原士大夫气节理学，分门立帜，公不喜附丽为名高；亦绝不露纤毫抵牾之迹。即户外以干旄至，以问奇至，欣然应之；而书画诗文，则渐老渐熟，几有'古人不见我'之恨。"[2]这充分说明董其昌治学的独立精神和持之以恒的耐力。

早在北宋时期的苏轼，虽然已经提出了士人之画（文人画）的理论概念，但随后的数百年间几成空白期，直到董其昌的出现，才把文人画的理论内涵提升和发展到了一个空前绝后的高度。董其昌改变了中国书画理论的格局，这种穿透时空的影响力，在董其昌之后的近四百年里，无人能够超越。

董其昌的书画理论，观点如珠四散，大多掩藏在众多的题跋之间，看似没有建立起一套完整的结构性理论体系，但经梳理之后，也能找到相对集中的论述。如他三十八岁时写的行书《论书画法卷》[3]，五十九岁写的《论书册》[4]，以及七十四岁时写的《墨禅轩说》[5]。虽然是只言片语式的论述，但确实简明扼要，高屋建瓴，如"晋人书取韵，唐人书取法，宋人书取意"。其高度概括的能力，常常使人辗转

1 《明史》卷二百八十八。

2 陈继儒《陈眉公先生全集·思白董公暨元配龚氏合葬行状》。

3 现藏故宫博物院。

4 现藏台北故宫博物院。

5 现藏广州艺术博物院。

反复，对于许多人来说，需要用一生的时间才可以体会其中三昧。

董其昌的许多艺术观点来源有两方面，可谓是理论联系实践，一方面是他常年观察、研究美术史的心得，尤其是在亲自鉴赏历代原作后的领悟，绝非套用前人的陈词滥调；另一方面则是在他自己艺术摸索后形成的体会和总结。他把这些艺术观点题跋在作品之上，然后辑录下来。这些观点不仅在当时影响广泛，时至今日仍然受到重视，常常为人奉为圭臬。

现在梳理一下：

1. 笔墨论

董其昌曾说过一句非常重要的话："以蹊径之怪奇论，则画不如山水；以笔墨之精妙论，则山水决不如画。"[1]此言对后世的影响极为深远。

凌利中先生总结说：董氏高瞻远瞩地提出了这一著名的"笔墨"论，将笔墨从丘壑中完全抽象独立出来，成为一种具有独立审美价值的绘画语言，意味着文人画进入了一个全新阶段。中国传统的文化精神，不仅可以借宋人平淡天真之丘壑、元人萧疏简远之意境得以呈现，亦可凭借抽象笔墨予以体现，并含蓄表现艺术家各自不同的气质禀性与文化性格。[2]这一观点，显然是开创性的。

2. 关于学习绘画的师法对象

董其昌多次强调："余尝谓：画家须以古人为师，久之，则以天地为师。所谓'天厩万马，皆吾粉本'也。"[3]"画家以古人为师，已自上乘，进此，当以天地为师。每朝起，看云气变幻，绝近画中

1 董其昌《画禅室随笔》卷四。

2 凌利中《丹青宝筏——董其昌的艺术超越及其相关问题》，载《美术大观》2019 年第 1 期，第 6 页。

3 《石渠宝笈》卷三十四。

山。山行时，见奇树，须四面取之。树有左看不入画，而右看入画者，前后亦尔。看得熟，自然传神。传神者必以形。形与心手相凑而相忘，神之所托也。树岂有不入画者？特当收之生绡中，茂密而不繁，峭秀而不塞，即是一家眷属耳。”[1]“画家初以古人为师，后以造物为师。吾见黄子久《天池图》，皆赝本。昨年游吴中山，策筇石壁下，快心洞目，狂叫曰：黄石公！同游者不测。余曰：今日遇吾师耳。”[2]“画家以天地为师，其次山川为师，其次以古人为师。故有‘不读万卷书，不行千里路，不可为画’之语。又云‘天闲万马，吾师也’。然非闲静无他萦好者不足语此。噫！是在我辈勉之，无望庸史矣”[3]。

董其昌以上的观点说得很明白，中国山水画的创作，实际上包括了三个阶段：

第一个阶段，是“以古人为师”。自古以来，中国山水画家开始学习绘画的时候，其传统主要是以师徒相传的形式，而学习的方法，皆是照前人的作品进行临摹。这种方法，在董其昌之前如是，在董其昌之后大体亦如是。最重要的是，不仅要通过临摹学习古人的绘画技法，更要掌握古人绘画的意境。董其昌说，如果你能完成这一步骤，就具备了坚实的基础，“已自上乘”。

第二阶段才是“以天地为师”。“天地为师”的概念，就是要求画家走出画室，游历山水，以自然界为自己的师法对象。这在现代的美术教育中，称之为写生。

第三个阶段，画家既已具备了古人的能力和修养，又熟悉了自然界的“云气变幻”，然后画家还要善于总结，就是反过头来认识自

1 董其昌《画禅室随笔》。

2 同 1 卷二。

3 汪珂玉《珊瑚网·名画题跋》卷十八《董玄宰自题画幅》。

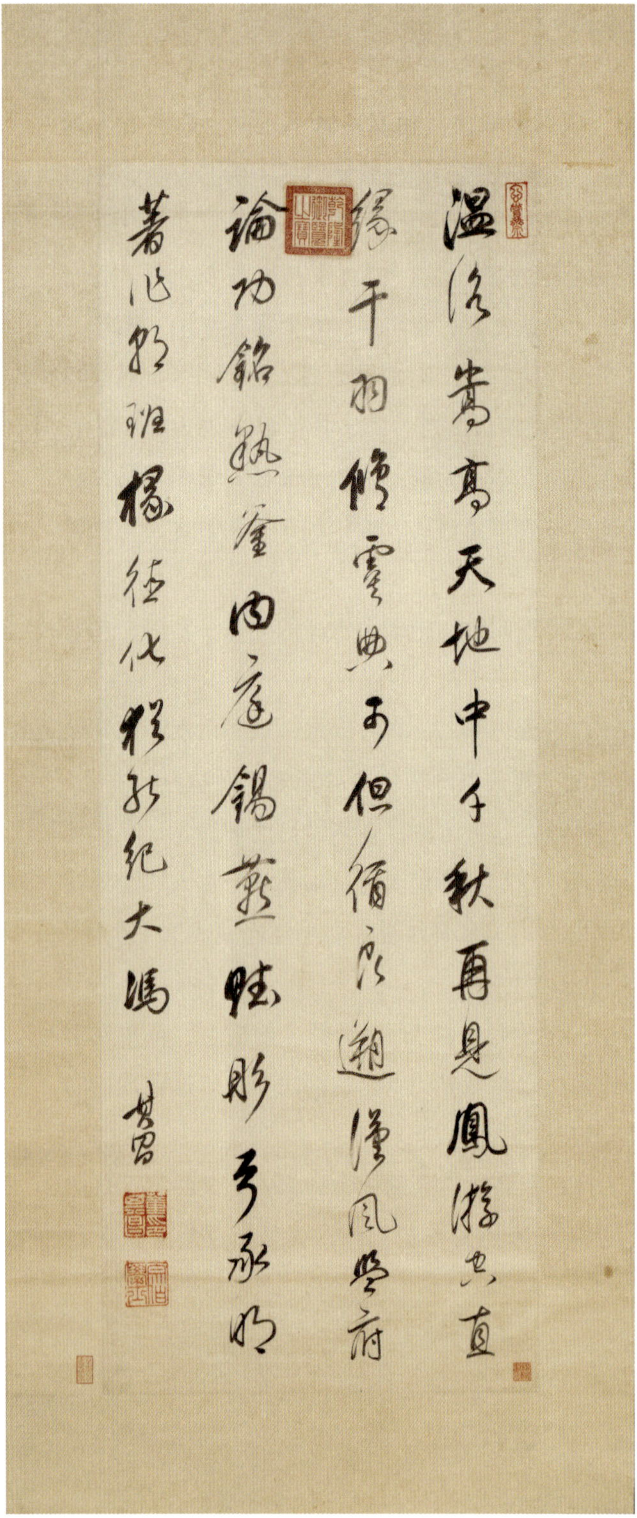

董其昌行书作品

现藏台北故宫博物院

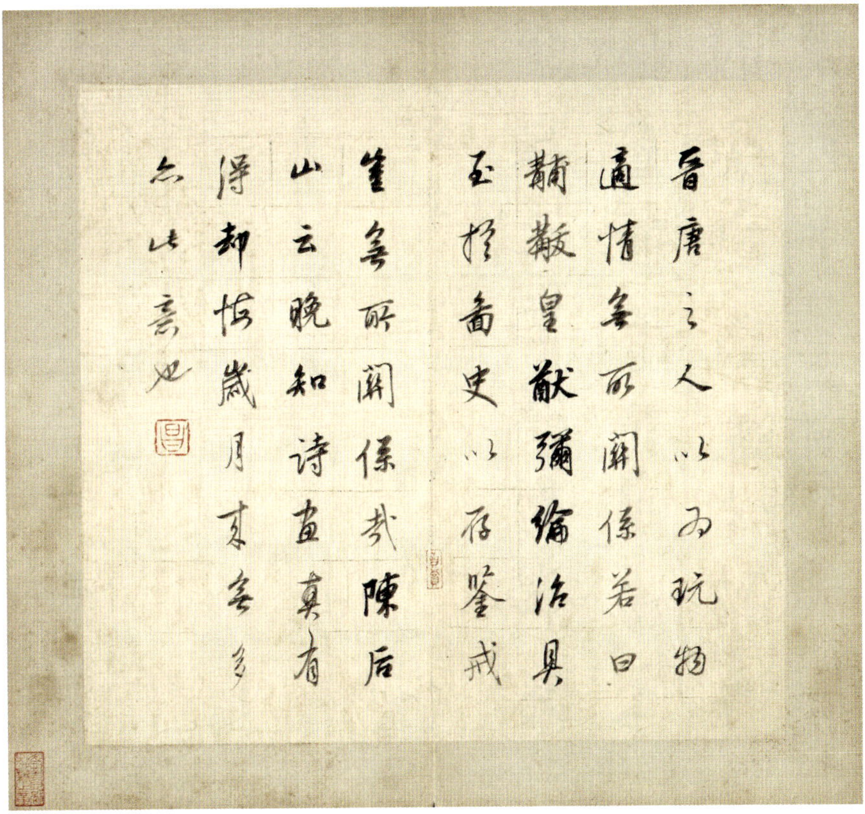

董其昌《论书册》（局部），现藏台北故宫博物院

已。即画家“首先以天地为师，其次以山川为师，再次以古人为师”。到了这种物我两忘的境界之后，画家积累了极为丰富的创作资源，于是乎“天厩万马，皆吾粉本”，达到了自由发挥的地步。

3. 山水画与自然界的山水谁为真

自然界中的山水与中国画中所表现的山水，谁更能反映出艺术的真实性？或者通俗地说，自然山水与中国画中的山水，谁更具有艺术性？这是董其昌所倡导的文人画的核心问题，也是他的理论中非常重要的思想。

古人此前认为：画为假山水，山水为真画。董其昌云：“忆余丙申持节长沙，行潇湘道中，蒹葭渔网，汀洲丛木，茅庵樵径，晴峦远

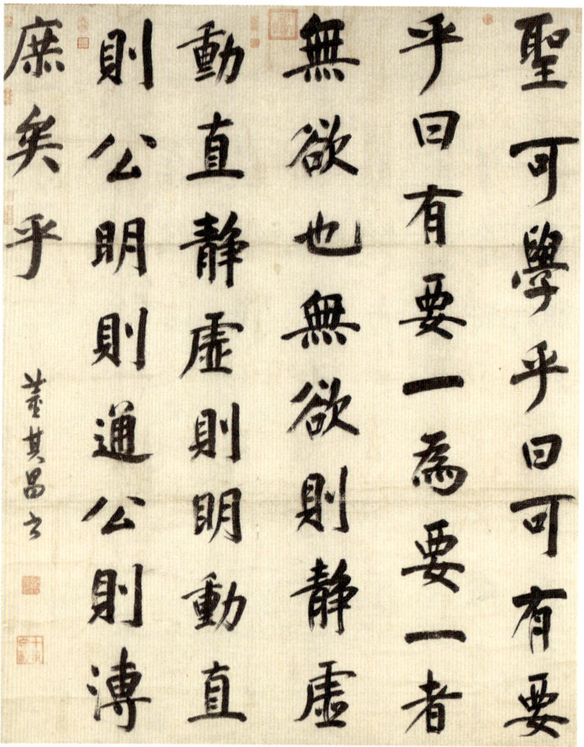

董其昌书法《书周子通书》

约作于万历三十九年。此作貌似颜真卿风格，字体疏朗有致，显示出一种从容不迫的和谐气度。现藏台北故宫博物院

堤，一一如此图，令人不动步而重作湘江之客。昔人乃有以画为假山水，而以山水为真画者，何颠倒见也。董源画世如星凤，此卷尤奇古荒率。”[1] 董其昌在这里旗帜鲜明地反对古人的观点。

董其昌是怎样表达自己观点的呢？董其昌云：“以蹊径之怪奇论，则画不如山水；以笔墨之精妙论，则山水决不如画！”这也从侧面证实了他所倡导的笔墨论观点。

4. 气韵不可学的思想

董其昌在论述中看似反复强调“天才论”思想，认为绘画的最高标准是“气韵生动”，而要达到这一境界，凡夫俗子们尽管苦心竭力也难以学会。这些话听起来让很多学画者感到泄气。

1　董其昌《容台别集》卷四。

所谓书画的"气韵"说，并非董其昌的创造，而是来自南朝齐人谢赫的名著《画品》。谢赫在评定中国古代书画的标准和美学原则时，提出了著名的"六法论"，第一就是"气韵生动"。而他指的"气韵"，大体上是今人所说的意境、韵味或格调之意。董其昌说："画有六法，若其气韵，必在生知，转工转远。"[1]其中"转工转远"句，是董其昌对北宗画派的歧视。董其昌提倡文人画，崇拜南画，认为学习北宗画派的人，用力越深，格调越低。

董其昌又说："画史云：若其气韵，必在生知。可为笃论矣。"[2]指出"气韵生动"是绘画的最高标准，这一观点是古今不变的定论。

他还举例说："盖迂翁妙处，实不可学，启南力胜于韵，故相去犹隔一尘也。"[3]"国朝沈启南、文徵仲，……此气韵不可学之说也。"[4]

仔细研究董其昌的"气韵不可学"论述，其实，他并没有把学画者成就艺术大师的大门堵死，而是留了一个人们够得着的窗口。

董其昌又说："画家六法，一气韵生动。气韵不可学，此生而知之，自有天授。然亦有学得处：读万卷书，行万里路，胸中脱去尘浊，自然丘壑内营，立成鄞鄂。随手写出，皆为山水传神矣。"[5]他还说："昔人评大年画，谓得胸中万卷书。更奇，又大年以宗室不得远游，每朝陵回，得写胸中丘壑，不行万里路，不读万卷书，欲作画祖，其可得乎？"[6]

可见，在董其昌的心目中，讲究的是画家的综合素养，而画家综合素质的提高，归结为二条途径，即他一贯的主张——"读万卷书，

1 董其昌《画禅室随笔》卷二。

2 董其昌《容台别集》卷二。

3 同 2 卷四。

4 同 3。

5 同 3。

6 同 1。

行万里路”。

5. 书法“生”的境界

董其昌书法的特点，秀润灵动。他一生在追求书法“生”的境界。

董其昌早年一直处于各种书风的广泛学习、研究之中。白谦慎先生说，“董其昌对晚明书法的一个重要贡献，是将‘临’这一学习书法的传统方法转变成创作的手段”，并称其为“臆造性临书”。这是董其昌的创造，成就了自身独特的艺术元素，为后人所赞誉。

（四）董其昌的书法成就

1. 行书

董其昌一生推崇士气，似可理解为文人所追求的书卷之气。他对后世影响最大的书体则是他的行书作品，被尊为楷模，为后学所仿效。他的行书作品用笔具有率真之意，显然学的是颜真卿；字体的体势，有米芾的侧欹风格；书法布局则是得到了杨凝式的启示，看上去舒朗而雅致。

董其昌运笔时很少有偃笔、拙滞之势，始终能够保持着正锋行笔，因此在给予人们妍美、软媚、精到的视觉美感的同时，却又不失萧散自然、古雅平和的特殊风貌。而且，他在用墨上也非常讲究，枯湿浓淡，尽得墨色的妙趣。

在董其昌生前，他的行书作品已经风靡一时，四方金石之刻，造请无虚日，尺素短札，流布人间，收藏家争购宝之，得片语只字以为幸甚。这种风靡，并非像流行文化那样转瞬即逝，而是历久弥香，笼罩了自明末清初以来的近四百年中国书坛。这在很大程度上是得益于康熙、乾隆两位皇帝的大力推崇。

清中期，康熙和乾隆都以董其昌的行书为宗法，倍加推崇。这两位皇帝心追手摹董书，常列于座右，晨夕观赏。康熙曾在董其昌的墨迹上题过一长跋，极为赞美：“华亭董其昌书法，天姿迥异。其高秀圆润之致，流行于楮墨间，非诸家所能及也。每于若不经意处，丰神独绝，如微云卷舒，清风飘拂，尤得天然之趣。观其结构字体，皆源于晋人。盖其生平多临《阁帖》，于《兰亭》《圣教序》，能得其运腕之法，而转笔处古劲藏锋，似拙实巧。……颜真卿、苏轼、米芾以雄奇峭拔擅能，而根柢则皆出于晋人。赵孟頫尤规模二王。其昌渊源合一，故摹诸子辄得其意，而秀润之气，独时见本色。草书亦纵横排宕有古法，朕甚心赏。其用墨之妙，浓淡相间，更为夐绝。临摹最多，每谓天姿与功力俱优，致此良不易也。”

正是因为康熙和乾隆的大力推崇，使得董其昌的书名在有清一代长盛不衰，出现了满朝皆学董书的热潮。

2. 小楷

董其昌最重视的是自己的小楷作品，一直在强调书贵在“熟中求生”，并自诩自己的书法因“生得秀色”，所以他的小楷作品从不轻易送人。

董其昌创作小楷作品，最突出的特点是“率意”，它包含两个内容，其一是看似轻描淡写不用力，然而笔笔皆发力；其二是看似漫不经心，然而处处皆精工，而这种貌看无章法，实则皆具法则。因此，他的小楷书法在平淡中蕴含着极深的功力，彰显出内涵与魅力，给予人一种淡雅简静的美感享受，这是中国书法艺术中很奇特的境界。

董其昌的好友何三畏评论说：“玄宰精诣八法，不择纸笔则书，书则如意，大都以有意成风，以无意取态，天真烂漫而结构森然，往往有书不尽笔，笔不尽意者，龙蛇云物，飞动指腕间，此书家最上乘也。”[1]

针对董其昌小楷书法，历史上的评价亦褒贬不一，这很大程度上源于评论者的个人爱好，也与时代变迁而产生的一些时尚变化有关。清代包世臣评论说：“其书能于姿致中出古淡，为书家中朴学，然能

1 《云间志略》。

朴而不能茂，以中岁深襄阳跳荡之习，故行笔不免空怯，去笔时形偏竭也。”[1]而康有为则讥讽董其昌的书法：“香光虽负盛名，然如休粮道士，神气寒俭，若遇大将，整军厉武，壁垒摩天，旌旗变色者，必裹足不敢下山矣！”[2]

客观地说，明代写小楷最具成就者无非祝、文、董三人而已，以董其昌的蕴藉醇正高人一等，但初学者不易得到董其昌的淡雅气息。董其昌的书法一生中徘徊于晋唐宋元之间，属于南派书风，对秦汉篆隶及六朝碑版，几无涉略，所以他的书法风格确实缺少了苍劲雄强的朴茂之气。但这只是他的特点，并非是他的缺点。正如清末学者李瑞清所谓：“董文敏书学全是帖学，故书碑便见轻弱无骨干。”[3]

清代著名书法家梁巘评论说：“学董不及学赵有墙壁，盖赵谨于结构，而董多率意也。赵字实，董字虚。”[4]梁巘的评论非常中肯，比喻生动，表明董其昌的风格特点“率意”，全从功力中得来，愈老愈熟，乃造平淡，若初学者也想以“率意”为之，未有不滑入软俗一路，必须引以为戒。

传世的董其昌小楷墨迹名作有《乐志论》《东方朔画像赞》《三世诰命》《乐毅论》《朱泗夫妇墓志铭》《月赋》《五经一论》《阴符经》《松江府制诰》等。

（五）董其昌怎样鉴定书画

怎样鉴定书画？这是一门高深学问。董其昌以自身的经历及成就告诉后人，收藏好事者首先面临的问题，就是提高自身的综合素质，建立起自己的大脑知识库，这是前提中的前提。董其昌很早提出的那

1 包世臣《艺舟双楫》。

2 康有为《广艺舟双楫》。

3 《玉梅花庵书断》。

4 《承晋斋积闻录》。

句名言“读万卷书，行万里路”，要解决的也正是这个问题。所谓“行万里路”，就是提倡亲身实践，掌握好直接经验；“读万卷书”，就是学习他人的间接经验。而人类的所有知识来源，就是直接经验和间接经验的总括。

董其昌在总结自己的收藏和鉴赏经验时说：“余在京师，往来于怀，至形梦寐。及是获披覩再过，始知营平所言，百闻不如一见，真老将语也。此聊以论画耳，类是者更何限。人须自具法眼，勿随人耳食也。”[1]

其中，“人须自具法眼，勿随人耳食也”，此语已经成为收藏界的金玉良言。董其昌在告诫人们，艺术收藏活动的根本要义，在于建立收藏家自身的信心。

玩收藏的人怎样建立自信？须培养自己的一双法眼，不能人云亦云，尤其是不能听了别人的话就信以为真。董其昌在这里所说的“人耳”，不光指现实生活中所谓的朋友圈，也包括古人的评语。比如董其昌收藏的从高丽人处购得的《兰亭序》“怀仁集字本”，在宋元时人们就议论纷纷，莫衷一是。而董其昌依据自己的判断确定“系唐絮”。以此为鉴，可知学识、眼力和果敢的判断，是每一位成功的收藏家必须具备的素质。

在书画鉴定的实践中，董其昌所关注的核心，就是笔墨精神，也就是他自己常常称之为“气韵生动”的问题。我们看他在《富春山居图》上的题跋：“大痴画卷，予所见若檇李项氏家藏《沙碛图》，长不及三尺，娄江王氏《江山万里图》，可盈丈，笔意颓然，不似真迹。唯此卷规摹董、巨，天真烂漫，复极精能，展之得三丈许，应接不暇。是子久生平最得意笔。忆在长安，每朝参之隙，征逐周台幕，

1 董其昌《容台别集》卷四。营平，指汉朝营平侯赵充国。“百闻不如一见”即出自《汉书·赵充国传》。

董其昌《仿董源烟景图》，现藏辽宁省博物馆

请此卷一观，如诣宝所，虚往实归。自谓一日清福，心脾俱畅。顷奉使三湘，取道泾里，友人华中翰为予和会，获购此图，藏之画禅室中，与摩诘《雪江》共相映发。吾师乎？吾师乎？一丘五岳，都具是矣！丙申十月七日，书于龙华浦舟中，董其昌”。[1]

他此前见过两幅黄公望的作品，即檇李项氏（项元汴）家藏《沙碛图》和娄江王氏（王时敏）家藏《江山万里图》，后来自己又收藏到了这幅巨制《富春山居图》，因此有了比对。他随即判断出：署名黄公望的作品《沙碛图》和《江山万里图》，“不似真迹”，其依据的理由就是这四个字“笔意颓然”！“颓然”二字，指的就是笔墨气韵。

当他看到《富春山居图》之后，确定为黄公望的代表之作，然后高呼：“吾师乎？吾师乎？一丘五岳，都具是矣！”而鉴定真迹的理由在于“唯此卷规摹董、巨，天真烂漫，复极精能”！所谓“天真烂漫”，也是指笔墨气韵，而“复极精能”是指黄公望绘画技巧的高超。

是处可见，从董其昌鉴定黄公望《富春山居图》的着眼点上，我

1　卞永誉《式古堂书画汇考》卷四十八。

们就能清楚地观察到，对笔墨气韵的认定，是其鉴定书画的核心，重中之重。

当然，作品的尺幅大小，也是鉴赏作品优劣的标准之一。在他看来，项子京家收藏的黄公望《沙碛图》无论是否为真迹，但因为尺幅太小，“长不及三尺”，所以不足正观。

董其昌在书画真伪鉴定中所采用的辅助手段有许多。例如，他在《平复帖》上题跋曰：“右平原真迹，有徽宗标字及宣、政小玺。盖右军以前、元常以后，唯存此数行，为希代宝。”其中如“有徽宗标字及宣、政小玺”等语，说明他对宋代宫廷的用印制度早已了然于心，这是鉴定工作必须具备的基础知识，失去了它，就没有了鉴定的依据。

对古代书画的鉴定，面对的往往是历史遗留悬案，不是一时半会就可以释疑，这需要耐心，更需要认真负责的态度。以董其昌考证《绛帖》为例，他从王百谷先生处购得后，又跑去湖南鼎州做了实地考察，最终将《绛帖》与《鼎帖》的关系搞清楚。这种穷根究底、锲而不舍的精神，是鉴赏活动所应秉持的基本态度。

客观地说，董其昌为历史条件所限，对书画的鉴赏远非神判，也常为后人所诟病。以董其昌鉴定的元代吴镇《秋山图》[1]为例，他当初把它鉴定为巨然的作品，题跋说："僧巨然画，元时吴仲圭所藏，后归姚公绶，姚尝临此图，予并得之。雪川朱侍御之弟，见余所藏云东临本。因以古画易去。即巨然关山小景也，二轴皆入神。董其昌识。"现如今，台北故宫博物院的鉴定意见为："然与现藏本院之吴镇《清江春晓》并列比对，发现两幅之笔墨、构图、山石、林木等都极近似，且本幅上尚发现吴镇的钤印'梅花盦'一方，当出自吴镇之手无疑。惟董氏误认作者钤印为收藏印记，故云'僧巨然画，元时吴仲圭所藏'。"[2]

台北故宫博物院对吴镇《秋山图》的鉴定意见，确实让人心服口服。但我们考虑到董其昌所受的历史局限性之后，也不该对他的这种失误嗤之以鼻。事实上，董其昌完全不具备今人如此完备的研究条件，资料严重缺乏，而大多数时间只能依靠大脑记忆，更不可能将吴镇《清江春晓》和《秋山图》并列比对，因为他从来没有见过《清江春晓》。他或许是依据了《秋山图》所使用的披麻皴，误认为是巨然的笔墨。

总的来说，董其昌对古代法书名画的鉴定意见十分重要，但我们也不能全信。他常年行走在江湖，碍于面子和利害关系，"循人所请，不肯败其清兴"，这种例子不少，所以须认真甄别。

十、"南北宗"理论的诞生

董其昌一生对美术史最重要的贡献莫过于两条，即"南北宗"论

1 现藏台北故宫博物院，故画 000821。

2 台北故宫博物院 2016 年《妙合神离——董其昌书画特展》，第 88 页。

吴镇《秋山图》，现藏台北故宫博物院

巨然《雪图》，现藏台北故宫博物院

和“文人画”。严格说来，“文人画”的来源其实也包含在“南北宗”论之内。

我们先来谈谈“文人画”概念的历史来源。北宋苏东坡最早提出了“士人画”这一概念，而“士人画”的内涵与“文人画”是一致的，所以说“文人画”这一概念最先是苏东坡提出的，而且，苏东坡还指出，“士人画”之祖就是唐代的王维。

苏东坡等于点了题，剩下的工作就全部推给了董其昌，而董其昌犹如捡了个鸡毛当令箭，以他对美术史的非凡悟性，创造性地将南北画系进行拆分并归纳为文人画与非文人画两类，以王维一路为南宗画系，以李思训父子一路为北宗画系，并以画禅一致的美学思想作为理论核心，奠定了中国山水画发展史的美学基础，这是一个具有里程碑意义的伟大构建。自从南北画论创立之后，几乎所有人对中国山水画的认识，都依据于董其昌这一理论纲领，除此之外，再无公论。“情必近于痴而始真，才必兼乎趣而始化。”[1]显然是非凡的才情帮助了董其昌，使他完成了这项卓绝于历史的光辉使命。

我们相信，这一理论构想产生的苗头，应该不晚于万历十八年，而真正形成并完善，应该是在董其昌四十五岁之后，即万历二十七年。董其昌这年与李贽的面谈，在思想上激发了他还原历史真相的热情，去除“童心之障”而使真心完全呈露。他将自己上下求索的“南北宗”理论和盘托出，最晚应该在万历三十八年的前夕。这一理论从此开始对中国绘画历史的发展起到了深远的影响。

万历四十一年三月，董其昌在舟次完成了《论画卷》，这是他第一次手书“南北宗”理论，载入《吴越所见书画录》。这一年董其昌五十九岁。

关于“南北宗”理论的创造者是谁？这个问题曾困扰学术界很多

1 张潮《幽梦影》。

年。由于最先刊入南北宗山水画论十七条的《画说》，刊行于万历三十四年至三十八年之间的《尚白斋镌陈眉公家藏秘笈续函》，其中第二十题名为《宝颜堂订正画说》，署名“华亭莫是龙云卿著”“华亭陈继儒仲醇、秀水陈天保定之校”。更为重要的是，莫是龙、陈继儒都是董其昌的生前挚友，所以在 1932 年以前，人们普遍认为“南北宗”理论的创造者是华亭莫是龙。

学者们随后觉察到，晚明受市场经济滥觞的影响，刻书成风，但态度极不严肃，因此质量良莠不齐，所以在 1932 年余绍宋于《书画书录解题》中最先提出质疑，但他依旧认为“南北宗”理论是莫是龙所创，而董其昌始创之说不过是后人的误录或附会。直到近年来，启功、方闻、倜廔等先生均指出《宝颜堂订正画说》不确，董其昌应是“南北宗”理论的创造者。傅申、王世清等先生还发表了专论，确认董其昌才是“南北宗”理论的真正创造者。

董其昌的“南北宗”理论，总结了明代以来两类不同风格画史的发展现状，以佛教的禅宗南“顿”北“渐”取喻，即南宗提倡灵性“顿悟”，而北宗讲究平时积累的“渐进”，提出了中国山水画也可分为南北二宗——南宗为文人画家，有时也被称为南画，强调自发和直觉，“一超直入如来地”；北宗为职业画家，“其术亦近苦矣”，“积劫方成菩萨”。而且，董其昌还固执地坚信，只有南宗才是中国山水画的正宗。

董其昌“南北宗”理论的原文很短，只有一百六十五个字：

禅家有南北二宗，唐时始分。画之南北二宗，亦唐时分也，但其人非南北耳。北宗则李思训父子着色山水，流传而为宋之赵干、赵伯驹、伯骕，以至马、夏辈。南宗则王摩诘始用渲淡，一变钩斫之法。其传为张璪、荆、关、董、巨、郭忠恕、米家父子，以至元之四大家。亦如六祖之后，有马驹、云门、临济儿孙之盛，而北宗微矣。要之，摩诘所谓“云峰石迹，迥出天机；笔意纵横，参乎造化”者。东坡赞吴道子、王维画壁，亦云：“吾于维也无间然！”知言哉。[1]

结合梳理董其昌的生平事迹，我们似乎能够找到“南北宗”理论的形成过程。

其一，董其昌对美术史的了解来源于他青年时的刻苦学习，并向那些见闻广博的收藏家、学有专攻的画家们讨教，由此掌握了大量的美术史料和知识。原始的美术史料其实类似编年史，历史上的画家屹立在他们各自生活过的时空里，他们传世的作品犹如黑夜里的星辰，被排列成坐标状。这是一个由混沌走向清晰的过程，丰富的知识积累不等于你拥有了见解，而创造性判断的前提则必须拥有丰富知识。

其二，董其昌的特点是他以书画家的眼光来研究前辈画家的技法，又以鉴赏家的学识来统揽每个画风在不同时代的演变和发展。前者多少体现了人的主观趣味，后者则需要更客观的态度。比如：中国早期绘画技法表现涉乎“形似”，所谓“形似”即状物形同眼见。北宋初期的山水画家重在再现自然。诸如董源的披麻皴，在成为地道的带状书法性用笔之前，乃是表现江南草皮的完美技法；范宽的雨点皴，在其成为统一的皴法以前，是对西北地区砂砾覆面山崖的富有意味的表现。然而在北宋后期，写实已是职业画家的共同追求，却受到文人画家的抨击，写实画几乎被他们当作劣品或通俗图解。例如苏轼即断言：“论画以形似，见与儿童邻。赋诗必此诗，定非知诗人。”[2]

董其昌“南北宗”的确立，使得这些技法归入了一种系统的艺术理论。

1 董其昌《容台别集》卷四。

2 苏轼《书鄢陵王主簿所画折枝二首》。

十一、董其昌书画的早期代笔人

董其昌在翰林院任职以后，时常告假在家。这一时期，他与名流交往，堪称座中皆鸿儒，往来无白丁，如沐春风。乡亲们都以他为骄傲，认为他根深苗壮，有着强硬的政治背景，不仅是翰林院的俊杰，更是皇长子的老师，这预示着无限量的政治前途。而在书画方面，董其昌青出于蓝，一枝独秀，已成为松江画派的领军人物，所以大家都在依附和围绕着他。他在家乡的好友主要有顾正谊、顾正心兄弟，以及孙克弘、陈继儒、王衡、宋旭、赵左、宋懋晋等人。他也经常和当地的翰墨名家们一起游墨。

万历二十七年，董其昌“坐失执政意”，决定放弃仕途，把全部精力投入到艺术研究和创作之后，坐上了自己的董氏书画船，游走在长江南北的苏南、苏北及浙江、上海地区，为自己的艺术事业奔波忙碌。

他的生活来源主要是卖字画的收入，而且令他喜出望外的是，他的字画市场出奇地好，忙得他难以按时交货，所以他邀请了友人来帮忙，替他捉刀代笔，这一时期最先浮出水面的代笔人身影，主要是赵左和沈士充。他们都是宋旭的高足。我们可以确认，董其昌的代笔现象肇始于他五十岁左右，最先代笔的是绘画，然后才是书法。

黄媛介曾说过，董其昌曾请林天素等代笔绘画，未允。这样的传说未必可信。或许是董其昌某次去杭州青楼游玩，见林天素确有绘画天赋，说过这样的游戏话，目的是为了夸赞林天素的绘画水平之高，有资格做他的代笔人。别人听了信以为真，于是以讹传讹。

其实，书画的代笔现象，在中国书画史上本是十分寻常，而代笔的原因很多，但结果只能是一个。早在南朝梁时的“山中宰相”陶弘景，就在他的名篇《与梁武帝论书启》中介绍了王献之也有代笔人。“买王得羊”的成语即由此诞生。这种现象由古及今，从未绝迹。今日收藏界亦称代笔人为“枪手”。

赵左《寒山石溜图》

作者题跋云："曾见营丘粉本，余故拟作此图，非敢如近日有庸史狂言，数睹真本。董太史亦为余云，无李久矣。"可见董其昌在收藏界的泰斗地位。现藏台北故宫博物院

赵左《寒崖积雪图》

现藏台北故宫博物院

董其昌本人对于自己的代笔问题，从未否认，有时也会公开承认，但终究像是在跟后世人玩捉迷藏游戏，让人感觉云山雾罩。然而时至今日，我们虽然能够从技法上明确判断出他的代笔之作，却很难判定究竟出于何人之手。黑夜十分辽阔，而我们只能点着火柴四处摸索，当然只能看到冰山一角。有一点可以肯定，就是所有董其昌的书画代笔人，与董其昌的关系都非同寻常，不是密友即为学生。

陈继儒说："挥毫拂素，笔大如椽。晔晔夏电，簇簇春蚕。四方借赝笔以衣食，养妻子，鬻金钱。传播于外夷绝域，流通于广厦细旃。而藩王中贵，曾不得其数行之墨与半幅之笺。兄之名光矣，大矣。"[1]可见董其昌找人代笔，并非完全是为了自己，"四方借赝笔以衣食，养妻子，鬻金钱"，也是为了给别人留口饭吃。

（一）董其昌早期代笔人赵左

赵左，名亦作佐，字文度，活跃于明代后期的万历、崇祯年间，华亭人。他早年也是诸生，诗文出众，曾赴北京，以一首《秋草诗》一鸣惊人，人呼为"赵秋草"，后得乡贤顾正谊的赏识，推荐他与宋懋晋一起向好友宋旭学画，所以宋旭来华亭后，赵左等弟子便随侍左右，画名渐显。

赵左比董其昌小十八岁，董其昌辞官回家的时候，他才二十六岁，所以对董其昌很恭敬，如同面师一般。这种关系，亦如同莫是龙与董其昌一样，处在亦师亦友间。因为绘制细笔山水画特别费时，如莫是龙作画"十日一山，五日一水者"，董其昌一年也画不了几幅，而且这种画法也非董其昌所擅长。比赵左年纪稍小的同时代人

1 《陈眉公先生全集》卷四十七《祭董思白宫保》，明崇祯刻本。

姜绍书[1]曰："赵左……画法董北苑、黄子久、倪云林，超然元远。与董思白为翰墨友，流传董迹，颇有出文度手者。两君颉颃艺苑，政犹鲁卫，若董画而出于文度，纵非床头捉刀人，亦所谓买王得羊也。"[2]启功先生也指出："董其昌以显宦负书画重名，功力本来有限，再加酬应繁多，所以不能不乞灵于代笔，图利的又乘机伪造，于是董氏书画，越发混淆莫辨了。"[3]

董其昌一度与赵左的关系最为密切。万历四十二年，他们曾结伴往来数千里，一起畅游了洞庭湖。[4]时年董其昌六十岁，赵左才四十二岁。

台北故宫博物院收藏的董其昌绢本青绿设色《书画合璧卷》[5]，其画上题跋曰："开此鸿蒙荒，真成羽人宅。洪崖居可移，天姥梦亦得。壬子岁暮，董玄宰画并题。"在拖尾的题跋说："是日，海上顾氏以米襄阳真迹见视，余为临此。大都米家书与赵吴兴各有门庭。吴兴临米辄不能似，有以也。吴兴书易学，米书不易学。二公书品于此辨矣。"尽管这幅青绿山水画有"董玄宰画并题"的落款，但从构图、山石的皴法等多处笔墨来看，明显不是董其昌的风格，而与赵左的风格极似，因此推定是赵左的代笔。符合清姜绍书在《无声诗史》云赵左"与董思白为翰墨友，流传董迹，颇有出文度手者"。

赵左的画，自有风貌，程庭鹭说："文度虽为香光捉刀，然其生秀处，能自成一家。"[6]特别值得关注的是，赵左在万历四十四年作

---

1 姜绍书（？—约 1680），字二酉，号晏如居士。江苏丹阳（今属镇江）人。崇祯三年曾参中府军事，崇祯十五年曾为南京工部侍郎。

2 姜绍书《无声诗史》卷四。

3 《启功全集》第三卷《董其昌书画代笔人考》。

4 赵左《洞庭湖景卷》。

5 现藏台北故宫博物院。编号故画 001647。

6 程庭鹭《篛庵画尘》卷上。

《溪山无尽图卷》，启功曾在张敔园先生处观赏到这幅画。赵左跋曰："溪山无尽图。戊午秋九月，偶寓浦东寒花馆中，雨窗漫作，辄似利家山水也。赵左。"启功注解曰："这卷笔墨，正是程庭鹭所谓'生秀'的，以其略近董氏亲笔一路，所以用'颇似利家山水'来自作解嘲，这在赵氏，实为故意弄笔的作品，譬如鲁智深装新妇，仍露英雄本色的（利家又作戾家，即"外行"之义，余别有考）。"[1]说明赵左为董其昌代笔是心有不甘的。

赵左的传世作品不少，有万历三十九年作《秋山幽居图》扇面（现藏上海博物馆）、万历四十四年作《溪山无尽图卷》（现藏首都博物馆）、万历四十四年作《长江叠翠图》卷（现藏中国美术馆）等。另有藏于故宫博物院的《富春大岭图》卷，台北故宫博物院藏《寒江草阁图》轴及上海博物馆藏《仿大痴秋山无尽图》卷、《山水卷》等。王原祁评介他的画："学于宋旭……其画宗董源，兼有黄公望、倪瓒之意。"[2]我们可以看到，赵左的山水画风格正如前人王原祁所言，他是师法董源，兼学黄公望、倪瓒。画云山有特色，与米家山水有形神兼似之妙，尤其是他善用干笔焦墨，又长于烘染，笔墨有别他人。在与董其昌成为翰墨挚友后，俩人长期交往，也受到董其昌画风的一定影响。但尽管如此，赵左的画笔墨灵秀，设色雅致，仍与董其昌的笔墨存在着很明显的差别。

《平生壮观》的作者顾复，系董其昌的家乡好友顾正谊之后，也弄不清楚赵左的生卒年。顾复指出，董其昌的代笔人"文度没，而君山、行之继之"[3]。显然，顾复还以为赵左去世在董其昌之前。事实上，赵左是在董其昌去世八年之后才谢世。这也说明，赵左离开了董

1 《启功全集》第三卷《董其昌书画代笔人考》。

2 王原祁《佩文斋书画谱》。

3 顾复《平生壮观》卷十。

赵左《山水册页》之一

故宫博物院藏

董其昌《虞山雨霁图》

作于万历四十一年。因此图山石、树木画法与北京故宫所藏赵左画于同年的山水册近似，故被学者认为是赵左画、董其昌题款的作品。现藏台北故宫博物院

董其昌《霜林秋思》

写唐人刘禹锡《秋词》诗意。此作具有赵左的风格，应为赵左的代笔之作。现藏台北故宫博物院

沈士充《长江万里图卷》（局部），上海博物馆藏

其昌之后，声名平淡，以致像顾复这样的专业收藏家都不知道其生命之所终。

（二）董其昌早期代笔人沈士充

沈士充，字子居，华亭人。他早年也是宋懋晋的门生，后来又兼师他的师叔赵左，因此他是宋旭的再传弟子。我们今天虽然对他的生卒年不详，可据史料判断，他的年龄应该比赵左略小一些。

董其昌之友范允临也是华亭人，后入赘苏州徐家。他为沈士充的《山水卷》作了题跋，时在万历四十五年。我们有理由相信，也就是在这一时期，即赵左为董其昌代笔作画的同一时期，沈士充也在为董其昌代笔。时至今日，如何判断沈士充为董其昌代笔山水画？不仅证据充足，而且有路可循。

陈继儒曾写给沈士充一封信，央求他为董其昌代笔作画，而这封信的内容流传了下来，已成了后世美术史家研究董其昌与松江画派的重要史料，也成为判断沈士充为董其昌代笔人之一的铁证。

陈继儒的信札，源自程庭鹭的记录：

曾见陈眉公手札与“子居老兄”，“送去白纸一幅，润笔银三星，烦画山水大堂，明日即要，不必落款，要董思老出名也”。今赝董充塞宇内，若沈子居、赵文度作，已为上驷矣。[1]

这里还需要插一句话：陈继儒当时已是大文人，且是不错的书法家，他为什么不卖自己的字画而是要借董其昌“出名”呢？这就需要谈一下艺术市场的规律。在艺术收藏市场里，书画价格的高低，主要取决于人们对某一位书画家喜爱的程度。名气越大者，作品的售价一定越高，至于作品的质量是不是更好，已是其次的问题，这种现象类似于追星。陈继儒一生是隐士，在俗人的眼里自然要比董其昌矮了一头，所以董其昌的名气要比陈继儒大了许多，这是明摆着的事实。当然，陈继儒虽然能画几笔，但他毕竟不是名画家。

陈继儒虽然有文名，但本质上是董其昌门下清客。他需要借董其昌的大名为自己谋利。对于这一点，董其昌是同意的，至少是默许的，由此我们能够看出他们老哥俩的交情之深，董其昌心怀之大。陈

1　程庭鹭《箬庵画麈》卷上。

继儒一生中的大多数时间几乎都在依附董其昌。有的时候，陈继儒还要替董其昌撰写一些文章，这是陈继儒的强项。

对于沈士充代笔的问题，董其昌自己也承认。他在致朋友的信中写道："暑中以襍襶为嫌，不能相过从为念。久不作画，时以沈子居笔应求者，倘得子居画，不佞昌可题款，否则使者行期有误，奈何奈何！全幅奉纳，以省往来之烦。弟名正具。左冲。"[1]董其昌在这封信中清清楚楚地交代了与沈士充"合作"的过程：按照董其昌的意思，先让沈士充画好画面，然后董其昌再亲笔落款、钤印。为什么要请人代笔？董其昌的解释是"使者行期有误，奈何奈何"，也就是客人等不得，催得急。

沈士充擅长画山水画，笔法松秀，墨色华润，皴染有致，画山很少有突兀之势，清蔚苍古。所作山水，丘壑蓓葱，为云间画派正传。他流传至今的作品很多，比如，现藏故宫博物院的《仿古山水图》卷、《天香书屋图》轴、《山楼观稼图》轴、《寒塘渔艇图》轴、《寒林浮霭图》轴，以及现藏南京博物院的《秋林水阁图》轴，这些作品都是我们鉴定沈士充山水画的"标准器"。由此可见，他是一位技巧纯熟的画家，长于构图，皴痕细腻，渲染周至。而董其昌的山水画，用笔生秀，不拘形模，皴痕有力，显然与沈士充的风格差别很大。所以我们今天来判别，可以做到一目了然。

董其昌在为沈士充所作《桃源图》卷题跋时说："赵伯驹《桃源图》真迹，余见之溪南吴氏，已得其所作。苏公《后赤壁赋图》与《桃源图》笔法精工，绝类。子居以意为之，有出蓝之能。珍重！珍重！"[2]前面的话，是说自己所鉴赏过的宋代赵伯驹、苏东坡名画，点出了沈士充所作《桃源图》卷是"以意为之"的临仿之作，然后赞

1 启功先生亲见"黄宾虹先生旧藏董札一册一札"的内容。见启功《董其昌书画代笔人考》。

2 《石渠宝笈续编》。

沈士充《山水图册仿赵伯驹》，故宫博物院藏

叹沈士充“有出蓝之能”，符合他一贯的做派。可是到了最后，董其昌居然连续说：“珍重！珍重！”话中有话，确实有弦外之音。表面上看，此语似乎是在激励和提醒沈士充的创作，但我们联系到沈士充是董其昌主要代笔人之一，而且董其昌通过与沈士充的“合作”而趋利的背景，这分明有警告之意。不妨推测一下：沈士充或许不满足于董其昌付给他的“合作”报酬，自己悄悄干了出格的事，有可能就是直接仿造了董其昌的作品来牟利。事后被董其昌发现，但大家又不便撕破脸皮，于是董其昌就用这种方式来警告他。

董其昌的早期代笔现象，在绘画上，已知的主要是赵左、沈士充。但是沈士充不落款，也就是不写书法。而他的书法代笔人，另有人在。这些代笔人都是董其昌的“同里”，也就是家乡人。

第七章

民抄董宦

一、松江新贵

华亭董氏家族的兴盛，与董其昌科举及第、文坛声名日隆有很大的关系。董氏宗族的读书风气固已有之，特别是在董其昌高中“传胪”事迹的鼓舞之下，在短短的二十多年间，后进者奋发图强，一时门庭之盛，声震四方。

董其昌说：“余家从子行在贤科籍者五人。”[1]我们可知董氏家族中先后共有五人中得进士，他们分别是：董其昌（万历十七年），董叔骏（万历二十三年），董原汉（万历三十八年），董原孚（万历四十一年），另有一位不详。读书人一旦中举人、中进士，就意味着可以做官，可以执政，而权力向来是尊贵的象征。董氏家族在华亭乃至松江府的社会地位和势力也得到了迅速而彻底的改观，成为一支新晋望族。

贵者，常常与富裕的生活紧密相连。董氏家族崛起之际，也正是中国社会发生深刻变化之时。

为了防范蒙古旧部和逐渐兴盛的女真势力侵扰，明朝政府大力重修战国以来的万里长城。巍峨又坚固的长城，东起山海关，西至嘉峪关，绵延数千里，基本中断了内陆与西域的交通，截断了陆地“丝绸之路”。所谓西方不亮东方亮，在平息了倭寇骚扰之后，中国东部沿

1 董其昌《原孚侄制义题词》。

海地区的对外贸易因此而得以迅速发展，形成了“海上丝绸之路”。中国商品如茶叶、丝绸以及那些精美的瓷器源源不断地流向西方，而西方殖民者携来了美洲以及西班牙、葡萄牙、日本所产的明晃晃的白银，在隆庆、万历时期，中国市场的需求导致了世界白银的生产量达到了高潮。

据估算，这一时期流入中国的白银约有18970万至27100万两。[1]这正是中国国内商品经济发展所急需的资本。而当时发生的所谓“万历民变”也是“银荒”所造成的。万历二十四年至万历四十八年，几经波折后，朝廷终于同意民众可以开采银矿，神宗以为可以因此大幅增加财政收入，于是派遣内廷太监以“矿监”和“税使”的名义四处榨取钱财。但实际上国内开采的白银数量非常有限，整个有明一代国内的白银产量仅仅只有2600多万两。[2]而皇帝派出的这些爪牙与民夺利，苛征暴敛激起了忍无可忍的民众反抗。

在江南地区，河网密布，有着一望无际的全国最肥沃的土地，此处也是国家的主要粮仓之一。双季稻已经在这里大面积扩种，水稻亩产大多为二石或三石，有的地方达到了惊人的五六石。玉米、番薯等高产作物也被引进和推广，种植棉花、种桑养蚕也很普遍，因此农业形势不错。

特别是到了明朝的万历年间，由于手工业和商业的迅猛发展，私营经济取代了官办的工场和作坊，整个长江下游的江南地区，包括松江府，成了全国最富裕的地区。苏州是当时丝织业中心，根据万历二十九年的不完全统计，苏州的织工、染工有近万人。与之相邻的松江，是棉纺织业的中心，号称“以棉布衣被天下”，所用资金动辄以

---

1 北京市昌平区十三陵特区办事处、首都博物馆编著《回望大明：走近万历朝》，北京美术摄影出版社2011年版，第贰章第55页。

2 同1。

数万两计。而相去不远的嘉兴，仅仅一个王江泾镇，明初只是一个市集，到万历时已发展至七千多户、人口达三四万人的工业基地，当地人大都以纺织业为生。[1]而且，这里的工人与业主没有依附关系，都是自主择业。与董其昌家乡华亭相邻的上海，此时“标布盛行，富商巨贾操重资而来市者，白银动以数万计，多或数十万两，少亦以万计，以故牙行奉布商如王侯，而争布商如对垒”[2]。可见社会经济的繁荣，急速提高了民间的富裕程度。

随着社会经济发展和民间财富的积累，这个以书香为荣的传统文化重地，其艺术收藏市场也进入了鼎盛时期。此时的董其昌已经成为一代书画大师，是全国最优秀、影响力最大的书画翘楚，艺坛盟主，自然受到无数艺术崇拜者的拥戴和追捧。名士们纷纷邀请董其昌为自己收藏的书画品鉴、题跋，并以能够得到他的题鉴为荣，而董其昌本人的书画作品更是令人青睐，虽只字片纸，皆被视为至宝，所以他所获得的润例也因此水涨船高。一张张宣纸从董府流出，白花花的银钱滚滚而来。董其昌早已不再眼巴巴等着朝廷俸银来买米下锅，已然过上了富足而奢侈的生活。

面对繁荣的书画市场需求，董其昌使用代笔人仍然无法满足大江南北收藏者的要求。市场上已经涌现出许多董其昌的赝品，鱼目混珠，不仅影响了他本人的声誉，也让收藏家们和他本人蒙受了巨大的经济损失。董其昌为此而苦恼。他开始考虑如何能够找到一面“照魔镜”：客户们只要手持这面“照魔镜”，真伪立辨。

只要认真思考，办法总是会有的。董其昌说：“有客谓余曰：‘公赝书满海内，世无照魔镜，谁为公辨黎丘？’余曰：‘宋时李营丘画，

1 北京市昌平区十三陵特区办事处、首都博物馆编著《回望大明：走近万历朝》，北京美术摄影出版社 2011 年版，第 58 ~ 61 页。

2 叶梦珠《阅世编》。

绝少真迹，人欲作无李论。米元章见伪者三百本，真者二本，安见三百本能掩二本哉！’余每书辄令族子镐摹之，岁久积成六卷，命之曰《书种堂帖》，因为题此。”[1]李营丘就是五代至北宋初的著名画家李成。

董其昌的意思是说：李成的作品流传到北宋时，只剩下两本真迹，而米芾亲见过的赝品却多达三百本，所以董其昌认为，真迹就是真迹，赝品永远也掩盖不住真迹的光芒！话虽这样讲，问题是像米芾这样独具慧眼的收藏家，在千年岁月里也只是凤毛麟角，何况是眼下。董其昌因此听从了收藏家的劝告，决定请人摹刻自己的作品，并印成书。这就是所谓的“照魔镜”。摹勒的帖书就是那个时代最先进的鉴赏书画的武器。

这位替董其昌“摹之”者就是他的侄孙董镐，字彦京。董镐是一位出版商，自此与董其昌相互配合，合作生财。董其昌每次写完了书法作品，就交给董镐，由董镐拿去木刻制版。木刻制帖的工作艰苦而漫长，并非一蹴而就，还需要等待时日，一般可能需要等上几年的时间。

万历年间的华亭，与全中国一样，社会贫富分化严重，富裕阶层的人们贪图奢华的生活享受，攀比之风盛行，各家都在大兴土木，建造气派不凡的家园。松江“‘园囿（郁）之胜，以顾氏东园、北园为冠。东名熙园，大可百亩……北名濯锦，广不及熙园之半’[2]。此外，还有范濂的适园，董九皋的新园，何三畏的芝园，范惟一的啸园，朱习成的文园，张氏的双鹤园，冯大受的竹园，唐文涛的水磨园以及张刺史园、张大行园、陆孝廉园。”[3]董其昌家此时是不是已经成了华

1 董其昌《画禅室随笔》卷四。

2 李绍文《云间杂志》卷下。

3 韩大成《明代城市研究》，中华书局2009年版，第232页。

亭的首富，并没有资料可以佐证，但有一点可以确证，董其昌已从一个出身落拓的平民家庭，跻身于松江府最富裕的阶层。其财富上升的幅度之大，不是其一，而是第一。甚至时人夸张地把董其昌的财富，与富可敌国的唐代宰相元载相提并论，而且到处宣扬。[1]

董其昌的确利用书画市场赚得钵满盆满，并且，董其昌家族还参与了社会上的其他经营活动，涉及“揰债盘折其田房”的高利贷放款，“纠赌而席卷其囊橐”的赌博业，“包揽居间”的牙门中介生意[2]，等等。在传统的观念里，这些生意虽然听上去都不太光彩，但赚的都是暴利。

我们来看看此时董其昌家到底富裕到什么程度？从土地上看，董其昌已是个大地主，“有田万顷”[3]。

据记载，董府的位置在华亭长生桥南、龙门寺西，而龙门寺直到1970年才被拆除，所以我们今天仍然可以清晰地断定出董府的位置，就是在上海松江镇县苗圃院内。

据松江光训堂《董氏族谱》卷二《世谱》所载，董其昌一共养育了四个儿子。

长子董祖和，字孟履，号起玄。上海廪生，荫入国学，选都察院照磨，升工部营缮司主事。殁于康熙元年（1661年）四月初一，享年七十七岁。董羽宸称赞董祖和的品行曰：“孟履颖茂性成，学能抉入玄奥，则雄视艺林，从善如流，嗜义若渴，心可告天，行不愧影，孝友之德，诚中形外，何一出文敏公下？”[4]说明董祖和待人接物比较仁厚随和。

---

1 《民抄董宦事实》。

2 同1。

3 韩大成《明代城市研究》，中华书局2009年版，第220页。此说来源于《民抄董宦事实》，可能是虚数，未必有万顷。

4 颜晓军《董其昌诸子及董氏第宅》，载《故宫博物院院刊》2016年第6期，第109页。

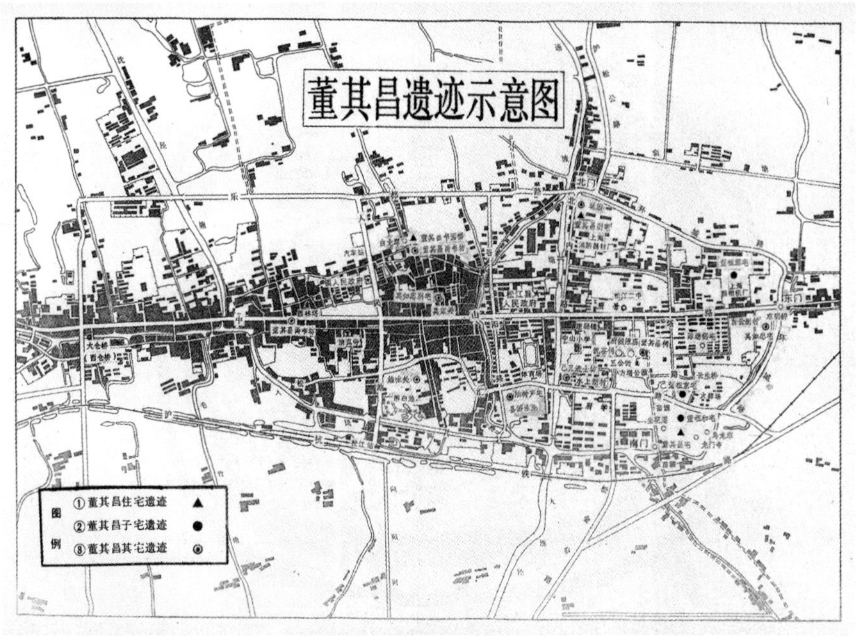

董其昌遗迹示意图（原载华东师范大学出版社 1991 年版《董其昌史料》）

次子董祖权，字仲权，号得庵。董祖权母为董其昌妾陆氏，其妻潘氏，但其子延、康、廙三人，分别出自丁氏、□氏（《董氏族谱》原书缺姓）、任氏。董祖权为华亭庠生，以荫选太常寺典簿，升南京应天府通判，后升刑部江西司主事。

三子董祖源，字季苑。在董其昌的四个儿子之中，唯有董祖源继承了其父的衣钵，有画名，不过只是小名头。董祖源有二子黄中、建中。次子建中，生母是董祖源妾许氏，也擅长书画。

四子董祖京，字欲仙，号瀛山，当时年小，尚未成年。

董其昌的儿子们长大成人后，董府分家，董其昌与长子董祖和住在一起。

董其昌家的建筑规模非常庞大。“董文敏公其昌宅。长子荫君祖和宅在后，西长生桥司运前（今市政管理所南，驻军营房内）。”[1]

1 王沄《云间第宅志》。

可见董其昌住在董府的前院，长子董祖和住后院，临街还有经商的门面房。董宅“数百余间画栋雕梁，朱栏曲槛，园亭台榭，密室幽房……凡珍奇货玩、金玉珠宝，与夫丽人尤物，充牣室中。”[1]“龙门寺西，有元赏斋、戏鸿堂、画禅室。”[2]来仲楼、墨禅轩、戏鸿阁、宝鼎斋以及四源堂、香光室、四印堂、玉烟堂等点缀其间。

此外，董其昌的居所还有两处：一是在松江的北门，称之为“北门别宅”。董其昌曾经邀请陈继儒来此做客。别业的门前有两棵元代的古柏，郁郁苍苍[3]；二是在白龙潭还建有书园楼，又称“护珠阁”，民间俗称藏书楼。

董其昌身高不过六尺，他一个人要这么多房子干什么？这是因为董其昌过上锦衣玉食的生活之后，已不能免俗。他和别人一样拥有多房妻妾。比如白龙潭家中的“护珠阁”是其院内高阁，董其昌时常在侍妾的搀扶之下，来此登高眺远，或迎风赏月，或俯瞰风景，及时行乐。

次子董祖权的宅子，挨着董府，也是董府的一部分。

三子董祖源的宅子位于“南面乌龙潭与龙门里相对（今上海照相机总厂内）”“董祖源初辟居时，止数十椽以后广而大之，乃尽拆赁房居民之居而改造焉。亲见其未迁居之小户，被董仆揭其屋瓦，露居雨立，逼逐搬徙而无奔者。造堂房约有二百余间，楼台堂榭，高可入云，粉垩丹青，丽若宫阙，此真轮奂之美也”[4]。

四子董祖京的家在“城西北隅马嶙寺”。

长子董祖和的儿子董庭，是董其昌的长孙，也是董其昌最喜欢的孙子。董庭成家时，在董府的东面“筑为园”。[5]

---

1 《民抄董宦事实》。

2 嘉庆《松江府志》。

3 同2。

4 同1。

5 王沄《云间第宅志》。

凭借着自己的一双妙手，有时还借助代笔人之手，董其昌积极参与艺术市场交易，家人又从事多种经营，自此已积累了巨额的财富。从如此庞大而壮观的董家建筑，可见董其昌家的繁华程度。

二、冲冠一怒为红颜

董其昌忽略了一个社会现象，生我名者杀我身。乐极难免生悲，一场灾难已经悄悄地降临了。

董其昌一生背负的恶名，主要来源于明末匿名传说写本《民抄董宦事实》，以及清朝毛祥麟所写的《黑白传》，说的都是同一事件，即明万历四十四年，董其昌六十二岁时其家人霸占民女案。

毛祥麟是清朝咸丰时的太学生，字瑞文，号对山。毛祥麟创作的中国史类书籍《对山余墨》中刊载了《黑白传》，依据的内容主要来源于明末无名氏所作的《民抄董宦事实》，事件的经过也与《民抄董宦事实》相差不大，且文章不长，兹录如下：

吾郡董文敏公，文章书画，冠绝一时，海内望之亦如山斗。徒以名士流风，每疏绳检，且以身修为庭训，致其子弟亦鲜克由礼。仲子祖常，性尤暴戾。干仆陈明，素所信任，因更倚势作威。郡诸生陆绍芬，面黑身颀，颇负气，口微吃，而好议论。家有仆生女绿英，年尚未笄，而有殊色。仲慕之，饵以金，弗许，遂强劫之。陆愤甚，遍告通国，欲与为难。得郡绅出解，陆始勉从。时有好事者戏演《黑白传》小说，其第一回标题曰："白公子夜打陆家庄，黑秀才大闹龙门里。"盖绍芬人呼陆黑；文敏既号思白，仲又有霸力，人尝以小白名，所居近龙门寺，故云。其诙谐点缀处，颇堪捧腹，哄传一时。文敏闻，怒甚，奈欲治之而无可指名。有范生者，父名廷言，曾任万州刺史，物故已久，惟夫人尚在。当《黑白传》事起，文敏疑范所为，日督其过。范无如何，因诣城隍庙，矢神自白，乃不数日而生竟以暴疾卒。范母谓为董氏逼死，率女奴登门诟骂。仲即闭门擒诸妇，褫其袒衣，备极楚毒，由是人情多不平。范生子启宋，广召同类，诉之公庭，词有“剥裈捣阴”语。郡守以众怒难犯，姑受其词，而又压于文敏，依违瞻徇，案悬不断。众见事无济，遂相率焚公宅。公于白龙潭东北隅，建阁曰“护珠”，时挟侍姬登眺者，至此亦付一炬。凡衙宇寺院，文敏所题匾额，毁击殆尽。董遂闻之上官。时学使王公以宁殊震怒，檄司理吴公之甲严鞫。吴守正不挠，惟以昌言尤力之郁伯绅落籍，余无所问。其谳词有云：“纵恶而长奸，司地方者固不敢出。杀人以媚宦，有人心者又何肯为？”遂大拂上台意，不久，即谢病归。而郡庠掌教胡公胄屡梗宪檄，不肯蔓引诸生，因亦挂冠去。于是郡中诸先达，亦不直董。张少宰鼐率诸绅致公函于学院，有不宜甘心士类，为一家全胜之局，自是王之气稍沮，而事亦寝矣。万历己未，骆公沆瀣督学江苏，案临松郡，唱名至董祖常，遽加诃责云：“即‘剥裈捣阴’四字，死有余辜，不以案结不深究，姑与大杖二十。”时人咸称快云。按此事衅生床笫，祸延学校，剧于焚劫，致陨多命，或谓“文敏德不胜妖”，或且谓“事出公意，仲承乃翁指”。然如仲者，罪已浮于杖矣。所惜吴、胡二公，俱以少年科第，甫入宦途，而以保全士类，以致敝屣一官，求之今人，可多得乎？

雨苍氏曰：“口笔皆能贾祸，而笔尤甚。然无心与有心自别。此既有意嘲弄，则凡报复处，亦足为文人轻薄者戒。特未知果出范手否？文敏居乡，既乖洽比之常，复鲜义方之训，且以莫须有事，种生衅端，人以是为名德累，我直谓其不德矣。”[1]

依据《黑白传》的说法，万历四十四年秋天，董其昌的次子董祖

1 《对山余墨》卷四。

常（依据《董氏族谱》应为董祖权）看中了诸生陆绍芳佃户的女儿绿英。绿英当时年龄未满十五岁，长得如花似玉。董祖常欲予重金购买，不允，便带着家仆陈明等人，强抢绿英做小妾。

按照明代的法律，强占良家妇女与招纳亡命、隐匿军囚等都是犯罪行为，律有明禁。为什么董祖常敢如此肆意妄为？因为到了晚明，贫富分化严重，有权有钱的势要人家欺压寻常百姓的事频繁发生[1]，特权意识泛滥。有读书人不甘屈服，于是编出了说唱小说《黑白传》，由说书艺人钱二演唱。《黑白传》第一回的标题是："白公子夜打陆家庄，黑秀才大闹龙门里。"这个"白公子"，与董祖常的小名"小白"有关，也影射了董其昌的尊号"思白"，同时，陆绍芳长得皮肤黝黑，绰号叫"陆黑"。虽是说唱小说，可这一黑一白，寓意自明，尤甚生动。说书艺人钱二绘声绘色的演出，极为成功，引得哄堂大笑，而道貌岸然的董其昌，就这样成了人们嬉笑调侃的笑柄。

故事中的另一个主角陆绍芳，是个秀才，在当地也是个势家。需要指出的是，董祖常强抢绿英做小妾的事发生后，经过郡绅出面斡旋，从中说和，陆绍芳已经"勉从"，就是接受了调解，而且闹事者也不是陆绍芳本人。暗中领头闹事的人，其实是与此事不相干的"好事者"。"好事者"为什么要这么做？这的确是个值得深思的问题。

董其昌本是个不爱惹是生非的人，为什么得罪了同乡"好事者"呢？这不免让人联想到万历三十一年，董曾经出任南京乡试的主考官，负责的考区也包括松江府。那时的社会风气很坏，买官卖官，贿赂成风。或许是某些涉案的"好事者"企图从中牟利，有所托请，但董其昌不徇私情，没有开后门作弊，因而得罪了这些势家，于是松江的势家们借这个机会，收买说书艺人，到处说唱这个故事，来嘲弄董其昌。这由头只是线索，尚不能当确论。

1　韩大成《明代城市研究》，中华书局 2009 年版，第 223 页。

但董其昌被人嘲笑，当然极为愤怒，通过排查，追究到嫌疑人范昶的身上，怀疑范昶就是说唱小说的作者。范昶也是个官二代，他的父亲范廷言曾任万州刺史。但范昶不承认，而且还跑到城隍庙里起誓，为自己辩白。巧的是，范昶起誓不久暴病而死。刺史夫人、范母就认定这是董家的迫害，于是带着儿媳龚氏、孙媳董氏和女仆，穿着孝服到董家门前大哭大闹。董家已是暴发户，更觉得很伤面子，生性暴躁的董祖常就带领家丁陈明等动起了手。他们先是关上大门，再将几个妇女摁倒在地，剥掉了她们的裤子，进行侮辱。范昶的儿子范启宋，也像是“混社会”的人，便“广召同类”，立即联络了众人，一纸“剥裈捣阴”的讼状将董家告到官府。

又据《民抄董宦事实》载，当时一些心怀不满的士人，纷纷张贴榜文道：“……人心谁无公愤。凡我同类，勿作旁观，当念悲狐，毋嫌投鼠，奉行天讨，以快人心。当问其字非颠米，画非痴黄，文章非司马宗门，词翰非欧阳班辈，何得侥小人之幸，以滥门名。并数其险如卢杞，富如元载，淫奢如董卓，举动豪横如盗跖流风，又乌得窃君子之声以文巨恶。呜呼！无罪而杀士，已应迸诸四夷，戌首而伏诛，尚须枭其三孽。……若再容留，决非世界。公移一到，众鼓齐鸣，期于十日之中，定举四凶之讨。谨檄。”显然，这份榜揭实在夸张，把董其昌的阴险比作唐代奸臣卢杞、富可敌国的唐代宰相元载，淫奢程度像东汉的董卓，豪夺的举动像春秋时期的大盗盗跖，而且还呼吁要“枭其三孽”，就是要把董其昌、董祖常父子以及家丁陈明三人枭首示众。但是，榜揭在民间具有很强的煽动性，这便挑起了民愤。至此开始，由好事者带头对董其昌的府邸进行了洗劫。

从三月十日到十二日，这些人满街张榜。十五日正是庙里行香之日，百姓拥挤街道两旁，骂声如沸。好事者鼓动民众最先把董家侍从仆人陈明的数十间厅堂尽行拆毁。

十六日，民众的愤怒情绪没有宣泄完，开始针对董其昌家进行有组织、有策划的纵火行动。“酉时，两童子登屋，便捷如猿，以两卷油芦席点火，着其门面房。是夜西北风微微，火尚漫缓，约烧至茶厅，火稍烈，而风比前加大，延及大厅，火趁风威，回环缭绕，无不炽焰。”可怜董家一时“四宅焚如，家资若扫”[1]，董其昌家数百间画栋雕梁、朱栏曲槛的园亭台榭尽被付之一焰，大火彻夜不止。

董其昌当时正在家里，自然惊慌失措。他一辈子没有经历过如此惊心动魄的暴力场面，也想不出更好的办法，只得仓皇翻过围墙，跑到邻居家躲避。[2]这年董其昌已是过了花甲之年的人，身手不比年轻人，可是在危急关头，他也顾不得体面了，逃命的欲望彻底战胜体能的极限，可见其惊慌失措的狼狈状。

十九日，“乱民”在街上到处游行乱窜，“凡衙宇寺院，文敏所题匾额，毁击殆尽”。又将董其昌建在白龙潭的藏书楼焚毁，还把董其昌手书“抱珠阁”三字的匾额沉到河里，欢呼曰：“董其昌直沉水底矣！”坐化庵正殿上有一块横书“大雄宝殿”的大匾，系董其昌所书。“乱民”们来到庙门前，纷纷捡拾砖石去砸匾额。出家人被吓得连忙爬上去拆下匾额，将之藏匿起来。

一辈子读书吟诗的董其昌，从来没有见过这样的骇人场面，慌了手脚，在家人的劝慰下惶惶然避难于苏州、镇江、丹阳、吴兴等地，直到半年后事件才平息下来。

最可惜的是，董其昌收藏的历代法书名画俱付火海。万历三十一年《戏鸿堂帖》十六卷初刻木版也是在这次人为大火中烧毁了。[3]董其昌苦心经营了大半辈子的财产，至此损失严重，难以统计。陈继儒后来在华亭装裱店遇见了董其昌《集古树石画稿》手卷，就是在这次

---

1 《民抄董宦事实》。

2 郑威《董其昌年谱》，上海书画出版社 1989 年版，第 107 页。

3 杨震方《碑帖叙录》：《戏鸿堂帖》“以罹火灾故改刻以石”。

董其昌《集古树石画稿》手卷，绢本墨色，纵 30.1 厘米，横 527.7 厘米，现藏故宫博物院

打、砸、抢、烧劫难中流失的。陈继儒把此画又买了下来，题跋曰："焚劫之后，偶得于装潢家。"[1] 陈继儒所指"焚劫"，即"民抄董宦"也。

当地官员赶紧将此事向朝廷做了汇报："因《传奇小说》与生员范启宋父子争怨，各抱不平，遂开衅端。二姓越数百里赴职投状，而事外之人，辄从中鼓煽，构此奇变，狂生发难，恶少横起，董氏主仆之住房，一夕成烬。"[2]。苏州、常州、镇江三府会审的最终结果是："诸生一时过信启讼之词，以耳伺耳，以目伺目，忿激成仇，扬袂而起，五学若狂，移词加遗，骋一时之意气，忘当机之隐祸，宜其有今日耳。"[3] 参与集体事件的人，很难保持理智与冷静，而极易变得疯狂。这是群体心理学中阐明的基本特征。三府会审的判词再次证明了这种现象。

《民抄董宦事实》中载，当时主政地方的最高官员、都察院右佥都御史巡抚亲自前往查访，其查处的结果是："今本院巡历兹土，遍

1 参见《集古树石画稿》题跋，此画现藏故宫博物院。

2 《民抄董宦事实》。

3 同 2。

访乡绅孝廉及诸父老，颇得其概。大都修隙本宦者，果有其人。而闻风切齿者，遂拥至千万。虽云奇祸，实出无知，姑与维新，免其查究，合行晓谕。”

在正史中，巡抚应天都察院右副都御史王应麟在奏折中称：“其昌起家词林，素负时望。三月间，忽与生员范启宋并至苏州互相告讦。方行批发，而董其昌华亭之居业于此时化为煨烬矣。海上之民易动难静，难发于士子，而乱成于奸民。”[1]

正史和野史的观点基本相同，大家都看得很明白，所谓“民抄董宦”的背后，的确是董其昌的冤家首先“闻风切齿”挑起事端，然后兴风作浪，火上浇油。而这些人中的骨干，大部分是士人。他们不仅唆使、怂恿当地生员闹事，还鼓动愚氓抄抢、火烧董府，制造了这起恶性群体事件。特别是他们编造了“若要柴米强，先杀董其昌”的歌谣，在儿童妇女中传唱，其目的就是要把本已存在的社会矛盾，转嫁到董其昌的头上，以便引起公愤，来鼓动“拥至千万”不明真相的人参与这一暴行。这些人用心之险恶、手段之毒辣可见一斑，而且正如他们所愿，此事造成了极其恶劣的影响。几百年后的今天，许多不究真相的人依旧只看了无名氏的所谓《民抄董宦事实》，不分青红皂白地谩骂董其昌。

在正史中，董其昌不仅没有被朝廷追责问罪，相反，神宗皇帝还下旨：“董其昌事，严查首从议处。”[2]不过，董其昌家也不是无可挑剔。董其昌的家丁陈明尽管被乱民“先烧陈明房屋”，官府仍然对其“随行拘责监候”。尤其是董祖常，其所做“剥裈捣阴”的下作事，实在是令人不齿，直到今天也不能让人原谅。

最后由苏州、常州、镇江三府会审，判决的结果是将直接参加

1 《明神宗实录》卷五百四十六。

2 同1。

打、砸、抢、烧董家的一干人以死罪论斩；松江府华亭县儒学生员五人受到杖惩并革去功名；另有生员五人受杖惩并降级，三人单受杖惩。判决结果出来后，这个文弱的老书生董其昌却又心生怜悯，去请求官府宽恕这些闹事者，免于死罪。他请求官府“未求正法，先求正名”，就是只要求将“民抄”正名为“士抄”，其他不再追究。[1]通过这一事件，他深感自己为名所累，已是精疲力竭。

也有史料说，董其昌对领头闹事的十位诸生恨之入骨，等到自己还朝（天启年间）后进行秋后算账，欲判之死罪。曾任南京吏部右侍郎的张鼐认为不当，就出面斡旋，得以保全十位诸生的性命。章有谟曰：“吾郡董香光为京卿时，以范氏事得罪乡党，乡人焚其居。有诸生十人为之主，董欲杀之。侗初先生力为排解，诸生得不死。至今士人犹颂其德云。”[2]

张鼐，字世调，号侗初，华亭人。他是万历三十二年进士。改庶吉士，授检讨，迁司业。天启时擢南京礼部右侍郎，为阉党所劾，削籍归。崇祯初平反，任南京吏部右侍郎。张鼐是一位著名小品文作家，写过不少书，此事从未见其著录。而章有谟是清朝布衣，他的消息来源可能是民间传说，于史无据，不足为信。

平心而论，董其昌的确有教子不严的问题。

董其昌确实有不肖之子，他的家书可以证实：“今闻大郎忽然入好利一途，廉耻尽丧。”[3]董其昌对于廉耻尽丧的儿子非常生气，在信中直接写明“不肖子”。罗振玉先生在《董其昌家书卷》上题跋说：“明人杂记载文敏在乡里颇有负谤，又言其子不肖，证以此卷，殆非尽

1 2007年4月第三次全国文物普查时，在董其昌故居地闵行区马桥镇董姓家中发现明代手抄本《民抄董宦警示录》一书，共74页，略有残缺，页数亦有颠倒，经审读后，原来是《民抄董宦事实》的又一版本。此说由此而来。

2 《景船斋杂记》卷上。

3 《董其昌家书卷》十三通之第十三札。资料来源于2018年西泠秋季拍卖拍品。

诞□。”可是董其昌整天不在家，也没有办法天天盯着“不肖子”。

深入研究董其昌的一生事迹，我们都会发现他是一位为人处世极其谨慎的人。要说他好色，这是真的，而且那个时代的社会风气就是如此，文人都以此为风流韵事，并不觉得丢人。其实，在中国传统文化中，对于性欲和情欲的问题，看似说的不清不白，实际上泾渭分明；要是因为说书艺人丑化了自己而令董其昌生气，也会有的，因为他的确是珍惜声誉的人；但要说董其昌指使儿子去做“剥裈捣阴”事，实在不像是他这样的人能干出来的事。

而且，我们再放开眼量，可知“民抄董宦”这样的案件在晚明时期绝非个案，且不少见。它反映的是在改朝换代的前夜，国家已处于风雨飘摇之际，系整个社会各阶层不满情绪的爆发和对抗。“民抄董宦”是整个社会病躯上的一个脓包而已。

三、“民抄董宦”背后的社会危机

“民抄董宦”这一历史事件，表面上看，是董家人因强抢民女而导致的民事案件，引得民怨沸腾。但事实上，它本来就像一个小脓包，蕴含着更加深刻的时代矛盾。这个脓包一旦被人为地挑破，就把个人的、社会的、民族的、国家的所有矛盾，一下子暴露在光天化日之下，顿时恶臭熏天。

我们先来看看“民抄董宦”发生时，社会民生与治安状况：

万历四十四年春，南北各地自然灾害沓至，全国民心浮动，山东尤其大饥。青州举人张其猷上《东人大饥指掌图》，各系以诗，有“母食死儿，夫割死妻”之语，见之者无不鼻酸落泪。饥民三十余万流离入江淮一带，遂成人市。神宗以山东饥民数多，劫掠可虞，命借太仆寺马价银、临清仓米设法救济。于是户部议：发太仆寺银十六万两及分振米六万石、平粜米六万石。神宗从户部之请，并于同年正月二十一日遣监察御史过庭训赈饥山东，速行入省，以慰东人仰望之心。不久，过庭训及山东巡抚钱士完上救荒事宜十二条：一定赈规；二广赈地；三劝倡义助赈；四留漕米十五万平粜；五开事例量减银两，自春至夏止；六酌赎罪；七搜帑藏；八清驿递；九宽禁约钱法盐法，权宜便民；十通水利；十一普赈米；十二酌蠲停。[1]疏呈进，神宗允从。

四月十九日，河南舞阳、泌阳、遂平等县的饥民纷纷起事，社会治安大乱。神宗以饥民结聚日久，地方有司隐匿不报，降旨切责，并命文武各官防御剿抚，“务期扑灭以遏乱萌”。同年六月二十日，山东武安饥民三千人发动起义，杀死县主簿孙光耀。

保卫国家的军队方面也出现了严重问题，即九边缺饷。内阁大臣们一再请求发库银济边，而万历皇帝竟然以“惠王朱常润和桂王朱常瀛婚礼不敷为词，加以拒绝”。

大明王朝真正的敌人是雄才大略的努尔哈赤。他看准了时机，已做好要推翻这个庞大帝国的准备：

万历四十四年正月初一日，努尔哈赤在赫图阿拉（今辽宁新宾西老城）即大汗位，建元天命元年，国号大金（史称后金。后改大金为清），时年五十八岁。努尔哈赤即位，标志着后金的迅速崛起与强大，这成为明王朝在东北的主要威胁力量。努尔哈赤即位后曾致书朝鲜国王，谓今后若再援助明朝，必以兵戎相加。九月，后金建国。

后金（1616—1636），或称后金汗国，是出身建州女真的努尔哈赤在满洲（现今中国东北）建立的王朝，为清朝的前身，至其子皇太极 1636 年改国号大清，后金共历二十一年，历两位君主。后金之义，同“爱新”相同，它是表明承袭完颜氏的金国。此外，还以地名“建州”和族名“女真”称呼后金政权。

1　乾隆年间官编《御定资治通鉴纲目三编》卷三十。

天命三年（万历四十六年）正月，努尔哈赤对诸贝勒宣布："吾意已决，今岁必征大明国！"四月十三日以七大恨告天，起兵反明。

后金反明檄文曰：

《清太祖努尔哈赤像》，现藏沈阳故宫博物院

我之祖、父，未尝损明边一草寸土，明无端起衅边陲，害我祖、父，恨一也；明虽起衅，我尚修好，设碑勒誓，凡满汉人等，毋越疆圉，敢有越者，见即诛之，见而故纵，殃及纵者，讵明复渝誓言，逞兵越界，卫助叶赫，恨二也；明人于清河以南，江岸以北，每岁窃逾疆场，肆其攘夺，我遵誓行诛，明负前盟，责我擅杀，拘我广宁使臣纲古里方吉纳，胁取十人，杀之边境，恨三也；明越境以兵助叶赫，俾我已聘之女，改适蒙古，恨四也；柴河三岔抚安三路，我累世分守，疆土之众，耕田艺谷，明不容刈获，遣兵驱逐，恨五也；边外叶赫，获罪于天，明乃偏信其言，特遣使臣遗书诟言，肆行凌侮，恨六也；昔哈达助叶赫二次来侵，我自报之，天既授我哈达之人矣，明又党之，胁我还其国，已而哈达之人，数被叶赫侵掠，夫列国之相征伐也，顺天心者胜而存，逆天意者败而亡，岂能使死于兵者更生，得其人者更还乎？天建大国之君，即为天下共主，何独构怨于我国也？……今明助天谴之叶赫，抗天意，倒置是非，妄为剖断，恨七也！

欺凌实甚，情所难堪，因此七大恨之故，是以征之。[1]

1 《清太祖高皇帝实录》。

当我们拨开云雾回顾历史的时候，就可以清晰地看到，“民抄董宦”发生之际，正是国家危难之时，所以它并非是一个孤立的事件，而董家人强抢民女这一事件也只是一个导火索，这是当时社会矛盾与民怨的总爆发。

事实上，就在“民抄董宦”发生之前的十天，距离华亭不远的昆山，也发生了一起严重的聚众“打砸抢”事件。被“民抄”的对象，也是当地有名的乡绅富户周玄伟和张惟惠。

周玄伟和张惟惠都是南直隶昆山县（今昆山市）的头面人物。周玄伟家为累代书香，自己又是进士出身，历官御史、广东电白县（今电白区）县令，后罢官归家。周玄伟与其子周公缵父子两人，平时不知克己，皆有不法之举，尤其是为争地方霸权，与张惟惠结怨极深。为了搞垮周家，张惟惠居心叵测，揭发周玄伟所著《泾林续纪》一书系“涉于宫闱”，由昆山知县陈祖苞和应天巡抚王应麟奏报于朝廷。

万历四十四年三月初一日，朝廷以“诽谤朝廷，污蔑宫禁”的罪名将周玄伟逮捕下狱。张惟惠便乘势鼓动民众，焚劫周家。等到周玄伟死于狱中之后，当地民众数万人又聚集起来反戈一击，将张家也焚毁一空。周、张两家因此俱败。我们从这些“打砸抢”事件中不难看出，当社会危机发展到一定程度的时候，民众的情绪犹如一堆堆干柴，只要遇到火星，极易引发群体事件，导致“打砸抢”的发生。

常见今人在评论“民抄董宦”时，脱离历史背景，割裂史料，把自己扮作历史审判官，加以为所欲为地谩骂和鞭挞。这种做法不足取，有违史学实事求是的研究精神。董家人在“民抄董宦”事件中到底作了什么恶，我们当然不应违避，也不应夸张，而应该依照事实的本来面目讲清楚，这才不会误导后人。

四、老友情深

“民抄董宦”事发后，董其昌的心情自然好不了。他不可能在华亭已被焚毁的家里继续住下去，于是投奔到苏州友人郑莱家，“馆于先襄敏公凉山别墅”[1]，在那里住了一年多。

襄敏公，就是郑洛（1530—1600），字禹秀，号范溪，安肃遂城（今徐水区遂城）人。万历十八年，郑洛率部歼灭入侵洮州（今甘肃临潭）的鞑靼火落赤十万人后，任兵部尚书。万历二十八年卒，赠太保，谥襄敏。他的第四子郑莱，字思众，是董其昌的好朋友。郑莱在苏州有“凉山别墅”，慨然借予董其昌居住。董其昌前往“凉山别墅”时，襄敏公郑洛已经去世十六年。

其间，董其昌还曾往来于吴兴朱家、京口（丹徒）张家之间。[2]拜访朋友，目的主要是为了散心。吴兴朱家，就是他的进士同年朱国桢家[3]，而京口张家就是张修羽家。为了排解忧烦，董其昌潜心书画。据《平生壮观》记载，这一时期董其昌给朱家和张家留下了不少作品，而且是“水墨甚佳”的精品。董其昌还在张修羽处临摹古迹，皆是“精粹者”，也都给予张修羽收藏。

“民抄董宦”事发后，他的学生叶有声忠心耿耿，一直陪伴着董其昌，度过了这一艰难时期。

家里发生了如此重大的灾难，董其昌非常需要钱。除了自己尽力书写作品之外，他的代笔人也很辛劳。这些代笔人主要是其门人。据启功先生《董其昌书画代笔人考》中认定，为董其昌代笔有名可考的就有沈士充、赵左、赵泂、叶有年、杨继鹏、珂雪和吴振七人。

---

1 《明神宗实录》卷五百四十六。

2 顾复《平生壮观》卷十。

3 朱国桢（1558—1632），字文宁，号平涵，浙江吴兴（今湖州南浔）人。万历十七年己丑科进士，为董其昌同年。天启三年拜礼部尚书、文渊阁大学士。

而在此时，门人叶有声正处在候官阶段，整天陪伴在老师董其昌左右，“从杖履”，照顾老师的生活。叶有声说：“余生也晚，从塾师授公制艺。乙卯谬领贤书，闱中牍出，公谓可教。余适迟廷对，从杖履，而公方柄凿时趣，罕齿朝事，横经问奇外，罔叩公也。”[1]

在叶有声的描述中，我们可见董其昌当时的怅然神情。他与常人的想法格格不入，对朝廷大事也漠不关心。在这种情况下，叶有声除了读书方面的问题去向老师请教之外，平常也不敢再去打扰他，说明“民抄董宦”这件事对董其昌的打击是巨大的。

“民抄董宦”事件的余波还在，那些攻击他的华亭士人还在闹事，继续张贴大字报（榜文），诋毁董其昌说“其字非颠米，画非痴黄，文章非司马宗门，词翰非欧阳班辈，何得侥小人之幸，以滥门名”等语，深深刺激了他的自尊。可是，如果沉下心来，采用逆向思维思考的话，这正说明董其昌那时的盛名已经可以与司马相如、欧阳修、米芾、黄公望等历史伟人比肩，何尝又不是赞誉呢！但是在当时，董其昌似乎没有这么冷静。

1　叶有声《容台集序》。

董其昌（传）《聚贤听琴图》

除童子外，从右到左大致为：董其昌、陈继儒、王穉登、张凤翼、赵宧光 、严天池和云栖袾宏大师。美国明尼亚波利斯艺术馆藏

他的一些老友，并没有因为“民抄董宦”事件而轻视他，远离他，而是给予他内心以抚慰。“民抄董宦”事件发生的当年十月，恰逢董其昌原配夫人龚氏的六十大寿，陈继儒精心撰写了《寿董太史元配龚夫人六十序》一文，以示祝贺。[1]

董其昌的学生王时敏此时已经入京，在朝廷尚宝司为官，得知先生遭遇此祸之后，趋前慰问。明朝送礼之风盛行，眼下董其昌家又被乱民烧毁，正缺重建家园的资金，因此他奉送了一笔不小的礼金。同时，他延请董其昌撰写了“重修新桥募缘疏”的文章。

给原配龚氏夫人过完六十岁生日之后，董其昌于当年十一月，泛舟去了留都南京。在南京城里的青溪船上，他应约作纸本《重修新桥募缘疏同王奉常尧峰禅院序》。[2]青溪河上的“七桥九曲”，是金陵四十八景之一。董其昌畅游河上，希望能忘却“民抄董宦”所造成的心灵创伤。尧峰禅院位于苏州的尧峰山，唐末有慧禅师在这里建了精

1 陈继儒《陈眉公先生全集》卷十九。

2 《吴越所见书画录》卷五。青溪，本指三国东吴在建业城东南所凿东渠，发源于今南京市钟山西南，流经南京市区入秦淮河，曲折达十余里，亦名九曲青溪。

舍，名免水院。万历年间称为尧峰禅院。[1]

大约就是在这一时期，董其昌与王时敏订了亲家。董其昌的四子董祖京，年龄仿佛只有三四岁的样子，就与王时敏的次女定了亲。这是一桩典型的封建婚姻，系由男女双方父母包办。王时敏是在董其昌家遭遇大祸之后订的亲，显示出他对老师董其昌的支持。这年的二月，董其昌心存感激，精心创作了墨笔十六开《诗意山水图册》赠送给了他。[2]董其昌题跋曰："丁巳二月，写此十六幅，似逊之世丈览教。"董其昌称王时敏为"世丈"，以表明他们之间的儿女亲家关系。

董其昌在《诗意山水图册》中，使用了历代多位名家的多种艺术手法来加以表现。如"闲云无四时"和"山中何所有"等页，俱是米家山水的作法；还有"仿云林笔意""仿倪高士"以及"岩居高士图"等，都是仿倪瓒的笔意；"闲户著书径""夕阳渡口见青山"和"石径盘行山"等则是黄公望的笔意；而"云多不计山"则是董源和巨然的披麻皴。无论是山石、树木的画法，还是皴法、矾头等笔法，如果我们再细致地观察，还可以找到更多历史名家的风格特点。

当然，董其昌的所谓仿古山水作品，并非是照葫芦画瓢，一板一眼地临摹古人，而是他在学习掌握了各家典型艺术元素之后，按照自己的理解与设想去再造自己心中的山水胜景，即他自己所说的"气韵"，实际上已经属于他自己的风格。我们在欣赏他的画作时，可以感受到与古人一脉相承的艺术气息，而不是对古人画作完全的复制。这就是董其昌仿古山水的显著特点。

王时敏十分珍爱这本册页，一直作为传家宝流传了下去。我们如今看到册页上有收藏章"王掞"，系王时敏第八子王掞，以及王掞的号"颛庵"。王掞是清代康熙九年（1670年）进士，授编修，官至

1 尧峰禅院在清顺治十二年（1655年）重修，改名宝云禅院。

2 墨笔十六开《诗意山水图册》，又称《仿古山水图》，现藏上海博物馆。

文渊阁大学士兼礼部尚书。

万历四十四年，瞿稼轩[1]中进士。瞿稼轩即瞿式耜，他的祖父很有名，系一代大儒瞿景淳，是《永乐大典》的总校官。时年二十六岁的瞿稼轩在中进士之后，拜访过董其昌，雄心勃勃地畅谈了自己的政治抱负。董其昌比他年长了三十五岁，为他的澎湃激情所感动，所以在第二年冬瞿稼轩应诏赴京谒选时，董其昌作《送瞿稼轩黄门应召北上》相送：

曈曚日丽大明宫，妙选才贤应诏同。
凫舄旧标循吏传，凤毛洵美谢家风。
昌辰瑞草尧阶上，首路梅花古驿中。
献纳久怀天下计，封章一出掖垣空。[2]

离开南京，董其昌再次来到了京口，住到了收藏家张修羽的家里。老友张修羽一如往日那般热情地招待了他。老友们的友情，犹如陈年的老酒，越久越香，越久越让人陶醉。

到了万历四十五年三月十九日，老友张修羽给了他一个惊喜：董其昌慕名已久的《东庄图》[3]，是沈周一生最重要的作品之一，原在长

1 瞿式耜（1590—1650），字起田，号稼轩、耘野，又号伯略，常熟人，是钱谦益的学生。万历四十四年中进士。明亡后，清兵破汀州，隆武帝被杀。瞿式耜和大臣们拥立桂王朱由榔做皇帝，年号“永历”，瞿式耜升任吏部右侍郎、东阁大学士，兼掌吏部事。1650年（顺治七年、永历四年）农历闰十一月十七日因反清慷慨就义。

2 《四库全书存目丛书》集部一七一。

3 《东庄图》系沈周为吴宽所作。吴宽是直隶长洲（今江苏苏州）人。成化八年（1472年）状元及第，授修撰。官至礼部尚书。谥文定。吴宽的父亲吴孟融，晚年愈加思念祖业，耗资重新经营构建六十余亩，名之为“东庄”。《东庄图》从吴宽家族散出后，先后归文徵明的儿子文嘉、浙江长兴姚氏、江苏丹徒张觐宸收藏。清初从张觐宸之孙张孝思家流入扬州，乾隆时归耀卿、汪诣成收藏，嘉庆以后经冯秭生、潘仕成、潘延龄、罗天池、伍元惠、庞元济等人递藏。现藏南京博物院。

董其昌《仿古山水图》册页十六开，赠送王时敏收藏，现藏上海博物馆

董其昌《仿古山水图》册页十六开，赠送王时敏收藏，现藏上海博物馆

兴姚氏家收藏，他曾经三番五次托人去请求拜观，都未如愿，而眼下刚被张修羽购藏。董其昌听到这个消息，一下子眉开眼笑了。对于一位痴迷于收藏的人，能够看到惊心动魄的名作，人生幸事莫过于此。

董其昌反复展玩，感慨系之，久久不忍罢手。在张修羽的邀请之下，他沉思片刻，提笔写道："白石翁为吴文定公写《东庄图》二十余幅，李少卿篆，称为双绝。余从王百谷闻之向藏长兴姚氏，数令人与和会不获见。今归修羽收藏，遂得披阅，以快生平积想。观其出入宋元，如意自在，位置既奇绝，笔法复纵宕，虽李龙眠《山庄图》《鸿乙草堂图》不多让也。修羽博雅好古，已收《鸿乙草堂十图》，今又得此以副之，嘉时胜日，神游其间，何羡坐镇百城哉！赏玩不足，聊题数语以弁其首。董其昌书，丁巳三月十有九日识。”真是幸会之情，溢于言表。

张修羽是董其昌一生的挚友。此人个性孤僻，处事不落俗套。他本是富豪人家，有着辉煌的书画收藏，却宁愿过着田野村夫般的生活。日本“鬼才”小说家芥川龙之介曾据史料，写过一则著名的短篇小说《秋山图》[1]，讲的正是此后董其昌介绍王时敏去他家赏画的故事。

对于儿女亲家王时敏，董其昌始终关心着他的画艺。这天，他遇见王时敏问：《秋山图》是黄公望最好的作品，你见过没有？

王时敏与那个时代的画家一样，最仰慕的丹青名手就是黄公望，而且黄公望存世的作品他大多见过，一听到董其昌这样说，自然就按捺不住去探访的欲望。董其昌便告诉他，《秋山图》在润州好友张修羽家，还给他写了介绍信。

王时敏匆匆赶到润州张氏家，所见：“屋院很大，却显得一片荒凉。墙上爬满了藤蔓，院子里长着长草，成群的鸡鸭，见到客来表示好奇的神气。翁对元宰先生的话都怀疑起来了：这种人家能收藏大痴的名画吗？”[2]可是，等到他看到了《秋山图》之后，就彻底改变了门缝里看人的怠慢。那确是一幅登峰造极的作品，王时敏连呼“神品神品！”

王时敏念念不忘这幅《秋山图》，数次出高价求购。张修羽只是淡淡一笑，不予理睬。他曾对王时敏派来的说客说：“王先生既然喜欢这幅画，可以借给他，但是不能出让。”显示出他内心的高傲与大度。

1 楼适夷译《芥川龙之介小说十一篇》，湖南人民出版社 1980 年版，第 66 页。

2 同 1，第 67 页。

还是在这一年，即万历四十五年，由董镐摹勒的《书种堂帖》续帖刻成。[1]这是一本专刻董其昌一家之书帖，也是董其昌首次刊行的书法专著。自此之后，董其昌的书法作品不只是少数人可以目睹的收藏品，而成了法书，像教科书那样引领后人们进入到属于他自己的艺术殿堂。

《书种堂帖》续帖的刊行引起了社会的广泛关注，一时行销南北，大受欢迎。董其昌为此感到欢欣鼓舞。《书种堂帖》续帖的面世及大受欢迎的销售情况，无疑是对家乡那些攻击他的士人的有力回击。

在经历“民抄董宦”风波之后，董其昌的生活承受了很大的压力。房屋被毁，需要很多重建资金，再加上他家人口众多，生活的开支也很大。董其昌别无他法，只得陆续出售自己心爱的收藏品，而这些皮藏凝聚了他的毕生心血。

其间，除了王时敏之外，董其昌的亲家如徐肇惠、沈绍曾等也向他伸出了援助之手。不仅提供了住处，还给予了其他的帮助。为表示谢意，董其昌就画了一些画赠送他们。董其昌给亲家徐肇惠画了两幅画，还给自己的外甥沈复之画了一幅《助喜图轴》。沈复之是董其昌的晚辈，后来因董家女嫁给了他，所以成了董家的女婿。当时他年纪尚轻，正在读书求取功名，然而又十分喜爱丹青之道。董其昌在《助喜图轴》上题跋说：“复之甥见余所画山水，辄收贮箧中，且欣然有意磅礴。谓举子业外，惟此好不能释。因为写此助喜。”[2]

1 梁披云《中国书法大辞典》，广东人民出版社 1984 年版，第 1749 页。

2 吴升《大观录》卷十九。

第八章

青楼花痕

一、晚明青楼的盛况

董其昌是好色之徒，这个观点无须辩解，事实如此。作为收藏家，他说“好骨董，乃好声色之余也！”[1]说明他把“好声色”看得比收藏更重要。而他的好色，有其人性天然的一面，也是历史环境因素所致。

明朝妇女的生活被无形的社会高墙隔开。在广袤的大地上，良家妇女们从思想到身体，都被封建礼教死死锁住。女孩子到了六岁，就不能与自家兄弟同席，十岁前须接受闺房训练，比如缠足、穿耳、戴头饰和梳头发等，并被要求“内言不出，外言不入”。成年后，她们要自觉遵循“三从四德”的妇道规范：“言不出闺阃，足不出厅屏，目不观优舞，身不近巫尼。”[2]

而在高墙的另一边，则集中了大量顾盼多姿的女人。她们被认为是下贱的，整天涂脂抹粉，打扮得花枝招展，用销魂的眼神勾引男人。这些女人，就是倡优和妓女，是明代青楼产业的主角。

明代青楼产业贯穿了整个朝代，甚至在朱元璋还没登上皇位的时候，他就设立了“营妓”。元代至正二十七年（1367 年）九月，朱元璋的部队在苏州打败了张士诚，逼其自杀后，吴国投降的将士们立

1 尹文儒、尹军《董其昌全集（叁）》，上海书画出版社 2013 年版，第 194 页。

2 钱谦益《牧斋初学集》卷五十八，上海古籍出版社 1985 年版，第 1421 页。

即被编入了军户，而那些吴军战死者的女眷，则被编入到单独的妇女营，成为营妓。营妓类似于军中慰安妇。

明初设立的“乐户”，本是一种以表演歌舞、音乐或杂耍娱人的职业，世代相传，实际上就是娼妓及优伶的合编，归入礼部教坊司管理。教坊司“奉銮一人，正九品。左、右韶舞各一人，左、右司乐各一人，并从九品。掌乐舞承应。以乐户充之，隶礼部。”[1]政府设立“乐户”的目的，就是要利用他们来收税。

“乐户”的来源，也并非仅仅是敌方战死者女眷及其后代，更多的是那些被妓院购买或谋生无路的不幸女子。除此之外，还有一种很特殊的来源，那就是所谓“政治犯”女眷。

洪武十三年，发生了明初宰相胡惟庸案，前后共诛杀三万余人。洪武二十六年（1393年）又发生大将蓝玉案，诛杀了一万五千人。这些政治犯的女眷，大都被遣入了“乐户”，而且他们的子孙后代也必须操此贱业，以示对政敌的羞辱。

更为残酷的是，燕王朱棣于1402年登基后，下令将“靖难”内战中拥护建文帝的文武大臣之妻女、亲戚，也遣入“乐户”，进行恶毒地凌辱。让她们“荼毒衣冠，醇酒沦落，丧尽节义”[2]。《南京法司所记》记载：“永乐二年十二月教坊司题：卓敬女、杨奴、牛景先妻、刘氏合无照，依谢升妻韩氏例，送淇国公转营奸宿。……又云，永乐十一年正月十一日，教坊司于右顺门口奏：齐泰姊及外甥媳妇，又黄子澄妹四个妇人，每一日一夜，二十余条汉子看守着。年少的都有身孕，除生子令做小龟子。又有三岁女子奏请圣旨，奉钦依由他不等到长大便是个淫贱材儿。又奏当初黄子澄妻，生一个小厮，如今十岁也。奉钦依都由他。”齐泰是明朝的兵部尚书，黄子澄是翰林院大

1 《明史》卷七十四《志第五十》。

2 蔡石山《明代的女人》，中华书局2011年版，第183页。

明万历狎妓出游图青花白瓷笔筒
天津博物馆藏

明青花仕女图盘
现藏台北故宫博物院

学士，谢升、铁铉等都是一时之名将大臣，只因为他们拥护了建文帝而被杀，其女眷则被残酷蹂躏。这些施暴者，本是受压迫的军户平民，却又通过无情地摧残另外的不幸者来邀功请赏，成为残酷政权的走狗爪牙。

连皇帝朱棣都是这般禽兽不如，其手下又当如何？史料可鉴，中国的封建政治生态，只有成王败寇的胜负思想，完全没有善恶的是非观念，彻底背离了人道精神。

明代青楼人等的人格地位十分低下，如同奴隶一般。“明初对妓女乐户约束很严，对他们的服饰行止都有特殊的规定：男子必须戴绿头巾，腰系红搭膊，脚穿带毛猪皮靴，不许在街道当中行走。妓女须戴皂冠，身穿皂褙子，出入都不许穿华丽衣服。从法律上予以歧视，使之明显地有别于士庶。”[1]妓女们的男人须戴绿头巾，被蔑称为“绿帽子”，民间延伸为遭遇妻子不忠而受辱的丈夫也被冠以“绿帽子”，即由此而来。乐户中的女演员，在台上演出之后，有时在台下还要做妓女。最著名的例子就是明朝武宗皇帝朱厚照，霸占乐户妻

1 陶慕宁《青楼文学与中国文化》，东方出版社 1993 年版，第 135 ~ 136 页。

子的故事。

在明初，为严明纪律，朝廷不允许官员嫖娼。朱元璋当皇帝时，曾经查出一百多位钱谷官（税收官员）到富乐院宿娼，结果被罚去守城门或充军。富乐院虽是妓院，但只允许商人出入。《大明律》还规定，官员不许娶教坊司的妓女为妻妾，违纪的话，除了要打六十大板还要强迫与妓女离异。但这些官场纪律，就像天上的云一样，飘来一阵子又飘去了。到了成化、弘治以后，这些法律制度渐渐松弛，以致成了一纸空文。官员们又开始跃跃欲试地往妓院里跑。

青楼妓女有时还会成为社会时尚的风向标。“朝野上下，竞尚奇装异服，而得风气之先的，又总是青楼或商家。”[1]妓女爱美，不光是源自女人天性使然，还在于她们身处社会的最底层，有着“赤脚不怕穿鞋”的天然勇气。她们鄙视陈规陋习，虽然还不敢奢望追求正常人的生活权利，但勇于打碎套在身上的枷锁，这样的好处是至少可以赢得嫖客们的关注，撩拨他们的欲望，赚得钱财，方可糊口养家。

明代中期以后曾流行一种服装，称为“马尾裙”，很时髦。标准的穿着方式是：上身着大襟、短袄，下体穿马尾裙。此裙下摆多褶，作蓬张状，犹如一把向下撑开的伞。穿着这种时髦服装，需要使用一些马尾鬃——由于马尾鬃比较硬，把它系在腰间，可以把外面的袍衣长襟自腰部以下撑开来。马尾裙本是邻国朝鲜的服装式样，由其使臣带来京城。而京城的青楼妓女们以之为美，率先穿了出来，招摇过市，而出入青楼的富商、贵公子们纷纷仿效，于是蔚然成风，以致“朝官多服之者矣”[2]。但是，京城里的马匹毕竟有限，而偷拔尾鬃的人争先恐后，结果把京城的马拔得几近秃尾，因此急坏了朝官。某位给事中连忙上书说：“京中士人好着马尾衬裙，因此官马被人偷拔

1 陶慕宁《青楼文学与中国文化》，东方出版社 1993 年版，第 136 页。

2 陆容《菽园杂记》卷十。

鬏尾，有误军国大计。乞要禁革。”[1]不光京城里的青楼女爱时髦，敢争天下先，全天下的青楼女皆如此。明代流行的服饰，大多肇始于青楼，然后向全国四处传播和扩散。

可是，开办青楼的根本目的还是为了盈利。为了赚得更多钱财，老鸨和妓女们要挖空心思去掏嫖客们的腰包，否则她们将承受很大的生存压力和威胁。奇书《嫖经》的诞生，就是顺应了这个娱乐市场的需要。《嫖经》最早刊印于明代万历四十四年，后改名《青楼韵语》，朱元亮辑注校证、张梦征汇选摹绘本，或称《明代嫖经》。

《嫖经》的开篇，言简意赅，说得极为直白："男女虽异，爱欲则同；男贪女美，女慕男贤。客与妓，非居室之男女也，而情则同。女以色胜；男以俊俏伶俐胜，自相贪慕。鸨子创家，威逼佳人生巧计；撅丁[2]爱钞，势摧妓子弄奸心。”其中“男贪女美，女慕男贤”句中的“贤”字，当然不是圣贤之意，通俗地说就是会来事，懂得女人心：多给点钱呗。

《嫖经》是如何教授嫖客和妓女的呢？举例："约以明朝，定知有客；问乎昨夜，绝对无人。”其书注解为："首句恐失了主顾，次句防吃醋也。”接着有“玄子按：子弟家久惯烟花，勾栏寻芳亦已牢成，此间话语，若有言外之意，当熟络于心矣，认不得真，也掉不得心，恐成醋王八也。此二句于烟花界中，实具体而微，所谓战术者也，交手过招，明来暗去，妓之与客，或奇或正，总不过虚实之间，察虚实，辨奇正，则思过半矣，作者谆谆之意，不可不察。”可见，对于大多数嫖客而言，他们去青楼犹如去战场，既是买卖，又是战斗。怎样观察“敌情”和研判对手？“战术”又如何展开？自称过来人的玄子以身说法。云云。

1 陈洪谟《治世余闻》下篇卷三。

2 撅丁，指妓院中的男帮工，大茶壶之流。

妓女对付嫖客的招数有几多？我们所知的有“一哭二闹三上吊”，而《嫖经》上的招数似乎更加动真格的：“抓、打恶习也。剪、刺、烧似乎情真，然一时慷慨者有之。惟百折不回，才为真到底也。”

奇书《嫖经》刊行之时，正是董其昌生活的晚明时代，青楼产业已经如日中天。商贾早已把青楼当作是谈生意的场所，出入频繁，让人更为惊讶的是，代表了中国正统思想的读书人以及乡绅名士们，不仅接受了这种社会现实，更对出入青楼这种轻浪之举情有独钟，乐此不疲。

这种社会现象的普遍出现，确与那个时代所涌现出的新思潮密切相关，因为任何事物的发展，都会符合否定与再否定、反动与再反动的客观规律。乐也如此，悲也如此，社会潮流的发展并不以人们的意志而改变。

孔孟之道本已在中国延续千年，加之程朱理学的滥觞，许多不愿屈服压制而又渴望探索新思想的人，已经对孔孟旧教十分厌倦和憎恶。我们还是须再提一下与董其昌有过一面之交的李贽，他就是被晚明时代呼唤出来的杰出思想家。

李贽说：“夫天生一人，自有一人之用，不待取给于孔子而后足也。若必待取足于孔子，则千古以前无孔子，终不得为人乎？”“所以不得所者，贪暴者扰之，而‘仁者’害之也。”[1]这种辛辣的嘲讽与揭露，在晚明以前几乎闻所未闻。李贽还说：“穿衣吃饭，即是人伦物理；除却穿衣吃饭，无伦物矣。”[2]这句话的潜台词，是指性欲只是人类的本能，与穿衣吃饭本质相同，其实孔子早就说过“食色性也”。而且，李贽坚定的追随者如公安三袁的袁宗道、袁宏道和袁中道，都是董其昌可以畅怀幽言的好友，可谓志同道合者。袁宏道直来

---

1 李贽《焚书》卷一《答耿中丞》。

2 李贽《焚书》卷一《答邓石阳》。

直去地说："性之所安，殆不所强；率性而行，是谓真人！"[1]董其昌自己也说："夫人有耳目口鼻，心知之性，必有声色臭味之好。得所好而乐，失所好而哀。故耳好声，必欲得天下之新声；目好色，必欲得天下之艳色。"[2]

董其昌和那个时代大多数人一样，沉迷色欲，纵情青楼。陶慕宁说："用生命本能的情欲和世俗的享乐哲学对抗名教心防，以禅宗内典、色空之论巧饰渔色纵欲的放浪行迹，这也是（袁）中道的一种狡狯。同时的董其昌、王穉登、屠隆、臧懋循、田艺蘅等名流更连这一点巧饰也索性抛弃了。他们沉迷色欲、名噪青楼。王穉登年近古稀，尚与金陵名妓马湘兰'讲衾（被子）裯（床单）之好'。臧懋循游宴曲中，因畜狭娈童被褫职（撤职）。屠隆迷恋南都艳妓寇文华，其沉酣之状被时人谱为戏剧，名《白练裙》，搬之场上。而屠氏晚年卒以'情寄之病，筋骨折毁，号痛不可忍'殒命。"[3]这是客观的评说。

这说明，董其昌浪迹青楼，在他那个时代并非离经叛道之举，而他自己也认为是极其自然的事，并解释说："故人情到富贵之地，必求……娇歌艳舞，嘉馐珍馔，异香奇臭，焚膏继晷，穷日夜之精神，耽乐无节，不复知有他好。"[4]

我们现在来看一下董其昌的几位青楼相好，或熟人。

二、青楼女史林天素

万历二十七年，董其昌告假养病归故乡，风风火火去找汪然明，有一个隐秘的目的，就是去见杭州名妓林天素。

1 袁宏道《锦帆集》卷二《识张幼于箴铭后》。

2 严文儒、尹军《董其昌全集（叁）》，上海书画出版社 2013 年版，第 194 页。

3 陶慕宁《青楼文学与中国文化》，东方出版社 1993 年版，第 164 页。

4 同 2。

林雪《雪景寒林山水图轴》
署：天启元年小春写于柳浪巷。
白钤：天素（朱）、林雪（白）

李光阳在《西湖逸史》中说：“林雪，字天素，闽妓也，入武林寄寓湖上。工书善画，临摹古幅，尝乱真。”“寄寓湖上”即指林天素当时安居在汪然明家里的“随喜庵”，已经不再是飘萍。林天素是福建建宁人，因在家乡受到豪绅的迫害而背井离乡，先流浪到苏州玄墓，后来到了杭州西溪，依附于安徽富商汪然明，寄住在西湖的“随喜庵”。[1]

董其昌见林天素，这显然不是初次见面。关于董其昌畅游青楼的事，史料有限，尤其是无法确定他们相遇的时间，只能根据他们双方的生卒年，参照其生平史实故事，加以大致地推断。

可以确定的是，董其昌与林天素相会，显然是得自汪然明的引荐。林天素是汪然明资助的名妓之一。他们相会的地点，可以推设在汪然明位于杭州的一个叫“随喜庵”的青楼寓所。董其昌《容台集》里留存了两首他写给林天素的诗。

1 陈寅恪另有一说。据陈寅恪《柳如是别传》，天启元年辛酉林天素游西湖，不久即归闽。

其一《赠林天素》：

铸得干将剑，遥呈剑客看。

不须巫峡梦，夜夜绕云官。

其二《题林天素画》：

片云占断六桥春，画手全输妙与真。

铸得干将呈剑客，梦通巫峡待词人。

这两首诗像双胞胎。第一首五言律诗或许是寄给林天素的，当时他俩或许正在热恋期间，其中“不须巫峡梦，夜夜绕云官”句，显得很肉麻。“巫峡梦”暗指云雨做爱之意，就是赤裸裸的艳情诗。第二首七言律诗，应该是后来他再见林天素的画，凭借对旧诗的记忆而题跋在林画上的。

董其昌与林天素缠绵的时候，林天素的年纪还很小。因为青楼妓女开始从业，小则七八岁，大也不过十四五岁。这种违背现代生理常识的观念，至晚来源于唐代道士、医学家孙思邈的倡导。他在其医学名著《千金要方》中说：“凡妇人，不必须有颜色妍丽，但得少年，未经生乳，多肌肉，益也。”[1]他的观点认为，与尚未生育的少女做爱，不光有泄欲的快意，还能够保健。孙思邈的这一观点是荒谬的，在今人看来百害无益，而且违背了人性道德，但每个时代都有其局限性，若要论是非功过，终须置身历史，方可公正对待历史人物。我们对于董其昌也不应例外。

名士与妓女厮混的现象，在当时不仅不被谴责，反而受到赞誉。与董其昌同时代的书法家傅山说得更近大多数士庶的心境：“名妓失

1 孙思邈《千金要方》卷二十七《房中补益》。

路，与名士落魄，赍志没齿无异也。”[1]大有白居易吟咏“相逢何必曾相识”式的惺惺相惜之感，属于抱团取暖的感情慰藉。

这就是董其昌之所以去杭州青楼畅游的时代背景。在杭州的名妓中，林天素才、艺、色俱佳。她不仅容貌出众，更以高雅气质艳压群芳。如何见得？因为自古的文人达官皆崇尚诗词歌赋，林天素写得一手好文章，被称为闺阁名家。她在《柳如是尺牍·小引》中写过：“琅琅数千言，艳过六朝，情深班、蔡，人多奇之”诸句，非一般艺女能为之。而且，林天素还有一手妙笔丹青，“工书善画，临摹古幅，尝乱真”，连董其昌这样的文豪也在题《林下风画》中赞叹说：“初为林天素，继为王友云，彼如北宗卧轮偈，此如南宗慧能偈，或对境心不起，或对境心数起，皆菩提增长，求女人相，了不可得。然天素秀绝，吾见其止……假令嗣其才力，殆未可量。惜其身世，犹绕树三匝，非然，明二三君子为之金汤，何自磨砖作镜？”[2]林天素的传世作品极少，上海博物馆藏有两幅山水画，南通博物苑藏有她的一幅《观音像图轴》。[3]

只是自古红颜命运多舛，身世可怜，不然的话，明代真正的大画家们也只能磨砖作镜而袖手旁观矣。需要指出的是，林天素等都是柳如是的青楼前辈，或者姐妹行中的“大姐大”，显然要比柳如是年长一些，所以才有资格被汪汝谦请来作序。

反过来看，林天素对董其昌的仰慕，肯定不是因为董其昌貌似潘安。事实上，董其昌的长相简直“谦虚”得要命，方脸小眼，五短身材，说话结结巴巴，皮肤皱褶，一副下里巴人的土鳖样，而且年龄已经不小，六旬之身已现累赘的将军肚，实在不堪入目。但是，有品位

1 见李中馥《原李耳载》卷上，江苏古籍出版社 2002 年版吴秀华《明末清初小说戏曲中的女性形象研究》，第 49 页。

2 董其昌《容台别集》卷四。

3 劳继雄《中国古代书画鉴定实录》第四册，东方出版中心 2011 年版，第 2109 页。

的女人看男人，绝不是看外貌，而是看内在。“花之胜于美人者，生香也；美人之胜于花者，解语也！”董其昌不仅名满晚明，还才高八斗，满腹经纶。写文章，天下举子皆奉为圭臬；论书画，背起手他就可以独步天下；拿起笔，他的字画虽片言只字，收藏家们都奉为至宝。这样的男人，简直凤毛麟角，几百年里才会出现一位。这就是林天素甘于将貌比天仙的自己依偎进他怀抱的真正原因。关于“身酬”之价，对董其昌来说肯定不是问题，而且，名妓并不是仅仅依靠身酬就可以征服的，晚明之际尤为如此。你要想闻香识女人，并将其据为己有，首先必须占领美人的芳心。

林天素在西湖的居所“随喜庵”具体在什么地方？汪然明刊印过自己的诗集《春星堂诗集》，其中有《秋日访林阁》诗为证：

门临湖水蓼花稀，轻艇遥寻泛落晖。
行到柳阴春径寂，小楼人在正无依。
月明烟树曲栏前，种种宜人入画禅。
把酒题诗谁唱和，扫眉应试笔花鲜。[1]

由此可知“随喜庵”是一座小楼，坐落在西湖之滨，夕阳西下，简直是人间仙境。楼下柳荫幽径通往湖边小码头，乘着小船，随时能够去西湖上泛舟。“把酒题诗谁唱和”“种种宜人入画禅”。“画禅室”本是董其昌的画室名，唱和者应当就是意指董其昌！汪然明此次秋日访“林阁”，正是去探望林天素。

遗憾的是，董其昌与林天素的恩爱激情犹如夜空里的流星，短暂而耀眼，瞬间即逝，留给董其昌的是那些甜蜜、更多的是像酸菜般的回忆。吃的时候很爽口，可惜不能长久。吃多了也会腻口。董其昌与

1 汪然明《春星堂诗集》卷二，《咏绮》之《秋日访林阁》。

林天素的分手，可能还有另外的原因。如此惊艳的艺妓谁不喜欢呢？于是我们猜想，她可能并不是董其昌的私人飞机，还有其他少量的乘客。比如包养她的汪然明本人，还有陈继儒、李流芳、曹学佺、陈文述等人，也都曾对她垂涎欲滴。

林天素的人生结局如何？兹记录于此。

万历四十八年的冬天，林天素回到了故乡福建建宁。汪然明也极爱林天素，因为他所作的《梦草》《闽游诗纪》等几乎都与林天素有关。董其昌死后的崇祯十四年（1641年），汪然明不忘旧情，还曾跑到福建去寻访。据说，汪然明在建溪得到了林天素深情款待，但林天素没有跟随其归去。次年五月，汪然明空着双手回到了杭州。

另一种说法是，林天素后来空门顿悟，出家做了尼姑。这个结局，颇符合她的个性。可以肯定的是，即使真做了尼姑，半老徐娘，依旧是一位气质不凡的女人。欧阳修有诗云："譬如妖韶女，老自有余态。"还有一种说法是，林天素在清初的战乱中被辱身死。

此等传闻皆为野史，是晚于董其昌的清初才子李渔的编造。总之，在史料中再也找不到关于林天素晚年的记录。

数百年之后，她仍然不乏拥趸。民国间苏州有位美女也姓林，也是青楼中风尘女子，也爱画。因为仰慕林天素，而取林天素的本名林雪之意，名曰林今雪。她在二十世纪三十年代的上海赎身青楼而从良，师从美术教授许昭。她嫁人后再嫁，成了始为大汉奸、曾先后出任汪伪政府立法院院长和行政院院长的梁鸿志之妾，后来又下堂，成为书画大师张大千"大风堂"的在籍女弟子。而且林今雪的身世与林天素十分相似，晚年的林今雪也不知所踪。[1]

1 有关"大风堂"后人林今雪的零星事迹，见陈巨来《安持人物琐忆》。

三、“杭州贫女”杨云友

万历四十一年，董其昌曾被朝廷任命为山东副使、登莱兵备、河南参政。他觉得自己眼下的日子过得挺滋润，对做官仍然没什么兴趣，所以退还了任命，没有去赴任。[1]

没有证据证明董其昌辞官与青楼女子的瓜葛有关，而民间传说总是围绕着“才子佳人”的话题展开，而且，虽然董其昌本人在政治上小心谨慎，但在男欢女爱的感情生活里的确放浪形骸，所以他的后半生，总与杭州的青楼女子纠缠不清。

明清之际流行一出名叫《意中缘》的戏，说的就是董其昌与青楼女的爱情故事。

早在戊子年春，辞官后的董其昌闲来无事，与陈继儒结伴去杭州西湖游玩。在一家古玩书画店里，几幅挂在墙上的书画赝品引起了他俩的注意。那些赝品模仿的对象，正是董其昌本人的作品。

他俩好像并没有生气——满街的古玩店都在销售董其昌的赝品，如何气得过来？彼时既没有著作权法，又没有消费者保护条例，明知造假者们是在抢钱，也奈何不得，只能感叹“从来实祸起虚名，……始信逃名为上策”。俩人开始窃窃私语，讨论的焦点是这个造假的“李鬼”到底是男还是女。结果出来了，俩人一致认为：这位造假的画家必定是位闺秀。因为这些赝品虽然仿造得几近逼真，但其腕力不足，没有力透纸背的雄浩之气，却有几分妩媚的韵味，所以料定是出自女子。

唤出古玩店的老板，居然是位和尚，名字叫作是空。董其昌友善地亮出了自己的身份，不为打假，只是想知道这位造假的画手是何方神仙。是空和尚没办法，如实相告：造仿董其昌画者，是一位杭州民女，只因家贫无以为生，虽然长得如花似玉，又不甘堕落青楼，才走

1 《明史》卷二百八十八。

此不德之路。

一听此女长得花容月貌，董其昌两眼大放光芒，再三追问其芳名，才知她正是才色双绝的杨云友。董其昌顿时心起波澜，却不料这位古玩店老板是假和尚，本是十年前京城的一名在逃犯，而且也对杨云友的美貌垂涎已久，居然找了个“穷汉黄天监”企图冒名顶替董其昌，骗取杨云友的芳心。几经交手，陈继儒发现是阴谋诡计，在其妾的帮助下，终于帮董其昌抱得云友美人归。

声明一下，以上的故事梗概纯属虚构。《意中缘》的作者就是写出了《肉蒲团》《闲情偶寄》的李渔。因为1588年正是万历十六年，董其昌于这年春天和王衡结伴去了北京。他当时还未中举，更没有高中进士，荣膺“传胪”，而且穷得叮当响，此次入都的盘缠，也都是仰赖同乡好友范尔孚的资助，怎可有寻花问柳之闲情。

李渔在《意中缘》中塑造的人物，除了董其昌和陈继儒之外，还出现了许多历史上真实的人物。如，李渔把杨云友改名为成岫，把陈继儒的妾冠名为林天素，把汪然明称为“杭州朋友”江秋明。[1]

真实的杨云友，原名杨慧林，字云友，杭州人，是与林雪齐名的名妓，青楼名画家。当初也是汪然明“随喜庵”中的一位艺妓，确与董其昌有琴瑟之好。旧刻本说她叫王友云，一般认为是误刻。

还在林天素当红的时候，另有几位名妓在杭州西湖红极一时，而且她们都是青楼姊妹，其中一位就是杨云友，之后还有柳如是。

汪然明刊印的《湖上草》，是柳如是写给汪然明的信札，凡三十一封。第三封中曰：“然以云友之才，先生之侠，使我辈即极无文，亦不可不作。”黄裳说：“云友是杨云友，也是名著一时的人物，

1 李渔此剧《意中缘》长演不休，时至今日还在上演，如评剧、川剧和蒲剧等，有的剧本已经把成岫之名还原为杨云友。

与如是自是相识。旧抄本误作‘云游’，今据原刊本改正。”[1]可见，杨云友在青楼女史中的名气的确不小，与林天素比肩，为眼界不俗者柳如是所仰慕。柳如是在给汪然明的信中这样赞叹杨云友的绘画水平：“诸女史画方起，便如彩云出衣，至云友一图，竟似濛濛渌水，伤心无际。”[2]小画养眼，大画养心。杨云友之绘画意境已是激荡人心，非附庸风雅者能为之。

当时人李鼎说：“湖中不可无美人……据余目所见，林天素画擅一时风发雾鬓而多高韵；王修微诗惊四座，读书谈道而多胜情。惜哉！林既还闽，王亦他适。近有王（杨）云友精于六法，足参管姬之座，风流不坠，赖有此君。昔人有云：无此不成京师。予亦曰无美人便不成西湖，要岂论于俗妓辈哉。未暇语貌，一种习俗恶甚，反不如独对西子，雨颦晴笑，自堪倾国，弗以此辈唐突之耳。”[3]说明林天素、王微和杨云友是同期人，年龄相差不大，均名冠一时，而且这三位姐妹花均与董其昌有涉。

杨云友毕竟是业余画家，她作画多是小品，对于大画则难以控制局面。董其昌依旧对杨云友的山水小景赞赏不绝，认为她的绘画功底深厚，有宋元气象：“出入米漫士、梅花庵主、黄鹤山樵，已涉元季名家蹊径。”[4]又如前文所说：“初为林天素，继为杨云友，彼如北宗卧轮偈，此如南宗慧能偈，或对境心不起，或对境心数起，皆菩提增长，求女人相，了不可得……云友（的画风）澹宕，特饶骨韵。假令嗣其才力，殆未可量。惜其身世，犹绕树三匝，非然，明二三君子为之金汤，何自磨砖作镜？”上床前，把你捧到天上；下床后，把你扔到地上。这不过是男人哄骗的伎俩，算是一种套路。

1 黄裳《绛云书卷美人图：关于柳如是》，中华书局 2013 年版，第 114 页。

2 《湖上草》载，致汪然明信札之六。

3 王国平《西湖文献集成》第三册，杭州出版社 2004 年版，第 1197 ~ 1198 页。

4 汪然明《春星堂诗集》卷三，《听雪轩集》董其昌“题词”。

早在明末清初之际，李渔把董其昌与杨云友的故事编为《意中缘》之前，“杨云友三嫁董其昌”的故事已在坊肆间流传。而李渔创作《意中缘》的时候，离董其昌去世才二三十年，史料远比今日多。

据以李渔的创作思路，我们不妨大胆猜测杨云友赎身后，可能真的嫁给了董其昌，成为董其昌妾中的一位。“林既还闽，王亦他适”，杨云友便成了一品的尚书夫人。在这三位独领风骚的西湖青楼名妓淡出了风月场之后，柳如是方才登台亮相，才开始艳压群芳。这当然不是历史的事实，而是一种猜测。

据现藏上海博物馆的松江光训堂《董氏族谱》卷二《世谱》所载，董其昌至少有四房太太，分别为他生下了四个儿子。长子祖和的母亲是董其昌原配龚夫人；次子祖权的母亲是陆氏；三子祖源的母亲是刘氏；四子祖京的母亲是唐氏。或者，杨云友未能生男，所以未能进入族谱，也不无此可能。

名妓从良，过上了寻常人家的清淡日子，再也不能像以前那样挥金如土，所以在天启七年（1627 年），恰逢陈继儒七十大寿的时候，汪然明请杨云友画《祝寿图》贺之，“属云友画‘闭户著书多岁月，种松皆作老龙鳞’，祝眉公七十。”[1] 而此时，朝廷之上党祸酷烈，太监与文官集团的斗争充满了血腥气味。董其昌已经回到故乡江南，与陈继儒、汪然明等好友常相往来。汪然明此时请杨云友作画，属于艺术订制，人情消费，算是老友之间一种体面的资助方式。

在当时，名士与青楼名妓的交往早已成为一种时尚。“妓女们也都以能否介入士人的活动圈为身价的标志。士人在社会上被看作精英人物，能与他们相好，可在一定程度上削弱妓女固有的自卑感和屈辱感，并提高自身的对外竞争力。”[2] 青楼名妓也都以嫁给名士为妾为

1 汪然明《春星堂诗集》卷二《绮咏续集》。

2 陶咏白、李湜《中国女性绘画史》，湖南美术出版社 2000 年版，第 45 页。

荣耀，如柳如是嫁钱谦益，顾眉嫁龚鼎孳，董小宛嫁冒辟疆，王微嫁茅元仪，都成为一时的美谈。

还有一个故事，是董其昌自己写下的。董其昌的馆师韩世能之子韩逢禧，也是流连青楼的名士。有一年去西湖猎艳，花费巨大，就把自己收藏的两卷名迹，即李唐《江山小景图》和王羲之《行穰帖》抵押给人家，可是后来他已无力赎回，就悄悄把债权转让给了董其昌，让董其昌去赎回。当然，董其昌也很懂事，把王羲之《行穰帖》真迹奉还给了韩宗伯，另一件李唐的《江山小景图》手卷，自己实在喜欢，就收藏了起来。等到韩世能过世二十多年之后的天启三年九月，他再次赏阅李唐《江山小景图》时，发现画轴破损，于是请人重新装裱起来后，就把这一故事题写在诗堂上，以为乐事。[1]董其昌在题跋中感慨说：李唐的《江山小景图》“画则在箧也，而武林金屋，已成尘矣”。武林金屋，指的就是西湖的青楼。

四、“美人学士”王微

其实，做名妓也殊非易事，须接受常年的训练。“出奇美色妓女，善诙谐、谈谑，抚操丝弦、撇画、手谈、鼓板、讴歌、蹴圆、舞旋、酒令、猜枚，无不精通。每日王孙公子、文人墨士，坐轿乘马，买俏追欢，月无虚日。”[2]一个女孩子要学会如此多的寻欢技能，而且样样皆优，才能被追捧，可见之辛苦。

万历四十年，时年五十八岁的董其昌在江南游历时，于十月六日来到昆山道中。蓦然一闪，他的身旁又出现了一位青楼美女。这个标榜为“王道士”的女人，就是王微，也是一位名贯古今的名妓。她不

1 《石渠宝笈续编》之《李唐〈江山小景图卷〉》题跋。

2 孔宪易校注《如梦录》。

仅有倾国倾城之貌，而且才华过人，诗名尤盛。

是日，董其昌在船上，为门人夏有之作《自书诗卷》，然后跋曰："壬子十月六日，昆山道中，为夏有之书。同观者，修微王道人也。其昌。"[1]这是王微的名字第一次出现在董其昌作品的题款之上。

在同年十月，董其昌在另外一件十二开的《临苏轼尺牍册》上跋曰："苏玉局册牍流传人间，余见数十本，往往用墨精妙，兼王僧虔、徐季海、颜鲁公、杨少师之法。暇日以意仿之，将求真者印正。壬子十月，董其昌。"[2]董其昌在这里所说的"真者"，从题跋的时间、人物特征的关系上看，指的也是王微。

作为书画名家的董其昌，在寻花问柳之后，把自己的作品慨然相赠，这是那个时代文人墨客的常见之举。以董其昌当时的作品行情，此件十二开《临苏轼尺牍册》的价格，已是十分昂贵。以此作为"酬身"之礼，说明董其昌对王微是很看重的。是年，王微始为妓，年纪才十三岁。

王微早岁在杭州青楼浪迹，与汪然明等熟稔，因此结识了董其昌、陈继儒等。

关于扬州名妓王微的身世，最完整的史料来源于钱谦益《列朝诗集小传·闰集》"草衣道人王修微"条：

微，字修微，广陵人。七岁失父，流落北里。长而才情殊众，扁舟载书，往来吴会间。所与游皆胜流名士。已而忽有警悟，皈心禅悦。布袍竹杖，游历江楚，登大别山，眺黄鹤楼，鹦鹉洲诸胜，谒玄岳，登天柱峰，溯大江上匡庐，访白香山草堂，参憨山大师于五乳。归而造生圹于武林，自号草衣道人，有终焉之志。偶过吴门，为俗子

1 郑威《董其昌年谱》，上海书画出版社 1989 年版，第 85 页。

2 《石渠宝笈续编》淳化轩。

所嬲，乃归于华亭颍川君。颍川在谏垣，当政乱国危之日，多所建白，抗节罢免，修微有助焉。乱后，相依兵刃间，间关播迁，誓死相殉。居三载而卒。颍川哭之恸。君子曰："修微，青莲亭亭，自依污泥，昆冈白璧，不罹劫灰，斯可为全归，幸也！"修微性好名山水，撰集《名山记》数百卷，自为叙以行世。

为救垂死的病父，王微七岁时就卖身青楼。鸨婆把她养了几年，就"扁舟载书，往来吴会间"去接客。"载书"接客，这是高级妓女的象征。下层妓女谋生，满足客人生理需要就可以了，而高级妓女除了满足客人生理需要之外，还需要提供精神类的服务，而且这种精神服务往往比皮肉服务更加重要。王微之母（老鸨）在她身上是花了本钱的，给予了文学、艺术方面的教养，而王微本人天资聪慧，擅长诗词歌赋，这是她扬名长江南北的重要资本。

钱谦益又说："今天下诗文衰熸，奎璧间光气黯然。草衣道人与吾家河东君，清文丽句，秀出西泠六桥之间。马塍之西，鸳湖之畔，舒月波而绘烟雨，则有黄媛介皆令。吕和叔有言：'不服丈夫胜妇人。'岂其然哉？"[1]在后起的艺坛盟主钱谦益眼里，王微、柳如是和黄媛介三位，是女性诗坛的三鼎甲。

泰昌元年（1620 年）的深秋十月，董其昌在与王微初次相识的八年之后，再次相聚在一起。当时，他和陈继儒在华亭一起欣赏王蒙的《西窗高士图》轴时，[2]旁边站着的就是远道而来的王微。

陈继儒写道："庚申十一月二十二日，王修微从西子湖入云间。才子慕之，辐辏两淮之间。修微拂曙峭帆泖塔矣，因访眉道人于白石山寮。烧灯市鱼，诗酒以外，不暇及也。"王微乘船来华亭，拜访陈

1 钱谦益撰《牧斋初学集》，钱曾笺注，钱仲联标校，上海古籍出版社 1985 版。

2 《西清札记》卷一："《西窗高士图》，黄鹤山樵得意笔也。余曾临之。庚申子月，玄宰记。"

继儒之白石山寮，而“才子慕之”。这个才子就是指董其昌。他此时与王微缠缠绵绵，如同车之辐辏，形影不离。陈继儒有些酸溜溜地说，自己和王微在馆子里虽然能侑酒“烧灯”，可是除了品诗论画之外，就没有别的事可干了。显然，说者有意，这句话是说给董其昌听的。

董其昌在《画禅室随笔》中也说：

余常与眉公论画：画欲暗不欲明，明者如觚棱钩角是也。暗者如云横雾塞是也。眉公胸中素具一丘壑，虽草草泼墨，而一种苍老之气，岂落吴下之画师恬俗魔境耶？同观者修微王道人也。

此文本是记载与陈继儒讨论《西窗高士图》轴的艺术事，顺带吹捧一下陈继儒的画技，可又偏偏写上“同观者修微王道人也”，醉翁之意不在酒也！此时的董其昌已六十六岁，而王微芳龄二十一。

王微当时有“美人学士”之雅称。黄宗羲说：“当是时，虞山有柳如是，云间有王修微，皆以唱随风雅闻于天下。”可见，董其昌看重王微，也不仅仅是她的年轻与美色，更重要的是她的才情和气质修养。对于像董其昌这样的文人而言：美色固可贵，气质价更高；若是两兼备，老夫舍命陪！

这一年（1620年），神宗万历皇帝于八月十八日去世，皇太子光宗继位，更年号为泰昌。董其昌就是光宗的老师，而且光宗在庙堂之上已经发话，说想念自己当年的老师董师傅，吏部管人事的官员赶紧调阅档案，开始给董其昌寻找一个合适的官位。董其昌闻讯后自然心情极佳，所以在题跋《西窗高士图》轴时说：此画乃“黄鹤山樵得意笔也”。“得意”二字，又岂不是他自己的心情写照？

王微好旅游。钱谦益说她“布袍竹杖，游历江楚。登大别山，眺黄鹤楼、鹦鹉洲诸胜，谒玄岳（武当山），登天柱峰，溯大江”。

当董其昌、陈继儒与王微三人一起端坐之际，陈继儒显然有如坐针毡之感。因为相比之下，董其昌比陈继儒远游的地方更多，所以王微与董其昌俩人有着更多的话题可交流，使得陈继儒有被冷落之感。

王微对董其昌的膜拜，不光是他的名、利与游历，似乎更在于心。王微很早就“皈心禅悦”，而要谈到悟修的水平，董其昌是那个时代的禅悦翘楚，不仅陈继儒比不了，连大文豪袁宗道都自叹弗如，达观大师也赞叹有加，所以，董其昌要想赢得年少心高的王微芳心，简直是易如反掌。

此间，董其昌数度前往西湖，如三月在西湖舟中题吴彬《二十五圆通册》[1]；十月八日，游览杭州，并作《书画合璧册》[2]。董其昌如此频繁去杭州，醉翁之意不在酒，王微是他闲暇之余必访的一道景。

可是他俩的神仙日子并不长久，约为一年。天启二年三月，董其昌就已经“应召北上”，入了都门。在北京，董其昌并没有因思念王微而魂不守舍，而是安安静静地于三月完成了纸本《山水轴》[3]。

董其昌在北京安顿好了家，还找到了他三十年前的旧作《正阳门关侯庙碑》，自己掏腰包买下，并在他的“苑西画禅室”写了题跋，以示得意。[4]

黄鹤远去之后，陈继儒也就不再客气了，乘虚而入。陈继儒有诗云：

秋水茫茫，溪云半卷望僧屋。阑干转曲，窈窕藏花木。
三度风吹，送我来投宿。西窗竹，月明茶熟，橘柚墙头绿。

---

1 《吴越所见书画录》卷四。

2 郭味蕖《宋元明清书画家年表》，中国古典艺术出版社 1958 年版，第 205 页。

3 《笔啸轩书画录》卷上。

4 《石渠宝笈初编》卷三十。《正阳门关侯庙碑》为明万历十九年冬日由焦竑撰写，万历二十年春董其昌返回京城时所书，时年三十八岁。三十年后的天启二年，董氏已六十八岁。《正阳门关侯庙碑》现藏故宫博物院。

这首诗就是他赠送给王微的诗篇。

董其昌去了都城之后，陈继儒数次去了西湖，目的就是去找王微。此时约在壬戌年（1622 年）三四月间，正是西湖“月明茶熟”之际。陈继儒是年六十五岁，再不抓紧时间就要翘辫子矣。他喝着茶农刚刚炒熟的龙井新茶，望着西窗竹影，在“阑干转曲”的青楼之上，拥抱着“窈窕”美人入眠，以偿夙愿。王微本对陈继儒的文才也仰慕已久，当初只是碍于董其昌的盛名更炽，所以冷落了陈继儒。如今董其昌远去，正是与陈继儒重修旧好的良机。

王微的文才很出名，被时人赞誉的《名山记》《远游篇》《樾馆诗》《期山草》等，惜皆未传世。董其昌曾为王微的《樾馆诗》作序，说：“当今闺秀作者，不得不推草衣道人。观其新集，如《贻桐汭》五言古四篇，绰有韦司直之古淡，而《代陶琴》《代庄蝶》等命篇，亦复独创。大都闺秀之诗，虽饶于才致而俭于取境，未有若道人之凿空者，岂直缘情绮靡，为宛转之歌《十离》之什已耶？”[1]王微也写有《同太史过湖上未几先归予独留湖上苦雨感赋》《送董太史还云间》等诗篇，记载了她与董其昌之间的交往。

她的诗文的确数得上女中翘楚，不输须眉。列举其一《湖上次韵答黄孟畹夫人》：

去住湖山别有缘，门前红叶满来船。
刘纲夫妇霞为骨，谢蕴家庭雪作篇。
翠袖风前谁薄醉？黄杨树底与参禅。
回思飘渺伊人迹，只隔鸳鸯南浦烟。

陈继儒与王微的交往很多，也曾经为她写下名篇《微道人生

1　董其昌《容台集》卷二《樾馆诗选序》。

圹记》：

修微姓王，广陵人，自幼有洁癖、书癖、山水癖。自伤七岁父见背，落金陵乐籍中，眉妩间常有恨色。已奉竺乾古先生之教，刺血写小品经，间读班马、孙吴书，人莫得而狎视也。尝行灵隐寺门，见白猱坐树端，迫之，展翅疾飞去。包园夜半，有两炬注射窗缝上，谛视之，虎也，修微挑灯吟自若。

其诗词娟秀幽妍，与李清照、朱希真相上下。至于排调品题，颇能压倒一座豪杰客。慕翰墨者辐辏案前，如农诉水旱，修微攒眉应之，掷笔出避西子湖，避邓尉山，避广陵。寻获兄，指其父埋骨处，仆地哭失声，延僧作水陆道场凡十五日，以荐父灵。笥中绮襦环瑱，随手立尽矣。

修微饭蔬衣布，绰约类藐姑仙，笔床茶灶，短棹逍遥，类天随子。谒玉枢于太和，参憨公于庐阜，登高临深，飘忽数千里，智能卫足，胆可包身，独往独来，布帆无恙。既归，出《楚游稿》示余，冰雪净其聪明，云霞汰其粉泽，抑名山大川之助乎！

修微曰："自今伊始，请忏从前绮语障，买山湖上，穿容棺之墟，茆屋藤床，长伴老母，岂复问王孙草、刘郎桃、苏小小同心松柏哉？"余曰："君才貌两艳，人间所羶，出世之盟，将无太早？"修微曰："嘻！是何言？孔雀金翠，始春而生，四月而凋，与花萼相衰荣。每欲山栖，必先择置尾之地然后止焉。然禁中缀之以为帚，蛮中采之以为翣，甚有烹而为脯为腊者，色可常保乎？鹦鹉驯扰慧利，洞晓言词，官家奇爱之。或教诗文，或授佛号，而未免闭于金笼，搉于鸷鸟，则有韵语又可常恃乎？"余叹曰："常情仕讳归，年讳老，而修微少不讳死，死不讳墓。昔者渊明自祭，乐天自铭，司空图引平时故交，痛饮生圹中。三君子以后，鲜有嗣续高风者，修微达视死生，如昼夜寒暑之序，女史乎？女侠乎？一变至道矣。"

生圹成，诸名士为弹《孔雀经》一卷，供鹦鹉舍利十余粒，并穴置其诗稿百余言，眉道人为之记。

其中，陈继儒记叙了王微很多生动细节。如，王微对父亲的感情极深，出名后，回故乡扬州找到了自己的胞兄，并在哥哥的引领下来到了父亲的墓前。王微“寻获兄，指其父埋骨处，仆地哭失声，延僧作水陆道场凡十五日，以荐父灵。笥中绮繻环瑱，随手立尽矣”。其哭天喊地的痛苦之情，立现眼前，令人不觉潸然。

王微经常提到她母亲，而这个母亲并非是其生母，是买她的鸨婆。她生母的人生悲惨至极，为救丈夫性命而被迫卖掉了自己的骨肉，本是穷极无奈，却又被女儿记恨终身。而这位鸨婆母亲，或许也是青楼出生，一定待王微不错，视同己出。一般而言，养父母买孩子是为了谋生和养老，之所以不肯告诉女儿其真实的家庭背景，就是害怕一旦凤还巢鸟归林，自己落得人财两空。而王微的鸨婆母亲，不仅告诉王微真实家庭背景，还允许她去找胞兄、祭生父，而且花光了笥中资产，说明她并非凶悍恶妇。王微是感恩的，所以她对陈继儒说自己的人生理想，就是“自今伊始，请忏从前绮语障，买山湖上，穿容棺之墟，茆屋藤床，长伴老母”。

王微羡慕孔雀，因为孔雀每每居于山中，要提前为自己物色葬身之地。这就是王微邀请陈继儒撰写《微道人生圹记》的原因。

生圹建成后，年轻轻的王微请来诸名士弹琴，吟唱《孔雀经》。墓穴内供奉十余颗鹦鹉舍利，还有自己滴滴血声声泪的百余篇诗稿。此情此景，让人联想到《红楼梦》中林黛玉，虽是凄惨，自有高格。

两三年后，王微移情别恋，投入到茅元仪的怀抱去了。

吴梅村的弟子朱彝尊在明代诗歌总集《明诗综》的《修微小传》中说：王微“初归归安茅元仪，后归华亭许誉卿，皆不终”。

茅元仪，字止生，是抗倭英雄茅坤的嫡孙，崇祯时曾是兵部尚书孙承宗的助手，官至副总兵，是个书案学者、马上将军的角色，脾气有点儿暴烈。王微与十六岁的金陵名妓杨宛，曾经共同陪伴他在西湖闲居。

双艳比美，而茅元仪一碗水不能端平，格外宠爱着杨宛。朱彝尊在《静志居诗话》中说："（茅）止生得宛叔，深赏其诗，序必称内子。"事实上，王微的诗名比杨宛更盛，却从不被提及。生性高傲的王微吃了醋，决定逃逸，于是藏匿在亲戚金七家三天，最终彻底摆脱掉了茅元仪。[1]

王微离开茅元仪之后，"偶过吴门，为俗子所嬲"。大概是她的美色为自己平添了诸多烦恼，决计委身与人，这才于天启六年后改嫁许誉卿。

许誉卿，字公实，华亭人，万历四十四年进士，在晚明做过虚衔的京堂官，人称许太仆。"许太仆往虞山候钱牧斋，归，与王修微盛谈柳蘼芜近事。蘼芜故姓杨，字蘼芜，云间妓也，能诗，嫁虞山钱牧斋。忽拍案曰：'杨柳小蛮腰，一旦落沙叱利[2]手中。'修微哂之曰：'此易解，渠恐蛮府参军追及耳。'"[3]王微话中有话，恰到好处，也算是对花心不改的许誉卿一番敲打。要知足，知足方能常乐。又："许霞城家居时，相欲以饵致之。道人闻之，蹙然者经日。许问故，道人答曰：'唾溺不同器，恶非其类也，况可与若轻同槽枥。'许揖之曰：'人争笑我为帐中人弹压，苟念斯语，胡得不事如畏友。'"从中能看出王微在家居生活中的威严，许誉卿确实很尊敬她，甚至可谓惧内。

王微亲眼看到了大明帝国的灭亡，成了遗民。临终时，她有些为

1 姚旅《露书》卷四。

2 《太平广记》卷四百八十五，引许尧佐《柳氏传》唐代蕃将沙叱利恃势劫占韩翊美姬柳氏的故事。后人以"沙叱利"指霸占他人妻室或强娶民妇的权贵。

3 李延昰《南吴旧话录》卷二十四。

夫君担忧，就给了许誉卿一把僧人用的戒刀，叮嘱他不要接受清朝俸禄，要做个有骨气的男人。果然，许誉卿不负有情人，他真的出了家，剃发为僧。

董其昌去世后的第十一年，即清朝顺治四年（1647 年），王微下世，时年四十八岁。

五、金陵名妓杨宛

杨宛（1597—1644），字宛叔，一作宛若。明末金陵秦淮名妓。陈寅恪在《柳如是别传》中，推断出杨宛的出生年月大约在明朝万历二十五年，即 1597 年。

万历四十五年，王微已来到金陵，在秦淮河畔的青楼中与杨宛相识，结为金兰姐妹，互称女兄弟。王微与杨宛的交往在许多诗词中得到了反映。张大复在《梅花草堂笔谈》"王微"条中也说："夫（杨）宛叔何为者？而与修微生同时，居同室。"

杨宛十六岁的时候，与王微一起归茅元仪，同为妾。王微的性格刚烈，年龄比杨宛大，资望也深，以大姐大自居，总是指点、批评这位"女兄弟"。钱谦益说："宛与草衣道人（王微）为女兄弟。道人屡规切之，宛不能从。"杨宛很有耐心，自诗云："在床在户身难主，添恨添愁巧自深。"当茅元仪格外宠爱杨宛时，王微受到了冷落，不能忍，于是就逃离了茅元仪。

钱谦益写过《杨宛小传》，云：

杨宛，字宛叔，金陵名妓也。能诗，有丽句，善草书。归茗上茅止生。止生重其才，以殊礼遇之。宛多外遇，心叛止生。止生以豪杰自命，知之而弗禁也。止生殁，国戚田弘遇奉诏进香普陀，还京道白门，谋取宛而篡其赀。宛欲背茅氏他适，以为国戚可假道也。尽橐装奔焉。戚以老婢子畜之，俾教其幼女。戚死，复谋奔刘东平。将行，而城陷，乃为丐妇装，间行还金陵，盗杀之于野。宛与草衣道人为女兄弟，道人屡规切之，宛不能从。道人皎洁如青莲花，亭亭出尘，而宛叔终堕落淤泥，为人所姗笑。不亦伤乎？[1]

董其昌与茅家算得上是世交。茅元仪的祖父是文学大家茅鹿门（茅坤），他的叔叔茅维，是当时著名的收藏家和鉴赏家，与馆师韩世能之子韩逢禧的关系极好。韩逢禧延请茅维记其旧藏，撰写了书画收藏的名篇《南阳名画表》，著有《十赍堂集》诗五卷、文十二卷，乙集诗十七卷、词一卷。天启四年，董其昌七十岁的时候，茅维还写诗祝贺，言辞甚恭。[2]茅元仪属于董其昌的晚辈。

董其昌与茅元仪本人也有着热络的关系。董其昌极喜爱的唐摹本《兰亭序》，即张金界奴本，至少在万历三十六年前就已归董其昌收藏，因为在此年的正月四日，董其昌在家里临摹过，并书曰：临家藏唐摹《禊帖》于瑞环楼。[3]唐摹《禊帖》，即指张金界奴本《兰亭序》。十年之后，董其昌于万历四十六年正月二十二日又临摹了一遍。由于茅元仪的喜欢，董其昌慨然将这本张金界奴本《兰亭序》转让给了他，并跋曰："久藏余斋中，今为止生（茅元仪）所有，可谓得所归矣。"[4]这是他俩直接交往的凭证。这个时候，董其昌已经六十四岁，他与王微已是老相好，而年轻美貌的杨宛17岁才刚刚依附于茅元仪。

杨宛能诗善书，曾汇刻诗词集《钟山献》一书，凡诗三卷，词一卷。清初钱谦益所编的《历朝诗集》中选有十三首。杨宛的草书，尤

1 钱谦益《列朝诗集·闺集杨宛》。

2 《十赍堂集》。

3 郑威《董其昌年谱》，上海书画出版社1989年版，第68页。

4 张金界奴本《兰亭序》现藏台北故宫博物院。

为人所称道。茅元仪为杨宛所作的《钟山献序》中说："宛叔于书则笔冢墨池，衣被划破。"朱彝尊在《静志居诗话》中称她的书法是："于瘦硬见姿媚，逸品也。"但陈寅恪对杨宛的评价十分有趣，云："然则当明之季年，江左风流佳丽，柳如是、王修微、杨宛叔三人，钱受之得其龙，许霞城得其虎，茅止生得其狗。王、杨终离去许茅，而柳卒随钱以死。"可见陈寅恪对她的评价不高。

董其昌是通过茅元仪还是王微认识杨宛的，已不可考，但他十分看重杨宛的书法，称赞说："其书非直娟秀取姿，而迴腕出锋，绝无媚骨。"[1]也可能是他知道了旧好王微也依附于茅元仪，心生醋意，有意抬高杨宛的书法水平来泄愤，以表示自己对王微的失落。谁又能知晓呢。

茅元仪因得罪权臣，于崇祯十二年（1639年）悲愤纵酒而亡。崇祯末年，外戚田弘遇，扬州人，系思宗田贵妃之父，曾经担任游击将军、锦衣卫指挥，后窃权，封左都督。田弘遇南下甄选美人，挑选出杨宛、陈圆圆等美女北归，欲献于崇祯皇帝，但天子忧伤国事，无心逐色。

不久，田弘遇死，遇"甲申之变"。李自成率农民起义军攻进了北京，大将刘宗敏进驻田府，"据杨宛叔言与沅（陈圆圆）同见系于刘宗敏。既而沅为宗敏所挟去"。[2]

没有被刘宗敏看中的杨宛这才有机会化装为丐妇，带了田贵妃之妹逃出了北京，隐于金陵山村。后因盗贼入室，欲奸污田女，杨宛力卫，遂一同被杀。这就是钱谦益所说杨宛被"盗杀之于野"的凄凉结局。

传世的杨宛书法作品甚少，仅见江苏镇江市文物商店藏有她写的

1 《书史会要》。

2 全祖望《鲒埼亭集》。

一幅草书轴，绢本，纵 171 厘米，横 48 厘米，书“眼明竹外如曾到，心许沙鸥卜后期”两句。落款下钤“杨宛之印匕”“宛叔父一”二印，因无参照物，难辨真假。

六、“女状头”柳如是

柳如是与董其昌没有肌肤之亲。柳如是出生在万历四十六年，董其昌已经六十四岁。她出生的那一年，努尔哈赤已经建立后金政权，并且对着苍天痛诉对明朝的“七大恨”，统率着千军万马反明，随后他攻陷了抚顺。二十六年之后，繁华一时的大明皇朝覆灭。红颜柳如是的命运，也因此如花落激流，注定要坎坷。

据现有的资料看，柳如是与董其昌事涉青楼的腻友们关系密切，以此可以折射出董其昌青楼寻芳的背景。

柳如是（1618—1667）早年的资料杂乱，现从陶慕宁先生之说：柳如是“本杨姓，初名云，一名影怜，又名爱。后易姓为柳，名隐雯，字如是。后又名隐，易为是，号河东君。”[1]她出生不幸，幼年即遭辗转贩卖，于崇祯元年（1628 年）为江南名妓徐佛收养。徐佛家在南直隶苏州府的吴江盛泽镇，她就是在那里长大的。盛泽是个名镇，当时以轻纺织业出名。满街是酒肆朱楼，灯红酒绿。

十四岁的柳如是簪花出阁，嫁与年逾花甲的内阁首辅、大学士周道登（？—1632）为侍妾。周道登是个有些古怪的老学究，个性谦和而木讷，有时还很愚蠢。这样的人居然能够当上崇祯朝的内阁首辅，史料上记载说他得益于抽签，似同大馅饼由天而降砸中他的脑门，这在历史上也极为罕见。

周道登致仕后把柳如是当成了玩偶，置之于膝，教她吟诗学文，

1 陶慕宁《青楼文学与中国文化》，东方出版社 1993 年版，第 181 页。

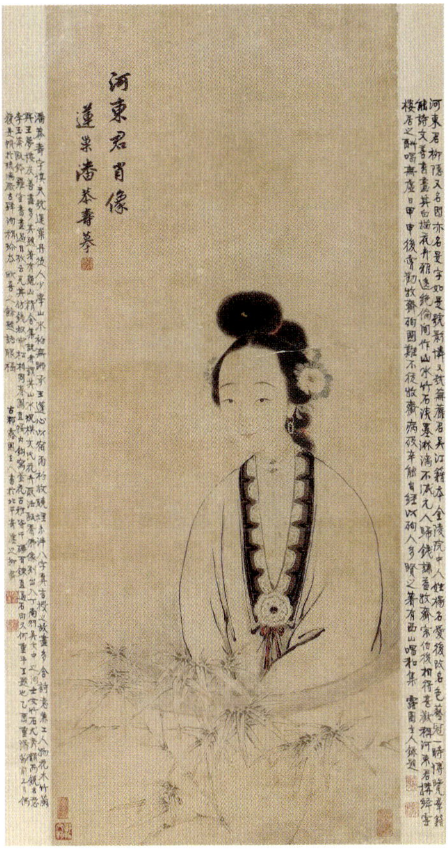

沈宗骞《柳如是小像》

说古道今，很是得宠，这让周道登其他妻妾们醋意大发，怀恨在心。周道登成仙去世后，柳如是被迫下堂，被卖进青楼的命运也就无法改变。明崇祯五年（1632 年）她流落松江，自号“影怜”，看上去有浊世自怜之意，其实却不然。柳如是确实是个年龄不大，野心不小的人。她的择婿标准：年龄不是问题，郎君的名气须足够大，极享威望。

晚年董其昌的名气不小，似乎够格有余。柳如是流落松江时，是她一生中距离董其昌最近的时刻，而且她与陈继儒有交游，也不能排除与董其昌碰过面，可是董其昌不是她的目标。为什么？因为她已有心上人。

黄裳先生说，柳如是离开松江，“后来禾中，初挑陈卧子，更识张天如，皆当时清流眉目、执党社牛耳者。后移居湖上，交汪然明”[1]。陈卧子即陈子龙[2]，松江华亭人，此人与董其昌相识于崇祯二年，是董其昌的学生辈。张天如即张溥，都是复社、东林党人的领袖。汪然明就是董其昌和陈继儒的密友、新安徽商汪汝谦。陈子龙怕因为家累而顾虑太多，扭捏着不肯收她，而敢爱敢恨的柳如是倒也爽快：“柳恚（恨），登门詈陈曰：‘风尘中不辨物色，何足为天下名士！’”[3]这一骂，赢得古今一片叫好声。

黄裳先生说得直白：汪然明就是柳如是的“男朋友”，而柳如是写给汪然明三十一封信札就是“情书”。信中柳如是自称为“弟”，称汪为“先生”。柳如是出版的《尺牍》和《湖上草》都是汪然明掏腰包为她刊印，而《湖上草》内容就是这三十一封“情书”。从信札中可见汪然明为人处世的性格，侠义而豪爽，所以他虽是遭人蔑视的商人，依旧拥有上至大儒名流下及青楼名妓的众多至友。

柳如是《尺牍》中的《踏莎行·寄书》，为其最具词文风格的代表作：

花痕月片，愁头恨尾，临书已是无多泪。写成忽被巧风吹，巧风吹碎人儿意。

1 黄裳《绛云书卷美人图：关于柳如是》，中华书局2013年版，第127页。

2 陈子龙为崇祯十年进士，论功擢兵科给事中，命甫下而明亡，继而任南明弘光朝廷兵科给事中。清兵攻陷南京，他和太湖民众武装组织联络，开展抗清活动，事败后被捕，永历元年(1647年)五月十三日投水殉国。

3 余怀《板桥杂记补》。

半帘灯焰，还如梦水，销魂照个人来矣。开时须索十分思，缘他小梦难寻视。

柳如是文才卓著，被文人们誉为“女状头”，在青楼独占鳌头，不是虚言。

时诸生徐士俊写有《初三日与柳姬闲话》之“菩萨蛮”[1]，是这样的：

风流名字逢人剪，澹浓影里烟丝软。无处话相思，投怀一卷诗。樱桃红欲绽，着在卿卿面。日午正三眠，愁他催上船。

仙源隐者应如是，桃花引惹渔郎至。一笑不相亲，再来何处寻？春城寒食句，青满章台路。休道柳如眉，月痕今似谁。

徐士俊垂青柳如是，大有一往情深之意，但柳如是怎会看得上这位一生五次乡试皆未中的读书人呢？逢场作戏可以，婚嫁则免谈！柳如是内心当如是。

二十二岁的柳如是，最终如愿以偿嫁给了“学贯天人”的五十八岁的钱谦益，时在崇祯十三年（1640年）冬。这对老夫少妾的确过了一段神仙好日子，还在西湖畔筑“绛云楼”而居，甚至有房中对答流出：“我爱你乌黑头发白个肉”“我爱你雪白头发乌个肉”。[2]肉麻归肉麻，这属于人家的隐私。青楼诗人柳如是后来写成了这样的文字：“春前柳欲窥青眼，雪里山应想白头。”[3]

柳如是为人豪爽大度。黄宗羲年轻时游学钱家，钱谦益想留他读

---

1 徐士俊《雁楼集》。徐士俊是明末清初仁和人。辛亥革命后，钱塘县与仁和县两县合并为“杭县”。

2 王应奎《柳南随笔》。

3 柳如是《奉答牧斋》。

书，而黄宗羲因家累十分为难，不肯。入夜，钱谦益为解他家忧愁，拿着七两银子赠送黄宗羲，并说这是内子柳如是的一点心意。黄宗羲因此感恩终身。七两白银，在当时是一笔不小的钱财。

康熙三年（1664年）五月二十四日，钱谦益去世。柳如是遭遇鼠辈围剿，乡里族人聚众欲夺其房产，而柳如是奋起抗争。为保钱家产业，她竟用缕帛结项自尽。柳如是给唯一的女儿留下了绝笔书，就是有名的《柳夫人遗嘱》，云：

汝父死后，先是某某并无起头，竟来面前大骂。某某还道我有银，差遵王来逼迫。遵王某某皆是汝父极亲切之人，竟是如此诈我。钱天章犯罪，是我劝汝父一力救出，今反先串张国贤骗去官银官契，献与某某。当时原云诸事消释，谁知又逼汝兄之田献与某某。赖我银子，反开虚账来逼我命，无一人念及汝父者。家人尽皆捉去，汝年纪幼小，不知我之苦处。手无三两，立索三千金，逼得汝与官人进退无门，可痛可恨也。我想汝兄妹二人必然性命不保。我来汝家二十五年从不曾受人之气，今竟当面凌辱。我不得不死。但我死之后，汝事兄嫂如事父母。我之冤仇，汝当同哥哥出头露面，拜求汝父相知。我诉阴司，汝父决不轻放一人。垂绝书示小姐。[1]

文中“汝兄”指钱儒饴；“小姐”是指其女儿，名小照，是年十四岁；“官人”指女婿赵管，时年十七岁，无锡赵玉森编修之子。此举之悲壮，足可见柳如是的勇敢与无畏，羞煞须眉。

如此亲友，甚至还包括钱谦益的学生在内，在这帮恶棍的威逼之下，一代青楼才女就这样以决绝的方式结束了一生。享年四十九岁。

柳如是死后葬于虞山佛水山庄，与夫君钱谦益为伴。

1 《钱氏家难》。

七、谜一样的黄爱春

董其昌写了一首七言律诗，收录在《容台集》里，名《赠黄爱春》：

桃花渡口竹园黄，一抹宫云淡晓妆。
谁信蓬莱会清浅，阖闾城外即沧桑。

这个黄爱春是谁？至今仍是一个谜。从诗中看，黄爱春不是那种倚门卖笑的风尘女子，而且董其昌能够与她坦诚交心，像一个敢讲真话的老友，所以董其昌在与她分手之际意味深长地提醒说："谁信蓬莱会清浅，阖闾城外即沧桑。"这里的"清浅"，表示银河之意，又有几分暧昧的味道。

诗中所言"阖闾城"，当是指春秋时期"子胥筑城"之阖闾城。根据现代考古发掘，阖闾城遗址位于江苏常州雪堰镇城里村与无锡胡埭镇湖山村之间，占地约百万平方米，为春秋中期城池的遗址。春秋末，吴国国君光，找来杀手专诸藏匕首于鱼腹中进献，刺死了吴王僚，杀手也当场毙命。吴光自立为王，曾伐楚入郢，后在槜李（今浙江嘉兴西南）为越王勾践所败，重伤而死。[1]

这位黄爱春者，应是明末清初女诗人黄媛介。证据有下列几条：她是董其昌腻友汪然明的好友，也是董其昌红颜知己王微的姐妹，与柳如是等来往极密，经常投宿在青楼；黄爱春家贫，她游走江南的时候，正是董其昌频繁狎游江南青楼时，所以他们有条件在这段并不宽阔的时空里相见、相识；而且，董其昌说黄爱春的衣着打扮"淡晓妆"，符合黄爱春的身份；此诗中所引用的典故，似乎都与黄爱春的

1 《史记·吴太伯世家》。

家乡背景有着某种隐秘的联系。这只是个大胆猜想。我们知道黄媛介字皆令，一作介令，秀水（今浙江嘉兴）人，但是我们并不知道她其他的字号，而“爱春”之名，是不是就是黄媛介的号?

黄媛介的家庭很一般，也就是士人平民。其姊黄皆德，嫁相国朱氏之孙、贵阳知府朱茂暻（字茂时）为妾。

年方十岁时，她就被父母许配给嘉兴同邑士人杨元勋（世功）为妻。及至十五岁，黄媛介“笄年”成人，可以嫁人时，老实巴交的杨世勋还是混不出个模样来，仅以买卖畚箕为生，家贫而不能娶。女方父母担心闺女的未来，曾劝黄媛介改批八字，重选夫婿，而黄媛介“誓不可”。

黄媛介有个哥哥叫黄象三（山），有文名，读书时，她就在一边偷着学。施闰章撰《黄氏皆令小传》曰：“介性淑警，闻兄鼎读书声，欣然请学，多通文史。”[1]命运弄人，结果是，妹妹黄媛介的文名要远远大于其兄黄象三。吴伟业赞赏她是“江夏只今标艺苑，无双才子扫眉娘”[2]。钱谦益细读了黄媛介的诗作，对爱妾柳如是这样说：“草衣之诗近于侠。”而柳如是显然偏爱黄媛介，则说“皆令之诗近于僧”。[3]

既成家，而丈夫杨元勋却不能立业，生活重担只能由黄媛介柔肩担负，所以她乞食于公卿之家。她曾为附庸风雅的名媛代笔，可是日子依然艰难。会稽祁大中丞商夫人赠诗云：“今朝把臂怜同调，始信当年女校书。”王渔洋题其扇，落句云：“今日贞元摇落客，不将巧语忆秋娘。”表面上，大家都在夸赞黄媛介的诗情才学，可总让人联想翩然。当时人传其有失身之玷，作《离隐歌》示其兄。今人推测其

1 《南华馆集》之施闰章《黄氏皆令小传》。

2 吴伟业《题鸳湖闺咏四首之一》。

3 钱谦益《牧斋初学集》。

被卖至青楼，为友人赎出，然未见记载。

不过，黄媛介的社交圈子的确很复杂，她与名妓王微、柳如是以及著名的青楼赞助人汪然明等人的关系，实在是好。黄媛介存世的《南华馆集》中有许多诗篇就是赠送他们的。如，致汪然明之《次汪然明先生代西子赋答张樵明明府原韵二首》；致王微之《汪夫人招集湖舫即席和韵》和《七夕汪夫人湖舫宴集，即席和韵》；以及《眼儿媚（谢别柳河东夫人二首）》。她和青楼人等交谊深厚，过于常人。这是不争事实。

董其昌写的《赠黄爱春》，无论怎么看，这位黄爱春就是黄媛介！遗憾的是暂时还找不到明证，姑且只能为假说。

假如，黄爱春就是黄媛介的话，那么就可以推定董其昌写这首诗时，是在黄媛介新婚不久之后，其年纪约为十五六岁。这首诗写实，简直如大白话：这是个秋天，树叶儿已经泛黄。他俩相逢的地点是在桃花渡口的竹园。早晨起床之后，董其昌端详着正在梳妆的她——出水芙蓉，全无雕饰。回忆起昨夜的谈话，黄媛介一定述说了自己困顿的处境，希冀大师董其昌能够替她指出一条人生的阳光大道。

针对黄媛介与丈夫杨元勋的婚姻状况，董其昌如其父辈一样，苦口婆心，还劝她不要痴迷于男欢女爱之事，因为社会生活毕竟是很现实很无情又很沧桑的！董其昌的这番叮咛，不幸而言中。对照黄媛介的坎坷生平事，董其昌之言恍如出自预言家之口。

黄媛介在《意中缘·又序》中说："不慧自长水浮家西湖，垂十年所矣。湖曲一椽，日与落照晚峰相狎。……每叹许大西湖，不能生活一担簦女士。……然而三十年前，有林天素、杨云友其人者，……先后寓湖上。藉丹青博钱刀，好事者时踵其门。即董玄宰宗伯、陈仲醇征君，亦回车过之，赞服不去口，求为捉刀人而不得。今两人佩归月下，身化彩云久矣。笠翁（李渔）……雅善填词，闻其已事，……谓邯郸宁耦厮养？新妇必配参军！鼓怜才之热肠，信钟情之冷眼，招四人芳魂灵气，而各使之唱随焉。奋笔缔章，平增院本家一段风流新话。使才子佳人，良愿遂于身后。……抑造物者亦有悔心，特倩文人补过耶。”

她显然没有忘却董其昌，在言及“董玄宰宗伯”时，态度是恭敬的，至于“平增院本家一段风流新话”句，用意更深。看似否定了董其昌与杨云友的故事，却可认为是曲笔，与陈继儒撰写董其昌生平时一笔抹杀杨云友的故事如出一辙，是为了避讳。

晚年，身在清初顺治年间的黄媛介，备受失亲的悲痛与折磨。她被石吏部强致为女师，舟抵天津，而儿子德麟溺死；次年，女儿本善又夭，黄媛介愤懑南归。过江宁，佟夫人留养于僻园，半年而卒。

晚明的名妓，许多人不知所终。“名妓能够独领风骚的时间往往十分短暂，一般不过三五年便销声匿迹，大抵不出为财势之辈买去做妾的下场。如果不能急流勇退，尽早抽身，一旦铅华却去，车马渐稀，则不免求为商人妇而不可得。”[1] 而且她们的生命短暂如流星，如王微、董小宛、卞赛之妹卞敏等皆薄命，那些不知所终的名妓，可能与她们的穷病与服用所谓的养颜药物有关。

古代女人们为了争宠，常常要靠药物来养颜，最常用的养颜药叫“香肌丸”。《金瓶梅》中描述过类似的“香肌丸”，其原料就是麝香、人参、鹿茸等名贵药材，配好之后，贴附在女人的肚脐上。美若天仙的赵飞燕和赵合德姊妹，就用过此药，结果不仅永远丧失了生育能力，而且也都短寿。姐姐赵飞燕只活了四十四岁，妹妹赵合德只三十八岁，吐血而死。[2]

类似“香肌丸”的药物，似乎在宋代就已经在青楼名妓中普遍使

1　陶慕宁《青楼文学与中国文化》，东方出版社 1993 年版，第 173 页。

2　伶玄《赵飞燕外传》。

用，到了明代也如此。

还有更为剧毒的药物，如水银（汞）和砒霜。在古人的眼里，食用少量的水银和砒霜不仅可以避孕，还可以驻颜，以致具有返老还童的功效。方士们提炼的长生不老药中大多含有此物，甚至献给皇帝服用。比如明代万历皇帝的祖父嘉靖皇帝，就信奉道教，求炼长生不老的仙丹。而所谓长生不老的“仙丹”，是由妇人经水、秋石、人乳、辰砂等物调制而成。辰砂就是含硫化汞的矿物，据现代科学仪器检验，其含汞量为 86.2%，是提炼汞最主要的矿物原料。水银和砒霜这类剧毒物，都可使女性患上月经失调、大脑损伤、肾功能衰竭以及不孕症等，而小剂量的水银还可杀死腹中的胎儿。为了避孕，青楼妓女忍受了极大的痛苦，乃至付出了生命的代价。这可能是解释青楼红颜薄命的恰当理由。

我们只知道董其昌有四个儿子，却不知道他有多少个女儿，而这四个儿子均是同父异母兄弟，也就是说，在华亭的家里，除了原配龚氏之外，董其昌至少还应有三位妾，充填他的侧室。

董其昌在外面寻花问柳，四处游玩，乐得逍遥。回到家里，他还需安顿好后院，对妻妾们做好抚慰工作。

怎么抚慰呢？就是尽量满足她们的要求。《读画录》记载：“董文敏最矜慎其笔墨。有请乞者，多请他人代之；或点染已就，僮仆以赝笔相易，亦欣然为题署，都不之计。家多侍姬，各具绢素索画，稍倦则谣诼继之，购其真迹者，得之闺房为多。”[1]

后来原配龚氏年纪大了不管事，董其昌另有一位王姓的妾，是个厉害的角色，当起了房长，管理着董府的家院。

李延昰在《南吴旧话录》里记载：“董玄宰皈心禅学，而如柳枝、朝云辈犹在左右。房长王氏者，才而妒。一婢捧茶至，玄宰偶目之。房长蕴怒，明日借他事呵责，且禁其饮。玄宰适与僧题义井疏，闻

1　王永顺《董其昌史料》，华东师范大学出版社 1991 年版，第 337 页。

之，挟疏遽入，第曰：'略以茗汁可耳！' 王曰：'尚书内外好建义井，得无太劳？' 玄宰出，谓人曰：'周益公固自不可友！'"[1]

从这则史料里我们可以看到，到了晚年，董其昌依然花心不改，家里妻妾成群。

1 王永顺《董其昌史料》，华东师范大学出版社1991年版，第339页。

第九章

大宗伯

一、《秋兴八景》与红丸案

万历四十八年“八月朔前一日”，董其昌乘着他的书画船在江南继续游走。

在船上，他完成了著名的《秋兴八景》册页[1]创作。这套册页八开，前后画了一个多月，至“九月重九前一日”完成。董其昌以其擅长的笔墨技法，描绘了自己所崇尚的山水景致，不仅他本人对此十分满意，后世的观者也认为，这是董其昌程式山水的典范之作。从其落款的地点看，可知他此时正往来于瓜步、京口、吴门间，即今日镇江至苏州的水路上。

这时，他正面临着一个特殊的历史时期。

创作前十天，即公元1620年8月18日，万历皇帝朱翊钧驾崩，终年五十八岁，庙号神宗，谥号“范天合道哲肃敦简光文章武安仁止孝显皇帝”，葬于北京十三陵之定陵。这就是我们今天唯一能够深入地宫游览的、位于北京十三陵的明代皇帝陵墓。

皇帝生前所居住的地方，被称之为宫，死后安眠于陵，也称地宫。皇帝们大多有个通病，就是妄想自己在死后依然能享受到生前的荣华富贵，所以在陵墓的修建与殉葬品的选择上都十分奢华，因此耗资巨大。定陵于万历十二年即开始动工，历时六年完成，共耗用国库

---

1 至民国年间由庞莱臣收藏，现藏上海博物馆。

白银八百万两。[1]

万历皇帝与宫女所生的皇太子朱常洛，在兢兢业业又胆战心惊地过了数十年之后，终于步入金銮殿登基，坐上了龙椅，成为一国之君。是年八月初一日，即公元1620年八月二十八日，改年号为泰昌。

朱常洛继位时年方三十八岁，不仅年轻气盛，且雄心勃勃。即位之初，他就采取了一系列旨在缓和国内矛盾、笼络官兵、团结人心之举。其一，他下令“废矿税”，罢免全国范围内的矿监、税使，停止任何形式的国家征税活动。因为在万历朝，皇帝为增加税收而大量派遣太监外出，到处搜刮社会财富，导致中央与地方、官府与民间产生激烈对抗，所以泰昌帝的“废矿税”诏书一经颁布，朝野欢腾；其二是“饷边防”，即泰昌帝借万历遗诏的名义，发放钱币百万，专门犒劳边防将士，并派人前往监督，不得擅自将库银挪作他用；其三是“补官缺”，重新启用那些卸官归田的旧臣，或因言获罪的大批官员，其中包括董其昌的好友、旧辅臣叶向高以及董其昌的同学袁可立等人。这些措施，充分体现了泰昌帝的政治雄心，那就是要修正万历朝的弊端，开创时代新局。

朱常洛继位后，不忘旧情——想当年，父皇瞧不起他，郑贵妃敌视他，幸得上下群臣的力挺，他才保住了皇太子的尊号。特别是在自己出阁就读之际，师傅董其昌更是尽心竭力，爱护有加，所以他屁股刚刚坐上金銮宝殿龙椅，就想起了董师傅：“我当年的老师董先生现在哪里？”[2]

皇帝身边的人，岂敢怠慢？于是赶紧去吏部翻档案，选择官位，

---

1 新中国成立后，于1956年至1957年对定陵地下玄宫进行了完整的考古发掘，并于1959年在原址上修建定陵博物馆。这是北京明代十三座皇陵中唯一被考古发掘的陵墓。1966年“文化大革命”期间，作为“牛鬼蛇神”象征的万历皇帝及两位皇后，也遭革命群众的“批斗”，尸骨被焚。可怜身后一捧灰，不如粪土沃桑田。

2 转引于董其昌《引年乞休疏》。

准备给董其昌挑一把恰当的官帽椅坐坐。《明史》载："光宗立，问：'旧讲官董先生安在？'乃召为太常少卿，掌国子司业事。"[1]朝廷之上，当然也不缺董其昌的同年及好友，他们连夜传话，让董其昌做好进京的思想准备。这种跑风漏气之举，除了出于友情而示好之外，也为日后索要董其昌的墨宝打好了伏笔。

泰昌皇帝本是体弱之躯，可他偏又贪好美色。白天应付皇上这堆工作已经很累，晚上还要加班临幸后宫佳丽，云雨作乐，而且天天如此。他这小身子骨岂能经得住如此折腾。再加上皇帝身边从来不缺溜须拍马之徒，整天进献一些乱七八糟的"保健药"，效果适得其反。几天下来，在朝臣们"万岁万岁万万岁"的山呼海啸声中，龙体健康状况反而一路下滑。

这期间还发生了一桩著名的红丸案，核心人物就是神秘的太监崔文升。

在光宗朱常洛即位后，崔文升擢为司礼监秉笔，主管御药房。显然，大内的"政审"工作是有瑕疵的，因为崔文升本是新皇上的政治对手皇贵妃郑氏的亲信内侍。父皇朱翊钧在世时，郑贵妃依仗着万历皇帝的宠幸，为让己出的儿子福王朱常洵继承皇位，对皇太子朱常洛百般打压，甚至还派人搞暗杀，演出过著名的"梃击案"[2]。案发后，舆论哗然，只因郑贵妃得到万历皇帝的保护，才幸免被追究。

泰昌皇帝患病后，郑贵妃指使崔文升让皇帝服用"通利药"，即中药大黄。大黄是泻药，所以朱常洛一昼夜连泻三四十次，身体极度虚弱，处于衰竭状态。廷臣们知晓内情后，对崔文升进行猛烈地抨

1 《明史》卷二百八十八。

2 这是晚明的疑案之一。明万历四十三年，有个名叫张差的人，手持木棒闯入太子朱常洛的居所慈庆宫，并打伤了守门太监。张差被审时，供出是郑贵妃手下太监庞保、刘成引进入宫的。时人因此怀疑郑贵妃想谋杀太子。但神宗不想追究此事，结果以疯癫之罪公开处死了张差，又在宫中密杀了庞、刘两太监，匆匆了结此案。最后，神宗不得不放弃立福王为皇太子，而太子朱常洛的地位也因而稳固。

击。给事中杨涟说："贼臣崔文升不知医……妄为尝试；如其知医，则医家有余者泄之，不足者补之。皇上哀毁之余，一日万几，于法正宜清补，文升反投相伐之剂。"杨涟认为，朱常洛本来身体就虚弱，应当进补，而崔文升反而用泻药，其心叵测。朱常洛生母王氏家等外戚们也都认为，其中必是阴谋。

八月二十八日，泰昌帝朱常洛自觉身体很差，下令将崔文升逐出皇宫，并传召英国公张唯贤、内阁首辅方从哲等十三位大臣进宫，让皇长子出来见他们。"先帝即顾皇上，命臣等辅佐为尧、舜。"[1] 皇上大有托孤之意。这种场面庄严肃穆，实在感人。

第二天，鸿胪寺丞李可灼又来给皇上呈献一丸"仙丹"。太监们不敢做主，立即禀告内阁首辅方从哲。方从哲一听便说："彼称仙丹，便不敢信。"[2] 皇上问："有鸿胪寺官进药？"方从哲答："鸿胪寺丞李可灼自云仙丹，臣等未敢信。"

…………

董其昌完成《秋兴八景》的时候，是"重九前一日"，也就是九月初八日。此时他身在千里之外，当然不清楚宫廷内部已经乱作一团，也不清楚这位高贵的学生、新皇帝圣体居然如此糟糕。但他料想，新皇帝一定会按照惯例，召唤他回京，使之重入庙堂。

此年已经六十五岁的董其昌，可谓阅尽人间沧桑，面对自己的学生已君临天下的喜讯，心情却显得格外平静。我们在《秋兴八景》上的题跋中，看不到他的笑逐颜开，看到的反而是他对自己历年来的反思。

董其昌回首经年往事，首先谈到了他自己的名画收藏。他在《秋兴八景》第一开上题跋曰："余家所藏赵文敏画有《鹊华秋色卷》、

1 《明史》卷二百四十。

2 同 1。

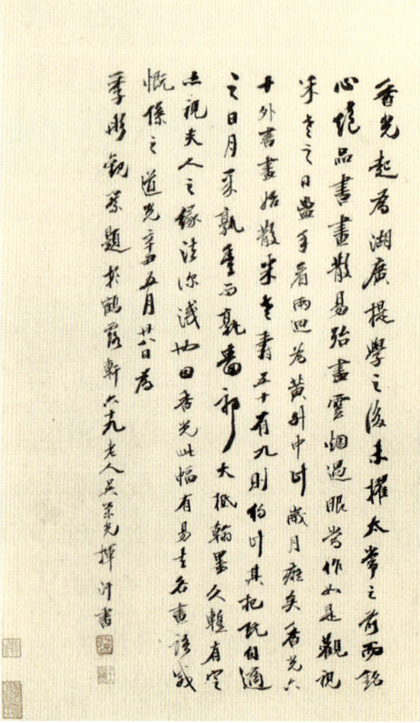

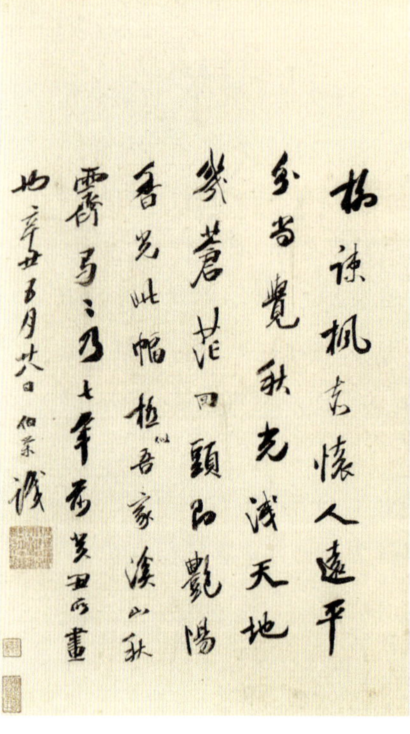

董其昌《秋兴八景》纸本设色，纵 53.8 厘米，横 31.7 厘米，现藏上海博物馆

《水村图卷》、《洞庭两山》二轴、《万壑响松风》、《百滩渡秋水》巨轴及设色《高山流水图》，今皆为友人易去，仅存巨轴《学巨然九夏松风》者。今日仿文敏笔并记。”董其昌的题跋十分平实，可是我们联想到他所珍爱的这些名画已经易手，其实他很难过，心似滴血。

按照常理说，董其昌手头缺钱，应该把自己的藏品卖给画商才更易变现，因为画商面对文坛盟主董其昌，给的价钱不可能很低。但是，他偏偏没有卖给画商，而是转让给了自己的好友。一般来说，卖给好友的价钱不能太高，也不好意思索取高价。

董其昌为什么要这样做？关键之处在于他不想把自己珍爱的藏品卖给不信任的人，因为这些名作一旦落入射利贾竖之手，就像自己的女儿许错了人家，明珠暗投。而董其昌的好友购藏了这些画，绝不会轻易出手，董其昌还可以随时再见到这些名作。由此可见董其昌对这些庋藏的名作确实难以割舍。

在董其昌看来，《鹊华秋色卷》和《水村图卷》是赵孟頫的代表作，十分珍贵难得。他把赵孟頫《鹊华秋色卷》转让给了同年好友吴正志。吴正志从董其昌手中购藏的名作，还不仅于此，董其昌收藏的黄公望名作《富春山居图》也是被他收藏的。董其昌又把自己收藏的赵孟頫《水村图卷》以及王维《雪溪图轴》转让给了程季白[1]。吴正志和程季白都是有名的收藏家，也是自己信得过的人。董其昌说他俩得到了自己的藏品：“余无复失弓之叹！”[2]

---

1 程季白是徽州新安的收藏家，也是古董商，与董其昌、汪珂玉、李日华均有交往。吴其贞称其“笃好古玩，辨博高明识见过人，赏鉴家称焉，所得物皆选拔名尤”。而李日华《六研斋笔记》中说季白藏有唐人韩干《五牛图》。画家王时敏亦曾借观过他所藏的王维《江山雪霁图》。程季白死后，其子程明诏继承家产，收藏虽不如前，但依旧十分富足。家藏有“汉玉器、项氏所集图章百方，皆各值千金者”。吴其贞在徽州到过他家中，并看到了王维的《江山雪霁图》，以及李唐的《晋文公复国图》、翟院深的《雪山归猎图》、赵孟頫的《水村图》手卷、唐初摹本王羲之《行穰帖》、王蒙的《秋丘林屋》题记等。董其昌于万历四十六年收藏的李成《晴峦萧寺图》，就是从他手上购得的。

2 《石渠宝笈初编》卷二十八《赵孟頫水村图卷》。

关于自己的人生观，董其昌在第四开上录写了元人白朴的《沈醉东风·渔夫》，以抒怀："黄芦岸白蘋渡口，绿杨堤红蓼滩头。虽无刎颈交，却有忘机友。点秋江白鹭沙鸥，傲杀人间万户侯，不识字烟波钓叟。"其中，"虽无刎颈交，却有忘机友"与"傲杀人间万户侯，不识字烟波钓叟"显然是董其昌最为喜欢的字句。对照董其昌一生事迹，此言印证了他为人处世的基本原则，尤其是面对背景复杂的官员们，他始终以"保持距离、以策安全"的谨慎态度处之。

可是，董其昌完全没有预料到的是，新皇帝朱常洛的身体竟然如此不争气！

八月二十九日，新皇帝自知命在旦夕，遂抱着试一试的想法，命李可灼入宫献药。到中午时分，李可灼调制好一颗红色药丸，让皇帝服用。朱常洛服完红丸后，激赏李可灼："喜曰：'忠臣，忠臣！'"[1] 感觉极好，还让内侍传话曰："圣体用药后，暖润舒畅，思进饮膳。"可是到了九月二十六日，朱常洛却四脚朝天，一命呜呼了，葬明十三陵之庆陵。

万历皇帝朱翊钧和泰昌皇帝朱常洛父子的血统，在封建士大夫的眼里都有点"瑕疵"，即都是宫女所生，但他父子俩，却开创了明代两项纪录：父皇朱翊钧在位四十八年之久，是整个明朝在位时间最久的皇帝；而泰昌皇帝朱常洛八月一日即位，九月二十六日驾崩，在位时间仅仅一月余，史称"一月天子"，是明朝在位时间最短的皇帝。反差之大，叹为观止。

人们联想到一个月以前，朱常洛在登基大典上"玉履安和""冲粹无病容"，就是说从皇上行走的步态、面色上看都很健康，没有任何疾病的征兆，于是就怀疑起崔文升的"通利药"和李可灼的"红丸"，猜疑他俩有"弑君"之罪，并推断背后的主使就是红颜祸水郑

1 《明史》卷二百四十。

贵妃。时任礼部尚书孙慎行、左都御史邹元标、给事中惠世扬等纷纷上书，要求弹劾郑贵妃以及内侍太监崔文升、李可灼，尤其是崔文升和李可灼俩人，“罪同弑逆”。[1]这可是诛灭九族之弥天大罪！但由于当时党争激烈，廷议纷乱，对立的双方吵吵闹闹，“敌人拥护的我就反对”，所以没能形成统一的意见——而事实上也找不到置人死地的铁证。

被泰昌皇帝赶出禁宫的大太监崔文升，一直混迹在皇宫后门地安门一带，那里自明初以来就是太监们的集散地。穷人想当太监，得先接受宫刑，然后就来地安门找熟人推荐进宫；老弱病残的太监则被内宫放出，也蜗居在这里。幸运的老太监退休后，可能会得到皇上或者皇后的特殊关照，赐予某位年老珠黄的宫女，让他俩搭帮过日子，称之为“对答”，也住在地安门。崔文升后来得到了同类魏忠贤之流的关照，只发遣去了留都南京，而李可灼却惨了一点，去“遣戍”，即流放到荒蛮的边疆去“保卫国家”。

董其昌极为重视这套《秋兴八景》册页，在为每一开画作了题跋之后一直携带在身，直到最后才交给了他的三子董祖源珍藏。[2]

二、与米万钟相聚于常州

董其昌晚年官运亨通，有“三起三休”之说，即指董其昌在天启二年到崇祯七年的十二年间，三次被朝廷起用又三次乞归。然而，董其昌每一次乞归之后，再起时获得的官爵越来越高，荣誉的光环也越来越夺目。

董其昌的“第一起”恩召是在泰昌元年的八月间，被泰昌帝朱常

1 《明史》卷二百四十。

2 《秋兴八景》每一开上都有收藏章“男祖原珍藏”。祖原即董其昌三子季苑，也称祖源。

洛召为太常寺卿，掌国子司业事。但董其昌十分善于观察政坛，知道宫廷内外的斗争正酣，因此没有急于拍马前去蹚浑水，而是慢悠悠地等待进京的时机。果不其然，一个月后，他那已经当上皇帝的学生就一命呜呼了，这就更需要细心辨别政治风向，见风使舵。

董其昌这个人很奇怪，他骨子里对当官并无兴趣，一生中多次断然拒绝接受乌纱帽。如万历二十六年，他才四十四岁，被任命为湖广按察副使；万历四十一年，年五十九岁，他再次拒绝出任山东副使、登莱兵备、河南参政等职位，官职都不小。然而在他接近古稀之年的六十八岁高龄，却又要怀着忐忑不安的心情去赴任。

这种人生道路的转轨，其动力显然来源于对"民抄董宦"事件的反思：一个在野的旧官僚，无论你的才艺多么出类拔萃，威望多高，对历史做出多大贡献，可在中国的现实社会里甚至抵不上现管的小吏。封建集权在对内统治时的权力具有无比的野蛮性。而董其昌之复出，表面上看是对朝廷乃至政权的认同和回归，本质上是文人争取人格独立的失败，说明在中国封建体制之下，即使在晚明这样相对宽松的社会环境里，也不能对一个即使是德高望重的文人予以保护。文人的尊严和自由，如同名贵的瓷器，一触即碎，毫无自卫能力。

在赴京之前，董其昌先去江南溜达了一圈，为自己做了细心的安排。

中秋前，他带着门人赵希远[1]去了趟京口，会见好友张修羽。赵希远回忆说："辛酉秋，余同宗伯董玄宰公至京口访张修羽，见其所藏黄子久《浮峦暖翠》，章法、笔法、墨法与诸作迥绝。宗伯云：'我所见黄子久画，不下三十幅，要知此幅为第一。'属余收缩小幅，以

1 赵希远，即赵迥，又作泂，华亭人，董其昌的学生。杨逸《海上墨林》上说：赵泂，字希远，华亭人。博学，能文。董其昌、王时敏皆折节下之。福王时杨文骢作书招泂，泂曰："国事危如累卵，而君犹姑为乐，此亡征也。"复书谢之。晚年以书、画自娱，绝意进取，移居邑西之梅花源与沈求为友，遂终焉。

便随身展观。修羽有别业在城南，中有三层楼可望江帆茂，因诸山名胜，四面旋绕，余从容临摹其间，心境闲旷，颇得领略《浮峦暖翠》趣向。修羽间出示所藏鼎彝、古玩及宋、元人名迹与国朝文、沈诸家书画，种种不一，余不暇一一记之。”[1]董其昌在张修羽家住了几天，不仅观赏了张修羽的收藏，还为张氏藏王羲之《瞻近帖》、沈周《东庄图册》作了题跋，离别时还画了《山水扇面》相赠。

之后，董其昌又去了无锡、苏州和杭州。

到杭州时，他是否见了那些熟悉的青楼名妓，未尝可知，不过如汪然明、高濂这样的好友，他一定会去拜见。在与朋友们作揖道别时，他也把平时所欠朋友们的笔墨债，一一偿还，如天启元年十月八日“为伯施书”《法虞永兴·徐季海书册》。[2]

这样溜达了一圈，董其昌又回到了华亭家中，开始整理自己的书房。他对自己在舟中所写的《七言律诗册》似乎很满意，“付祖常收之”。[3]祖常是他的二子，在“民抄董宦”时受到的冲击最大，而董其昌此时把自己心爱的诗篇送给他，应该有些特殊的含义；早在五月十三日，是他的母亲沈孺人的忌日，他创作了《仿古三种册》，目的是“愿流布世间，一切诵持者皆悟明本来，绍隆大法，荐资冥福，离苦得乐者！”[4]他取出来诵读，然后去父母亲的画像前点炷高香，祷告一番。

天启元年年底，朋友们来董府看望他，正好碰上了新安收藏家程季白再次带着王维《江山雪霁图》来请董其昌鉴赏题跋。于是董其昌乘兴挥毫，在诗塘上题跋道：“天启元年，岁次辛酉。程季白重携此册至至余斋中，适楚中王幼度，吾郡陈仲醇、吴君杰、杨彦冲、张

1 《画史会要》卷五。

2 《墨缘汇观》法书卷下。

3 《石渠宝笈初编》卷二十八。

4 同3卷十。

世卿，姑苏杨仲修同集，纵观永日。各以为奇观，咄咄称快。独余几类向隅，然幸不落伧父手，又为右丞诸君子快耳。董其昌。”[1]董其昌说他们这些人都是王维的粉丝，崇尚南宗画，不是见识粗俗的村夫（伧父）。这是捧人的话，也是他的谦虚说法。因为山水南北宗理论的创立者就是董其昌本人，他不能当着大家的面毫无修养地说：尔等都是我的粉丝！

天启元年长沙府“岁供王府”五十两金锭

此为“江口沉银”出土物，系晚明农民起义军张献忠劫掠的财物

事实上，除了陈继儒、杨彦冲之外，这些在座的人中，可能大都是古董商。董其昌不愿意听他们的奉承话，几次独自“向隅”躲清静。这说明对这些画贩子的鉴赏水平，他内心是蔑视的。

到了天启二年的正月，江南下了一场大雪，董其昌不便外出，于是端坐在家中，望着雪窗外的银装素裹，开始临写《阁帖》，他在题跋中说：“雪窗岑寂，偶检笥中，得曩时所临《阁帖》三卷。颇念余懒役手腕，当如以一篑自进，于是鼓兴摹此。阅四日遂能竟之。”[2]董其昌在这段题跋中，反思了自己近期疏于学习和创作的情况。董其昌此时之所以能够“懒役手腕”，是因为他的门人、代笔人杨彦冲就在身边，替他满足了索书者的需求。

天启二年二月，雪霁天晴，董其昌又轻舟上路，去了晋陵（今常州）。同月十日，董其昌与晚明又一大书法家米万钟相会。俩人在晋

1 《墨缘汇观》名画卷下。

2 董其昌临《阁帖》，现藏苏州文物商店。

陵船上，并肩同观了李成《寒林归晚图轴》。[1]

米万钟是陕西安化人，徙居北京。官至太仆寺少卿，江西按察使等职。他自称是北宋米芾的后人，以书家名世，与董其昌有“南董北米”之誉[2]。他虽自称是北宋米芾的后裔，而米芾去世之日到米万钟出生之时，整整相差了四百六十三年。书法史上也把董其昌和临邑邢侗、晋江张瑞图、顺天米万钟并列为“晚明四大家”。事实上，董其昌的影响要远远大于另外的三人，《明史》上说：“同时以善书名者，临邑邢侗、顺天米万钟、晋江张瑞图，时人谓邢、张、米、董，又曰‘南董北米’。然三人者，不逮其昌远甚。”“远甚”一词，就标明了他们在艺术成就上的差距。

米万钟对其祖先米芾的崇拜，甚至到了亦步亦趋的程度。他的书法学米芾，称为家学；并像米芾一样狂热地痴迷藏石。米芾爱石成痴，见奇石就磕头，称兄道弟，人称“米颠”，而米万钟亦然，一旦收藏到奇石，便要“拭几焚香”，请宴示客，时称“友石先生”。米万钟赏石有慧眼，常能发现别人不易察觉的石质之美，所以当时的藏石界有句美言，叫作“石（谐‘时’）来运转”。不过，米万钟比米芾有骨气，米芾一辈子挚爱书画与石头，与政治似乎从无瓜葛，与董其昌有点儿相似，而米万钟颇耿直，与阉党格格不入。

董其昌与米万钟的这次相遇，表面上看是两位艺术家聚首讨论艺术问题，实际上是董其昌在通过米万钟来了解北京朝廷的政治动态。米万钟当时正遭受阉党的严酷迫害，事涉历史上又一大案“移宫案”。

天启皇帝朱由校即位以前，他的生母王氏已经于前一年去世，由

1 《墨缘汇观》名画卷下。

2 朱谋垔《书史会要续编》说：米万钟“行草得南宫家法与华亭董太史齐名，时有南董北米之誉”。

“一月天子”的父皇朱常洛吩咐两位李姓选侍妃嫔负责照料他的生活。父皇于万历四十八年去世后，这两位李姓妃嫔依附着各自的政治势力，发生内宫争斗。其中的一位李妃嫔，当时住在乾清宫，大臣们怀疑她欲挟天子垂帘听政，于是大臣刘一燝、周嘉谟、杨涟、左光斗等上疏，要求李选侍移居别宫，因此爆发著名的“移宫案”。

此时，与天启皇帝感情深厚的乳母客氏就趁机浮出了水面。客氏本是保定府定兴县民侯二之妻，万历中入宫哺育皇长孙朱由校。客氏久居宫中，熟悉尔虞我诈的宫斗手段，于是凭借奶妈之功，没过一个月，就被天启皇帝封为奉圣夫人。一人得道鸡犬升天，她的儿子侯国兴、弟弟客光先，以及客氏宠爱的太监魏忠贤的哥哥魏钊为均被荫封锦衣卫千户。锦衣卫的权力极其厉害，相当于秘密警察的头子，掌有不加审批就逮捕、拷问官员的特权。

太监魏忠贤开始依附奉圣夫人而得势。他本是惜薪司，不久也升任司礼监秉笔太监，兼提督宝和三店。魏忠贤不识字，按例不能晋升司礼监，但魏忠贤善于钻营，又有奉圣夫人做靠山，才得以破例成为内宫主管。实际上，皇帝要破例提拔谁，都有封人口舌的借口。从此魏忠贤权倾朝野。

东林党人警觉出客氏派系干政的野心，建议按例将她驱逐出皇宫，其中米万钟闹得挺凶。客氏夫人为了杀鸡儆猴，于是与魏忠贤联手反击，派魏忠贤的心腹御史倪文焕诬陷、弹劾他。米万钟当时看中了北京郊区大房山的一块巨石，准备移迁到自家“勺园”里做景观石，不惜花费重金，雇了四十四匹骡马以及数百人的劳力，拉了七天，方将此石拉下山来，又花了五天时间将其从大房山下运至良乡。恰在此时，米万钟遭倪文焕弹劾而罢官，巨石遂被弃在路旁。当地乡民认为此石不吉利，称其为“败家石”[1]。

董其昌待米万钟以礼，客客气气，呼之年兄。实际上米万钟比董其昌小十五岁，而且在当时彼此的名气也相差了很多。米万钟一定会把自己的遭遇和盘托出，而董其昌则默默倾听着。

董其昌就是这样的人，他对权力争斗的双方要么不远不近，要么干脆敬而远之。彼此见了面，拱手作揖，谈天谈地聊书画，都可以，一旦触及政治话题，他便缄口不语。

二月十二日，他为女婿沈复之书写《小楷千字文》。沈复之即沈绍曾，是个读书人，一辈子追求功名而无所获，董其昌并没有瞧不起他，而是称其为“贤婿”。沈复之自小就喜欢作画，是个不太出名的画家。平时董其昌很看重自己的小楷字，从不轻易予人，所以从这一点来看，董其昌很看重沈复之。两年后，沈复之生儿子沈荃，入清后参加科举考试，为顺治九年（1652 年）探花。[2]

辞别米万钟之后，董其昌又坐船去了苏北的射阳湖，看望朱敬韬。

董其昌一直把朱敬韬视为老弟，厚爱之。而朱敬韬自小就是董其昌的粉丝，十分敬仰董其昌的书画艺术。当时朱敬韬正在射阳“水部”为官，已官居二品。此处即淮安府路马湖（今江苏宿迁市骆马湖）。

朱敬韬官署“水部”这个名称，始自三国魏，掌管航务与水利，主官为水部郎中。至明代，早已经没有水部这个衙门，只有在工部下设四个清吏司，即营缮、虞衡、都水、屯田司，其中的都水司，就是主管全国水务的衙门。然而都水司衙门是中央机构，设置在北京。射

1 清朝乾隆年间，乾隆皇帝派人将遗存在北京良乡的此“败家石”运至清漪园，摆放在乐寿堂前庭院里，石上刻有乾隆所书“青芝岫”。这块所谓的“败家石”，石长八米，宽二米，高四米，今天犹立在颐和园的乐寿堂前。

2 沈荃（1624—1684），字贞蕤，号绎堂，别号充斋，华亭人。顺治九年探花，授编修，累官至翰林院侍读学士、礼部侍郎，卒谥文恪。学行醇洁。他工书法，宗法米芾、董其昌，是康熙年间最重要的书法家之一。

阳湖是苏中、苏北著名的大湖，担负京杭漕运重任的大运河经射阳湖与邗沟相接，交通位置十分重要，所以明代工部都水司在这里设置了下属的机构，中央委派来的主管官员就是朱敬韬。而董其昌所到的“敬韬公署”即指此处。

董其昌在宿迁朱敬韬公署里住了几天，朱敬韬拿出了自己于万历四十三年在镇江南徐得自董其昌的作品《仿惠崇册》[1]，请他加补题款。董其昌与朱敬韬的关系有别于米万钟，属于深交，可以推心置腹谈论心里话。他们在一起可能回忆起家乡的往事，还对朝廷的现状做了分析。

《仿惠崇册》共有七幅作品，是当年朱敬韬从董其昌手中“抢”走的，趁着这次相聚的机会，董其昌又为他补画了一幅，这样就凑成了八景图。董其昌题写了五次跋，内容全然不同。

告别朱敬韬的水都公署后，董其昌再回到华亭。他还有些要紧事须处理。

三、恩召北上

董其昌小时候曾在外婆家叶榭镇读书时的同学金学文，家住松江郛桥，此时新建了三埭七开间的新宅子。董其昌闻讯，做了一块“端旭堂”的匾额，带着两株名叫“彩妆”的牡丹花一同送去，以资祝贺。金学文一生虽然没有求得功名，但口碑甚好，是为乡贤，与董其昌一直保持着深厚的友谊。

金学文十分高兴，把“端旭堂”匾额高高悬挂在正厅门楣上，然后又把这两株名叫“彩妆”的牡丹花，种植在后埭庭院的两侧，细

1 吴升《大观录》卷十九。

心养护。[1]

董其昌《来仲楼法帖》也于此间刻印出版了。这是董其昌的第二部法帖，由其侄董奠闻审定、侄孙董镐勒成了。[2]董其昌为此感到很欣慰。

磨蹭了整整一年之后，董其昌选择了一个春暖花开的日子，终于带上自己的侍者一起北上，赴北京任太常寺卿。

舟行水上，忽然，有陌生人摇船而来，声称相送。此人就是出家人化育和尚。一向敬佛修禅的董其昌，与江南名寺的高僧大德相熟，而与这位化育和尚并没有交情，所以有点纳闷，但化育和尚一开口说话，董其昌就忍俊不禁了。

化育和尚说了什么话让他捧腹呢？董其昌在《书化育衲子状卷》上写道："壬戌春，恩召北上，衲子操舟送别索书。书一字以为珍重。余笑而书其状云。其昌书赠，玄赏斋。"[3]我们今日已经看不见《书化育衲子状卷》的原迹，仅就董其昌这几句话，就能感到化育衲子的所作所为，耐人寻味，值得咂摸一番。

首先，化育衲子显系身强力壮的年轻人，能够在江河之上亲自操舟前来追赶；其次，他对董其昌说的话，译成现在的大白话，似可这样解读，"只要给我写上哪怕一个字，您就能够'珍重'！"颇有弦外之意，如把这句话反过来理解，就变成"如果您连一个字都不肯给我书写，那么您就不得'珍重'！"这种话，既像威胁又似咒语，就像是蛤蟆叫，虽然它不咬人，听起来直叫你恶心想吐；董其昌已是临

1 据《郚桥续志》介绍：金家后代视董其昌赠送的"彩妆"牡丹花为传家宝，精心养护四百余年。金家后来搬迁，移植了其中的一株，可惜未能成活。另一株成活至今，成为上海地区最古老的牡丹。园林专家命名其为"金氏明代古牡丹"，并被誉为"上海古树名木之最"和"江南第一牡丹"。上海园林管理局在这株古牡丹原址建起了牡丹园，委托金家后人继续管理和养护。

2 《善本碑帖录》卷四："明天启二年春日，侄奠闻审定，侄孙董镐勒成。"

3 《吴越所见书画录》卷五。

近古稀之人，岂可为此竖子愚弄，他便笑了。这个“笑”字，含义实在丰富，令人感叹不已；再者，这个“化育衲子”的名字也值得琢磨，让我们觉得它不像是和尚的法名。“化育”本有教化之意，而“衲子”则指为出家之人，并不是真正的和尚。所以董其昌在此很含蓄地揭穿了这位“化育衲子”的诡计。

不过，董其昌兴致很好，还是书写了《书化育衲子状卷》“赠”予他。佛教劝人向善，大概董其昌也是出于这样的考虑，欲以此举来教化这位“化育衲子”吧。

舟行鲁西南，群峦中有一座山，位于山之阳，得名阳山，又因其形似一只俯卧的羊，后改为羊山。本是一座光秃秃的石山，高约过百米，晴空碧日时，数十里外可见其在阳光下闪闪发光，甚是奇特，当地百姓奉为神山。明朝时设有著名的驿站，称为羊山驿。从松江府旅次至此，已过半程，董其昌就在这里歇脚。他在这里驻足已有多次，但这一次，却是别有一番滋味在心头。看着驿站中的南来北往者，中有致仕还乡的官员，也有逍遥自在的行商，像他这样去京城赴任的高级官员，一定不多。面对自己未来的仕途，董其昌颇迷茫，于是撰写了五言律诗一首，题写在《羊山小景图轴》[1]之上：

莽莽平沙路，登临更一奇。
河流消楚汉，碑石记淳熙。
鼓角因风迴，帆樯候月迟。
此中留憩者，半为问津疲。

壬辰春，北行次羊山驿之作。壬戌春北行，复宿是驿，因作小景，既转书此为题，呈玄白老公祖览正。董其昌。

1 《神州大观》第一号，第 261 页。

最后的一句诗“此中留憩者，半为问津疲”，道出了他内心的彷徨、自嘲与迷茫。也看得出，大家对晚明的阉党之争很是痛恨，都在忧虑着国家和个人的前途命运。

过了羊山驿，就快进入北直隶的地界。再往前就是霸州，然后是古镇胜芳。那里离京城也就是一两天的行程，旅行者大抵会在胜芳这个地方洗澡更衣，去去旅途的疲劳之色，整装打扮一番。当然，也有人会去逛一趟青楼，那时的胜芳已经很繁荣，汇集了四海娇娃。然后，他们要雄赳赳气昂昂地进入都门，匍匐在皇帝老子的跟前。

董其昌明白，尽管自己的岁数早已当上爷爷，但他觐见天启皇帝时必须下跪，必须口口声声感谢皇恩浩荡。天启皇帝本是董其昌的学生“一月天子”朱常洛之子，但从理论上讲，皇帝像天下臣民永远的父亲，那么他就是这位十七岁少年天子的老儿子了。

四、第一起，官至太常寺少卿

天启二年，就是在“涉嫌弑君”的疑犯崔文升、李可灼等被驱逐出北京城的时候，董其昌再次回到京师，时在春三月。

董其昌的学生、泰昌帝朱常洛命赴九泉走得太匆忙，没有来得及再看上一眼当年的董师傅。但是，皇帝诏令董其昌还朝的意愿却得到了贯彻。董其昌说：“恭遇皇上念先帝凭几之命，叙讲读微劳，起臣太常少卿，洊列宫詹。”[1]这是董其昌晚年“三起三休”的第一起，六十八岁的董其昌已经年近古稀。

董其昌来到京城一看，心凉了半截，因为他很快就发现这位新皇帝朱由校竟然是个糊涂虫。

君临天下的天启帝朱由校，是明光宗朱常洛的长子，明朝第十五

1 严文儒、尹军《董其昌全集（壹）》，上海书画出版社 2013 年版，第 181 页。

位皇帝，即位时才十六岁，正处在青春期。

朱由校也很不幸，根源在于他当上了皇帝，是他老子朱常洛在某个夜晚的一次冲动所赐，而事实证明他确实不适宜当皇帝。朱由校喜欢做木工活，而且终年不倦，可称其为“木匠皇帝”。如果他真是一个木匠，也许对社会有所贡献，可他偏偏是皇帝，这在人民没有办法制约皇权的时候，就是国家的灾难。阉党魏忠贤于是专门挑选这位“木匠皇帝”陶醉于做木工活之际，来汇报军国大事，朱由校根本无心理会这些国家屁事，所以一切均由阉党专权。

朱由校在位期间，他的奶妈奉圣夫人客氏与魏忠贤沆瀣一气。在内政上，他们制造了“乙丑诏狱”“丙寅诏狱”等冤案，残酷迫害企图改良明朝政治的东林党人，由此不断激起民变，导致国内各种社会矛盾开始激化；在军事上，他们杀害了有胆知兵的辽东经略熊廷弼，在面对后金努尔哈赤的威胁时，导致辽东战局陷于重重危机。

就在这种历史背景下，董其昌出任太常寺少卿。

太常寺是皇帝直接掌管的中央机关，董其昌作为少卿分管着全国的教育事务，而朝廷的斗争已是混乱又残酷，董其昌避之唯恐不及，于是他挂了虚名，全身心躲避在书画里。实际上，董其昌成了朝廷闲客。

董其昌一生口口声声说，自己之所以能够在归野二十年之后，以当爷爷的高龄还能还朝做大官，是因为得益于泰昌皇帝的恩宠。但泰昌皇帝只当了“一月天子”，还没有来得及再见这位老师傅还朝，就一命呜呼了。可是，历来的官场潜规则是一朝天子一朝臣，朝中无人莫做官。董其昌与新皇帝朱由校可谓素昧平生。朱由校出生于万历三十三年，而董其昌早在万历二十七年就辞官回家了，所以朱由校根本不认识这位老爷爷，更谈不上对他有好感。董其昌的再度出山，其实还有另外一位实力派人物为他出力。这个人，就是内阁首辅叶向高。董其昌生前不愿意戳破这层纸，而在他去世后，陈继儒坦言说道："福清叶公当国，推毂公太常寺少卿，旋管国子监司业事。"[1]

太常寺属于中央政府的五寺之一。这五寺包括大理寺、太常寺、光禄寺、太仆寺、鸿胪寺。各寺的主管为寺卿，各一人，正三品，少卿二人，正四品，而司业是类似教育部国子监的官衔，从四品下。从制度上讲，五寺直归皇上本人主管，实际上各寺官员上书的建议均由内阁大学士票拟，再由内阁以皇帝的名义颁布去处理。太常寺的主要职责是主管祭祀社稷、宗庙和朝会、丧葬等礼仪，董其昌被分配去"掌国子司业事"，相当于分管国子监。可人家国子监的一把手是祭酒，官阶为从四品，只低他半格。国子监祭酒好比是最高学府的校长，凡事要听祭酒的指挥，少卿虽然是他的上级，实则是虚架子。

朝廷对董其昌的任命是恰当的，体现出对他本人学识的认可和尊敬。同时，这也是一个荣誉性的官衔。无论是国子监的教育还是考试，都有严格的规章制度，祭酒自会料理。所以少卿董其昌毫无怨言，得好卖乖，乐而从之。

董其昌整天坐着轿子四处溜达，依旧在寻访宋元名画。他对当时全国收藏界的现状有自己的判断，认为天下珍藏的古代名迹，自己过眼者已近一半，所以颇有把握地说："余于宋元之名画，既得观什之四五，所尤想见者燕文贵耳。"[2]燕文贵是北宋画家，吴兴（今浙江湖州）人。他擅画北方大川，破笔皴点，干擦淡染，细碎清雅，苍润秀媚，岸边水渚多画台榭相接，景致优美，富有变化，人称"燕家景致"。

他听说京官郭金吾家收藏了燕文贵的佳作，十分想去拜观。可是他和郭金吾不熟，也没有什么交情，于是拜托郭金吾的亲戚去撮合，说了几次之后，如愿以偿。董其昌说："壬戌入都门。知郭金吾家有

---

1 陈继儒《陈眉公先生全集·思白董公暨元配龚氏合葬行状》。

2 《笔啸轩书画录》卷上。

藏卷，属所亲先之，凡一再请，始得发其箧。展卷鉴阅，烟云缥缈，布置清脱。又有赵源横卷三丈，绝类北苑，并记。因仿其意为此。玄宰。”[1]他将自己过眼的这些名画，意临一过。

农历四月初八日，是佛祖释迦牟尼的诞生日。据记载：佛的母亲摩耶夫人临产之时，路经蓝毗尼园，行至无忧树下，生下了悉达多太子。此时难陀和优波难陀龙王口吐清净之水，为太子灌身沐浴。[2]佛教传到我国后，是日即浴佛日，虔诚的教徒要举办纪念的仪式。

董其昌端坐在苑西画禅室，为纪念佛祖的诞生恭恭敬敬地开始书写《金刚经》。[3]他对自己书写《金刚经》的进度有严格控制，即每天清晨起床之后开始书写，每次只写数行，其目的是慢工出细活。他要尽自己最大的努力写出完美的法书作品，以表达自己虔诚之至的敬佛之心。在书写时，他努力把历代书法名家的风格兼容并蓄，希冀得到尽善的展现。按照他自己的话说：“出入钟太傅、王右军、大令、颜平原、杨少师、米海岳诸家。”

正可谓是用心良苦。他把自己的抄经比作是功德事，“是为在处有佛、塔、庙也！”因此在抄经时的态度极为认真，一丝不苟，就是要通过书法之美，来传播佛教之善，让佛教徒们从中受益。[4]从他这一观点来观察，董其昌的抄经之作，定是他的真身手书，而且是得意之作，必不可能假以代笔。这就是宗教的力量。

自古以来，人类对自身思想的控制，主要有三种方法：其一是利益。俗语是“有钱能使鬼推磨”。在经济利益面前，人亦可变成妖怪。其二是暴力。对外是武力威胁，若不能解决问题则发动血腥战争。对内则是暴力恐吓、牢狱，极端是野蛮杀人。古时的诛灭九族以及千刀

---

1 《笔啸轩书画录》卷上。

2 《过去现在因果经》卷一。

3 《秘殿珠林》卷三《书金刚经册》。

4 这一思想记录在董其昌《书金刚经册》之跋言。《秘殿珠林》卷三。

万剐之类刑法，则是把人变为疯狂的野兽。其三是精神洗脑，例如古代的纲常思想以及宗教。相比之下，宗教的力量是本体的主动，在艺术创造领域发挥过无比的力量，创造了难以企及的高峰。比如中国的莫高窟，那样浩繁的文化工程，只有宗教的精神力量才能成就。

董其昌生活在那样一个时代里，无法摆脱诸多烦恼与恐惧，只能到宗教里面去寻找自己的欢喜与安宁。

宁静之时，他常常想起倪瓒，这位名士在政治上洁身自好，一生中都保持着清高孤傲的品格。董其昌与历来的画家都一样，对倪瓒怀有崇高的敬意。也许就在抄写完《金刚经》之后，董其昌开始创作了《仿倪高士山水轴》。他把自己所有注意力都集中在对倪瓒笔墨元素的研究之上。他总结说："此仿倪高士笔也。云林画法，大都树木似营丘，寒林山石宗关仝，皴似北苑，而各有变局。学古人不能变，便是篱堵间物，去之转远，乃由绝似耳。"[1]尤其是最后的那句话，像是说给他的学生听的。

董其昌也是一位克己自好的人，不光在政治上如此，生活里更不喜欢占他人便宜。太常寺有位晚辈同僚，名字叫李孙宸[2]，是京城有名的砚台收藏家。李孙宸为表示尊敬，曾赠送他二方端砚。端砚为中国四大名砚之一，产自肇庆，唐朝时就已开采，到晚明时产量已近绝迹，所以市价很贵。

董其昌口说受之有愧，回家后麻溜溜地画了幅画，还题了两首诗作为还礼。他写道："李伯襄太史藏端砚甚多，以二研赠余，为写《宝砚斋图》，并系诗二首称谢。石室分何重，铜台价岂珍。久为龙尾

1 《古缘萃录》卷五。

2 李孙宸（1579—1634），字伯襄，中山小榄人。万历四十一年癸丑科进士。授翰林院庶吉士。光宗元年（1620 年）掌内书堂，晋掌春坊左庶子。天启五年（1625 年）晋南国子祭酒，次年晋詹事府侍读学士，教习庶吉士；晋南礼部右侍郎，摄礼、户两部尚书事中。崇祯初年（1628 年）晋礼部侍郎，掌翰林院察典。三年回礼部视事，晋礼部尚书。六年三上疏乞退归隐，奉旨慰留；七年病故于任，终年五十五岁。著有《建霞楼集》。

误，今见鸲眸真。子墨缘非薄，君苗气复振。天涯捎佩意，时其宝刀亲。雕琢古云根，投将十赉存。泠然鸣珮响，拊处截肪温。不谓焚鱼馆，能同抵鹊村。柔翰余习在，珍重石交敦。天启二年壬戌四月，华亭董其昌书于苑西画禅室。”[1]

董其昌与李孙宸的关系很友善。天启六年董其昌辞去礼部尚书时，李孙宸就是他的副手，时任南京礼部右侍郎。

这年（1622 年）的六月，发生了一件有趣的事。

有人拿着一个书法长卷来找董其昌。他一看，大吃一惊，这书卷正是他自己的作品《正阳门关侯庙碑》！再细看，卷上钤“知制诰日讲官”“董其昌”二印俱在。《正阳门关侯庙碑》为明万历十九年冬日由焦竑撰写，万历二十年春董其昌返京时所书。二十四年后重睹旧物，浮想联翩，董其昌便自己花钱把它买了下来。

随后，董其昌写了一个长跋，曰：“此余为庶常时所书也。出春明二十四年，再召还朝，碑石且泐，字画有漫者，盖不胜摹拓之众也。拓者虽众，而坐卧碑下三日不去者，其人为谁？一不为少耳。觅此人不可得，此一片石便当搥碎，何烦祠部以储胥护之乎。……观旧书有感题，其昌。壬戌六月之朔，苑西画禅室识。”

“壬戌”为天启二年，董其昌作此自识时已是书碑文三十年后之事。他自万历二十七年离京，至天启二年还京，恰值二十四年，故自题中有“出春明二十四年，再召还朝”句。“春明门”为唐代首都长安城东面三门之中门，后人即以“春明”作为首都的别称。

五、国之太史

“天启二年八月初五日，吏部一本，奉圣旨：董其昌题充纂修

1 现藏上海博物馆。

官，俟《泰昌实录》稿成，前往南京采辑邸报等册，以备参订，供用就彼支给，完日回馆供事。该部知道。钦此。”[1]天启皇帝朱由校亲自任命董其昌为纂修官，并下达了让他去撰写《泰昌实录》的命令。

皇帝的诏令是八月初五日下达的，董其昌“闻命自天，感恩无地”，连忙交代好太常寺方面的工作，于十月启程前往陪都南京。

离开北京之际，内阁首辅叶向高邀集一些好朋友聚在一起，仿照古时灞桥相送之仪式，为他饯行。参加这次送别雅集者还包括东林党人、太仆寺太常叶茂才以及吏部的范太蒙和胡开府等高官。这些人大多是东林党人或者是其同情者，其中的叶茂才还是“东林八君子”之一。

是时，明朝已深陷内忧外患之境。在国内，庙堂之上阉党横行，你争我杀，闹得鸡犬不宁。这些满嘴仁义道德之官员，人人都说自己是忠君爱国之士，却不肯团结起来抵御外敌的入侵。他们天天闲坐着，表面上应付着差事，实则坐等国家出事。而在南方，贵州彝族土司管辖区内的水西土司安邦彦造反；相当今天四川省叙永、古蔺等县地的永宁宣抚司叛军，杀死了中央派来的巡抚等军政官员，发动叛乱，占据重庆，建国号为“大梁”，也正在与明军作战；在北方，努尔哈赤挥舞着后金马刀与明军开战，大败明军，占领了辽东军事重镇广宁城；河套蒙古铁骑也乘虚而入，入侵延安、黄花峪等处，深入六百里，杀掳数万人。如此重大的军情，巡抚张之厚、总兵杜文焕等人，却隐匿不报。

祸不单行，山东郓城、巨野等地发生地震，后来陕西又地震，灾民无数，国家在军饷紧缺的情况之下，又不得不开仓济民。

前来送别董其昌的人都是朝廷的重臣，重担在肩，可是他们的力量实在太小，难以承受社稷之重，而且他们自己也身陷阉党之祸，与

1 严文儒、尹军《董其昌全集（壹）》，上海书画出版社2013年版，第180页。

宦官及其走狗们撕咬一团。

依古例，送与被送者，均要赋诗畅怀。首辅叶向高一连给董其昌写了四首送别诗。叶向高虽然比董其昌小四岁，但是他二度出任内阁首辅，威望极高。这是他于天启元年十月回到朝廷后，第二次出任首辅期间，可见当时的朝廷高官们对董其昌的敬重之意。而董其昌也还以《次韵酬叶少师台山赠行四首》，并在序言中说："壬戌秋，奉诏求遗书于陪京（南京）。出都门。群公祖饯，各有赠行。少师台山叶公为首倡，依韵和之。"其第二首诗云：

素衣端合避京尘，留滞繇来说史臣。
敢赋湘累愁帝子，但吟篱菊比皇人。
钟山猿鹤寻盟晚，泽国莼鲈发兴新。
为问陆沉成底事，征车生耳等劳薪。[1]

从这首诗中的"避京尘""愁帝子"诸句，我们不难发现他忧愁与惊恐的心情，折射出东林党人与阉首魏忠贤的斗争已经十分激烈。前面我们介绍的"移宫案"中，成功劝说李姓选侍妃嫔迁出"乾清宫"住进"哕鸾宫"的人，就是做过泰昌皇帝伴读司礼的太监王安。王安政治上倾向东林党人，因此遭受奉圣夫人客氏和司礼监秉笔魏忠贤的仇恨，欲嫁祸杀之。他们先叫人揭发王安所谓的罪行，然后把他降为南海子净军以便软禁起来，不给饭吃，想饿死他，可王安求生欲望很强，用手刨取篱笆底下的萝卜充饥而不死。东林党人想救他，不成。权力之争，本是你死我活的狭路相逢，既然已经失去自由，岂有你的活路可走？ 三天后，王安还是被阉党所杀。

告别了这些朝廷朋友，董其昌把自己与叶向高的唱和诗篇，写成

1 严文儒、尹军《董其昌全集（贰）》，上海书画出版社 2013 年版，第 462 页。

手卷，名曰《行书与叶少师唱和诗卷》，收藏在自己的行囊里。[1]

董其昌“十月前往南京”。像董其昌这样的文人，绝不可能拯救国家于危难。他的贡献就是埋头于自己的工作。

他在《报命疏》中大致介绍了自己的工作内容。当时河南道所藏的官府邸报汗牛充栋，堆积如山，于是董其昌挑出那些未经皇帝批阅的邸报内容，让手下太常寺的祠祭司督遣僧道等人来抄写——皇帝批阅并落实的那些朝政史料，已经在案归档，比较好提取，所以不需要大费干戈。但是，人手还不够，只能抄写总量的十分之三。董其昌便回到家乡，动用自己的私人关系请人来帮忙。他找来了大量的抄书人，给他们笔墨，让他们日夜抄写。

按照明朝的制度，这项工作并没有公家的经费预算，只可临时特批。天启皇帝虽然说过这样的话，可以给董其昌一些办公费用。但小心谨慎的董其昌害怕以后被人揪住辫子，秋后算账，所以他“不敢破用官帑”。官帑，就是公家的钱。所谓秋后算账，这是历代政治迫害的最常见手段，老套又娴熟。掌权者鼓励社会向某个方向突破时，便全力鼓吹，亲信及裙边们便趁机大发横财，而无知小民嗅着气味更是穷凶极恶地追风，大肆敛财，败坏了整个社会风气，而当政者也常常会睁一眼闭一眼，算是默许。但事物的发展总是物极必反，一旦社会出了严峻问题，祭刀者必定是那些无知而狂妄的无根飘萍。血的教训，从来没有被牢记，董其昌算是例外。

怎么办呢？自己掏腰包做贡献呗。卖字画！

他在编修《泰昌实录》和《神庙留中奏疏会要》的时候，完全是以一个史学家的专业治学态度和公正的学者心态而为之。他说：“但臣有删繁举要之义，兹四十八年留中之疏，有事因疏而传。言不以人而废，凡关于国本藩封、人材风俗、河渠食货、吏治边防。议论精

1　纸本《行书与叶少师唱和诗卷》，纵 24.6 厘米，横 221.1 厘米，现藏故宫博物院。

凿。可为后事师者，别为选择。访史赞之例，每篇系以笔断。”[1]党阉争斗酷烈，害人无所不用其极，而他这种“不以人而废”的董狐直笔，确乎难能可贵。

具体而言之，他在写神宗朝的历史事件时说：“请朝讲，请祭祀，请起遗佚，请罢矿税，请下章奏，请补废官，请蠲内帑，昔之所急，章满公车者，皇上励精图治，皆见施行。”对于这些事件，他都尽量实事求是记述，当好这一太史职务。

在如何写作的方法上，他有自己的思考，引经据典，诚实面对历史：“今之谋国，尤有进于此者，略存一二而已，共四十卷。目录一卷。别表进呈外，抑史之所重者，笔削耳。善人劝焉，恶人惧焉，所系匪细故也。每朝纂录，于三品以上大臣，皆有小传，寂寥数行，衮钺斯在。如《世庙实录》于郭希颜、胡宗宪、唐顺之等多有贬词，未协舆论。夫正史所书不公，则私史之所记益杂，何以起信于万世哉！计四十八年之中，大臣当立传者，何止百数。虽三长之史，词苑如林，然生既后时，莫详本末。窃见南京太常寺卿李维桢，出入四朝，囊括百代，且与诸臣同朝同世，习见习闻，若就陪京之日历，抒腹笥之春秋，其史直、其事核，非大典之光哉！臣又闻司马光纂《资治通鉴》，受诏得自征辟，故刘攽、刘恕、范祖禹为之佐，前后十九年，其书始成。成祖朝纂修《性理大全》，所聘名流百余人。不以为滥。况兹《（泰昌）实录》，比于《通鉴》《性理》，孰重孰轻？而神祖作养之史材，皇上抡简之髦士，顾多逸于事外。刻印销印，圣人无我；赐环赐玦，又何成心！臣一念朴忠，所日几几望之者也。至臣五技已穷。”[2]

即使是吃着皇粮的史学家，也不该是所谓的政权工具与喉舌，而

1 严文儒、尹军《董其昌全集（壹）》，上海书画出版社 2013 年版，第 180 页。

2 同 1，第 180 ~ 181 页。

应是有血有肉的人，是独立的思想者。我们注意到，董其昌是一个饱含深情的人。他对自己的天子学生朱常洛总是满怀同情、怜悯、热爱和惋惜。在他的笔下，皇太子朱常洛是个温厚之人，对大臣小臣都以德待之；他又是那么重感情，孝行天下，令人含泪而“不能仰视”。这与我们常见的那些威严残暴、荒淫无耻、不懂人情世故的皇帝简直有天壤有别。

董其昌是这样描述的：

出阁讲学以后，神智日开。既已明习世故，知险知阻，而容色温然，而动止泰然。内庭有菀枯之形，而若弗知也者，外庭有羽翼之激，而若弗闻也者。即册立寻常事耳，时而举棋，时而反汗，大臣去，小臣谴，宜何如动于耳目者，而帝也有夔夔，无慄慄，潜之又潜，恒以一德主器之重，安于泰山，非孝通神明不至此。福邸就国，抱持恸哭。左右皆泣不能仰，视狂且发难，群臣谨哗。帝于陛前晓谕曰：“尔等为无君之臣，欲使本宫为无父之子乎？”群嚣遂息，所全实多。神宗末年，以皇贵妃属帝。帝即跪而对曰：“儿子岂敢得罪于天地！”闻者无不感动。皇贵妃进封，遵奉遗命。盈庭之争，曾不忍夺以戚畹，哀请而后止。呜呼！风雨不迷，藏蓄俱化，舜之大孝也。[1]

他在文章最后说：出仕治理天下的官员，须勤勉工作，要为世间留下美好的声誉；而做皇帝的人则要长寿，以便让社会拥有长期安定的环境，让社会得以发展，使人民得以休养生息，但是光宗皇帝实在太令人遗憾了。[2]他说：“帝之不永，天所以佑国家千万年之永也。庙号曰

1 严文儒、尹军《董其昌全集（壹）》，上海书画出版社 2013 年版，第 186 页。

2 原文为：“夫官天下者，寿在令名；家天下者，寿在长世。神宗虽不豫乎？何难四十日延也。使帝之出震未及，而干蛊莫施，则国本人心几不可问，接续之际，危于悬丝。”

光。帝之光被上下者，无余憾矣。”他希望光宗朱常洛的仁爱之德能够光被人间，教化朝野，那么他的命虽短，则无遗憾了——这句话说在这种鸡飞狗跳的时代背景之下，看似死水微澜，明知不可能实现而又要偏偏这样讲，实则是伤心至极！

为撰写《泰昌实录》去请人抄书，董其昌曾奔波于江南各处。

天启二年的春节，董其昌回到了华亭家里与亲人团聚，陈继儒请他画了一幅《仿浮岚暖翠图卷》。陈继儒跋曰：“壬戌献岁，余谓玄宰曰：‘久不作子久山水，试为我图小卷。’盖仿《浮岚暖翠》云。陈继儒题顽仙庐。”[1]

天启三年二月，董其昌离家再次登临道家祖庭茅山，探访了茅山脚下的丹阳《张从申碑》[2]。三月，他舟次途中创作了有名的《延陵村图》。[3]他题跋曰：“延陵村在茅山之东，有《张从申碑》从申唐大历时司直，赵子固称其书品在李北海之右。《玄靖天师碑》与延陵季子此碑皆在华阳，笔法类徐浩《三藏法师

董其昌《延陵村图》，天启三年作
立轴，绢本设色，纵 78.5 厘米，横 30.2 厘米
现藏故宫博物院

1 《自怡悦斋书画录》卷八。

2 此碑全称《唐茅山紫阳观玄静先生碑》。唐代宗大历七年（772 年）八月十四日刻，由柳识撰，张从申书，李阳冰篆额。碑石原在江苏句容玉晨观，明世宗嘉靖三年（1524 年）毁于火，传世拓本甚稀，未见整纸本，字共八百三十五，原碑行数已不可知。

3 青浮山人编《董华亭书画录》一卷。

碑》。《延陵碑》萧定作也，略曰‘听乐辨列国之兴亡，审贤知世数之存没。挂剑示不言之信，避国保无欲之贞。玄风可想，至德如存’云。旁有四贤，以祠董永、韦昭、王素与季子而四。癸亥二月，画于丹阳舟中，因命之《延陵村图》并书此。董玄宰。”

此间有两件事，足见他的爱国忠君情怀。其一，董其昌应杭州人之邀，于天启三年十月二十三日撰写了《西湖建关帝殿碑记》[1]，晚明在与倭寇的战斗中，祈求神明的帮助，于各处兴建关帝庙，江南尤盛。董其昌乐而从命，觉得自己义不容辞；其二，也是在癸亥年十月，舟中为《文天祥遗像家书卷》题跋。他说：“文信国家书一纸，具当时江西流离颠沛情事，去宋亡无几何时矣。兰虽可焚，香不可灭，当与《正气诗》作注脚。癸亥十月十三日，舟中敬观。董其昌。”[2]无论关帝还是文天祥，俱是忠君爱国的典范。身虽不为爱国死，秉笔犹唱壮士歌。这是董其昌一生尊奉的民族情怀和政治底线。

在三月二十一日这一天，遇到了一件很蹊跷的事。有位书画商找到了董其昌，请他鉴赏一纸墨卷。董其昌打开来一看，顿时傻了眼：这分明是他于万历十七年参加礼部会试的考卷。试卷的文体是八股文，内容是围绕“五策”作答。

此时，董其昌长孙董庭已长成了翩翩少年，当时就陪伴在他身边，正在收集祖父董其昌的文稿，准备编辑祖父的文集。董其昌于是与书画商协商，欲以自己新画的一幅作品换回这一墨卷。书画商当然满口答应，因为以市场价值论，董其昌当年的试卷，其价格一定比不得董其昌当下的绘画作品。董其昌给这位画商所绘的作品就是纸本墨笔的《传衣图》[3]，董其昌在画上题跋曰：“己丑南宫墨卷‘五

1 唯存拓片于世，现藏中国国家图书馆。

2 《石渠宝笈三编》延春阁十六。

3 《传衣图》现藏故宫博物院。画上除了“董其昌”铃印之外，还有鉴藏印钤“董氏家孙庭记”“董对之”“用龢宝之”等。

策'，为好事者所藏，得岸上人袖以示予。风檣仓卒，书道殊劣，何烦碧纱笼袭之三十五年也。自予孙庭收之，则不啻传衣矣。以此画易之。"。

四月一日，舟行昆山，他在船上作《设色山水轴》，显然很不满意，认为不能与古人比美，却在题跋上写下了著名的论画金句："画家当以古人为师，尤当以天地为师，故有'天闲万马皆吾粉本' 之论。黄子久每袖笔墨山行，见奇树即写之。王安道游华山，作图四十幅，初视之平平耳。及与曾游华山者一寓目，恍如当境。赵大年以宗室之禁，惟上陵一回，画出新意。今愧坐斗室，无惊心动目之观，安能与古人抗行也。癸亥四月塑，舟过昆山题画，玄宰。"[1]

四月十九日，董其昌来到苏州府的盛泽镇，就是名妓柳如是十四岁以前生活过的地方。一个我们既熟悉又陌生的身影再次出现在他的身旁，这个人就是他的门人、代笔者杨继鹏，字彦冲。董其昌在此日创作了《溪山仙馆图轴》，题跋曰："天启三年，岁在癸亥，四月十九日舟次盛泽，时同观者杨彦冲。玄宰。"[2]忙于撰写《泰昌实录》的董其昌，此时带着杨彦冲跑去盛泽镇干什么？而且，董其昌在自己的画上题写某某同观之语，常常是暗藏玄机的。

曾在天启元年，他于《西窗高士图》轴上题跋"同观者修微王道人也"，是显示其与青楼名妓王微的暧昧关系——这样的事，他既不愿为外人道，又要给自己留下"踏青"的记号。表里不一，本是董其昌明显的个性。那么在《溪山仙馆图轴》写上"同观者杨彦冲"，又是何居心呢？我们知道，彼时的苏州盛泽镇是江南轻纺织业的基地，有钱人多如牛毛，富得流油；或许盛泽镇的收藏家们与杨彦冲相熟，杨彦冲为老师代笔事已为人所察觉，所以杨彦冲抬出了真身董其昌，

1 《董华亭书画录》。

2 《文人画粹编》卷五。此画现藏日本东京国立博物馆。

董其昌《传衣图》，天启三年作

立轴，纸本墨笔，纵 101.5 厘米，横 46.3 厘米

现藏故宫博物院

而此时董其昌正手头缺钱办事，因此师徒俩人就合演了这出双簧戏，也未可知也。

忙了快一年，董其昌在留都南京的工作已经结束，于是再次应召北上，一路前行，入都门之后，他终于松了口气。又在他的北京苑西画禅室休息了几天，这才奉命回到朝房。

董其昌随后向皇上和朝廷报告了自己这一年的工作成绩。天启三年“七月廿三日，《光宗实录》修成，别表进呈，上宣付史馆。进礼部右侍郎兼侍读学士，协理詹事府事”。[1]如此简单的史料记录，不足以窥见董其昌的工作全貌，我们可以看一下陈继儒事后为他所做的精短概括：“题纂修《泰昌实录》前，赴南京采辑邸报旧册，以备参订。公（董其昌）取河南道所藏故牍，摘其未奉旨者，一一录出，集书佣，给笔札，不支官帑一钱，装成三百本，以备史官取材。外存四十八年留中之疏，有事因疏而传，言不以人而废。凡关于国本、藩封、人材、风俗、河渠、食货、吏治、边防，议论精凿，可为后事师者，因举要删繁，去浮存实，仿史赞之例，每篇系以笔断，共四十卷。”[2]

显然，皇上和朝廷对董其昌的工作非常满意。皇上对此做出了明确的指示：将其参订《光宗实录》所需的故牍三百本，以及《神庙留中奏疏会要》等，交付国史馆珍藏。同时还宣布，董其昌加俸一级，出任礼部右侍郎兼侍读学士，协理詹事府事。[3]不久，董其昌又转任礼部左侍郎。右侍郎与左侍郎，都是礼部的副职，而由右侍郎转岗左侍郎，也就是走一步对换的位置，看似平级调动的瞎折腾，实际上是一种晋升。古代等级制度严格，在朝堂上站位分左右，是区别尊卑高

1 谈迁《国榷》卷八十五。

2 陈继儒《陈眉公先生全集·思白董公暨元配龚氏合葬行状》。

3 《明史》卷二百八十八，《国榷》卷八十五。

下的标志之一。皇帝接受臣子朝拜时，坐北朝南，大臣们均是北面而立，依照官位一字排开，若官位高者在东（左），卑者在西（右），以显示出官场秩序。

董其昌从陪都南京返回北京的途中生了病，所以他在《报命疏》开篇写道："奉差事竣，中途患病，进书报命乞休。"但是，董其昌患的病显系老年病，并不要命，而他醉翁之意不在酒，实则是不愿意回北京上班，因为当时正是阉党魏忠贤等掌权，对东林党人进行疯狂迫害时期。

皇上和朝廷待他的态度总是客客气气，但就是不允许他致仕回家，其中考虑的是董其昌自身的国际影响力——至万历中期，海禁已开，一些国家的商人进入了中原，尤其是高丽（朝鲜）、日本、安南（越南）和琉球等国的使臣，常相往来，回国的时候，他们总把董其昌的书法作品当作珍贵的礼物带回去，引起了国外的关注。"在礼部时，高丽进贡。使者询知公名，以为异事，盖笔迹亦流传彼中。"[1]由此可见，此时的董其昌不仅是国内艺坛的盟主，其影响力已经开始向东南亚诸国渗透，乃国际间的艺术名人。

这年九月十日，董其昌坐在北京家中的书房里，将刚装裱取回的《李唐江山小景图》摆上书案，游目再三，赏心悦目，过了一会儿眼角就露出了笑意，于是他濡墨舔笔，在画上题跋道："宋高宗以李唐比李思训。李唐，字晞古，徽宗时画苑博士。南渡犹仍故官，年八十余，画史灵光，无出其右。萧照、马远、夏圭，皆师之。此卷为《江山小景》，馆师韩宗伯得之朱太尉希孝。余为庶常，尝借观信宿，叹其精绝，不能下手。及韩长公朝延游武林有所惑溺，质之好事家，力不能复，告余取归。又以右军《行穰帖》真迹十五字还长公，足所未

1 于安澜《无声诗史》，上海人民美术出版社 1963 年版，第 60 页。

尽，画则在箧也，而武林金屋已成尘矣。因重付装潢记之。”[1]

朱太尉孝希的收藏故事，以及韩世能之子韩逢禧青楼典画的旧事，前面已经说了。万历之前，国库乏金，常将宫中所藏名画折合成白银价，抵作高官的俸薪。朱孝希太尉就是这样收藏到不少名迹。到了张居正当朝的十年，全国实行经济改革，国库的收入大涨，也就不再需要卖出宫中的藏画了。

董其昌在朝廷为官时期，已是张居正改革之后，他未曾遇到这样的美事。如今自己能够收藏到《李唐江山小景图》这样的珍品，实为幸事。

六、党宦争斗

重新归队朝廷的董其昌，相看朝廷内外，心里一直在打寒战。此时的朝廷依旧阉党横行，朝野上下风声鹤唳，而且告密之风盛行——今天还在朝廷上宣誓效忠皇上，晚上就可能被关进大牢生死未卜，弄得满朝官员人人自危。董其昌始终百般焦虑，一筹莫展。

天启三年之春，魏广微成为大学士曾引得一片哗然。当年张居正独霸朝政时，其父魏允贞根本不搭理他，而魏允贞居然生出了个为当官甘心做魏忠贤走狗的儿子，以致受人唾弃。当提名魏广微任大学士时，东林党人激烈抵抗，可魏广微有魏忠贤的庇护，照当不误。这年秋天，天启皇帝又诏令魏忠贤和自己奶妈客氏的儿子侯国兴，准予他们世袭锦衣官。兵部尚书董汉儒、给事中程注、御史汪泗论纷纷劝谏，皇上仍然我行我素。天启五年皇帝下诏，烧毁了东林党人主持的全国书院，大量东林党人被捕入狱，甚至被处死，如此混乱之朝政加剧了国家的内忧外患。

1 《石渠宝笈续编》之《李唐江山小景图》。

魏忠贤的权势已经如日中天，而第一个喊他“九千岁”的人，就是董其昌的同年进士、时任督饷尚书的黄运泰[1]。

天启皇帝朱由校即位时黄运泰已年近花甲，而他却见风使舵，改换门庭，投靠魏忠贤，由督饷尚书晋升为户部尚书、太子太傅，终是晚节不保。他督饷天津迎接魏忠贤建祠塑像时，突发奇想，行五拜五稽首的大礼，连呼“九千岁”“九千九百岁”。后来消息不胫而走，全国都知道有个只比皇帝少活“一百岁”的魏忠贤，可谓拍马屁拍到极致。

更有拍马屁者，如浙江巡抚潘汝桢，在杭州西湖边为魏忠贤建立生祠，华丽壮观，其规模超过了岳飞庙与关公庙。

小人得志的魏忠贤，决定以更严酷的血腥手段让文官们闭嘴、服软，于是在他兼领东厂事务时大搞白色恐怖，将内操军的特务增加到一万人，而这些胆大妄为的爪牙居然能内穿甲衣出入宫禁，到处逮捕不是阉党体系里的人。他们抓人，罪名有三，不是贪腐就是欺君，再则就是妄言。可天下人都不是傻子，人心之向背不言而明。人家嘴上不说，心皆恶之，相信迟早一天他们会得到恶报。

董其昌的学生叶有声曰：“盖熹庙新政，聿修求旧之典，而逆魏盗柄，阴构剪忌之谋，外廷未之知也。珰焰渐张，珰手渐滑，一时顾命大臣相继引玦。畴昔之继，公为少宰、为北詹者，即欲恬冥鸿之羽不可得，而公审之蚤矣。嗟乎！士君子于出处去就之际，未有无得于中而能超然于外者。”[2]赞扬董其昌能够审时度势，及时离开了是非之地。

---

1 黄运泰，字仲升，号际云，永城人。万历十年乡试举人，万历十七年进士及第。为立朱常洛太子事而神宗震怒降罪，几乎不免，得诸大臣力救，死罪免，削官籍为庶民。光宗朱常洛即位，黄运泰被起用为光禄寺少卿，后又相继任太仆寺正卿、户部侍郎、巡抚督饷天津。熹宗朱由校即位，黄运泰晋升为户部尚书、太子太傅。年八十八岁寿终，葬黄水寨祖茔。

2 叶有声《容台集序》。

十月，董其昌离开京城回家扫墓。他曰：“癸亥十月，有先墓焚黄之行。先墓在屿洋。”[1]然后他去了句容的宝华山逗留了一阵子，再后又回到家乡华亭，与陈继儒等人为伴。

秋天，董其昌回到北京，依旧担任礼部侍郎。此时，魏忠贤为了哄天启皇帝开心，命令天下官员赴京庆贺皇帝生日，这当然又是一次搜刮民财的机会。各地官员惧怕魏忠贤的淫威，纷纷进京献宝。

董其昌遇到了一件有趣的事，他亲眼看到了传说中的传国玺。时任河南巡抚程绍要向皇帝献宝，按规定，此事必须由礼部接纳转呈，所以董其昌近水楼台先得月，最先鉴赏了这件宝贝。

这是一件什么宝贝？我们先来看看董其昌的自述：“天启四年秋，河南抚臣

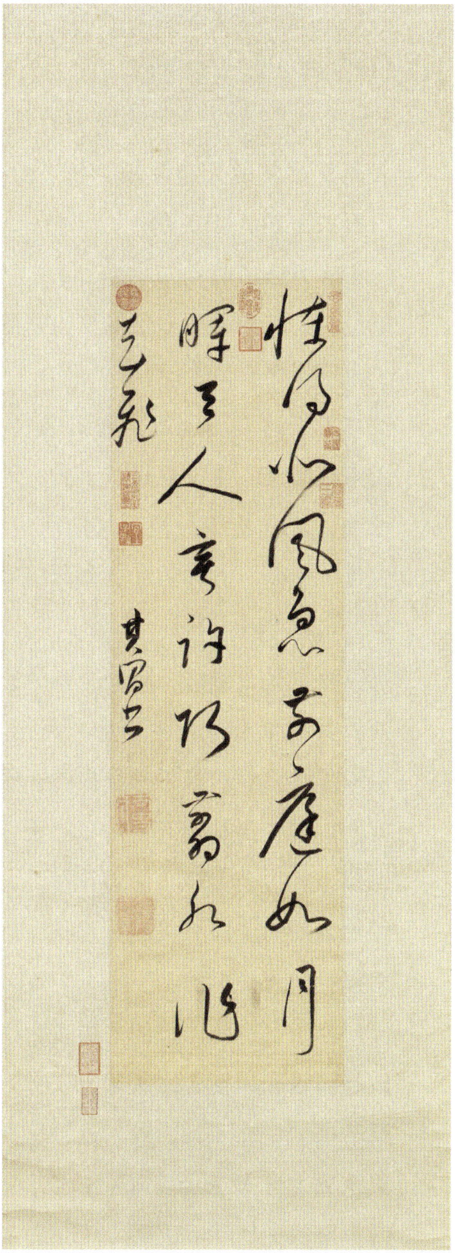

董其昌草书《陆畅诗》

相对于董其昌书写时的严谨习惯，可知此幅作品，系其在社交场合里的应酬物。现藏台北故宫博物院

1 《吴越所见书画录》卷五《宝华山庄图轴》。

程绍以传国玺进，其昌时官礼部左侍郎，故事进奉必繇礼部。因捧表副使张梦鲸先有摹榻（拓）绢本，得此藏之家，以为家庆。玺重一百二十两，方各四寸，面厚一寸二分，螭钮高一寸八分，进之日，为十一月十三日。”[1]也就是说，河南按察使司副使张梦鲸奉命来京献宝时，事先摹拓一份绢本，送给了董其昌。董其昌非常高兴，称为“家庆”之宝。

关于这方传国玺，姜绍书的叙述更为详尽，曰：“天启四年秋，河南临漳县学生王思极、王灿，同乡民邢一秦耕于漳河之滨，忽风起水涌，红光旋绕，视之，地间闪出一玉，古色璀璨，黄白相宜，重一百二十两，方各四寸，面厚一寸二分，高一寸八分，龙钮龟形，乃传国玺也。其文曰：‘受命于天，既寿永昌’。龙飞凤翥，神彩陆离。抚臣程绍具表进之，副使张梦鲸则赍表官也。梦鲸印成绢本，携至京师。其时董玄宰为少宗伯，得绢本藏之，以为珍异。进玺之日，则十一月十三日。天子御皇极殿，受朝贺。传视廷臣，颁赉抚臣以下有差，得玺者仅赏银五两。魏忠贤欲令天下有司，赴京庆贺。时同节家伯讳志礼为尚宝卿，职掌符玺，力阻其议，大拂忠贤之意，乃令科臣以年老劾归。同节虽硁执己见，忤于权珰，然免王程之驱驰，省驿递之搔扰，为益多矣。”[2]

姜绍书对传国玺的来历进行了考证：公元前228年，秦始皇嬴政破赵国得和氏璧，命咸阳玉工孙寿将和氏璧磨平，雕琢为玺，丞相李斯篆书“受命于天，既寿永昌”八字，即为传国玺。刘邦率军攻入咸阳至霸上，秦王子婴降于轵道，奉上始皇玺。秦亡，刘邦即天子位，因御服其玺，世世传受，号曰“汉传国宝”。西汉末年，外戚王莽篡权，时孺子刘婴年幼未立，玺藏于长乐宫王莽的姑母孝元皇太后

1 董其昌《容台别集》卷一。

2《韵石斋笔谈》卷上《中州玉玺》。

处。王莽派堂弟安阳侯王舜前去索要，太后大怒，掷玺于地，崩其一角，莽令工匠以金镶之。此为金镶玉玺的来历。

宋代“靖康之变”，徽、钦二帝被掠，传国玺也被大金国掠走。后来蒙古铁木真灭金，传国玺归于元朝内府。公元 1368 年正月，朱元璋在应天府（南京）称帝，建大明。元顺帝携玉玺仓皇北遁，逃往蒙古草原。

姜绍书指出，河南巡抚程绍进献的这方传国玺，虽然印面为“受命于天，既寿永昌”八字，但不是东汉孝元皇太后掷玺于地的国玺，理由是“中州（河南）所得方棱无缺，似非秦汉所传，或曰秦玺有六，此其一也”。秦皇帝当年可能制作了六方传国玺，姜绍书猜测此为其中的一方。

可见，董其昌对于皇帝的生日应该怎么庆贺，“九千岁” 魏忠贤的马屁应该怎么去拍，全不感兴趣，他喜欢的是古董，古董里面蕴含的丰富历史文化令他神往。

元月十九日是董其昌七十岁生日，许多朋友赋诗祝贺。归安（今浙江湖州）人茅维是明代文学家、收藏家茅坤之子。茅维是万历进士，任翰林院孔目，协修国史，也颇有文名。茅维作《董玄宰由南少伯擢领北詹，适值七十初度，因以为诗》二首。

其一：

太史名高三纪余，牙绯新拜秩宗初。

共推班掾工修史，自笑虞卿老著书。

榆塞寒烟开北极，秣陵春树接南徐。

追锋车应中台召，休拟东封颂直庐。

其二：

梅英初绽柳芽颦，锦里传觞政上春。

艺苑琴书擅公绝，鸡林碑版世称神。

才还讲幄恩波旧，更给蓝台笔扎新。

谋国定需黄发老，鹤书频促软蒲轮。[1]

从诗中可见，朝廷很重视董其昌，而茅维是翰林院的年轻人，还一心钻营求进步，不懂得官场的险恶，以为是可以祝贺的喜事。然而董其昌却不然，他不愿意留在北京。尤其是茅维诗最后句“谋国定需黄发老，鹤书频促软蒲轮”，马屁味十足，显然他十分崇敬董其昌。

除夕之日，董其昌为道宾兄抄录《和叶台山诗卷》以赠，跋曰：“壬戌秋，奉诏求遗书于陪京，出都门，群公祖饯，各有赠行。少师台山叶公为首倡，依韵和之，共四首，似道宾兄政。”[2]此时的首辅叶向高与阉党魏忠贤的斗争正处于最激烈的时期，离他下台也只在咫尺之间。董其昌作此诗赠予朋友，其实已经表明了他厌恶阉党的政治态度。

天启四年仲春四月，内阁首辅叶向高彻底失势。魏忠贤指使宦官搜查了叶向高的家宅。叶向高愤然辞职。

董其昌的同年进士冯从吾的命运更加悲惨。“魏忠贤党张讷疏诋从吾，削籍”，并且捣毁了他的书院，把圣人的塑像拖出来，像丢垃圾一样丢弃。“从吾不胜愤悒，得疾卒。”[3]

四月三日，为脱身，董其昌连忙上《报命疏》，推荐李维桢主修明史，接替自己《神宗实录》编修工作。他赞扬李维桢说：“窃见南京太常寺卿李维桢，出入四朝，囊括百代，且与诸臣同朝同世，习见习闻，若就陪京之日历，抒腹笥之春秋，其史直，其事核，非大典之光哉！”[4]言之不虚，褒之有力。一次不成，再次复荐，果然李维桢

1 《十赍堂集》卷八。

2 《十百斋书画录》《和叶台山诗卷》。

3 《明史》卷二百四十三。

4 严文儒、尹军《董其昌全集（壹）》，上海书画出版社 2013 年版，第 181 页。

被朝廷“召为礼部右侍郎”。[1]文人相轻，古已使然。想当年，董其昌为诸生时，李维桢已是江南文坛的副盟主，许多人拍马屁要去抱着他的大腿，而董其昌不为所动。如今，董其昌已经扬名四海，却毫不掩盖李维桢的才华，极力举贤，其胸襟之宽阔，远非小文人之流。

做完这些准备，董其昌开始没病装病，故伎重演，“奉差事竣，患病乞休”[2]。他给皇帝上疏，恳请退休，即著名的《乞身疏》。这篇用词华丽的文章，犹如骈文一般典雅而华美，用词遣句可谓情真意切。他说：“臣材非世用，年逾古稀。自南京礼卿予告家居，又及八载，固已遁肥待尽，梦断班行矣。蒙圣恩浩荡，再玷宫端。钟鸣漏尽，方足兴嘲；而敝履遗簪，犹廑殊宠。是以间关就道，黾勉就职。”又说，“今济济朝士，与臣同科者无一人，与臣同齿者亦无一人。身襄身健，皆少生机；徐行疾行，总非善状。所谓可以去则去，可以速则速者，自臣之外，未见其比也。况臣近接家邮，骨肉惨怛，忧思成疾，怦忡不寐。延医官调理，皆谓神伤气郁，非暮龄所宜。倘旦夕不保，贻笑长安，岂不为盛典之累哉！伏惟皇上垂怜，允赐休致，臣得释顽钝之讥，而安耕凿之适，臣无任感激待命之至”。如此所言，几近哭泣，目的是恳请皇恩浩荡，放他一马，让自己回家去休养老命。

相比之下，董其昌此时在朝廷的日子并不难过。虽然东林党人中的名士皆为他的好友，可是他不仅不是东林党人，而且也从来没有替东林党人站队帮腔；他若是见到阉党的人，虽然心里厌恶，表面上还是恭敬有礼，笑得有分寸，更不会去招惹他们，所以阉党也从来没有把他视作眼中钉肉中刺。

恰巧此时董其昌遇到大喜事：“庆陵告成，赐银币；廷议拟少宰，

1 《明史》卷二百八十八《李维桢传》。

2 《容台文集》卷五。

公辞；拟大宗伯，又辞。未几请南，正席礼书，遂上引年之疏。”[1]魏忠贤两次欲任命、提拔董其昌，都被谢绝了。

董其昌也是凡人，内心不是不想当大官，好好为朝廷撑面子，而是他的确畏惧政治，厌恶阉党，不肯被魔鬼捉住自己的头发。

七、第二起，官拜南京礼部尚书

天启四年间，董其昌大部分时间在北京，时常与王时敏、吴用卿、程季白等在一起研讨书画。王时敏时年三十三岁，刚升任宝尚卿。他对董其昌的感情极深，如亚父一般，因此时常来苑西画禅室拜访、请安。

看到王时敏的绘画水平有了显著提高，董其昌极欣慰。他自述道：“逊之（王时敏）于长安邸数见之，遂能夺真，当今名手不得不以推之。”[2]当时著名收藏家程季白就住在王时敏家的隔壁，时常收藏王时敏的作品。六月，董其昌在王时敏的陪同下来到吴用卿家。董其昌第二次看到了董源那幅著名的《夏口待渡图》，非常激动。

董源《夏口待渡图》又叫《夏景山口待渡图》，是一幅流传有序的作品，也被认为是董源江南风格的典型作品之一。[3]据米芾说，他

1 陈继儒《陈眉公先生全集・思白董公暨元配龚氏合葬行状》。

2 庞元济《虚斋名画录》卷九《王烟客仿云林笔意轴》。

3 董源《夏口待渡图》曾入南宋内府、元内府，后相继为明代项元汴、清代耿昭忠、索额图和清内府收藏，民国初期被末代皇帝溥仪偷盗出宫，现藏辽宁省博物馆。元代鉴定家柯九思在卷后跋曰：“右董源《夏景山口待渡图》真迹，冈峦清润，林木秀密，渔翁游客出没于其间，有自得之意。真神品也。”此图与董氏所藏董源另一名作《潇湘图》在画法、风格上颇为相似，卷高尺寸完全一样。有的学者据此推测说，这两件作品原本是一幅画，在流传过程中被后人裁截分开了。著名书画鉴定家杨仁恺先生不同意这种观点，他认为二图“自有起讫，首尾完好”，而且画法也有所不同——《夏景山口待渡》的“具体描绘”要比《潇湘图》“复杂得多”。他还认为，末代皇帝溥仪“携逃董氏作品好几件，以这件《夏景山口待渡图》最具代表性”。《潇湘图》现藏故宫博物院。

在北宋年间仅见过五幅董源的真迹，此其一也。董其昌第一次见到这幅画，是在天启二年。董其昌云："比壬戌，余再入春明，于东昌朱阁学所见《夏口待渡图》，朱公珍之，不轻示人。"[1]可是没想到仅仅过了两年，这幅画就成了吴用卿的囊中物。应吴用卿之请，董其昌不仅在此卷的引首题："董北苑夏景山口待渡图真迹。"还跋曰："董北苑《夏景山口待渡图》真迹，《宣和画谱》载，后入元文宗御府，柯九思、虞集等鉴定。甲子六月观因题。董其昌。"

董源《夏口待渡图》自起首开始，水面波澜壮阔，扁舟隐现；中景山势平缓，林木疏朗挺直，竹丛杂处其间，茅屋隐约可见；卷末渡船未到，官客等待，点出主题。全图以披麻皴为主，多用苔点，色彩淡雅，为典型的江南山水。王时敏随后临摹了此图，跋曰："甲子仲夏，在长安吴太学寓，同云间董宗伯观北苑《夏口待渡图》。"[2]

董其昌作为一个收藏家确实了不起，以存世董源真迹而论，几乎被他一网打尽。始自万历二十九年收藏到的董源《溪山行旅图》只是半幅，暂且不论，而之后又分别收藏了董源的《潇湘图》《龙宿郊民图》《夏山图》和《秋江行旅图》，令人叹为观止。他十分珍惜董源的这四幅名作，在家中特意建立了"四源堂"以存储之。如今他见到了董源《夏口待渡图》，虽然没能收入囊中，但的确心满意足了。

到了秋天，董其昌在家潜心学佛。他想在尘世喧嚣中寻找精神慰藉。他在自书行书《禅悦卷》中说："先自十二日大风扬尘。次日冰凝砚池，不能拈笔。至是日，客有持木垆置几上，砚冰乃泮，木垆盖不灰木所造也。"这是十月十二日。此后的十一月十五日、十六日两天，董其昌闭门不出，又在家抄写《三元妙经册》。

这一年，董其昌家里出现了一张稚嫩的新面孔，这个十四岁的少

1 董其昌跋董源《夏山图》卷，此图现藏上海博物馆。

2 《吴越所见书画录》卷六《王奉常仿董北苑夏口待渡图卷》。

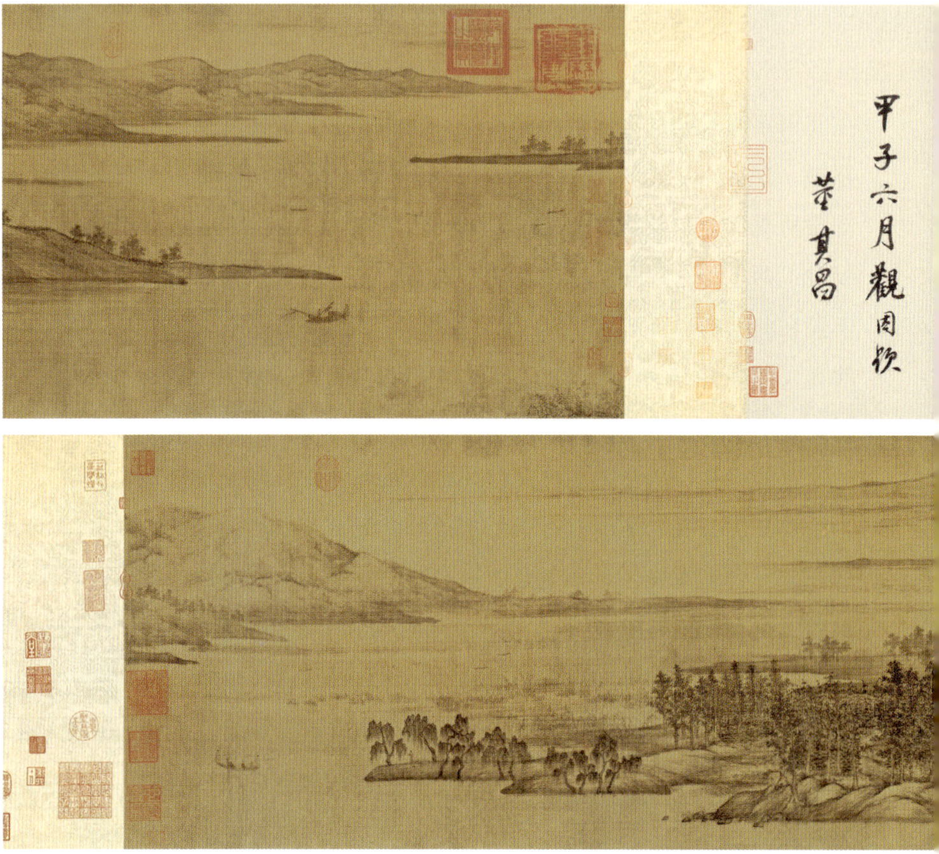

董源《夏景山口待渡图》，现藏辽宁省博物馆

年就是数十年后名闻大江南北的文人冒襄，与桐城方以智、宜兴陈贞慧、商丘侯方域，并称明末“四公子”。董其昌是年已经七十一岁。冒襄曾在董其昌《关山雪霁图卷》上题跋说：“先师董文敏，书从北海立。云麾与北麓，命余签秘笈。更有荆门行，手书付薰习。”还曰：“思昔余年十四，吾师即叙其诗以传，比之王子安，得侍教十有一年。”[1]

冒襄（1611—1693），字辟疆，别号巢民，南直隶扬州府泰州如皋人。其父冒起宗是崇祯元年进士。冒襄幼年随祖父读书，天赋甚

1 《墨缘汇观》名画卷下董其昌《关山雪霁图卷》。

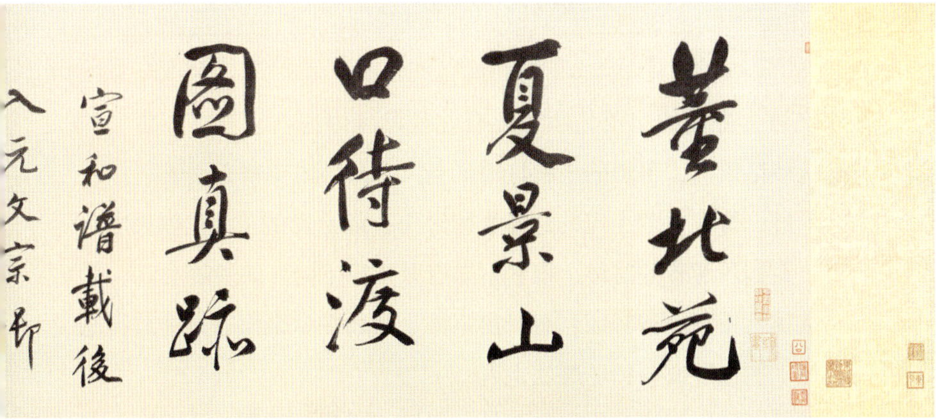

高。《清史稿》载：“襄少年负盛气，才特高，尤能倾动人。”冒襄拜师董其昌，并于这一年刊刻了诗集《香俪园偶存》。董其昌奖掖后学，为其诗集作序曰：“才情笔力已是名家上乘，安知非前身老诗人再来？”还把他比作初唐的王勃，期望他“点缀盛明一代诗文之景运”。在董其昌的指导下，冒襄一度苦学前贤书法。

冒襄也是个传奇式的人物，有关他的轶事就是与金陵名妓董小宛缠绵悱恻的爱情。董小宛病逝后，他把自己与董小宛的生活琐事，写成了著名的《影梅庵忆语》，洋洋四千言，成为我国忆语体文学的鼻祖。而所谓忆语体文学，其实就是用叙事方式撰写的自传，内容主要是夫妻平凡的琐事，有虚构的成分，故而也被列入小说。与冒襄《影梅庵忆语》齐名的忆语体小说还有沈复的《浮生六记》，陈裴之的《香畹楼忆语》，蒋坦的《秋灯琐忆》及余其锵的《寄心琐语》。

不过，冒襄与董小宛的这段哀婉经历，都是发生在明代覆灭之后的事。董其昌活着的时候，根本不知道董小宛是何方的妙龄女郎。

董其昌一直恳请辞职，想躲出京城，然而在皇帝没有恩准放行之前，他不能也不敢一拍屁股就走人。

到了天启四年的年底，董其昌的儿女亲家陈钜昌摹刻的私帖《延清堂帖》刊行，凡三十六种，都是董其昌中年所书的小楷，颇工秀。这些私帖本，大都经董其昌亲自审定，其来源是有保证的，应该不会有鱼目混珠的现象发生。这里有个问题，陈钜昌去世于万历四十八年，私帖《延清堂帖》刊行于天启年，只能有一种解释：此帖于陈钜昌生前编好，死后四年才得以刻成刊行。

转过年来是天启五年的正月，一直在嘟嘟囔囔恳求“乞休还家”的董其昌，非但没能致仕，反而官越做越大，“正月，拜南京礼部尚书”[1]。这叫董其昌哭笑不得，而且他不能违抗圣命，只好跑去皇帝跟前，跪倒在地，三呼万岁，然后再说：“谢主隆恩！”

年轻的天启皇帝当时才二十岁，依例要对这位老臣说：“老爱卿，免礼吧。”

南京礼部尚书，本是一个荣誉性的官爵，并没有什么实权。好在衙门设在留都南京，属于南方，比北京温暖，而且离家也不远。朝廷的这次安排，实在是对董其昌的一种照顾。董其昌暂时无话可说，赶紧走马上任。

到了南京之后，董其昌依然不能置身事外。阉党与东林党人的争斗，本质上是政治斗争。政治从来不是神圣的，却从来都打着最神圣的旗号。而对于大多数人来说，他们喜欢扮演斗兽场里的观众，因为

1 《明史》卷二百八十八。

看着别人流血自己不会疼痛，且很过瘾。他们都期待在政治斗争之后能捞到好处，却不知到头来自己也是牺牲品。唯独像董其昌这样的人，看得明白，对政治斗争毫无兴趣。

董其昌考虑再三，觉得留都也不是世外桃源，还是坚持要乞休。《明史》上说：“拜南京礼部尚书，时政在奄竖，党祸酷烈，其昌深自引远，逾年请告归。”[1]

农历正月十五日为上元日，董其昌在画室，看似在安安静静地创作一幅《仿云林山水图》，实则心情不能平静。当时的政治气氛已经到了白色恐怖的地步，像他这种性格的人，不会在公开场合表示任何不满情绪，于是在这幅《仿云林山水图》上，他题跋说：“云林《山阴丘壑图》在京口陈从训家，余尝借观，不获临写粉本。第云林自谓得笔于关仝。余家有关仝《雪溪图》，

1 《明史》卷二百八十八。

董其昌《夏木垂阴图》

此图巨幅，纵 321.9 厘米，横 102.4 厘米，系董其昌据吴用卿藏董源《夏木垂阴图》所绘，但参考了董源、黄公望笔法。现藏台北故宫博物院

足为云林粉本耳。玄宰画。乙丑上元日。”

为什么董其昌能在这样的节骨眼上安静作画？而且是在仿倪瓒的山水画？倪瓒气节高尚，终生不愿为官而浪迹太湖，是董其昌最为佩服的艺术家。这说明此时的董其昌内心波澜起伏。在经历了内心冲撞之后，董其昌的心情终获平静。他从历史的教材中已经看到了未来，就是人们所说的“善有善报，恶有恶报；不是不报，时间未到”，所以他果断地决定辞官回家。

董其昌随即向天启皇帝提交了《引年乞休疏》，类似今日告老辞职信：

恭遇皇上念先帝凭几之命，叙讲读微劳，起臣太常少卿，洊列宫詹。又以《泰昌实录》成，叙纂修微劳，升臣今职。荣宠逾涯，梦想不到，即当控辞以安愚分，所为冒病间关匍匐入都者，因编摩书册当赴阙恭进，赠荫殊恩，当赴阙祇承耳。今则二竖交侵，五技皆尽，虽报国之忠靡展，而引年之典已及，臣能乞身于疆壮之日，而敢越趄于漏尽之时乎？且夫隐鳞藏羽，充牣九衢，昔之缁衣，几为貂续。郭隗有言曰：“致仕请自臣始。”臣亦曰：“省官当自臣始。”实内睽于疏庸，外迫于疾病，披露腹心，毫无矫饰者也。惟敕下吏部，允其放归。臣得以余年同击壤之民共歌帝力，而祝圣寿之无疆，臣不胜感激之至！[1]

董其昌辞职的理由不新鲜，无非是两点，一是年老，二是多病，但他能把这种意思表达得如此情真意切，不让阉党魏忠贤等愤恨，确系仰赖于他的文字功底。当然，魏忠贤是文盲，可能也不会看懂他的辞职信。但是，董其昌说自己能拜南京礼部尚书之高位，“荣宠逾涯，

1 《容台集》卷五《引年乞休疏》。

梦想不到”，显然是客气话。早年他三次参加科举乡试，吃尽了苦头，目的就是要艺卖帝王家，混个高官当当，可以荣宗耀祖。

他的辞职请求没有被批准。天启皇帝朱由校是个不爱管事的糊涂蛋，大权旁落到魏忠贤手中，魏忠贤不批准董其昌乞休的请求，原因可能是需要他这个老太史公来装点朝廷的门面。

董其昌找了个理由要外出，这个理由可能是替朝廷宣读皇上三品赠诰。批准后，董其昌开始手忙脚乱地整理行装。二月十九日，董其昌本想为孟绍虞[1]作山水画，因为太匆忙无法完成。他后来在为孟绍虞作《山水画》上跋曰："玄钵宫谕好收余画，迫于理装上道，未能猝应也。与为约以春水楼船，风日清美时，拈笔先题款于纸端，知无捉刀之恨。乙丑二月十九日。董玄宰。"[2]

孟绍虞其实是魏忠贤的阉党党羽，董其昌很清楚这一点。可是，董其昌的大多数朋友若非东林党人也是东林党的同情者，属于阉党的对立阵营，可董其昌为什么依旧要巴结孟绍虞呢？道理很简单，巴结孟绍虞等于巴结阉党，目的是明哲保身，他不想去蹚政治祸水。由此可见，在董其昌身上兼具商人的精明、文人的懦弱、官员的油滑。

这则题跋还透露出一个重要的信息：在当时，董其昌书画使用代笔人已经不是秘密，至少在类似孟绍虞这样"好收余画"的收藏家眼里是清楚的，所以董其昌让孟绍虞"知无捉刀之恨"，还要"约以春水楼船，风日清美时"，也许这是虚与委蛇的权宜之计，但仍然不能掩饰其代笔的不堪。

董其昌在返回家乡的途中，于清源道中终于画好了《山水画》，连忙给孟绍虞寄回去，不能让他牵挂。并题跋曰："既登舟至于清源

1 孟绍虞，字闻叔、玄钵、楠子，杞县人。万历癸卯举人，癸丑进士，初授翰林院庶吉士，历检讨春坊赞善谕德詹事府少詹正，詹事，擢礼部侍郎，晋礼部尚书，实禄加一品服俸。崇祯清算阉党时，孟绍虞作为"交结近侍又次等论，徒三年，输赎为民者"的处罚。

2 董其昌为孟绍虞作《山水画》，现藏上海博物馆。

道中，写所见山村清霁。三月十三日。玄宰重题。寄玄钵馆丈。”

就在给孟绍虞寄回《山水画》的同一天，即二月十九日，董其昌又做了两件耐人寻味的事：一是他重新抄写了《汤阴县重修宋忠武岳鄂王精忠祠记》册；二是临写了颜真卿的《争座位帖》。岳飞和颜真卿都是中国历史上有名的忠臣，与魏忠贤、孟绍虞之流的阉党正好形成了鲜明的对比。孰忠孰奸董其昌心中自然分明。问题在于董其昌无法调和自身的矛盾个性，一方面他与现实中的阉党勾勾搭搭，一方面又以历史忠臣的正直品格来激励自己，他内心的纠结与痛苦，今人已很难体味。

事实上，他不是不知道正义在哪边，也不是不知道自己应该的站位，而是他惧怕邪恶的力量，屈服于邪恶的压迫。他像大多数官员一样，选择了明哲保身。这使得阉党的势力更加嚣张，正义的声音更加微弱。

第十章 六次恳请致仕

一、东林党人的同情者

天启五年四月三日，阻风崔镇。

董其昌在船中铺纸研墨，挥毫作《松溪幽胜图轴》，题跋曰："山右潘侍御翔公好收古名画。余出关前一夕，视予《子晋吹笙图》，乃郭恕先笔，设色布景，实为奇绝。余作此图，亦有其意。"[1]山右潘翔公者，是董其昌的同事，也是一位书画收藏家。

在此之前，董其昌又在潘翔公收藏的郭恕先《缑岭吹箫图》上题跋曰："《缑岭吹箫图》，传为赵伯驹笔。余所见千里真迹，若《桃源》《赤壁》及《补杜诗绝句》等画，虽细谨之极，独作马牙皴未有如此者。惟余家藏郭忠恕《避暑宫殿卷》及《雪景》大轴，与此画法绝相类。又见孙知微画松一枝，正及大李。此松夭矫奇变，亦略相等。盖五代时画法，不入南宋纤美，非恕先无此高古浑厚也。且绢素鲜洁，神采奕奕，知收藏家别有呵护，可为神品。山谷、子瞻辈见之，必有题咏，恨二公不见耳。翔公侍御其宝之。天启五年春，董其昌。"[2]潘翔公收藏的这幅《缑岭吹箫图》，此前一直被认为是南宋著名画家赵伯驹的作品。在董其昌鉴定之后，才确认为北宋郭忠恕的作品。

董其昌凭什么鉴定出《缑岭吹箫图》是郭忠恕的作品呢？

---

1 《虚斋名画续录》卷二，现藏南京博物院。

2 吴升《大观录》卷十三《郭恕先〈缑岭飞仙图〉轴》。

首先，在董其昌看来，五代至北宋的画风“高古浑厚”，而南宋则是“纤美”。这种观念是董其昌通过对历代大量作品的研究、比对之后总结出来的。董其昌非常果断地排除《缑岭吹箫图》是赵伯驹作品的理由是：“余所见千里真迹，若《桃源》《赤壁》及《补杜诗绝句》等画，虽细谨之极，独作马牙皴，未有如此者。”换句话说，赵伯驹的风格与此画完全不同。

其次，董其昌自身是画家，是从创作的角度来探讨笔法、构图等技法，并通过这些技法来追认和确定画家。董其昌提到的孙知微，是眉州彭山（今四川眉山市彭山区）人，与河南人郭忠恕虽然是同时代人，但他们来自不同的地区，如“设色布景”“画松枝”等也有区别。所以董其昌确认《缑岭吹箫图》是郭忠恕作品，其理由是：“非恕先无此高古浑厚也。”——在今天看来，董其昌的这种鉴定理由太过粗略，也太过武断，但我们也不得不承认，董其昌见过的实物和资料远比今人丰富，他本人的智慧也远远超出我们，所以他的论断在晚明时期就已经是最权威的论断，赢得广泛的认可。而我们今人，在大多数方面已经无法与他抗衡，常常也只能接受他的论断。

董其昌评《缑岭吹箫图》：“且绢素鲜洁，神采奕奕，知收藏家别有呵护，可为神品。”这是行话，是指藏品的品相，从市场角度看，品相越好的书画其市场价格越高，这是古今一律的现象。

董其昌完成《松溪幽胜图轴》的创作十多天之后，即天启五年四月二十二日，来到了苏州吴江的平望镇，遇到了大风天气，而好友朱敬韬的官府船，也正好在那里，于是他登上了朱敬韬的官舫，欣赏董源的作品，并据以董源的风格创作了一幅名为《阻风平望图轴》[1]。

时任工部郎中的朱敬韬是位埋头实干的能臣。他主持完成了一项了不起的水利工程，即路马湖工程，还编著了长达十四卷的《南河

1 董其昌《阻风平望图轴》，现藏美国利兹普卢库美术馆。

志》，赢得的赞誉声不绝。

董其昌由衷为朱敬韬感到自豪，于是为之撰写了名篇《淮安府浚路马湖记》[1]，刻石为碑。

董其昌以优美的文辞，高度赞扬了路马湖工程乃“所谓一劳久逸，暂费永宁云耳”也。他的书法尽显晚年之作的神态，所谓“渐老渐熟，反归平淡”，寓生秀于朴茂苍拙，自然洒落。《淮安府浚路马湖记》是董其昌传世书法中的上佳之作，也是其晚年行书的代表作，更是记录明代路马湖水利工程的珍贵史料。

经提督漕运河道太监李明道的推荐，朱敬韬后来奉旨加衔。魏忠贤的“十狗”之一、尚书周应秋赞叹说：“厂臣擎天巨手，报国赤心，挽漕输运，河伯效灵，裕国通粮，仓庾渐实，道臣朱国盛宜加太常寺卿，兼山东按察使，照旧管事从之。”朝廷嘉奖朱敬韬并以漕河功升太常寺卿，调进京都，留任皇帝身边，掌管祭祀礼乐。这是朱敬韬一生在仕途上最为辉煌的时期。但是，也正是魏忠贤阉党势力对他的器重，为朱敬韬的未来留下了隐患。

天启五年五月，董其昌终于回到了家乡华亭。

董其昌一生，无论是出山还是乞休，嘴上都在嚷嚷着要回家，可是他一旦回到了家里，却又不会老老实实地待在家里，总是以访友看画为由去游荡江湖，但华亭的那个家，确实是他的避风港，是他精神的慰藉之地。他的老伴龚夫人是位开朗、乐观而又十分虔诚的佛教徒，主持着这个庞大的家庭，而且把各方面处理得妥妥帖帖。

董其昌回到家里，他的老伴龚夫人笑道：“‘公少无宦情，老无媚骨，鸣犊见殒，倦鸟先还，知几其神乎！’家居八载，幸不为逆魏

---

1 《淮安府浚路马湖记》原作，卷后有清沈荃题跋一则，曾经清王鸿绪、安岐、张若霭等鉴藏，乾隆年间入藏内府。《墨缘汇观》《石渠宝笈・初编》著录，现藏故宫博物院。

网罗。”[1]这番话如果出自他人之口，就会显得有些肉麻，但是老夫人如是说，不失亲切，确是不虚的。

董其昌回到华亭后，免不了遇到俗事。他是朝廷大官，又是文坛领袖，声名卓著，亲友若遇到难事，便纷纷前来央求他帮忙。有些事也极棘手。那时松江府知府是进士出身的仇时古[2]，与董其昌、陈继儒的关系很友善。

仇时古为松江太守，与董宗伯思白、陈徵君仲醇善。有富室杀人，法当死，求宗伯居间。太守故不从，曲令重酬乃释之。自是往来益密。宗伯每一至署，太守辄出素绫或纸属书，无不应者。所得宗伯书，不下数百幅。[3]

身为国家大员的董宗伯，骨子里就没有把法律当回事，依旧把人情凌驾于法律之上。这并不是说明董其昌的胆子有多大，而是那个封建社会向来把法律当游戏。法律的严肃性是针对政敌的，而对自己人则可以徇私枉法。董其昌是老江湖，熟稔这一套。

董其昌此际对两幅名画魂牵梦萦，一直想求购，所以他回乡后立即派人前去洽谈收购。

一是藏于四明朱府的倪瓒《倪高士轴》。他派去求购的人久久不归，急得他叫人去用蓍草占卦。后来他如愿以偿得到了这幅画，并加以临摹。在他临摹的《临倪高士轴》上，董其昌题跋曰：“长安归之十日，即遣力往四明朱明府家易云林画轴，久不见至，遂令日者筮之。沈启南云：‘云林画，江南以有无为清浊。’余则癖矣。”[4]

---

1 陈继儒《陈眉公先生全集·思白董公暨元配龚氏合葬行状》。

2 仇时古，字紫巘，山西曲沃人。万历二十六年进士。天启五年任松江府知府。

3 王弘《山志》，中华书局 1999 年版，第 19 页。

4 《过云楼续书画记》卷五《临倪高士轴》。

二是藏于华亭朱文石家的《仿宋元人缩本山水册》，他也得到了，然后在此册页上题跋曰："此吾乡朱司成文石家藏也。司成元画以此为黄鹤第一，后归顾光禄，转入吴江邹比部云鹏，余从邹之客得之，足称墨宝，当在《青弁图》之右。"[1]

天启五年九月二十日是董其昌长房长孙董庭的生日。董庭出生于万历三十二年，至此已虚岁二十二。祖父董其昌对自己长孙董庭的垂爱是显而易见的。

一大清早，董其昌翻箱倒柜找出自己所写的行楷书《白居易诸偈册》，将它作为孙子的生日礼物。这本偈册是前些日子刚写的，但没有写完，于是董其昌接着完成了它，并题跋曰："乙丑九月朔，书于采芹堂。……乙丑九月二十日，为孙庭生日，书以付之。"[2]董庭不理解其中白居易诸偈的来源，董其昌一边加注，一边讲解禅悦："此白文公诗，亦可为禅偈。公所得法于鸟窠和尚者如此。其昌。"

董庭是董其昌的嫡孙，系长子董祖常之长子，即所谓长房长孙。陈继儒称董庭是贡士，即他本是举人出身，又参加了礼部会试而成为贡士，却未经殿试考试而成进士。董庭多年以来致力于收集和整理祖父董其昌的文章和作品。由于董其昌平时的手很松，很多重要的作品散存各处，于是董庭"克意料理，悬金募之，稍稍不胫而集"，甚至请祖父以新近的作品与收藏家交换董其昌早期的作品，所以董庭为祖父董其昌思想与艺术的传承与传播，做出了不朽的贡献。

关于董庭，陈继儒说："公七十一时，手书数通，用以发皇祖德，对扬王庥，而冢孙贡士庭，则请砻石而传之。此公碑版中第一烜赫之书也。"[3]这说明董庭也是位有心人，在整理祖父董其昌的文稿和书画

1 现藏台北故宫博物院。

2 《秘殿珠林》卷二。

3 《晚香堂小品》卷二十二《题董宗伯手书家告跋》。

方面做了许多工作。董庭曾将董其昌历年的家书汇编整理，然后摹刻于碑上。这些碑版忠实地展现了董其昌的书风，受到行家的高度赞誉。

数日之后的九月二十七日，董其昌率领子孙去了竹冈西原，为其祖父母董悌和俞氏扫墓，宣读皇上的赠诰。回家后，董其昌又将《仿十六家巨册》也送给了董庭，并题跋曰："高彦敬（克恭）尚书，载吾松《上海志》。元末避兵，子孙世居海上。余曾祖母则尚书之云孙女也。今日诣竹冈先茔，宣三品赠诰。念余仕路邅回，未及貤恩曾祖父母，展拜之次，惭负高孺人在时'摩顶悬记'之语。且余好为山水小景，似亦有因。归舟写此，付孙庭收贮以见志。乙丑九月二十七日。"[1]这是给长孙董庭生日礼物的延续，也是对他进行家世教育。

董其昌此后又回到北京，面对混乱的时局仍然闷闷不乐，坚持要辞职，不停地向朝廷提交请辞报告。

天启六年三月间，董其昌"请告归"被批准了，正式辞去礼部尚书，再返家乡。这是董其昌晚年"三起三休"的第二休。

在董其昌告归回家的路上，必定要经过苏州，而当时正巧爆发"苏州民变"，就是苏州民众公开反抗魏忠贤等阉党的统治事件。"苏州民变"是由一个叫周顺昌[2]的东林党人领导的。

早在天启四年，魏忠贤借故逮捕杨涟、左光斗、袁化中、周朝瑞、顾大章、魏大中六人，史称这批被害的东林党人为"前六君子"。当魏大中被魏忠贤陷害逮捕时，路过苏州阊门，周顺昌亲诣其船，要将女儿许配给魏大中之孙。押解囚犯的旗尉赶忙催人上路，周顺昌破口大骂："若不知世间有不畏死之男子耶？归语魏忠贤，我即故吏部郎顺昌也。"魏忠贤自恨之，因此种下祸因。天启六年三月，魏忠贤

1 董其昌《容台别集》卷四《画旨》。

2 周顺昌（1584—1626），字景文，号蓼洲，苏州吴县人。万历四十一年进士。历官福州推官、文选司员外郎。

派人到苏州逮捕周顺昌，激起苏州民众的义愤，爆发了“苏州民变”事件，反抗宦官的统治。苏州城乡数万人齐集，为之呼冤，结果两名东厂的缇骑被打死。魏忠贤随后进行猖狂报复。董其昌的同年进士、东林党领袖高攀龙自知在劫难逃，又不愿入狱，便投水而死。东林党人周起元、周宗建、缪昌期、黄尊素、李应升均死于狱中，历史上称这批被害的人为“后七君子”。苏州府的市民颜佩韦等五人亦被处死，现苏州虎丘之侧，有纪念颜佩韦等五义士的“五人之墓”。

个性懦弱的董其昌总是躲避着政治斗争，虽然他的内心同情东林党，且私底下也与东林党人从来没有断绝过来往，但迫于阉党的淫威，他从来不肯、不愿、不敢站出来主张正义。就在此前的三月间，董其昌还在与阉党重要成员孟绍虞勾勾搭搭，几献殷勤。直到魏忠贤倒台后，高攀龙成了人人敬仰的烈士，董其昌这才在怀念高攀龙的文章里，称其是“北斗以南，惟此儒者”，公开表示自己的钦佩之情。

这年的夏天，有一位同乡为官的人来拜访他，董其昌与他相聚甚欢。这个人也是东林党人。董其昌在《仿董北苑山水轴》跋曰：“郡伯紫巘公祖访余来仲轩，大出宋、元及当代名公山水画，纵观竟日，就中最赏董北苑及梅花道人二幅，因用其意为此图以赠，卷采宋、元法，而仅得肤清耳，不足当作家玄鉴也。丙寅夏五。”[1]从口气上看，董其昌非常尊重这位郡伯，而且又是赠送自己的作品又是谦虚地说自己画得不好。

不仅如此，董其昌还为这位先生的作品题跋，写了意味深长的诗句：“山色笼烟晚翠，松风盘云遮阴；春前淡淹幽眺，天际微茫远心。吴光禄玄水丈，今之画家入妙品者。此图紫巘使君作，元气淋漓，笔法苍秀，可谓‘殉知之合’。丙寅夏五。其昌题。”[2]

1 董其昌《仿董北苑山水轴》，现藏上海博物馆。

2 《晋唐五代宋元明清名家书画集》，商务印书馆 1937 年版，第 260 页。

这位郡伯紫巘者，就是原光禄寺丞吴尔成[1]，他是松江的名士，早在诸生时就名扬江南，有生徒三百余人追随着他。因为他是东林党的重要成员，不俯仰于阉党，任光禄寺丞时就辞官回家了。

吴尔成也擅画，董其昌便夸赞他的书画已入了最高等级的“妙品”之境，这显然是在吹捧，而且，董其昌还称吴尔成是自己的艺术知己。如今，董其昌已辞官，又称自己是东林党人吴尔成的“殉知之合”。这就不难看出董其昌脱离官场之后的轻松心情。

秋天，董其昌给年轻的瞿式耜画了一幅画，寄赠予他。

瞿式耜早年拜师钱谦益，虽然不是东林党人，但他是东林党的同情者，而且年富力强，才三十六岁，所以董其昌非常看重他，相信他是未来政坛的一颗新星。

董其昌在《赠稼轩山水图》轴上题跋曰：“芙蓉一朵插天表，势压天下群山雄。玄宰。丙寅中秋写。己巳秋寄稼轩世丈。”[2]可是，瞿式耜虽然于崇祯元年擢户科给事中，屡疏劾斥掌权佞臣，皇帝多采其言。后遭温体仁、周延儒等排挤陷害，与其师钱谦益同遭贬削，继而罢归常熟。

二、王时敏归来

董其昌辞职归来，不仅与书画收藏家交往频繁，与古玩书画商也打得火热。

在董其昌的晚年生活里，出现了晚明另一位重要的书画大亨，这个人就是新安人王越石。王越石，名廷珸，又有人称其为黄越石，是吴用卿之后崛起的徽州古董商人代表人物。

1　吴尔成，字伯玉，松江人，生卒年不详。万历三十二年中甲辰科第三甲进士。

2　董其昌《赠稼轩山水图》，现藏故宫博物院。

董其昌《赠稼轩山水图》

纸本墨笔

纵 101.3 厘米，横 46.3 厘米

现藏故宫博物院

董其昌第一次见到王越石是在天启六年的中秋。王越石当时拿着自己的收藏品来请董其昌鉴定。董其昌在一幅《李昇高贤图卷》跋曰："李昇画为神品之冠，唐末宋初鲜有敌手。米元章《画史》称有二帧在吴中僧刹。一帧可得半截工力，米于右丞犹谓如刻画，而于昇无间然矣。赏鉴如此。此卷高古简洁，树木如顾虎头，山石似李思训，余家亦有《雪图》一轴，正复相类。丙寅中秋。董其昌题。"[1]董其昌在此跋中，只是实事求是地赏鉴了书画，未说到王越石本人，可知他们并不熟悉。可是到了同年的九月二十一日，在为王越石藏《于念东画卷》题跋时，情况发生了变化："此予友济阴于念东中丞之笔也。昨年于道济，中丞公子出谒于官舫，予为言及此卷，顾失收藏者姓名，无以应，但心许为访求所在。忽于王越石舟中观之，不胜人琴之感，且幸于氏天球无恙，可报公子千里赍香花迎归供养也。"[2]

董其昌的旧友于念东已经去世，他的儿子想收集父亲的遗物，为此去年拜见董其昌。董其昌也很想帮忙，想起自己曾见过于念东的一幅手卷作品，却忘记了收藏者的姓名。没有想到却在王越石这里发现了。可见，董其昌不忘旧情，想做好事，有求于王越石。

这一时期，董其昌与江南许多名士在一起。

天启六年九月二十三日，他在青浦舟中，与俞彦直、陈卧子、许令则等相会，同观颜真卿《田神功八关斋会记》。

陈子龙（1608—1647），初名介，后改名子龙；初字人中，后改字卧子，又字懋中；晚号大樽、海士、轶符、於陵孟公等，华亭人。陈子龙是董其昌的学生。吴伟业在《梅村诗话》称陈子龙"卧子负旷世逸才"。

普荷（1593—1683），当时的名字叫唐泰，字大来，云南晋宁

1 吴升《大观录》卷十一。

2 《石渠宝笈续编》乾清宫。

董其昌《仿古山水图》册页八开

纸本墨笔，纵 29.4 厘米，横 22.8 厘米

天启五年王时敏收藏，现藏上海博物馆

人，五龙山人解元尧官孙。他曾到北京来应试，进太学学习。天启中以明经入对大廷。此时他在返回云南的路上因为遇到兵乱，就留在华亭，拜董其昌为师学习书画。他后来成为清初的著名画僧。[1]

董其昌乞休回家后的第二年，天启七年的三月十五日，他应邀来到了虞山钱谦益家中做客。钱谦益是明万历三十八年探花，授翰林院编修。天启四年为《神宗实录》的编纂，因受阉党御史崔呈秀和陈以瑞的弹劾，钱谦益被革职回乡。

钱谦益拿出倪瓒的《山水画》请董其昌鉴定。董其昌跋曰："元镇画，余于海上顾氏见之，书作欧阳信本体，画作董北苑体，皆与他云林画不类。今日虞山钱征君以此本见示，复取笔点苔，惜上额偶缺几字，然亦不必求其全也。"[2]钱谦益收藏的倪瓒《山水画》有问题，或是倪瓒粗略的应酬画，或不是真迹。董其昌碍于面子，替他在画上补了笔，但董其昌故意留下了"扣子"，即破绽，并安慰曰："惜上额偶缺几字，然亦不必求其全也。"

钱谦益待董其昌极恭敬，声称他自己五岁时就开始喜欢董其昌的画。于是董其昌画了一小幅扇面赠送他。董其昌跋曰："钱征君五岁好余画山水，以此赠之。丁卯三月望。玄宰。"[3]

夏至日时，董其昌又来到了常州，访唐中丞家，也就是董其昌同年进士好友唐效纯家。唐家是常州的望族，唐效纯的祖父唐顺之、父亲唐鹤征三代都是进士出身。董其昌为庶常时，唐效纯曾经出借米芾《千字文》让其临摹。

董其昌拜访常州唐家时，唐效纯已经故去，所以接待他的是唐效纯的儿子唐云，即唐献可（字君俞），董其昌称其为侄。董其昌在

---

1 唐泰在明亡后剃发为僧，隐鸡足山，法名通荷，后更名普荷，号担当，把"担当天下大任"的一腔爱国豪情，寄寓在诗画之中。

2《神州国光集》上。

3 董其昌《山水扇面》现藏上海博物馆。

《金任君谋书韩文公诗卷》上题跋曰：“此卷在晋陵唐中丞家，相传二百年矣。丁卯长至，与贺函伯同观于唐云客斋中。书法奇绝，出入长沙、鲁国，故是唐氏瑰宝。尤谓君谋得云客，始得放大光明也。董其昌记。”任君谋为金代大书法家任询。

董其昌在唐君俞家住了两天，“长至日后二日”，董其昌又在唐君俞家拜见了《李成雪林归棹图》。董其昌跋曰：“此帧人物、舟桥、屋宇，固是北宋，而远树细苔，圆润浑厚，飒飒有声，为梅花庵之祖，其为营丘无疑。唐氏世藏几二百年完好如故，得所矣。君俞年侄其宝之。丁卯长至后二日观因题。其昌。”[1]唐君俞也是一位画家，其“画有宋元余韵，书宗米体”。[2]董其昌还为唐君俞画了一幅山水扇面。[3]

七月初七，董其昌来到苏州金阊，从一位叫张慕江的人手中购得三张名画，即《梅花道人仿巨然》、高克恭《云山秋霁》和谢伯诚《庐山观瀑图》。到了这年的中秋，董其昌还在苏州金阊时，常州唐君俞带着倪瓒的作品也赶到了苏州。

董其昌观赏唐家所藏的倪瓒作品时，正巧王时敏派人送来了他自己的作品。董其昌比对倪瓒和王时敏的作品之后，大发感慨。他在王时敏《仿迂翁山水立轴》上题跋曰：“丁卯中秋，舟泊金阊门，时毗陵唐君俞载云林画来赴约，方伫待人服，宸甫一时未至，忽得逊之此图，遂夺云林之神情观止矣。君俞画至，知其无以尚矣。他时更不为宸甫作仿倪画也。”[4]至此，董其昌对王时敏的画作已经推崇到无以复加的地步。

到了天启七年，王时敏也因事请假回到了太仓，来看望董其昌。

1 《吴越所见书画录》卷二。

2 常州图书馆藏《毗陵画征录》。

3 《扇面大观》第一集。

4 《别下斋书画录》卷三《王烟客仿迂翁山水立轴》。

董其昌一生最为欣赏的学生就是王时敏，把他视为自己艺术的接班人，所以见到他很高兴，而他却称王时敏为“老亲家”。这是怎么一回事？

其实，董其昌早已为自己最小的儿子祖京定下了娃娃亲。这个未过门的儿媳妇就是王时敏的二女儿。董其昌在《明董文敏为王逊之写小景山水册》[1]上题跋曰：“乙丑九月，自宝华山庄还，舟中写小景八幅，似逊之老亲家请正。玄宰。”董其昌时时牵挂与王时敏定下的这门儿女亲，时董祖京还甫及髫龀。董祖京与王时敏次女直到崇祯十二年才完婚。《王时敏年谱》云是年“次女适华亭董祖京”，王时敏第五子王抃也称此年“二姊于归董氏，文敏公之第四君也”，皆可证明董、王两家的姻亲关系。[2]

天启七年四月七日这天，在学生王时敏的邀请之下，董其昌和陈继儒结伴造访了王时敏家。这次来相府，董其昌已经换了身份，是来拜访儿女亲家。

王氏相国府是太仓城里首屈一指的望族，深宅大院，雕梁画栋，气派非凡。府邸分为东、南两园和乐郊园。王时敏自述：“东、南两院，疏筑并兴；乐郊红药，数亩之地。修堤广坡，标峰置岭，郁成名胜。”还说：“惟于泉石之癖，病入膏肓，随处随住，必累石种树，以寄情赏。”[3]另有地产多处，其中“西田”是神宗皇帝御赐给首辅王锡爵的禄赐之地，位于太仓城的郊外，是王家的别业。相府家不仅富有，而且“家法素严，僮仆千余”。[4]王家也乐善好施，在当地的口碑甚好。

董其昌和陈继儒对于娄东相国王家大院是熟悉的，因为他们年轻

1 现藏上海博物馆。

2 颜晓军《董其昌诸子及董氏第宅》，载《故宫博物院院刊》2016 年第 6 期，第 115 页。

3 《王时敏自述》。

4 陈辞、陈传席《王时敏》（上册），河北教育出版社 2009 年版，第 23 页。

董其昌《石磴飞流图》

天启六年，董其昌以朱熹的诗意而作。相比他早期的山水画，此图显得明朗秀润，天趣自然。

现藏台北故宫博物院

的时候都曾在这里生活过，与王衡一起读书备考。这大约是四十年前的事，那时王时敏还没有出生。如今的相国大院与记忆中的模样发生了很大的变化，原因是王时敏在父亲王衡、祖父王锡爵相继过世后，对庭院进行了很大规模的改建。

眼下的乐郊园与昔日东园的叠山理水理念也发生了巨大转变。四十年前，祖父王锡爵营造的东园，“度竹径南累石，曲折而南又有小山平起，……山尽处有期仙庐”，可见有宋代山水画的意味，平远之境中有曲径，的确是延续了自东晋以来“小中见大”的叠山传统。而现在乐郊园堆叠的假山，一派元人画的趣味，用土石相间堆出平缓的局部山川，犹如黄公望和倪瓒的山水画。这一点也不奇怪，王时敏极为崇拜黄公望，一辈子都在学习和追摹黄公望的笔墨意境。而董其昌眼见到此山此景的变化，触动了抚今追昔的感伤，但他绝对不会悲伤，因为王时敏之所以如此热爱黄公望，正是由于他传授的理念。

在王时敏的引领之下，一行人参观了刚修葺好的相国大院。其中鹤来堂、逊之山房和绣雪堂等处的墙壁上还悬挂着一些艺术品。董其昌和陈继儒一边走一边看，不时驻足评点一番。在南园的绣雪堂里还精心设计了一堵白墙，用于书写大字。王时敏有请董其昌，而董其昌也未加客气，拿起侍者送过来的大笔，题“话雨”二字于壁。

最引人瞩目的地方就是新建的御书楼，里面供奉着万历皇帝朱翊钧写给首辅王锡爵的二十七道手札。董其昌在为王时敏撰写的《御书楼记》中写道：“文肃捐馆，尚玺肯堂。搴杜蘅以为梁，琢文石以为砌。崔嵬鸟革，舄奕龙光，庶几泉台可作，俨见羹墙，云仍永保，荣踰带砺。是明良之朝典，而忠孝之家谟也。既落成，授简旧史其昌记之。”继而董其昌赞叹说：“此书在处，当有庆云下垂，百神潜卫者焉，非王氏一家之弘璧已也！”[1] 人们把皇帝的手札看作圣物一般宝

1 董其昌《容台文集》卷四。

贵，甚至产生了“庆云下垂，百神潜卫”这样的幻想。君权神授的思想已经根深蒂固，连董其昌这样的旷世才子也不能免俗。

考虑到董其昌、陈继儒老伯都已经年至古稀，王时敏安排他们好好休息一下，然后再聚集在南园的鹤来堂，开始赏画。

王时敏说：“丁卯春，云间董宗伯过余鹤来堂，相与审定家藏古今法书名画，留连旬日。暇时即研墨伸纸，捉笔作字，或小楷，或真行，或临摹古人，或自出机杼。”[1]

在鉴赏“家藏古今法书名画”之后，王时敏取出自己的作品《仿倪瓒山水图轴》[2]请老师评点。董其昌题跋曰：“此逊之玺卿仿云林画，所谓优钵罗花不出开者。旧藏于青浦曹太学家，已落程氏手。逊之于长安邸数见之，遂能夺真，当今名手不得不以推之。玄宰题。”可见在王时敏三十多岁时，在老师董其昌的眼里已经是“不得不以推之”的当今名手了。《国朝画征录》说王时敏“少时即为董宗伯、陈征君所深赏。于时宗伯综揽古今、阐发幽奥，一归于正，方之禅室，可备传灯一宗，真源嫡派，烟客实亲得之”。也就是说，在董其昌活着的时候，他就把王时敏视为自己的接班人，“可备传灯一宗，真源嫡派”！

董其昌作《丁卯四月七日同陈眉公过逊之山馆话雨留宿》一诗，王时敏作《思翁、眉公过绣雪堂话雨留宿》诗以和之：

满径绿阴静，清和景最佳。
微风归宿燕，细雨落轻花。
老友不期至，清言何以加。
酒酣余逸兴，粉壁走龙蛇。

1 《曝画纪余》卷三《名人书画集锦册》第六开《严泓曾山水》。

2 现藏故宫博物院。

董其昌晚年的尊号为思翁。从这首诗中我们可以感受到，一个春和日暖的日子，有点微风，有点细雨，董其昌和陈继儒在满眼春色间游览了王府的林园，大家非常开心，喝了一点老酒助兴，然后董其昌提起笔“粉壁走龙蛇”。这个“粉壁”就是指南园的绣雪堂。

王时敏这次居家的时间较长，所以董其昌、陈继儒老伯多次去看望过他。

同年仲夏七月，董其昌、陈继儒再访王时敏家，相与审定王时敏收藏的古今法书名画。[1]相府家的藏品实在太多，前一次鉴赏远未看完，所以这次来居住月余，乃返。

去年（天启六年）秋天，王时敏奉使闽中，游武夷山时画了许多画，其中有《武夷山接笋峰图》和《幔亭秋色图》等，就挂在绣雪堂的墙壁上。董其昌在《武夷山接笋峰图》上题跋曰：“今见逊之此图，追踪子久，烟云奔放，林麓深密，实为画中之诗。三十年前眼境重新，坐收幔亭奇致，叹服叹服。”[2]

就在七月的这次到访，董其昌将自己收藏的王蒙《山水卷》交付王时敏收藏。董其昌还为王时敏的《层峦秋霁图》作了题跋。

在这两三年之间，不仅董其昌和陈继儒去娄东过访王时敏，有时王时敏也跑来华亭看望老师。崇祯元年的夏日，王时敏就曾来到松江府，给老师送来了礼品，其中还包括求画用的文房宣纸，并和董其昌等一起结伴游昆山，[3]也一定会过访位于山中的陈继儒别墅顽仙庐。也是在这一年（崇祯元年）五月朔日，董其昌书写了纸本《松江府城隍制诰卷》[4]。

崇祯元年的八月，朱敬韬家中院子里的梅花突然绽放，乡人们都

1 《曝画纪余》卷三。

2 《吴越所见书画录》卷六。

3 《王时敏年表简编》。

4 现藏南京博物院。

以为惊奇，朱敬韬就邀请董其昌来赏花。董其昌写下了《梅花诗》：

朱云来太常园中八月梅花大开，诗以表异。

大远江南信，先标水部诗。名花真创见，帝力本无时。

香挟湘兰发，清含塞角吹。仙家惭幻术，官阁动吟思。

何事蝉号露，偏欣雀啅枝。金飚从劲厉，玉树独华滋。

骤讶园丁报，将谋驿使驰。生荑差足拟，雕叶未为奇。

姑射神如下，孤山鹤也疑。白华仍皙补，黄落失骚悲。

积素临枫岸，飞英堕槿篱。催妆殊早计，赴陇异恒期。

冷艳心堪许，幽芳众岂知。冰壶舒夜蕊，黍谷变春姿。

调鼎征天瑞，濡翰共谱之。[1]

董其昌对王时敏的牵挂，似乎时刻记在心头。崇祯二年夏日闰四月，董其昌在青龙江舟次为王时敏作《山水轴》[2]，并题跋曰："逊之尚宝以此纸属画，经年漫应，非由老懒。每见其近作，气韵冲夷，动合古法，已入黄痴、倪迂之室，令人气夺耳。"因为自己的杂事太多，而应付王时敏的索画又画得太慢了，他感到有点不好意思了。

崇祯二年陕西、山西大旱，饿殍遍野。董其昌与陈继儒诸人请苍雪大师讲《楞伽》于松江郡西之白龙潭。[3]

董其昌到了七十五岁的时候，身体仍然极好，依旧不太愿意与自己不喜欢的人交往，整天忙于读书写字。陈继儒说："公七十有五余，至今手不释卷，灯下能读蝇头书，写蝇头字。间遇二三名流，巨集抽

1 现藏于辽宁省博物馆的《东方朔答客难并自书诗》卷，分为前后两部分。前半为《东方朔答客难》，后半即为董其昌自书五言古诗《梅花诗》。全卷均有乌丝栏界格，款记"戊辰八月"。此"戊辰"年为 1628 年，董其昌时年七十四岁。

2 《王时敏年表简编》。

3 《南来堂诗集》。

览，即推去曰：‘就中无甚秘密藏，不必游目也。’。”[1]

其间，董其昌和陈继儒来往于王时敏家中，还有个人也随侍左右，不时为他们讲解相府园林的改造构思。这个人就是董其昌的学生张南垣，也是那个时代最杰出的营园名师之一。王时敏家的园林改造，就出于他的手笔。

三、《容台集》的刊行

王时敏家东园的改造从万历四十八年开工，其间经过多次修改，终在崇祯七年完成。[2]董其昌和陈继儒到来之际，已经局部完工。

相府家的园林改造，出自一代营园名师张南垣之手。张南垣为王家营造了南园、乐郊园等。《清史稿·艺术列传》中称张南垣“少学画，谒董其昌，通其法，用以叠石，堆土为假山”。

吴伟业曾经写过《张南垣传》[3]，曰：“张南垣名涟，南垣其字，华亭人，徙秀州，又为秀州人。少学画，好写人像，兼通山水，遂以其意垒石，故他艺不甚著，其垒石最工，在他人为之莫能及也。”据说，张南垣长得不自信，又矮又胖又黑，却懂得幽默风趣，喜欢拿怪诞不经的传说当笑资，而且与人交往，总喜欢讲别人的好话，故而人缘极好。每年都有众多豪门书信相邀，或上门礼聘，请他去营建园林。

董其昌对张南垣的影响颇大。董其昌曾说：“江南诸山，土中戴石，黄一峰、吴仲圭常言之，此知夫画脉者也。”这给张南垣很大的启示。他常以荆浩、关同的山水画笔意，垒造假山，两山对峙，左曲

1 陈继儒《容台集·序》。

2 李彬《明末清初娄东园林的风格转变：以王时敏的园林为例》，载《装饰》2014年第2期，第114～115页。

3 《四部丛刊》本《梅村家藏稿》。

右平，不做一点曲折，又忽然在它的顶端，将几块山石相互交错造成气势，使整座假山具有灵动之感。张南垣的营园手艺一枝独秀，原因就在于此。

张南垣园林的代表作有松江李逢申横云山庄，嘉兴吴昌时竹亭湖墅、朱茂时鹤洲草堂，太仓王时敏乐郊园、南园和西田，吴伟业梅村，钱增天藻园，常熟钱谦益拂水山庄，吴县席本桢东园，嘉定赵洪范南园，金坛虞大复豫园等。

可惜，太仓相府的南园和西田到清代就荒芜了。清中期人钱泳曾游览过相府南园，在他的名著《履园丛话》中写下这样的诗篇，令人抚今追昔，感慨不已：

相国门庭感旧知，满头冰雪最相思。
偶然留得和羹种，曾听前朝话雨时。[1]

天启七年春三月，魏忠贤的权势达到了顶峰。海内争相献媚，督抚大臣如阎鸣泰、刘诏、李精白、姚宗文等，争相为魏忠贤颂功德、立祠堂，纷纷攘攘，唯恐不及。更为滑稽的是，社会底层的武夫、商贾小人也望风而动，甚至连那些无赖之徒，也都在为魏忠贤建生祠。这些生祠遍于各地，都建得极为工巧。他们侵占百姓田宅，砍伐坟地树木，但谁也不敢控诉他们。而恬不知耻的监生陆万龄，甚至请求以魏忠贤配祭孔子，以魏忠贤的父亲配祭孔子之父“启圣公”叔梁纥。

天下的风气为之一变，朝廷章奏无论巨细，都称颂魏忠贤为“厂臣”，而不称其名。廷臣如尚书邵辅忠、李养德、曹思诚，总督张我续以及孙国桢、张翌明、郭允厚、杨维和、汪若极、李时馨、何廷枢、陈维新、陈尔翼、郭如暗、郭希禹、徐溶等人佞词连篇，不顾羞

1 钱泳《履园丛话》。

耻。更不堪的是宗室，如楚王朱华、中书朱慎鉴，功勋外戚如丰城侯李永祚，也为之折腰拍马。连大学士黄立极、施凤来、张瑞图在起草圣旨时，也必说“朕与厂臣”。山东产麒麟，巡抚李精白画图上报朝廷。黄立极等起草圣旨说：“厂臣修德，故仁兽至。”妄言欺骗竟至于此。

宦官专擅朝政，势焰熏天，内阁首辅顾秉谦和先后入内阁的冯铨、黄立极、施凤来、张瑞图、李国榗、来宗道等人都成为魏忠贤私党，时称“魏家阁老”。《明史》还载：“施凤来，平湖人。张瑞图，晋江人。皆万历三十五年进士。凤来殿试第二，瑞图第三，同授编修，同积官少詹事兼礼部侍郎，同以礼部尚书入阁。凤来素无节概，以和柔媚于世。瑞图会试策言：‘古之用人者，初不设君子小人之名，分别起于仲尼。’其悖妄如此。忠贤生祠碑文，多其手书。”[1]

“厂臣”魏忠贤平时经过时，士大夫遮道拜伏，欢呼九千岁，一些人干脆叫他“九千九百岁”“举朝阿谀顺指者俱拜为干父，行五拜三叩头礼，口呼九千九百岁爷爷”[2]。

不能不佩服董其昌对时局见微知著的洞察能力——按理说，天启皇帝当时还是一个年轻小伙子，身体康健，还有太医院的御医们精心照料着，可谁会料到就是这样的年轻人也难享天年。生命之无常是佛教的核心思想，而董其昌毕生参佛，远离政治，厌恶党争，时隐时宦，大概就是因为他相信“善有善报、恶有恶报。不是不报，时候未到。时候一到，统统报销”。

天启七年八月，一贯放纵阉人为非作歹的天启皇帝朱由校，在奉圣夫人客氏、魏忠贤等人的簇拥下，在西苑游船上饮酒作乐，不慎翻船落水。真命天子虽被救起，却已惊魂难定，落下了病根。兵部尚书霍维华连忙进献仙药，名叫“灵露饮”。这“灵露饮”不知是何配

1 《明史》卷三百六十，《列传》一百九十四《阉党》。

2 吕毖《明朝小史》。

方，皇上饮用之后竟得了臌胀病，整天卧床不起，臭屁连天。八月十一日，朱由校驾崩于乾清宫，可怜短命只有二十三岁。

信王朱由检随即登基，年号崇祯。朱由检是天启帝朱由校的弟弟，因为哥哥没有子嗣，于天启二年被哥哥朱由校册封为信王，天启七年又受遗命而继位。天启皇帝临死前曾专门叮嘱朱由检说，魏忠贤"恪谨忠贞，可计大事"，就是嘱咐他要依赖魏忠贤所率领的阉党。但事实上，他有着自己的独立思考能力。

崇祯元年十月十五日，身在"尘隐居"的董其昌开始画一幅《秋林晚翠图轴》。这一时刻，正是崇祯皇帝准备清算阉党的前夕。董其昌似乎已经敏锐地察觉到了山雨欲来风满楼的气息。他在《秋林晚翠图轴》上题跋曰："此余昔年为钦仲作也……今于'尘隐居'复得展观，而世异人移，感慨系之矣。戊辰十月望重观并识。其昌。"[1]也是在这同一天，董其昌在读书，不是读史，而是读宋代的词曲。随后他在《宋人词册》上题跋曰："宋人特工于词曲，苏、欧、秦、黄，其最著者；惟王半山为之，风骨稜稜，脱去艳冶，态虽秀，铁面严冷，不得以教坏人家男女相嘲也。戊辰十月望书竟。其昌。"[2]董其昌这里所说的王半山，就是北宋著名思想家、政治改革家王安石，而热衷于禅悦的董其昌，有话从来不喜欢直说，绕着弯儿在讲述他对政治形势的预判。

这是他的高明之处。董其昌一生为官多年，从来没有被专职纪检的御史弹劾过，就是得益于他沉默是金般的讷口。讷口即沉默，沉默不招祸。但是，沉默不等于没有思想，董其昌应该已经预料到一场大风暴即将来临！

这场风暴的策源地就是天子居住的皇宫。

---

1 陆心源《穰梨馆过眼录》卷二十四《秋林晚翠图轴》。

2 同 1 卷九。

崇祯帝是一位极有城府的年轻君主。他的童年很不幸，五岁时，他的生母刘氏获罪，被自己的父亲即泰昌帝下令杖杀。这使得他对皇权有了彻骨的认识，性格变得刚强而机警，处事尤为冷静，对血腥暴力不再恐惧。崇祯皇帝继位时未满十七周岁，当时朝政十分混乱，人心涣散，而且朝廷内外遍布魏忠贤的死党。他很想把这个国家治理好，所以要克制，不能鲁莽从事，要等待时机以便也玩一玩借刀杀人的血腥游戏。

对阵的堡垒最易在内部垮塌。就在崇祯帝继位后的当年十月十三日，本是魏忠贤走卒的御史杨维垣，上疏弹劾魏忠贤门下号称“五虎”之一的兵部尚书崔呈秀，同时不忘美化“厂臣”魏忠贤。贼眉鼠眼的杨维垣在奏折中说：“呈秀毫无益于厂臣，而且若为厂臣累。盖厂臣公而呈秀私，厂臣不爱钱而呈秀贪，厂臣尚知为国为民，而呈秀惟知恃权纳贿。”

崔呈秀是魏忠贤的死党，已是臭名昭著。崔呈秀的儿子崔铎中了进士，令天下读书人所不齿。朱由检果断抓准时机，下令免崔呈秀职，令他回乡守制。这就掀开了倒魏的大幕。敏锐的官员们觉察到政治局势的动向，于是弹劾魏忠贤的奏疏接二连三地出现。十月二十六日，海盐县贡生钱嘉征上疏，列举魏忠贤的十大罪状。崇祯帝终于刀剑出手，于同年十一月下诏书，贬魏忠贤去凤阳守陵。旋即，崇祯帝又听说魏忠贤离京后还豢养一批亡命之徒，大怒，下令锦衣卫前去逮捕，押回北京审判。

崇祯二年二月，皇帝朱由检命大学士韩爌等人审定逆案，这才将魏忠贤的党羽尽数逐出，东林党人又得以进用。

魏忠贤颠簸在去凤阳的途中，听到李永贞的密报，自知难逃一死，行到阜城时，便与同伙李朝钦在阜城南关客氏旅店痛饮至四更，最后一起上吊自杀。

崇祯帝至此大开杀戒，诏令将魏忠贤肢解，悬头于河间府，并将先帝天启皇帝的奶妈、奉圣夫人客氏鞭死于浣衣局。魏忠贤的侄子魏良卿、奉圣夫人客氏的儿子侯国兴、弟弟客光先等都被处死，暴尸街头，还抄了他们的家。当初给魏忠贤通风报信的李永贞也被斩杀。魏忠贤手下的骨干如号称“五虎”者，文臣崔呈秀、田吉（兵部尚书）、吴淳夫（工部尚书）、李夔龙（副都御史）、倪文焕（太常寺卿）；“五彪”者如田尔耕、许显纯、孙云鹤（东厂理刑官）、杨寰（镇抚司理刑官）、崔应元（锦衣卫指挥）等，于崇祯二年三月，被重定逆案，这“五虎”“五彪”皆被处死。据统计，阉党二百六十余人，或处死，或遣戍，或禁锢终身，使气焰嚣张的阉党受到致命打击。与此同时，那些拼死与阉党做斗争的东林党人，悉数被平反昭雪，活着的人则被重新启用，其中袁崇焕被任命为兵部尚书，朝廷赐予他尚方宝剑，托付他收复全辽的重任。

《明史》记载崔呈秀临死时的状况：“时忠贤已死，呈秀知不免，列姬妾，罗诸奇异珍宝，呼酒痛饮，尽一卮即掷坏之，饮已自缢。”但他死后仍被追戮尸体。

魏忠贤的侄子魏良卿临死的时候说：“吾生长田舍，得负耒耜足矣，何知富贵？今日称功，明日颂德，功德巍巍，自当封拜，吾不合为珰侄，遂以袍带加身，是称功颂德者，以富贵逼我，我何罪也！”[1]魏良卿当时已经被封为晋宁国公，食禄如魏国公例，而且加太师衔，位极一品。他认为自己的罪过就因为是魏忠贤的侄子。他懊悔说：自己原本是个农民，就应该知足，却因贪图“今日称功，明日颂德”的功名富贵，走上了绝路。魏忠贤自杀后一个月，魏良卿被斩首。

前面介绍的那位官迷心窍的大学士魏广微，后因与魏忠贤发生抵牾被罢官。虽然与魏忠贤翻脸翻得早，可是在崇祯帝清算阉宦时仍没有放过他，罚他遣戍，而且死后被削籍，定入逆案——等于在他棺材

1 《天爵堂文集》卷十九《丑寅闻见志》，崇祯刻本。

上再踩上一只脚，叫他永世不得翻身。还有那个无名小卒、高喊着要在孔庙将魏忠贤配祭孔子的监生陆万龄，政治投机没捞到什么好处，结果也被处死。

还有晚明大才子、大书法家张瑞图也要说一说。

张瑞图本是万历三十五年的探花，授翰林院编修，后以礼部尚书入阁，晋升为建极殿大学士，加少师。张瑞图是明代四大书法家之一。当年全国上下兴建魏忠贤生祠的时候，许多碑文多出自他的手笔。最初，人们想找董其昌来为魏忠贤生祠捉笔，董其昌一看势头不对，故意从马上摔了下来，伤了右手，于是张瑞图就成了接替董其昌的倒霉蛋。但这个典故不确，因为董其昌此时已经乞休回到了老家。

崇祯元年正月，张瑞图也看出了政治的隐患，两次求退，不允，说明已经来不及了。崇祯二年三月，张瑞图被罢官。几天之后，即三月十九日，崇祯帝以谕旨的形式公布“钦定逆案”名单。张瑞图列入“交结近侍又次等，论徒三年，输赎为民者”得到清算。

在这场血腥的争斗之时，董其昌在干什么呢？整天与他相伴左右的陈继儒说：“余与公为老友，凡有奇文，辄出示欣赏，其他散见于劈笺、题扇、卷轴、屏障之外者甚多，赖冢孙庭克意料理，悬金募之，稍稍不胫而集。呈公省视，乃始笑已作。不然，等身书几化为太（泰）山无字碑耳！”[1]换句话说，董其昌此时过得很逍遥，天天吟诗作画，而且他的嫡长孙董庭一直跟随着他，为他刊印著名的著作《容台集》而忙碌着。

董其昌到了晚年，政治立场开始明朗起来。在魏忠贤阉宦得到彻底清算之后，他于崇祯三年作《高忠宪公像赞》[2]。高忠宪公即高攀

1 陈继儒《容台集·序》。

2 《明御史大夫高忠宪公像赞》石刻一方，行草书体。正文计十四行一百二十八字。此石原为高攀龙祠堂内之遗物，因其建筑已毁，现收藏在无锡东林书院。

龙，字存之，又字云从，无锡人，世称“景逸先生”，为东林党之领袖，“东林八君子”之一，也是董其昌万历十七年的同年进士。

万历二十二年，高攀龙曾上疏参劾首辅王锡爵，被贬广东揭阳典史。万历二十三年，高攀龙辞官归家，与顾宪成兄弟复建东林书院，在家讲学二十余年。天启元年，高攀龙重获起用，被任命为光禄寺丞。历任太常寺少卿、大理寺右少卿、太仆卿、刑部右侍郎、都察院左都御史等职。天启六年，魏忠贤迫害东林党人，其死党、尚书崔呈秀假造浙江税监李实奏本，诬告高攀龙等人贪污。该年三月，高攀龙害怕入狱而投水自尽，时年六十四岁。崇祯皇帝上台之后，东林党人主控的朝廷为高攀龙彻底平反，赠太子太保、兵部尚书，谥“忠宪”。

崇祯二年二月，已是早春时节，北京正在清算阉党的罪行。魏忠贤的党羽们曾经是那么趾高气扬，在与东林党的斗争中个个似好斗的鬣狗，整治对手绝不心慈手软。一旦他们自己处在被惩罚的位置时，马上又流露出摇尾乞怜的样子。

董其昌预感到自己重新出山的机会快要来到，便在门人杨彦冲等人的陪伴下，重游武林。时年七十五岁。

前一次去杭州，是在天启元年秋，之后他再也没去过那里，其间相隔了九年。

这年的董其昌依例下榻在他非常熟悉的杭州昭庆寺。二月三日，董其昌和友人们聚集在陈生甫家的“听跃楼”，为主人收藏的萧照《宋高宗瑞应图》作了两次题跋。陈生甫，字阶尺，是当时杭州的闻人。他与时任杭州知府刘梦谦、《继金瓶梅》的作者丁耀亢（1599—1669）等交好。董其昌题跋曰：

萧照为李晞古之嫡冢，更觉古雅。此卷穷工极妍，具有李昭道风格。题字为曹勋，则行书足为米敷文优孟。兹所书小楷，乃全学高宗临永兴，足称二绝。董其昌观并题。

崇祯二年，岁在己巳，春仲三日，再观于陈生甫之听跃楼。余不到西湖九年矣。同观者陈则梁、孙仲鲁、冯云将、雷宸甫、杨彦冲、王见可、王玉烟。其昌书。主人陈阶尺收藏。[1]

“听跃楼”在座之人，差不多全是董其昌的晚辈。何以见得？我们虽然现在只知道其中的三人，即陈则梁、陈生甫和杨彦冲，但他把跟随自己学习书法的年轻和尚陈则梁列在同观者首位，由此可见。

崇祯三年，董其昌一生最重要的著作《容台集》首次在松江刊行。

最初的《容台集》刊本包含文集九卷、诗集四卷，别集四卷，共十七卷。由董其昌冢孙董庭编辑，陈继儒作序。董其昌亲自审看了最初的崇祯三年《容台集》松江刊本。

陈继儒在董其昌去世后撰写的《思白董公暨元配龚氏合葬行状》中，写到了董其昌当时对陈继儒为之写序的感谢。陈继儒说：“公讳其昌，学者称思白先生。所著《容台集》，曾属不佞为之叙。公手书谢云：‘吾兄此序，绝似杜子美作李北海诗，纵横开阖，无不同者，惟有韵无韵差异耳。苏长公凤翔八篇诗，皆苏文也。北海得子美诗于身后，而弟身及见之，岂非河清之幸！’今《容台集》冢孙庭先刻于松，长男祖和复刻于闽，独‘笔断’最关史事，而尚未流行人间，敢以望之作者。其加爵赠谥，赐荫祭葬诸重典，上协清朝舆论，下具乡贤口碑，非草野所容琐琐。特状公生平大略，以及龚夫人阃行，仰祈名世巨公，征实而贲之琬琰之章，即先友没且不朽，子孙世世亦不朽！”[2]

完成了《容台集》的刊印，董其昌一定身轻如燕。对于自己的生

1 吴升《大观录》卷十四。

2 陈继儒《陈眉公先生全集·思白董公暨元配龚氏合葬行状》。

命而言，向历史有了交代。为了理想和气节，读书人可以轻生死，但不可以虚度年华。

董其昌最后一次去杭州，是在次年即崇祯四年（1631年）四月。杭州这个地方有种神奇的魅力，他对此地具有某种特殊的感情。按照资料统计，他一生至少去过十八次，总觉得游不够。这一次，他去了杭州东北处黄鹤山，抚今追昔，感慨万端。这里有林和靖的遗迹，也是王蒙的隐居处。

董其昌写了一首诗：

三竺溪流独木桥，逋仙犹自发空谣。
若为却入千峰去，黄鹤摩天不可招。[1]

这首诗中，“逋仙”指林和靖，“黄鹤”指王蒙。时空悠悠，生命有限。遥想先贤，对照自己。

到了晚年，特别是完成了他一生中最重要的著作《容台集》之后，董其昌的胸襟依旧开阔，并不悲伤。

四、最老的官员

朝廷之上刀光剑影，杀声一片，到处都在清除阉党余孽，而董其昌就这样悠游自在地游戏江湖，一晃几年过去了。

在为东林党人的领袖高攀龙歌功颂德之后，七十七岁的董其昌于崇祯四年年底十一月，再次起官。“子月，起故官，掌詹事府事。”[2]还是去当他的詹事府詹事。这回的地点不是在留都南京，而是北京。

1 陆心源《穰梨馆过眼录》卷二十四《董文敏水墨山水轴》。

2 《明史》卷二百八十八。

董其昌《林和靖诗意图》

作于万历四十二年。立轴，绢本设色，纵 88.7 厘米，横 38.7 厘米，现藏故宫博物院这是董其昌晚年的第三起。

这里有个疑问：上次辞官的时候，董其昌已是南京礼部尚书，是正二品，而这次来北京任詹事府詹事，按吏制是正三品的官员。看起来降了一级，然而《明史》中又说“起故官”，是否采用了类似“享受正部级”这样的待遇，也未尝可知。不管怎么说，皇上挑来挑去，仍然选中一个退休在家的老太史出任负责东宫太子的教育事项，算是尊荣，而这尊荣的得来不能不说是董其昌的前同事、时任首辅温体仁的劳苦用心。

大凡能够入阁当内阁辅臣的人，都算是能人，若要当上首辅，则需要在官场上修炼成精，温体仁就是如此。前任首辅周延儒于崇祯三年二月加太子太保头衔，改任文渊阁大学士，同年九月升为首辅，随后温体仁应召入阁。温体仁的到来，暴露出年方三十七岁的年轻相国周延儒政治手段还是太嫩，在首辅的交椅上才坐了四个月，屁股还没有坐热，就被温体仁赶出了朝廷，可见温体仁的老谋深算。

史载，温体仁善于制造谣言，狠抓对手的小辫子，这样的人肯定不是正派人，所以朝廷里的官员大多恨他，因此政治对手无数。当重要的官职一旦出现空缺时，温体仁当然不愿意把这一肥差拱手送给对手，而推荐自己私人的话，反对的声浪太大，所以就索性送给了董其昌，礼请他还朝。

当然，温体仁十分了解董其昌，知道这样的人虽然帮不了自己什么大忙，但也绝不会成为自己的政治障碍。而董其昌也心甘情愿地被人这样利用着，自己舒舒服服，当然也就得好卖乖。董其昌的一生时常如此，这是他几进几出朝廷的重要原因。

董其昌算不得政治家，与首辅温体仁完全不是一类人。他不会为了自己的利益去算计别人，对自己友人的事，他从来做得体贴而周详。这才是他为人处世的法宝，使得自己在朝野间左右逢源。

举一例来说，其高足王时敏一直在力学黄公望，而董其昌认为黄

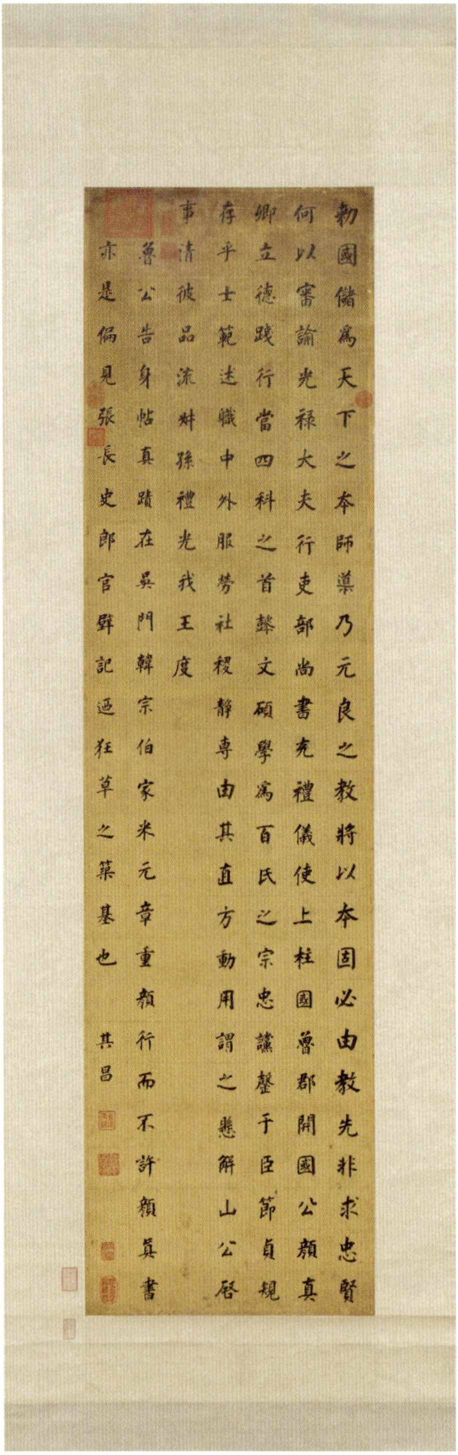

董其昌《临颜真卿告身帖》

鉴“青宫太保”可知此作于崇祯七年。他并没有模仿颜氏的用笔，而是写出了自己所强调的“熟中带生”的风格。现藏台北故宫博物院

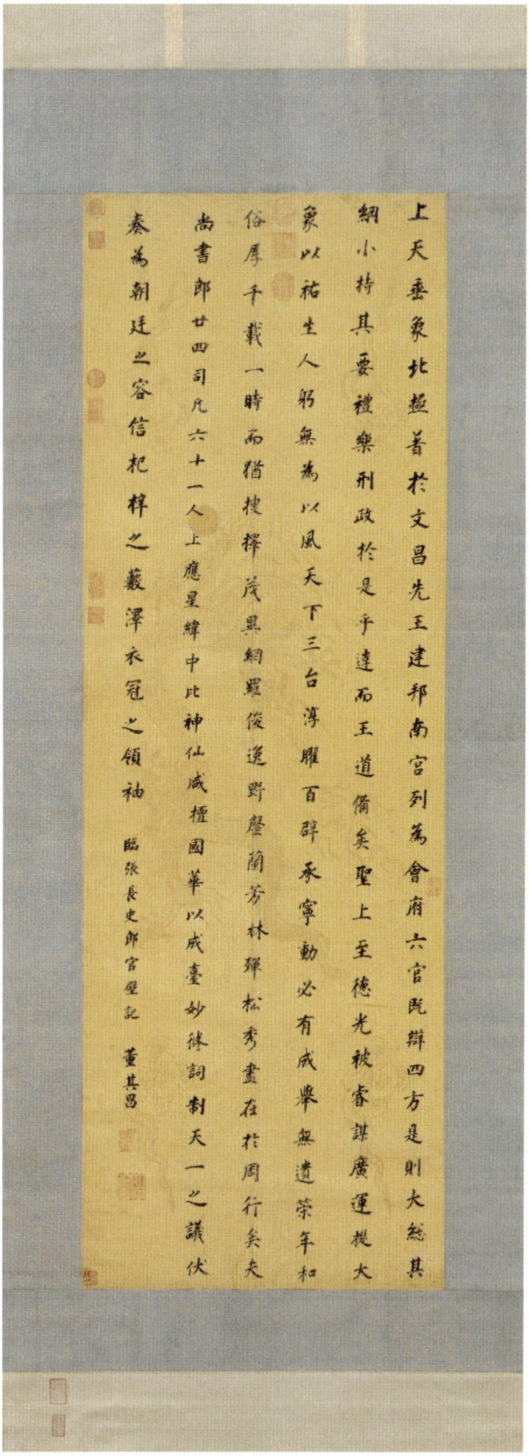

董其昌《临张旭郎官壁记》

作于崇祯五年。此作名为临写，其实无一笔与《郎官壁记》相似，完全是董其昌自己的风格。现藏台北故宫博物院公望存世最好的作品《秋山图》收藏在张修羽家培峰阁，王时敏从未见过，于是他主动介绍王时敏去拜见了张修羽。[1]太仓有个举人叫吴震元，是陈继儒的好朋友，纂写了《宋相眼》二百余卷，无资付刻，于是向友人募捐。董其昌答应要慷慨捐款，与陈继儒、姚希孟、黄毓祺、夏树芳、郑鄤等各题名捐册，却最终没能刊印。[2]这些故事均可证明董其昌助人为乐。

崇祯五年的春天，董其昌动身赴北京任。

途中，董其昌在官方的驿站读邸报，突然看到了首辅温体仁和礼臣郑以伟"辞疏"的消息，发现自己也事涉其中，吓了一跳，便立即给皇上写了《辞恩疏》："及今二月，臣赴京中，途阅邸报，见阁臣温体仁、礼臣郑以伟各有辞疏，始知定陵叙荫，有工部而无礼部"，并"仰祈圣明垂矜，臣曷胜惶恐感激待命之至！"

这是怎么回事呢?

董其昌的学生"一月天子"泰昌皇帝死得突然，加之国力空虚，陵墓还没有修建，于是就借用了一百多年前修建而没有使用过的庆陵——庆陵本是明代景泰皇帝朱祁钰为自己修建的陵墓。在"土木之变"后，明英宗被俘，弟弟朱祁钰监国，后被立为皇帝，年号景泰。一年之后，英宗被放回，闲居南宫。景泰八年，武清侯石亨等人趁景泰皇帝得病之机，发动"夺门之变"，将景泰帝软禁在西内，重新立英宗为帝。不久，景泰帝忧愤而死。景泰帝在天寿山的陵寝被废弃，他按亲王的规格被葬于北京西山，未入十三陵。

明光宗朱常洛死后，就在当年景泰帝的这块陵寝遗址上建立起明光宗的庆陵。"九月壬寅，葬贞皇帝于庆陵。"[3]董其昌当时是"礼部

1 《王时敏年表简编》。

2 《吴越所见书画录》卷四。

3 《明史·熹宗本纪》。

左侍郎，适庆陵告成，有银币之赐。”按规定，董其昌可以得到像周道登、郑以伟等官员贻赠祖父官御的纶诰，但是董其昌没有得到，所以他曾上疏替自己的祖先求赐，而且皇帝也御批同意了。但是，在这次赴京的驿站中，他读邸报时发觉朝廷内讧，有大臣对旧事议论纷纷。董其昌慌了，也紧随首辅温体仁和礼臣郑以伟之后，立即向皇帝表示“辞恩”。

在董其昌写给崇祯皇帝的《辞恩疏》中说得很明白，朝廷当初就是这么规定的，而且后来的礼部尚书何如宠又查阅旧档案后也证实，确实应该恩赐给董其昌的祖父，而这次首辅温体仁和礼臣郑以伟向皇帝表示“辞恩”，可能有别的目的，董其昌闻讯，害怕自己被牵连，所以也立即“辞恩”。

董其昌当然明白：皇帝永远不会有错，即使错了，那也是“微臣”的问题！相信首辅温体仁看了董其昌的《辞恩疏》，一定十分惬意，自己的“辞恩”之举得到了老太史董其昌的迅速拥护，也说明他对董其昌的观察的确没有走眼：董其昌就是这么个随风而动的胆小鬼，遇事则明哲保身。

四月，董其昌入都门，首辅依旧是温体仁。温体仁本来也没指望董其昌堪当大任，既然他如此识相，于是就让他舒舒服服去当礼部尚书了。

刚入都门，董其昌认识了一位新朋友冯可宾[1]，时官给谏，其画山水和赏石均有新意，笔法与他人有所不同。冯可宾仰慕董其昌，将自己所作的八开山水册页呈上，恭恭敬敬请董其昌指教。

董其昌兴致盎然，在每一开上都认真作了题跋。其中曰：“壬申重入春明门，士大夫家有悬画帧于中堂者，为中允会稽倪公、中允中州王公。给谏祯卿冯公，笔皆秀色可餐，谷得一以盈者，以少许胜

1 冯可宾，字祯卿，益都人，天启进士，后任湖州司理。

曾鲸、项圣谟《董其昌小像》

此图由“波臣派”巨擘曾鲸绘人物，项圣谟补景。

描绘的是董其昌七十岁后的模样。

现藏上海博物馆

多多许。严子陵曰：‘买菜耶，求益也。’其昌题。”又，“东坡以百二十千购雪浪石已，后自画作石供。予过常山见此石刻，令人拓一二本。其一以赠陈眉公，贮之山庄，祯卿若奉使道出常山，必能图取。其昌”。再，“画家最难是用焦墨，以其重浊，易为俗赖。然作家老手偏于此见长，华佗治疗，岂用甘草橘皮哉。祯卿又于焦墨之外，用一种枯墨，若灭若没，非烟非雾，不知其所变化，奇矣。董其昌题”。[1]云云。董其昌以如此认真的态度对待一位年轻人的求教，固可以认为是他的垂爱之意，但在往昔的岁月里，这种现象非常少见。这说明他当的这个尚书大官正悠闲，无所事事。

新箍的马桶十日香。老臣董其昌的还朝，受到了众人的欢迎。这些人包括圣斐左相国（温体仁）、袁可立袁枢父子、君常年丈、何吾驺、高弘图、阮大铖、张学曾、陈子壮等，于是他们常相往来。可仔细看看这些人的背景，却很复杂。

比如袁可立袁枢父子。袁可立是董其昌的同门兄弟，是立有赫赫战功的兵部尚书，性格刚烈，而他的儿子袁枢，在董其昌看来视同己出，宠爱有加。崇祯六年（1633年），时官任司农的袁枢请假回乡去照顾自己的母亲，他的父亲赠以书画，董其昌也赠以《山水轴》[2]。

高弘图是万历三十八年的进士。天启六年因忤魏忠贤而被罢官。崇祯三年春复官，任左佥都御史，后升任左都御史，崇祯五年时任工部右侍郎。

戏剧家阮大铖这个人很复杂，万历四十四年进士，居官后先依东林党，因为内讧而失意，再依魏忠贤阉党，崇祯朝终以附逆罪罢官为民。崇祯六年，阮大铖赋诗寄怀董其昌。[3]阮大铖后来剃发降清。

---

1 此册页名《冯可宾画石册》，现藏日本私人处。

2 此画现藏天津博物馆，为墨笔。

3 《咏怀堂诗》卷四。

再有就是何吾驺，字龙友，号象冈，崇祯元年升左春坊充经筵讲官，后升少詹事兼侍读学士，提升正詹事。崇祯五年擢礼部右侍郎。

对于一般人而言，与这样一些人交往，特别是在告密成风的晚明那个时代，风险系数不同寻常，你可能因为酒后的某句牢骚话，就要了你的性命！可是董其昌不是一般人，乃老江湖，他的警惕性非常高，而且，我们从他的交游中可以发现，正是因为他善于游走在不同党派之间，所以左右逢源，花开四季。

董其昌的一生陶醉在禅悦之中，此时他又与时任副都御使的王志道、朱阳贺、刘退斋等人结社，意在禅悦。

王志道，字东里，福建漳州人，官至正三品。天气晴好的时候，大家一起去郊外，修禅访寺庙。董其昌对王志道颇有好感，曾为之作十开山水册页，题跋曰："壬申余与闽中王东里总宪、朱阳贺中冷纳言、潜山刘退斋翰撰结社，每以胜日访郊外诸名兰。""游报国寺观古松，归而烛下图此对题。"[1] 年老体迈的董其昌在游玩了报国寺之后，腰酸背痛是难免的，可晚上回家后还要秉烛作画，肯定十分辛苦，由此足见他对王志道的厚意。而所谓副都御使，专事官吏考察、举劾的纪检高官，是个实力派的人物。与这样的人物友好相处，有益而无害。

他还有个学生，叫崔子忠，善画佛像及人物仕女题材，取法唐宋，颇具古意，在当时与陈洪绶齐名，有"南陈北崔"之称。崇祯六年四月八日，董其昌题崔子忠《长白仙踪图卷》[2]。因为是自家弟子，何须过劳，于是简单数语，一笔带过。

开心的事还有不少，比如他在此时收藏到了董源的《夏山图卷》。董其昌从始至终对董源崇拜不已，认为自己是董源的余脉。他说："予

1 《过云楼续书画记》卷三。此画现藏故宫博物院。

2 现藏上海博物馆。

在长安三见董源画卷，丁酉得藏《潇湘图》；甲子见《夏口待渡图》；壬申得此卷，乃贾似道物，有长字印。三卷素高下广狭相等，而《潇湘图》最胜。《待渡图》有柯敬仲题，元高文宗御宝，今为东昌相朱所藏。昔米元章去董源时不甚远，自云见源画真者五本，予何幸得收二卷，直追溯黄子久画所自出，颇觉元人味薄耳！”[1]

《夏山图卷》展现的是江南夏日景致，峰峦叠翠，云雾缭绕，林木繁茂。画中绘有许多辛勤劳作的山民和家畜，洋溢着浓厚的自然气息和生活情趣。究其画法来源，郭若虚在《图画见闻志》中说“水墨类王维，着色如李思训”。汤垕在《画鉴》中说董源的山水画法有两种：“一样水墨矾头，疏林远树，平远幽深，山石作麻皮皴；一样着色，皴纹甚少，用色秾古。”前者即“淡墨轻岚”，后者则有“崭绝峥嵘之势”，但流传下来的只有“淡墨轻岚”的画法。从总体上来看，董源的创作重在水墨的表现，不在青绿的设色。

董其昌收藏或过眼鉴定的董源作品至今存世者，还有《龙宿郊民图》和《寒林重汀图》[2]，均有其认定为真迹的题跋。

董其昌的年龄的确不小了，大家都认为他是朝廷里最年长的官员，甚至皇帝也让礼部去查阅档案，问：“皇考日讲官未经先帝加恩者，尚有几人？”如此看来，年纪大自有年纪大的好处。年纪大，资历深，修养高，态度好，再加上他还是一位举国闻名、名扬海外的艺术大师，这样的耆老谁会去招惹他呢？

相反，董其昌虽然“年纪大，资历深”，但如果刚愎自用，脾气粗暴，而且又挡住了年轻人升官发财的道路，无论他是否是一位举国

1 庞元济《虚斋名画录》卷一。董源《夏山图卷》，现藏上海博物馆。从收藏印可知此物由贾似道、董其昌、袁枢递藏，还见于历代重要著录有张丑《清河书画舫》、汪珂玉《珊瑚网》、卞永誉《式古堂书画汇考》和庞元济《虚斋名画录》等。董源代表作品还有《夏口待渡图》《潇湘图》《龙宿郊民图》等。

2 现藏日本黑川古文化研究所。

闻名、名扬海外的艺术大师，照样会被后辈们骂作“老而不死谓之贼”。这也不是什么新鲜事，因为人性中本身就有弱点，说教的结果最终只能是徒劳的，而常常对他人说教者，无数历史可以作证，他们不是臆语病患者，便一定是心怀鬼胎。

董其昌依旧小心翼翼，待人极为谦恭，尤其是对待朝廷的大官更是礼貌周全。

崇祯五年八月二十九日，董其昌奉诏去了历代帝王庙祭祀。回家之后，精神头还不错，便临写数行米元章帖及自己的诗稿，赠予相国温体仁。董其昌在题跋中曰：“圣芺左相国得高丽镜光纸，请书新诗，适有持宋拓米元章帖，见示者为临数行，前后皆予诗也。壬申八月廿九日奉诏祀历代帝王庙归邸识。其昌。”这就是董其昌的行书《题武夷山图诗并临米帖合装卷》[1]。

不过，温体仁绝非是一位为人正派的好宰相。他虽然稳居内阁首辅要职达八年之久，是崇祯朝任职首辅最长的相国，政绩却很差，无论是抵抗后金南下，还是镇压李自成、张献忠的农民起义这些重大国事，他都没有为国家进献良策。他最大的能耐就是善于察言观色，哄骗皇上而得宠。

温体仁的上位，是清除前任首辅周延儒的结果。周延儒本是朝廷上下惊呼为才子的能臣。崇祯二年三月，他在文华殿得到崇祯帝召见，君臣二人密谈了很长时间，谈了什么，外人一概不知。后金入侵京师时，崇祯帝下诏拜周延儒为礼部尚书兼东阁大学士，令其入阁参与机务，次年二月加太子太保头衔，改任文渊阁大学士，同年九月升任首辅。

周延儒担任首辅仅四个月后即为温体仁所排挤，不得已告病回乡。周延儒回乡后不久，温体仁因执政成绩不佳被罢免，接着张至

1 现藏无锡市博物馆。

周延儒会元、状元牌楼

宜兴博物馆藏

发、薛国观先后执政，但是不仅不能挽回时局，反倒令形势愈加紧张，后金、农民军势力越发壮大，结果这几任首辅先后也被罢免。

董其昌与东林党人周延儒、陈于廷的关系非常好。

董其昌与周延儒结识在何时？很难找到确实记载。从两人年龄相差近四十岁看，相识不会太早。这里有必要简单介绍一下周延儒这位明末著名的政治人物。

早在崇祯三年，温体仁以礼部尚书兼东阁大学士入阁辅政。入阁后他逼迫周延儒引退，自己成为首辅。翻阉党逆案，排斥异己。崇祯帝朱由检在位的十七年中，内阁大学士像走马灯一样的换来换去，前后达五十人次。但温体仁却在频繁的人事变动中稳居内阁首辅要职达八年之久。

崇祯六年六月，周延儒再次托病还乡，崇祯帝顾及他的面子，赐金银彩缎，还派人护送回乡。董其昌来为他送行，赠送的礼物是李唐《江山小景图》。董其昌在此卷上有两次题跋，第一次题跋是在天启三年，主要记述自己对李唐的介绍、对此画的评价和得到此画的经过。第二次题跋就是在崇祯六年六月二十六日，这段话明确记载了董其昌与周延儒的关系：

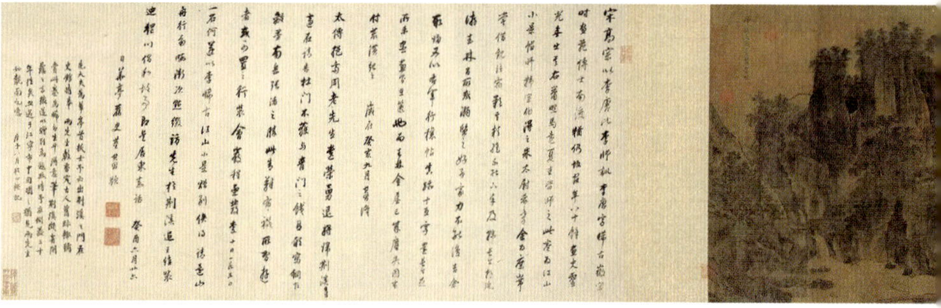

李唐《江山小景图》及卷后董其昌跋，董其昌赠送周延儒的礼物。台北故宫博物院藏

太傅挹斋周老先生，遗荣勇退，将归荆溪。其昌适在，请告杜门，不获与青门之饯。有愿写铜官、离墨、南岳、张渚之胜，此青鞋布袜所习游者。或可置之行装，会严程亟发，奈十日一水、五日一石何？遂以李晞古《江山小景》赠别，俟得请还山。舟行多暇，渐次点缀，访先生于荆溪，追王维裴迪辋川倡和故事，即是居东嘉话。癸酉六月廿六日。华亭旧史董其昌题。

董其昌题跋的前句，即“太傅挹斋周老先生，遗荣勇退，将归荆溪。其昌适在，请告杜门，不获与青门之饯”，说的是崇祯三年周延儒第一次罢相之后，董其昌曾经上门拜访，但周没给面子。这说明周延儒当时认为董其昌是温体仁的人，所以迁怒于他。在经历了同朝为官的一段时间之后，他们俩都明白了，温体仁是在利用董其昌，所以两人尽释前嫌。

董将珍贵的李唐《江山小景图》送给了周延儒，供其一路消遣。还说“俟得请还山”一句，道出了董送此画的动因。实际上大家都心知肚明，“周延儒将来肯定要复出的”[1]，所以这次赠送，实际是董的一种政治投资，那些个“铜官、离墨、南岳、张渚之胜”“追王维裴

1 崇祯十四年周延儒复起，再度为首辅。崇祯十六年四月，清兵入关，周延儒自请视师，因假传捷报事遭弹劾。崇祯帝下诏勒令其自尽，籍其家。

迪辋川倡和故事”，也许只是一种冠冕堂皇的装饰而已。

此论颇有门缝看人之嫌。

事实上，对于年近八十岁的二品大员董其昌而言，他一心想着要回家养老，并不在乎或期盼再当什么大官。即使让他来当首辅，他也没有这个能力。董其昌之所以将李唐《江山小景图》赠予周延儒，就是为了示好。这是他俩交情的见证，也符合他的处世习惯。他对有能力有前途的年轻人，总是十分慷慨。

年近八旬的董其昌很容易怀旧，其内心常有孤独寂寥之感。他说："再应容台之召，留长安者二载，时都中谈艺，旧交视前落落。"[1] 庙堂之争，并非因为解决了魏忠贤的阉党问题而湖清水明，清流如许，政治斗争还是很尖锐，而且，董其昌往时的那些同好老友大多过世了，这是很无奈又必然的事。

五、六道上疏恳请退休

前面我们说过的那位何吾驺，出任过皇帝的经筵讲官，学问相当好，比董其昌小了二十六岁，俩人确是官场上的忘年知己。

崇祯五年农历十二月二十九日，董其昌作《山水轴》，赠送给了

1 《容台别集》卷二。

何吾驺。他在题跋中说："余再入承明，与粤东何尚书象冈同署，既余不任朝谒，思归故山。以语同官，鲜从臾者。宗伯独以勇退为厚爱，每言其病状。余深德之。写此图留别，并系以诗。"[1]

何吾驺于崇祯五年任礼部右侍郎，不久升任礼部尚书，与董其昌官衔是一样的，但实际权力比董其昌大，所以他有权特批董其昌因年老而不必去朝谒（这大概还需要皇帝的恩准）。朝谒是一件极为劳命的事，每天天不亮，官员们就要从京城的四面八方赶去乾清宫上朝，然后列队、下跪、高呼万岁。如果此时你不慎打哈欠、吐痰或者交头接耳的话，都有可能被纠察官记录在案，受到处分。然后听取各部衙门领导通报工作以及皇帝的谕旨后，才可以依次退朝。何吾驺和董其昌两人感情十分融洽。何吾驺见董其昌身体老迈欠佳，又思念家乡，私底下就赞成他早点"勇退"致仕算了。人的生命比如朝露，像董其昌这等岁数更是来日无多——能够为董其昌这样着想的人，只此一人，所以董其昌说，"以语同官，鲜从臾者"，而且，何吾驺在工作和生活上都照顾自己，因此董其昌"深德之"，对他表示了敬佩和感激。

实际上，董其昌恳请致仕的上疏，早在崇祯五年就向吏部提出了。吏部随即向皇帝报告。《请告第二疏》载："崇祯五年六月二十七日，该臣奏为奉旨纂修事竣，微臣老病乞休事，奉圣旨：'卿端品硕学，简任官寮，纂修正资裁订，着安意供职，不必引陈。吏部知道。'"[2]崇祯皇帝御批的意思，是让董其昌安心供职，不要再说想回家的话了。

董其昌不罢休，又于崇祯五年七月十二日，再次上疏"微臣老病乞休事"。崇祯皇帝还是好言安慰，御批道："朝廷加意求才，未见

1 《过云楼书画记》卷五。

2 董其昌《容台文集》卷五。

响应奏效。总繇铨核无法，拔擢非真。览奏内事宜，有裨选举，着复议具奏。卿还遵旨，即出供职，不必再请。该部知道。钦此。”[1]

礼部尚书何吾驺于崇祯六年入阁，随后又任大学士兼代理内阁首辅，权高一时。而何吾驺晋升之后，董其昌于是年“召拜礼部尚书，掌詹事府事”。[2]也就是说，何吾驺进入内阁时，董其昌就接任了礼部尚书的实权——虽然董其昌的任命，必须得到皇帝的批准，但前任官员的推荐也是重要的取舍依据。董其昌“写此图留别，并系以诗”就是在此时间段内。所以说，董其昌虽然已经出任过留都南京的礼部尚书一职，毕竟是虚职，而他一生所攀登到的最高职位就是礼部尚书，这与何吾驺有很大的关系。

新任命的一批官员要列队去感谢皇上，于是崇祯皇帝在金銮宝殿上接见了董其昌，居然露出了难得的满面笑容，夸赞他是瑞世凤麟。陈继儒写道：“癸酉，上特拜公礼部尚书，掌詹事府事。公曰：‘圣作物睹，大易之成言；有道则见，孔氏之家法。老臣岂能偃蹇新命，可以造朝矣！’既陛见班行中，额手相庆曰：‘此先朝凤麟，出而瑞世，安可当吾辈而失之！’于是肩摩踵接，幸沾公色笑为快，而祈请词翰者，亦无虚日。”[3]

崇祯皇帝当着满朝文武的面，笑着对董其昌说，老爱卿啊，你可是先朝留下来的活宝贝，是盛世的象征，我们怎么能失去你呢！崇祯这句话的意思，还是在劝慰他打消致仕的念头，极力在挽留他。朝臣们聆听皇上如是说，就把董其昌当成了吉祥物，大家摩肩接踵来巴结他，天天都有络绎不绝的登门者，来祈求他题词作画。

陈继儒听到传闻后，立即给董其昌写信，是怕他“颠倒衣

1 董其昌《容台文集》卷五《请告疏第三》。

2 陈继儒《陈眉公先生全集·思白董公暨元配龚氏合葬行状》。

3 同2。

裳”“匍匐”上朝太劳累，劝他早日“洗足收钵”。陈继儒说：“余寄声公曰：‘公向国王舍城中，以笔墨说法，今可洗足收钵矣！况趋朝陪祭，颠倒衣裳，其匍匐更有百倍于此者耶？’公报曰：‘人之念祖，谁不如我？我将藉手以徼地下光。子视我岂恋恋一官者？’”[1]董其昌在回信中坦言自己并非是一个“恋恋一官者”。可见，董其昌是一个冷静的老人，懂得识趣，决意要辞官。

身为礼部尚书的董其昌，人前虽要端着架子，保持着端庄仪表，处理他分内的工作时，却是一副菩萨心肠。对世人，他只做善事，不干坏事；对部下，提拔人才，不说坏话。遇到冤案，则尽力替人家昭雪。人们都说董其昌大人的所作所为是在积功德。

陈继儒是这样讲述他的政绩的：“公雅意人才，专在持平用人。史官荐李公维桢，监司荐袁公世振，河臣荐梅公守相，并请采赵公南星、崔公景荣疏，发单司官，各注其乡人之在朝者，居家有何行谊？莅官有何建明？而大小边腹文武之人材，不旬日尽在目中矣。又逆魏斥逐者五百余人，起家者十得一二。岁月浸久，姓名易忘，亦宜用开单之法，或拔其尤，或思其次，或书在御屏，置邮续食，以佐中兴之万一。其他请苏东南布役；请雪孙公子奇冤，请送归海上飘来三十口琉球之远夷；种种阴德，未易以更仆数也。”[2]

可是，二品高官董其昌依旧闹着要致仕，要退休，要回家。他似乎每隔几天就要给皇上上疏，来烦皇帝。他总是声称自己老不堪用，疾病缠身，吃了很多药也不管用；或是讲述当年自己给泰昌皇帝讲课的那些往事，企图来感动皇上，让皇上放他回家退休；再者，看到别的老臣致仕，他就眼巴巴地表示羡慕。

面对老臣董其昌一而再、再而三地乞求，崇祯皇帝的态度依旧非

---

1 陈继儒《陈眉公先生全集·思白董公暨原配龚氏合葬行状》。

2 同1。

常耐心，一边夸他是学术模范，一边劝慰他不要老说自己有病，可就是不批准他退休。

在董其昌的《第二疏》中，崇祯御批道："卿以先朝耆硕，表率端闱，纂修方资宿学，着即出供职，不必引疾陈情。该部知道。钦此。"

《第三乞休疏》中，崇祯御批道："卿纯修硕学，前旨谕命已明，着祗遵即出，不必坚请。该部知道。钦此。"

《第四疏》中，崇祯御批道："卿词臣耆硕，屡旨谕留，何乃复有此请？还着祗遵，即出视事。该部知道。钦此。"从这道御批中，我们终于看到皇帝终于有点不耐烦了，不高兴地责问说"何乃复有此请？"并且命令他赶紧去做自己的事情。

或许董其昌早就预料到崇祯皇帝的态度，所以他胆敢继续呈上《第五疏》，继续烦恼皇上。崇祯御批道："宫端史局，倶藉耆宿，屡旨谕卿。何复坚请？着即恪遵视事。该部知道。钦此。"

董其昌再上《予告疏》——这大概就是其"第六疏"，董其昌在此疏中还搬出了皇法。他写道："微臣年届八旬，顽钝已极，再申前恳避贤辞印事。臣读《大明会典》：大臣七十五岁者，虽当考满，吏部免其引奏。谓其逾引年之期，非复常格所有，听其退身也。"

崇祯六年十一月，收藏家程季白来拜访董其昌，并拿出米芾的《蜀素帖》请他题跋。董其昌跋曰："崇祯七年，岁在癸酉子月。申甫计偕入都门，再观于东华门邸中，一似米老重观研山，第无玉蟾蜍泪滴之恨。董其昌识。时年七十九岁。"[1]癸酉年是崇祯六年，而非"七年"，恐系笔误。程季白是收藏家兼古玩商，是董其昌的老相识，从董其昌的手中购买了许多名画，最让董其昌不舍的就是这幅米芾《蜀素帖》。

被董其昌软磨硬泡折磨得实在没有办法，崇祯皇帝终于屈服了，

1 郑威《董其昌年谱》，上海书画出版社 1989 年版，第 215 页。

同意他致仕。崇祯七年正月十九日，董其昌奉圣旨："卿以老成宿望，领袖宫端，既以年高恳请，特准致仕，着驰驿去。该部知道。"《明史》载：董其昌"正月，屡疏乞休，诏加太子太保致仕"。[1]

董其昌位居礼部尚书是二品，诏加太子太保致仕，相当于提高一级官爵退休，成为一品大员，是人臣可以享受到的最高官爵。陈继儒说："上俞请，追赠（董其昌）曾祖父母如其官，旋锡诰命，加公太子太保。横玉而称一品三公者四代矣。今上御下严，乞骸骨者，不讶其有所避而去，则疑其有所托而逃；独公一再乞，一再留，凡六疏，温旨仍赐驰驿，听公还。盖公以礼自处，而上亦以进退大臣之礼处公。"[2]

按照惯例，崇祯皇帝把能够赐予董其昌的荣誉都给了他，使得董其昌在八十高龄，享受到了最高荣誉。

获悉皇上批准董其昌致仕的消息，他的学生陈子壮随即作《送董思白大宗伯加太子太保，予告驰驿》诗，予以祝贺。[3]

崇祯七年六月十九日，陈继儒作《寿思翁董公八十序》。[4]

仲夏之日，终于长长舒了一口气的董其昌，登上了尚书官舫，开始还家。途中舟次扬州，他撸起了袖子，撰写了行书《吕祖祠记》[5]，畅想以后逃离朝廷，可以享受神仙般的悠闲。

董其昌曾经画过一幅巨制《昼锦堂图》，并以行书抄录了欧阳修的名篇《昼锦堂记》，然后合装在一起[6]。"昼锦"一词来源于《汉书·项籍传》"富贵不归故乡，如衣锦夜行"，意思是说建功立业

1 《明史》卷二百八十八。

2 陈继儒《陈眉公先生全集·思白董公暨元配龚氏合葬行状》。

3 《明诗纪事》辛签卷七。

4 《陈眉公先生全集》卷十五。

5 《董华亭书画录》，《吕祖祠记》拓片现藏中国国家图书馆。

6 即董其昌作《昼锦堂图并书记卷》，现藏吉林省博物院。

之后，应该及时还乡，不然就好像穿着华丽的衣服走夜路。《昼锦堂记》是欧阳修为曾任武康节度使的北宋丞相韩琦所建的“昼锦堂”而写。文章开头第一句就是：“仕宦而至将相，富贵而归故乡。此人情之所荣，而今昔之所同也。”欧阳修赞赏韩琦的观点：以荣归故里为快事，以沽名钓誉为可耻。

董其昌从来不曾贪恋官位，而且到了这把年纪，才终于可以还乡。他的心情很复杂，犹如一匹四海游走的老马，历经沧桑，五味杂陈，如今又年老体衰，所剩下的时日也不多，但他还家的决心从未动摇过。

他在《昼锦堂图并书记卷》引首上，饱蘸笔墨，写了“昼锦堂记”四个气势磅礴的榜书大字，以张扬其无法抑制的快乐心情。这四个大字，是公认的榜书杰作。

六、董其昌晚年代笔人

针对董其昌的代笔现象，启功先生曾经指出：“我们又常见并世名画家之有代笔的（非经常的，或有其他一时原因的，不详论），不出二类：其一，自有本领，而酬应过多，一人的力量不足供求索的众多；其二，原无实诣，或为名，或为利，雇佣别人为幕后捉刀。董氏的找人代笔，这两类原因中，是各有一部分的。”[1]启功先生意思是，董其昌或是因为太忙或是为了名利或是各有一部分，才找人代笔的。他的书法固然很好，但他的山水画确实是“原无实诣”。

到了董其昌晚年，他的作品受到了世人普遍追捧，价格昂贵，“摇笔染翰，散华落藻，如龙之一麟，如凤之片羽，海内争相藏弃，唯恐

1 《启功全集》第三卷，北京师范大学出版社 2009 年版，第 109 页。

不克”[1]。“造请无虚日，尺素短札，流布人间，争购宝之”。这种情况也导致其赝品泛滥成灾。市场上出现的董其昌作品，十之八九系伪作。陈继儒说：“书画出公手无十一，而借名衣食者，其赝笔往往播传于辇毂，流通于外夷，残梅短楮，购募饼金，当吾世而目见其声价百倍者，惟公一人而已，则甚奇。”[2]

（一）董其昌晚年代笔人吴易

明末官员姜绍书，与董其昌有交情，可以在董府登堂入室。姜绍书自述曰：

> 元宰门下士则有吴楚侯。楚侯名翘，后改名易，以能书荐授中翰。为诸生时，思翁颇拂拭之，书称入室弟子。崇祯癸酉，余游燕都，适思翁应宫詹之召，年八十余矣。政务闲简，端居多暇。余时过从，而楚侯恒在坐隅。长安士绅祈请公翰墨无虚日，不异素师铁门限。公倦于酬应，则倩楚侯代之，仍面授求者，各满其志以去。楚侯之寓，堆积绫素，更多于宗伯架上焉。虽李怀琳之拟右军，不是过也。惟知交之笃，及赏鉴家，公乃自为染翰耳。[3]

吴易的出现，不是姜绍书的道听途说，而是他亲眼所见，应该是铁证。

董其昌晚年三次出山为官，三次乞休。第一次乞休是在天启四年，第二次乞休是在天启六年，而第三次出山是在崇祯五年，“再应容台之召，留长安者二载，时都中谈艺，旧交视前落落。”说明董其

1 钱谦益《牧斋有学集》，上海古籍出版社 1996 年版，第 737 页。

2 陈继儒《晚香堂集》卷七《寿玄宰董太史六十序》，崇祯刻本。

3 姜绍书《韵石斋笔谈》卷下“书家余派”条。

昌此时心情孤独，因为同朝为官的“旧交”几乎没了，连个说知心话的对象都很难找到。

从姜绍书的这段自述中可知，他看见吴易开始出现在董其昌的身边，时间应该在崇祯年间，董其昌当时在北京（燕都）礼部为官。

吴易成为董其昌的“入室弟子”时为诸生，受到了董其昌的照顾，因“能书荐授中翰”，也就是因为他的字写得好，董其昌就推荐他到翰林院当了个中书舍人这样的小官。

姜绍书见到吴易，时在“崇祯癸酉”年，也就是崇祯六年，董其昌时年七十九岁，虚岁“八十”，也就是董其昌第三次出山的第二年。那时吴易已经“授中翰”，身在北京，为董其昌暗中捉刀当代笔人。

姜绍书描述董其昌当时的状态，也符合董其昌的自述：因为没有旧交可以谈心，显得很孤独，因此“倦于酬应”，而各方面来求书的好事者快要踏破门槛，而他又不想得罪人，所以“倩楚侯代之，仍面授求者，各满其志以去”。

不光是姜绍书写到了吴易，清代的梁绍壬也说：“古书名家，皆有代笔：苏子瞻代笔，丹阳人高述；赵松雪代笔，京口人郭天锡；董华亭代笔，门下士吴楚侯。”[1]还有近代史学家邓之诚先生也写道：“董思白门客吴楚侯，名翘，改名易，以能书荐授中书。思白官京师，率令楚侯代笔。”[2]但邓之诚的依据，显然来自姜绍书。邓之诚最后说“今世所传思白墨迹，大抵皆楚侯书耳！”这是他的推测，并无实据。

对于“倦于酬应”的董其昌而言，吴易是如此重要的代笔人，可是后来却从董其昌的生活里彻底消失了。为什么呢？

1　梁绍壬《两般秋雨盦随笔》。

2　邓之诚《骨董琐记》卷四。

其实，吴易与董其昌的师生情谊，并非牢不可破，没有达到“一日为师终身为父”的程度。董其昌晚年非常生气地说：

余书画浪得时名，润故人之枯肠者不少。又吴子赝笔，借余姓名，行于四方，余所至士夫辄以所收视余，余心知其伪而不辨，此以待后世子云。[1]

这位赝笔的吴子，指的应该就是吴易。

吴易后来不知什么原因离开了董其昌，自己又在京师没有混出个名堂，就开始造先生董其昌的赝作，四处浑水摸鱼。收藏家们纷纷把吴易的“赝笔”请董其昌鉴定，而董其昌有苦也说不出，只能愤恨地说“余心知其伪而不辨”，期待后人的慧眼去鉴别真伪了。这说明他有难言之隐。

针对自己请人代笔之事，董其昌的解释是：“实以私家作事，孑身独力，侵寻岁月，不自知其罪莫逭也。”[2]的确，董其昌在修史的阶段，因自己忙于埋头整理资料，让门人代笔卖钱，然后把书画润例所得，用于修史之需。他的解释无法令人信服，因为在他晚年修史以前，他早已经这么干了。

吴易，是否就是苏州人、南明抗清将领吴易？看上去有点像，但这个吴易（？—1646），易一作易，字日生，号朔清，崇祯十六年进士，坚持抗清，率兵三次占领吴江城，兵败被杀。还需要进一步考证。

（二）董其昌晚年代笔人杨继鹏

天启元年，松江府要修建一座西仓桥，算得上是地方官员的政

1 董其昌《容台别集》卷二《书品》。

2 严文儒、尹军《董其昌全集（壹）》，上海书画出版社2013年版，第180页。

绩，当然要请本地大文豪董其昌撰文记其盛。董其昌便如约写了《西仓桥记》。[1]在五年前爆发的“民抄董宦”事件中，当地的官员曾作壁上观，甚至可以说是他们的失责，因为官府没能及时控制局势，没能保护缙绅的家产。董其昌似乎没有记恨他们。因为彼时的官员早已经调离了松江府。

年底时，董其昌在华亭家中搞过一次雅聚[2]，共同观赏王维的名作《江山雪霁图》。参加者有松江本地人陈继儒、吴君杰、杨继鹏、张世卿，苏州的杨中修，以及武汉的王幼度和新安人程季白。聚会其乐融融，董其昌称赞他们是“右丞诸君子”，还表明自己的心情是如何“快耳”！

这些人中，最让董其昌不能安心北上任职者，就是其门人杨继鹏。他需要为杨寻找一份新的工作。

杨继鹏，字彦冲，华亭人。董其昌与杨家人有深交。杨继鹏的兄长是杨继礼，青年时期的董其昌与杨继礼同是文社成员，杨继礼晚于董其昌一届考取了进士，选庶吉士，俩人又是翰林院的同事，关系极好。杨继礼的儿子杨汝成，后来当上了礼部侍郎，也与董其昌交好。

董其昌是这样介绍杨继鹏的：“杨彦冲者，余友杨彦履宫谕之弟，庶常元章之叔。善诗画，尤好余书。常从余为玄真钓舫之游，所得余行楷甚具，又时有摹本，且十卷矣。余既入长安，而彦冲尽以入石，念余书多赝本，又懒役手腕，以此为马文渊铜马之式，命之曰铜龙馆帖云。”[3]

杨继鹏的书法继承了董其昌衣钵，两人书法极为神似。董其昌在野的这些年里，杨继鹏没少为他代笔赚钱，当然他也因此而得以养家

1 《松江府志》卷七十三。

2 《墨缘汇观》名画卷下。

3 董其昌《容台别集》卷三。

糊口。董其昌曾经辑出杨彦冲摹写自己的十卷书法，按照马文渊铜马的典故命名为《铜马馆帖》。

杨继鹏为人老实厚道，尤其让人放心的是他"不妄干"，这固然是个优点，可这优点有时又是缺点，就是他老实得近于愚蠢，不然的话，也就用不着让董其昌如此惴惴不安。杨继鹏除了能够画几笔董其昌风格的笔墨外，别的似乎什么也干不了，于是董其昌决定拉下脸来，去替杨继鹏找一份新的工作——让他去为当地名医兼画家方洛如先生代笔。

姜绍书介绍说："方洛如，失其名，松江人。体质清癯，丰骨傲岸。精岐黄之术。写山水，林壑葱秀，气韵蔼然。"[1]

启功先生曾亲见蒯若木（寿枢）旧藏的一册董札，共四札，第二札云：

唐茂宰炫才无忌，不肖往年闻之，已知有不终之理，今果然矣。老侄嫋然自远，不及于议，尤见清谨，大用之基也。不肖将往长安，又闻辽警，恐道路为梗，尚在维谷。友人杨彦冲精于书画，尝为不肖代劳，今不肖且有远出，此君素善新安诸君子，是以游新安，若至休邑，幸老侄吹嘘于所知，彼以力自食，亦人所欲求，无奢望，不妄干也。幸老侄勿置无事甲中。不一。三月十三日，叔名正具。左冲。

第三札云：

闻曹中承且至，老父母必于月末集于金阊、冀得一奉光霁也。春间贵同年杨方壶曾以其族叔杨彦冲书画友奉荐，盖山人之谨慎有艺能者，向有远游，未曾伏谒，兹特造候，幸命阍者，并有培植。至于方

1　姜绍书《无声诗史》卷七。

医，虽索不佞八行，然其人虚诞，非杨生之流，不佞不敢不直告也。不一。名正肃。左冲。

这札后还有翁方纲跋云：“此札内所云杨彦冲者，尝为董文敏代笔，盖当日书画，倩友代作者，非一二所能尽也。昔王右军尝亦倩人代书，其人姓任名静，今人罕有知之者矣。若此杨君者，非文敏自言，其谁知之。方纲。”[1]

据其内容分析，董其昌写这两札信的时间，必定是在天启元年的年底至天启二年的年初之间，约为半年之中，无疑。

董其昌在《杜陵诗意图》上自跋曰：

正宇赵使君数征余画，久已搁笔，而伪本甚多，不敢以应。青溪雷山人大纶为公门下士，收得此图，俾题以赠。[2]

这里所说的伪本，就是人家替董其昌的代笔。可见，晚年的董其昌绘画创作已经比较困难，家里也没有什么“存货”，而“赵正宇使君”这个人物看来比较重要，董其昌“不敢”用代笔之作去敷衍他，所以只得从藏家的手里买回自己的作品，重新加款后赠送给人家，以示尊重。

大约帮杨继鹏安排好新工作之后，这年的冬天就过去了，到了天启二年的初春元月，他安安心心地在家临帖写书法。那些天，松江地区正下大雪，没人来串门谒见。董其昌望着窗外漫飞的雪花，让家人把炉火烧得旺旺的，从书柜中取出以前自己所临写的《阁帖》，开始写作。他感叹自己手腕僵硬，自责自己太懒，于是乘兴一鼓作气、一

1 《启功全集》。

2 缪曰藻《寓意录》。

连四天终于完成了《董其昌临阁帖》[1]。到了元月最后一天晦日的夜晚，董其昌还秉烛书写了行书《龙井记》[2]。

天启三年，董其昌回到华亭后，又带着杨继鹏去了苏州震泽镇。董其昌《溪山仙馆图轴》跋曰："天启三年，岁在癸亥，四月十九日舟次震泽，时同观者杨彦冲。玄宰。"[3]说明在董其昌晚年，杨继鹏一直生活在家乡华亭，只要董其昌一回来，他就随侍在身边。

（三）董其昌晚年代笔人吴振

吴振[4]这个人的出现，应该是在董其昌六十岁以后。

上海博物馆收藏了吴振一幅重要作品《山村停舟图轴》，从其画风上可见，吴振善画山水，师法黄公望，技法与赵左、沈士充比较接近，谓其为云间正宗，不虚言也。特别是，他的画笔墨秀润，有小写意做派，与董其昌细路山水的风格类似，受到了董其昌的赏识。吴振创作的态度很严谨，稍有不满意即毁掉，所以他的作品传世不多。

吴振《山村停舟图轴》，作于天启五年。上款人"君俞"即常州人唐献可，为唐顺之的曾孙，也就是董其昌的同年唐效纯之子。

天启五年正月，董其昌刚刚当上了南京礼部尚书，而此时正是魏忠贤擅权的时刻，董其昌为躲避政治纷争，一有机会就往江南游走。这年五月，他还曾小住常州唐献可家，到了秋天，吴振就为唐献可画了这幅《山村停舟图轴》，可见吴振与老师董其昌的交友圈联系之紧密。

吴振的传世画迹还有几幅，如故宫博物院藏《梅花书屋》扇面，

---

1 现藏苏州文物商店。

2 拓本现藏浙江图书馆。

3 《文人画粹编》卷五。此画现藏日本东京国立博物馆。

4 吴振（？—1632），字振之，一作元振，号竹屿、雪鸿。华亭（今上海松江）人。子昌，字昌伯，亦能继承家学。

吴振《山村停舟图轴》

天启五年作

现藏上海博物馆

作于万历三十七年，以及崇祯四年作《匡庐秋瀑图》轴（图录于《中国绘画史图录》）、崇祯五年作《烟江叠嶂图》卷（著录于《三秋阁书画录》）等。

（四）董其昌晚年代笔人陈明卿

董其昌的绘画代笔人还有谁？

天启七年，董其昌跋《仿宋元人缩本画册》[1]，共计二十二幅，这些画都是依照原作临摹的缩本，十八幅有董其昌的题跋，其中八幅只有落款时间。据学者考证，这些画的原作均是王时敏的收藏，其中的五幅还曾经是董其昌的旧藏。此册页原藏清室热河离宫，曾在古物陈列所展出。在民国初年以前，都认为是董其昌的作品，初看董其昌在题跋中落款的时间，跨度达三十年，即从他四十四岁至七十三岁，然后一次性装裱成册，其实不是，而是董其昌在七十三岁统一装裱后，再抄写的早年跋语。以当下人从画风上看，这些缩本画绝非董其昌的亲笔，毕泷旧藏十二开《王鉴仿宋元山水册》上的题跋："曾将所藏宋元大家真迹属华亭故友陈明卿缩成一册，出入携带，以当卧游。"启功据此断定：董其昌跋二十二开"小中现大"《仿宋元人缩本画册》的"真实作者是华亭陈明卿"[2]。

陈明卿是何许人也？

陈明卿也是华亭人，是赵左的弟子，与王时敏友善，曾经应邀到王时敏家中做客。王时敏说："明卿为赵文度高足弟子，初至娄时，尚守其师法，既为余临宋元诸名迹，缩为小本，因此大有悟入，画格

1 现藏台北故宫博物院。《明董其昌跋宋元人缩本画册》，中画 000059。

2 徐邦达先生认为"小中现大"册页为王时敏的作品，韩国人韩正熙认为是董其昌的亲笔。见日本古原宏伸《有关董其昌"小中现大册"两三个问题》，载《董其昌研究文集》，上海书画出版社 1998 年版，第 594 页。现从启功说。

遂为一变。”[1]因为陈明卿的画技甚高，因此启功感叹：“明卿摹古直逼宋元，缩摹妙技，又那样精妙，而名姓却翳然不彰，因念古代良工埋没无闻的，正不知多少！”

启功先生有所不言的是，陈明卿不仅擅长绘画，也是小品文的能手。施蛰存编《晚明二十家小品·陈明卿小品》，选录陈明卿小品多篇，可见陈明卿的文笔相当出色，其中一篇《七笺引》曰：“渊明不善琴，东坡不善饮；悠然南山，意已远矣。而高其韵于无弦，坡尤甚焉。曰：‘见人饮酒，余辄浩浩汩汩。天下之饮酒，无有予上者。’夫饮不逾一升，而使天下饮酒之人，皆出其下，岂不谬哉！”陈明卿的性格跃然笔端。他崇拜陶渊明和苏轼，而且喜欢饮酒，酒量之大敢于号称“使天下饮酒之人，皆出其下”。如此好酒之徒，也许不能长寿。

（五）董其昌晚年代笔人僧珂雪

明末清初的大学者朱彝尊在《论画绝句》中曰：

隐君赵左僧珂雪，每替容台应接忙。
泾渭淄渑终有别，漫因题字概收藏。

朱彝尊在此诗后自注云：“董文敏疲于应酬，每倩赵文度及雪公代笔，亲为书款。”[2]

按照朱彝尊的说法，僧珂雪为董其昌代笔看上去像个铁案，但这里面有个很大的问题，就是僧珂雪与董其昌年龄的差距。

旧时的解释是：僧珂雪，法号常莹。俗名李肇亨，字会嘉，号珂

1 《王奉常书画题跋》卷上。
2 《曝书亭集》卷十六《论画和宋中丞十二首》。

曾鲸《李肇亨肖像图轴》，现藏上海博物馆

雪，又号醉鸥、爽溪方钓士，浙江嘉兴人，出家后住超果寺。是李日华的儿子。工书法，善山水。

问题在于，董其昌是在万历二十七年“坐失执政意”后辞官回家，赋闲了二十二年，至天启元年复出，而董其昌回家的时候，珂雪才七岁，不可能替他捉刀，至少还要再等上十来年。

实际上，僧珂雪与李日华之子李肇亨是两个人，由于他俩的号“珂雪”相同，结果被后世混为一人。

在明末时期，这并不是一个问题，甚至在清康熙四十七年（1708年）的《佩文斋书画谱》记载的明末书画家传记中也很清楚：董其昌位列第一，李日华排第五，李肇亨紧随其父之后，而僧珂雪则在

董其昌《赠珂雪山水图》手卷，绢本墨笔，纵 32.1 厘米，横 723.2 厘米，现藏上海博物馆

本卷内单列一条。[1] 问题出在了晚清的同治年间，秦祖永在《桐阴论画》说：

珂雪，嘉兴人。俗姓李，名肇亨，字会嘉，又号醉鸥。日华子，精画理，片纸尺幅，宝如拱璧。书善摹褚河南，为娄县超果寺僧，画葡萄，山水与赵左齐名，有名家风韵。工诗，道风渊穆，迥异缁流。[2]

秦祖永《桐阴论画》的词条一出，后世的学人纷纷栽在坑里。

1 《南宗北斗：董其昌书画学术研讨会论文集》，故宫出版社 2015 年版，第 342 页。

2 同治三年（1864 年）三月秦家刻本《桐阴论画》二编上卷。

这个问题到了2018年底，上海博物馆举办“丹青宝筏——董其昌书画艺术大展”时，看似得到了解决。

《丹青宝筏》展览了曾鲸于天启七年绘制的《李肇亨肖像图轴》，可见此时的李肇亨还身穿士人服装，并未出家。李肇亨的这幅肖像图，是澄清这一桩画史公案的有力证据。

僧珂雪，法号常莹，华亭人，后出家为娄县超果寺僧。他是个画僧，“写山水有清思”[1]，尤其善画葡萄得名。年龄显然比李肇亨大一点，与董其昌、赵左等有交谊，但交往似不密切。朱彝尊在《论画绝句》中所说的“僧珂雪”正是此人，董其昌于天启六年作《赠珂雪山水图卷》也似赠予他的。杨丹霞先生新论认为《赠珂雪山水图卷》系赝品[2]，此论尚未成公论。僧珂雪为董其昌代笔事，亦无确证，只是历代的传说而已。

李肇亨（1592—1664），字会嘉，号珂雪，又号醉鸥、爽溪方钓士，浙江嘉兴人，李日华之独子。李肇亨本是读书人，擅画工诗，一生也未曾出家为僧，所以董其昌所说的“僧珂雪”与他无关。槜李当时有个文社很有名，叫“鸳社”，他就是这个文社的实际主持人，在当地的士人中具有威望。

李肇亨与其父李日华一样，对董其昌、袁宏道之流的思想和画论并不崇敬，而是极力赞誉明初画家姚绶的艺术，称其为“吾师”[3]，而与项圣谟、鲁得之等有深谊，与项元汴家族、汪珂玉家族都是姻亲。

李肇亨作画，其水平应该是超过了他的父亲李日华。

1 姜绍书《无声诗史》“僧草庵常莹”条后附。

2 董其昌《赠珂雪山水图卷》现藏上海博物馆。《南宗北斗：董其昌书画学术研讨会论文集》，故宫出版社2015年版，第363页。

3 卞永誉《式古堂书画汇考·画卷之十九》，李日华题《梅道人临荆浩〈渔父图〉并题词卷》。转自杨丹霞《李肇亨、释常莹书画之考释》。

（六）董其昌晚年的代笔人叶有年

董其昌晚年的主要代笔者，除了前面所说的杨继鹏等人之外，还有另一位，就是董其昌的学生叶有年。

据史载，叶有年善画山水，初学孙宏，周游大江南北，笔墨大进。肃藩闻其名，礼聘至秦，绘图筑苑，名甲八郡。入清后，归隐新场，八十余岁时尚笔耕不辍，卒后葬在松江佘山。叶有年的存世作品《花苑春云图轴》，现藏故宫博物院。叶有年的弟弟叶有声，也是董其昌的门人。

叶有年《云山图轴》，康熙二年（1663年）作，现藏上海博物馆

名著《平生壮观》的作者顾复，字来侯，自署方泾上家，系董其昌的家乡好友顾正谊之后。顾复说：

> 先君云与思翁交游二十年，未常见其作画，案头绢纸竹箑堆积，则呼赵行之洞、叶君山有年代笔。翁则题诗写款用图章，以与求者而已。吾故不翁求，而翁亦不吾与也。闻翁中岁，四方求者颇多，则令赵文度佐代作，文度没，而君山、行之继之，真赝混行矣。[1]

顾复所指的叶君山者，就是叶有年。

1 顾复《平生壮观》卷十。

2018年上海博物馆举办的“丹青宝筏——董其昌书画艺术大展”中，展出了叶有年晚年的一幅作品《云山图轴》，作于清康熙二年。此图仿学元代高克恭的画风，从其笔墨技法上观察，确实具备了董其昌作品的一些情趣，但在绘制树石结构上，用笔含糊，不够爽快明晰，显得支离琐碎，叹惜其未能登上高楼。

顾大申在《董尚书画卷歌赠朱子雪田》题跋曰：“……尚书雅得钟王真，画通书理空前人，下笔森瘦秀彻骨，吴振赵左（原注：振字竹屿，左字文度，皆同时工画者）皆逡巡，左之淡逸得天趣，振也潇洒工枯树。董公墨妙天下传，润饰特资两君助……”[1]

这些资料都可以证实，门人叶有年是董其昌晚年极为重要的代笔人。

1 《清代画家诗史》甲卷下引。

第十一章

生命在艺术庇护下不朽

一、衣锦还乡

崇祯七年的夏天，董其昌乘坐着他的尚书官舫，终于回到了日夜思念的故乡华亭。

董其昌正式致仕还乡，在家乡是一件大事。华亭的乡绅耆老们闻讯而动，自发地聚集在码头上欢迎他。想当年，陆树声先生衣锦还乡时，董其昌还很年轻，跟随着家乡父老一齐去码头欢迎陆树声。塾师陆树声先生致仕回来时，官职是礼部尚书，卒后才赠太子太保，谥文定。

现而今，他自己致仕还乡，其场面之热闹，更甚于当年——董其昌虽然也是礼部尚书，但在崇祯七年他就已"诏加太子太保"，这样不仅他本人是正一品，而且根据皇帝的诏告，"追赠曾祖父母如其官，旋锡诰命，加公太子太保。横玉而称一品三公者四代矣。"就是说，他的曾祖父、祖父、父亲以及他本人的四代人，都被封为位列"三公"的一品大员。当然，这只是个荣誉衔，说明崇祯皇帝对他的恩宠，朝廷对他的褒奖，这在社会上影响巨大，其荣耀到了无以复加的程度。董其昌的确为故乡赢得了无上的荣光，受人景仰。

在码头上，欢迎队伍里许多人是他非常熟悉的家乡亲友。为首者，一定是他一生的挚友陈继儒。德高望重的陈继儒此时也已七十七岁，他步履蹒跚，但依旧摇摇晃晃地走上船去迎接董其昌。两人按例先是作揖，然后紧紧相拥。其次应该是朱敬韬。他是个能臣，只因在天启年间受到阉党的提拔，魏忠贤倒台后受牵连而致仕回家。然后是他的同学何士抑、堂侄董九皋等人。这些人的年纪都比董其昌小，而比他年长的好友，已经驾鹤西去了。

董其昌捻着胡须笑着对陈继儒说：“眉公好啊，从此以后，咱这些老哥便可朝夕相伴，共度余生了。”这可谓是“两相期无愧心，两相见无愧色矣”[1]！

陈继儒等陪着董其昌一起回到了董府，见到了站立在门口翘首以待的原配龚氏，旁边还有董其昌其他的侍妾。按照传统惯例，原配龚氏在董其昌的侍妾们之中地位最高，威望最重，自然要格外地对待。况且，龚氏生于嘉靖三十六年，只比董其昌小三岁，与陈继儒同龄，此时也已七十七岁。龚氏性格温顺，从来不“鞭笞童婢”，甚至对待家里的鸡和犬也不高声厉骂。但她很有持家本领，全家老少都很敬畏她，看来她确有一种不怒而威的撼人气势。龚氏与董其昌一辈子相濡以沫，克尽妇职，掌管上下家务，把一家老小的生活安排得秩序井然，可谓劳苦功高。

董其昌当着陈继儒的面，指着夫人龚氏说：“此是我的糟糠妇，也是我的良友也。”又指着陈继儒说：“你是我的贫贱交，也是我的畏友也。”[2]大家听得这一席话，拍掌称是，其乐融融。

陈继儒在文章中说，董其昌致仕还乡时的年纪是“八十有一”，那是南方人说的虚岁。其实，董其昌的生日是正月十九日，按他的周岁算，应该是七十九岁多一点，尚不到八十周岁。

---

1 陈继儒《陈眉公先生全集·思白董公暨元配龚氏合葬行状》：“予迎之舟次，公笑曰：‘今而后，始知我与子，两相期无愧心，两相见无愧色矣。’”

2 陈继儒《陈眉公先生全集·思白董公暨元配龚氏合葬行状》：夫人端静纯悫，秉正义，曙大体，昼刺夜绩；上食白斋翁，屏处一小楼，静翳无言声。公以此无内顾，成大儒。既贵，夫人衣浣饭蔬，无异寒窭诸生时。不诲妒，不冶游，不通门外瑱环之问；抚视诸娣媵如女，教诫诸子孙如察吏严师；若呵詈鸡犬，鞭笞童婢，绝响矣。公尝曰：“糟糠妇，则夫人是吾良友也；贫贱交，则陈子是吾畏友也。”

此时的董其昌，依旧身体健朗，精神焕发，须眉飘然，举止间有一种神仙般的潇洒风度。董氏在华亭本是一个大家族，人丁兴旺，再加上四乡八里的老友们听说董宗伯衣锦还乡了，都来凑个热闹，于是堂前屋后人头攒动。董其昌心情愉快，热情相应，而且连日来与客人们谈笑风生，不顾疲劳，忘记了自己已是耄耋老人，“老之将至”。陈继儒在一旁边看边感叹！[1]

董其昌乞休归来后不久，发生了这样一件怪事：

新安一贾人，欲得文敏书而惧其赝也，谋诸文敏之客，客令具厚币，介入谒。备宾主礼，命童磨墨，墨浓，文敏乃起挥毫授贾，贾大喜拜谢。持归悬堂中，过客见之，无不叹绝。

明年，贾复至松江，偶过府署前，见肩舆而入者，人曰董宗伯也。贾望其容，绝不类去年为己书者，俟其出，审视之，相异真远甚，不禁大声呼屈。

文敏停舆问故，贾涕泣述始末。文敏笑曰：“君为人所绐矣。怜君之诚，今可同往为汝书。”贾大喜，再拜，始得真笔。归以夸人，而识者往往谓前书较工也。[2]

这说明，在华亭长期存在着一个骗子团伙，专卖董其昌的假字画。这个骗子团伙居然还找人扮演董其昌“替身”，专骗外来的商人。最令人纳闷的是，董其昌闻知此事后，并不气恼，也不深究，居然还“笑”着为这位新安商人重新提笔书写。

按常理讲，新安商人被骗本与董其昌无关。可董其昌已是朝廷的

1 陈继儒《陈眉公先生全集·思白董公暨元配龚氏合葬行状》：“公北归时八十有一，精采健旺，须眉飒飒，有神仙霞举意。对客谈笑，竟日忘疲，不知其老之将至。”

2 《鸥陂渔话》卷一《董思翁论书示子帖》。转自启功《董其昌书画代笔人考》。

董其昌（款）《秋江渔艇图》

立轴，纵 131 厘米，横 60 厘米。邓拓捐赠

现藏中国美术馆

董其昌（款）《追摹古意山水图》

立轴，纵 108.5 厘米，横 44.5 厘米。邓拓捐赠

现藏中国美术馆

一品大员，骗子们犯下的可是严重的罪行。商人和董其昌家属本可以告官，缉拿这个骗子团伙归案。

奇怪的是，董其昌本人对此并不在意，他反而要替骗子去赔偿。表面上看，这似乎反映了董其昌晚年的菩萨心肠，但此事实在不堪。

据此我们可以推测：董其昌对此事是有所了解的，而且这些骗子可能与他的亲属有着撇不清的关系。董其昌无意深究，也就一笑了之。不能把事情闹大，若闹大了，最难堪的可能还是董其昌本人的面子。

崇祯七年的中秋之日，有人拿着董其昌昔日用洒金笺书写的行书《临古长卷》，找上门来。这个人就是天启五年进士杨汝成，他是董其昌好友杨继礼的长子，也是他的门人杨继鹏的侄子。

董其昌题跋曰：

此卷宫谕（杨继礼）为史官时北上，置予舟中，适予携到荆溪，书以赠别。宫谕不以覆酱瓿，而藏之书簏。今长公子固属予重题，以别余同里之赝鼎。赝鼎多有胜予漫笔者，当重吾愧耳。崇祯七年中秋，董其昌识。[1]

董其昌的这段题跋非常值得深思：

其一，杨继礼于万历二十年中进士，成为庶吉士。万历二十二年九月授翰林院编修，同月二十六日入正史馆，任纂修官后承担并完成了《皇明后纪妃嫔传》的撰写任务，据此可以判断董其昌行书《临古长卷》系其四十岁以后的作品。

其二，在崇祯七年，由于董其昌的代笔、伪作、赝品已经在市场上泛滥，杨继礼已病故，而他的儿子杨汝成发现董其昌的作品真假莫辨，无法向乡人证明行书《临古长卷》是董其昌的真迹，于是亲自找上门来，请求董其昌亲自题跋，“以别余同里之赝鼎”。

其三，在华亭，董其昌的伪、赝之作如此泛滥，可是董其昌依然不感到愤怒，而是以调侃的口吻说：“赝鼎多有胜予漫笔者，当重吾愧耳。”则说明，董其昌其实心里非常明白，这些“同里”的造假

1 董其昌跋行书《临古长卷》。

者，与他的家属有着千丝万缕的联系。他之所以笑着谈论这个问题，自有其难言之隐，或者是无可奈何。

若再深入分析，杨汝成登门找董其昌请求重新补写题跋这件事，可以看出董氏书画市场的混乱，与董家自己也有着极大关系。除赝品外，董其昌晚年的代笔（代笔人的作品、董其昌落款）和伪作（代笔人连董其昌的落款也包办了）均是在董其昌本人或家属的指使、怂恿、默许之下，由其家属和陈继儒这样的挚友经手操办的。

此时的董其昌，年老眼花，精力不济。他已经很少绘画，连写小楷字也很困难，甚至鉴定自己早年的作品，都成了一件麻烦事。

董其昌在其《山水画轴》上自跋曰：

余两年来，不书蝇头，不画全幅。此（当年）为皖思写，赠若水祠丈者。雨窗无聊，不复停缀，遂有以其秾细议为赝笔。此知余废画，而不知余画者也。玄宰题。

董其昌意思是因为近来很少作画，居然连自己早年的作品都误以为是“赝笔”。由此可见，到了崇祯年间，即董其昌晚年，当时市场上流通的作品，大部分已经不再是他的亲笔原作，而其赝品或代笔，主要集中在绘画和楷书作品。

盛名之下，董其昌依旧被他的拥趸们穷追不舍。这位年迈老人，在各种压力之下不得不使用枪手来帮助自己应付这种局面。这种情况虽不堪，也无奈。

这里夹带着说说杨继礼之子杨汝成。计六奇在《明季北略·从逆诸臣》中专门有一条介绍他。杨汝成，字玉元，华亭人。此人一生做过许多无耻事。杨汝成是天启五年的进士，想入选庶常，就以“三千金”贿赂时任吏部尚书、随后任首辅的顾秉谦。事成后未付全款，顾秉谦之子顾台砥屡次索要，杨汝成就通过崔呈秀的关系认魏忠贤为义父，赠魏“金便壶”。他出任考官后，大肆索贿受贿。明亡之际，为求不死，杨汝成将自己的多名妾赠送给农民起义军首领刘宗敏、牛金星，并呼刘宗敏为恩主，故得不杀。

从杨汝成升官发财的经历中也能看出，晚明的政坛已经腐败糜烂，的确不像有些文人所吹嘘的是什么“最好的年代”。上至首辅下及小吏，普遍贿赂；官员们拉帮结派，营私舞弊，裙带成风；整个社会拜金盛行，文明的尊严在这个官僚体制中已全部丧失。这样的政权倾覆是迟早的事。

二、再访太仓相府

到了次年即崇祯八年。大明王朝已千疮百孔，天下大乱，全国各处都在闹民变，农民起义呈星星火燎原之势。坏消息一个接着一个传来，作为朝廷的老臣，董其昌忧心如焚。

崇祯八年正月初六，起义军攻陷了荥阳。农民军高迎祥、张献忠、老回回、罗汝才、革里眼、左金王、改世王、射塌天、横天王、混十万、过天星、九条龙、顺天王等十三家七十二营的草莽英雄于荥阳召开大会，一致同意采纳李自成“分兵定所向”之策，与明朝的军队作战。朝廷急忙从西北、南方调遣七万多人的军队往河南会战，命令五省总督洪承畴统率，以山东巡抚朱大典为协攻。

数天之后，即正月十五日，高迎祥、李自成、张献忠等部的农民军，乘胜攻下了明中都凤阳，那里可是明太祖朱元璋的故里。农民军攻占凤阳以后，毁皇陵楼殿，焚龙兴寺，杀宦官六十多人，斩明中都留守朱国相及官兵几千人。农民军竖起“古元真龙皇帝”的大旗，合乐大饮，庆贺自己的胜利。

二月，张献忠攻取江北许多城镇后，五省总督洪承畴率军倾巢出潼关，准备围剿农民军。农民军却展开了大规模的流动作战。二月初春，农民军张献忠部又攻取罗田，打开了通往湖广大粮仓的门户。

农民起义军越打越勇，而皇帝派去镇压起义军的官兵，不但不听命令，而且还在“闹事”。崇祯八年春四月，总督洪承畴至汝州，令总兵邓玘戍守樊城，防汉江。邓玘不善驭军，多克饷，军心不附。崇祯八年四月二十六日，其部将王允成以克饷聚兵鼓噪，杀邓玘二仆。邓玘惧，登楼越墙，误堕火巷，被烧死。

董其昌可能至死也弄不明白，国家一直在号召“文官不要钱，武官不惜命”，而且文武百官们也一直在朝廷上信誓旦旦地发誓要效忠国家，保卫皇上，可当他们面对那些平日里只会扛着锄头种地而今却拿起武器的农民时，怎么就一个个抱头鼠窜了呢？

遥想建国之际，明太祖朱元璋带领的部队人数有限，却打下了天下。到了明初时，“文武官员有二三万人。到成化时，仅武官就达到八万一千多人。如果再加上文官，总数已超过十万人。至于各级权力机构的胥吏人等，也随之一增再增。到万历时，较前增加了十倍。作为封建国家主要支柱的军队，据洪武二十五年统计，共有一百二十万左右。到了永乐时，则激增至三百一十多万。所有这些都远远地超过了前代。”[1]现而今，国家每年花销巨大的军费，养活了三百多万的军队，居然不能扑灭十余万的农民起义军。

幸好，农民起义军的战火还没有烧到松江府。心情抑郁的董其昌准备四处走走，散散心。恰巧，那时王时敏刚刚把自家的东园改造完毕，于是热情邀请他的老师、亲家董其昌去做客。董其昌愉快地接受了邀请。

崇祯八年春天，董其昌和陈继儒一起乘兴而去。

王时敏东园的改造始于万历四十八年，经过中间多次反复修改，

1 韩大成《明代城市研究》，中华书局 2009 年版，第 364 页。

终在崇祯七年完成。[1]

董其昌再次来到王时敏家，发现太仓相府园林的“东园”已经焕然一新，并且改名为“乐郊园”。

王时敏在他的《乐郊园分业记》一文中，详细记载了这次的改造：“穿池种树，标峰置岭……磴道盘行，广池澹滟，周遮竹树蓊郁，浑若天成。而凉堂邃阁，位置随宜，卉木轩窗，参错掩映，颇极林壑台榭之美。”

吴伟业后来也去游览了这座新落成后的乐郊园，他是这样描写的：“江南故多名园，其最者曰乐郊，烟峦洞壑，风亭月榭，经营位置，有若天成。”[2]在吴伟业的眼里，乐郊园俨然已经是吴中第一名园。

在董其昌的遥远记忆中，王氏的东园犹如倪瓒笔下的景致，衰败之中颇有疏朗的自然景色，有几分惆怅，有几分怀旧，犹如咀嚼甘草的味道，苦中带有一丝甜蜜的滋味。毕竟，他在东园生活过，与旧时的主人首辅王锡爵、王衡父子的交情融入其间。而改造后的乐郊园，一片欣欣向荣，显示出蓬勃的生机。

乐郊园中新增建的楼堂厅阁，雕梁画栋，气势不凡，在夕阳余晖的照耀下，美若界画。这些楼堂厅阁包括了“藻野堂、揖山楼、凉心阁、期仙庐、扫花庵、香绿步、绾春桥、沁雪林、梅花廊、翦鉴亭、镜上舫、峭茜、专壑、烟上、霞外、纸窗竹屋、清听阁、远风阁、密圆阁、画就、香霞槛、杂花林、真度庵，并东冈之陂诸胜”[3]，呈现出“宅院化”的布局形式。这大概是为了满足王府新主人王时敏的园居生活与社会活动的需要。王时敏因十余年中“费以累万”，已无力

1 李彬《明末清初娄东园林的风格转变：以王时敏的园林为例》，载《装饰》2014年第2期。

2 吴伟业《王奉常烟客七十序》。

3 王宝仁《奉常公年谱》。

连续进行造园活动。

八十一岁的董其昌到访王时敏家，无非是品画鉴画，然后吃吃喝喝，畅叙往事。

这一次到访有明确记载的是，他为王时敏收藏的一幅南宋作品《贾师古白描十八尊者册》作的题跋。[1]毕竟董其昌已经是耄耋老人了，无论主人多么情愿挽留他，希望他多住一些日子，好好地侍奉这位类似国宝级的书画大师，可传统的习惯认为“七十不留宿”，因为人过古稀之年后，谁都无法确保他明天是否依然健在。对老人来说，随时面临魂兮归去的问题。所以董其昌住不多久，就在家人的簇拥之下，打道回府去了。

这是董其昌最后一次离开家乡华亭，出门去旅行。

三、《画中九友歌》

董其昌的一生，矢志不渝地热爱书画艺术，成就斐然，到了晚年，他理所当然地成了大江南北画坛的盟主。

作为领袖人物的董其昌，很关心艺坛晚辈的成长，特别是那些深受其“南北宗”理论滋润的画家，他更是悉心提携。

江南大儒吴伟业曾经写过一首著名的《画中九友歌》。诗歌中介绍了九位著名画家，都是生活在晚明到清初的人。董其昌理所当然位列第一，其余八位皆是依从了董其昌的理论而崇尚南宗的画家，可以说，这些人是董其昌艺术衣钵的继承者。诗中，针对这九位画家，吴伟业都给予了相应的描写：

华亭尚书天人流，墨花五色风云浮。

1 《岳雪楼书画录》卷二：春，董其昌过访王时敏扫花庵，题《南宋贾师古白描十八尊者册》。

至尊含笑黄金投，残膏剩馥鸡林求。

——思白（董其昌）

太常妙迹兼银钩，乐郊拥卷高堂秋。

真宰欲诉穷雕锼，解衣盘礴堪忘忧。

——烟客（王时敏）

谁其匹者王廉州，神姿玉树三山头。

摆落万象烟霞收，尊彝斑剥探商周，

得意换却千金裘。

——元照（王鉴）

檀园著述夸前修，丹青余事追营丘。

平生书画置两舟，湖山胜处供淹留。

——长蘅（李流芳）

阿龙北固持双矛，披图赤壁思曹刘。

酒醉洒墨横江楼，算山月落空悠悠。

——龙友（杨文骢）

姑苏太守今僧繇，问事不省张两眸。

振笔忽起风飕飕，连纸十丈神明遒。

——尔唯（张学曾）

松园诗律通清讴，墨庄自画归田游。

一犁黄河鸣春鸠，长笛倒骑乌犊牛。

——孟阳（程嘉燧）

花龛巨幅千峰稠，小景点出林塘幽。

晚年笔力凌沧州，幅巾鹤发轻王侯。

——润甫（卞文瑜）

风流已矣吾瓜畴，一生迂癖为人尤。

僮仆窃骂妻孥愁，瘦如黄鹄闲如鸥，

烟驱墨染何曾休。

——僧弥（邵弥）[1]

显然，这首诗效法、脱胎于杜甫的《饮中八仙歌》七言歌行，依次讴歌了当时画坛上享有盛名且相互之间关系密切的九位画家：董其昌、王时敏、王鉴、李流芳、杨文骢、张学曾、程嘉燧、卞文瑜和邵弥。这些画家可以说是在清初诞生的以“四王吴恽”为代表的正统画派之先声，其中，董其昌就是正统画派的精神领袖，而王时敏和王鉴则是正统画派的“二宗”。

董其昌与《画中九友歌》中的其他画家，较为密切者主要是王时敏、王鉴和李流芳。尤其是王时敏，在董其昌心目中的分量很重，感情最深。他觉得，满天下唯有王时敏最适合继承自己的衣钵，其次才是王鉴和李流芳。而他对其他人的帮助，主要体现在为其作品题跋。比如崇祯八年八月，题程嘉燧《仿云林图轴》[2]，以及崇祯九年首春五日，为杨文骢纸本墨笔的《山水轴》题跋。[3]

崇祯八年七月，名闻江南的大和尚汉月法藏圆寂。汉月和尚是晚明三峰宗的创始者，在江浙一带极受敬仰，长期驻锡在虞山清凉院。据记载，汉月在十五岁时便随家乡扬州德庆院的院僧为童子，三年后正式落发为僧。汉月成名后与晚明的许多文人是好友，关系至深。崇祯元年，文震孟、姚希孟等请他长驻邓尉山圣恩禅寺，并集资购置沿山葑田三百余亩。汉月在此与当地文人居士形成一股极大的势力，不仅有诸大居士为之募款建院，还向官方申请蠲免徭役等。汉月早年时曾向同辈发：“四十当悟道，六十岁死矣”之语，而汉月在崇祯八年

1 据《吴梅村先生编年诗集·卷五》考，吴伟业写作《画中九友歌》的时间，当在“壬辰尽癸巳秋未赴召以前”，即1652至1653年间。

2 《吴越所见书画录》卷四。

3 《书画鉴影》卷二十二。

张琦、项圣谟《尚友图》

第一排左为鲁得之，右李日华；第二排为释智舷；第三排左为董其昌，右陈继儒；第四排为项圣谟。此图作于清顺治九年，系项圣谟回忆自己当初与董其昌等交游的情景。现藏上海博物馆

五月间，自设死关，七月果然泊然而化。

董其昌在汉月和尚圆寂的当月，就为他撰写了《三峰法藏和尚塔铭》的铭文[1]。塔铭，就是和尚的墓志。为佛家做事，向来被民间认为是积功德的善举。

到了十月，有客来访。这位客人是老朋友、嘉兴项元汴的次子项德成。项德成来拜见董其昌的目的，是想请他撰写项元汴的墓志铭。

1 《宗统编年》卷三十一：七月，撰《三峰法藏和尚塔铭》文。

其实项元汴早在万历十八年就去世了，数十年后，项家后裔准备为项元汴竖新碑，而那时项元汴的长子、董其昌的好友项德纯也已经谢世，故由项元汴次子项德成代表其家族出面。

董其昌是位很讲交情的人，念及自己与项家父子二代人的厚谊，就答应了下来，到了子月（农历十一月），就把《墨林项公墓志铭》写了出来。[1]原作如今收藏在日本东京国立博物馆里。

这一年，他的《容台集》在福建建宁刊行了第二版，学术界称之为“闽本”。由董其昌的长子董祖和及长孙董庭编辑，内容包括文集十卷、诗集四卷、别集六卷，共二十卷。卷首除了保留第一版中陈继儒的序言之外，又增加了黄道周、叶有声、沈鼎科三人的序文。该版以董庭编辑的崇祯三年第一版为基础，增加了一些文字、诗词、题跋等，在原有的基础上又增加了三卷，即文集一卷、别集二卷。其中最大的变化就是增加了《神庙留中奏疏汇要》部分的笔断，作为第六集，因而篇幅大增。

新增加的序文作者黄道周，是天启二年进士，曾任翰林院编修。崇祯朝任翰林院侍讲学士、经筵展书官，后任南明隆武朝吏部尚书兼兵部尚书、武英殿大学士。他是兵部尚书袁可立的学生，以气节高昂誉满京城。《容台集》第二版刊行时，他因反对诛杀原大学士钱龙锡而忤逆了崇祯皇帝被问罪，削籍为民。董其昌死后的第二年被召复原官。明亡后，任南明弘光朝吏部侍郎、礼部尚书，率兵与清兵抗击被俘，于隆武二年（1646 年）三月五日就义。黄道周是明末著名的抗清主战派将领，也是晚明著名的书法家。

叶有声是董其昌晚年的学生，一直随侍他到老。董其昌非常喜欢这位弟子。而且，在《容台集》第二版的序文中能够出现叶有声的名字，足见叶有声在董府中具有一定的声望。

---

1 《吴越所见书画录》卷五：子月（农历十一月），作楷书《项墨林墓志铭册》，纸本。

沈鼎科为崇祯四年的进士，与榜眼吴伟业以及清初的收藏名家孙承泽为同榜。

四、魂兮归去

崇祯九年，这是董其昌生命的最后一个年头，虽然他的身体看上去还健朗，却已经不出远门了，唯有与陈继儒时常过往。

他的心情时好时坏。好的时候，主要是与陈继儒论诗谈画，然后是创作。这一年的作品还真是不少。

二月，董其昌作小楷书《赠陈征君诗册》，纸本，三十一开[1]；作《仿子久图轴》，金笺本，泼墨[2]。

三月朔日，董其昌作《精楷佛遗教经册》，绢本[3]；禊日，为陈继儒作《白石樵真稿》序[4]；望日，作行书《敕诰册》，纸本[5]；题仇英《明皇幸蜀图卷》[6]。

四月朔日，董其昌作《金笺墨山水扇页》，金笺，水墨[7]。

五月，题《潇湘奇境图卷》，镜面笺本，墨笔[8]；题宋徽宗《雪江归棹图卷》[9]。

六月三日，董其昌题米芾《云山墨戏图轴》[10]；作《仿苏体行楷

1 《吴越所见书画录》卷五。

2 《历代流传书画作品编年表》，人民美术出版社 1962 年版，第 104 页。

3 《壮陶阁书画录》卷十二。

4 《白石樵真稿》序。

5 《中国古代书画目录》第三册，文物出版社 1987 年版，第 36 页。现藏上海博物馆。

6 同 1 卷四。

7 同 5。

8 《董华亭书画录》。

9 庞元济《虚斋名画录》卷一。

10 《石渠宝笈续编》养心殿、《墨缘汇观》名画卷上。

书谦及词轴》，纸本[1]；作《书清静经册》，朝鲜笺本，十二开[2]；二十七日，题《五代董北苑夏山图卷》[3]。

由以上可见，董其昌在生命最后的一年里，每一个月都埋首在画案上。固然，他已感觉得到来日无多，未了的心愿需要加紧办理，但更重要的原因是他在逃避。作为大明王朝的臣子，他知道自己为大明天下的担心毫无用处，徒增悲伤，所以只能把老迈的精力聚集在白纸笔墨之间。

的确如此。

崇祯九年，后金国大汗爱新觉罗·皇太极称帝，改元崇德，以是年为崇德元年，是日为四月十一日，即1636年五月十五日；正式改国号“大金”为“大清”；改族名为“满洲”；定都沈阳，改名盛京。众臣上尊号“宽温仁圣皇帝”。

五月三十日，皇太极命令清军多罗武英郡王阿济格等统八旗兵十万大军，开始进攻大明，战况激烈。

各地流寇纷纷作乱，高迎祥、李自成等率领农民起义军在四处痛击大明的军队，烽火遍野，而且，大明的军队也不让人省心。二月十日，驻守宁夏（今宁夏银川）的明朝士兵因兵饷无措而发生兵变。饥兵群起围攻官署。巡抚右佥都御史王楫因不能措饷，饥兵索饷无着，乃鼓噪而杀之。兵备副使丁启睿率军镇压，捕获为首者七人，立即处斩，兵变才被抚定。

战争就意味着烧钱，而此时国库已经空虚不堪。当年的户部两淮盐课类报显示：天启五年，淮盐新旧额银止七十万两；崇祯三年加至一百二十一万余两；崇祯四年加一百三十万余两；崇祯六年加至

1 《吴越所见书画录》卷五。

2 《秘殿珠林》卷十五。

3 吴升《大观录》卷九、庞元济《虚斋名画录》卷一。现藏上海博物馆。

一百五十六万余两。至崇祯六年以前，已经积亏二百万余两。战事越打越多，国库亏空越来越大。皇帝对官员们实行越来越严厉的惩罚措施，依然无效，其实这已经到了积重难返的地步。

国家正在急需用钱的时候，老天又不帮忙。三月，各地发生大饥荒，树皮、草叶都快被灾民们吃尽了，山西、河南饥荒尤为厉害，乃至发生了人吃人的惨剧。唐王朱聿键向朝廷报告的奏折中称：河南南阳饥民，甚有母烹其女以食者。崇祯帝乃下诏发三千五百金赈济山西、河南南阳，并免山西受灾州县新、旧二饷。

唯一的好消息可能是卢象升带来的。此时卢象升新任五省总督，他率部把农民起义军高迎祥部包围在郧阳山区。高迎祥在黑水峪（今陕西省周至县黑河口）兵败，被新任陕西巡抚孙传庭所杀。高迎祥残部投奔李自成，李便被推拥为“闯王”，继续征战四川、甘肃、陕西一带。《明史》称其为“闯贼”。卢象升致岳文王带溪的信札说：“或皇天相佑，数十万流寇雾灭烟消。”

董其昌闻讯大喜，画了一幅山水画，跋曰：“近余告老归，精力尚健。史称画家以烟云供养，信不诬也。玄宰识，时年八十二岁。”[1]他不敢正视国家的现状，而把身体尚健的原因归集为“烟云供养”。他也没有意识到民间回光返照之说：大限之日不远矣。

到了七月，战争的形势急转直下。清兵攻入京畿地区，攻陷昌平，再下良乡，之后又开始围攻顺义城[2]。顺义的知县上官荩与游击治国器、都指挥苏时雨等据城守卫，宁死不屈，然而清军大兵压境，敌不寡众。城陷，官员上官荩与治国器、苏时雨等皆战死。清军乘势又攻下宝坻（今属天津）、定兴、安肃、大城、雄县、安州等[3]，近

1 庞元济《虚斋名画录》卷八。

2 昌平、良乡和顺义，今属北京郊区。

3 这些地方大都属于今河北地区。

畿州县大都丧失……大明帝国的首都北京，至此已被清军合围。董其昌的心情犹如激流中的一叶扁舟，忽高忽低，飘忽不已，惊魂难定。

大明江山的垮塌，其主要的摧毁力量并不是外敌军队的入侵，而是国内农民军的打击。曾经强大的帝国看似千里长堤般巍峨，抵得住堤外洪水的滔天冲击，最终却抵不住堤内水涌的侵蚀。这是历史的规律。

董其昌一直在努力绘制一幅墨本手卷，名为《细琐宋法山水图卷》[1]，想作为特殊的礼物交付最小的儿子祖京收藏。那时祖京还是个孩子，尚未成人。董其昌晚年虽然画了不少手卷，但画这一幅时饱含着特别的深情，那是因为在父母亲的眼里，最小的孩子永远是宝贝疙瘩，常常会得到更多的牵挂和赐予。

是年重阳节的前二日，他感到身体状况非常好，心情也佳，而且这幅《细琐宋法山水图卷》也宣告完成了。他坐在画案前，饱蘸浓墨，又舔舔笔，题跋曰："山水卷不多作，自八十一岁后时复为之。以试眼力。曾观沈启南八十一岁仿梅花道人卷，彼时吾年七十九，恐八十后无复能事。今乃盖作细琐宋法，与儿祖京收藏，以知吾老去盛衰之候。丙子九月重九前二日，思翁。"

他书写的这段题跋，书法流畅，笔锋毕现，字迹清晰，每一笔点划细节都交代得一清二楚，可知其心态的从容。他因坐姿不正，右手撑着画案，所以这段题跋写得有点往左侧倾斜。这段题跋，体现出晚年的董其昌头脑非常清醒，明确地感受到老之将至，"知吾老去盛衰之候"，心情虽有些沉重，有点无奈，但不悲观。生老病死是人的自然规律，死亡终究是人的终极归宿，对一位长年习佛法之学者，死亡不是无法接受的现实。

董其昌《细琐宋法山水图卷》——人书俱老，繁花落后，归乎平

1 现藏上海博物馆。

董其昌《细琐宋法山水图卷》，现藏上海博物馆

淡。这一手卷极为重要，是董其昌传世作品中最晚的手迹，可谓其绝笔矣！

也就是在这年的九月，获得好友王时敏的引荐，三十八岁的王鉴来到华亭拜谒董其昌。王鉴与王时敏都是太仓同乡，也是好友，还有一点亲戚关系。因为绘事的共同爱好，俩人经常在一起切磋画艺。

王鉴的早期绘画得到了董其昌的表扬，但是他们之间其实并没有什么交往，直到三十岁后，王鉴的画风受到了董其昌的直接影响，他与董其昌的关系有了变化。

董其昌见到王鉴很高兴，拿出了自己旧藏的董源山水《夏山图》与他一起共赏。王鉴眼睛一亮，赞叹此作：“真希世之宝！”

董其昌在其《画禅室随笔》中写到了王鉴，说他曾经与王鉴一起鉴赏和讨论过董源的《夏山图》、黄公望的《秋山图》和赵孟頫的《鹊山秋华图》。王鉴一生见过董其昌两次，每次会晤都极为珍贵。

针对赵孟頫的《鹊山秋华图》，董其昌说：“赵令穰、伯驹、承旨三家合并，虽妍而不甜；董源、米芾、高克恭三家合并，虽纵而有法。两家法门，如鸟双翼，吾将老焉。”而《鹊山秋华图》的艺术特点，是以青绿设色之中兼施笔墨，这与王鉴的绘画艺术风格有异曲同

工之妙。而且王鉴自己也承认："画之有董、巨，如书之有钟、王，舍此则为外道。惟元季大家，正脉相传，近代自文、沈、思翁之后，几作《广陵散》矣。"[1]言下之意，王鉴自己是董其昌艺术理念的追随者和继承者。

王鉴后来在顺治十六年（1659年）年仲秋的一个雨天，独坐于他的弇园，作了一幅《仿董源山水卷》。他在题跋中追忆的董源之作，就是董其昌这幅旧藏，曾为贾似道旧物。而在董其昌收藏的董源画中，唯有《夏山图》"为贾似道旧物"。他还特别提到："壬申得此卷，乃贾似道物，有'长'字印。"由此可以判断，王鉴所说即董源《夏山图》[2]，后来归袁枢收藏，王鉴念念不忘，还"每形于梦寐"。

转眼中秋节。那天入夜，董其昌依例与陈继儒一同赏月。望着高悬在天际的月亮，他们大约已经不会再去吟诵苏东坡"但愿人长久，

1 王鉴《染香庵跋画》。

2 董源《夏山图》现藏于上海博物馆。《夏山图》右下角有"袁枢之印""明袁枢鉴赏书画之章"；董其昌跋前钤盖有"明袁枢鉴赏书画之章"，跋纸接缝有"袁枢"印章。

千里共婵娟”之类的儿女情长诗句。风轻云走，天边的明月完整地露了出来，洁白如雪，悄然无声。董其昌的心情一定平淡如水。

作为一个读书人，他一生望月无数。少年读书犹如云中窥月，中年读书如庭中望月，老年读书如台上赏月，皆以阅历之深浅而体会到完全不同的人生。他站起身来，手指拈起笔，再用笔尖舔了舔墨汁，然后写下了《书雪诗》[1]。大概时候不早了，清风中夹带的寒意可以穿透他的心扉，众人关切地询问他是否感到寒冷，他摆了摆手，颤巍巍地站起来，然后与陈继儒作揖相别，自己回到屋里安睡去了。

不知道董其昌走进房门前的那一刻，是否再次回首眺望了那一轮明月？他真的应该再望一眼这轮明月。在人生漫长而又短暂的八十二个春秋中，无论董其昌生平如何坎坷跌宕，心情平静还是焦虑，或悲伤或狂喜，这轮明月始终伴随左右，不离不弃，被其引为知己。而且，这将是他人生最后一次面对中秋的明月。

崇祯九年仲冬，董其昌突然感觉到呼吸道痰涌，胸闷气短，咳嗽不止，吃药捶背皆不管用。这样熬了三天，这位真正的艺术大师终于走完了他的生命之旅魂系归去，那天是农历十一月十二日，即 1636 年十二月八日。[2]

去世的前三天，即农历十一月九日。董其昌召集亲友十余人来到他的床前。他用手指着自己的脸庞说：“吾位虽八座，而貌则如云水中人。故就木之日，当用丝绦、玉环、布衣、草履。毋忘吾素不敢辱

1 《梦园书画录》卷十二：中秋，同陈继儒在天马熏塔，作《书雪诗轴》。绢本。

2 陈继儒《陈眉公先生全集》卷三十六。关于董其昌去世的时间，陈继儒写在董其昌合葬墓墓志铭中的时间是：“丙子仲冬（十一月）九日，忽痰作，不三日而逝。”十一月九日的三天后，即为十一月十二日。此外，据郑威先生考证还有两说：一、现藏天津博物馆陈继儒致王时敏信札称：“思翁九月廿八日戌时，已游岱矣”；二、董其昌的弟子冒襄在《董其昌关山雪霁图卷》上跋曰：“丙子八月，吾师仙游。”载《墨缘汇观》卷下。

及袍带，且为致声佘山主人，数年后庶许追陪于碧落也！”[1]董其昌是个虔诚的有神论者，他相信人死之后，灵魂不灭，还须去西天游历。

临终之时，董其昌已经预感到大限将至，忽然让人拿来了镜子，仔细端详，并且为自己梳理一番，打扮得干干净净、漂漂亮亮，[2]似乎做好了上路的准备。

董其昌辞世之际，挚友陈继儒一直守护在他的身旁。陈继儒说，董其昌去世后头顶还是温暖的，四肢如兜罗绵。[3]兜罗树本是原产自印度的一种木棉树，佛教称之为兜罗树，兜罗绵是树上柳絮状棉丝编织而成，质地洁白细软，形似云状。根据《大般涅槃经》的介绍，佛祖释迦牟尼佛涅槃时形同如此。陈继儒因此推测说：这就是因为董其昌一生信奉佛教，而佛教经典上讲积德者升天时“无诸痛苦，不受恶缠”！

董其昌入殓的时候，根据董其昌的遗嘱，并经陈继儒的指点，给他穿上了一身道士的服装，腰间没有系上明代人普遍使用的玉腰带，这是希望他的灵魂可以很轻松地奔往天堂。然后，陈继儒颤巍巍地抱起了他的身体，亲自把董其昌送入棺材。[4]

按照习俗，董其昌去世后随即下葬。一年后，即崇祯十年，朝廷于六月诏告董其昌祭葬之荣，并赠太子太傅。为此，陈继儒还饱含深情写就了《祭董宗伯文》。[5]

---

1 原载李延昰《南吴旧话录》，转录自华东师范大学出版社 1991 年版《董其昌史料》，第 347 页。

2 《池北偶谈》：高念东先生书来云“说董思白宗伯临终时，忽索镜自诧，作美人相”。

3 陈继儒《陈眉公先生全集·思白董公暨原配龚氏合葬行状》：“顶心热，四肢如兜罗绵，岂佛家所谓‘无诸痛苦，不受恶缠’者耶？”

4 陈继儒致王时敏信札曰：“仆送之入棺，主张道装，不腰玉带，以贻远虑。”此信札经全国书画专家鉴定小组鉴定为真迹。现藏天津博物馆。

5 《白石樵真稿》上。

最后，董其昌迁葬于苏州吴县胥口乡渔洋山湾祖茔[1]。关于董其昌迁葬之事，清初的史料记载得更为明确，明代朝廷“赠南京礼部尚书董汉儒（董其昌之父）墓，陈志在苏州渔洋山。太子太傅、礼部尚书谥文敏公董其昌墓，郭志在苏州阳山。崇祯十年赐葬，今迁祔赠公墓。”[2]可知，董其昌于崇祯九年葬于苏州阳山，第二年迁葬于他的祖茔苏州渔洋山。

董其昌的墓地今有两处，即人们所说的真假二墓。

其一，在苏州吴县胥口乡渔洋山的山湾里。是处，董其昌墓制规模很大，墓前有石龟、石狮、石马和石翁仲等，其中石翁仲高达3.4米，与其身份是相匹配的，也与《苏州府志》的文献记载相符合。民国间国民党元老李根源在《吴郡西山访古记》中，认定是处为董其昌的真墓。

其二，是在苏州胥口乡渔洋山附近的阳家场。据1963年当地文物调查时称，墓地直径2.5米，墓前有吴荫培书“明董文敏公墓”碑。位于今胥口乡渔洋林场宿舍门口，现已平整为桑地。“据当地的人们介绍说，在‘文革’中，曾有人提出打倒恶霸地主董其昌的口号，要造董其昌的反，以至把阳家场的一处墓掘开。当掀开棺盖时，发现棺内董氏的尸体尚保存完好，周围存放一些字画等作为陪葬。董氏口中还含有一颗玉片。一会儿工夫，尸体受到空气的影响，便开始腐化。当场许多人要掘墓人把董氏的尸体背起，抛进附近的粪坑里，以后就未知如何了。”[3]需要指出的是，此事只是口传，并无实证。

《明史》的史官没有把董其昌视为政治家，只是把他当作一位杰出的艺术家，对他的一生做了高度概括和誉美：“其昌后出，超越诸

1 谈迁《国榷》卷九十六。

2 康熙《松江府志》卷二十五。

3 郑威《董其昌的字号、卒月和墓地散考》，转录自《董其昌研究文集》，上海书画出版社2009年版，第831页。

家，始以宋米芾为宗，后自成一家，名闻外国。其画集宋、元诸家之长，行以己意，潇洒生动，非人力所及也。四方金石之刻，得其制作手书，以为二绝。造请无虚日，尺素短札，流布人间，争购宝之。精于品题，收藏家得片语只字以为重。性和易，通禅理，萧闲吐纳，终日无俗语。人拟之米芾、赵孟頫云。同时以善书名者，临邑邢侗、顺天米万钟、晋江张瑞图，时人谓邢、张、米、董，又曰南董、北米。然三人者，不逮其昌远甚。”[1]明代朱谋垔所著的《画史会要》中，也评价道：“董其昌山水树石，烟云流润，神气俱足，而出于儒雅之笔，风流蕴藉，为本朝第一。”在董其昌的身后，官方和民间对他在艺术领域所取得成就的评价，是如此地高度统一。

就董其昌个人的生命旅途而言，今人为什么会说他生于“最好的年代”？无非是说晚明处于精神自由、思想开放的时期，使得董其昌能够按照自己的意愿徜徉艺术，陶醉收藏，乐在其中。更为幸运的是，董其昌不曾亲见明清政权交替之际的惨烈，同胞们所遭遇惨绝人寰的屠杀和奴役，便独自安然辞世。

但是，正如狄更斯在评介法国大革命时所写道：“这是最好的年代，也是最坏的年代！”这句话用在董其昌所经历的那些岁月，不但不为过，而且甚准确。

五、“正统画派”的血脉

江山代有才人出。董其昌去世后，晚明画坛失去了一位德高望重的领袖，但董其昌苦心栽培的“华亭血脉”传人王时敏已经可以接替董其昌的领袖位置。王时敏“以荫官至奉常，然淡于仕进，优游笔墨，啸咏烟霞，为国朝画苑领袖。平生爱才若渴，不俯仰世俗，以故

1 张廷玉《明史》卷二百八十八。

四方工画者踵接于门，得其指授无不知名于时，海虞王翚其首也。”[1]

在董其昌驾鹤西游之后的第六个年头，即崇祯十五年，董其昌曾经非常熟悉的娄东相府里传出了一阵婴儿的啼哭声，王时敏的嫡孙王原祁出生了。这个孩子的出生，对董其昌的艺术及其绘画史论的发展，都具有不同寻常的意义。董其昌逝后的第八年，即明崇祯十七年，也是清顺治元年（1644 年）的三月十九日，明思宗崇祯皇帝望断了天涯路也不见救兵，不得已吊死在北京煤山的歪脖子槐树上，明朝就此灭亡。随后，清朝军队击败大顺军，长驱直入，入主中原。

清顺治二年六月，清军兵临娄东城下。在若不投降将被屠城的威胁之下，王时敏、王鉴等率领遗老遗少和百姓们一起打开城门，匍匐在地，向清军投降。他们从此成为大明朝的文化遗民，不再事清，开始了屈辱而痛苦的余生。

可是，明宗室仍不甘心皇权的丧失，在一些旧臣的拥戴下做垂死挣扎。他们在南方重建了小朝廷，史称南明。五月初三，朱由崧监国于南京，五月十五日即皇帝位，改次年为弘光元年，明季时代自此开始。

崇祯十七年九月，南明政权诏予董其昌谥号“文敏”[2]。为了表示对董其昌的敬仰，后人也常常称董其昌为“董文敏”。南明的小朝廷苟延残息了十八年，直到 1662 年永历帝被杀，明朝的历史彻底结束。

尽管清王朝建国于 1616 年，但是直到 1644 年清军才挥师进关，建立了新的王朝。

在董其昌谢世不久，面对历史潮流的冲击，他的后人遭遇坎坷，

1 张庚《国朝画征录》。

2 《甲申朝事小纪》第四编・卷三《金陵余烬》卷上。

以致华亭名门“天大人家”[1]迅速瓦解和沦落。

董其昌辞世之际，他的四个儿子中，唯有最小的儿子祖京没有成婚。在董其昌生前与其弟子王时敏共同确定，让王时敏次女配祖京，并于崇祯十二年完婚。婚礼之日，董其昌已经去世三年了。

华亭为清军攻陷后，董祖京家流落至上海附近的南翔，租住在他人屋檐下，最后竟然无力支付房租，转而投奔娄东，向岳父王时敏求助，并且哀求能够搬进王家暂住，但遭到王时敏夫人的严词拒绝。在传统的观念中，嫁出去的女儿就是泼出去的水。

董祖京夫妇可能是乘坐董其昌的书画船前往娄东岳父家的。董其昌当年是礼部尚书，其书画船豪华而气派，只是过了若干年之后，这条船因为年久失修已破败不堪，船破棚漏，再也经不住风雨和严寒。“王时敏念在骨肉之情，还是差人送夜饭与金米至舟中，竟然董祖京夫妇都躲在舟中，王时敏也‘佯为不知’。”[2]自小娇生惯养的董祖京小夫妇，犹如温室里的花朵一般娇嫩，遇上了时代交替的狂风暴雨，花落叶败，从此不知所终。

更大的不幸发生在董其昌的二子董祖常家。董祖常年轻时生性鲁莽粗暴，曾因强抢民女绿英而引发了轰动一时的“民抄董宦”事件，不仅导致董家数座大院被焚毁，还使董其昌背负了“致其子弟亦鲜克由礼”[3]的千古骂名。

明清易代后，董祖常次子董康（亦作“董刚”）因受策划反清活动的谢尧文通海案牵连，被判处死。据《董氏族谱》卷二《世谱》记载：董祖常长子董延，被记作“延年”；而次子董康的儿子董斌及以下的后代和他们的字号、母、妻等信息均被涂墨遮盖；三子董廙的子

---

1 《西庐家书》指董其昌家为“天大人家”。

2 颜晓军《董其昌诸子及董氏第宅》，载《故宫博物院院刊》2016 年第 6 期，第 116 页。

3 《墨余录·黑白传》。

嗣后代信息，亦被涂墨遮盖，仅有字、生母、妻室的简略记载。因此董祖常一支在清初是尤其受忌讳的，所以没有详细资料流传，以至于修纂族谱时，后世将祖常之名都弄错了。[1]

在清初，董其昌一生所缔造的这门董氏“天大人家”从此走向没落，以至湮没无闻。但董其昌所倡导的所谓“正统”画派，即被世人所尊崇的“四王吴恽”山水复古派，仍活跃在清初的大江南北，主导着中国画坛。

所谓“四王吴恽”，按字面的理解，本指清初的六位著名画家，即王时敏、王鉴、王石谷、王原祁、吴历和恽寿平。其中，年龄最大的王时敏出生于明万历二十年，去世最晚的是吴历，辞世于康熙五十七年（1718 年），掐头去尾，前后共计一百二十六年。可别小看了这风云百余年，因为中国历史在此间发生了翻天覆地的变化，原是在大明皇朝的时空，转瞬之间就变幻成了大清的天下。

“四王吴恽”画派的精神衣钵传承，其脉络十分清晰。即由董其昌奠定了这一画派的基础，他还亲自为王时敏点灯，并传授于新一代的领军人物王时敏和王鉴。因此方闻先生指出：“董其昌出入宋元，集古大成，是明末清初绘画的重要转折点。到十七世纪下半叶，以董其昌的风格革新及其学说为基础的、清初正统派和个性派大师的作品，代表中国绘画的新时代控制了画坛。”[2]这就是“四王吴恽”被学界确定为清朝画派的原因。

王时敏和王鉴则培养了“四王吴恽”画派的第三代领袖人物王石谷和王原祁。

王石谷比王原祁年长十岁，他在跟随王时敏学画时，王原祁也在跟着学。有时，王石谷还教授王原祁绘画的理论和技法，所以王石谷

1 颜晓军《董其昌诸子及董氏第宅》，载《故宫博物院院刊》2016 年第 6 期，第 111 页。

2 方闻《董其昌和艺术的复兴》。

与王原祁的关系，属于师生之间。

王原祁是王时敏的孙子，在其艺术成长的道路上更是得到了祖父无微不至的呵护。王时敏像当年董其昌给自己亲授绘画技艺一样，曾亲手绘制了一套临仿古人名作的册页， 名为《小中现大》册， 供孙子王原祁学习临摹、研究之用。

王原祁回忆说："余先奉常赠公汇宋、元诸家，定其体裁，摹其骨髓，缩成二十余幅，名曰'缩本'……先奉常于丁巳夏初，忽以授余，其属望深也。余是年三十有五 ，拜藏之后将四十年，手摹心追。庚寅冬日，方悟'小中见大'之称，亦可以'大中见小'也。"[1]等到王原祁中了进士后，王时敏仍然不忘叮嘱他好好习画。"及南宫获隽，奉常曰（王时敏对王原祁说）：'汝幸成进士，宜专心画理，以继我学。'于是笔法遂大进。"[2]王原祁的探索艺术的一生，与其祖父十分相近，都是在追随黄公望。王时敏"卒年八十有九。子撰传其大痴法，亦古秀。孙原祁世其业，而精之推重于时"。[3]在王时敏的精心教导下，数十年之后，王原祁又高举"华亭血脉"的大旗，成为新的盟主。

康熙四十四年（1705 年），康熙帝第五次南巡。三月二十五日康熙带领皇太子胤礽、皇十三子胤祥驾临松江府，驻跸三日。他亲自去董其昌的故居凭吊，还为董家祠堂亲书"芝英云气"四个大字，以示对董其昌的喜爱和敬仰。

《董氏族谱》载，董祖源（董其昌第三子）有二子黄中、建中。次子建中，生母是祖源妾许氏，也擅长书画，其花鸟得黄筌法。康熙四十四年春康熙帝南巡，董建中进呈董其昌真迹一轴、花卉一册、万寿

---

1 王原祁《麓台题画稿》。

2 张庚《国朝画征录》。

3 同 2。

蟠桃一幅。康熙说起自幼跟随松江人沈荃学习董书，并了解了董建中家庭情况，给予赏赐照顾。[1]董其昌的声名，在清代也就日益卓著了。

也就是在这一年，即康熙四十四年，作为董其昌衣钵的再传人、王时敏的孙子王原祁得到了康熙皇帝的赏识。王原祁是康熙九年进士，擢升为侍讲学士，转侍读学士，直南书房，充任《佩文斋书画谱》纂辑官。《清史稿》记载：康熙"几余怡情翰墨，常召入便殿，从容奏对。或于御前染翰，上凭几观之，不觉移晷"。[2]也就是说，王原祁在宫中画山水的时候，康熙帝就像一个孩子似的趴在画案边，耐心观赏，不知不觉间，太阳就落山了。

康熙帝的孙子就是清高宗乾隆皇帝，他也极其崇尚董其昌。甚至，他对董其昌的喜好，已经超过了他的爷爷。在紫禁城里，乾隆还专设"画禅室"，以收藏董其昌经手和鉴藏过的书画。[3]宫廷内庋集的董其昌本人名作，以及董其昌经手和鉴藏过的名作上，到处可见乾隆皇帝的题跋。

在康熙和乾隆皇帝的大力推崇之下，董其昌所倡导的所谓正统画派，逐渐成为引领清朝画坛的主流画派，人才辈出，影响深远。方薰在《山静居画论》中说，"海内绘事家，不为石谷牢笼，即为麓台械杻。"这使人感觉到，董其昌的影响犹如一张天网，向后世的文坛铺天盖地般撒来。不管你是不是在意，他的影响都在。

不光清朝的皇帝们喜欢董其昌，甚至连桀骜不驯、一世白眼向青天的画僧八大山人也对董其昌仰慕不已。现存八大山人的手札云："董字画不拘大小，发下一览为望""价昂，可别作道理，来日过我面商之""以不得真迹为恨事耳"。[4]

1 颜晓军《董其昌诸子及董氏第宅》，载《故宫博物院院刊》2016年第6期，第114页。

2 《清史稿·王原祁传》。

3 《董其昌研究文集》，上海书画出版社1998年版，第588页。

4 《八大山人全集》第三卷。《书画册》之一、之二、之三。

…………

人们对历史的认知和现实需求，往往决定了历史研究的多样性和多元性。有时候，历史研究会发生多样态的呈现，原因也许非常简单，如同农妇在灶台上烙煎饼，翻来覆去，外焦里嫩，不过是为了满足时代食客们的口味而已。

清王朝在享国二百七十六年之后寿终正寝，董其昌所倡导的正统画派似乎也穷途末路。之后，民国时期迎来了新文化运动，董其昌作为复古派的巨擘和代表人物，自然被翻转出历史硬币的另一面，仿佛变得面目可憎起来。

为了摆脱封建传统文化的束缚，以历史的革命思维为现实中国寻找新路径，董其昌不幸成为被批判的对象。其中，代表人物有康有为、陈独秀，也包括后来的徐悲鸿。陈独秀先生在答吕澂的《美术革命》信中说："自从学士派鄙薄院画，专学写意，不尚肖像，这种风气，一倡于元代倪黄，再倡于明代文沈，到清朝的'三王'更是变本加厉。人家说王石谷的画是中国画的集大成，我说王石谷的画是倪黄文沈一派中国恶画的总结束。"徐悲鸿曾在一幅明代所绘的董其昌画像上题跋云："吾尤恨董断送中国画二百年。""文革"时期，安眠在泥土中已经三百余年的董其昌，更是无法摆脱被视为"封资修"教材反面典型的历史命运……

董其昌的身影渐行渐远，数百年间风云变幻，可是他所开创的正统画派及其余脉，依然顽强地延续下来，而且时至今日，许多人继承着他的衣钵，可谓董其昌的历史巨响仍然不绝于耳矣。更令人深思的是，到了当代，董其昌研究多了西方学界的研究维度和视角，董其昌日益受到西人学界的重视，近年来董其昌研究似乎在国内外戏剧化地热了起来。

西方艺术史家把东方的艺术大师董其昌比拟成西方的塞尚。从二十世纪五十年代起，西方学者开始把董其昌和塞尚相提并论，并以

“现代艺术”或“后现代艺术”的思维方法观照中国绘画，从而“发现”明清绘画学术逻辑的一致性。他们首先跳出了中国传统文人画的价值论，更看重于董其昌绘画中的“艺术史”风格，把文人画确定为一个历史概念，并用笔墨历史的分类方法予以深入研究，开始对董其昌艺术的程式化风格进行分析，在这一领域做出了重大贡献。

更为有趣的是，与董其昌同时代的艺术家徐渭，曾经默默无闻，又因患病杀妻而坐牢，却被东方的学者比拟为西方的凡·高，因此“徐渭的精神疾病和董其昌的形式主义绘画，分别为精神分析和形式分析的方法提供了研究材料。董其昌的南北宗论，也被看作历史现象，被陈放在学者的案头，而不再是画家的砚边”。[1]

1 孙明道《布衣与簪裾：科举下的徐渭董其昌画风》，载《中国书画》2018 年第 3 期，第 12 页。

董其昌传

DONG QICHANG ZHUAN

出版统筹：多　马
策　　划：多　马
责任编辑：吴义红
助理编辑：多　加
产品经理：多　加
装帧设计：鲁明静
责任技编：伍先林
篆　　刻：张一帆

图书在版编目（CIP）数据

董其昌传 / 孙炜著. —桂林：广西师范大学出版社，2020.9

ISBN 978-7-5598-2914-6

Ⅰ. ①董… Ⅱ. ①孙… Ⅲ. ①传记文学－中国－当代 Ⅳ. ①I25

中国版本图书馆 CIP 数据核字（2020）第 096143 号

广西师范大学出版社出版发行

（广西桂林市五里店路 9 号　邮政编码：541004
网址：http://www.bbtpress.com）

出版人：黄轩庄

全国新华书店经销

北京图文天地制版印刷有限公司印刷

（北京市通州区西集镇金各庄村村委会南 300 米　邮政编码：101106）

开本：710 mm × 960 mm　1/16

印张：38　　　字数：418 千

2020 年 9 月第 1 版　　2020 年 9 月第 1 次印刷

印数：00 001~12 000 册　　定价：198.00 元